Heyne Jahresband 1994

Doris Lessing
Annette Kast-Riedlinger
Dean Koontz
Mary Higgins Clark
John Grisham
Sina-Aline Geißler
Joanna Trollope
Dan Simmons
Doris Jannausch
Thomas Harris
Anne Perry
Stephen King

Originalausgabe

Wilhelm Heyne Verlag
München

HEYNE ALLGEMEINE REIHE
Nr. 01/8400

Printed in Germany 1994
Umschlagillustration: The Image Bank/David Graves
Umschlaggestaltung: Atelier Ingrid Schütz, München
Gesamtherstellung: Elsnerdruck, Berlin

ISBN: 3-453-07155-7

Inhalt

Doris Lessing

Rufus. Eine Katzengeschichte

Die Ereignisse warfen ihre Schatten voraus – schon Monate vorher. Während des Frühlings und Sommers tauchte, wenn ich auf dem Gehweg vorüberging, unter einem Wagen oder aus einem Vorgarten ein räudiger roter Kater auf; er stand einfach da, war unübersehbar, hob den Kopf und sah mich unverwandt an. Er wollte etwas, aber was? Katzen auf dem Gehweg, Katzen auf Gartenmauern oder Katzen, die einem aus Hauseingängen entgegenkommen, strecken sich, bewegen den Schwanz, grüßen, gehen ein paar Schritte mit. Sie wollen Gesellschaft, oder sie bitten, wenn sie den ganzen Tag oder die Nacht von strengen Besitzern ausgesperrt werden, was häufig vorkommt, um Hilfe mit einem lauten, hartnäckigen Miau, das bedeutet, daß sie hungrig oder durstig sind oder frieren. Eine Katze, die sich an der Straßenecke an deine Beine schmiegt, mag vielleicht überlegen, ob sie ein schlechtes Zuhause gegen ein besseres eintauschen kann. Aber dieser Kater miaute nicht. Er sah mich nur nachdenklich und durchdringend mit gelb-grauen Augen an. Dann begann er langsam, mir auf dem Gehweg zu folgen, ohne den Blick abzuwenden. Er stellte sich ein, wenn ich nach Hause kam und wenn ich das Haus verließ, und er ging mir nicht mehr aus dem Kopf. War er hungrig? Ich brachte ihm Futter hinaus und legte es unter ein Auto; er fraß etwas, ließ den Rest aber liegen. Und doch war er in Not, verzweifelt, das wußte ich. Hatte er in unserer Straße ein Zuhause, war es schlecht? Am häufigsten schien er sich ein paar Häuser entfernt aufzuhalten, und als einmal eine alte Frau in dieses Haus ging, folgte er ihr. Also war er nicht heimatlos. Doch er gewöhnte sich an, mir bis zu unserem Tor zu folgen, und als einmal eine Kinderflut über den Gehweg tobte, zog er sich erschrocken in unseren kleinen Vorgarten zurück und beobachtete mich an der Haustür.

Er hatte Durst, nicht Hunger – oder er war so durstig, daß der Hunger weniger wichtig war. Das war im Sommer 1984 mit den Zeiten anhaltender Hitze. Katzen, die den ganzen Tag ohne Wasser ausgesperrt waren, litten. Ich stellte eines Abends eine Schale mit Wasser vor den Hauseingang, und am nächsten Morgen war sie leer. Als die Hitze anhielt, stellte ich eine zweite Schale auf den rückwärtigen Balkon, der über einen Fliederbaum oder mit einem mächtigen Sprung von einem kleinen Dach aus zu erreichen war. Und auch diese Schale war jeden Morgen leer. Eines heißen staubigen Tages kauerte der rote Kater vor der Wasserschale auf dem Balkon und trank und trank ... Er trank das ganze Wasser und wollte mehr. Ich füllte die Schale, und wieder kauerte er sich davor und trank alles. Das bedeutete, daß mit seinen Nieren etwas nicht stimmte. Jetzt konnte ich ihn in aller Ruhe betrachten. Es war ein zerzauster Kater, unter dessen schmutzigem, struppigem Fell die Knochen hervortraten. Aber er hatte eine wunderschöne Farbe, wie Feuer, wie ein Fuchs. Es war, wie man sagt, ein ›richtiger‹ Kater mit seinen zwei pelzigen Bällchen unter dem Schwanz. Seine Ohren waren eingerissen und narbig von Kämpfen. Nun war er nicht mehr auf der Straße, wenn ich aus dem Haus ging und zurückkam, er war von der Vorderseite der Häuser und dem gefahrvollen Leben mit den schnellen Autos und den lärmenden, tobenden Kindern zur Rückseite umgezogen in die Szenerie der langen, ungepflegten Gärten, der Bäume und Sträucher, der vielen Vögel und Katzen. Er kam auf unsern kleinen Balkon mit den Topfpflanzen, der von einer niedrigen Mauer begrenzt wird. Die Zweige des Fliederbaums, immer voller Vögel, hängen darüber. Er lag im schmalen Schatten der Mauer, die Wasserschüssel war ständig leer, und wenn er mich sah, erhob er sich und wartete neben der Schüssel auf mehr.

Inzwischen hatten die Hausbewohner begriffen, daß wir eine Entscheidung treffen mußten. Wollten wir noch eine Katze haben? Wir hatten bereits zwei schöne, große und träge, kastrierte Kater, denen es immer so gut ging, daß sie glaubten, das Leben sei ihnen Futter, Bequemlichkeit, Wärme und Sicherheit schuldig. Sie mußten niemals um etwas kämpfen. Nein, wir wollten nicht noch eine Katze und ganz sicher keine kranke. Aber inzwischen trugen wir außer Wasser auch Futter zu dem alten Streuner hinaus und stellten es auf den Balkon, damit er wußte, es war eine Gefälligkeit, kein Recht; er gehörte nicht zu uns und durfte nicht ins Haus. Wir nannten ihn im Spaß unseren ›Freilandkater‹.

Das warme Wetter dauerte an.

Man hätte ihn zum Tierarzt bringen müssen. Aber das hätte bedeutet, daß er unsere Katze war, daß wir nun drei Katzen hätten, und unsere beiden Kater waren beleidigt, mißtrauisch und gekränkt wegen des Neuankömmlings, der Rechte auf uns zu haben schien, wenn auch begrenzte. Außerdem, was war mit der alten Frau, die er manchmal besuchte? Wir beobachteten ihn, wie er steifbeinig den Gartenweg entlangging, rechts abbog und unter dem Zaun hindurchkroch, einen Garten durchquerte, dann noch einen, wobei sein Rot sich leuchtend von dem stumpfen Spätsommergras abhob, und dann verschwand – vermutlich an der Hintertür eines Hauses, wo er willkommen war.

Das warme Wetter war vorüber, und es begann zu regnen. Der rote Kater stand im Regen auf dem Balkon, das Fell war vom tropfenden Wasser gestreift, und er sah mich an. Ich öffnete die Küchentür, und er kam herein. Ich sagte ihm, er könne einen Stuhl haben, aber nur diesen einen; das sei sein Stuhl, und mehr dürfe er nicht verlangen. Er kletterte auf den Stuhl, legte sich hin und sah mich unverwandt an. Er benahm sich wie jemand, der weiß, daß er das Beste aus dem machen muß, was das Schicksal bietet, bevor es ihm wieder genommen wird.

Wenn es nicht regnete, blieb die Tür zum Balkon, zu den Bäumen und dem Garten immer offen. Wir schließen ungern alles mit Glas und Gardinen aus. Und er konnte noch den Fliederbaum benutzen, um in den Garten hinunterzukommen und sein Geschäft zu verrichten. Den ganzen Tag lag er auf dem Stuhl in der Küche, den er nur manchmal schwerfällig verließ, um noch eine Schale Wasser zu trinken. Er fraß jetzt viel. Er konnte nicht an einer Wasserschüssel oder einem Teller mit Futter vorbeigehen, ohne etwas zu trinken oder zu fressen, denn er wußte, er durfte sich nie auf etwas verlassen.

Er war ein Kater, der ein Heim gehabt, es aber verloren hatte. Er wußte, was es bedeutete, eine Hauskatze, ein Haustier zu sein. Er wollte gestreichelt werden. Seine Geschichte war vertraut. Er hatte ein Zuhause gehabt, menschliche Freunde, die ihn liebten oder glaubten, in zu lieben; aber es war kein gutes Zuhause, denn die Menschen gingen oft weg, und er mußte sich selbst Schutz und Futter suchen. Oder sie kümmerten sich um ihn, so lange es ihnen paßte, zogen dann aus der Gegend fort und ließen ihn zurück. Einige Zeit war er im Haus der alten Frau gefüttert worden, offenbar jedoch nicht ausreichend, oder er hatte kein Wasser bekommen. Inzwischen sah er besser aus. Aber er putzte sich nicht. Natürlich war er steif, aber er war enttäuscht worden, ohne Hoffnung. Vielleicht hatte er geglaubt, er werde nie mehr ein Zuhause finden. Nach ein paar Tagen, als er wußte, wir würden ihn nicht wegjagen, begann er jedesmal zu schnurren, wenn wir in die Küche kamen. Nie habe ich oder hat jemand, der zu uns kam, eine Katze so laut schnurren gehört wie ihn. Er lag auf dem Stuhl, seine Flanken hoben und senkten sich, und sein Schnurren dröhnte durch das Haus. Wir sollten wissen, er war dankbar. Es war ein berechnendes Schnurren.

Wir bürsteten ihn. Wir säuberten sein Fell für ihn. Wir gaben ihm einen Namen. Wir brachten ihn zum Tierarzt und bekannten uns dazu, daß wir eine dritte Katze hatten. Seine Nieren waren angegriffen. Er hatte ein Geschwür in einem Ohr. Ein paar Zähne fehlten. Er litt an Arthritis oder Rheumatismus. Sein Herz hätte gesünder sein können. Nein, eine alte Katze war er nicht, vermutlich acht oder neun Jahre alt, in den besten Jahren, wenn er gut versorgt worden wäre. Aber er hatte allein gelebt, so gut er konnte, und das vielleicht seit längerer Zeit. Großstadtkatzen, die sich ihr Futter selbst suchen, die betteln und bei schlechtem Wetter im Freien schlafen müssen, leben nicht lange. Er wäre bald gestorben, wenn wir ihn nicht gerettet hätten. Er nahm seine Antibiotika und die Vitamine und begann bald nach dem ersten Tierarztbesuch mit der beschwerlichen Prozedur des Putzens. Aber er war zu steif, um alle Stelle zu erreichen, und mußte sich mühen und anstrengen, eine gepflegte Katze zu sein.

All das spielte sich in der Küche ab, und meist auf dem Stuhl, den zu verlassen er sich fürchtete – sein Platz. Sein kleiner Platz. Sein Halt im Leben. Und wenn er auf den Balkon hinausging, ließ er uns nicht aus den Augen, falls wir ihm die Tür vor der Nase zumachen sollten, denn mehr als alles andere fürchtete er, ausgesperrt zu werden. Und bei jeder Bewegung, die aussah, als wollten wir die Tür schließen, kam er steifbeinig herein und kletterte auf seinen Stuhl.

Er saß gern auf meinem Schoß; wenn er das geschafft hatte, ging es los, er schnurrte und blickte mit seinen klugen graugelben Augen zu mir auf: Siehst du, ich bin dankbar, und ich sage es dir.

Eines Tages, als die Richter über sein Schicksal in der Küche Tee tranken, sprang er von seinem Stuhl und ging bedächtig zur Tür, durch die man den Rest des Hauses erreicht. Dort blieb er stehen, drehte sich um und sah uns eindringlich an. Er hätte nicht deutlicher fragen können: Darf ich weiter gehen – ins Haus? Darf ich eine richtige Hauskatze sein? Inzwischen hätten wir ihn gern dazu eingeladen, aber unsere beiden anderen Katzen schienen ihn nur tolerieren zu können, wenn er blieb, was er war – eine Küchenkatze. Wir deuteten auf seinen Stuhl, und er kletterte geduldig wieder hinauf. Eine Weile lag er reglos und enttäuscht da und setzte dann schnurrend die Flanken in Bewegung.

Selbstverständlich kamen wir uns schrecklich grausam vor.

Ein paar Tage später sprang er vorsichtig vom Stuhl, ging wieder zur Tür, blieb stehen und blickte sich fragend nach uns um. Diesmal sagten wir nicht, daß er zurückkommen muß, und so drang er ins Haus vor, wenn auch nicht weit. Er fand einen geschützten Platz unter einer Badewanne, und dort blieb er. Die anderen Katzen kamen, um nachzusehen, wo er war, und erkundigten sich bei uns, wie wir darüber dachten, aber wir fanden, die beiden jungen Prinzen könnten ihr gutes Leben mit ihm teilen. Draußen war es Herbst und dann Winter, und wir mußten die Küchentür schließen. Aber was war mit den Toiletten-Problemen der neuen Katze? Nun wartete der Kater an der Küchentür, wenn er hinaus mußte, aber draußen wollte er nicht auf das kleine Dach springen oder den Fliederbaum hinunterklettern, denn er war zu steif. Er benutzte die Töpfe, in denen die Pflanzen zu wachsen versuchten, deshalb stellte ich ihm eine Kiste mit Torf hin, und er verstand und benutzte sie. Es war lästig, die Torfkiste zu leeren. Unten im Haus gibt es eine Katzentüre, die direkt in den Garten führt, und unsere beiden jungen Kater hatten nie, nicht ein einziges Mal das Haus beschmutzt. Ob es regnet, schneit oder stürmt, sie gehen nach draußen.

Das war also die Situation, als der Winter begann. Abends waren die Menschen und die beiden rechtmäßig ins Haus gehörenden Katzen im Wohnzimmer, und Rufus saß unter der Badewanne. Eines Abends stand Rufus in der Tür des Wohnzimmers; es war ein dramatischer Auftritt, denn damit machte die Verkörperung der Entrechteten, der Gekränkten, der Verletzten ihre Anwesenheit bei den Geborgenen, den Gefütterten, den Privilegierten bemerkbar. Er warf den beiden Katzen, seinen Rivalen, einen kurzen Blick zu, hielt aber die intelligenten Augen auf uns gerichtet. Was würden wir sagen? Wir sagten: Gut, er kann den alten mit Styroporkügelchen gefüllten Ledersack an der Heizung haben. Die Wärme wird für seine schmerzenden Knochen gut sein. Wir machten eine Mulde in den Sack, und er kletterte hinein, rollte sich vorsichtig zusammen und schnurrte. Er schnurrte und schnurrte, er schnurrte so laut und so lange, daß wir ihn bitten mußten, damit aufzuhören, denn wir konnten unser eigenes Wort nicht verstehen – im wahrsten Sinne des Wortes. Wir mußten den Fernseher lauter stellen. Aber er wußte, er hatte Glück, und wir sollten wissen, daß er den Wert dessen erkannte, was er bekam. War ich oben im Haus, zwei Stockwerke höher, konnte ich das rhythmische Dröhnen hören, das bedeutete, Rufus war wach und erzählte uns von seiner Dankbarkeit. Vielleicht schlief er auch und schnurrte im Schlaf, denn wenn er einmal angefangen hatte, hörte er nicht wieder auf, sondern lag zusammengerollt mit geschlossenen Augen da, und seine Flanken bewegten sich auf und ab. Rufus' Schnurren hatte etwas Maßloses und Anstößiges, denn es war so berechnend. Und während wir diesen Veteranen, der nur deshalb noch nicht tot war, weil er seine Intelligenz gebraucht hatte, beobachteten und ihm zuhörten, wurden wir an die Gefahren, an die Abenteuer und die Härten erinnert, die hinter ihm lagen.

Aber unseren beiden anderen Katzen gefiel dies nicht. Die

eine heißt Charles, ursprünglich Prince Charlie – nicht nach dem derzeitigen Träger dieses Namens, sondern nach früheren romantischen Prinzen –, denn er ist ein forscher und hübscher Tigerkater, der es versteht, sich in Szene zu setzen. Je weniger man über seinen Charakter sagt, desto besser – aber hier geht es nicht um Charles. Die andere Katze, der ältere Bruder mit dem Charakter eines älteren Bruders, hat einen langen offiziellen Namen, den er erhielt, nachdem er kein Kätzchen mehr war und seine Eigenschaften erkennbar wurden. Wir nannten ihn General Pinknose den Dritten. Damit bezeugten wir ihm unsere Hochachtung und erinnerten uns vielleicht daran, daß einen auch die umsorgteste Katze eines Tages verlassen wird. Wir hatten dieses zarte Eiscreme-Rosa schon bei früheren, weniger beeindruckenden Katzen gesehen, allerdings an der Spitze von nicht ganz so edel geformten Nasen. Wie manche Menschen erhält auch er andere Namen, wenn die Zeit etwas Neues ans Licht bringt, und vor kurzem wurde er wegen seiner moralischen Kraft und seiner Fähigkeit, ein stummes Urteil über ein Ereignis abzugeben, eine Zeitlang zum Bischof und hieß Bischof Butchkin. Diese beiden Katzen lagen mit dem Kinn auf den Vorderpfoten an ihren Plätzen und beobachteten Rufus, ohne sich zu äußern. Charles sitzt immer unter einer Heizung, aber Butchkin liebt den Platz auf einem hohen Korb, wo er alles im Auge behalten kann. Er ist eine prachtvolle Katze. Die Nähe hatte meinen Blick getrübt: Ich wußte, daß er hübsch ist, aber ich kam von einer Reise zurück und stand tief beeindruckt vor dieser großen Katze mit dem auffallend glänzend schwarz und makellos weiß gezeichneten Fell, den gelben Augen und weißen Schnurrhaaren, und ich dachte daran, daß diese Schönheit durch Pflege und gutes Futter aus gewöhnlichem Wald- und Wiesen-Erbgut hervorgegangen war. Ein unkastrierter Kater, der bei jedem Wetter unterwegs sein und um eine Katze kämpfen muß, würde nicht so aussehen, wäre kleiner oder zumindest mager, flink und von Kämpfen gezeichnet. Nein, ich bin über das Kastrieren von Katzen nicht glücklich, ganz im Gegenteil.

Aber diese Geschichte handelt nicht von El Magnifico – das ist der Name, der am besten zu ihm paßt.

Wenn Charles glaubte, daß wir nichts merkten, versuchte er, Rufus in eine Ecke zu drängen und ihn einzuschüchtern. Aber Charles hat nie kämpfen müssen, Rufus aber sein Leben lang. Rufus war so gebrechlich, daß ihn der Hieb einer entschlossenen Pfote umgeworfen hätte. Aber er setzte sich auf die Hinterbeine und verteidigte sich mit harten, erfahrenen Blicken, mit seiner vorsichtigen Geduld und Standhaftigkeit. Es gab keinen Zweifel, was geschehen würde, falls Charles in Hiebweite kam. Was El Magnifico betraf, so war er über Kämpfe auf dieser Ebene erhaben.

Während all der Wochen, in denen Rufus wieder zu Kräften kam, verließ er das Haus nur, um die Torfkiste auf dem Balkon aufzusuchen. Dort verrichtete er sein Geschäft, hielt dabei den Blick auf uns gerichtet, und wenn es aussah, als könnte ihn die Tür aussperren, miaute er leise und erschrocken und stakste wieder ins Haus. Er fürchtete selbst jetzt noch, er könne seine Zuflucht verlieren, die er nach langer Heimatlosigkeit, nach solch qualvollem Durst gefunden hatte. Er hatte Angst, eine Pfote nach draußen zu setzen.

Der Winter ging langsam vorüber. Rufus lag auf seinem Ledersack, schnurrte jedesmal, wenn er daran dachte, beobachtete uns und beobachtete die beiden anderen Katzen, die ihn beobachteten. Dann unternahm er den ersten Schritt. Inzwischen wußten wir, er tat nichts ohne einen sehr guten Grund; er überlegte sich alles, und dann handelte er. Butchkin, die schwarzweiße Katze, ist der Boß. Er stammt aus einem Wurf von sechs Kätzchen und wurde in diesem Haus geboren. Er erzog seine Geschwister genauso, wie seine Mutter es tat: sie war weniger eine schlechte als eine erschöpfte Mutter. Es stand immer außer Frage, wer in diesem Wurf dominierte. Nun entschloß sich Rufus zu dem Versuch, die Nummer Eins zu werden. Nicht durch Stärke, denn die fehlte ihm, sondern indem er seine Stellung als kranker Kater ausnutzte, der viel Aufmerksamkeit erhielt. Der General, El Magnifico Butchkin, legte sich jeden Abend eine Weile neben mich auf das Sofa, um sein Recht auf diesen Platz zu unterstreichen, ehe er auf seinen Lieblingskorb sprang. Der Platz neben mir war der beste Platz, weil Butchkin ihn dafür hielt: Charles war zum Beispiel dort nicht zugelassen. Aber nun verließ Rufus bewußt den Ledersack, so wie er bewußt zur Küchentür gegangen war und sich dort umgedreht hatte, um zu sehen, ob wir ihn ins Haus lassen würden, so wie er in der Wohnzimmertür gestanden hatte, um herauszufinden, ob wir erlaubten, daß er sich der Familie anschloß, so kam Rufus nun langsam zu mir, kletterte zuerst mit den Vorderpfoten, dann mühsam mit den Hinterpfoten hoch und setzte sich neben mich. Er sah Butchkin an. Dann die Menschen. Schließlich warf er einen beiläufigen Blick auf Charles. Ich jagte ihn nicht vom Sofa. Ich konnte es nicht. Butchkin sah ihn nur an und gähnte nachdrücklich (und erhaben). Ich war der Ansicht, er sollte Rufus zwingen, zu seinem Ledersack zurückzugehen. Aber er unternahm nichts, er beobachtete nur. Wartete er darauf, daß ich handelte? Rufus legte sich wegen seiner schmerzenden Gelenke vorsichtig nieder. Und schnurrte. Alle Menschen, die mit Tieren zusammenleben, kennen Augenblicke, wenn sie sich nach einer gemeinsamen Sprache sehnen. Das war ein solcher Augenblick. Was war mit Rufus geschehen, wie hatte er gelernt, zu taktieren und zu planen, wie war er zu einer Katze geworden, die wirklich dachte? Sicher, er war von Natur aus intelligent, aber Butchkin und Charles waren das auch. (Es gibt sehr dumme Katzen.) Gut, er war mit diesen oder jenen Eigenschaften geboren worden. Aber ich habe noch nie eine Katze erlebt, die in der Lage war, so zu überlegen, ihren nächsten Schritt so zu planen, wie Rufus es tat.

Er lag neben mir; nachdem er, noch vor wenigen Wochen ein Ausgestoßener, es auf den besten Platz im Wohnzimmer geschafft hatte, schnurrte er. ›Pssst, Rufus, wir können unsere eigenen Gedanken nicht mehr hören.‹ Aber wir hatten keine gemeinsame Sprache, konnten ihm nicht erklären, daß wir ihn nicht hinauswerfen würden, wenn er aufhörte zu schnurren und Dankeschön zu sagen.

Wenn wir ihn zwangen, seine Medikamente zu schlucken, gab er kleine Protestlaute von sich: Vermutlich sah er darin den Preis, den er für einen Zufluchtsort zahlen mußte. Wenn wir ihm die Ohren säuberten und es weh tat, fluchte er, aber nicht über uns: Es war das ganz allgemeine Fluchen von einem, der oft genug Anlaß dazu gehabt hatte. Dann leckte er uns die Hände, um zu zeigen, daß er nicht uns meinte, und begann wieder zu schnurren. Wir streichelten ihn, und er ließ sein rauhes, anerkennendes Brummen ertönen.

Butchkin der Prächtige sah zu und machte sich seine Gedanken. Sein Charakter hatte viel mit Rufus' Schicksal zu tun. Er ist zu stolz, um mit jemandem zu konkurrieren. Wenn er sich ganz oben im Haus vertraulich mit mir unterhält, und Charles kommt ins Zimmer, springt er einfach vom Bett oder vom Sessel und geht nach unten. Er toleriert nicht nur keine Konkurrenz, die er seiner für unwürdig erachtet, er duldet auch keine Gedanken, die nicht um ihn kreisen. Wenn ich ihn halte und streichle, müssen sich meine Gedanken auf ihn richten. Butchkin streicheln, während ich lese, das gibt es nicht. Sobald meine Gedanken abschweifen, weiß er es, springt herunter und verschwindet. Aber er ist nicht nachtragend. Wenn Charles sich schlecht benimmt und ihn plagt, versetzt er ihm vielleicht einen Hieb, aber dann, noblesse oblige, schenkt er ihm ein verzeihendes Lecken.

Eine solche Persönlichkeit erniedrigt sich nicht, indem sie mit irgendeiner Katze um den ersten Platz kämpft.

Eines Tages stand ich mitten im Zimmer und sprach mit Butchkin, der zusammengerollt auf seinem Korb lag, als Rufus vom Sofa sprang, sich vor meine Beine stellte und Butchkin ansah, als wollte er sagen: Mich hat sie lieber. Das geschah langsam und mit Absicht; er war nicht emotional oder unbesonnen oder impulsiv – alles Eigenschaften, die Charles im Übermaß besaß. Rufus hatte alles geplant, er war ruhig und bedächtig. Er hatte sich zu einem letzten Versuch entschlossen, die Nummer Eins zu werden, mein Liebling, und Butchkin auf den zweiten Platz zu verweisen. Aber das duldete ich nicht. Ich deutete auf das Sofa, und er blickte in einer Weise zu mir auf, die, wäre er ein Mensch gewesen, bedeutet hätte: Es war immerhin einen Versuch wert. Er ging zurück zum Sofa.

Butchkin hatte meine Entschlossenheit zu seinen Gunsten bemerkt. Er kommentierte sie nur damit, daß er seinen Platz verließ, sich um meine Beine wand und wieder hinaufsprang.

Rufus hatte den Versuch gemacht, die Nummer Eins zu werden, und war gescheitert.

Er hatte seit Monaten keine Pfote vor das Haus gesetzt, aber jetzt sah ich, wie er schwerfällig einen Sprung auf das Dach versuchte. Von dort blickte er zurück, immer noch in der Angst, ich würde ihn vielleicht nicht mehr hereinlassen, betrachtete dann den Fliederbaum und überlegte, wie er hinunterkam. Es war Frühling geworden. Der Baum stand im frischen Grün, und die noch geschlossenen Blüten hingen als grünlichweiße Wedel herab. Rufus entschied sich gegen den Baum und sprang mühsam zurück auf den Balkon. Ich nahm ihn hoch, trug ihn ins Erdgeschoß und zeigte ihm das Katzentürchen. Er war entsetzt und hielt es für eine Falle. Ich schob ihn sanft hindurch, während er schimpfte und sich wehrte. Ich ging nach ihm hinaus, hob ihn hoch und schob ihn zurück. Er sprang sofort die Stufen hinauf, weil er dachte, ich wollte ihn für immer aus dem Haus jagen. Der Vorgang wiederholte sich an den folgenden Tagen, und Rufus mochte das gar nicht. Ich streichelte und lobte ihn, damit er wußte, daß ich nicht versuchte, ihn loszuwerden.

Er dachte darüber nach. Ich beobachtete, wie er seinen Platz auf dem Sofa verließ und langsam die Treppe hinunter zum Katzentürchen ging. Unentschlossen stand er davor und untersuchte es mit zuckendem Schwanz. Er fürchtete sich: Die Angst trieb ihn zurück. Er zwang sich, stehenzubleiben, wieder hinzugehen ... mehrere Male. Schließlich kam er bis an die Klappe und wollte sich zwingen hindurchzuschlüpfen, aber sein Instinkt meldete sich und trieb ihn davon. Das wiederholte sich wieder und wieder. Und dann tat er es. Wie ein Mensch, der in die ungewisse Tiefe springt, schob er zuerst den Kopf hindurch, dann den Körper und stand im Garten, der erfüllt war von den Düften und Geräuschen des Frühlings: Vögel jubilierten, weil sie einen Winter überstanden hatten, und Kinder nahmen ihre Spielplätze wieder in Besitz. Der alte Vagabund hob die Pfote und schnupperte die Luft, die ihn mit neuem Leben zu erfüllen schien, und bewegte den Kopf hin und her, um die Duftbotschaften aufzufangen (jemand im Haus nennt sie Duftogramme), die ihm frühere Freunde – Menschen und Katzen – ins Gedächtnis zurückriefen, die ihm Erinnerungen brachten. Man konnte ihn sich als jungen Kater, hübsch und voller Lebenskraft, vorstellen. Und so ging er in seiner bedächtigen Art und mit leichtem Hinken zum Ende des Gartens. Unter den alten Obstbäumen blickte er nach rechts und nach links. Erinnerungen zogen ihn nach beiden Seiten. Er entschied sich für rechts und kroch unter dem Zaun hindurch, zum Haus der alten Frau – so vermuteten wir. Dort blieb er ungefähr eine Stunde, und dann sah ich, wie er zurückkam, sich unter unserem Gartenzaun hindurchzwängte. Er kam den Gartenweg entlang, stand neben der Klappe an der Hintertür und blickte zu mir hoch: Bitte mach auf, das war genug für einen Tag. Ich gab nach und öffnete ihm die Tür. Am nächsten Tag schlüpfte er durch die Klappe nach draußen und kam durch die Klappe zurück, und danach bestand keine Notwendigkeit mehr für eine Katzenkiste, nicht einmal dann, wenn es regnete oder schneite, oder der Garten voller Lärm und Wind war. Das heißt, es bestand keine Notwendigkeit mehr, solange er nicht krank und zu schwach war.

Meist machte er seine Besuche rechts, manchmal verschwand er aber auch nach links. Das war ein längerer Ausflug; ich beobachtete ihn durch das Fernglas, bis ich ihn im Gebüsch aus den Augen verlor. Nach seiner Rückkehr kam er jedesmal sofort zu mir, um sich streicheln zu lassen, und setzte seine Schnurrmaschine in Gang ... damals wurde mir bewußt, daß sein Schnurren nicht mehr das überlaute, nachdrückliche und langanhaltende Geräusch der ersten Zeit war. Jetzt schnurrte er angemessen und maßvoll, wie es sich für eine Katze gehörte, die sichergehen wollte, daß wir wußten, sie schätzte uns und ihren Platz bei uns, selbst wenn sie nicht die dominierende Katze war und wir ihr nie den ersten Platz einräumen würden. Lange Zeit hatte Rufus gefürchtet, wir würden uns als unzuverlässig erweisen und ihn wegjagen oder aussperren, aber nun fühlte er sich sicherer. Während dieser Zeit machte er jedoch niemals seine Besuche, ohne hinterher sofort zu einem von uns zu kommen und zu schnurren; er setzte sich neben unsere Beine oder drückte die Stirn an uns, was bedeutete, wir sollten ihn an den Ohren kraulen, besonders an dem wunden, das nicht heilen wollte.

Der Frühling und der Sommer waren eine gute Zeit für Rufus. Er war soweit gesund. Er fühlte sich geborgen, obwohl ich einmal unvorsichtigerweise nach einem alten Besenstiel griff, der hinten auf dem Balkon lag, und erlebte, wie er in wilder Panik auf das Dach hinuntersprang, sich überschlug, am Fliederstamm hinunterkletterte und zum Ende des Gartens raste. In der Vergangenheit hatte jemand mit Stöcken nach ihm geworfen, hatte ihn geschlagen. Ich lief hinunter in den Garten und fand ihn unter einem Busch, wo er sich vor Schreck versteckt hatte. Ich nahm ihn hoch, trug ihn zurück, zeigte ihm den harmlosen Besenstiel, entschuldigte mich und streichelte ihn. Er begriff, daß alles ein Mißverständnis gewesen war.

Rufus brachte mich dazu, über die verschiedenen Arten von Katzenintelligenz nachzudenken. Ich hatte schon gelernt, daß Katzen unterschiedliche Temperamente haben. Rufus besitzt die Intelligenz des Überlebenskünstlers. Charles hat eine wissenschaftliche Intelligenz, ihn macht alles neugierig: Was Menschen tun, Leute, die ins Haus kommen, und besonders unsere technischen Gegenstände. Tonbandgeräte, der sich drehende Plattenteller, der Fernsehapparat, das Radio faszinieren ihn. Man kann sehen, wie er überlegt, weshalb aus einem Kasten eine körperlose Stimme dringt. Als kleines Kätzchen und bevor er aufgab, hielt er öfter mit der Pfote eine Schallplatte an … ließ sie los … hielt sie wieder an … blickte zu uns und miaute fragend. Er ging zur Rückseite des Radiogeräts, um herauszufinden, ob er sehen konnte, was er hörte; er ging hinter den Fernsehapparat, drehte das Bandgerät mit der Pfote um, schnupperte daran, miau: Was ist das? Er ist eine gesprächige Katze. Er redet, während man die Treppe hinunter und aus dem Haus geht, er redet mit einem, wenn man hereinkommt und hinaufgeht, er hat für alles, was geschieht, einen Kommentar parat. Wenn er aus dem Garten kommt, hört man ihn bis hinauf ins oberste Stockwerk. ›Hier bin ich endlich!‹ ruft er, ›ich, der wunderbare Charles. Wie müßt ihr mich vermißt haben! Stellt euch nur vor, was mir passiert ist, ihr werdet es nicht glauben …‹ Er kommt in das Zimmer, in dem man sitzt, bleibt mit leicht zur Seite geneigtem Kopf in der Türöffnung stehen und wartet darauf, bewundert zu werden. ›Bin ich nicht die schönste Katze im Haus?‹ fragt er und bebt vor Erregung am ganzen Körper. Charmant – das ist das richtige Wort für Charles.

Der General besitzt eine intuitive Intelligenz, er weiß, was man denkt und was man als nächstes tun wird. Technische Dinge und wie sie funktionieren, interessieren ihn nicht; er macht sich nicht die Mühe, einen mit seinem Aussehen zu beeindrucken. Er redet, wenn er etwas zu sagen hat, und nur dann, wenn er mit einem allein ist. ›Ah‹, sagt er, wenn er feststellt, daß die anderen Katzen nicht da sind, ›endlich sind wir allein.‹ Und er gestattet ein Duett gegenseitiger Bewunderung. Wenn ich von irgendwoher zurückkomme, rennt er vom Ende des Gartens herbei und ruft: ›Da bist du ja. Ich habe dich vermißt! Wie konntest du weggehen und mich so lange alleinlassen?‹ Er springt in meine Arme, leckt mir das Gesicht, kann sich vor Freude nicht halten und rast wie ein junges Kätzchen durchs ganze Haus. Danach wird er wieder ernst und würdevoll.

Als es Herbst wurde, hatte Rufus sich einige Monate lang wie eine starke, gesunde Katze verhalten; er hatte Freunde besucht und war manchmal ein oder zwei Tage weggeblieben. Aber nun ging er nicht mehr aus dem Haus. Er war eine kranke Katze und lag an einem warmen Platz, er war eine bedauernswerte Katze mit offenen Stellen an den Pfoten, schüttelte wegen des Geschwürs im Ohr den Kopf und trank und trank ... Zurück zum Tierarzt. Diagnose: nicht gut, sogar sehr schlecht, solche offenen Stellen sind ein schlechtes Zeichen. Mehr Antibiotika, mehr Vitamine. Rufus sollte nicht hinaus in die Kälte und Nässe. Monatelang unternahm Rufus keinen Versuch, das Haus zu verlassen. Er lag an der Heizung, und das Fell fiel ihm in großen und dicken rostfarbenen Büscheln aus. Wo er lag, und sei es auch nur für wenige Minuten, blieb ein Nest aus roten Haaren, und man konnte durch das dünne Fell die Haut sehen. Allmählich erholte er sich.

Das Unglück wollte es, daß eine andere Katze, die uns nicht gehörte, gleichzeitig Pflege brauchte. Sie war überfahren worden, hatte eine schwere Operation hinter sich und wurde bei uns gesund gepflegt, bevor sie in ihr neues Zuhause kam. Es gab zwei Katzen im Haus, um die viel Aufhebens gemacht wurde, und unseren eigenen Katzen gefiel das nicht, sie kehrten dem ärgerlichen Anblick den Rücken zu und verzogen sich in den Garten. Dann schien auch Butchkin krank zu sein. Wenn ich in den Garten oder ins Wohnzimmer kam, reckte er den Hals vor und hustete auf eine vornehme und schwermutige Weise: das Bild edel ertragenen Leids. Ich brachte ihn zum Tierarzt, doch es fehlte ihm nichts. Ein Rätsel. Er hustete auch weiterhin. Im Garten konnte ich keine Hacke in die Hand nehmen, kein Unkraut rupfen, ohne das hohle, heisere Husten zu hören. Wirklich sehr merkwürdig. Als ich eines Tages den armen Butchkin gestreichelt und mich nach seinem Befinden erkundigt hatte, ging ich zurück ins Haus, und mir kam ein unangenehmer Verdacht. Ich lief nach oben und beobachtete ihn durch das Fernglas. Keine Spur von Husten; er lag lang ausgestreckt auf der Erde und genoß die erste Frühlingssonne. Ich ging hinunter in den Garten, und als er mich erblickte, kauerte er sich zusammen, reckte den Hals, hustete und litt. Ich ging mit dem Glas zurück auf den Balkon: Da lag er, gähnte gelangweilt, und sein schönes schwarzweißes Fell glänzte in der Sonne. Glücklicherweise erholte sich die zweite Katze, übersiedelte in ihr neues Heim, und wir waren wieder eine Familie mit drei Katzen. Butchkins Husten verschwand mysteriöserweise, und er erhielt einen neuen Namen: Einige Zeit war er Sir Laurence Olivier Butchkin.

Nun genossen alle drei Katzen den Garten auf ihre eigene Weise, gingen aber getrennte Wege: Wenn sich ihre Pfade kreuzten, ignorierten sie sich höflich.

An einem sonnigen Morgen sah ich auf dem hellgrünen Rasen des Nachbarhauses zwei rote Katzen. Die eine war Rufus. Sein Fell war nachgewachsen, wenn auch schütterer als zuvor. Er hockte entschlossen auf den Hinterbeinen einem sehr jungen Kater gegenüber, der ihn herausforderte. Sein Fell war hellorange wie eine Aprikose im Sonnenlicht; er war eine plüschige, fedrige Katze und teilte zuerst mit der einen, dann mit der anderen Pfote zierliche Hiebe aus. Dabei berührte er Rufus nicht, sondern – oder so wirkte es – zielte auf eine imaginäre Katze direkt vor Rufus. Der hübsche junge Kater schien im Sitzen zu tanzen, er schwankte und wiegte sich, schlug und boxte in die Luft; der leuchtende Glanz seines

Fells ließ Rufus schäbig erscheinen. Sie ähnelten sich: Ich war sicher, es war ein Sohn von Rufus, und ich sah in ihm den armen, alten heruntergekommenen Rufus, bevor ihm die Lieblosigkeit der Menschen zum Verderben geworden war. Die Szene dauerte Minuten, eine halbe Stunde. Wie es bei Katern oft vorkommt, schienen die beiden ein rein formelles Turnier oder Duell zu veranstalten, ohne die Absicht, sich gegenseitig wirklich zu verletzen. Der Junge miaute ein- oder zweimal, aber Rufus blieb stumm und unerschütterlich sitzen. Der junge Kater führte mit seinen flauschigen roten Vorderpfoten weiter Scheinangriffe aus, hörte aber dann auf und leckte sich eifrig die Seiten, als verlöre er das Interesse an der Sache. Die unerschütterliche Präsenz von Rufus erinnerte ihn an seine Pflicht zu kämpfen. Er richtete sich wieder auf, war ganz Eleganz und Pose wie eine heraldische Katze, eine Katze auf einem Wappenschild, und dann begann er seinen Schautanz von neuem. Rufus blieb still sitzen: Er kämpfte nicht, weigerte sich aber auch nicht zu kämpfen. Dem jungen Kater wurde es langweilig, und er bummelte durch den Garten: Er sprang nach Schatten, rollte sich im Gras, rekelte sich und jagte Insekten. Rufus wartete, bis er verschwunden war, und machte sich dann in seiner ruhigen Art auf den Weg – in diesem Frühjahr nicht nach rechts zu der alten Dame, sondern nach links, wo er stundenlang oder sogar über Nacht blieb. Denn es ging ihm wieder gut, und es war Frühling, die Paarungszeit. Er kam durstig und hungrig nach Hause, und das hieß, er freundete sich nicht mit Menschen an. Später im Frühling blieb er länger aus, vielleicht zwei oder drei Tage. Ich war ziemlich sicher, er hatte eine Freundin.

Die Graue, eine launische und griesgrämige Katze, war immer zu anderen Katzen unfreundlich gewesen. Vor ihrer Sterilisation war sie lieblos gegen Kater gewesen, und sie blieb selbst Katzen gegenüber feindselig, die lange Zeit im selben Haus lebten. Sie hatte keine Katzenfreunde, nur Menschenfreunde. Als sie sich zum erstenmal mit einer Katze anfreundete, war sie alt – etwa dreizehn Jahre. Damals lebte ich in einer kleinen Wohnung im obersten Stock eines Hauses, das kein Katzentürchen hatte; es gab nur die Treppe zur Haustür. Von dort ging sie zum Garten hinter dem Haus. Sie konnte die Tür aufdrücken, um hereinzukommen, mußte jedoch hinausgelassen werden. Sie begann, die Besuche eines alten grauen Katers zu dulden, der dicht hinter ihr die Treppe heraufkam, an der Wohnungstür darauf wartete, daß unsere Katze ihm erlaubte weiterzugehen, dann die Stufen hinaufstieg und oben darauf wartete, daß er aufgefordert wurde, in mein Zimmer zu kommen: Er wartete auf die Einladung der grauen Katze, nicht auf meine. Die Graue mochte ihn. Zum erstenmal mochte sie eine Katze, die nicht ihr Junges gewesen war. Der Kater kam ruhig in mein Zimmer – in seinen Augen ihr Zimmer – und ging zu ihr. Anfangs saß sie ihm mit einem großen alten Sessel als Schutz im Rücken gegenüber: Sie traute niemandem, sie nicht! In einiger Entfernung blieb der Kater stehen und miaute leise. Wenn sie mit einem knappen, zögernden Miau darauf antwortete – denn sie war wie eine alte Frau geworden, die, ohne es zu wissen, mürrisch und übellaunig ist –, kauerte er sich etwa dreißig Zentimeter entfernt vor ihr zusammen und sah sie unverwandt an. Auch die Graue kauerte sich zusammen. So blieben sie vielleicht eine oder zwei Stunden sitzen. Später wurde die graue Katze weniger streng, und sie saßen nebeneinander, allerdings ohne sich zu berühren. Sie unterhielten sich nicht, abgesehen von den kleinen leisen Begrüßungslauten. Sie mochten sich, sie wollten beisammensitzen. Wer war der Kater? Wo lebte er? Ich fand es nie heraus. Er war alt, ein Kater, der kein leichtes Leben gehabt hatte, denn wenn man ihn hochnahm, war er wie ein Schatten, und sein Fell war stumpf. Aber er war nicht kastriert, er war ein vornehmer alter Kater, grau mit weißen Schnurrhaaren, höflich und wie ein feiner Herr. Er erwartete keine Sonderbehandlung, erwartete überhaupt nicht viel vom Leben. Er fraß ein wenig von ihrem Futter, trank etwas Milch, wenn sie ihm angeboten wurde, wirkte aber nicht hungrig. Wenn ich nach Hause kam, wartete er oft an der Haustür, miaute ganz zart und blickte zu mir auf. Dann kam er hinter mir ins Haus, folgte mir die Treppe herauf zur Wohnungstür, miaute noch einmal und kam dann die letzte Stufen hinauf in die Wohnung. Dort ging er geradewegs zu der Grauen, die bei seinem Anblick ihr verdrießliches kleines Miau hervorstieß, dann jedoch zuließ, daß er sie mit einem Schnurren begrüßte. Er verbrachte lange Abende mit ihr. Sie war verändert, weniger empfindlich und weniger schnell beleidigt. Ich beobachtete die beiden oft, wenn sie beisammensaßen wie zwei alte Menschen, die sich nicht unterhalten müssen. In meinem ganzen Leben habe ich nie sehnlicher gewünscht, mit einem Tier eine gemeinsame Sprache zu haben. ›Weshalb dieser Kater?‹ wollte ich sie fragen. ›Weshalb diese Katze und keine andere? Was hat dieser alte höfliche Kater an sich, daß du ihn magst? Denn ich nehme an, du magst ihn, das wirst du doch zugeben? All diese netten Katzen im Haus, dein ganzes Leben lang, und du hast nie eine von ihnen gemocht. Und jetzt ...‹

Eines Abends kam er nicht. Am nächsten auch nicht. Die Graue wartete auf ihn. Sie behielt den ganzen Abend die Tür im Auge. Dann wartete sie unten an der Haustür. Sie suchte im Garten. Aber er kam nicht, er kam nie mehr. Und sie freundete sich nie wieder mit einer Katze an. Eine andere Katze, ein Kater, der die Katze unten im Haus besuchte, flüchtete sich ein paar Wochen vor seinem Ende zu uns, als er sehr krank wurde, und er lebte bis zu seinem Tod in meinem Zimmer – ihrem Zimmer. Aber sie nahm ihn nicht zur Kenntnis. Sie verhielt sich, als wären nur ich und sie da.

Ich glaubte, daß Rufus eine solche Freundin hatte und daß er sie besuchte.

Eines Abends im Spätsommer blieb er bei mir auf dem Sofa, und am nächsten Morgen lag er in genau derselben Position noch dort. Als er endlich heruntersprang, hatte er beim Gehen ein schlaff herabhängendes Hinterbein. Der Tierarzt sagte, er sei überfahren worden: Man konnte das an den Krallen erkennen, denn Katzen strecken instinktiv haltsuchend die Krallen aus, wenn das Rad sie erfaßt. Seine Krallen waren abgebrochen und gesplittert. Er hatte einen schlimmen Bruch am Hinterbein.

Der Gipsverband reichte vom Fußknöchel bis zum Schenkelansatz, und Rufus wurde mit Futter, Wasser und einer Katzenkiste in ein ruhiges Zimmer gebracht. Dort blieb er zufrieden über Nacht, wollte dann aber hinaus. Wir öffneten die Tür und sahen zu, wie er unbeholfen Absatz um Absatz die Treppe ins Erdgeschoß hinunterstieg. Er fluchte und schimpfte, als er das unbewegliche, nach hinten ragende Bein durch das Katzentürchen manövrierte und über den Gartenweg hinkte und hüpfte. Er schimpfte noch mehr, als er auf dem Weg zu seiner Freundin sich und das Bein unter dem Zaun hindurchschob. Er blieb ungefähr eine halbe Stunde: Er mußte jemandem, einer Katze oder einem Menschen, von seinem Unfall berichten. Bei der Rückkehr ließ er sich gerne wieder in sein Refugium bringen. Er wankte, stand unter Schock, und seine Augen verrieten, daß er Schmerzen hatte. Sein Fell, das während des Sommers und durch gutes Futter dicht geworden war, sah struppig aus, und er war wieder die arme alte Katze, die sich nur mit Mühe putzen konnte. Armer alter Kater. Armer Unglücksrabe! Er erhielt wie Butchkin neue Namen, allerdings waren sie traurig. Aber er ließ sich nicht unterkriegen. Er machte sich mit Erfolg daran, den Gipsverband zu entfernen, und wurde wieder zum Tierarzt gebracht. Dort bekam er einen neuen Gipsverband, den er nicht abreißen konnte, obwohl er es versuchte. Und er unternahm jeden Tag den Ausflug die Treppe hinunter zum Katzentürchen. Dort zögerte er, zwängte sich dann schimpfend hindurch, denn er stieß sich dabei immer das Bein an, das er nachzog, und wir sahen, wie er durch das herbstliche Laub und die Pfützen den Gartenweg entlanghinkte. Er mußte sich beinahe flach auf die Erde legen, um unter dem Zaun hindurchzukommen. Jeden Tag erstattete er seine Meldung, kam erschöpft zurück und schlief. Wenn er wach war, bemühte er sich, den Verband zu lösen. Dort, wo Rufus saß, war alles weiß von Gipskrümeln.

Nach einem Monat wurde der Verband abgenommen. Das Bein war steif, aber benutzbar, und Rufus wurde wieder der alte: ein galanter Kater auf Abenteuern, der uns als Stützpunkt benutzte. Dann wurde er wieder krank. Dieser Kreislauf wiederholte sich ein paar Jahre. Er wurde gesund, war unterwegs, wurde krank und kam nach Hause. Aber seine Krankheiten wurden schlimmer. Das Geschwür im Ohr heilte nicht. Er kam irgendwoher zurück und bat um Hilfe. Er fuhr mit der Pfote vorsichtig an das eiternde Ohr, würgte vorsichtig beim Geruch der Pfote und blickte seine Pfleger hilflos an. Er stieß kleine, brummende Prostestlaute aus, während wir das Ohr auswuschen, obwohl er das wollte; er nahm seine Medikamente, lag herum und ließ zu, daß es ihm unter unserer Obhut wieder besser ging: ein zäher, muskulöser Körper, trotz seiner Leiden war er ein starker alter Kater. Erst am Ende seines Lebens, seines viel zu kurzen Lebens, als er sehr krank war und kaum noch laufen konnte, blieb er zu Hause und versuchte nicht mehr hinauszugehen. Er lag auf dem Sofa, und wenn er nicht schlief, schien er zu denken oder zu träumen. Einmal streichelte ich ihn wach, um ihm seine Medizin zu geben, und er erwachte mit diesem zutraulichen, liebevollen Gurren, mit dem Katzen die Menschen und Katzen begrüßen, die sie lieben. Als er sah, daß ich es war, wurde er der normale, höfliche und dankbare Rufus, und ich begriff, daß ich nur dieses eine Mal diesen besonderen Laut von ihm gehört hatte – und das in einem Haus, in dem Rufus den ganzen Tag zu hören war. So begrüßen Katzenmütter ihre Jungen, und die Jungen ihre Mütter. Hatte er von seiner Zeit als Kätzchen geträumt? Oder vielleicht von dem Menschen, dem er als kleine oder als junge Katze gehört hatte, der aber wegging und ihn alleinließ? Dieses sanfte Gurren schmerzte mich und versetzte mir einen Stich, denn Rufus hatte es selbst dann nicht hervorgebracht, wenn er wie eine Maschine schnurrte, um seine Dankbarkeit zu zeigen. In all der Zeit, die er uns kannte, beinahe vier Jahre lang, während wir ihn mehrmals gesund oder beinahe gesund pflegten, hatte er nie wirklich glauben können, daß er dieses Zuhause nicht verlieren würde, und er befürchtete, daß er sich dann wieder allein durchschlagen müßte; er hatte nicht glauben können, daß er nicht wieder eine Katze werden würde, die der Durst beinahe verrückt werden ließ und die unter der Kälte litt. Sein Vertrauen in einen Menschen, in seine Liebe war so schrecklich enttäuscht worden, daß er sich nie mehr erlauben konnte, noch einmal zu lieben.

Die Bekanntschaft mit Katzen, ein Leben mit Katzen hinterläßt ein Leid, das sich sehr von dem Leid unterscheidet, welches man wegen eines Menschen empfindet – eine Mischung aus Schmerz über ihre Hilflosigkeit und über unser aller Schuld.

Annette Kast-Riedlinger

Wunderbare Illusion

Die Erheiterung über das groteske Intermezzo trug mich auf schneller Sohle meinem Heim entgegen. Gerade als ich die Haustür aufstoßen wollte, trat ein Mann neben mich. Nach dem ersten Schrecken erkannte ich Micky.

»Hallo, Junia, darf ich mit dir reinkommen? Ich bin ziemlich durchgefroren.«

Da ich mich ja vorwiegend im Laufschritt bewegt hatte, war mir nicht aufgefallen, wie kühl es draußen war. Aber Micky stand da wie der fleischgewordene Wetterbericht: mit roter Schniefnase und vor Kälte steifen Händen. In der einen hielt er einen ziemlich trauerwedeligen Rosenstrauß.

»Micky! Was tust du denn hier? Komm rein!« sagte ich und zog ihn mit. Im Treppenhaus fiel mir ein, daß es mindestens halb zwölf sein mußte, und daß ich eigentlich... Doch das hier war ein Notfall.

Micky hatte den ganzen Abend vor dem Haus auf Isabel gewartet. Aber sie war nicht gekommen.

Ich fand es zumindest beruhigend, daß er von der Straße weg war, denn wenn Isabel in Begleitung heimgekommen wäre, hätte es womöglich Theater gegeben.

»Ich hab' dich vor einer ganzen Weile rausgehen sehen, aber weil du's so eilig hattest, wollte ich dich nicht fragen, ob du was weißt.«

»Du, ich glaube, sie ist für den Katalog auf Tour«, sagte ich vage. »Und weil sie dabei vom Wetter abhängig sind, war's nicht klar, wie lange es geht.«

Micky saß da wie ein Häufchen Elend.

»Ach so... Weißt du, ich wollte sie nämlich mal wieder zum Essen einladen.«

Ich goß uns Tee ein und bröckelte Schokoladenrippchen auf einen Teller. Micky griff dankbar zu.

»Zum Essen?« fragte ich. »Schon wieder? Sag mal, du hast doch hoffentlich keine Bank überfallen?«

»Nein, ich hab meine Münzsammlung verkauft.«

»Du sammelst Münzen?« Das war wirklich das letzte Hobby, das ich Micky zugetraut hätte.

»Nein! Die hat mir mein Opa geschenkt, als ich achtzehn geworden bin.«

»Und die hast du verkauft? Du bist ja verrückt!«

Ich überlegte gleich, wie sich die Sache rückgängig machen ließe, stellte mir vor, ich würde zu dem Händler gehen, mich als Mickys Schwester ausgeben, der er alles gebeichtet hatte. Ich würde die Münzensammlung zurückkaufen und behaupten, ich wollte sie der dem rechtmäßigen Besitzer zuführen.

›Sie wünschen doch wohl keine Anzeige wegen Hehlerei...‹, würde ich drohen, wenn er nicht spurte.

Aber dann besann ich mich darauf, daß das allein Mickys Angelegenheit war, und daß er sein Lehrgeld selber bezahlen mußte.

»Ja, ich bin verrückt«, bekannte er freimütig. »Ich bin verrückt nach Isabel! Tag und Nacht denk' ich nur noch an sie, daran, wie ich sie wiedersehen, wie ich sie für mich gewinnen kann.«

»Micky, Micky...«

»Glaubst du, ich hab' eine Chance?«

»Willst du die Wahrheit hören?«

»Ich weiß, ich weiß, eigentlich ist mir klar, daß ich keine Chance hab. Aber ich lieb' sie halt so sehr!«

»Na ja, und hierbei handelt es sich wohl um eine sehr einseitige Verteilung der Gefühle. Isabel sucht einen Mann, der ihr ein Leben in Luxus bietet. Dazu wärst du nie in der Lage, selbst wenn du in deiner Fabrik drei Schichten am Tag arbeiten würdest.«

Ich erinnerte mich an Isabels Kommentar zu diesem Thema: ›Wenn einer sich gerade mit Ach und Krach 'nen Innocenti leisten kann, darf er sich halt nicht auf 'nen Testarossa kaprizieren.‹

»Sie möchte auch ein gesellschaftliches Leben führen. Einladungen, Theater, Bälle... Denk doch mal drüber nach! Behalt sie in deinen Träumen lieb und such dir ein nettes Mädchen, das ähnliche Interessen hat wie du.«

Er seufzte tief durch. »Wie könnt ich mir 'ne andere suchen – jetzt, wo ich Isabel kenne!«

»Muß ja nicht heute nacht sein... Übrigens, es ist schon spät, und ich muß morgen früh raus.«

Micky stand auf und zog seinen Parka über.

»Danke, Junia, du bist echt nett!«

»Micky, deine Rosen, ich hab' sie in der Küche ins Wasser gestellt.«

»Ich schenk sie dir. Lassen schon ein bißchen die Köpfe hängen – wie ich.«

Ich gab ihm auf jede Wange ein Küßchen und streichelte über seine Locken.

»Wieso kann ich mich nicht in 'ne Frau wie dich verlieben?« seufzte er, ließ mich mit diesem Klops zurück und trottete davon.

Ich ging in die Küche, schnippelte die Blumenstengel kürzer und brachte ein recht ansehnliches Arrangement zustande.

Wann hatte mir Martin zum letztenmal Blumen geschenkt? Unseren Jahrestag hatte er jedenfalls vergessen... Wann hatte er... Was erwartete ich eigentlich? Worauf wartete ich noch?

Ich rief mir meine Lektionen und meine Trintignant-Parole ins Gedächtnis, war froh darüber, daß ich den *Metaphysiker* relativ elegant abgehängt hatte und daß es mir gelungen war, Micky zwei, drei vernünftige Sätze mit auf den Weg zu geben, statt ihn nur zu bemitleiden.

Machen Sie sich auch kleine Fortschritte deutlich bewußt und beziehen Sie daraus Kraft für weitere! (Lektion zwei)

Ich stellte mir vor, daß Martin eintrudeln würde, wenn ich im ersten Tiefschlaf läge. Er schätzte es sehr, mich dann noch kurz zu nehmen. Als Schlaftablette, als Blitzableiter – oder einfach, um seinen Besitzanspruch zu manifestieren.

Früher hatte ich das mal gemocht, denn ich war davon ausgegangen, es sei Liebe. Aber jetzt! Und mit all der Angst vor Ansteckung, die mich vor allem dann überkam, wenn er sich mir unvorbereitet näherte...

Plötzlich hatte ich die teuflische Idee, ich müßte dem großen Macho eine brennende Lehre erteilen. (Die Intrige ist nun mal das Werkzeug der Unterdrückten.) Erst kicherte ich fröhlich vor mich hin, dann dachte ich über das Vorgehen nach, und dann machte ich mich an die Arbeit: Ich gab einen dicken Klecks Niveacreme in ein Schälchen und mixte eine ordentliche Portion höllisch scharfer Pfeffersauce drunter.

Diese Mischung packte ich mit dem Stil eines Kaffeelöffels in die Hülse eines Tampons, schob sie mir mit Hilfe des Tampons in die Vulva. Ich war davon ausgegangen, daß ich nicht sehr viel spüren würde, denn im Scheidenbereich ist ja die Schmerzempfindung angeblich relativ gering. Mag sein, daß ich also nur einen Bruchteil der insgesamt erreichbaren Qualen erlebte, aber ich muß sagen, ich brannte lichterloh!

Doch da ich wußte, was es war und wofür ich litt, war es gerade noch auszuhalten. Es gelang mir sogar, einzuschlafen. Aber sicher nicht lang. Als ich Martins Schlüssel im Schloß hörte, stellte ich mich jedoch schlafend. Er machte sich ohne besondere Rücksichtnahme fertig, knipste sogar Licht im Schlafzimmer an – wahrscheinlich, um zu sehen, auf welcher Seite ich lag – und ließ sich dann hinter meinem Rücken ins Bett plumpsen. Ich ahnte, was mich erwartete, denn er kroch gerne von hinten aus der Löffelchenposition in mich rein.

Als er seine Hand auf meine Hüfte legte, gab ich ihm noch eine letzte Chance. »Bitte nicht, Martin«, murmelte ich schlaftrunken, »laß mich bit-te schla-fen, ich bin hun-de-mü-de!«

»Ach komm, sei nicht so«, sagte er ungeduldig und machte sich zielstrebig an mir zu schaffen. »Ich muß doch fühlen, wo ich hingehöre!«

Du wirst es gleich spüren, dachte ich, in die Hölle! Ich sagte nochmal: »Bitte nicht, Martin!« Aber er war schon in mir drin und entledigte sich zügig seines Überdrucks. Dann hörte ich, wie er die Luft einzog, während er viel schneller als gewöhnlich rausrutschte. Er stand auf, fluchte zischend vor sich hin und ging ins Bad, wo sogleich der Wasserhahn rauschte.

Ich war froh, daß ich keine Chilischoten genommen hatte, wie es mir zuerst in den Sinn gekommen war. Dann wäre mein Schwindel in dem Moment aufgeflogen… Kurz darauf hörte ich, wie die Tür des Gefrierschranks geöffnet wurde und wie mehrere Gegenstände in die Spüle plumpsten. Wahrscheinlich bereitete sich Martin einen Eisbeutel. Ich stellte mich weiter schlafend. Und obwohl das Feuer in mir noch immer loderte, schlief ich befriedigt ein.

Am Morgen, als ich frühstückte, stand Martin plötzlich in der Küche. Normalerweise läßt er mich allein frühstücken, denn er fängt frühestens um elf an. Er trug einen Bademantel, was selten vorkam, hielt die Hände unter dem Bauch übereinandergelegt und sah grauenhaft aus. Er beobachtete mich unablässig, und ich gab mir alle Mühe, noch fröhlicher zu wirken, als mir ohnehin zumute war.

»Wie fühlst du dich?« wollte er wissen.

»Gut. Danke! Wenn ich nicht zur Arbeit müßte, wär's kaum auszuhalten…«

»Ich meine gesundheitlich. Fühlst du dich in Ordnung?«

»Oooch, kleiner Schnupfen im Frühjahr – das haben doch die meisten.«

Er ging unruhig in der Küche hin und her. Dann dehnte er seine Runde aufs Wohnzimmer aus, wo er Mickys Blumen entdeckte. Ein erstaunter Pfiff, dann kam's: »Aha, du hast Besuch gehabt. Herrenbesuch, nehme ich an… Wer war der Rosenkavalier?«

Es war sehr deutlich zu erkennen, daß er den schwarzen Peter gefunden zu haben glaubte. Es wäre ja auch zu bequem gewesen!

»Tut mir leid, mein Lieber, ich kann dir leider keinen Anlaß für einen Mord aus Eifersucht liefern. Die Blumen waren für Isabel gedacht. Sie sind von Micky, ihrem jungen Anbeter.«

»Soso, und als er bei ihr abgeblitzt ist, hat er an deinem Busen Trost gefunden…«

»Werd bitte nicht geschmacklos!« rügte ich ihn. »Du müßtest mich eigentlich gut genug kennen nach all den Jahren!«

Das saß. Ich kam mir zwar ein bißchen schurkisch vor, aber dennoch genoß ich seine Ratlosigkeit. Wäre seine Weste blütenrein gewesen, hätte er mir zweifellos sein Problem anvertraut. Aber offensichtlich wollte er keine schlafenden Hunde wecken.

Ich verabschiedete mich und verließ die Wohnung. Auf

der Straße fiel mir ein, daß mein Portemonnaie noch in der Windjacke steckte.

Deswegen ging ich nochmal hoch. Martin telefonierte gerade vom Bad aus, wo wieder der Wasserhahn rauschte.

»Brennt irrsinnig – ja, stark gerötet – was kann das sein? – Nein, bloß nicht!…«

Aha, aha, er unterhielt sich also mit seinem Freund und Hausarzt Thomas. Der sollte ihn nur gründlich untersuchen und auch alle Tests mit ihm durchführen. Allein die Angst und Ungewißheit, während er auf die Ergebnisse wartete, würden ihn (zumindest vorübergehend) sensibilisieren.

Ich machte mich mit Huhu-ich-bin's-nochmal! bemerkbar, und er fuhr fort: »Ja, danke, die Geschäfte gehen ausgezeichnet, könnte nicht besser laufen…«

Moritz war schon ganz zappelig vor Ungeduld, denn ich hatte mich um ganze drei Minuten verspätet. In der Wissenschaft kommt's halt auf jede Sekunde an. Trotzdem packte mich die Wut über seinen grenzenlosen Egoismus. Offenbar hatte die nächtliche Aktion gegen Martin mir soviel Auftrieb gegeben (oder war's der Pfeffer?), daß mich nun nach neuen Mutproben dürstete. Ich bat Moritz herein, zeigte ihm, wie das Gerät funktionierte, und ließ ihn wursteln. Dann holte ich den Packen mit seinem Originalwerk und den Kopien aus dem Tresor und legte ihn auf den Ladentisch.

Moritz sah mich an, als wäre ihm gerade ein Mißgeschick widerfahren. »Aber was ist denn heut los mit dir?«

»Ich räume auf.«

»Ach so, dann kann ich die Sachen nächste Woche wiederbringen?«

»Du verstehst mich falsch. Ich räume auf in meinem Leben.«

Moritz schaute mich ganz groß an. »Ja, und was hat das mit mir zu tun?«

»Siehst du, lieber Moritz, genau die Frage hab' ich mir auch gestellt. Dein ganzer Haufen da – was hat das mit mir zu tun?«

Er war völlig fassungslos. »Ich dachte, du interessierst dich für meine Forschungsarbeit.«

»Das hab' ich auch, und ich hätte sicher auch den Zugang dazu gefunden, wenn du mir einmal bei einem Abendessen – es hätte wahrhaftig nicht in einem exklusiven Restaurant sein müssen – etwas näher erklärt hättest, worum es geht. Aber du schleppst hier einmal in der Woche deinen Kram an, erwartest, daß ich dir meine Zeit schenke und deinen Schatz hüte, und verschwindest wieder.«

Ich staunte selber, wie ich in Fahrt gekommen war. Wenn Moritz auch etwas gesagt hätte, wäre ich wahrscheinlich verstummt, aber da er wie ein begossener Pudel dastand, wütete ich weiter: »Die Krönung unserer Beziehung wäre es wahrscheinlich gewesen, wenn ich irgendwann nach Mitternacht und in allerletzter Sekunde dein abgeschlossenes Werk hätte kopieren und binden dürfen. Vielleicht hättest du mir auch noch großzügig gestattet, eine Kopie für mich selber zu ziehen. Womöglich hättest du mir sogar noch eine Widmung reingekritzelt (mit deiner unleserlichen Klaue, dachte ich). Und dann wärst du gegangen. Ganz bestimmt hättest du noch gesagt, ›ich weiß nicht, wie ich das ohne dich geschafft hätte‹. Und aus diesem denkwürdigen Satz hätte ich bis zum Ende meiner Tage Honig saugen können.«

Mir war völlig bewußt, daß ich mit meiner egoistischen Aufwallung möglicherweise eine wissenschaftliche Karriere gefährdete, und dennoch blieb ich hart, als mich Moritz mit Tränen in den Augen fragte: »Aber was soll ich denn ohne dich machen?«

»Vielleicht findest du nochmal so 'ne Dumme. Es gibt ja etliche Copy-Shops in dieser Stadt. Andernfalls wird's halt ein bißchen teurer. Oder du machst die Sache an der Uni. Da mußt du dich halt in die Schlange einreihen.

Und für deine gesammelten Werke kannst du dir ja auf dem Bahnhof ein Schließfach nehmen. Ich möchte die Verantwortung dafür jedenfalls nicht mehr tragen! Du könntest natürlich auch versuchen, dich zusammenzureißen.«

Er zottelte ab, und ich war gerade im Begriff, mich reumütig mit meinem ekelhaften Verhalten auseinanderzusetzen, als ein Kunde den Laden betrat. Ich hatte ihn noch nie zuvor gesehen, und er wirkte etwas seltsam, verklemmt und gleichzeitig hinterhältig. Er schaute sich zunächst mal im

Laden um, hob die Schutzklappen der Geräte hoch und fragte nach den Unterschieden zwischen Farbe und schwarzweiß.

Ich gab ihm geduldig die gewünschte Auskunft, hatte aber die ganze Zeit das mulmige Gefühl, er belauere mich.

Schließlich räusperte er sich. Dann begann er unsicher: »Mein Anliegen mag Ihnen ein wenig seltsam vorkommen…«

Ich schaute ihn fragend an.

»Also, es ist so, ich hab' da in einem Roman gelesen… also da hat ein Mann sein… na ja, er hat eine Kopie gemacht… sagen Sie, wie sieht das aus, gibt's auch die Möglichkeit für Vergrößerungen? Geringfügige Vergrößerungen…«

»15, 20, 25 Prozent – wieviel brauchen Sie denn?«

»Das müßte ich erst mal sehen.«

Inzwischen ahnte ich, wohin der Hase lief. Den Roman hatte ich nämlich auch gelesen und gerade über jene Passage herzlich gelacht. Ich hatte sie auch Martin vorgelesen, und wir hatten durchgespielt, wie ich reagieren würde, wenn eines Tages einer käme…

Der Tag war gekommen, und der Kunde stand im Raum. Nun brauchte ich mich nur noch für eine unserer Phantasie-Erwiderungen zu entscheiden.

»Also«, fing mein Kunde von neuem an, »in dem Roman geht's darum, daß ein Kunde eine Kopie macht von… äh… von seinem… äh, entschuldigen Sie bitte, äh… Glied. Sie werden verstehen, es ist mir ein bißchen peinlich, aber dies hier ist ja schließlich ein Copy-Shop… aber vielleicht könnten Sie die Tür abschließen?«

Ich bemühte mich nach Kräften, ernst und ganz sachlich zu bleiben. »Ihr Anliegen ist keineswegs ungewöhnlich. Wegen der großen Nachfrage gibt es inzwischen sogar speziell konzipierte Geräte – mit Einlege-Mulde und so… Wir hatten auch schon eins da, aber das war mit ein paar Kinderkrankheiten behaftet. So 'ne Art eingebaute Zensur oder sowas. In einigen Fällen fanden sich die… ähm… Teile eingeklemmt, und wir mußten erst den Mechaniker rufen, um die Herren wieder freizubekommen. Aber Herr Billmann hat schon ein neues, hochaktuelles Gerät geordert – mit zahlreichen Variationsmöglichkeiten des Maßstabs. Ich gebe Ihnen hier seine Karte, dann können Sie sich mit ihm persönlich in Verbindung setzen.«

Ich hielt die Tür auf und schenkte ihm ein Honiglächeln.

Die Vorstellung, der Typ könnte so belämmert sein, sich tatsächlich gleich mit Martin in Verbindung zu setzen, bereitete mir außerordentliches Vergnügen. Herr Billmann war im Moment ganz sicher in vortrefflicher Verfassung für dieses Thema…

Kurz vor der Mittagspause betrat Moritz den Laden mit Blumenstrauß in der Hand und reumütiger Entschuldigung im Munde.

Wie wundersam! Kaum hatte ich mich entschlossen, die Männer etwas derber anzupacken, regnete es rote Rosen auf mich hernieder.

Aber natürlich traten mir Tränen der Rührung in die Augen, und ich versprach Moritz, ihm nicht weiter böse zu sein.

Am Abend, als ich den Briefkasten leerte, steckte zwischen Werbung für Kaffeefahrten, Wundermittelchen und unsinnige elektronische Erfindungen eine Karte von Liz. Aus Rom! »Ich hab's geschafft – come bella la vita! Bald mehr – auguri! Liz.« Die Fortsetzung bestand aus Noten und kabbalistischen Zeichen.

Ich freute mich für Liz, doch mir gab es einen Stich. Sie war glücklich, aber ich hatte eine wichtige, mir sehr liebe Freundin weniger in meiner Nähe… eine Wurzel weniger im Boden… eine Person weniger, die mich zurückhielt, einen Grund mehr, endlich zu handeln.

Liz hat es da leichter, sagte ich mir: Sie besitzt ihr Diplom, sie spielt phantastisch Klavier…

– Blablabla, Junia, das sind doch alles faule Ausreden. So was wie einen Copy-Shop findest du allemal! Aber eigentlich wär's an der Zeit, dich mal was Größerem zuzuwenden, Miß Einstein!

Lustig, daß mir das ausgerechnet jetzt in den Sinn kam. Es war in der Unterprima gewesen. Unser Gemeinschaftskundelehrer hatte die Klasse zu einem Intelligenztest überredet. Anonym, wie er sagte. Aber er hatte eben die Bogen nach seinem Sitzordnungsplan eingesammelt. Ich hatte ein unglaublich gutes Ergebnis, und weil ich nicht gerade sein Liebling war, hatte er mich nach meiner nächsten schlechten Arbeit damit aufgezogen, daß Einstein schließlich auch mal sitzengeblieben wäre.

Und in der Folgezeit hatte er jedesmal, wenn sich auf seine Fragen niemand meldete, gestichelt: »Fragen wir doch Miß Einstein...«

Junia Dering – alias Miß Einstein... Ja und? Die Geschichte zeigte doch nur, daß Intelligenztests nichts taugten. Und falls sie doch was taugen sollten, war ich der lebende Beweis dafür, daß Intelligenz nur bedingt fürs Leben taugt.

Tagtäglich erfuhr ich es doch am eigenen Leib: es nützte nichts, daß ich intelligenter war als Martin, ihm gelang es, mich zu seinem Allround-Fuzzy zu degradieren.

Der Allround-Fuzzy bekam am Abend noch einen Strauß Rosen von Martin (die Blüten des schlechten Gewissens).

»Oh, danke, wunderbar! Wie kommt's?«

Er wollte gerade zu einer – sicher blumigen – Begründung ansetzen, als der Blick auf Moritz' Strauß (neben dem sein Bouquet weitaus weniger prächtig wirkte als neben dem angeschlagenen Gemüse von Micky) ihm die Sprache verschlug.

»Ich kann mich des Eindrucks nicht erwehren, daß du einen sehr intensiven Verehrer hast, Junia«, bemerkte er irritiert.

»Einen?« Ich ließ das Wort lange nachklingen und genoß die Frivolität meines Tonfalls bis zur Neige.

Martin war zwar ein grandioser Scherzkeks, wenn's drum ging, daß er die Leute unterhielt, aber Scherze, die an seiner Eitelkeit kratzten – Humor auf seine Kosten allgemein –, war gar nicht seine Sache.

»Muß an der astralen Konstellation liegen, daß Männer, deren Vorname mit ›M‹ beginnt, sich momentan bemüßigt sehen, mir Blumen zu schenken. Wenn das so weitergeht, muß ich euch bitten, in Zukunft Vasen mitzuliefern.«

Ich stellte jedoch Martins Blumen auf den Tisch im Wohnzimmer und ließ die anderen diskret im Hintergrund verschwinden.

»Hast du was da, oder sollen wir essen gehen?«

Das Angebot war zwar ebenso rar wie verlockend, aber wenn ich schon mal eine Wohnung voller Blumen hatte, wollte ich das auch genießen.

Zehn Tage später, an einem Sonntagnachmittag, versuchte ich wieder mal ein paar Klimmzüge in Sachen Wie-lerne-ich-mich-zu-behaupten. *Testen Sie an den Blicken Ihrer Umgebung Ihre Wirkung auf andere Menschen! Lächeln Sie, und Sie werden Grund zum Lächeln bekommen!* (Lektion acht)

Martin war geschäftlich unterwegs und Isabel übers Wochenende bei ihren Eltern. Es wäre also der ideale Tag gewesen, um meinen Haushalt endlich mal wieder in einen akzeptablen Zustand zu versetzen.

Isabel hatte wahrscheinlich gehofft, daß ich's nicht beim Blumengießen bewenden lassen würde, sondern auch noch ihre Küche aufräumte. Ein Akt, für den es mir ja keineswegs an Übung mangelte. Doch *lächelnd* ließ ich alles liegen, denn der Sonnenschein, der für die Jahreszeit schon ungewöhnlich stark war, brachte mich auf gesündere Gedanken.

Elastischen Schrittes, hocherhobenen Hauptes – und *lächelnd!* – marschierte ich in die Innenstadt. Die Prognosen meines Ratgebers bewahrheiteten sich auch sogleich: Mein Lächeln fand Erwiderung. Ein paar glutäugige Flaneure fühlten sich dermaßen animiert, daß sie mir mit kauderwelschen Komplimenten ihre Gesellschaft offerierten. Weiter*lächelnd*, aber etwas rascheren Schrittes, ließ ich sie hinter mir.

Vor einer italienischen Kneipe standen bereits Stühle auf der Straße. Ich nahm probehalber und zunächst ein wenig skeptisch Platz. Aber die Sonne schien schon stark genug, und die Terrasse war windgeschützt.

In meiner Handtasche steckten zwar Kunstpostkarten und Schreibzeug, denn ich wollte ein paar liebe Menschen wieder mal wissen lassen, daß ich an sie dachte, doch zunächst streckte ich nur die Beine von mir, legte den Kopf in den Nacken, hielt die geschlossenen Augenlider der Sonne entgegen und atmete tief durch. Aaah! Das tat gut! Warum gönnte ich mir solche Augenblicke eigentlich nicht öfter?

Das Leben zu genießen war offenbar eine Kunst, die ich dringend erlernen mußte. Martin hatte das ja schon drauf. Aber eben nur für sich allein.

Mhmmm! Der Cappuccino schmeckte himmlisch!

Ich sollte mehr südländischen Charme, mehr lebenslustiges Laisser-faire in mein Leben bringen, überlegte ich. Vielleicht mit einem vor Sonnenenergie strotzenden Lehrmeister?

Über den schaumigen Rand meiner Tasse hinweg schaute ich mich ein wenig um. Unter den Gästen des Cafés befand sich keiner, den ich mir zum Mentor gewünscht hätte – zuallerletzt den eifrigen Nasenbohrer am Nebentisch.

Aber dann kam einer vorbei, ein hübscher junger braungebrannter, sportlicher Mann, der trotzdem sehr sympathisch wirkte. Er blieb stehen, fuhr sich mit gespreizten Fingern durchs ausgebleichte Deckhaar und hielt offensichtlich nach einem freien Stuhl Ausschau.

Nutze die Kraft positiver Gedanken! befahl ich mir und rang mich in kurzem heftigen Kampf mit meiner Schüchternheit zu einem liebenswürdigen Lächeln durch.

Tatsächlich kam der junge Mann prompt auf mich zu und fragte, ob er sich zu mir setzen dürfe.

Als ich bejahte, hatte sich mein Teint zweifellos tief gerötet.

»Taugt der Cappuccino was?« erkundigte er sich, lümmelte sich in den elastischen Plastiksessel und ließ die Arme schlaff über die Lehnen baumeln.

»Ist ja was ganz Ungewohntes hierzulande, daß man im März schon auf der Straße Kaffee trinken kann.« Er lachte und dann imitierte er offenbar eine ältere nörglerische Frau. »Da brauchen wir ja gar nicht mehr in den Süden, da können wir ja in Balkonien bleiben und müssen uns nicht mit den ganzen Ausländern rumärgern…«

Ich lachte, weil die Diskrepanz zwischen Erscheinung und Stimme wirklich urkomisch wirkte.

»Ach, Entschuldigung, Berufskrankheit!« sagte er. Er winkte den Ober her und bestellte auf italienisch – nach einem kurzen Blick auf meine leere Tasse – due cappuccini.

»Berufskrankheit?« wiederholte ich neugierig.

»Ja, ich bin Andi, der Alles-James von Mallorca.«

»Aha!« sagte ich, stützte den Ellbogen auf den Tisch, legte das Kinn in die Hand und schaute ihn staunend und fragend an.

»Na ja, Reiseleiter, Animateur, Eintänzer, Witwentröster, Psychiater, Rechtsberater... was halt alles so anfällt. Das heißt, anfiel. Jetzt ist Schluß. Jetzt mach' ich was Gescheites! Na ja, ich probier's jedenfalls.«

Andi erzählte, wie er sein Sport- und Romanistik-Studium abgebrochen hatte, weil die Aussichten auf einen Job im Schuldienst schlecht waren. Wie ihn das Angebot eines Reiseveranstalters gereizt hatte: Sonne, Surfen, Senoritas...

Er plauderte witzig, und wir lachten beide. Seine Zähne waren groß, gleichmäßig und sehr gepflegt.

»Vier Jahre lang hab ich den Job gemacht. Aber jetzt hab' ich ratzeputz die Schnauze voll. Du konntest es richtig verfolgen. Der Mecker-Koeffizient wurde von Jahr zu Jahr höher. Es gibt Leute, die buchen einen Urlaub in der festen Absicht, sich anschließend einen Teil der Kosten wieder einzuklagen. Na ja, und das heißt natürlich, daß sie dich vor Ort auf Mißstände aufmerksam machen. Pausenlos. Mißstände, tsss! Da wird eine Spinne, die sich ins Hotelzimmer verirrt hat, zu unzumutbarem Ungezieferbefall! Oh, ich fang' lieber gar nicht an, sonst krieg' ich hier 'nen Koller.« Er zwinkerte. »Und das möchte ich dir ja nicht zumuten. Also, ich bin der Andi. Und wie heißt du?«

»Junia.«

»Junia, wie Juni?«

»Genau! Nicht Julia wie Juli.«

»Kannste ja froh sein, daß sie dich nicht Augusta wie August getauft haben.«

»Allerdings! Aber du sagst, du hättest deinen Job an den Nagel gehängt. Was machst du jetzt?«

»Weißt du, die Branche ist ja nicht schlecht. Ich hab's auch nicht ungern, wenn ein bißchen was in der Tasche klimpert. Aber ich möcht's halt auf 'ner anderen Ebene machen. Management. Ich studiere jetzt Betriebswirtschaft. Und du?«

»Ich bin das Allround-Fuzzy in nem Copy-Shop.«

»Oh, gut zu wissen! Ich werde ein treuer Kunde werden.«

Er strich sich wieder das Deckhaar aus der Stirn, und sein Kopf folgte der Bewegung seiner Hand. »Wird 'ne ganz schöne Umstellung werden, wenn's mal ans Pauken geht. Konzentration war in den letzten Jahren ja nicht so angesagt. Eher Spontaneität, Flexibilität und Trallala.«

Es gehörte tatsächlich sehr viel Phantasie dazu, sich den sonnenverwöhnten Andi als stubenhockenden Bücherwurm vorzustellen.

»Ach, das kriegst du schon hin«, ermutigte ich ihn gegen meine Überzeugung. »Und wenn's gar zu zäh wird, kannst du es ja mal mit Autogenem Training, Selbsthypnose oder so was versuchen. Ich kenne Leute, bei denen das ganz gut funktioniert.«

»Na fein. Ein weiterer Hoffnungsschimmer in meinem Leben!«

Er grinste und zwinkerte mir zu. Ein wirklich sehr charmanter Mensch mit strahlend blauen Augen und dunklen Wimpern, die so lang waren, daß sie sich fast verwuschelten.

Er lehnte sich wieder zurück und schloß die Augen. Ich tat's ihm gleich. Wir schwiegen ein Weilchen, und ich hätte beinahe zu schnurren begonnen. So wohl war mir.

»Junia, hast du Zeit?« fragte Andi plötzlich.

Ich schreckte aus meinem Tagtraum auf. »Ja, warum?«

»Dann laß uns doch den Tag miteinander genießen!«

Wie bitte? Wollte er mich etwa auf den Arm nehmen? Hatte der strahlende Andi an einem sonnigen Sonntag tatsächlich nichts anderes vor, als Junia Dering, die Glanzlose, mit seiner Gesellschaft zu beglücken?

»Hört sich gut an«, sagte ich behutsam.

»Prima! Was hältst du von einem ausgedehnten Spaziergang am Fluß entlang?«

»Viel.«

»Dacht' ich mir. Hast ja auch die richtigen Schuhe für so was an. Trifft man selten. – Und dann lad' ich dich zum Essen ein. Bei mir. Paella à la Andi. Muy buena!«

Ich wußte nicht, wie mir geschah. »Danke, das ist aber eine Überraschung«, stammelte ich schließlich.

Während unseres Spaziergangs erzählte mir Andi, daß er

in einer Wohngemeinschaft lebe. Provisorisch, sozusagen. Aber er gehe davon aus, daß sich das Provisorium stabilisieren werde.

»Ich darf *vorübergehend* das Zimmer von Harrys Freundin Nelly bewohnen. Sie ist vor zwei Monaten ausgezogen. Harry meint, sie kommt wieder, aber alle, die die beiden kennen, halten das für ausgeschlossen. Auf diese Weise profitiere ich vom Herzschmerz meines Freundes.«

Dann kamen die Geschichten unserer verflossenen Liebschaften und aufgegebenen Jobs dran. Andi hatte es raus, aus jeder Episode eine witzige Story zu fabrizieren. Er konnte aber auch gut zuhören, und so erzählte ich ihm sicher mehr, als ich das normalerweise gegenüber einem Menschen getan hätte, den ich erst so kurz kannte.

Über meine Beziehung zu Martin schwieg ich mich allerdings aus, was natürlich mit einem Hauch von schlechtem Gewissen einherging. Martin kam in unserem Gespräch nur als mein Arbeitgeber vor.

Als wir wieder ein Weilchen schweigend nebeneinander hergingen, griff Andi plötzlich nach meiner Hand. Ich entzog sie ihm nicht. Ein angenehm flaues Gefühl bemächtigte sich meines Körpers. Mir war, als schlingere ich plötzlich ein wenig, als treibe es mich näher zu Andi hin. Ich gab nach, und meine Knie waren auch nicht weit davon entfernt.

Bsss – Tausendfüßler schienen an mir hochzukrabbeln. Mir wurde ganz schwummerig.

»Können wir mal kurz anhalten?« fragte ich, als wir unter den ausladenden Ästen einer dicken Kastanie durchgingen.

Ich lehnte mich an den Stamm und bemühte mich, meinen Atem wieder auf regelmäßigen Rhythmus zu bekommen.

Andi strich mir das Haar aus der Stirn und tupfte mit dem Zeigefinger auf meine Nasenspitze. Ich machte Schielaugen, um die Situation ein bißchen zu entkrampfen. Mit Schielaugen sehe ich absolut zum Gruseln aus. Andi lächelte nur. Er klappte erst mein rechtes Augenlid runter und hauchte einen Kuß drauf und dann das linke. Ich ließ die Augen geschlossen und war erregt und gespannt wie vor dem ersten Kuß meines Lebens.

Dann spürte ich seine Lippen wie Schmetterlinge auf meinen Wangen, meinem Kinn, den Mundwinkeln – und für eine Sekunde auf den Lippen.

Ich schlug die Augen wieder auf.

»Gehn wir weiter?« fragte Andi, und ich nickte. Er legte den Arm um meine Schulter, und ich umfaßte seine Taille. Wir paßten recht gut zusammen.

Wann hatte ich mich zuletzt in der Gesellschaft eines Mannes so wohl gefühlt? Vor ewig langer Zeit. Von daher, fand ich, als jede Menge Skrupel, Wünsche, Sehnsüchte und nochmal Skrupel mein Hirn durchkreuzten, stand es mir zu. Hatte ich etwa kein Recht auf das volle Maß an Zärtlichkeit, dessen ich bedurfte?

Eigentlich schon. Oder doch nicht? Hieß in einer Beziehung zu leben nicht auch, aus Loyalität Verzicht zu leisten? Wiedermal lag mein Gewissen im Clinch mit meinen Bedürfnissen.

»Es ist schön mit dir«, sagte Andi. »Neben dir kann ich hergehen, ohne ein Wort zu sagen, und ich fühle mich trotzdem verstanden.«

»Mir geht's ähnlich.«

Er drückte mich ein wenig. »Du glaubst ja gar nicht, wie gut mir das tut. Ich hab' noch immer das Gezeter der aufgedrehten Quasseltanten im Ohr, die mir permanent einreden wollten, es sei meine Pflicht – unter Einsatz meiner ganzen Persönlichkeit –, dafür zu sorgen, daß sie den Urlaub genießen können.«

»Ist dir auch mal eine auf den Leib gerückt?« wollte ich wissen.

»Eine?« Er lachte. »Hunderte! Urlaub entfesselt.«

»Dann wissen die Herren aus deinem Metier – pardon: Ex-Metier zumindest, wie es uns Frauen geht – auch mit Nicht-Urlaubern.«

»Okay, aber ist das ein Trost?«

»Ich weiß nicht. Es dürfte zumindest sensibilisieren...«

»Oh, Junia, ich fühle mich irrsinnig sensibilisiert. Ich getrau' mich ja kaum mehr dich anzufassen...«

»Komm, laufen wir ein Stück«, schlug ich vor, denn ich verspürte plötzlich einen unbändigen Bewegungsdrang.

Andi nahm mich an der Hand, und wir rannten miteinander den Uferweg entlang, bis wir völlig außer Puste waren, und Andi sich krümmte, in die Knie ging, die Hand aufs Herz hielt und einen Zusammenbruch mimte.

»Künstliche Beatmung!« röchelte er. »Ich brauche künstliche Beatmung!«

»Oh, Schreck, wie geht das nochmal?« fragte ich, Verzweiflung heuchelnd. Doch dann tippte ich mir an die Stirn. »Ah, jetzt weiß ich's wieder!«

Ich neigte mich über ihn und küßte ihn aufs Ohr.

»Das nenn' ich nicht künstliche Beatmung, sondern natürliche Belebung«, sagte Andi.

Kichernd setzten wir unseren Weg Hand in Hand fort.

Ich war ganz schön aufgedreht und fragte mich, was mich nach der Paella erwarten würde. Einerseits wünschte ich mir, daß etwas passierte, andererseits hatte ich Bammel. Aber dann sagte ich mir: WG ist gut, da stehen immer ein paar im Weg. Und wenn ich wirklich nicht will, brauche ich nur den einen oder die andere in ein Gespräch zu verwikkeln.

Daraus konnte aber gar nichts werden, denn als wir ankamen, waren Andis Mitbewohner allesamt ausgeflogen. Wir gingen in die Küche, und ich sah mit Interesse zu, wie Andi aus Reis, gefrorenem Meeresgetier und frischem Gemüse eine phantastische Mahlzeit zusammenpuzzelte. Nebenbei spielte er Chef de Cuisine und erklärte mit französischem Akzent seine Handlungen: »Wir macken dass wie ünserö Nackbarön in Espagne – abör natürlisch mit fransösische Genie…«

Dann stellte er die Pfanne in den vorgeheizten Ofen, und mir lief das Wasser im Mund zusammen. Ich spürte deutlich, daß ich seit dem Frühstück nichts gegessen hatte.

»Trinken wir ärst eine Schölück, schönä Frollain!«

Andi goß uns Sherry ein, und wir stießen an. Dann entkorkte er eine Flasche Rioja und schnupperte am Korken.

Wir deckten gemeinsam den Tisch, und der Duft der Paella wurde immer stärker.

Ich schaute mich im Zimmer um. Es war ein großer Raum, der der WG als Gemeinschafts-, Eß- und Wohnzimmer diente. In der Mitte, an einem Balken, hing eine Schaukel. Ich setzte mich drauf. Andi kam auf mich zu, legte die Arme auf meine Schulter und schaute mir in die Augen. Ich sah zu ihm hoch. Er roch so gut, und als ich die Hände auf seine Unterarme legte, fühlte ich seine warme weiche Haut. Ich seufzte. Dann kam sein Gesicht dem meinen ganz nah. Ich hielt seinem Blick stand, und sein Gesicht verwandelte sich zu einem kubistischen Portrait.

Seine Lippen fühlten sich an wie Schattenmorellen in der Schwarzwälder Kirschtorte. Er ließ sie geschlossen und drückte sie ganz sachte auf meine.

Einerseits wollte ich mehr, aber andererseits war ich ihm für seine relative Zurückhaltung dankbar. Offenbar erwartete er mein Signal. Plötzlich fühlte ich, daß ich den Bann durchbrechen mußte. Ich fuhr ihm mit der Hand durchs Haar, und küßte ihn auf den Hals. Er biß mich zärtlich ins Ohrläppchen und ging in die Küche.

Ich stand auf, riß das Fenster auf und starrte mit blinden Augen in die hereinbrechende Dunkelheit.

Das kannst du nicht machen! sagte ich mir. Ja, er ist nett. Er ist sogar sehr nett, aber du hast Martin. Und was taugt eine Beziehung schon, wenn du bei der ersten Versuchung schwach wirst? Du bist auch überhaupt nicht für sowas gemacht! Schuldgefühle, schlaflose Nächte, Magenschmerzen... Glaubst du, das ist es, was dich menschlich weiterbringen kann? Und überhaupt: Andi – der ist doch der Liebling aller Frauen! Animateur, Eintänzer, Witwentröster... hat er's nicht selber gesagt? Der ist einfach auf seine tägliche Dosis Frau angewiesen. Und du bist eine Frau. Punkt.

Ich hängte mir die Trauben höher und höher und redete mir ein, sie seien ätzend sauer.

Andis Paella war köstlich. Andis Rioja war ausgezeichnet. Andis Augen waren märchenhaft, sein Mund, sein Lächeln einladend, seine Hand auf meiner so zärtlich. Ach, Andi!

Ich erzählte ihm von Martin und erklärte ihm, warum ich nach dem Essen heim wollte.

Er verbarg seine Enttäuschung nicht. Aber dann sagte er, er könne mich verstehen – er versuche es zumindest.

»Und warten kann ich auch«, sagte er und zwinkerte mir dabei zu. »Du weißt ja jetzt, wo ich wohne. Komm einfach, wenn du's dir anders überlegst.«

»Wart lieber nicht! Ich fände es unfair, dich warten zu lassen. Und ich selber hätte auch ein schlechtes Gewissen. Ich will ja, daß es hält zwischen Martin und mir.«

Andi brachte mich heim. Ich hätte es ganz gern gehabt, wenn er mich zum Abschied geküßt hätte. Aber er streichelte nur meine Wangen.

Ich war in übler Verfassung, und um auf andere Gedanken zu kommen, packte ich das Video vom wilden Schaf und ging in Isabels Wohnzimmer, um es mir (in der Hoffnung auf neue Aktionsimpulse) nochmal anzusehen. Obwohl der Film auch dieses Mal seinen aufrichtenden Effekt entfaltete, war ich nach dem langen und ereignisreichen Tag so müde, daß mich gegen Ende auf Isabels pinkfarbenem Sofa der Schlaf übermannte.

Stimmen, Schlüsselrasseln und Gekicher im Flur weckten mich auf. Ich brauchte einen Moment, um zu kapieren, daß ich mich in Isabels Wohnzimmer befand. Der Raum wurde vom grauen Gegriesel der Mattscheibe schwach erhellt. Es war halb eins. Ich nahm an, daß Isabel ihren späten Gast ins Wohnzimmer führen würde, und stand auf, um den Fernseher abzuschalten und Licht anzuknipsen. Aber gerade als ich schlaftrunken auf den Lichtschalter zutorkelte, hörte ich Martins Stimme im Flur. »Oh, das war das Schlafzimmer. Sorry, bis später! Bad ist geradeaus – hab' ich recht?«

»Immer der Nase nach«, rief Isabel – vermutlich aus der Küche – und kicherte.

»Willst du Bier oder Sekt?«

»Erst mal 'nen schönen Espresso, und dann sehen wir weiter. ... ach, schon wieder die falsche Tür, Besenkammer... Hier geht's für kleine Jungs.«

Ich überlegte, was ich tun sollte. Wenn ich jetzt das Wohnzimmer verließe, würde ich eine unmögliche Situation provozieren – für drei Personen. Wenn ich blieb, würde die Mistkarre auf mich allein kippen.

Mit aller Strenge machte ich mir klar, daß die Schuldgefühle, die ich empfand, völlig widersinnig waren. Bezeichnenderweise rührte mein Unwohlsein nicht in erster Linie daher, daß sich zwischen meinem Partner und meiner Freundin ganz offensichtlich etwas anbahnte, sondern daß ich zur Zeugin höchst intimer Vorgänge wurde.

Für die beiden hatte ich mehr Rechtfertigungen als für mich selber. Isabel dachte sich nichts dabei. Sie nahm die Männer, wie es ihr paßte. Ohne Rücksicht auf Anhang oder Verluste. Das war ihre Art. Und Martin – der war halt auch nicht anders als viele andere Männer. Ich hatte ja oft genug miterlebt, wie sich Isabels Appeal auswirkte.

Aber dann kam mir doch die Galle hoch. Für diesen windigen Martin, der um keinen Deut besser war als all die anderen Schwachköpfe, hatte ich den reizenden Andi vergrault. Im Interesse unserer intakten Beziehung.

»Du bist vielleicht ein Aas«, hörte ich Martins Stimme. »Krallst dir im Treppenhaus den treuen Mann deiner lieben Freundin...«

Hochinteressant, wie er jetzt versucht, sein Gewissen reinzuwaschen, indem er sich das Mäntelchen des armen Verführten umhängt.

»Treu, du! Daß ich nicht lache! Aber bitte, da ist die Tür, du kannst auf der Stelle verschwinden. Bei Junia im Bett ist es bestimmt schon schön warm.«

Isabel bediente sich – wie immer, wenn gerade ein Mann auf ihrem Leim daherkroch – ihrer hyperaffektierten Wie-angle-ich-mir-einen-Millionär?-Stimme.

»Gute Idee«, gab Martin, der offenbar wie üblich die Tür zum Badezimmer aufgelassen hatte, kaltschnäuzig zurück. »Aber auf den Espresso möcht ich nicht gern verzichten.« Die Wasserspülung rauschte.

»Wasch dir ja gründlich die Hände! Ich hab' keine Lust auf 'ne Infektion.«

»Du nimmst den Mund ja ganz schön voll!« Martin ging wohl gerade über den Flur in die Küche. »Wieso bist du dir denn so sicher, daß ich dich (Isabel kreischte auf) anfassen möchte?«

»Erfahrung, Alter... Hier, dein Espresso.«

»Danke. Ach... was ich noch sagen wollte... die Sache...

also das hier... bleibt unter uns. Damit wir uns da gleich richtig verstehen: Ich leg' keinen Wert darauf, daß du Junia was steckst.«

»Du bist ja wohl bekloppt! Ich möchte schließlich nicht meine beste Freundin verlieren...«

»So geht's mir auch!«

»... bloß wegen einem Mann.«

Ich tastete mich zurück zum Couchtisch, ergriff die Rotweinflasche, nahm einen kräftigen Schluck und ließ mich auf das Sofa plumpsen.

Wenn sie ins Schlafzimmer gehen, hau ich ab, nahm ich mir vor.

»Ist schon netter hier als im Treppenhaus, nicht?« stimmschwänzelte Isabel.

»Oooch ja, kann man sagen, gemütliche Küche, guter Kaffee... weiter so! Was haben Sie noch zu bieten?«

»Ich bin ja bloß gespannt, was hinter deiner großen Klappe steckt«, stichelte Isabel. »Mich wundert schon ein wenig, daß mir Junia noch nie von deinen sagenhaften Fähigkeiten berichtet hat.«

»Sie ist halt zu vorn..., oder nennen wir es meinetwegen wohlerzogen. Über so Privates spricht sie nicht mit Außenstehenden.«

»Ach ja... und im Bett? Ist sie da auch wohlerzogen?«

Ich fühlte mich scheußlich. Das Ganze war schon schlimm genug, aber daß sie sich jetzt auch noch über mich unterhalten mußten, machte die Sache geradewegs zum Horrortrip. Schnell wollte ich abhauen, um nicht noch mehr zu hören. Aber gleichzeitig fand ich die ganze Geschichte unglaublich faszinierend. Mit Skrupeln und Hochspannung verfolgte ich den Dialog.

»Sie ist in allem gut. Sie ist 'ne Frau fürs Leben – zum Heiraten und so.«

»Rührend! Und ich? Wie würdest du mich einschätzen?«

Martin lachte. »Du? Du bist alles andere als 'ne Frau zum Heiraten. Viel zu teuer, viel zu anspruchsvoll. Du bist gut für 'ne gelegentliche Egopolitur. Eine Frau, mit der man gesehen werden will, angeben kann.«

»Sehr fragwürdiges Kompliment... Aber weißt du, ich finde, Junia könnte toll aussehen, sie macht bloß überhaupt nichts aus sich«, bemerkte meine liebe Freundin, als spreche sie über eine unheilbar Kranke.

»Das kann mir bloß recht sein. Dann hab' ich sie wenigstens für mich. Ich weiß, wie's unter ihren schlabbrigen Pullovern und ausgebeulten Hosen aussieht. Da kommt so schnell keine andere ran«, verkündete Martin mit Besitzerstolz, und ich war auch noch so einfältig, mich darüber ein bißchen zu freuen.

»Ach ja, meinst du?« erkundigte sich Isabel schnippisch. »Du scheinst ja den ganz großen Überblick zu haben.«

»Man kommt halt so rum und macht seine Erfahrungen.«

»Bei Arbeitsessen und Geschäftsreisen?«

»Bei Arbeitsessen und Geschäftsreisen. Manchmal auch bei der Rückkehr von einem Arbeitsessen – im Treppenhaus..., aber was ist, wollen wir nicht das Lokal wechseln?«

»Gute Idee, bevor ich mir's anders überlege... Nimm du die Sektflasche, ich bringe die Gläser.«

Ich hoffte inständig, sie würden die Schlafzimmertür schließen, und ich könnte mich endlich davonmachen. Aber den Gefallen taten sie mir nicht. Ich mußte also weiterhin als unfreiwillige Zuhörerin dieser Schmierenkomödie beiwohnen.

Als Martin von seinem »Bussi-Bär« anfing, der ganz wild darauf sei, gleich »in die warme Höhle zu kriechen«, stellte sich bei mir Würgereiz ein. Er hielt es nicht einmal für nötig, mit den Frauen auch die Sprüche zu wechseln.

Isabel bestand auf Präservativ. – Na wenigstens was! Und Martin hatte welche dabei. – Na immerhin! Schließlich waren sie so beschäftigt, daß ich davon ausging, ich könnte mich unbemerkt davonstehlen.

Vor der Tür zu meiner Wohnung stand Martins Aktenkoffer. Aus einem Reflex heraus nahm ich ihn mit rein. Und dann schaffte ich es gerade noch, in allerletzter Sekunde ins Bad zu gelangen, wo ich mich erbrach, bis Galle kam.

Als sich der Pudding in meinen Beinen soweit gefestigt hatte, daß ich wieder stehen konnte, ließ ich kaltes Wasser in meinen Mund und über mein Gesicht strömen. Beim Abtrocknen schaute ich mich im Spiegel an. Ein Bild des Grauens. Dies ist der *Point of no return,* sagte ich mir. Darauf hast du offenbar gewartet! Laß jetzt bloß kein Selbstmitleid aufkommen, sondern hau ab und rette deine Haut!

Schock führt oft zu höchst widersinnigen Reaktionen. Meine widersinnige Reaktion: Ich wurde ganz ruhig. Und trotz meiner Erschöpfung und der fortgeschrittenen Stunde handelte ich kühl, systematisch und zügig.

Zuerst zog ich Martins inzwischen angewelkten Blumenstrauß durch den Griff seines Aktenkoffers und stellte das Arrangement vor die Tür. Den Schlüssel ließ ich von innen im Schloß stecken, damit sie ihm verschlossen bliebe. Dann packte ich meine Reisetasche.

Im Schlafzimmer fiel mir *Mein Wille geschehe!* in die Hände, das abgegriffene Exemplar eines Manipulations-Programms.

Mein Wille geschehe! war Martins Bibel. *Keiner kann mir widerstehen* war Isabels Bibel. Meine Bibel war die Bibel. Da lag offensichtlich das Problem. Ich bemühte mich, Erwartungen, Geboten, Vorgaben gerecht zu werden, und hatte ein schlechtes Gewissen, wenn's mir nicht gelang. Martin und Isabel stellten sie auf.

Ich warf *Mein Wille geschehe!* in die Reisetasche. Um zwei war ich schließlich soweit, daß ich erschöpft ins Bett sinken konnte.

Laß dich nicht wurmen! befahl ich mir, als der Schmerz der Kränkung bitter meine Speiseröhre hochkroch. Grüble nicht über das, was hinter dir liegt, sondern denke konstruktiv an das, was vor dir liegt!

Um halb acht erwachte ich frisch und voller Tatendrang. Als ich die Zeitung holte, war Martins Koffer weg und sein Auto stand nicht mehr vor dem Haus.

Ich ließ ein Bad einlaufen, frühstückte in der Wanne, las die Zeitung und stellte fest, daß das Mikroklima meiner privaten Misere sich organisch in die politische Großwetterlage einfügte.

Manche Leute glauben ja an die verheerenden Einflüsse übelwollender Extra-Terrestrischer auf alles. Und wenn bei mir der *große Lähmer* zuschlug, hatte ich auch einen gewissen Hang zu solch fatalistischen Entmündigungs-Thesen.

Aber dafür war jetzt ganz entschieden nicht der Zeitpunkt! Ich war in der letzten Nacht auf dem absoluten Tiefpunkt meines bisherigen Daseins angelangt. Es konnte nur noch – es mußte – steil bergauf gehen!

Nachdem ich meine Reisetasche im Kofferraum verstaut hatte, fuhr ich erstmal zum Copy-Shop. Dort schrieb ich mit meiner schönsten Antiqua WEGEN TRAUERFALL GESCHLOSSEN auf einen Karton, den ich deutlich sichtbar an die Tür hängte. Im Anschluß daran setzte ich das Vorhaben, mich etwas intensiver meinem äußeren Schein zu widmen, in die Tat um. Ich ließ mir einen pfiffigen Haarschnitt verpassen, ohne mich allerdings von meiner langen Mähne zu trennen.

Die Friseuse (Stylistin-bitte!), anschauliches Beispiel für die Verwendungsmöglichkeiten von Haarspray und dekorativer Kosmetik, war dann auch noch bereit, mich »dezent aber ausdrucksstark«, wie sie es nannte, zu schminken, und ich paßte sehr gut auf.

Es fiel mir zwar nicht ganz leicht, zu akzeptieren, was ich mit mir geschehen ließ, hatte ich doch über ewige Zeiten hinweg Make-up als etwas Unnatürliches abgelehnt, als etwas, das die Kluft zwischen den Geschlechtern eher vertiefte als verringerte. Wenn ich jedoch ehrlich war, mußte ich sagen, daß mein Verzicht auf weiblichen Dekor mir keineswegs den Respekt der Männer eingetragen hatte.

Im Gegenteil: eine Frau, die sich keine Mühe mit sich selbst gibt, braucht auch von anderen keinen Aufwand zu erwarten. Und eine, die sie nicht für attraktiv halten, behandeln Männer noch rücksichtsloser als eine, die ihnen gefällt. Ihr widerfährt nicht mal die Gunst ihrer Balz-Bemühungen. Bei ihr lassen sie sich schlicht und einfach gehen.

So versprach ich mir also von meiner Verwandlung eine neue Einstellung zu mir selber und ein grundsätzlich anderes Verhalten meiner Umwelt gegenüber der Frau, die ich sein würde. Die Junia Dering der nahen Zukunft – das zumindest hatte ich vor dem Einschlafen beschlossen – würde schön, hart, konsequent und erfolgreich sein. Ich hatte zu meinem Jugendtraum zurückgefunden. Ich wollte es allen zeigen, die mich ärgerten und kränkten!

Dean Koontz

Auf Leben und Tod

Der bleierne Himmel sank unter seinem eigenen Gewicht noch tiefer. Laut Wetterbericht im Radio sollte es bis zur Dämmerung regnen, was zu Staus während der Hauptverkehrszeit führen würde, bei denen die Hölle dem San Diego Freeway vorzuziehen wäre.

Marty hätte von Guthridges Büro aus gleich nach Hause fahren sollen. Er stand kurz vor Fertigstellung seines neuen Romans, und bei den letzten Geburtswehen einer Story verbrachte er normalerweise soviel Zeit wie möglich zu Hause und arbeitete, weil Ablenkungen katastrophal für den erzählerischen Schwung waren.

Außerdem hatte er ungewöhnliche Angst vor dem Fahren. Wenn er zurückdachte, konnte er sich an jede einzelne Minute erinnern, seit er die Arztpraxis verlassen hatte, und war sicher, er hatte Paige nicht während einer Fugue am Steuer des Ford angerufen. Selbstverständlich besaß das Opfer einer Amnesie-Episode keine Erinnerung an den Vorfall, daher brachte vielleicht nicht einmal eine detaillierte Rekonstruktion der vergangenen Stunde die Wahrheit ans Licht. Bei seinen Recherchen für *Ein toter Bischof* hatte er von Opfern erfahren, die in ihrem dissoziativen Zustand Hunderte Meilen gefahren waren und mit Dutzenden Menschen gesprochen hatten, sich aber später trotzdem an nichts erinnern konnten. Die Gefahr war nicht so groß wie beim Fahren unter Alkoholeinfluß… aber es wäre auch nicht klug, anderthalb Tonnen beschleunigten Stahls in einem veränderten Bewußtseinszustand zu bedienen.

Trotzdem fuhr er statt nach Hause zum Einkaufszentrum von Mission Viejo. Der Arbeitstag war sowieso schon halb vorbei. Und er war zu aufgewühlt, um zu lesen oder fernzusehen, bis Paige und die Kinder heimkamen.

Wenn das Leben hart wird, gehen die harten Männer einkaufen, daher sah er Bücher und Schallplatten durch, kaufte einen Roman von Ed McBain und eine CD von Alan Jackson und hoffte, solche weltlichen Tätigkeiten würden ihm helfen, seine Sorgen zu vergessen. Zweimal schlenderte er am Süßwarenladen vorbei und betrachtete die großen Kekse mit Schokoladenstreuseln und Pecannüssen, aber er brachte jedesmal die Willenskraft auf, ihrem Sirenenruf zu widerstehen.

Die Welt ist viel schöner, dachte er, wenn man nichts über richtige Ernährung weiß.

Als er das Einkaufszentrum verließ, malten kalte Regentropfen zufällige Muster auf den betonierten Gehweg. Blitze zuckten, als er zum Ford lief, Donnersalven hallten über den verhangenen Himmel, und gerade als er die Tür ins Schloß zog und wieder hinter dem Lenkrad Platz nahm, wurden die Tropfen zu einem gewaltigen Sturzbach.

Während der Heimfahrt erfreute sich Marty am Funkeln der vom Regen versilberten Straßen, dem blubbernden Plätschern der Reifen, wenn sie durch tiefe Pfützen fuhren, und dem Anblick schwankender Palmwedel, die die grauen Wolken des Gewitterhimmels zu kämmen schienen und ihn immer an bestimmte Geschichten von Somerset Maugham und alte Filme mit Bogart erinnerten. Da Regen ein so seltener Gast im von Dürre geplagten Kalifornien war, wog der Reiz des Neuen schwerer als die Unannehmlichkeiten.

Er parkte in der Garage, betrat das Haus durch die Verbindungstür zur Küche und genoß die feuchte Schwere der Luft und den Ozongeruch, der stets einem Gewitter vorausging.

In der halbdunklen Küche leuchteten die grünen Ziffern der elektronischen Uhr: 16:10. Paige und die Mädchen würden in zwanzig Minuten nach Hause kommen.

Er schaltete Lampen und Leuchter an, während er von Zimmer zu Zimmer ging. Das Haus machte stets den wohnlichsten Eindruck, wenn es warm und hell erleuchtet war, während Regen auf das Dach trommelte und der graue Schleier eines Sturms die Welt vor jedem Fenster verhüllte. Er beschloß, daß er im offenen Kamin des Wohnzimmers Feuer machen und alle Zutaten für heiße Schokolade zurechtlegen würde, damit er sie gleich machen konnte, wenn Paige und die Mädchen nach Hause kamen.

Aber zuerst ging er nach oben, um Fax und Anrufbeantworter in seinem Büro zu überprüfen. Inzwischen müßte Paul Guthridges Sekretärin mit Terminen für die Untersuchungen morgen im Krankenhaus angerufen haben.

Außerdem hatte er den abwegigen Verdacht, sein literarischer Agent könnte eine Nachricht über den Verkauf von Rechten in dem einen oder anderen ausländischen Land hinterlassen haben, vielleicht sogar Neuigkeiten über ein Filmangebot, einen Grund zu feiern. Seltsamerweise hatte der Sturm seine Stimmung verbessert statt verschlechtert, wahrscheinlich weil schlechtes Wetter einen veranlaßte, sich auf die häuslichen Freuden zu konzentrieren, aber im Grunde genommen fand er immer einen Anlaß, fröhlich zu sein, selbst wenn der gesunde Menschenverstand Pessimismus als realistischere Reaktion vorschlug. Er schaffte es nie, lange niedergeschlagener Stimmung zu bleiben; und seit Samstag nachmittag hatte er soviel negative Gedanken gehabt, daß sie ein paar Jahre ausreichen würden.

Als er sein Arbeitszimmer betrat, streckte er die Hand nach dem Lichtschalter an der Wand aus, um die Deckenbeleuchtung einzuschalten, drückte aber nicht darauf, so überrascht war er, daß die Tiffanylampe und eine Arbeitsleuchte brannten. Er löschte stets alle Lichter, bevor er das Haus verließ. Allerdings hatte ihn, bevor er zum Arzt aufgebrochen war, unerklärlicherweise das seltsame Gefühl beschlichen, als läge er gefesselt auf den Schienen eines heranbrausenden Schnellzugs, und er hatte offenbar nicht mehr daran gedacht, die Lampen auszuschalten.

Als er sich an den Höhepunkt des Panikanfalls erinnerte, in der Garage, als das Entsetzen ihn fast gelähmt hatte, spürte Marty, wie ein Teil seines Optimismus wieder verflog.

Fax und Anrufbeantworter standen an der hinteren Ecke des U-förmigen Arbeitsbereichs. An letzterem blinkte das rote Signallicht, daß eine Nachricht da war, und einige dünne Blätter Papier lagen in der Ablage des ersteren.

Bevor Marty eine der beiden Maschinen erreichte, sah er den zertrümmerten Monitor, aus dessen Rahmen Glaszakken standen. In der Mitte klaffte ein schwarzes Loch. Eine Glasscherbe knirschte unter seinem Schuh, als er den Bürosessel zurückschob und den Computer fassungslos betrachtete.

Unregelmäßige Scherben lagen auf der Tastatur.

Übelkeit zog ihm den Magen zusammen. Hatte er auch das in einer Fugue getan? Einen stumpfen Gegenstand aufgehoben und den Bildschirm in Stücke gehauen? Sein Leben zerfiel wie dieser zerschmetterte Monitor.

Dann fiel ihm neben dem Glas noch etwas auf der Tastatur auf. Im trüben Licht glaubte er Tropfen geschmolzener Schokolade zu sehen.

Stirnrunzelnd berührte Marty einen der Flecken mit der Spitze des Zeigefingers. Noch leicht klebrig. Etwas blieb an seiner Haut haften.

Er hielt die Hand unter die Arbeitsleuchte. Die klebrige Substanz auf seiner Fingerspitze war dunkelrot, fast kastanienfarben. Keine Schokolade.

Er hielt den besudelten Finger an die Nase und suchte nach einem spezifischen Geruch. Der Geruch war schwach, kaum wahrnehmbar, aber er wußte sofort, worum es sich handelte, hatte es wahrscheinlich schon in dem Augenblick gewußt, als er es berührte, weil er auf einer tiefen, primitiven Ebene darauf programmiert war, den Geruch zu erkennen. Blut.

Wer den Monitor kaputt gemacht hatte, hatte sich geschnitten.

Martys Hände wiesen keine Schnittwunden auf.

Er blieb vollkommen reglos, abgesehen von einem Kribbeln auf der Wirbelsäule, das seinen Nacken mit einer Gänsehaut überzog.

Langsam drehte er sich um und rechnete fest damit, jemanden zu sehen, der hinter ihm den Raum betreten hatte. Aber er war allein.

Regen trommelte auf das Dach und gluckerte in der Nähe in einer Dachrinne. Blitze zuckten, die man zwischen den Querhölzern der Fensterläden erkennen konnte, Donner vibrierte in den Fensterscheiben.

Er horchte in das Haus.

Die einzigen Geräusche waren die des Sturms. Und das rasche Pochen seines Herzschlags.

Er ging zu den Schubladen an der rechten Seite des Schreibtischs und öffnete die zweite. Heute morgen hatte er die 9 mm Smith & Wesson dort hineingelegt, und er rechnete damit, daß sie nicht mehr da sein würde, aber wieder wurden seine Erwartungen enttäuscht. Selbst im trüben, täuschenden Licht der Tiffanylampe konnte er die Faustfeuerwaffe dunkel glänzen sehen.

»Ich brauche mein Leben.«

Die Stimme erschreckte Marty, aber das war nichts verglichen mit dem lähmenden Schock, den er verspürte, als er in die Höhe sah und erkannte, um wen es sich bei dem Eindringling handelte. Der Mann stand gerade unter der Tür. Er hätte eine von Martys Jeans und Flanellhemden tragen können, die ihm wie angegossen gepaßt haben würden, denn er war in jeder Beziehung Martys Ebenbild. Abgesehen von der Kleidung hätte der Eindringling ein Spiegelbild sein können.

»Ich brauche mein Leben«, wiederholte der Mann leise.

Marty hatte keinen Bruder, weder einen Zwillingsbruder noch sonst einen. Und doch konnte nur ein eineiiger Zwilling ihm in allen Einzelheiten – Gesicht, Größe, Gewicht, Statur – derartig ähnlich sein.

»Warum hast du mein Leben gestohlen?« fragte der Eindringling anscheinend von aufrichtiger Neugier erfüllt. Seine Stimme klang gelassen und beherrscht, als wäre die Frage nicht durch und durch verrückt, als wäre es tatsächlich möglich, zumindest seiner Erfahrung nach, ein Leben zu stehlen.

Als er feststellte, daß sich der Eindringling auch wie er anhörte, machte Marty die Augen zu und versuchte zu verdrängen, was vor ihm stand. Er ging davon aus, daß er halluzinierte und selbst unbewußt wie ein Bauchredner für das Phantom sprach. Amnesie-Episoden, ein ungewöhnlich intensiver Alptraum, ein Panikanfall, jetzt Halluzinationen. Aber als er die Augen wieder aufmachte, stand der Eindringling immer noch da, eine störrische Illusion.

»Wer bist du?« fragte der Doppelgänger.

Marty konnte nicht sprechen, weil ihm das Herz bis zum Hals schlug und jeder heftige Schlag ihn fast erstickte. Und er wagte nicht zu sprechen, denn wenn er sich auf ein Gespräch mit einer Halluzination einließ, würde das mit Sicherheit bedeuten, daß der letzte dünne Faden zur Wirklichkeit riß und er völlig dem Wahnsinn verfiel.

Das Phantom wiederholte die Frage und sprach immer noch in einem erstaunten und faszinierten, aber trotz der gedämpften Stimme gefährlichen Tonfall.

Ohne die unheimlich geschmeidigen Bewegungen oder das geisterhafte Schimmern einer psychischen oder übernatürlichen Erscheinung, weder durchscheinend noch leuchtend, kam der Doppelgänger einen weiteren Schritt in das Zimmer. Wenn er sich bewegte, glitten Schatten und Licht über ihn hinweg wie über jeden anderen dreidimensionalen Gegenstand auch. Er wirkte so solide wie ein richtiger Mensch.

Marty bemerkte die Pistole in der rechten Hand des Eindringlings. Am Schenkel. Mündung auf den Boden gerichtet.

Der Doppelgänger kam noch einen Schritt näher und blieb nicht weiter als drei Meter entfernt auf der anderen Seite des Schreibtischs stehen. Mit seinem halben Lächeln, das nervtötender war, als es der finsterste Blick sein könnte, sagte der Bewaffnete: »Wie geschieht es? Was jetzt? Werden wir irgendwie zu einer Person, verschmelzen wir miteinander wie in einem verrückten Science Fiction-Film…«

Entsetzen schärfte Martys Sinne. Er konnte jede Kontur, jede Linie, jede Pore des Gesichts sehen, als erblickte er seinen Doppelgänger durch ein Vergrößerungsglas. Trotz des düsteren Lichts zeichneten sich die Möbel und Bücher in den schattigen Bereichen so deutlich ab wie diejenigen im Licht der Lampe. Doch bei aller gesteigerten Wahrnehmung konnte er die Marke der Pistole des anderen nicht erkennen.

»… oder muß ich dich einfach töten und deine Stelle einnehmen?« fuhr der Fremde fort. »Und wenn ich dich töte…«

Es schien logisch, daß eine Halluzination, die er heraufbeschworen hatte, eine Waffe tragen sollte, mit deren Marke er vertraut war.

»… werden die Erinnerungen, die du mir gestohlen hast, wieder meine, wenn du stirbst? Wenn ich dich töte…«

Schließlich, wenn es sich bei dieser Gestalt lediglich um eine symbolische Bedrohung handelte, die eine kranke Psyche erzeugte, dann mußte alles – das Phantom, die Kleidung, die Waffe – Martys Erfahrung und Phantasie entspringen.

»... werde ich dann wieder heil? Wenn du tot bist, werde ich dann wieder mit meiner Familie vereint sein? Und werde ich wieder wissen, wie man schreibt?«

Umkehrschluß: Wenn die Waffe echt war, dann war auch der Doppelgänger echt.

Der Eindringling legte den Kopf schief, beugte sich nach vorne und tat so, als interessiere ihn Martys Antwort wirklich, als er sagte: »Wenn ich sein will, was mir vorherbestimmt ist, muß ich schreiben können, aber die Worte fallen mir nicht ein.«

Die einseitige Unterhaltung überraschte Marty immer wieder mit ihren Wendungen und Umschwüngen, was nicht dafür sprach, daß seine kranke Psyche diesen Eindringling erzeugt hatte.

Zum ersten Mal klang Zorn aus der Stimme des Doppelgängers, mehr Verbitterung als Wut, aber zunehmend erboster: »Das hast du auch gestohlen, die Worte, das Talent, und ich brauche es zurück, so sehr, daß es mir weh tut. Einen Sinn, eine Bedeutung. Weißt du das? Hast du verstanden? Was immer du bist, *kannst* du es verstehen? Die schreckliche Leere, die Unausgefülltheit, Herrgott, diese tiefe und dunkle Leere.« Jetzt spie er die Worte aus, und seine Augen funkelten wütend. »Ich will, was mir gehört, mir, verdammt, mein Leben, meins, ich will mein Leben, mein Schicksal, meine Paige, sie gehört mir, meine Charlotte und meine Emily...«

Die Breite des Schreibtischs und dann zweieinhalb Meter, alles in allem keine vier Meter: todsichere Schußentfernung.

Marty holte die 9-mm-Pistole aus der Schreibtischschublade, hielt sie mit beiden Händen, löste mit dem Daumen die Sicherung und drückte ab, noch während er die Waffe emporriß. Es war ihm einerlei, ob das Ziel echt war oder seiner Phantasie entsprang. Er wollte es nur auslöschen, bevor es ihn vernichten konnte.

Der erste Schuß riß ein Holzbruchstück aus der gegenüberliegenden Ecke des Schreibtischs, Splitter flogen in alle Richtungen wie ein Schwarm wütender Wespen. Der zweite und dritte Schuß trafen den anderen Marty in der Brust. Sie gingen weder durch ihn hindurch, als bestünde er aus Ektoplasma, noch zerschmetterten sie ihn wie ein Spiegelbild, sondern katapultierten ihn statt dessen rückwärts von den Füßen und überraschten ihn, bevor er selbst die Waffe heben konnte, die ihm aus der Hand fiel und mit lautem Poltern auf dem Boden landete. Er stieß gegen ein Bücherregal, krallte sich mit einer Hand daran fest und zog ein Dutzend Bände zu Boden; ein Blutfleck breitete sich auf seiner Brust aus – gütiger Himmel, soviel Blut –, seine Augen waren im Schock weit aufgerissen, aber er stieß keinen Schrei aus, lediglich ein hartes, leises »Uh«, das mehr Überraschung als Schmerzen ausdrückte.

Der Mistkerl hätte umfallen müssen wie ein Stein, aber er blieb auf den Füßen. In dem Augenblick, als er gegen das Regal prallte, stieß er sich davon ab, warf sich taumelnd zur offenen Tür hinaus und verschwand im Flur.

Marty, den die Tatsache, daß er tatsächlich auf jemanden geschossen hatte, mehr verblüffte als die, daß es sich bei diesem ›Jemand‹ um sein genaues Ebenbild handelte, sank gegen den Schreibtisch und rang so verzweifelt nach Luft, als hätte er nicht mehr geatmet, seit der Doppelgänger das Zimmer betreten hatte. Vielleicht hatte er das auch nicht. In Wirklichkeit auf einen Menschen zu schießen war vollkommen anders, als eine Figur in einem Roman zu erschießen: es schien fast, als würde wie durch einen Zauber ein Teil der Wirkung des Schusses auf den zurückfallen, der abgedrückt hatte. Seine Brust schmerzte, ihm war schwindlig, und sein Blickfeld war kurzzeitig von einer schleichenden peripheren Schwärze bedroht, die er nur mit äußerster Willenskraft zurück drängen konnte.

Er wagte nicht, ohnmächtig zu werden. Er glaubte, der andere Marty müsse schwer verwundet sein, möglicherweise im Sterben liegen, vielleicht war er auch schon tot. *Großer Gott, der wachsende Blutfleck auf seinem Hemd, scharlachrote Blüten, plötzliche Rosen.* Aber er wußte es nicht mit Sicherheit. Vielleicht sahen die Verletzungen nur tödlich aus, vielleicht hatte ihn der kurze Blick darauf getäuscht, und vielleicht war der Doppelgänger nicht nur noch am Leben, sondern obendrein kräftig genug, daß er das Haus verlassen und entkommen konnte. Wenn der Kerl entkam und überlebte, würde er früher oder später wiederkommen, genau so unheimlich und verrückt, aber noch wütender und besser vorbereitet. Marty mußte zu Ende bringen, was er angefangen hatte, bevor sein Doppelgänger die Möglichkeit hatte, dasselbe zu tun.

Er sah zum Telefon. Wähle 911. Ruf die Polizei, dann sieh nach dem verwundeten Mann.

Aber die Schreibtischuhr stand neben dem Telefon, und er sah die Zeit – 16:26. Paige und die Mädchen. Auf dem Nachhauseweg von der Schule, später als gewöhnlich, wegen dem Klavierunterricht. O Gott. Wenn sie ins Haus kamen und den anderen Marty sahen, oder ihn in der Garage fanden, dann würden sie denken, er wäre *ihr* Marty, und sie würden zu ihm gehen, ängstlich seine Verletzungen betrachten, ihm helfen wollen, und vielleicht war er noch kräftig genug, ihnen weh zu tun. War die Pistole, die er verloren hatte, seine einzige Waffe? Davon durfte er nicht ausgehen. Außerdem konnte der Dreckskerl ein Messer aus der Küche holen, das Schlachtermesser, konnte es an der Seite verstekken, hinter dem Rücken, konnte Emily nahe herankommen lassen und es ihr in den Hals stoßen, oder tief in Charlottes Bauch.

Jede Sekunde zählte. Vergiß 911. Zeitverschwendung. Die Cops würden nicht vor Paige hier sein.

Als Marty um den Schreibtisch herum ging, waren seine Beine wackelig, aber als er durch das Zimmer zum Flur ging, schon nicht mehr so sehr. Er sah Blutflecke an der Wand, an den Rücken seiner eigenen Bücher hinunterlaufen, seinen Namen besudeln. Eine wachsende Flut der Dunkelheit zerrte wieder an den Rändern seines Gesichtsfelds. Er biß die Zähne zusammen und ging weiter.

Als er die Pistole des Doppelgängers erreichte, kickte er sie tiefer in das Zimmer, weg von der Tür. Diese einfache Tat verlieh ihm zusätzliches Selbstvertrauen, weil es etwas zu sein schien, das auch ein geistesgegenwärtiger Polizist getan hätte – es dem Täter schwerer machen, wieder an seine Waffe zu kommen.

Vielleicht wurde er mit der Situation fertig, überstand sie, so seltsam und furchteinflößend sie war, mit dem Blut und allem. Vielleicht schaffte er es.

Also mach den Kerl fertig. Sorge dafür, daß er unten ist, ganz unten, und liegen bleibt.

Um seine Kriminalromane schreiben zu können, hatte er das Vorgehen der Polizei gründlich recherchiert, nicht nur Lehrbücher und Ausbildungsfilme studiert, sondern uniformierte Streifenbeamte auf nächtlichen Runden begleitet und sich im Dienst und in der Freizeit mit Detectives in Zivil herum getrieben. Er wußte sehr gut, wie man unter diesen Umständen am besten durch eine Tür ging.

Sei nicht zu selbstsicher. Geh davon aus, daß der Kerl außer der Waffe, die er fallen gelassen hat, noch eine besitzt, Pistole oder Messer. Halt dich geduckt, geh schnell durch die Tür. In einem Türrahmen stirbt man leichter als anderswo, weil sich jede Tür ins Unbekannte öffnet. Nimm beim Gehen die Waffe in beide Hände, Arme nach vorn, starr ausgestreckt, dreh dich nach rechts und links, wenn du die Schwelle überquerst, damit du beide Flanken abdecken kannst. Dann geh auf eine Seite oder die andere, Rücken zur Wand, damit du immer weißt, dein Rücken ist gedeckt, du mußt dich nur um drei Seiten kümmern.

All diese Weisheiten gingen ihm durch den Kopf wie durch den einer seiner hartgesottenen Polizisten in seinen Romanen – und doch verhielt er sich wie jeder vor Schreck gelähmte Normalbürger, stolperte kopflos in den Flur, hielt die Pistole nur in der rechten Hand, ließ die Arme locker, atmete keuchend und stellte eher eine Zielscheibe als eine Bedrohung für jemanden dar, denn wenn man es genau überlegte, war er *kein* Cop, nur ein Arschloch, das manchmal über Cops schrieb. Wie lange man sich auch einer Fiktion hingeben mochte, man konnte die Fiktion nicht *leben*, man konnte unter Druck nicht wie ein Cop handeln, wenn man nicht die Ausbildung eines Cops genossen hatte. Er hatte sich wie alle anderen auch des Vergehens schuldig gemacht, Fiktion und Realität zu verwechseln, hatte gedacht, er wäre so unverwundbar wie der Held auf einer gedruckten Seite, und er hatte verdammt großes Glück gehabt, daß der *andere* Marty nicht auf ihn gewartet hatte. Der Flur im ersten Stock war verlassen.

Er hat genau wie ich ausgesehen.

Darüber konnte er jetzt nicht nachdenken, keine Zeit. Mußte sich darauf konzentrieren, am Leben zu bleiben, den Dreckskerl zu erledigen, bevor er Paige oder den Mädchen etwas tun konnte. Wenn du überlebst, wirst du ausreichend Zeit haben, über diese erstaunliche Ähnlichkeit nachzudenken, das Rätsel zu lösen, aber jetzt nicht.

Horch. Bewegung?

Vielleicht.

Nein. Nichts.

Halt die Waffe hoch, Mündung nach vorn gerichtet.

Unmittelbar neben der Tür des Arbeitszimmers hatte ein verschmierter Handabdruck in nassem Blut die Wand besudelt. Dort befand sich auch eine gräßliche Menge Blut als Pfütze auf dem beigen Teppichboden. Während Marty fassungslos und vorübergehend gelähmt hinter seinem Schreibtisch gestanden hatte, hatte der verwundete Mann zumindest kurzzeitig hier an der Wand des Flurs gelehnt und möglicherweise vergeblich versucht, die Blutung seiner Wunden zu stillen.

Marty schwitzte, ihm war übel, und er hatte Angst. Schweiß rann ihm in den linken Augenwinkel, brannte, seine Sicht verschwamm. Er strich sich mit dem Hemdsärmel über die nasse Stirn und blinzelte heftig, um das Salz aus dem Auge zu bekommen.

Als sich der Eindringling von der Wand abgestoßen und wieder in Bewegung gesetzt hatte – möglicherweise während Marty noch reglos hinter dem Schreibtisch verharrte –, war er durch eine Pfütze seines eigenen Bluts gelaufen. Sein Weg wurde von fragmentarischen roten Abdrücken im Zickzackmuster der Sohlen von Turnschuhen und von einer Reihe scharlachroter Tropfen markiert.

Stille im Haus. Mit etwas Glück handelte es sich vielleicht um die Stille des Todes.

Zitternd folgte Marty vorsichtig der ekelhaften Spur am Bad vorbei, um die Ecke, an der Doppeltür des dunklen Elternschlafzimmers vorbei, an der Treppe vorbei. An der Stelle, wo der Flur im ersten Stock zu einer Galerie über dem Wohnzimmer wurde, blieb er stehen.

Rechts befand sich ein ausgebleichtes Eichengeländer, jenseits davon hing der Messingleuchter, den er eingeschaltet hatte, als er vorhin durch die Diele gekommen war. Unter diesem Leuchter lagen die Treppe nach unten und die zweistöckige Diele mit ihrem Fliesenboden, die unmittelbar ans zweistöckige Wohnzimmer angrenzte.

Links von ihm, einige Schritte weiter an der Galerie, lag das Zimmer, das Paige als ihr Arbeitszimmer nutzte. Eines Tages würde es ein Zimmer für Charlotte oder Emily werden, wenn sie beschlossen, daß sie alt genug wären, in getrennten Zimmern zu schlafen. Die Tür stand halb offen. Nachtschwarze Schatten lauerten dahinter, lediglich vom grauen Gewitterlicht des schwindenden Tages erhellt, das kaum zu den Fenstern hereindrang.

Die Blutspur führte an diesem Arbeitszimmer vorbei zum Ende der Galerie, direkt zum Zimmer der Mädchen, dessen Tür geschlossen war. Der Eindringling hielt sich dort versteckt, und der Gedanke, daß er sich an den Habseligkeiten der Mädchen zu schaffen machte, ihre Sachen anfaßte, ihr Zimmer mit seinem Blut und seinem Wahnsinn besudelte, war grauenerregend.

Er erinnerte sich an die wütende, vom Wahnsinn gezeichnete Stimme, die so große Ähnlichkeit mit seiner eigenen hatte: *Meine Paige, sie gehört mir, meine Charlotte und meine Emily…*

»Von wegen, sie gehören dir«, sagte Marty und richtete die Smith & Wesson auf die geschlossene Tür.

Er sah auf die Armbanduhr.

16:28.

Was jetzt?

Er konnte hier auf der Galerie bleiben und darauf warten, daß er den Mistkerl in die Hölle schicken konnte, wenn die Tür aufging. Er konnte auf Paige und die Kinder warten, ihnen zurufen, wenn sie hereinkamen, Paige bitten, 911 zu wählen. Dann konnte sie die Kinder ins Haus von Vic und Kathy Delorio auf der anderen Straßenseite bringen, wo sie in Sicherheit wären, während er die Tür im Auge behalten konnte, bis die Polizei eintraf.

Der Plan hörte sich gut, verantwortungsbewußt, ruhig und durchdacht an. Vorübergehend wurde sein Herzschlag in der Brust weniger beharrlich, weniger quälend.

Dann überfiel ihn der Fluch der schriftstellerischen Phantasie, ein schwarzer Strudel, der ihn in finstere Möglichkeiten hinabsog, der Fluch des »Was wäre wenn, *was wäre wenn*«.

Was wäre, wenn der andere Marty immer noch kräftig genug war, das Fenster im Zimmer der Mädchen zu öffnen, auf die Pergola hinter dem Haus zu klettern und von dort auf den Rasen zu springen? Was wäre, wenn er um das Haus herum zur Straße fliehen würde, wenn Paige und die Mädchen gerade in der Einfahrt hielten?

Das könnte passieren. *Würde* passieren. Oder etwas genauso Schlimmes würde passieren, etwas Schlimmeres. Der Strudel der Realität brachte schrecklichere Möglichkeiten hervor als die dunkelsten Gedanken jedes Schriftstellers. In diesem Zeitalter gesellschaftlicher Auflösung konnte es selbst auf den friedlichsten Straßen in den ruhigsten Gegenden zu unerwartetem Aufflackern grotesker Gewalt kommen, worauf die Leute schockiert und entsetzt reagieren würden, aber *nicht* überrascht.

Vielleicht bewachte er die Tür eines leeren Zimmers.

16:29.

Paige bog möglicherweise gerade am Ende des Blocks um die Kurve in ihre Straße ein.

Vielleicht hatten die Nachbarn die Schüsse gehört und bereits die Polizei verständigt. Bitte, lieber Gott, laß es so sein.

Er hatte keine andere Wahl, als die Tür zum Zimmer der Mädchen zu öffnen, hineinzugehen und festzustellen, ob der Andere immer noch da war.

Der Andere. Als die Konfrontation in seinem Büro angefangen hatte, hatte er den Gedanken rasch abgetan, er könnte es mit etwas Übernatürlichem zu tun haben. Ein Geist konnte nicht so solide und dreidimensional sein wie dieser Mann. Wenn sie überhaupt existierten, würden Wesen von der anderen Seite der Grenze zwischen Leben und Tod nicht durch Kugeln verwundbar sein. Doch ein Gefühl blieb, daß etwas nicht geheuer war, und das wurde mit jedem Augenblick stärker. Er vermutete zwar, daß die Herkunft seines Gegners weitaus seltsamer sein würde als Gespenster oder gestaltverändernde Dämonen, erschreckender und irdischer zugleich, daß er von dieser Welt stammen würde und keiner anderen, aber er konnte ihn dennoch nur mit Namen belegen, die normalerweise Spukgeschichten vorbehalten blieben: Gespenst, Phantom, Geist, Erscheinung, Spukgestalt, der ungebetene Gast, der Unsterbliche, die Wesenheit.

Der Andere.

Die Tür wartete.

Die Stille im Haus war allumfassender als der Tod.

Martys Aufmerksamkeit, die ohnehin schon nur darauf konzentriert war, den Anderen zu verfolgen, wurde weiter gebündelt, bis er seinen eigenen Herzschlag nicht mehr wahrnahm und nur noch die Tür sah, nichts mehr hörte außer möglichen Geräuschen aus dem Zimmer der Mädchen, nichts mehr spürte außer dem Finger am Abzug der Pistole.

Die Blutspur.

Rote Fragmente von Fußabdrücken.

Die Tür.

Wartend.

Er wurde von Unentschlossenheit gelähmt.

Die Tür.

Plötzlich prasselte etwas über ihm. Er riß den Kopf zurück und sah zur Decke. Er stand direkt unter dem ein Meter zwanzig breiten, zwei Meter hohen Schacht, der zu einem kuppelförmigen Oberlicht aus Plexiglas führte. Regen trommelte auf das Plexiglas. Nur Regen, das Prasseln von Regen.

Als hätte die Spanne der Unentschlossenheit ihn plötzlich ruckartig wieder in die Wirklichkeit zurückgeholt, wurden ihm mit einem Mal alle Stimmen des Sturms bewußt, die er bei der Verfolgung des Anderen überhaupt nicht wahrgenommen hatte. Er hatte dauernd *durch* den Lärm im Hintergrund nach den verstohleneren Lauten seines Widersachers gelauscht. Nun stürmten das Winseln-Heulen-Pfeifen des Windes, das Tam-tam-tam des Regens, Donnergrollen, das knochenartige Kratzen eines Zweiges an der Hauswand, das blecherne Klappern eines lockeren Abschnitts der Regenrinne und andere, nicht so leicht zu identifizierende Geräusche auf ihn ein.

Die Nachbarn konnten die Schüsse über das Wüten des Sturms hinweg nicht gehört haben. Soviel zu dieser Hoffnung.

Marty schien von dem Tumult vorwärts getrieben zu werden, der Blutspur nach, einen zögernden Schritt, dann noch einen, unerbittlich auf die wartende Tür zu.

Marty war nur noch zwei Meter vom Zimmer der Mädchen entfernt. Er näherte sich der Tür von der Seite der Scharniere, damit er nach dem Knauf greifen, die Tür nach innen aufstoßen und vermeiden konnte, daß er sich deutlich als Silhouette im Rahmen abzeichnete.

Er versuchte, nicht in das Blut zu treten, daher sah er nur einen Augenblick auf den Teppich hinunter, wo die Spritzer kleiner und vereinzelter waren als an anderen Stellen des Flurs. Er erblickte eine Anomalie, die er zuerst nur unterbewußt wahrnahm, und er war schon einen Schritt weiter gegangen, die Tür fest im Blick, bevor ihm völlig bewußt wurde, was er gesehen hatte: einen Abdruck der vorderen Hälfte einer Schuhsohle, der sich schwach rot abzeichnete, wie zwanzig oder dreißig andere, die er bereits passiert hatte, nur zeigte die schmale Stelle des Abdrucks, die Spitze, hier anderswo hin als alle anderen, in die entgegengesetzte Richtung, zurück dorthin, von wo er gekommen war.

Marty erstarrte, als ihm die Bedeutung dieses Fußabdrucks bewußt wurde.

Der Andere war bis zum Zimmer der Mädchen gegangen, aber nicht hinein. Er hatte kehrtgemacht und dabei den Blutverlust irgendwie so drastisch unterbunden, daß er seine Spur nicht mehr deutlich markierte – abgesehen von einem verräterischen Fußabdruck und möglicherweise einigen anderen, die Marty nicht aufgefallen waren.

Martin nahm die Waffe in beide Hände, wirbelte herum und schrie auf, als er den Anderen aus Paiges Arbeitszimmer kommen sah; für einen Mann, der zwei Schüsse in der

Brust und schätzungsweise einen Liter Blut verloren hatte, bewegte er sich viel zu schnell. Er traf Marty fest, schlug unter der Pistole durch, schleuderte ihn gegen das Geländer der Galerie und zwang ihn, die Arme hoch zu reißen.

Marty drückte ab, als er zurückgeschleudert wurde – ein Reflex –, aber die Kugel durchbohrte die Decke des Flurs. Das stabile Geländer kollidierte mit dem unteren Teil seines Rückens, ein halb erstickter Schrei entrang sich ihm, als weißglühende Schmerzen horizontal durch seine Nieren schossen und mit Spikes einen Stepptanz auf der Knöcheltreppe seiner Wirbelsäule trampelten.

Noch beim Schreien verlor er die Pistole. Sie glitt ihm aus den Händen und flog über seinen Kopf in die überdachte Leere hinter ihm.

Das belastete Eichengeländer erbebte, ein lautes, trockenes Knacken kündete den bevorstehenden Zusammenbruch an, und Marty war sicher, daß er ins Treppenhaus abstürzen würde. Aber die Balustrade gab nicht nach, und der Handlauf blieb fest mit dem Eckpfosten verbunden.

Der Andere drängte unerbittlich nach vorn, drückte Marty rückwärts über die Balustrade und versuchte ihn zu erwürgen. Hände aus Eisen. Finger wie Hydraulikgreifer, die von einem starken Motor angetrieben wurden. Drückten die Halsschlagadern zu.

Marty rammte dem Angreifer das Knie zwischen die Beine, doch der Tritt wurde abgeblockt. Durch den Versuch verlor er das Gleichgewicht und hatte nur noch einen Fuß auf dem Boden, und er wurde weiter über die Balustrade gedrückt, bis er ganz auf den Handlauf gehalten wurde und nur noch darauf lag.

Marty, der würgte, keine Luft mehr bekam und wußte, die größte Gefahr bestand darin, daß die Blutzufuhr zum Gehirn unterbrochen wurde, bildete mit den Armen einen Keil und trieb diesen zwischen die Arme des Anderen nach oben, womit er versuchen wollte, sie auseinander zu drükken und den Würgegriff zu lösen. Der Angreifer verdoppelte seine Anstrengungen, entschlossen, nicht locker zu lassen. Marty strengte sich ebenfalls noch mehr an, und sein überlastetes Herz klopfte schmerzhaft gegen sein Brustbein.

Sie hätten einander ebenbürtig sein müssen, verdammt noch mal, schließlich hatten sie dieselbe Größe, dasselbe Gewicht und denselben Körperbau, sie waren in derselben körperlichen Verfassung und allem äußeren Anschein nach ein und derselbe Mann.

Und doch war der Andere, der zwei potentiell tödliche Schüsse abbekommen hatte, der stärkere, und zwar nicht nur, weil er sich in der überlegenen Position befand und die bessere Hebelwirkung auf seiner Seite hatte. Er schien übermenschliche Kräfte zu besitzen.

Es war, als würde Marty, von Angesicht zu Angesicht mit seinem Doppelgänger und von heißen, keuchenden Atemzügen umspült, in einen Spiegel sehen, aber das wilde Spiegelbild vor ihm war zu einer Miene verzerrt, wie sie Marty bei sich selbst noch nie gesehen hatte. Bestialische Wut. Haß so vergiftend wie Blausäure. Zuckungen manischer Freude huschten über das vertraute Antlitz, als würde die Aussicht, jemanden zu töten, den Fremden erregen.

Der Andere fletschte die Zähne und drückte, obwohl es unmöglich schien, noch fester zu, um seinen Worten Nachdruck zu verleihen, als er sagte, während ihm Speichel aus dem Mund tropfte: »Brauche mein Leben jetzt, mein Leben, meins, meins, *jetzt*. Brauche meine Familie, jetzt, meine, jetzt, jetzt, jetzt, brauche, *sie, BRAUCHE SIE!*«

Negative Glühwürmchen tanzten und sausten vor Martys Augen, negativ weil sie wie Negativabzüge der leuchtenden Glühwürmchen an Sommerabenden aussahen, keine Lichtfünkchen in der Dunkelheit, sondern Dunkelheitsfünkchen im Licht. Fünf, zehn, zwanzig, hundert, ein wuselnder Schwarm. Das verzerrte Gesicht des Anderen verschwand stückweise unter diesem blinkenden schwarzen Schwarm.

Marty wollte den Griff mit aller Verzweiflung brechen und krallte nach dem haßerfüllten Gesicht. Aber er konnte es nicht erreichen. Seine Anstrengungen schienen allesamt kläglich, hoffnungslos zu sein.

So viele negative Glühwürmchen.

Und bruchstückhaft dazwischen zu sehen: das bösartige und rachsüchtige Gesicht des begehrlichen neuen Mannes seiner Frau, das herrschsüchtige Gesicht des strengen neuen Vaters seiner Töchter.

Glühwürmchen. Überall, überall. Breiteten ihre Schwingen des Vergessens aus.

Bumm. Laut wie ein Gewehrschuß. Eine zweite, dritte, vierte Explosion – eine nach der anderen. Die Balustrade brach.

Der Handlauf bekam einen Sprung. Kippte nach hinten. Er wurde nicht mehr von der Balustrade gestützt, die darunter zersplittert war.

Marty hörte auf, sich gegen den Angreifer zu wehren, und versuchte verzweifelt, Arme und Beine um das Geländer zu schlingen, weil er hoffte, er könnte sich an den Überresten festklammern, statt in die Tiefe zu stürzen. Aber das Mittelstück der Balustrade löste sich so schnell und gründlich auf, daß er keinen Halt an den zerbrechenden Bestandteilen finden konnte, und das Gewicht des ihn umklammernden Angreifers unterstützte die Schwerkraft noch mehr, als erforderlich gewesen wäre. Doch während sie über dem Abgrund taumelten, veränderten Martys Bewegungen die Dynamik ihres Kampfes gerade so sehr, daß der Andere über ihm abrollte und zuerst abstürzte. Der Angreifer ließ Martys Hals los, zog ihn aber mit sich. Sie stürzten auf die Treppe, durchbrachen das Geländer, das sie dabei zu Kleinholz verarbeiteten, und landeten auf den mexikanischen Fliesen des Dielenbodens.

Der Sturz ging über knapp fünf Meter, nicht besonders hoch, wahrscheinlich nicht einmal eine tödliche Strecke, und ihr Schwung wurde vom Treppengeländer gebremst. Doch der Aufprall schlug das bißchen Luft aus Marty heraus, das er auf dem Weg nach unten in die Lungen gesogen hatte, obwohl der Andere ihm als Prellbock diente, da dieser als erster mit dem hallenden *Tschuck* eines Vorschlaghammers auf die Fliesen prallte.

Keuchend und hustend stieß sich Marty von seinem Doppelgänger weg und versuchte, aus dessen Reichweite zu kriechen. Er war außer Atem, schwindlig und nicht sicher, ob er irgendwelche Knochen gebrochen hatte. Wenn er einatmete, tat die Luft in seinem rauhen Hals weh, und wenn er hustete, hätten die Schmerzen nicht schlimmer sein können, als hätte er versucht, verfilzten Stacheldraht gespickt mit Nägeln zu verschlingen. Katzenhaft schnell davon zu kriechen, was ihm vorschwebte, erwies sich als unmöglich; er konnte sich nur über den Dielenboden schleppen und dabei zappeln und zucken wie ein Käfer, der mit Insektenvertilgungsmittel besprüht worden war.

Als er die Tränen wegblinzelte, die ihm das schmerzhafte Husten in die Augen getrieben hatte, erblickte er die Smith & Wesson. Diese lag etwa fünf Meter entfernt etwas jenseits der Stelle, wo der Wechsel von Fliesen zu Holzboden den Übergang von Diele zum Wohnzimmer markierte. Betrachtete man die Verbissenheit, mit der er sich darauf konzentrierte, und die Entschlossenheit, mit der er seinen halb betäubten und schmerzenden Körper darauf zuschleppte, hätte die Pistole gut und gerne der Heilige Gral sein können.

Er bemerkte ein Rumpeln, das nichts mit dem Sturm zu tun hatte, gefolgt von einem Plumpsen, das er dunkel mit dem Anderen in Verbindung brachte, hielt aber nicht inne, um zurückzusehen. Vielleicht hatte er eine Todeszuckung gehört, das Trommeln von Absätzen auf dem Boden, ein letztes Aufbäumen. Der Dreckskerl mußte ja *mindestens* schwer verletzt sein. Verkrüppelt und sterbend. Aber Marty wollte die Waffe in den zitternden Händen halten, bevor er sein eigenes Überleben feierte.

Er griff nach der Pistole, umklammerte sie und stieß ein erschöpftes, triumphierendes Grunzen aus. Er drehte sich auf die Seite, robbte herum und zielte in die Diele zurück; er rechnete schon damit, seinen hartnäckigen Verfolger über sich aufragen zu sehen.

Aber der Andere lag immer noch flach auf dem Rücken. Beine ausgestreckt. Arme an den Seiten. Reglos. Vielleicht sogar tot. Aber den Gefallen tat er ihm nicht. Er drehte den Kopf zu Marty. Sein Gesicht war blaß, schweißgebadet, weiß und glänzend wie eine Porzellanmaske.

»Gebrochen«, winselte er.

Er schien nur den Kopf und die Finger der rechten Hand bewegen zu können, aber nicht die Hand selbst. Eine Grimasse der Anstrengung, nicht der Schmerzen, verzerrte sein

Gesicht. Er hob den Kopf vom Boden, und die agilen Finger verkrampften und entspannten sich wie die Beine einer sterbenden Tarantel, aber er schien sich nicht aufrichten oder die Beine an den Knien anwinkeln zu können.

»Gebrochen«, wiederholte er.

Bei dem Wort und der Art, wie es ausgesprochen wurde, mußte Marty an einen Spielzeugsoldaten denken, verbogene Federn, kaputte Zahnräder.

Marty stützte sich mit einer Hand an der Wand ab und stand auf.

»Wirst du mich töten?« fragte der Andere.

Die Vorstellung, einem verletzten und hilflosen Mann eine Kugel in den Kopf zu jagen, war über die Maßen abstoßend, aber Marty war versucht, die Tat zu begehen und sich hinterher um die psychologischen und rechtlichen Folgen zu kümmern. Neugier ebenso sehr wie moralische Bedenken hielten ihn davon ab.

»Dich töten? Mit Vergnügen.« Seine Stimme klang heiser, was zweifellos einen oder zwei Tage so bleiben würde, bis er sich von dem Würgen erholt hatte. »Wer, zum Teufel, bist du?« Jedes krächzende Wort erinnerte ihn daran, wie glücklich er sich schätzen konnte, daß er überlebt hatte und diese Frage stellen konnte.

Das leise Rumpeln ertönte wieder, dasselbe Geräusch, das er gehört hatte, als er auf die Pistole zu gekrochen war. Dieses Mal konnte er es identifizieren: nicht die Zuckungen und trommelnden Absätze eines sterbenden Mannes, sondern schlicht und einfach die Vibration des automatischen Garagentors, das beim ersten Mal hochgezogen worden war und jetzt wieder herunter kam.

Stimmen ertönten in der Küche, als Paige und die Mädchen das Haus durch die Garage betraten.

Marty, der sich mit jedem Augenblick weniger wackelig auf den Beinen fühlte und wieder zu Atem gekommen war, eilte durch das Wohnzimmer und zum Eßzimmer, da er die Kinder aufhalten wollte, bevor sie sehen konnten, was sich hier abgespielt hatte. Sie würden auch so schon lange Zeit Schwierigkeiten haben, sich in ihrem eigenen Heim wieder wohl zu fühlen, wenn sie erfuhren, daß ein Einbrecher hereingekommen war und versucht hatte, ihren Vater zu töten. Aber das Trauma würde schlimmer werden, wenn sie die Zerstörungen und den blutüberströmten Mann zu sehen bekamen, der gelähmt auf dem Dielenboden lag. Zog man weiterhin die makabre Tatsache in Betracht, daß der Eindringling auch noch das exakte Spiegelbild ihres Vaters war, würden sie wahrscheinlich in diesem Haus nie mehr gut schlafen.

Als Marty vom Eßzimmer in die Küche platzte und die Schwingtür hinter sich vor- und zurückschlagen ließ, drehte sich Paige überrascht von der Garderobe um, wo sie den Regenmantel aufhängte. Die Mädchen, die noch gelbe Gummijacken und Vinylmützen trugen, grinsten und neigten erwartungsvoll die Köpfe und schienen zu glauben, das stürmische Auftreten ihres Vaters wäre der Auftakt zu einem Scherz oder einer von Daddys albernen Stegreifdarbietungen.

»Bring sie hier weg«, krächzte er Paige zu und versuchte, ruhig zu klingen, wurde aber von seiner heiseren Stimme und der allzu deutlichen Nervosität verraten.

»Was ist denn mit dir passiert?«

»Jetzt«, beharrte er, »sofort, bring sie über die Straße zu Vic und Kathy.«

Die Mädchen sahen die Waffe in seiner Hand. Das Grinsen verschwand, ihre Augen wurden groß.

Paige sagte: »Du blutest. Was…«

»Nicht ich«, unterbrach er sie und merkte erst jetzt, daß er sein ganzes Hemd mit dem Blut des Anderen besudelt hatte als er auf ihn gefallen war. »Mir geht es gut.«

»Was ist passiert?« wollte Paige wissen.

Als er die Tür zur Garage aufriß, sagte er: »Wir hatten etwas hier.« Sein Hals schmerzte beim Sprechen, und doch plapperte er ununterbrochen in seinem verzweifelten Bemühen, sie wohlbehalten aus dem Haus zu bekommen, aber wahrscheinlich zum ersten Mal zusammenhanglos in seinem von Worten bestimmten Leben. »Ein Problem, etwas, Herrgott, du weißt schon, wie so was eben manchmal passiert, Ärger…«

»Marty…«

»Geht rüber zu den Delorios, alle.« Er trat über die Schwelle in die dunkle Garage, drückte auf den Knopf der Automatik, und das große Tor rumpelte in die Höhe. Er sah Paige in die Augen. »Bei den Delorios sind sie in Sicherheit.«

Paige machte sich gar nicht erst die Mühe, den Mantel wieder von der Garderobe zu nehmen; sie schob die Mädchen an ihm vorbei in die Garage, der aufgehenden Tür entgegen.

»Ruf die Polizei an«, rief er ihr nach und zuckte angesichts der Schmerzen zusammen, die ihm der Ruf bereitete.

Sie drehte sich mit gramzerfurchtem Gesicht zu ihm um.

Er sagte: »Mir geht es gut, aber wir haben einen Einbrecher hier. Schlimm angeschossen.«

»Komm mit uns«, flehte sie.

»Kann nicht. Ruf die Polizei.«

»Marty...«

»Geh, Paige, geh endlich!«

Sie trat zwischen Charlotte und Emily, nahm jede an einer Hand, führte sie aus der Garage in den Wolkenbruch hinaus und drehte sich nur noch einmal zu ihm um.

Er sah ihnen nach, bis sie das Ende der Einfahrt erreichten, nach rechts und links sahen, ob Autos kamen, und dann die Straße überquerten. Als sie durch die silbernen Schleier des Regens gingen, sahen sie mit jedem Schritt weniger wie Menschen und mehr wie entschwindende Geister aus. Er wurde von dem beunruhigenden Gefühl überkommen, daß er sie nicht mehr lebend wiedersehen würde; er wußte das war nichts weiter als eine irrationale, von Adrenalin erzeugte Reaktion auf das, was er durchgemacht hatte, aber die Angst schlug dennoch Wurzeln in ihm und fing an zu wachsen.

Ein kalter, nasser Wind wehte in die hintersten Winkel der Garage, der Schweiß auf Martys Gesicht fühlte sich an, als wäre er sofort in Eis verwandelt worden.

Er ging in die Küche zurück und schloß die Tür.

Obwohl er schlotterte und halb erfroren wirkte, sehnte er sich nach einem kalten Drink, denn seine Kehle brannte, als würde dort ein Kerosinfeuer lodern.

Vielleicht starb der Mann in der Diele gerade, hatte in diesem Augenblick Krämpfe oder einen Herzanfall. Sein Zustand war verdammt schlecht. Es wäre sicher nicht schlecht, wenn er gleich zu ihm hineingehen und auf ihn aufpassen würde, sollten Erste-Hilfe-Maßnahmen erforderlich sein, bevor die Behörden eintrafen. Marty wäre es eigentlich gleichgültig gewesen, wenn der Kerl gestorben wäre – er *wollte*, daß er starb –, aber erst wenn eine ganze Menge Fragen beantwortet und zumindest ein bißchen Licht ins Dunkel der jüngsten Ereignisse gebracht waren.

Aber bevor er etwas anderes tat, mußte er etwas zu trinken holen, um die Schmerzen im Hals zu lindern. Im Augenblick war jedes Schlucken eine Tortur. Wenn die Polizei eintraf, mußte er darauf vorbereitet sein, eine ganze Menge zu reden.

Wasser aus dem Hahn schien nicht kalt genug zu sein, daher machte er den Kühlschrank auf – er hätte schwören können, daß längst nicht mehr soviel darin war wie am Vormittag – und ergriff einen Karton Milch. Nein, beim bloßen Gedanken an Milch mußte er würgen. Milch erinnerte ihn an Blut, weil es eine Körperflüssigkeit war; das war natürlich lächerlich, aber die Ereignisse der vergangenen Stunde waren irrational, mußten auch seine Reaktionen teilweise irrational sein. Er stellte den Karton ins Fach zurück, griff nach dem Orangensaft, dann sah er die Flaschen Corona und 0,33er Dosen Coors. Nichts hatte je köstlicher ausgesehen als dieses gekühlte Bier. Er nahm eine der Dosen, weil darin etwas mehr Bier war als in den Flaschen Corona.

Der erste große Schluck entfachte das Feuer in seinem Hals, statt es zu löschen. Der zweite tat nicht mehr ganz so weh wie der erste, und der dritte nicht mehr so sehr wie der zweite, und danach war jeder Schluck so heilsam wie Honigmedizin.

Mit der Pistole in einer Hand und der halbleeren Dose Coors in der anderen ging er durch das Haus zurück zur Diele, wobei er mehr wegen der Erinnerung an das zitterte, was geschehen war, und der Aussicht, was vor ihm lag, als wegen des eiskalten Biers.

Der Andere war fort.

Marty war so verblüfft, daß er das Coors fallen ließ. Die Dose rollte hinter ihn; schaumiges Bier ergoß sich auf den Boden des Wohnzimmers. Obwohl ihm die Dose mir nichts dir nichts aus der Hand flutschte, hätte ihn nur ein Hydraulikgreifer dazu zwingen können, die Waffe loszulassen.

Trümmer der Balustrade, ein Teil des Geländers und Splitter bedeckten den Boden der Diele. Mehrere mexikanische Fliesen waren beim Aufprall des harten Eichenholzes oder des Stahls der Smith & Wesson gesprungen oder gesplittert. Keine Leiche.

Von dem Augenblick an, als der Doppelgänger Martys Arbeitszimmer betreten hatte, war der Tag ohne das übliche vorherige Einschlafen zu einem Alptraum geworden. Die Ereignisse waren den Fesseln der Realität entschlüpft, sein eigenes Haus war zu einer dunklen Traumlandschaft geworden. So surrealistisch die Konfrontation gewesen war, er hatte, solange sie stattfand, nicht ernsthaft daran gezweifelt, daß sie tatsächlich passierte. Und auch jetzt zweifelte er nicht daran. Er hatte weder auf eine Ausgeburt der Phantasie geschossen, noch war er von einer Illusion gewürgt worden oder allein durch das Geländer gestürzt. Der Andere, der reglos auf dem Fliesenboden gelegen hatte, war so real gewesen wie die Trümmer der Balustrade, die noch dort verstreut waren.

Marty dachte erschrocken an die Möglichkeit, daß Paige und die Mädchen von dem Anderen auf der Straße angegriffen worden sein könnten, ehe sie das Haus der Delorios erreichen konnten, daher hastete er zur Eingangstür. Diese war verschlossen. Von innen. Die Sicherungskette vorgelegt. Auf diesem Weg hatte der Irre das Haus nicht verlassen.

Er hatte es überhaupt nicht verlassen. Wie hätte er das gekonnt, in seinem Zustand? Keine Panik. Bleib ruhig. Denk nach.

Marty hätte ein Jahr seines Lebens gewettet, daß die Verletzungen des Anderen echt gewesen waren, nicht vorgetäuscht. Der Rücken des Mistkerls war gebrochen. Sein Unvermögen, mehr als den Kopf und die Finger einer Hand zu bewegen, deutete darauf hin, daß wahrscheinlich auch die

Wirbelsäule durchtrennt worden war, als die Schwerkraft zum Tanz mit dem Boden aufgefordert hatte.

Also wo steckte er?

Nicht oben. Selbst wenn seine Wirbelsäule nicht verletzt gewesen wäre, selbst wenn er keine Querschnittslähmung davongetragen hätte, hätte er seinen zerschundenen Körper in der kurzen Zeit, die Marty in der Küche verbracht hatte, unmöglich in den ersten Stock hinaufschleppen können.

Gegenüber dem Eingang zum Wohnzimmer lag eine kleine Kammer neben dem Arbeitszimmer. Das spülwassergraue Licht der sturmgepeitschten Dämmerung fiel zwischen den schrägen Streben der Fensterläden herein, beleuchtete aber nichts. Marty trat durch die Tür und schaltete das Licht ein. Die Kammer war verlassen. Am Schrank schob er die Spiegeltür auf, aber auch dort versteckte sich der Andere nicht.

Schrank in der Diele. Nichts. Bügelzimmer. Nichts. Der tiefe Schrank unter der Treppe. Waschküche. Salon. Nichts, nichts, nichts.

Marty suchte panisch, unablässig, ohne an seine Sicherheit zu denken. Er ging davon aus, daß er seinen potentiellen Mörder in der Nähe und weitgehend hilflos finden würde, möglicherweise sogar tot, da der klägliche Fluchtversuch seine letzten Kraftreserven verbraucht hatte.

Statt dessen mußte er in der Küche feststellen, daß die Tür zur Pergola offenstand. Eine kalte Windbö wehte von draußen herein und klapperte mit den Schranktüren. An der Garderobe neben der Garagentür bauschte sich Paiges Regenmantel von falschem Leben erfüllt.

Während Marty durch Eßzimmer und Wohnzimmer in die Diele zurück gegangen war, hatte sich der Andere auf einem anderen Weg in die Küche begeben. Er mußte durch den kurzen Flur gegangen sein, der von der Diele am Bügelzimmer und der Waschküche vorbei führte, und dann durch ein Ende des Salons. Er konnte nicht so schnell so weit gekrochen sein. Er war auf den Füßen gewesen, möglicherweise unsicher, aber trotzdem auf den Füßen.

Nein. Das war unmöglich. Okay. Vielleicht war die Wirbelsäule des Kerls doch nicht gebrochen. Vielleicht nicht einmal angebrochen. Aber sein Rücken *mußte* gebrochen sein. Er konnte nicht einfach auf die Füße gesprungen und geflohen sein.

Der Alptraum im Wachsein hatte die Wirklichkeit wieder verdrängt. Es wurde Zeit, wieder nach etwas zu jagen – und von etwas gejagt zu werden –, das die regenerativen Fähigkeiten eines Monsters aus einem Traum besaß; etwas, das behauptete, es sei gekommen, um nach einem Leben zu suchen, und das beängstigend gut ausgestattet schien, es auch zu nehmen.

Marty ging durch die offene Tür auf die Veranda hinaus.

Wieder auflebende Angst beförderte ihn in einen Zustand gesteigerter Wahrnehmung, in dem Farben leuchtender, Gerüche stechender und Geräusche klarer und deutlicher als jemals vorher waren. Der Eindruck hatte Ähnlichkeit mit den unerklärlich lebhaften Empfindungen gewisser Träume der Kindheit und Pubertät – besonders mit solchen, in denen der Träumende mühelos wie ein Vogel am Himmel dahinzieht oder die sexuelle Vereinigung mit einer so wunderbaren Frau erlebt, daß er sich später weder an ihr Gesicht noch an ihren Körper erinnern kann, nur an die essentielle Ausstrahlung perfekter Schönheit. Diese besonderen Träume schienen überhaupt keine Phantasiegebilde zu sein, sondern Blicke in eine größere und detailliertere Realität jenseits der Realität der Welt des Wachseins. Als Marty zur Küchentür hinausging, vom warmen Haus in das kalte Reich der Natur, fühlte er sich seltsam an die Lebhaftigkeit dieser längst vergessenen Visionen erinnert, denn jetzt verspürte er ähnlich akute Empfindungen und nahm die Nuancen von allem wahr, das er sah-hörte-roch-berührte.

Aus dem dichten Gestrüpp der Bougianvillea über ihm tröpfelten Dutzende Tropfen und Spritzer in Pfützen, die in dem Dämmerlicht so schwarz wie Öl wirkten. Auf dieser flüssigen Schwärze trieben scharlachrote Blüten in Mustern, die zwar wahllos waren, aber dennoch bewußt geheimnisvoll wirkten, so ominös und voller Bedeutung wie die alten Schriftzeichen eines längst gestorbenen chinesischen Mystikers.

Entlang der Grenze des Gartens – klein und von einer

Mauer umgeben, wie in den meisten Vierteln in Südkalifornien – zitterten indische Lorbeersträucher und Eugenien kläglich im kalten Wind. In der nordwestlichen Ecke peitschten die langen und zierlichen Zweige eines roten Eukalyptus durch die Luft und warfen längliche Blätter so rauchsilbern wie die Schwingen einer Libelle ab. In den Schatten, welche die Bäume warfen – und hinter einigen kleineren Sträuchern –, gab es Stellen, wo ein Mann sich verstecken konnte.

Marty hatte nicht die Absicht, dort zu suchen. Wenn sich sein Widersacher aus dem Haus geschleppt hatte, um sich – wahrscheinlich vom Blutverlust geschwächt – in einem kalten, nassen Nest aus Jasmin und Schmucklilien zu verstekken, dann war es nicht dringend erforderlich, ihn zu finden. Wichtiger war, dafür zu sorgen, daß er im Augenblick nicht unverfolgt floh.

Ganze Chöre von Kröten, die sich längst der Trockenheit angepaßt und an das Wasser der Rasensprenger als einzige Quelle von Feuchtigkeit gewöhnt hatten, sangen in ihren verborgenen Nischen, Dutzende schrille Stimmen, die normalerweise bezaubernd waren, jetzt aber unheimlich und bedrohlich wirkten. Über ihre Arie hinweg konnte man das Heulen ferner, aber näher kommender Sirenen vernehmen.

Falls der Eindringling versuchte zu fliehen, bevor die Polizei eintraf, standen ihm nur wenige Fluchtwege zur Verfügung. Er hätte über eine der Mauern des Grundstücks klettern können, aber das schien unwahrscheinlich, denn so wundersam seine Genesung auch vonstatten gehen mochte, er hätte nicht genügend Zeit gehabt, über den Rasen zu laufen, sich durch das Gebüsch zu zwängen und in einen der angrenzenden Gärten zu springen.

Marty wandte sich nach rechts und lief unter der tropfenden Pergola heraus. Nach kaum sechs Schritten war er naß bis auf die Haut, folgte dem Weg um das Haus herum und eilte dann an der Rückseite der angebauten Garage entlang.

Der Wolkenbruch hatte Schnecken aus ihren feuchten und schattigen Verstecken gelockt, wo sie normalerweise bis nach Einbruch der Nacht blieben. Ihre blassen, gallertigen Leiber streckten sich, so weit es ging, aus den Häusern, die

Fühler hatten sie suchend ausgefahren. Es blieb unvermeidlich, daß er auf einige trat und sie zu Brei zerquetschte, und da fuhr ihm der abergläubische Gedanke durch den Kopf, daß ihn jeden Moment eine kosmische Wesenheit gleichermaßen achtlos unter ihrem Fuß zertreten würde.

Als er um die Ecke auf den Gehweg bog, der von der Garagenmauer und einer Eugenienhecke begrenzt wurde, rechnete er damit, daß er seinen Doppelgänger zur vorderen Grenze des Grundstücks hinken sehen würde. Der Weg lag einsam und verlassen da. Die vordere Tür stand halb offen.

Die Sirenen waren viel lauter geworden, als Marty die Einfahrt vor dem Haus erreichte. Er trat platschend durch einen Rinnstein, in dem zehn bis fünfzehn Zentimeter hoch Wasser so kalt wie der Styx stand, sprang auf die Straße und sah nach rechts und links, aber es war noch kein Polizeiauto in Sicht.

Auch den Anderen konnte er nirgendwo finden. Marty stand allein auf der Straße.

Im nächsten Block südlich raste ein Auto davon, aber so weit entfernt, daß er Marke und Modell nicht erkennen konnte. Obwohl es für die Wetterverhältnisse viel zu schnell fuhr, bezweifelte er, daß der Andere darin saß. Er konnte immer noch kaum glauben, daß der schwerverletzte Mann hatte gehen können, geschweige denn, sein Auto erreichen und so schnell wegfahren. Ganz bestimmt fanden sie den Mistkerl in der Nähe, bewußtlos oder tot im Gestrüpp. Das Auto bog viel zu schnell um die Ecke; das dünne Quietschen der protestierenden Reifen war über das Plitschplatsch und Murmeln des Regens zu hören. Dann war es fort.

Von Norden schwoll der Bansheegesang der Sirenen plötzlich viel lauter an; Marty drehte sich um und sah eine schwarzweiße Limousine der Polizei fast ebenso schnell um die Ecke kommen, wie das andere Auto im Süden verschwunden war. Rot-blaue Blinklichter warfen bunte Frisbees aus Licht durch den grauen Regen und über den Asphalt. Die Sirene verstummte, als der Wagen sechs Meter von Marty entfernt mitten auf der Straße mit einem dramatischen Schwung, der selbst unter den gegebenen Umständen übertrieben wirkte, schlitternd zum Stillstand kam.

Die Sirene eines zweiten Streifenwagens wimmerte in der Ferne, als die Fahrertür des ersten aufgerissen wurde. Zwei uniformierte Beamte sprangen aus dem Auto, duckten sich, blieben hinter den Türen, und riefen: »Fallen lassen! Sofort! Laß die Waffe fallen oder du stirbst, Arschloch! *Sofort!*«

Marty stellte fest, daß er immer noch die 9-mm-Pistole in der Hand hielt. Die Polizisten wußten nur das, was Paige ihnen sagen konnte, als sie 911 angerufen hatte, daß ein Mann erschossen worden war, daher vermuteten sie natürlich, daß *er* der Übeltäter war. Wenn er nicht tat, was sie verlangten, und zwar schnellstens, würden sie ihn erschießen, und niemand könnte ihnen einen Vorwurf machen.

Er ließ die Waffe aus der Hand fallen.

Sie fiel scheppernd auf den Asphalt.

Sie befahlen ihm, sie von sich weg zu kicken. Er gehorchte.

Als sie sich hinter den offenen Autotüren erhoben, rief einer der Polizisten: »Auf den Boden, Gesicht nach unten, Hände auf den Rücken!«

Er besaß Verstand genug, sie nicht überzeugen zu wollen, daß er das Opfer und nicht der Täter war. Sie wollten zuerst Gehorsam und später Erklärungen, und wären die Rollen umgekehrt verteilt gewesen, hätte er dasselbe von ihnen verlangt.

Er ließ sich auf Hände und Knie sinken, dann streckte er sich der Länge nach auf der Straße aus. Selbst durch das Hemd war der nasse Asphalt so kalt, daß ihm die Luft weg blieb.

Vic und Kathy Delorios Haus stand direkt auf der anderen Straßenseite, gegenüber der Stelle, wo er lag, und Marty hoffte, daß Charlotte und Emily sich nicht an den Fenstern nach vorne aufhalten durften. Sie sollten ihren Vater nicht unter den Pistolen von Polizisten flach auf dem Boden liegen sehen. Sie hatten auch so schon Angst genug. Er erinnerte sich an ihre aufgerissenen Augen, als er mit der Waffe in der Hand in die Küche gestürmt war, und er wollte sie nicht noch mehr ängstigen.

Die Kälte drang ihm bis in die Knochen.

Die zweite Sirene wurde plötzlich von einem Augenblick zum nächsten viel lauter. Er vermutete, daß der andere Wagen im Süden um eine Ecke gebogen war und sich vom Ende des Blocks näherte. Das durchdringende Heulen war so kalt wie ein spitzer Eiszapfen im Ohr.

Er drückte eine Seite des Gesichts auf den Asphalt und blinzelte Regen aus den Augen, während er den beiden Polizisten entgegen sah, die auf ihn zu kamen. Sie hielten die Waffen schußbereit. Als sie in eine seichte Pfütze traten, wirkten die Spritzer aus Martys Perspektive riesig.

Als sie bei ihm waren, sagte er: »Schon gut. Ich wohne hier. Dies ist mein Haus.« Seine ohnehin krächzende Stimme wurde durch das Zittern, das ihn schüttelte noch mehr verzerrt. Er machte sich Sorgen, er könnte sich betrunken oder schwachsinnig anhören. »Das ist mein Haus.«

»Einfach unten bleiben«, sagte einer schneidend. »Lassen Sie die Hände hinter dem Rücken und bleiben Sie unten.«

Der andere fragte: »Können Sie sich ausweisen?«

Er schlotterte so heftig, daß seine Zähne klapperten, als er sagte: »Ja, sicher, in meiner Brieftasche.«

Sie gingen kein Risiko ein und legten ihm Handschellen an, bevor sie die Brieftasche aus seiner Innentasche fischten. Die Stahlringe waren noch warm von der geheizten Luft in dem Streifenwagen.

Er kam sich genau wie eine Figur in einem seiner Romane vor. Es war ganz eindeutig *kein* gutes Gefühl.

Die zweite Sirene verstummte. Autotüren wurden zugeschlagen. Er hörte das knisternde Rauschen und die blechernen Stimmen des Polizeifunks.

»Haben Sie einen Ausweis mit Foto da drinnen?« fragte der Polizist, der seine Brieftasche genommen hatte.

Marty verdrehte das linke Auge und versuchte, etwas von dem Mann oberhalb des Knies zu erkennen. »Ja, sicher, in einem der Plastikfächer steckt ein Führerschein.«

In seinen Romanen hatten unschuldige Figuren, wenn sie eines Verbrechens verdächtigt wurden, das sie nicht begangen hatten, häufig Sorgen und Angst. Aber Marty hatte nie darüber geschrieben, wie *demütigend* so ein Erlebnis sein konnte. Wie er so vor den Polizisten auf dem Bauch auf dem nassen Asphalt lag, verspürte er Todesangst wie noch nie in seinem Leben, obwohl er nichts Unrechtes getan hatte. Die

Situation selbst – in einer völligen Unterwerfungshaltung, während er von Repräsentanten der Autorität mit großem Argwohn betrachtet wurde – schien unterschwellige Schuldgefühle an den Tag zu bringen, eine angeborene Anwandlung von Schuld wegen einer monströsen Missetat, die nicht eindeutig identifiziert werden konnte, Schamgefühle, weil man ihm auf die Schliche kommen würde, obwohl er *wußte*, daß ihn keine Schuld traf.

»Wie alt ist das Bild in Ihrem Führerschein?« fragte der Polizist mit seiner Brieftasche.

»Äh, ich weiß nicht, zwei Jahre, drei.«

»Sieht Ihnen nicht besonders ähnlich.«

»Sie wissen ja, wie Automatenpaßbilder aussehen«, sagte Marty und stellte verdrossen fest, daß er mehr Flehen als Zorn aus seiner Stimme heraus hörte.

»Lassen Sie ihn aufstehen, es ist alles in Ordnung, er ist mein Mann, Marty Stillwater«, rief Paige, die offenbar vom Haus der Delorios zu ihnen gelaufen kam.

Marty konnte sie nicht sehen, aber ihre Stimme machte ihn glücklich und stellte wieder ein gewisses Maß an Realität in diesem alptraumhaften Augenblick her.

Er sagte sich, daß alles gut werden würde. Die Polizisten würden ihren Fehler einsehen, ihn aufstehen lassen, das Gestrüpp um das Haus herum und die Nachbargärten durchsuchen, den Doppelgänger rasch entdecken und eine Erklärung für die unheimlichen Ereignisse der vergangenen Stunde finden.

»Er ist mein Mann«, wiederholte Paige jetzt viel näher, und Marty konnte spüren, wie die Polizisten sie anstarrten, als sie näher kam.

Er war mit einer attraktiven Frau gesegnet, die anzuschauen sich auch dann lohnte, wenn sie tropfnaß und ängstlich war; sie war nicht nur attraktiv, sondern klug, charmant, liebevoll, einmalig. Seine Töchter waren prachtvolle Kinder. Er hatte eine erfolgreiche Laufbahn als Romanautor vor sich, und seine Arbeit machte ihm großen Spaß. Nichts würde daran etwas ändern. Nichts.

Doch während die Polizisten seine Handschellen lösten und ihm auf die Füße halfen, während Paige ihn drückte und er sie dankbar umarmte, war sich Marty akut und nervös bewußt, daß die Dämmerung in die Nacht überging. Er sah über ihre Schulter, suchte an zahllosen dunklen Stellen der Straße und fragte sich, aus welchem Nest der Dunkelheit der nächste Angriff erfolgen würde. Der Regen schien so kalt zu sein, daß es sich um Graupelschauer handeln konnte, die Blinklichter taten ihm in den Augen weh, sein Hals brannte, als hätte er mit Säure gegurgelt, sein Körper schmerzte nach dem Kampf an unzähligen Stellen, und sein Instinkt verriet ihm, daß das Schlimmste erst noch bevorstand.

Nein.

Nein, das war nicht sein Instinkt. Nur seine überaktive Phantasie. Der Fluch der schriftstellerischen Phantasie. Immer auf der Suche nach der nächsten unerwarteten Wendung der Handlung.

Das Leben war keine fiktive Geschichte. Echte Geschichten hatten keinen zweiten oder dritten Akt, keinen sorgfältigen Aufbau, kein Erzähltempo, keine eskalierenden Verwicklungen. Verrückte Dinge passierten eben manchmal, ohne die Logik von Dichtung, und dann ging das Leben weiter wie gewohnt.

Die Polizisten sahen alle zu, wie er Paige umarmte.

Er glaubte, Feindseligkeit in ihren Gesichtern zu lesen.

Eine weitere Sirene ertönte in der Ferne.

Ihm war so kalt.

Mary Higgins Clark

Absturz ins Leben

Meghan Collins stand etwas abseits von dem Pulk der anderen Journalisten in der Notaufnahme des Roosevelt Hospitals in Manhattan. Minuten zuvor war ein ehemaliger Senator der Vereinigten Staaten auf der Central Park West überfallen und sofort hier eingeliefert worden. Die Medienleute drängten sich in Erwartung einer Nachricht zu seinem Zustand.

Meghan ließ ihre schwere Tasche auf den Boden gleiten. Das drahtlose Mikrophon, das Funktelefon und die Notizblöcke führten dazu, daß ihr der Tragriemen in die Schulter schnitt. Sie lehnte sich an die Wand und schloß für eine kurze Ruhepause die Augen. All die Reporter waren müde. Seit dem frühen Nachmittag waren sie im Gericht gewesen und hatten auf das Urteil in einem Unterschlagungsprozeß gewartet. Um neun Uhr, als sie gerade abziehen wollten, kam der Anruf, sie sollten über den Überfall berichten. Jetzt war es bald elf. Der frische Oktobertag war einer verhangenen Nacht gewichen, die einen unwillkommenen frühen Winter verhieß.

Es herrschte reger Betrieb in dem Krankenhaus. Junge Eltern mit einem blutenden Kleinkind auf den Armen wurden am Anmeldeschalter vorbei durch die Tür zum Untersuchungsbereich gewiesen. Leidtragende eines Autounfalls, mit Prellungen und sichtbar mitgenommen, trösteten einander, während sie auf ihre medizinische Versorgung warteten.

Draußen verstärkte das unablässige Aufheulen ankommender und abfahrender Krankenwagen die vertraute Kakophonie des New Yorker Verkehrs.

Eine Hand berührte Meghan am Arm. »Na, wie geht's denn so, Frau Anwältin?«

Es war Jack Murphy von Channel 5. Seine Frau hatte mit Meghan an der New York University Jura studiert. Meghan Collins, Doktor der Rechte, hatte ein halbes Jahr bei einer Kanzlei an der Park Avenue gearbeitet, dann gekündigt und bei dem Rundfunksender WPCD eine Stelle als Nachrichtenreporterin bekommen. Sie war jetzt seit drei Jahren dort, und im letzten Monat hatte PCD Channel 3, der angeschlossene Fernsehsender, sie regelmäßig ausgeliehen.

»Soweit ganz gut, denke ich«, entgegnete ihm Meghan. Ihr Piepser meldete sich.

»Komm bald mal zu uns zum Essen«, sagte Jack. »Ist schon so lange her.« Er ging wieder zu seinem Kameramann, während sie nach ihrer Tasche griff, um das Funktelefon herauszuholen.

Der Anruf kam von Ken Simon in der Nachrichtenzentrale von WPCD. »Meg, der Ambulanz-Spezialempfänger hat gerade einen Krankenwagen aufgespürt, der zum Roosevelt fährt. Opfer mit Stichwunden, Ecke Sechsundfünfzigste Straße und Zehnte. Kümmer dich drum.«

Der ominöse Ieee-Oooah-Ton eines sich nähernden Rettungswagens fiel mit dem Stakkato-Getrappel hastender Füße zusammen. Das Traumatologie-Team war auf dem Weg zum Eingang der Notaufnahme. Meg stellte das Telefon ab, steckte es in ihre Tasche und folgte der leeren Krankentrage, die zu der halbkreisförmigen Auffahrt geschoben wurde.

Die Ambulanz kam quietschend zum Stehen. Erfahrene Hände halfen eilends, das Opfer auf die Bahre zu verlegen. Eine Sauerstoffmaske wurde über das Gesicht der Frau gestülpt. Das Tuch, das ihren schlanken Körper bedeckte, war voller Blut.

Wirres haselnußbraunes Haar betonte noch die bläuliche Blässe ihres Halses.

Meg rannte zur Fahrertür. »Irgendwelche Zeugen?« fragte sie rasch.

»Hat sich niemand gemeldet.« Das Gesicht des Fahrers war von Erschöpfung gezeichnet, seine Stimme sachlich. »Da ist ein Durchgang zwischen zwei dieser alten Mietshäuser bei der Zehnten. Ist wohl einer von hinten gekommen, hat sie da reingestoßen und auf sie eingestochen. Ist wahrscheinlich blitzschnell passiert.«

»Wie schlimm ist sie dran?«

»Könnte nicht schlimmer sein.«

»Irgendein Hinweis, wer sie ist?«

»Nichts. Sie ist beraubt worden. Wahrscheinlich irgend so ein Fixer, der was zum Drücken gebraucht hat.«

Die Bahre wurde hineingerollt. Meghan huscht zurück und hinterher in die Notaufnahme.

Einer der Reporter schnauzte. »Der Arzt des Senators gibt jetzt 'ne Stellungnahme ab.«

Die Medienhorde flutete durch den Raum, um den Schalter zu belagern. Meghan wußte nicht, welche Eingebung sie bei der Bahre verharren ließ. Sie sah, wie der Arzt, der eine Infusion anlegen wollte, die Sauerstoffmaske entfernte und die Augenlider des Opfers aufschob.

»Sie ist tot«, sagte er.

Meghan warf einen Blick über die Schulter einer Krankenschwester und starrte in die blicklosen Augen der toten jungen Frau. Sie rang nach Luft, als sie diese Augen in sich aufnahm, die breite Stirn, die gewölbten Brauen, die hohen Wangenknochen, die gerade Nase, die vollen Lippen.

Es war, als schaute sie in einen Spiegel.

Sie betrachtete ihr eigenes Gesicht.

Meghan nahm ein Taxi zu ihrem Apartment in Battery Park City, ganz unten an der Spitze von Manhattan. Die Fahrt war teuer, aber es war spät, und sie war sehr müde. Bis sie nach Hause kam, vertiefte sich der betäubende Schock durch den Anblick der Toten noch, anstatt nachzulassen. Man hatte das Opfer in die Brust gestochen, wohl vier oder fünf Stunden, bevor sie gefunden wurde. Sie hatte Jeans an, eine abgesteppte Jeansjacke, Sportschuhe und Socken. Raub war vermutlich das Motiv gewesen. Ihre Haut war braungebrannt. Schmale Streifen hellerer Haut an ihrem Handgelenk und mehreren Fingern ließen vermuten, daß Ringe und eine Uhr fehlten. Ihre Taschen waren leer, und man hatte keine Handtasche gefunden.

Meghan machte das Licht am Eingang an und blickte quer durch das Zimmer. Von ihren Fenstern aus konnte sie Ellis Island und die Freiheitsstatue sehen. Sie konnte den Vergnügungsschiffen folgen, wie sie zu ihren Anlegeplätzen auf dem Hudson gelotst wurden. Sie liebte das Geschäftszentrum von New York, die Enge der Straßen, die majestätische Wucht des World Trade Centers, die Betriebsamkeit des Finanzbezirks.

Die Wohnung war ein geräumiges Einzimmerapartment mit einer Schlafnische und einer Küchenzeile. Meghan hatte es mit ausrangierten Gegenständen ihrer Mutter ausstaffiert, in der Absicht, später einmal eine größere Wohnung zu beziehen und sich nach und nach neu einzurichten. In den drei Jahren, seit sie für WPCD arbeitete, war es nicht dazu gekommen.

Sie warf ihren Mantel über einen Stuhl, ging ins Bad und zog sich Pyjama und Morgenrock an. Die Wohnung war angenehm warm, doch sie fröstelte, als sei sie krank. Ihr wurde bewußt, daß sie es vermied, in den Spiegel über ihrem Frisiertisch zu schauen. Schließlich drehte sie sich um und musterte sich, während sie nach der Reinigungscreme griff.

Ihr Gesicht war kalkweiß, die Augen stierten ihr entgegen. Ihre Hand zitterte, als sie sich das Haar löste, so daß es ihr um den Nacken fiel.

Fassungslos und wie erstarrt versuchte sie Unterschiede zwischen sich und der Toten herauszufinden. Sie wußte noch, daß das Gesicht des Opfers etwas voller gewesen war, die Form der Augen eher rund als oval, das Kinn kleiner. Aber der Hautton und die Haarfarbe und die offenen, blicklosen Augen waren fast genauso wie bei ihr.

Sie wußte, wo das Opfer jetzt war: im Leichenschauhaus der Gerichtsmedizin, für Fotos und Fingerabdrücke. Und man würde die Zähne registrieren.

Und dann die Obduktion.

Meghan merkte, daß sie zitterte. Sie eilte zu der Kochnische, öffnete den Kühlschrank und holte die Milchtüte heraus. Heißer Kakao. Vielleicht würde das helfen.

Sie hockte sich auf die Couch und schlang die Arme um die Knie, die dampfende Tasse vor sich. Das Telefon klingelte. Es war vermutlich ihre Mutter, weshalb sie hoffte, ihre Stimme wirke gefaßt, als sie den Hörer abnahm.

»Meg, hoffentlich hast du noch nicht geschlafen.«

»Nein, bin grad nach Haus gekommen. Wie geht's denn, Mom?«

»Ach, es geht schon. Die Versicherungsleute haben sich heute gemeldet. Sie kommen morgen nachmittag wieder vorbei. Ich hoffe bei Gott, daß sie nicht wieder wegen dem Kredit zu fragen anfangen, den Dad auf seine Versicherungspolicen genommen hat. Die scheinen einfach zu kapieren, daß ich keine Ahnung hab', was er mit dem Geld gemacht hat.«

Ende Januar war Meghans Vater auf der Heimfahrt nach Connecticut vom Flughafen Newark aus unterwegs gewesen. Es hatte den ganzen Tag geschneit und gehagelt. Um zwanzig nach sieben rief Edwin Collins vom Wagen aus einen Arbeitskollegen an, Victor Orsini, um einen Termin für den nächsten Morgen zu vereinbaren. Er teilte Orsini mit, er sei auf der Zufahrt zur Tappan Zee Bridge.

Möglicherweise nur wenige Sekunden später geriet auf der Brücke ein Tanklaster außer Kontrolle und krachte in einen Sattelschlepper, wodurch es zu einer Folge von Explosionen und einem Feuerball kam, der sieben oder acht Kraftfahrzeuge erfaßte. Der Sattelschlepper schleuderte gegen die Leitplanke der Brücke und riß ein gähnendes Loch hinein, bevor es in das strudelnde Wasser des Hudson stürzte. Der Tankwagen folgte nach und zog die übrigen, in lauter Teile auseinanderfliegenden Fahrzeuge mit sich.

Ein schwerverletzter Augenzeuge, dem es gelungen war, dem Tankwagen auszuweichen, sagte aus, eine dunkelblaue Limousine sei vor ihm zur Seite gewirbelt und durch den zerborstenen Stahl verschwunden. Edwin Collins hatte einen dunkelblauen Cadillac gefahren.

Es war die schlimmste Katastrophe in der Geschichte der Brücke. Acht Menschenleben waren zu beklagen. Megs sechzigjähriger Vater kam an jenem Abend nicht nach Hause. Man ging davon aus, er sei in der Explosion umgekommen. Die New Yorker Verkehrsbehörden suchten noch immer nach Wrackteilen und menschlichen Überresten, doch bis jetzt, fast neun Monate später, war noch immer keine Spur von ihm oder seinem Wagen gesichtet worden.

Man hatte eine Gedenkmesse eine Woche nach dem Unglück abgehalten, doch da kein Totenschein ausgestellt worden war, lag eine Sperre auf dem gesamten gemeinsamen

Vermögen von Edwin und Catherine Collins, und seine hohen Lebensversicherungen waren nicht ausgezahlt worden.

Schlimm genug für Mom, dieser schreckliche Kummer, auch ohne den Ärger, den ihr diese Leute machen, dachte Meg. »Ich komm' morgen nachmittag raus, Mom. Wenn sie sich weiter so anstellen, müssen wir sie vielleicht verklagen.«

Sie überlegte kurz, entschied dann aber, daß ihre Mutter jetzt am allerwenigsten die Nachricht vertragen konnte, daß eine Frau, die Meghan zum Verwechseln ähnlich sah, erstochen worden war. Statt dessen erzählte Meg von dem Gerichtsverfahren, über das sie an diesem Tag berichtet hatte.

Lange Zeit lag Meghan unruhig im Bett und döste vor sich hin. Endlich schlief sie richtig ein.

Ein hoher Quietschton rüttelte sie wach. Das Faxgerät fing an zu jammern. Sie schaute auf die Uhr: Es war Viertel nach vier. Was in aller Welt? dachte sie.

Sie knipste das Licht an, zog sich auf einen Ellbogen hoch und beobachtete, wie das Papier langsam aus der Maschine glitt. Sie sprang aus dem Bett, rannte durch den Raum und griff nach der Botschaft.

Sie lautete: VERSEHEN. ANNIE WAR EIN VERSEHEN.

Tom Weicker, der zweiundfünfzigjährige Nachrichtenchef von PCD Channel 3, hatte sich Meghan Collins immer häufiger von der Hörfunk-Abteilung ausgeliehen. Er war dabei, einen weiteren Reporter für das Live-Nachrichtenteam nach sorgfältiger Überlegung auszuwählen, und hatte die Kandidaten abwechselnd ausprobiert, aber nun stand seine Entscheidung fest: Meghan Collins.

Er war zu dem Schluß gekommen, daß sie sich gut präsentierte, von einem Moment auf den anderen improvisieren konnte und selbst einer weniger wichtigen Nachricht stets ein Gefühl von Unmittelbarkeit und Dringlichkeit verlieh. Ihre juristische Ausbildung war ein echtes Plus bei Gerichtsverfahren. Sie sah verdammt gut aus und strahlte natürliche Wärme aus. Sie mochte Menschen und konnte mit ihnen umgehen.

Am Freitag morgen ließ Weicker Meghan zu sich kommen. Als sie an die offene Tür zu seinem Büro klopfte, winkte er sie herein. Meghan trug eine hervorragend sitzende Jacke in Tönen aus Blaßblau und Rostbraun. Ein Rock aus der gleichen feinen Wolle reichte bis zu ihren Stiefeln hinunter. Klasse, dachte Weicker, genau richtig für den Job.

Meghan betrachtete Weickers Miene und versuchte, seine Gedanken zu erraten. Er hatte ein schmales, scharf geschnittenes Gesicht und trug eine randlose Brille. Dies und sein schon schütteres Haar ließen ihn älter erscheinen, als er tatsächlich war, und eher wie ein Bankkassier denn wie ein Medienenergiebündel. Dieser Eindruck war jedoch schnell verflogen, sobald er zu sprechen anfing. Meghan mochte Tom, wußte aber, daß er seinen Spitznamen ›Tödlicher Weicker‹ nicht umsonst erhalten hatte. Als er begann, sie vom Rundfunksender auszuleihen, hatte er deutlich gemacht, es sei zwar eine schlimme, scheußliche Sache, daß ihr Vater sein Leben in dem Brückenunglück verloren habe, aber er brauche ihre Zusicherung, daß dies ihre Arbeitsleistung nicht beeinträchtigen werde.

Es hatte sie nicht beeinträchtigt, und nun vernahm Meghan, wie ihr die Stelle angeboten wurde, die sie sich so sehr wünschte.

Als unwillkürliche Reaktion durchfuhr sie sofort der Gedanke: Ich kann's nicht abwarten, das Dad zu erzählen!

Dreißig Stockwerke weiter unten, in der Tiefgarage des PCD-Gebäudes, durchsuchte Bernie Heffernan, der Parkwächter, in Tom Weickers Wagen das Handschuhfach. Dank einer genetischen Ironie waren Bernies Gesichtszüge dazu angetan, ihm den Ausdruck eines unbeschwerten Gemüts zu verleihen. Seine Wangen waren voll, sein Kinn und Mund klein, seine Augen groß und arglos, seine Haare voll und wuschelig, sein Körperbau war kräftig, wenn auch etwas rundlich. Mit seinen fünfunddreißig Jahren vermittelte er einem Beobachter den Eindruck, er sei ein Mensch, der einem einen platten Reifen wechseln würde, obwohl er gerade seinen besten Anzug anhatte.

Er wohnte noch bei seiner Mutter in dem schäbigen Haus

in Jackson Heights, Queens, wo er geboren worden war. Von dort weg gewesen war er nur zu jenen düsteren, alptraumhaften Zeiten seiner Inhaftierung. Am Tag nach seinem zwölften Geburtstag wurde er zum ersten von einem Dutzend Mal in eine Besserungsanstalt für Jugendliche eingewiesen. Mit Anfang Zwanzig hatte er drei Jahre in einer psychiatrischen Anstalt verbracht. Vier Jahre lag es zurück, daß er zu zehn Monaten auf Riker's Island verurteilt worden war. Das war, als die Polizei ihn dabei erwischte, wie er sich im Wagen einer Studentin versteckt hielt. Man hatte ihn wieder und wieder verwarnt, er solle sich von ihr fernhalten. Komisch, dachte Bernie – er konnte sich jetzt nicht einmal mehr daran erinnern, wie sie aussah. Nicht an sie, und auch nicht an all die anderen. Und sie waren ihm alle einmal so wichtig gewesen.

Bernie wollte nie mehr ins Gefängnis. Die anderen Häftlinge machten ihm angst. Zweimal schlugen sie ihn zusammen. Er hatte seiner Mama geschworen, er würde sich nie mehr im Gebüsch verstecken und in Fenster hineinschauen oder einer Frau folgen und sie zu küssen versuchen. Er schaffte es auch schon sehr gut, sein Temperament zu zügeln. Den Psychiater hatte er nicht ausstehen können, der Mama ständig warnte, eines Tages werde dieses tückische Temperament Bernie noch in Schwierigkeiten bringen, die keiner mehr gutmachen konnte. Bernie wußte, daß sich niemand mehr um ihn Sorgen machen mußte.

Sein Vater war abgehauen, als er noch ein Baby war. Seine verbitterte Mutter verließ das Haus nicht mehr, und Bernie mußte daheim ihr endloses Wiederaufwärmen all der Ungerechtigkeiten ertragen, die ihr das Leben während ihrer dreiundsiebzig Jahre zugefügt habe, und was er ihr doch alles schuldig sei.

Nun ja, was immer er ihr ›schuldete‹, Bernie gelang es jedenfalls, den größten Teil seines Geldes in elektronischer Ausrüstung anzulegen. Er hatte ein Radio, das den Polizeifunk einfing, ein anderes Spezialradio, das Programme aus der ganzen Welt empfangen konnte, einen Apparat, der die Stimme veränderte.

Abends sah er pflichtschuldig zusammen mit seiner Mutter fern. Nachdem sie jedoch um zehn Uhr zu Bett ging, schaltete Bernie den Fernseher ab, eilte in den Keller hinunter, machte die Radioapparate an und begann die Moderatoren von Talk-Shows anzurufen. Zu diesem Zweck dachte er sich Namen und Lebensgeschichten aus. So rief er etwa einen rechtslastigen Showmaster an und beschwor liberale Werte, dann einen liberalen Moderator und erging sich in Lobeshymnen über die extreme Rechte. In seiner Anruf-Persönlichkeit liebte er Auseinandersetzungen, Konfrontationen, den Austausch von Beleidigungen.

Ohne das Wissen seiner Mutter hatte er auch einen Fernsehapparat mit einem Ein-Meter-Bildschirm und einen Videorecorder im Keller und sah sich oft Filme an, die er aus Porno-Läden mit nach Hause gebracht hatte.

Der Polizeiempfänger regte zu weiteren Einfällen an. Er begann durch Telefonbücher zu gehen und Nummern zu umkringeln, die bei weiblichen Namen angegeben waren. Mitten in der Nacht wählte er dann eine jener Nummern und erklärte, er rufe von einem Funktelefon direkt beim Haus der Frau an und werde jetzt einbrechen. Dann flüsterte er, vielleicht komme er nur eben auf einen Sprung herein, oder vielleicht bringe er sie um. Anschließend pflegte Bernie grinsend dazusitzen und im Polizeifunk mitzuhören, wie ein Streifenwagen eilends zu der Adresse geschickt wurde. Es war fast so gut, wie an Fenstern zu spionieren oder Frauen zu verfolgen, und er brauchte sich nie Sorgen zu machen, daß sich plötzlich die Scheinwerfer eines Polizeiwagens auf ihn richten oder ein Bulle mit einer Flüstertüte brüllen würde: »Keine Bewegung!«

Der Wagen, der Tom Weicker gehörte, war eine wahre Goldgrube an Informationen für Bernie. Weicker hatte ein elektronisches Adressenverzeichnis in seinem Handschuhfach. Darin hatte er die Namen, Adressen und Nummern der wichtigsten Mitarbeiter des Senders gespeichert. Die großen Tiere, dachte Bernie, als er die Telefonnummern auf sein eigenes elektronisches Register übertrug. Er hatte sogar Weickers Frau eines Abend zu Hause erreicht. Sie hatte zu kreischen angefangen, als er ihr erzählte, er sei am Hintereingang und im Begriff hereinzukommen.

Bei der Erinnerung an ihr Entsetzen hatte er noch stundenlang danach gekichert.

Was ihm aber inzwischen zu schaffen machte, war die Tatsache, daß er zu erstenmal seit seiner Entlassung aus Riker's Island das bedrückende Gefühl hatte, nicht in der Lage zu sein, sich jemanden aus dem Kopf zu schlagen. Dieses Jemand war eine Reporterin. Sie war so hübsch, daß er beim Aufhalten der Wagentür dagegen ankämpfen mußte, sie anzufassen.

Ihr Name war Meghan Collins.

Irgendwie brachte es Meghan fertig, Weickers Angebot gelassen zu akzeptieren. Die Kollegen witzelten darüber, wenn man sich zu sehr – »Ach, wie toll« – erfreut über eine Beförderung zeige, würde Tom Weicker noch ins Grübeln geraten, ob er die richtige Wahl getroffen habe. Er wollte ehrgeizige Leute, die nicht zu bremsen waren und die fanden, jede Anerkennung, die man ihnen zollte, sei längst überfällig.

Bemüht, möglichst sachlich zu wirken, zeigte sie ihm die Fax-Botschaft. Während er sie las, hob er die Augenbrauen. »Was soll das heißen?« fragte er. »Was ist das für ein ›Versehen‹? Wer ist Annie?«

»Ich weiß nicht. Tom, ich war im Roosevelt Hospital, als das Opfer des Messerstechers gestern nacht eingeliefert wurde. Ist sie inzwischen identifiziert worden?«

»Noch nicht. Was ist mit ihr?«

»Ich glaube, Sie sollten etwas wissen«, sagte Meghan widerstrebend. »Sie sieht aus wie ich.«

»Sie sieht Ihnen ähnlich?«

»Sie könnte fast meine Doppelgängerin sein.«

Toms Augen zogen sich zusammen. »Wollen Sie damit sagen, daß dieses Fax etwas mit dem Tod dieser Frau zu tun hat?«

»Es ist wahrscheinlich bloß ein Zufall, aber ich dachte, ich sollte Sie's wenigstens sehen lassen.«

»Das ist auch gut so. Lassen Sie's mir da. Ich finde heraus, wer in diesem Fall die Ermittlungen leitet, und lasse ihn einen Blick drauf werfen.«

Für Meghan war es eine ausgesprochene Erleichterung, die Daten für ihre nächsten Berichte in der Nachrichtenredaktion abzuholen.

Es war ein relativ zahmer Tag. Eine Pressekonferenz im Amt des Bürgermeisters, wo er seine Entscheidung für den neuen Polizeichef bekanntgab, ein verdächtiges Feuer, das ein Mietshaus im Stadtteil Washington Heights in Schutt und Asche gelegt hatte. Am Spätnachmittag sprach Meghan mit dem Büro des Gerichtsmediziners. Eine Zeichnung und eine Beschreibung der toten jungen Frau waren von der Vermißtenstelle ausgegeben worden. Ihre Fingerabdrücke waren nach Washington unterwegs zum Vergleich mit den Akten der Regierung und des Bundeskriminalamts. Sie war ein einer einzigen tiefen Stichwunde in die Brust gestorben. Die inneren Blutungen waren langsam, aber massiv gewesen. Arme wie Beine hatte einige Jahre früher Brüche erlitten. Falls innerhalb von dreißig Tagen niemand Anspruch darauf erhob, würde man ihre Leiche auf dem Armenfriedhof in einem numerierten Grab beisetzen. Eine weitere ›Jane Doe‹ – ein anonymes Opfer aus den Polizeiakten.

Um sechs Uhr abends machte Meghan gerade Schluß mit der Arbeit. Wie stets seit dem Verschwinden ihres Vaters wollte sie das Wochenende bei ihrer Mutter verbringen. Für Sonntag nachmittag war ihr ein Bericht über eine Veranstaltung in der Manning Clinic zugeteilt worden, einem Institut für künstliche Fortpflanzung, das vierzig Minuten von ihrem Zuhause in Newtown entfernt lag. Die Klinik hielt ihr jährliches Treffen der Kinder ab, die aus der künstlichen Befruchtung, die man dort ausführte, hervorgegangen waren.

Der für die Zuteilung zuständige Redakteur fing sie am Fahrstuhl ab. »Steve ist Ihr Kameramann am Sonntag bei der Manning Clinic. Ich hab' ihm gesagt, er soll Sie dort um drei treffen.«

»Okay.«

Die Woche über benützte Meghan eine Wagen des Senders. Heute morgen war sie mit ihrem eigenen Auto gekommen. Der Lift kam ruckend auf Höhe der Tiefgarage zum Stillstand. Sie lächelte, als Bernie sie entdeckte und sich sofort im Dauerlauf zur unteren Parkebene in Bewegung setzte. Er fuhr mit ihrem weißen Mustang vor und hielt ihr die Fahrertür auf. »Gibt's was Neues von Ihrem Dad?« fragte er teilnahmsvoll.

»Nein, aber danke für die Frage.«

Er beugte sich vor, so daß sein Gesicht ihrem ganz nahe kam. »Meine Mutter und ich beten für ihn.«

Was für ein netter Kerl! dachte Meghan, während sie den Wagen die Rampe hinauf zur Ausfahrt steuerte.

Catherines Haar sah stets so aus, als wäre sie sich gerade mit der Hand durchgefahren. Es war ein kurzer, lockiger Schopf, jetzt aschblond getönt, der den frischen Reiz ihres herzförmigen Gesichts noch hervorhob. Gelegentlich erinnerte Catherine Meghan daran, wie gut es sei, daß sie das energische Kinn ihres eigenen Vaters geerbt habe. Ansonsten sähe sie jetzt mit ihren dreiundfünfzig Jahren wie ein dahinwelkendes Engelspüppchen aus, ein Eindruck, der durch ihre Körpergröße noch verstärkt wurde. Kaum einen Meter fünfzig groß, nannte sie sich selbst den Hauszwerg.

Meghans Großvater Patrick Kelly war mit neunzehn Jahren aus Irland in die Vereinigten Staaten gekommen, »mit den Kleidern auf meinem Buckel und einmal Unterwäsche extra unter meinem Arm aufgerollt«, wie es in seiner Geschichte hieß. Nachdem er tagsüber in der Küche eines Hotels an der Fifth Avenue als Tellerwäscher und nachts mit der Putzkolonne eines Bestattungsunternehmens gearbeitet hatte, war es zu dem Schluß gekommen, es gebe zwar eine Menge Dinge, worauf die Leute verzichten könnten, doch niemand könne das Essen oder das Sterben aufgeben. Da es erfreulicher war, die Leute beim Essen als im Sarg mit darübergestreuten Nelken vor sich zu sehen, entschied sich Patrick Kelly, all seine Energien im Gaststättengewerbe einzusetzen.

Fünfundzwanzig Jahre später baute er in Newtown, Connecticut, den Gasthof seiner Träume und taufte ihn Drumdoe nach dem Dorf seiner Geburt. Er hatte zehn Gästezimmer und ein hervorragendes Restaurant, das die Menschen aus einem Umkreis von achtzig Kilometern Entfernung anlockte. Pat vollendete den Traum mit der Renovierung eines bezaubernden Farmhauses auf dem Nachbargrundstück als Familiensitz. Dann erwählte er sich eine Braut, zeugte Catherine und führte seine Gaststätte bis zu seinem Tod im Alter von achtundachtzig Jahren.

Seine Tochter und Enkelin waren buchstäblich in dem Gasthaus großgezogen worden. Catherine führte es jetzt mit der gleichen Hingabe, die Patrick ihr eingeflößt hatte, und ihre Arbeit dort half ihr, mit dem Tod ihres Mannes besser fertig zu werden.

In den neun Monaten jedoch seit der Tragödie auf der Brücke war es ihr unmöglich gewesen, nicht daran zu glauben, daß eines Tages die Tür aufgehen und Ed fröhlich rufen würde: »Wo sind denn meine Mädchen?« Gelegentlich ertappte sie sich noch immer dabei, wie sie horchte, ob nicht die Stimme ihres Mannes erklang.

Zusätzlich zu all dem Schrecken und Kummer war jetzt auch ihre finanzielle Situation zu einem akuten Problem geworden. Zwei Jahre zuvor hatte Catherine das Gasthaus für sechs Monaten geschlossen, darauf eine Hypothek aufgenommen und eine grundlegende Renovierung und Neugestaltung durchgeführt.

Der Zeitpunkt dafür hätte sich nicht als ungünstiger erweisen können. Die Wiedereröffnung fiel mit der allgemeinen Rezession zusammen. Die Hypothekenzahlungen waren vom gegenwärtigen Gewinn nicht abgedeckt, und die vierteljährlichen Steuern waren bald fällig. Auf ihrem Privatkonto waren nur noch ein paar tausend Dollar.

Noch Wochen nach dem Unglück hatte Catherine sich für den Anruf gewappnet, der ihr mitteilen würde, die Leiche ihres Mannes sein, aus dem Fluß geborgen worden. Jetzt betete sie darum, der Anruf möge kommen und die Unsicherheit beenden.

Es war ein so überwältigendes Gefühl von Unvollständigkeit. Catherine mußte oft daran denken, daß Menschen ohne Verständnis für Leichenbegängnisse nicht begriffen, daß diese Rituale für das Gemüt nötig waren. Sie wollte in der Lage sein, Eds Grab zu besuchen. Pat, ihr Vater, hatte des öfteren von einer »anständigen christlichen Beerdigung« gesprochen. Sie und Meg machten gern ihre Witze darüber. Wenn Pat den Namen eines Freundes von früher in den Todesanzeigen entdeckte, dann frotzelte sie oder Meg: »Du liebe Güte, er hat doch hoffentlich eine anständige christliche Beerdigung gekriegt.«

Sie machten keine Witze mehr darüber.

Am Freitag nachmittag war Catherine im Haus und machte sich fertig, um für die Abendessenszeit zur Gaststätte hinüberzugehen. *TGIF,* wie es heißt, *Thank God it's Friday,* das kann man wohl sagen, dachte sie – wie gut, daß es Freitag ist. Freitag hieß, daß Meg bald zum Wochenende daheim sein würde.

Die Leute von der Versicherung mußten jeden Moment kommen. Wenn sie mir wenigstens eine Teilzahlung geben, bis die Taucher von der Behörde Wrackteile des Wagens finden, überlegte Catherine, als sie sich eine Schmucknadel an das Revers ihrer Jacke mit dem Hundzahnmuster steckte. Ich brauche das Geld. Sie versuchen bloß, sich aus der Verdoppelung der Entschädigungssumme bei Tod durch Unfall herauszuwinden, aber ich bin bereit, darauf zu verzichten, bis sie den Beweis haben, von dem sie ständig reden.

Doch als die zwei ernst blickenden Versicherungsangestellten eintrafen, war es nicht, um die Zahlung in Gang zu setzten. »Mrs. Collins«, erklärte er ältere der beiden, »ich hoffe, Sie verstehen unsere Position. Wir haben Verständnis für Sie und sind uns im klaren über die mißliche Lage, in der Sie sich befinden. Das Problem ist, daß wir die Auszahlung auf die Police Ihres Mannes nicht ohne einen Totenschein bewilligen können, und der wird offenbar nicht ausgestellt.«

Catherine starrte ihn an. »Sie meinen, er wird nicht ausgestellt, solange kein absoluter Beweis für seine Tod vorliegt? Aber was ist, wenn seine Leiche flußabwärts bis in den Atlantik getragen worden ist?«

Die Männer sahen beide verlegen aus. Der jüngere antwortete ihr. »Mrs. Collins, die New Yorker Verkehrsbehörde, in ihrer Eigenschaft als Eignerin und Betreiberin der Tappan Zee Bridge, hat in einem umfassenden Einsatz alles darangesetzt, sowohl die Opfer wie die Wrackteile aus dem

Fluß zu bergen. Zugegeben, die Explosionen haben dazu geführt, daß die Fahrzeuge zerfetzt wurden. Trotzdem lösen sich schwere Teile wie Triebwerke und Motoren nicht einfach auf. Außer dem Sattelschlepper und dem Tanklaster sind sechs Fahrzeuge über die Seitenplanke gegangen, oder sieben, wenn wir den Wagen Ihres Mannes mitrechnen würden. Von allen anderen sind Teile aufgefunden worden. All die anderen Leichen sind ebenfalls geborgen worden. Da ist nicht einmal ein Rad oder Reifen, eine Tür oder ein Motorenteil eines Cadillac im Flußbett der Unglücksstelle.«

»Sie wollen also sagen ...« Es fiel Catherine schwer, die Worte zu formulieren.

»Wir wollen damit sagen, daß der umfassende Bericht über das Unglück, den die Behörde demnächst zur Veröffentlichung freigibt, kategorisch feststellt, daß Edwin Collins in dem Brückenunglück an jenem Abend nicht zu Tode gekommen sein kann. Die Experten meinen, er mag zwar durchaus in der Nähe der Brücke gewesen sein, aber keiner glaubt, daß Edwin Collins ein Opfer war. Wir glauben, daß er entkam, als die anderen Fahrzeuge in den Unfall verwikkelt wurden, und dieses günstige Zusammentreffen dazu ausnutzte, um sein schon geplantes Verschwinden in die Tat umzusetzen. Wir denken, daß er der Meinung war, er könnte Sie und Ihre Tochter mit der Versicherung versorgen und sich dann dem neuen Leben zuwenden, das er auf die eine oder andere Weise bereits ins Auge gefaßt hatte.«

Mac, wie Dr. Jeremy MacIntyre von seinen Freunden genannt wurde, wohnte mit seinem siebenjährigen Sohn Kyle ganz in der Nähe der Familie Collins. Während seiner College-Jahre an der Yale University hatte Mac den Sommer über als Kellner im Drumdoe Inn gearbeitet. Während jener Sommermonate hatte er eine dauerhafte Vorliebe für die Gegend entwickelt und beschlossen, sich dort eines Tages niederzulassen.

Als er heranwuchs, hatte Mac die Beobachtung gemacht, daß er der Typ in der Menge war, den die Mädchen nicht beachteten. Durchschnittliche Größe, durchschnittliches Gewicht, durchschnittliches Aussehen. Es war eine einigermaßen zutreffende Beschreibung, doch in Wirklichkeit wurde Mac sich selbst nicht gerecht. Auf einen zweiten Blick hin fanden Frauen sehr wohl etwas Herausforderndes an dem spöttischen Ausdruck seiner braunen Augen, eine attraktive Jungenhaftigkeit an dem sandfarbenen Haar, das immer vom Wind zerzaust schien, eine wohltuende Verläßlichkeit in der souveränen Haltung, mit der er sie auf die Tanzfläche führte oder sie an einem frostigen Abend mit der Hand am Ellenbogen nahm.

Mac hatte schon immer gewußt, daß er eines Tages Arzt sein würde. Als er dann sein Medizinstudium an der New York University aufnahm, war er mehr und mehr der Überzeugung, die Zukunft der Medizin liege in der Genetik. Inzwischen sechsunddreißig, arbeitete er bei LifeCode, einem Institut für genetische Forschung in Westport, an die fünfzig Minuten südöstlich von Newtown gelegen.

Es war die Stelle, die er wollte, und sie fügte sich gut in sein Leben als geschiedener, alleinerziehender Vater ein. Mit siebenundzwanzig hatte Mac geheiratet. Die Ehe dauerte eineinhalb Jahre und brachte Kyle hervor. Dann kam Mac eines Tages vom Labor nach Hause und fand einen Babysitter und eine Nachricht vor. Sie lautete: »Mac, das hier ist nichts für mich. Ich bin eine lausige Ehefrau und eine lausige Mutter. Wir wissen beide, daß es nicht funktionieren kann. Ich muß einfach die Chance zu einer Karriere haben. Kümmer dich gut um Kyle. Tschüs, Ginger.«

Ginger hatte sich seither ganz gut gemacht. Sie sang in Lokalen in Vegas und auf Vergnügungsschiffen. Sie hatte ein paar Schallplatten produziert, und die letzte war in die Hitlisten gelangt. Sie schickte Kyle teure Geschenke zu seinem Geburtstag und zu Weihnachten. Die Geschenke waren ausnahmslos zu kompliziert oder zu babyhaft. Sie hatte Kyle nur dreimal in den sieben Jahren gesehen, seit sie sich aus dem Staub gemacht hatte.

Trotz der Tatsache, daß es fast eine Erleichterung bedeutet hatte, hegte Mac noch immer einen Rest von Bitterkeit über Gingers Fahnenflucht. Eine Scheidung war nie Teil der Zukunft gewesen, die er sich ausgemalt hatte, und er fühlte sich noch immer unwohl dabei. Er wußte, daß sein Sohn eine Mutter vermißte, und so gab er sich besondere Mühe und setzte all seinen Stolz daran, ein guter, aufmerksamer Vater zu sein.

Freitag abends gingen Mac und Kyle häufig ins Drumdoe Inn zum Essen. Sie aßen in der kleinen, legeren Grillstube, wo das spezielle Freitagsmenü individuell gefertigte Pizzas, Fisch und Pommes frites bot.

Catherine war abends immer im Gasthof. In jungen Jahren war Meg auch ständig dort zu finden gewesen. Als sie zehn und Mac ein Kellnergehilfe von neunzehn war, hatte sie ihm ernst erklärt, daß es Spaß mache, zu Hause zu essen. »Daddy und ich machen es manchmal, wenn er da ist.«

Seit ihr Vater verschwunden war, verbrachte Meg praktisch jedes Wochenende zu Hause und aß mit ihrer Mutter in der Gaststätte zu Abend. An diesem Freitagabend jedoch waren weder Catherine noch Meg zu sehen.

Mac gestand sich ein, daß er enttäuscht war; Kyle hingegen, der sich immer ganz besonders auf Meg freute, gab sich ungerührt. »Dann ist sie halt nicht da. Toll.«

›Toll‹ war Kyles neues Wort für alles. Er gebrauchte es, wenn er begeistert war, abgestoßen oder scheinbar erhaben. Heute abends war sich Mac nicht ganz sicher, welche Empfindungen er da heraushörte. Aber hör mal, sagte er sich, laß dem Jungen doch Freiraum. Wenn ihm tatsächlich irgend etwas zusetzt, dann kommt es schon früher oder später ans Tageslicht, und mit Meghan kann es bestimmt nichts zu tun haben.

Kyle aß schweigend den Rest seiner Pizza auf. Er war sauer auf Meghan. Sie tat immer so, als sein sie wirklich interessiert an dem Zeug, das er machte, aber am Mittwoch nachmittags, als er draußen war und gerade seinem Hund Jake beigebracht hatte, auf den Hinterbeinen zu stehen und Bitte-Bitte zu machen, war Meghan an ihm vorbeigefahren, ohne ihn zu beachten. Sie war auch ganz langsam gefahren, und er hatte zu ihr hinübergeschrien, sie solle anhalten. Er wußte, daß sie ihn gesehen hatte, weil sie direkt zu ihm hingeschaut hatte. Dann aber hatte sie Gas gegeben und war weggefahren, ohne sich auch nur die Zeit zu nehmen, Jakes Trick anzuschauen. Toll.

Er würde seinem Vater nichts davon erzählen. Dad sagte dann bestimmt, daß Meghan nicht gut drauf war, weil Mr. Collins schon lange nicht mehr heimgekommen war und vielleicht zu den Leuten gehörte, die mit dem Auto von der Brücke in den Fluß gefallen waren. Er würde erklären, daß die Leute manchmal, wenn sie an was denken, einfach direkt an Leuten vorbeigehen und sie nicht einmal sehen. Aber Mag *hatte* Kyle am Mittwoch gesehen und hatte es nicht mal für nötig gehalten, ihm zuzuwinken.

Toll, dachte er. Wirklich toll.

Als Meghan zu Hause ankam, fand sie ihre Mutter im dämmrigen Wohnzimmer vor, wo sie dasaß, die Hände im Schoß gefaltet: »Mom, bist du okay?« fragte sie besorgt. »Es ist schon fast halb acht. Gehst du nicht zum Drumdoe?« Sie knipste das Licht an und entdeckte Catherines verquollenes, tränenverschmiertes Gesicht. Sie sank in die Knie und packte die Hände ihrer Mutter. »Mein Gott, haben sie ihn gefunden? Ist es das?«

»Nein, Meggie, das ist es nicht.« Immer wieder stockend berichtete Catherine Collins von dem Besuch der Versicherungsleute.

Dad doch nicht, dachte Meghan. Er könnte, er würde Mutter so etwas nicht antun. Ihr nicht. Da mußte etwas nicht stimmen. »Das ist das Verrückteste, was ich je gehört hab'«, sagte sie energisch.

»Das hab' ich ihnen auch gesagt. Aber Meg, warum hat sich Dad dann soviel auf seine Versicherung ausgeliehen? Das verfolgt mich. Und selbst wenn er es investiert hat, weiß ich nicht, wo. Ohne einen Totenschein sind mir die Hände gebunden. Ich kann nicht mit den Kosten Schritt halten. Phillip schickt bisher Dads Monatseinkommen von der Firma, aber das ist nicht fair ihm gegenüber. Das meiste Geld, was Dad noch an Provision zustand, ist schon lange eingegangen. Ich weiß, daß ich von Natur aus eher zurückhaltend bin, aber als ich den Gasthof renoviert hab', war ich's wahrhaftig nicht. Ich hab' wirklich übertrieben. Jetzt muß ich Drumdoe vielleicht verkaufen.«

Der Gasthof. Es war Freitag abends. Ihre Mutter hätte jetzt eigentlich dort sein sollen, ganz in ihrem Element, während sie die Gäste begrüßte, ein Auge auf die Kellner und Gehilfen, auf die Tischgedecke hatte, die Gerichte in der Küche abschmeckte. Ganz automatisch überprüfte sie stets jedes Detail wieder und wieder.

»Dad hat dir das nicht angetan«, stellte Meghan kategorisch fest. »Das weiß ich einfach.«

Catherine Collins brach in heftiges, trockenes Schluchzen aus. »Vielleicht hat Dad ja das Brückenunglück als Gelegenheit genützt, um von mir wegzukommen. Aber warum, Meg? Ich hab' ihn so geliebt.«

Meghan legte die Arme um ihre Mutter. »Hör mal«, sagte sie resolut, »du hast zu Anfang recht gehabt. Dad würde dir das nie antun, und egal wie, wir werden das auch beweisen.«

Die Personalberatungsfirma Collins and Carter Executive Search lag in Danbury, Connecticut. Edwin Collins hatte die Firma mit achtundzwanzig gegründet, nachdem er fünf Jahre lang bei einer der im Wirtschaftsmagazin *Fortune* aufgeführten Spitzenfirmen mit Hauptsitz in New York gearbeitet hatte. In der Zeit dort war ihm klargeworden, daß die Arbeit innerhalb einer Konzernstruktur nichts für ihn war.

Nach seiner Eheschließung mit Catherine Kelly hatte er sein Büro nach Danbury verlegt. Sie wollten in Connecticut leben, und die geographische Lage von Edwins Firma war nicht entscheidend, da er ein Großteil seiner Zeit landesweit unterwegs war, um Klienten aufzusuchen.

Etwa zwölf Jahre vor seinem Verschwinden hatte Collins Phillip Carter in sein Geschäft aufgenommen.

Carter, Absolvent der Wirtschaftshochschule Wharton mit der zusätzlichen Attraktion einer juristischen Ausbildung, war ursprünglich ein Kunde von Edwin gewesen, der ihn mehrfach erfolgreich in Positionen plaziert hatte, zuletzt, bevor sie sich zusammentaten, bei einem internationalen Unternehmen in Maryland.

Wenn Collins jene Kundenfirma aufsuchte, pflegten er und Carter sich zum Essen oder auf einen Drink zu treffen.

Im Lauf der Jahre entwickelte sich eine geschäftlich orientierte Freundschaft. Anfang der achtziger Jahre verließ Phillip Carter schließlich nach einer schwierigen, für eine Midlife-Krise typischen Scheidung seine Stellung in Maryland, um sich Collins als Partner und Teilhaber anzuschließen.

Sie waren in vielerlei Hinsicht Gegensätze. Collins war groß, gutaussehend im klassischen Sinn, makellos gekleidet und mit einem unaufdringlichen Humor, während Carter derb und herzhaft war, mit anziehend unregelmäßigen Gesichtszügen und vollem, angegrautem Haar. Seine Kleidung war teuer, wirkte aber nie ganz richtig abgestimmt. Seine Krawatte saß oft lose am Knoten. Er war ein Mann nach Männergeschmack, der eine Trinkrunde mit seinen Geschichten zu Lachsalven hinreißen konnte, ein Mann auch, der gern ein Auge auf die Damen warf.

Die Partnerschaft hatte funktioniert. Lange Zeit wohnte Phillip Carter in Manhattan und pendelte gegen den Strom nach Danbury, wenn er nicht für die Firma auf Reisen war. Sein Name erschien häufig in den Gesellschaftsspalten der New Yorker Zeitungen im Zusammenhang von Galadiners oder Wohltätigkeitsveranstaltungen, die er in Begleitung verschiedener Frauen besucht hatte. Im Lauf der Zeit kaufte er sich dann ein kleines Haus in Brookfield, zehn Minuten vom Büro entfernt, und hielt sich immer häufiger dort auf.

Jetzt im Alter von dreiundfünfzig Jahren, war Phillip Carter eine vertraute Gestalt im Umkreis von Danbury.

Er arbeitete regelmäßig noch mehrere Stunden an seinem Schreibtisch, nachdem alle anderen schon weg waren, weil der frühe Abend eine günstige Zeit war, alle Kundenfirmen und Jobkandidaten zu kontaktieren, die im mittleren Westen und an der Westküste angesiedelt waren. Seit dem Abend der Brückenkatastrophe verließ Phillip selten vor acht Uhr das Büro.

Als Meghan heute abends um fünf vor acht anrief, griff er gerade nach seinem Mantel. »Ich hab' schon befürchtet, daß es dazu kommen würde«, sagte er, nachdem sie ihm von dem Besuch der Versicherungsleute erzählte. »Kannst du morgen gegen Mittag vorbeischauen?«

Nachdem er aufgelegt hatte, saß er lange Zeit an seinem

Schreibtisch. Dann nahm er den Hörer wieder und rief seinen Wirtschaftsprüfer an. »Ich glaube, es ist besser, wenn wir jetzt sofort die Bücher durchgehen«, sagte er ruhig.

Als Meghan am Samstag um zwei Uhr in den Büroräumen der Collins and Carter Executive Search eintraf, stieß sie auf drei Männer, die mit Rechnern an dem langen Tisch arbeiteten, auf dem normalerweise Zeitschriften und Pflanzen plaziert waren. Sie benötigte nicht erst Phillip Carters Erklärung zu der Erkenntnis, daß es Revisoren waren. Auf seinen Vorschlag hin gingen sie beide in das private Büro ihres Vaters.

Sie hatte eine schlaflose Nacht hinter sich, ihr Kopf ein Schlachtfeld der Fragen, Zweifel und Verweigerung. Phillip schloß die Tür und wies auf einen der beiden Stühle vor dem Schreibtisch. Er nahm den anderen, ein Zeichen von Feingefühl, das sie zu schätzen wußte. Es hätte ihr weh getan, ihn hinter dem Schreibtisch ihres Vaters zu sehen.

Sie wußte, daß Phillip aufrichtig zu ihr sein würde. Sie fragte: »Phillip, hältst du es im entferntesten für möglich, daß mein Vater noch lebt und absichtlich verschwunden ist?«

Die kurze Pause, bevor er sprach, genügte als Antwort. »Du hältst es tatsächlich für möglich?« hakte sie nach.

»Meg, ich lebe lang genug, um zu wissen, daß alles und jedes möglich ist. Ehrlich gesagt, die Ermittlungsbeamten von der Behörde und die Versicherungsleute haben sich hier schon ziemlich lang herumgetrieben und ganz schön direkte Fragen gestellt. Ein paarmal hätte ich sie am liebsten rausgeschmissen. Wie alle andern auch hatte ich erwartet, daß man Eds Wagen, oder Wrackteile davon, finden würde. Es ist möglich, daß ein großer Teil davon von der Strömung flußabwärts getragen worden ist oder im Flußbett steckengeblieben ist, aber es ist keine große Hilfe, daß man keine einzige Spur von dem Auto gefunden hat. Also, um dir zu antworten, ja, es ist möglich. Und nein, ich kann mir nicht vorstellen, daß dein Vater zu so einem Streich imstande ist.«

Es war, was sie zu hören erwartet hatte, aber es machte die Situation nicht leichter. Als sie noch ganz klein war, hatte Meghan einmal versucht, ein angebranntes Stück Brot mit einer Gabel aus dem Toaster zu entfernen. Sie fühlte sich jetzt, als spüre sie von neuem den heftigen Schmerz, wie ihr der elektrische Schlag durch den Körper fuhr.

»Und natürlich ist es keine große Hilfe, daß Dad ein paar Wochen, bevor er verschwunden ist, den Barwert auf seine Versicherungen abgehoben hat.«

»Nein, wirklich nicht. Du sollst wissen, daß ich die Buchprüfung deiner Mutter zuliebe mache. Wenn diese Sache an die Öffentlichkeit gelangt, und verlaß dich drauf, das tut sie bestimmt, möchte ich ein beglaubigtes Papier vorweisen können, daß unsere Bücher vollkommen in Ordnung sind. So eine Angelegenheit setzt alle möglichen Gerüchte in Gang, wie du dir vorstellen kannst.«

Meghan senkte den Kopf. Sie hatte Jeans und eine dazu passende Jacke angezogen. Ihr fiel auf, daß sie genauso gekleidet war wie die Tote, als sie ins Roosevelt Hospital eingeliefert wurde. Sie verdrängte den Gedanken. »War mein Vater ein Spieler? Würde das vielleicht erklären, warum er so dringend Bargeld brauchte?

Carter schüttelte den Kopf. »Dein Vater war kein Spieler, und mit solchen Leuten kenn' ich mich aus, Meg.« Er zog eine Grimasse. »Meg, ich wollte, ich wüßte eine Antwort darauf, aber ich weiß keine. Nichts an Eds Geschäfts- oder Privatleben hat mich annehmen lassen, er könnte auf die Idee kommen, zu verschwinden. Andererseits ist der Mangel an Beweisstücken von dem Unfall zwangsläufig verdächtig, zumindest für Außenstehende.«

Meghan betrachtete den Schreibtisch mit dem Chefsessel dahinter. Sie konnte sich ihren Vater ausmalen, wie er dort saß, sich zurücklehnte, mit funkelnden Augen, die Hände verschränkt, während die Finger nach oben wiesen, in »Eds Heiligen- und Märtyrerpose«, wie ihre Mutter es nannte.

Sie konnte sich selbst sehen, wie sie als Kind ins Büro rannte. Ihr Vater hatte stets Süßigkeiten für sie parat, klebrige Schokoladenstäbchen, Marshmallows, knusprige Erdnußköstlichkeiten. Ihre Mutter hatte versucht, solche Dinge von ihr fernzuhalten. »Ed«, protestierte sie dann, »gib ihr nicht so einen Mist. Du machst ihre Zähne kaputt.«

»Süßes für die Süßen, Catherine.«

Vaters Liebling. Immer. Von ihren Eltern war er für den Spaß zuständig. Mutter war es, die Meghan dazu anhielt, Klavier zu üben und ihr Bett zu machen. Mutter war es, die protestierte, als sie die Stellung in der Kanzlei aufgab. »Um Himmels willen, Meg«, hatte sie flehentlich auf sie eingeredet, »gib der Sache doch mehr als sechs Monate; vergeude nicht deine Ausbildung.«

Daddy hatte es verstanden. »Laß sie in Ruhe, Liebes«, hatte er entschieden gesagt, »Meg weiß schon, was sie tut.«

Einmal, als sie klein war, hatte Meghan ihren Vater gefragt, warum er denn so viel verreise.

»Ach, Meg«, hatte er geseufzt. »Wie wünschte ich doch, es wär' nicht notwendig. Vielleicht bin ich dazu geboren, ein fahrender Musikant zu sein.«

Weil er so häufig weg war, versuchte er es immer gutzumachen, wenn er wieder heimkam. So schlug er etwa vor, anstatt zum Drumdoe Inn zu gehen, könnte er für sie beide zu Hause ein Essen zusammenzaubern. »Meghan Anne«, sagte er dann zu ihr, »du bist meine Verabredung.«

Dieses Büro hatte die Aura ihres Vaters, dachte Meghan. Der schöne Kirschbaumschreibtisch, den er in einem Laden der Heilsarmee aufgetrieben und selbst abgezogen und wieder aufgearbeitet hatte. Der Tisch dahinter mit den Bildern vorn ihr und ihrer Mutter. Die Löwenkopf-Buchstützen mit den Lederbänden dazwischen.

Seit neun Monaten schon trauerte sie um ihn als Toten. Sie fragte sich, ob ihre Trauer um ihn in diesem Augenblick noch größer sei. Falls die Versicherungsleute recht hatten, war er zu einem Fremden geworden. Meghan schaute Phillip Carter in die Augen. »Die haben unrecht«, sagte sie laut. »Ich glaube, daß mein Vater tot ist. Ich glaube, daß man noch Wrackteile von seinem Wagen findet.« Sie sah sich um. »Aber um dir gegenüber fair zu sein: Wir haben kein Recht, dieses Büro weiter zu belegen. Ich komme nächste Woche rüber und packe seine persönliche Habe zusammen.«

»Wir kümmern uns schon drum, Meg.«

»Nein. Bitte. Hier kann ich die Sachen besser aussortieren. Mutter ist schon schlecht genug dran, ohne mitansehen zu müssen, wie ich's zu Hause mach'.«

Phillip Carter nickte. »Du hast recht, Meg. Ich mach' mir auch Sorgen um Catherine.«

»Deshalb trau' ich mich ja nicht, ihr zu erzählen, was neulich abends passiert ist.«

Sie bemerkte die zunehmende Besorgnis auf seinem Gesicht, während sie ihm von dem Mordopfer berichtete, das ihr ähnlich sah, und von dem Fax, das mitten in der Nacht eintraf. »Meg, das ist abstrus«, sagte er. »Hoffentlich bleibt dein Chef bei der Polizei am Ball. Wir können nicht zulassen, daß dir was zustößt.«

Als Victor Orsini seinen Schlüssel in der Eingangstür zum Büro Collins und Carter herumdrehte, stellte er überrascht fest, daß sie nicht abgeschlossen war. Samstagnachmittag konnte er normalerweise davon ausgehen, daß er den Platz für sich allein hatte. Er war von einer Reihe Terminen in Colorado zurückgekehrt und wollte die Post und Mitteilungen durchgehen.

Einunddreißig Jahre alt, mit dauerhafter Sonnenbräune, muskulösen Armen und Schultern und einem schlanken, durchtrainierten Körper, sah er aus wie ein Mann, der sich viel im Freien aufhielt. Sein pechschwarzes Haar und seine ausgeprägten Gesichtszüge verwiesen auf seine italienische Herkunft. Seine leuchtend blauen Augen gingen auf seine englische Großmutter zurück.

Orsini war jetzt seit knapp sieben Jahren für Collins und Carter tätig. Er hatte eigentlich vorgehabt, so lange zu bleiben, ja, im Grunde war es schon immer seine Absicht, diese Stelle als Sprungbrett zu einem größeren Unternehmen zu nutzen.

Seine Brauen hoben sich, als er die Tür aufstieß und die Buchprüfer sah. Auf betont sachliche Weise teilte ihm der leitende Mann mit, Phillip Carter und Meghan Collins hielten sich in Edwin Collins' Privatbüro auf. Dann weihte er Victor zögernd in die Theorie der Versicherungsleute ein, Collins sei absichtlich verschwunden.

»Das ist verrückt.« Victor schritt durch die Empfangshalle und klopfte an die geschlossene Tür.

Carter machte auf. »Ach, Victor, schön, Sie zu sehen. Wir haben Sie heute gar nicht erwartet.«

Meghan wandte sich ihm zur Begrüßung zu. Orsini merkte, daß sie mit den Tränen kämpfte. Er suchte nach geeigneten Trostworten, aber es fiel ihm nichts ein. Die mit der Untersuchung des Falls betrauten Beamten hatten ihn zu dem Telefongespräch befragt, das Ed Collins direkt vor dem Unglück mit ihm führte. »Ja«, hatte er bei der Gelegenheit festgestellt, »Edwin hat gesagt, daß er kurz vor der Brücke ist. Ja, ich weiß es genau – er hat nicht gesagt, daß er von ihr kommt. Denken Sie, ich höre nicht gut? Ja, er wollte mich am nächsten Morgen sprechen. Daran war nichts Außergewöhnliches. Ed hat ständig sein Autotelefon benützt.«

Plötzlich fragte sich Victor, wie lange es wohl dauern würde, bis jemand es für merkwürdig hielt, daß es allein seine Aussage war, die Ed Collins an dem damaligen Abend auf die Auffahrt zur Tappan Zee Bridge plazierte. Es fiel ihm nicht schwer, auf die Sorge in Meghans Miene mit gleicher Betroffenheit zu reagieren, während er die Hand schüttelte, die sie ihm entgegenhielt.

Am Sonntag nachmittag traf sich Meg um drei Uhr mit Steve, dem Kameramann von PCD, auf dem Parkplatz der Manning Clinic.

Die Klinik lag an einem Hügel drei Kilometer von der Route 7 im Landkreis Kent entfernt, eine Dreiviertelstunde Fahrt nach Norden vom Haus ihrer Familie aus. Das Gebäude war 1890 als Heim eines gewieften Geschäftsmannes erbaut worden, dessen Frau so klug war, ihren ehrgeizigen Gatten davon abzuhalten, eine protzige Zurschaustellung seines rasanten Aufstiegs zum Inhaber eines Handelsimperiums zu inszenieren. Sie überzeugte ihn davon, daß statt des von ihm geplanten Pseudopalastes ein Herrensitz im englischen Stil besser zu der Schönheit der Landschaft paßte.

»Fertig für die Kinderstunde?« fragte Meghan den Kameramann, als sie auf das Haus zu trotteten.

»Die Giants sind im Fernsehen, und wir müssen uns mit den Zwergen abgeben«, nörgelte Steve.

Innerhalb der Villa diente das weitläufige Foyer als Empfangsraum. Die mit Eichenholz verkleideten Wände trugen gerahmte Bilder der Kinder, die ihre Existenz dem Genius moderner Wissenschaft verdankten. Weiter hinten hatte die Halle die Atmosphäre eines behaglichen Familienraums, mit Möbelgruppen, die zu vertrauten Gesprächen einluden oder für informelle Vorträge umgestellt werden konnten.

Broschüren mit den Berichten dankbarer Eltern waren über die Tische verstreut. »Wir haben uns so sehr ein Kind gewünscht. Unser Leben war unvollständig. Und dann machten wir einen Termin bei der Manning Clinic ...« »Wenn ich zur Geburt eines Babys zu einer Freundin ging, hatte ich Mühe, nicht zu heulen. Jemand hat mir den Vorschlag gemacht, ich sollte mich über künstliche Befruchtung informieren, und fünfzehn Monate später wurde James geboren ...« »Mein vierzigster Geburtstag stand bevor, und ich wußte, daß es bald zu spät sein würde ...«

Jedes Jahr erhielten die Kinder, die als Resultat der Invitro-Befruchtung in der Manning Clinic geboren worden waren, die Einladung, mit ihren Eltern zum alljährlichen Treffen am dritten Sonntag im Oktober dorthin zurückzukehren. Meghan erfuhr, daß man dieses Jahr dreihundert Einladungen verschickt hatte und es Zusagen von über zweihundert der kleinen Adressaten gab. Es war eine große, geräuschvolle und festliche Party.

In einem der kleineren Gesprächszimmer kam Meghan zu einem Interview mit Dr. George Manning zusammen, dem silberhaarigen siebzigjährigen Direktor der Klinik, und bat ihn, die Retortenbefruchtung zu erläutern.

»In allereinfachster Form gesagt«, erklärte er, »ist Invitro-Befruchtung eine Methode, mit der eine Frau, die normalerweise nicht schwanger werden kann, manchmal in der Lage ist, daß Baby – oder auch die Babys – zu bekommen, die sie sich so verzweifelt wünscht. Nach Überprüfung des Verlaufs ihrer Mensis beginnt sie mit der Behandlung. Sie erhält Fruchtbarkeitspräparate, damit ihre Eierstöcke zur Abgabe einer Fülle von Follikeln stimuliert werden, die dann aufgefangen werden.

Der Partner der Frau wird aufgefordert, eine Spermaprobe abzugeben, zur Insemination, also Befruchtung der Eier, die in den Follikeln im Labor enthalten sind. Am nächsten Tag prüft ein Embryologe, ob und welche Eier befruchtet worden sind. Ist Erfolg eingetreten, so setzt ein Arzt eins oder mehrere der befruchteten Eier, die man jetzt als Embryos bezeichnet, in die Gebärmutter der Frau ein. Falls erwünscht, werden die übrigen Embryos durch Kältebehandlung für eine spätere Einpflanzung konserviert, also tiefgekühlt.

Nach fünfzehn Tagen wird Blut für einen ersten Schwangerschaftstest abgenommen.« Der Arzt deutete zu der großen Halle hinüber. »Und wie Sie an der Menge Leute sehen können, die wir heute hierhaben, erweisen sich viele dieser Tests als positiv.«

»Das seh' ich wirklich«, pflichtete ihm Meg bei. »Doktor Manning, wie ist das Verhältnis von Erfolg zu Fehlschlag?«

»Noch immer nicht so hoch, wie wir's gerne hätten, aber mit ständigem Aufwärtstrend«, stellte er feierlich fest.

»Vielen Dank, Herr Doktor.«

Mit Steve im Schlepptau bat Meghan mehrere Mütter in Interviews darum, etwas aus ihrer persönlichen Erfahrung mit künstlicher Befruchtung mitzuteilen.

Eine von ihnen, die sich mit ihren drei attraktiven Sprößlingen vorstellte, berichtete: »Sie haben vierzehn Eier befruchtet und drei verpflanzt. Eins davon führte zur Schwangerschaft, und da ist er also.« Sie lächelte auf ihren älteren Sohn herab. »Chris ist jetzt sieben. Die anderen Embryos wurden kältebehandelt, mit anderen Worten: eingefroren. Ich bin vor fünf Jahren wieder hergekommen, und Todd ist das Ergebnis. Dann hab' ich's letztes Jahr nochmals versucht, und Jill ist drei Monate alt. Einige der Embryos haben das Auftauen nicht überlebt, aber ich habe noch zwei tiefgekühlte Embryos im Labor. Falls ich je für ein weiteres Kind die Zeit finden sollte«, fügte sie lachend hinzu, als der Vierjährige plötzlich davonschoß.

»Haben wir jetzt genug, Meghan?« fragte Steve. »Ich würde gern noch das letzte Viertel vom Spiel der Giants mitkriegen.«

»Laß mich noch mit einer Mitarbeiterin hier reden. Ich hab' die Frau beobachtet. Sie scheint jeden beim Namen zu kennen.«

Meg ging zu der Frau hinüber und warf eine Blick auf ihr Namensschildchen. »Dürfte ich Sie für einen Moment spreche, Frau Dr. Petrovic?«

»Aber sicher.« Frau Petrovics Stimme hatte einen angenehmen Tonfall, mit einem leichten Akzent. Sie war von durchschnittlicher Größe, mit braunen Augen und vornehmen Gesichtszügen. Sie erschien eher höflich als freundlich. Und doch hatte sie, wie Meg bemerkte, eine Traube von Kindern um sich geschart.

»Wie lange sind Sie schon an der Klinik, Frau Dr. Petrovic?«

»Im März werden es sieben Jahre. Ich bin die Embryologin, die das Labor unter sich hat.«

»Könnten Sie uns etwas dazu sagen, was Sie diesen Kindern gegenüber fühlen?«

»Ich fühle, daß jedes von ihnen ein Wunder ist.«

»Danke, Frau Dr. Petrovic.«

»Wir haben genug im Kasten«, sagte Meg zu Steve nach der Befragung von Petrovic. »Ich will aber noch eine Einstellung von dem Gruppenfoto. Sie versammeln sich gleich alle dafür.«

Das alljährliche Foto wurde draußen auf dem Rasen vor der Villa aufgenommen. Es gab das übliche Durcheinander, das damit einhergeht, Kinder vom Krabbelalter bis zu neun Jahren in Reih und Glied zu bekommen, in der letzten Reihe die Mütter mit Säuglingen auf dem Arm, flankiert vom Klinikpersonal.

Es war ein wunderbarer Altweibersommertag, und als Steve die Kamera auf die Gruppe einstellte, kam Meg der flüchtige Gedanke, daß jedes einzelne der Kinder gut gekleidet und zufrieden aussah. Warum auch nicht? dachte sie. Sie waren alle ausgesprochene Wunschkinder.

Ein Dreijähriger rannte von der vordersten Reihe zu seiner schwangeren Mutter, die nicht weit von Meghan stand. Goldblond mit blauen Augen und mit einem süßen, scheuen Lächeln, warf er seine Arme um die Knie seiner Mutter.

»Mach mal 'ne Aufnahme davon«, forderte Meghan Steve auf.

»Er ist hinreißend.« Steve richtete die Kamera auf den

Kleinen, während seine Mutter ihm gut zuredete, zu den anderen Kindern zurückzukehren.

»Ich bin direkt hier, Jonathan«, beruhigte sie ihn, als sie ihn wieder in die Reihe eingliederte. »Du kannst mich sehen. Ich versprech' dir, ich gehe nicht weg.« Sie kehrte dorthin zurück, wo sie vorher gestanden hatte.

Meghan ging zu ihr hinüber. »Würden Sie mir vielleicht ein paar Fragen beantworten?« sagte sie und hielt das Mikrophon hoch.

»Gerne.«

»Sagen Sie uns bitte, wie Sie heißen und wie alt Ihr kleiner Junge ist?«

»Ich heiße Dina Anderson, und Jonathan ist fast drei.«

»Ist das Baby, das Sie erwarten, auch ein Resultat künstlicher Befruchtung?«

»Ja, genaugenommen ist er Jonathans eineiiger Zwilling.«

»Eineiiger Zwilling?!« Meghan wußte, daß man ihr die Überraschung anhören konnte.

»Ich weiß, es klingt unmöglich«, sagte Dina Anderson gutgelaunt, »aber genauso ist es. Es kommt äußerst selten vor, aber ein Embryo kann sich im Labor genauso teilen, wie er das im Mutterleib tun würde. Als wir erfuhren, daß sich eins der befruchteten Eier geteilt hatte, beschlossen mein Mann und ich, daß ich versuche würde, jeden Zwilling einzeln zur Welt zu bringen. Wir hatten das Gefühl, für sich alleine würde jeder der beiden eine bessere Überlebenschance in meinem Schoß haben, und außerdem ist es praktisch so. Ich hab' einen anspruchsvollen Job, und ich hätte wirklich nicht gern zwei Säuglinge bei einem Kindermädchen zurücklassen wollen.«

Der Fotograf der Klinik hatte mittlerweile seine Bilder geknipst. Einen Moment später schrie er: »Okay, Kinder, danke.« Die Kinder liefen auseinander, und Jonathan kam zu seiner Mutter gerannt. Dina Anderson fing ihren Sohn in ihren Armen auf. »Ich kann mir mein Leben nicht ohne ihn vorstellen«, sagte sie. »Und in ungefähr zehn Tagen bekommen wir Ryan.«

Was für ein gutes Thema von allgemein menschlichem Interesse das abgeben würde, dachte Meghan. »Mrs. Anderson«, sagte sie eindringlich, »wenn Sie einverstanden sind, möchte ich gern meinen Chef darauf ansprechen, einen Dokumentarbericht über Ihre Zwillinge zu machen.«

Auf der Rückfahrt nach Newtown benützte Meghan das Autotelefon, um ihre Mutter anzurufen. Ihre Bestürzung, als sich der Anrufbeantworter meldete, wich der Erleichterung, als sie den Gasthof anwählte und erfuhr, Mrs. Collins sei im Speisesaal. »Richten Sie ihr bitte aus, daß ich auf dem Weg bin«, sagte sie zu der Empfangsdame, »und sie dann dort treffe.«

Während der nächsten Viertelstunde fuhr Meghan wie mit automatischer Steuerung. Sie war ganz aufgeregt über die Möglichkeit des Sonderberichts, den sie Weicker vorschlagen wollte. Und sie konnte sich dabei von Mac ein wenig beraten lassen. Er war ein Experte in Genetik. Er konnte ihr mit seinem Fachwissen zur Seite stehen und ihr Lesematerial geben, mit dem sie sich besser über das ganze Spektrum der Fortpflanzungsmedizin kundig machen konnte, einschließlich der statistischen Daten über Erfolgs- und Mißerfolgsraten. Als der Verkehr zum Stillstand kam, nahm sie ihr Autotelefon und wählte seine Nummer.

Kyle meldete sich. Meghan machte ein erstauntes Gesicht darüber, wie sich sein Tonfall änderte, als er merkte, wer anrief. Was hat er bloß? wunderte sie sich, als er ihre Begrüßung bewußt ignorierte und den Hörer seinem Vater weiterreichte.

»Hallo, Meghan. Was kann ich für dich tun?« Wie immer versetzte ihr das Erklingen von Macs Stimme einen vertrauten stechenden Schmerz. Sie hatte ihn zu ihrem besten Freund erklärt, als sie zehn war, schwärmte für ihn, als sie zwölf war, und hatte sich in ihn verliebt, als sie sechzehn war. Drei Jahre später heiratete er Ginger. Sie war zu der Hochzeit gegangen, und es war einer der schwierigsten Tage in ihrem Leben. Mac war damals völlig verrückt nach Ginger, und Meg hatte den Verdacht, daß er selbst jetzt nach sieben Jahren, käme Ginger zur Tür hereinspaziert und stellte ihren Koffer ab, sie immer noch nehmen würde. Meg erlaubte sich nie das Eingeständnis, daß sie, egal, wie sehr sie sich auch bemühte, es nie geschafft hatte, Mac nicht mehr zu lieben.

»Ich könnte die Hilfe eines Profis gebrauchen, Mac.« Während der Wagen an der blockierten Spur vorbeifuhr und schneller wurde, erläuterte sie den Besuch in der Klinik und den Bericht, an dem sie arbeitete. »Und ich brauch' die Information ziemlich eilig, damit ich die ganze Sache meinem Chef verklickern kann.«

»Ich kann's dir sofort geben. Kyle und ich wollen zum Drumdoe rüber. Ich bring's mit. Willst du mit uns essen?«

»Das paßt mir gut. Bis dann.« Sie unterbrach die Verbindung.

Es war fast sieben, als sie die Außenbezirke des Orts erreichte. Es wurde merklich kühler, und der laue Nachmittagswind hatte sich in frische Böen verwandelt. Das Scheinwerferlicht erfaßte die Bäume, die noch voller Laub standen und sich jetzt ruhelos hin und her wiegten und Schatten auf die Straßen warfen. In diesem Augenblick riefen sie ihr das dunkle, wirbelnde Wasser des Hudson ins Gedächtnis.

Konzentrier dich gefälligst darauf, wie du Weicker die Idee für eine Sondersendung über die Manning Clinic beibringst, fuhr sie sich wütend an.

Phillip Carter war im Drumdoe Inn, an einem Fenstertisch mit drei Gedecken. Er winkte Meghan zu sich herüber. »Catherine ist in der Küche und macht dem Koch die Hölle heiß«, ließ er sie wissen. »Die Leute da drüben« – er nickte zu einem Tisch in der Nähe – »wollten ihr Steak blutig. Deine Mutter hat gesagt, was sie gekriegt haben, könnte genausogut als Eishockey-Puck durchgehen. In Wirklichkeit war's halb durch.«

Meghan ließ sich in einen Stuhl fallen und lächelte. »Das beste, was ihr passieren könnte, wäre, wenn der Koch kündigen würde. Dann müßte sie in die Küche zurück. Es würde sie ablenken.« Sie langte über den Tisch und berührte Carters Hand. »Danke, daß du gekommen bist.«

»Ich hoffe, du hast noch nicht gegessen. Ich hab' Catherine zu dem Versprechen bewegen können, mir Gesellschaft zu leisten.«

»Das ist großartig, aber wie wär's, wenn ich zum Kaffee dazukomme? Mac und Kyle müssen jeden Moment kommen, und ich bin mit ihnen verabredet. Ich muß nämlich Macs Hirn anzapfen.«

Beim Essen hielt Kyle weiterhin auf Abstand zu Meghan. Schließlich hob sie mit einem fragenden Blick zu Mac die Augenbrauen, doch er murmelte nur achselzuckend: »Frag nicht mich.« Mac riet ihr zur Vorsicht bei dem Bericht, den sie vorhatte. »Du hast recht. Es gibt eine Menge Fehlschläge, und es ist eine sehr kostspielige Prozedur.«

Meg betrachtete Mac und seinen Sohn über den Tisch hinweg. Sie waren sich so ähnlich. Sie mußte daran denken, wie ihr Vater ihr bei Macs Hochzeit die Hand gedrückt hatte. Er hatte verstanden. Er hatte sie immer verstanden.

Als sie zum Aufbruch bereit waren, sagte sie: »Ich setze mich noch ein paar Minuten zu Mutter und Phillip.« Sie legte einen Arm und Kyle. »Man sieht sich, Kumpel.«

Er wich zurück.

»Also, hör mal«, sagte Meghan. »Was soll das eigentlich?«

Zu ihrer Verblüffung sah sie Tränen in seinen Augen aufsteigen. »Ich hab' gedacht, wir wären Freunde.« Er wandte sich abrupt ab und rannte zur Tür.

»Das krieg' ich schon aus ihm raus«, versprach Mac, während er davoneilte, um seinen Sohn einzuholen.

Im nahegelegenen Bridgewater hielt Dina Anderson um sieben Uhr Jonathan auf dem Schoß und nippte dabei an ihrem Rest Kaffee, während sie ihrem Mann von der Party in der Manning Clinic erzählte. »Wir werden vielleicht noch berühmt«, erklärte sie. »Meghan Collins, diese Reporterin von Channel 3, will die Erlaubnis von ihrem Boß einholen, im Krankenhaus dabeizusein, wenn das Baby zur Welt kommt, und die ersten Bilder von Jonathan mit seinem funkelnagelneuen Bruder einzufangen. Wenn ihr Boß einverstanden ist, möchte sie von Zeit zu Zeit neue Aufnahmen machen, um zu sehen, wie die beiden miteinander umgehen.«

Donald Anderson sah skeptisch aus. »Schatz, ich weiß nicht, ob wir so eine Publicity brauchen.«

»Ach, komm schon. Es könnte doch Spaß machen. Und ich

stimme mit Meghan überein, wenn nur mehr Leute, die ein Kind wollen, über die verschiedenen Arten von Geburtshilfe Bescheid wüßten, dann würden sie begreifen, daß Retortenbefruchtung eine echte Alternative ist. Dieser kleine Kerl war wirklich all die Kosten und Mühen wert.«

»Dieser kleine Kerl läßt seinen Kopf in deinen Kaffee hängen.« Anderson stand auf, ging um den Tisch herum und nahm seinen Sohn aus den Armen seiner Frau hoch. »Schlafenszeit fürs Schäfchen«, verkündete er und fügte dann hinzu: »Wenn du's machen willst, soll's mir recht sein. Es wär' wahrscheinlich lustig, Profi-Tapes von den Kindern zu haben.«

Dina schaute liebevoll zu, wie ihr blonder Mann mit seinen blauen Augen ihr ebenso blondes Kind zur Treppe trug. Sie hatte alle Babybilder von Jonathan bereit. Es würde so ein Vergnügen sein, sie mit Ryans Bildern zu vergleichen. Sie hatte noch einen weiteren tiefgekühlten Embryo in der Klinik. In zwei Jahren versuchen wir's mit einem weiteren Kind, und das sieht dann vielleicht mir ähnlich, dachte sie mit einem Blick durchs Zimmer hinüber zu dem Spiegel über der Anrichte. Sie musterte ihren Anblick, ihre olivenfarbene Haut, die braunen Augen, das kohlschwarze Haar. »Das wäre auch nicht gerade übel«, murmelte sie vor sich hin.

Im Drumdoe Inn saß Meghan noch bei einer zweiten Tasse Kaffee mit ihrer Mutter und Phillip zusammen und hörte zu, wie er das Verschwinden ihres Vaters sachlich erörterte.

»Das Edwin sich so einen Batzen auf seine Versicherung ausgeliehen hat, ohne dir was davon zu sagen, spielt den Versicherungsleuten direkt in die Hände. Wie sie dir gesagt haben, nehmen sie das als Zeichen, daß er seine Gründe hatte, Bargeld anzuhäufen. Genauso wie sie seine private Versicherung nicht auszahlen, so hat man mir mitgeteilt, werden sie auch die Partnerschaftsversicherung nicht zahlen, die dir als Entschädigung für seinen Anteil als Seniorenchef der Firma zustehen würde.«

»Was bedeutet«, sagte Catherine Collins ruhig, »daß ich, weil ich nicht beweisen kann, daß mein Mann tot ist, möglicherweise alles verliere. Phillip, stehen Edwin noch Honorare für frühere Leistungen zu?«

Seine Antwort war schlicht. »Nein.«

»Wie steht's dieses Jahr mit dem Headhunting-Geschäft?«

»Nicht gut.«

»Du hast uns fünfundvierzigtausend Dollar vorgestreckt, während wir darauf gewartet haben, daß Eds Leiche gefunden wird.«

Er machte plötzlich ein strenges Gesicht. »Catherine, das mach' ich gerne. Ich wünschte bloß, ich könnte mehr zahlen. Wenn wir Beweise für Eds Tod haben, kannst du's mir aus der Geschäftsversicherung zurückzahlen.«

Sie legte eine Hand auf seine. »Das kann ich nicht zulassen, Phillip. Der alte Pat würde sich im Grab umdrehen, wenn er auf die Idee käme, daß ich von geliehenem Geld lebe. Falls wir nicht irgendeinen Beweis finden, daß Edwin doch in dem Unglück umgekommen ist, werde ich, so wie die Lage ist, das Lokal verlieren, das mein Vater in lebenslanger Arbeit aufgebaut hat, und mein Zuhause muß ich dann ebenfalls verkaufen.« Sie schaute Meghan an. »Gott sein Dank hab' ich dich, Meggie.« In diesem Augenblick entschied Meg, nicht wie geplant nach New York zurückzufahren, sondern über Nacht dazubleiben.

Als sie und ihre Mutter wieder nach Hause kamen, sprachen sie in stillschweigendem Einvernehmen nicht mehr über den Mann, der ihr Ehemann und Vater gewesen war. Sie schauten sich statt dessen die Zehn-Uhr-Nachrichten an, machten sich anschließend fürs Bett fertig. Meghan klopfte an die Tür zum Schlafzimmer ihrer Mutter, um Gute Nacht zu sagen. Ihr wurde klar, daß sie es nicht mehr als das Schlafzimmer ihrer Eltern ansah. Als sie die Tür öffnete, sah sie mit einem schmerzlichen Stich, daß ihre Mutter ihre Kopfkissen in die Mitte des Betts gerückt hatte.

Meghan wußte, daß dies ein sicheres Zeichen dafür war, daß Edwin Collins, falls er noch lebte, in diesem Haus nicht mehr willkommen war.

John Grisham

Das Pelikan-Dossier

Der Streit begann beim Dessert, einem Teil der Mahlzeit, den Callahan am liebsten in flüssiger Form zu sich nahm. Sie war bemüht, den Ton des Vorwurfs zu vermeiden, als sie die Drinks aufzählte, die er bereits konsumiert hatte: zwei doppelte Scotch, während sie auf ihren Tisch warteten, einen weiteren, bevor sie bestellten, und zum Fisch zwei Flaschen Wein, von denen sie zwei Gläser getrunken hatte. Er trank zu schnell, man merkte es ihm an, und als sie ihre Liste heruntergerattert hatte, war er verärgert. Er bestellte Drambuie als Dessert, weil er ihn mochte und weil es plötzlich eine Sache des Prinzips war. Er kippte ihn hinunter und bestellte noch einen, und sie war wütend.

Darby rührte ihren Kaffee um und ignorierte ihn. Mouton's war bis auf den letzten Platz besetzt, und ihr lag daran, es ohne eine Szene zu verlassen und allein in ihre Wohnung zurückzukehren.

Als sie sich auf dem Gehsteig vom Restaurant entfernten, wurde der Streit unerfreulich. Er holte die Schüssel zu seinem Porsche aus der Tasche, und sie sagte, er wäre zu betrunken, um fahren zu können. Er sollte ihr die Schüssel geben. Er umklammerte den Bund und torkelte auf den drei Blocks entfernten Parkplatz zu. Sie sagte, sie würde zu Fuß gehen. Viel Vergnügen, sagte er. Sie folgte ihm mit ein paar Schritten Abstand, redete auf ihn ein. Er hatte mindestens zwei Promille. Er war Juraprofessor, verdammt nochmal. Er würde jemanden umbringen. Er torkelte schneller, kam dem Bordstein gefährlich nahe, entfernte sich dann wieder von ihm. Er schrie sie über die Schulter an, etwas von der Art, daß er betrunken besser fahren könnte als sie nüchtern. Sie blieb zurück. Sie war schon mit ihm gefahren, wenn er in einer derartigen Verfassung war, und sie wußte, was ein Betrunkener in einem Porsche anrichten kann.

Er überquerte die Straße blindlings, die Hände in den Taschen, als unternähme er einen spätabendlichen Spaziergang. Er schätzte die Bordsteinkante falsch ein, traf sie mit den Zehen statt mit der Fußsohle, stürzte fluchend auf den Gehsteig, rappelte sich aber wieder auf, bevor sie ihn erreichen konnte. Laß mich verdammt noch mal in Ruhe, herrschte er sie an. Bitte, gib mir die Schlüssel, sonst gehe ich zu Fuß. Er stieß sie beiseite. Viel Vergnügen, sagte er mit einem Auflachen. Sie hatte ihn noch nie so betrunken erlebt. Er hatte sie noch nie im Zorn angerührt, weder betrunken noch nüchtern.

Gegenüber dem Parkplatz war eine schmierige kleine Kneipe mit Neonreklamen für Bier in den Fenstern. Sie warf einen hilfesuchenden Blick durch die offene Tür und dachte gleichzeitig, wie blöde. Die Kneipe war voll von Betrunkenen.

Sie rief ihm nach, als er sich dem Porsche näherte.

»Thomas! Bitte! Laß mich fahren!« Sie stand auf dem Gehsteig, aber weiter wollte sie nicht gehen.

Er torkelte weiter, bedeutete ihr zu verschwinden, murmelte vor sich hin. Dann schloß er die Tür auf, bückte sich und verschwand zwischen den anderen Wagen. Der Motor sprang an und heulte auf, als er Gas gab.

Darby lehnte sich ein paar Meter von der Parkplatzausfahrt entfernt an die Seite des Gebäudes. Sie schaute die Straße hinunter und hoffte beinahe auf einen Polizisten. Sie würde ihn lieber verhaftet sehen als tot.

Es war zu weit, um zu Fuß zu gehen. Sie würde zusehen, wie er davonfuhr, dann ein Taxi bestellen und ihn danach eine Woche lang ignorieren. Mindestens eine Woche. Viel Vergnügen, wiederholte sie in Gedanken. Er gab wieder Gas und ließ die Reifen quietschen.

Die Explosion schleuderte sie auf den Gehsteig. Sie landete auf allen vieren, mit dem Gesicht nach unten, eine Sekunde lang betäubt, spürte dann aber sofort die Hitze und die winzigen brennenden Trümmer, die auf die Straße fielen. Sie starrte voller Grausen auf den Parkplatz. Der Porsche flog in die Luft, vollführte einen perfekten Salto und landete auf dem Dach. Reifen, Türen und Kotflügel rissen ab. Der Wagen war ein greller Feuerball, eine Masse aus prasselnden Flammen, die ihn sofort verschlangen.

Darby stürzte auf ihn zu, schrie seinen Namen. Trümmer regneten um sie herum herab, und die Hitze ließ sie innehalten. Sie blieb zehn Meter entfernt stehen, schrie mit der Hand vor dem Mund.

Dann schleuderte eine zweite Explosion den Wagen abermals in die Luft und trieb sie zurück. Sie stolperte, und ihr Kopf schlug hart auf die Stoßstange eines anderen Wagens. Das Pflaster fühlte sich heiß an unter ihrem Gesicht, und das war das letzte, woran sie sich einen Augenblick später erinnern konnte.

Die Kneipe leerte sich, und die Betrunkenen waren überall. Sie standen auf dem Gehsteig und starrten. Ein Paar versuchte näher heranzukommen, aber die Hitze rötete ihre Gesichter und hielt sie fern. Dicker schwarzer Rauch stieg aus dem Feuerball auf, und binnen Sekunden brannten zwei weitere Wagen. Es gab Entsetzensschreie und panische Stimmen.

»Wem gehört der Wagen?«

»911 anrufen!«

»War jemand drin?«

»911 anrufen!«

Sie zerrten sie an den Ellbogen zurück auf den Gehsteig, in die Mitte der Menge. Sie wiederholte den Namen Thomas. Von irgendwoher kam ein kaltes Tuch und wurde ihr auf die Stirn gelegt.

Die Menge wurde dichter, auch auf der Straße waren Leute. Sirenen, sie hörte Sirenen, als sie wieder zu sich kam. An ihrem Hinterkopf war eine Beule und auf ihrem Gesicht etwas Kaltes. Ihr Mund war trocken. »Thomas, Thomas«, wiederholte sie.

»Ist schon gut, ist schon gut«, sagte ein schwarzes Gesicht dicht über ihr. Der Mann hielt behutsam ihren Kopf und tätschelte ihren Arm. Andere Gesichter schauten auf sie herab. »Ist schon gut.«

Jetzt kreischten die Sirenen. Sie nahm vorsichtig das Tuch ab, und ihr Blick wurde wieder klar. Auf der Straße blitzten rote und blaue Lichter. Die Sirenen gellten ohrenbetäubend. Sie setzte sich auf. Sie lehnten sie an die Hauswand unterhalb der Neon-Bierreklamen. Sie wichen zurück, beobachteten sie aufmerksam.

»Alles in Ordnung, Miss?« fragte der Schwarze.

Sie konnte nicht antworten. Versuchte es gar nicht erst. »Wo ist Thomas?« fragte sie und starrte auf einen Riß im Gehsteig.

Sie schauten sich gegenseitig an. Der erste Feuerwehrwagen kam mit quietschenden Bremsen sechs Meter entfernt zum Stehen, und die Menge wich auseinander. Feuerwehrleute sprangen heraus und rannten in alle Richtungen.

»Wo ist Thomas?« wiederholte sie.

»Miss, wer ist Thomas?« fragte der Schwarze.

»Thomas Callahan«, sagte sie leise, als mußte jeder ihn kennen.

»War er in diesem Wagen?«

Sie nickte, dann schloß sie die Augen. Die Sirenen heulten und verstummten, und zwischendurch hörte sie die Rufe besorgter Männer und das Prasseln des Feuers. Sie roch den stickigen Qualm.

Ein zweites, ein drittes Feuerwehrauto kamen heulend aus verschiedenen Richtungen. Ein Polizist bahnte sich einen Weg durch die Menge. »Polizei. Aus dem Weg. Polizei.« Er schob und drängte, bis er sie gefunden hatte. Er ging auf die Knie und schwenkte eine Marke vor ihrer Nase. »Madam, Sergeant Rupert, New Orleans Police Department.«

Darby hörte es, dachte sich aber nichts dabei. Er war direkt vor ihrem Gesicht, dieser Rupert, mit buschigem Haar, einer Baseballmütze, schwarzer und goldener Saints-Jacke. Sie starrte ihn verständnislos an.

»Ist das Ihr Wagen, Madam? Jemand hat gesagt, es wäre Ihr Wagen.«

Sie schüttelte den Kopf. Nein.

Rupert packte ihre Ellenbogen und zog sie hoch. Er redete auf sie ein, fragte sie, ob ihr etwas passiert wäre, und gleichzeitig zog er sie hoch, und es tat teuflisch weh. Ihr Schädel war gespalten, kaputt, und sie stand unter Schock, aber was kümmerte das diesen Idioten. Sie war auf den Beinen. Ihre Knie wollten nicht funktionieren, und sie war schlaff. Er fragte immer wieder, ob ihr etwas passiert wäre. Der Schwarze starrte Rupert an, als wäre er verrückt.

So, nun funktionierten die Knie, und sie und Rupert gingen durch die Menge, hinter einem Feuerwehrwagen vorbei und um einen anderen herum zu einem ungekennzeichneten Polizeifahrzeug. Sie senkte den Kopf und weigerte sich, zum Parkplatz hinüberzusehen. Rupert redete unaufhörlich. Irgend etwas von einem Krankenwagen. Er öffnete die Wagentür und beförderte sie behutsam auf den Beifahrersitz.

Ein weiterer Polizist hockte sich vor die Tür und fing an, Fragen zu stellen. Er trug Jeans und spitze Cowboystiefel. Darby lehnte sich vor und legte den Kopf in die Hände. »Ich glaube, ich brauche Hilfe«, sagte sie.

»Natürlich, Lady. Hilfe ist unterwegs. Nur ein paar Fragen. Wie heißen Sie?«

»Darby Shaw. Ich glaube, ich stehe unter Schock. Mir ist ganz schwindlig, und ich glaube, ich muß mich übergeben.«

»Der Krankenwagen ist unterwegs. Ist das Ihr Wagen da drüben?«

»Nein.«

Ein weiteres Polizeifahrzeug, eines mit Emblemen und Blinklichtern, kam quietschend vor dem von Rupert zum Stehen. Rupert verschwand blitzschnell. Der Cowboy-Polizist knallte plötzlich die Tür zu, und sie war allein im Wagen. Sie beugte sich vor und übergab sich zwischen ihre Beine. Sie begann zu weinen. Ihr war kalt. Sie legte langsam den Kopf auf den Fahrersitz und rollte sich ganz fest zusammen. Stille. Dann Dunkelheit.

Jemand klopfte ans Fenster über ihr. Sie öffnete die Augen. Der Mann trug eine Uniform und einen Hut mit einem Abzeichen daran. Die Tür war verriegelt.

»Machen Sie die Tür auf, Lady«, rief er.

Sie setzte sich auf und öffnete die Tür. »Sind Sie betrunken, Lady?«

Ihr Kopf hämmerte. »Nein«, sagte sie mühsam.

Er machte die Tür weiter auf. »Ist das Ihr Wagen?«

Sie rieb sich die Augen. Sie mußte überlegen.

»Lady, ist das Ihr Wagen?«

»Nein.« Sie starrte ihn an. »Nein. Er gehört Rupert.«

»Okay. Wer zum Teufel ist Rupert?«

Es war nur noch ein Feuerwehrfahrzeug da, und der größte Teil der Zuschauer war verschwunden. Dieser Mann an der Tür war zweifelsohne ein Polizist. »Sergeant Rupert. Ein Kollege von Ihnen«, sagte sie.

Das machte ihn wütend. »Steigen Sie aus, Lady.«

Bereitwillig mühte sich Darby an der Beifahrerseite heraus und trat auf den Gehsteig. In einiger Entfernung hielt ein Feuerwehrmann seinen Schlauch auf den ausgebrannten Rahmen des Porsche.

Ein anderer uniformierter Polizist näherte sich und gesellte sich zu ihnen.

Der erste Polizist fragte: »Wie heißen Sie?«

»Darby Shaw.«

»Weshalb sind Sie in dem Wagen ohnmächtig geworden?«

Sie betrachtete den Wagen. »Ich weiß es nicht. Ich wurde verletzt, und Rupert brachte mich in den Wagen. Wo ist Rupert?«

Die Polizisten sahen sich an. »Wer zum Teufel ist Rupert?« fragte der erste Polizist.

Das machte sie zornig, und der Zorn vertrieb die Spinnweben.

»Er hat gesagt, er wäre Polizist.«

Der zweite Polizist fragte: »Wie sind Sie verletzt worden?« Darby funkelte ihn an. Sie deutete auf den Parkplatz auf der anderen Straßenseite. »Eigentlich hätte ich auch in dem Wagen da drüben sitzen sollen. Aber ich habe nicht darin gesessen. Deshalb bin ich hier und beantworte Ihre dämlichen Fragen. Wo ist Rupert?«

Die beiden sahen sich mit ausdrucksloser Miene an. Der erste Polizist sagte: »Bleiben Sie hier«, und dann ging er über die Straße zu einem anderen Polizeifahrzeug, wo sich ein Mann in Zivil mit ein paar Leuten unterhielt. Sie flüsterten, dann kehrte der erste Polizist mit dem Mann in Zivil zurück auf den Gehsteig, wo Darby wartete. Der Mann in Zivil sagte: »Ich bin Lieutenant Olson, New Orleans Police Department. Kannten Sie den Mann in dem Wagen?« Er zeigte auf den Parkplatz.

Ihre Knie wurden weich, und sie biß sich auf die Lippe. Dann nickte sie.

»Wie hieß er?«

»Thomas Callahan.«

Olson sah den ersten Polizisten an. »Das hat auch der Computer gesagt. So, und wer ist nun dieser Rupert?«

»Er hat gesagt, er wäre Polizist!«

Olson schaute mitfühlend drein. »Tut mir leid, aber es gibt bei uns keinen Polizisten, der Rupert heißt.«

Sie schluchzte laut. Olson half ihr zur Kühlerhaube von Ruperts Wagen und hielt ihre Schultern, bis das Weinen nachließ und sie sich bemühte, ihre Beherrschung zurückzugewinnen.

»Überprüfen Sie das Kennzeichen«, wies Olson den zweiten Polizisten an, der sich schnell die Nummer von Ruperts Wagen notierte und sie durchgab.

Olson hielt ihre Schultern sanft mit beiden Händen umfaßt und sah ihr in die Augen. »Waren Sie mit Callahan zusammen?«

Sie nickte, immer noch weinend, aber wesentlich leiser. Olson warf dem ersten Polizisten einen Blick zu.

»Wie sind Sie in diesen Wagen gekommen?« fragte er langsam und sanft.

Sie wischte sich die Tränen aus dem Gesicht und sah Olson an. »Dieser Rupert, der gesagt hat, er wäre Polizist, kam und hat mich von dort drüben hierher gebracht. Er hat mich in den Wagen gesetzt, und dieser andere Polizist mit den Cowboystiefeln hat angefangen, mir Fragen zu stellen. Ein anderes Polizeifahrzeug kam an, und sie verschwanden. Und dann bin ich wohl ohnmächtig geworden. Ich weiß es nicht. Ich möchte zu einem Arzt.«

»Holen Sie meinen Wagen«, sagte Olson zu dem ersten Polizisten.

Der zweite Polizist kehrte mit verblüffter Miene zurück. »Die Zulassungsnummer ist nicht im Computer. Müssen gefälschte Kennzeichen sein.«

Olson nahm ihren Arm und führte sie zu seinem Wagen. Er sprach rasch mit den beiden Polizisten. »Ich bringe sie ins Charity. Seht zu, daß ihr hier fertig werdet, und kommt dann nach. Stellt den Wagen sicher. Wir werden ihn später untersuchen.«

Sie saß in Olsons Wagen, hörte dem Quaken des Funkgeräts zu und starrte auf den Parkplatz. Vier Wagen waren ausgebrannt. Der Porsche lag umgedreht mittendrin, nur noch ein verbogener Rahmen. Eine Handvoll Feuerwehrleute und anderes Notfallpersonal wieselte darum herum. Ein Polizist sperrte den Parkplatz mit gelbem Plastikband ab.

Sie betastete die Beule an ihrem Hinterkopf. Kein Blut. Tränen tropften ihr vom Kinn.

Olson schlug seine Tür zu und steuerte den Wagen zwischen den geparkten Fahrzeugen hindurch. Er fuhr in Richtung St. Charles Avenue. Er hatte das Blinklicht eingeschaltet, aber nicht die Sirene.

»Ist Ihnen nach Reden zumute?« fragte er.

Sie waren auf der St. Charles. »Ich denke schon«, sagte sie. »Er ist tot, nicht wahr?«

»Ja, Darby. Tut mir leid. Soweit ich weiß, saß er allein im Wagen.«

»Ja.«

»Wie wurden Sie verletzt?«

Er gab ihr ein Taschentuch, und sie trocknete die Tränen ab. »Ich bin auf etwas gefallen. Es gab zwei Explosionen, und ich glaube, die zweite hat mich umgeworfen. Ich kann mich nicht an alles erinnern. Bitte, sagen Sie mir, wer Rupert ist.«

»Ich habe keine Ahnung. Ich kenne keinen Polizisten, der Rupert heißt, und es war auch kein Polizist mit Cowboystiefeln da.«

Sie dachte anderthalb Blocks lang darüber nach.

»Womit hat sich Callahan seinen Lebensunterhalt verdient?«

»Er war Juraprofessor in Tulane. Ich studiere dort.«

»Wer hätte ein Interesse daran gehabt, ihn umzubringen?«

Sie starrte auf die Ampel vor ihnen und schüttelte den Kopf. »Sie sind sicher, daß es Absicht war?«

»Daran gibt es überhaupt keinen Zweifel. Es war ein sehr starker Sprengstoff. Wir haben ein Stück Fuß gefunden, das fünfundzwanzig Meter entfernt in einem Maschendrahtzaun hing. Entschuldigung, okay. Er wurde ermordet.«

»Vielleicht hat jemand den falschen Wagen erwischt.«

»Das ist natürlich möglich. Wir werden alles genau überprüfen. Wenn ich richtig verstanden habe, hätten Sie normalerweise zusammen mit ihm in dem Wagen gesessen.«

Sie versuchte, etwas zu sagen, konnte aber die Tränen nicht zurückhalten. Sie vergrub ihr Gesicht in dem Taschentuch.

Sie hielten zwischen zwei Krankenwagen in der Nähe der Notaufnahme des Charity und ließen das Blinklicht eingeschaltet. Er führte sie rasch in einen schmutzigen Raum, in dem an die fünfzig Leute mit Schmerzen und Beschwerden verschiedenen Ausmaßes saßen. Sie fand einen Platz neben dem Trinkwasserbehälter. Olson sprach mit der Frau hinter dem Schalter, und er hob die Stimme, aber Darby konnte nicht verstehen, was er sagte. Ein kleiner Junge mit einem blutigen Handtuch um den Fuß weinte auf dem Schoß seiner Mutter. Eine junge Schwarze war kurz vor der Niederkunft. Weder ein Arzt noch eine Schwester waren zu sehen. Alle schienen zu warten.

Olson hockte sich vor ihr nieder. »Es wird ein paar Minuten dauern. Bleiben Sie hier sitzen. Ich stelle nur den Wagen um, bin gleich wieder zurück. Ist Ihnen nach Reden zumute?«

»Ja, natürlich.«

Er war fort. Sie tastete wieder nach Blut und fand keins. Die Doppeltür schwang weit auf, und zwei Schwestern kamen, um die Frau in den Wehen zu holen. Sie schleppten sie gewissermaßen ab, durch die Doppeltür und den Flur entlang.

Darby wartete einen Augenblick, dann folgte sie ihnen. Mit den geröteten Augen und dem Taschentuch sah sie aus wie die Mutter irgendeines Kindes. Der Flur war ein Zoo mit Schwestern und Pflegern und Verletzten, die schrien und es eilig hatten. Sie bog um eine Ecke und sah ein Schild, auf dem EXIT stand. Durch die Tür, einen anderen Flur entlang, der wesentlich ruhiger war, eine weitere Tür, und sie stand auf einer Laderampe. Die Gasse war beleuchtet. Nicht rennen. Stark sein. Es ist okay. Niemand beobachtet dich. Sie war auf der Straße, schritt rasch aus. Die kühle Luft klärte ihre Augen. Sie wollte nicht weinen.

Olson würde einige Zeit brauchen, und wenn er zurückkam, würde er denken, sie wäre aufgerufen worden und wäre jetzt drinnen und würde behandelt. Er würde warten. Und warten.

Sie bog um mehrere Ecken und sah die Rampart Street. Das French Quarter lag direkt vor ihr. Da konnte sie untertauchen. Auf der Royal waren Leute, umherschlendernde Touristen. Sie fühlte sich sicherer. Sie betrat das Holiday Inn, bezahlte mit ihrer Kreditkarte und bekam ein Zimmer im fünften Stock. Nachdem sie die Tür verriegelt und die Kette vorgelegt hatte, rollte sie sich auf dem Bett zusammen, ohne das Licht auszuschalten.

Mrs. Verheek rollte ihren dicken, aber reichen Hintern von der Mitte des Bettes weg und griff nach dem Hörer. »Es ist für dich, Gavin!« rief sie ins Badezimmer. Gavin erschien, das halbe Gesicht voller Rasierschaum, und nahm seiner Frau, die sich tief im Bett vergrub, den Hörer ab. Wie ein Schwein, das sich im Schlamm wälzt, dachte er.

»Hallo«, sagte er ungehalten.

Es war eine Frauenstimme, die er noch nie gehört hatte. »Hier ist Darby Shaw. Sie wissen, wer ich bin?«

Er lächelte sofort und dachte eine Sekunde lang an den knappen Bikini auf St. Thomas. »Natürlich. Ich glaube, wir haben einen gemeinsamen Freund.«

»Haben Sie meine kleine Niederschrift gelesen?«

»Ach ja. Das Pelikan-Dossier, wie wir es nennen.«

»Und wer ist wir?«

Verheek setzte sich auf den Stuhl neben dem Nachttisch. Dies war kein belangloser Anruf »Weshalb rufen Sie an, Darby?«

»Ich brauche ein paar Antworten, Mr. Verheck. Ich habe fürchterliche Angst.«

»Ich heiße Gavin, okay?«

»Also Gavin. Wo ist das Dossier jetzt?«

»Hier und dort. Was ist passiert?«

»Das kommt gleich. Zuerst sagen Sie mir, was Sie mit dem Dossier gemacht haben.«

»Nun, ich habe es gelesen und dann an eine andere Abteilung geschickt, und ein paar andere Leute vom FBI haben es gesehen und dann Direktor Voyles gezeigt, dem es offenbar gefallen hat.«

»Hat es auch jemand außerhalb des FBI gesehen?«

»Diese Frage kann ich nicht beantworten, Darby.«

»Dann sage ich Ihnen auch nicht, was mit Thomas passiert ist.«

Verheek dachte eine lange Minute darüber nach. Sie wartete geduldig. »Okay. Es wurde auch von Leuten außerhalb des FBI gesehen. Aber ich weiß nicht, von wem und von wie vielen.«

»Er ist tot, Gavin. Er wurde gestern abend gegen zehn ermordet. Jemand hat für uns beide eine Bombe ins Auto gelegt. Ich habe Glück gehabt, aber jetzt sind sie hinter mir her.«

Verheek hing über dem Telefon, kritzelte Notizen. »Sind Sie verletzt?«

»Körperlich bin ich okay.«

»Wo sind Sie?«

»In New Orleans.«

»Sind Sie ganz sicher, Darby? Ich meine, ich weiß, daß Sie ganz sicher sind, aber, verdammt nochmal, wer sollte ihn umbringen wollen?«

»Ich bin zweien von ihnen begegnet.«

»Wie können Sie ...«

»Es ist eine lange Geschichte. Wer hat das Dossier gesehen, Gavin? Thomas hat es Ihnen am Montagabend gegeben. Es hat die Runde gemacht, und achtundvierzig Stunden später ist er tot. Ich sollte zusammen mit ihm sterben. Es ist in die falschen Hände geraten, meinen Sie nicht auch?«

»Sind Sie in Sicherheit?«

»Woher zum Teufel soll ich das wissen?«

»Wo sind Sie jetzt? Wie ist Ihre Telefonnummer?«

»Nicht so schnell, Gavin. Im Augenblick bewege ich mich ganz langsam. Ich spreche von einer Zelle aus, also keine krummen Touren.«

»Sie haben keinen Grund, über mich herzufallen, Darby! Thomas Callahan war mein bester Freund. Sie müssen zu uns kommen.«

»Und wie stellen Sie sich das vor?«

»Geben Sie mir eine Viertelstunde, Darby, und dann ist ein Dutzend Agenten da, die Sie abholen. Ich nehme die nächste Maschine und bin vor Mittag bei Ihnen. Sie können nicht auf der Straße bleiben.«

»Warum, Gavin? Wer ist hinter mir her? Reden Sie, Gavin.«

»Wir reden miteinander, wenn ich dort bin.«

»Ich weiß nicht. Thomas ist tot, weil er mit Ihnen geredet hat. Im Augenblick bin ich ganz und gar nicht scharf darauf, Sie zu sehen.«

»Hören Sie, Darby. Ich weiß nicht, wer es getan hat oder warum, aber ich versichere Ihnen, Sie sind in einer sehr gefährlichen Situation. Wir können Sie beschützen.«

»Vielleicht später.«

Er holte tief Luft und setzte sich auf die Bettkante. »Sie können mir vertrauen, Darby.«

»Okay, ich vertraue Ihnen. Aber was ist mit diesen anderen Leuten? Das ist kein Kinderspiel, Gavin. Mein kleines Dossier hat irgend jemanden fürchterlich aufgeregt, meinen Sie nicht auch?«

»Hat er gelitten?«

Sie zögerte. »Nein, ich glaube nicht.« Die Stimme wurde brüchig.

»Können Sie mich in zwei Stunden wieder anrufen? Im Büro. Ich gebe Ihnen eine Geheimnummer.«

»Geben Sie mir die Nummer, und ich denke darüber nach.«

»Bitte, Darby. Sowie ich im Büro bin, gehe ich zum Direktor. Rufen Sie mich um acht an, Ihre Ortszeit.«

»Geben Sie mir die Nummer.«

Die Bombe war zu spät explodiert, um noch in die Donnerstagmorgen-Ausgabe der *Times-Picayune* zu gelangen. Darby blätterte sie in ihrem Hotelzimmer hastig durch. Nichts. Sie schaltete den Fernseher ein, und da war es. Eine Live-Aufnahme des ausgebrannten Porsche, der immer noch inmitten der Trümmer auf dem Parkplatz lag, säuberlich von gelbem Band umgeben, das überall ausgespannt worden war. Die

Polizei ging von Mord aus. Keine Verdächtigen. Kein Kommentar. Dann der Name von Thomas Callahan, fünfundvierzig Jahre alt, namhafter Juraprofessor in Tulane. Dann war plötzlich der Dekan da mit einem Mikrofon vor dem Gesicht und redete über Professor Callahan und den schweren Schock, den all das hinterlassen hatte.

Der Schock, die Erschöpfung, die Angst, der Schmerz, und Darby vergrub ihren Kopf im Kissen. Sie haßte es zu weinen, und es würde für eine Weile das letzte Mal sein. Trauern würde nur dazu führen, daß sie umgebracht wurde.

Obwohl es eine wundervolle Krise war, mit Punktgewinnen bei den Meinungsumfragen und Rosenberg tot, mit einem sauberen, aufpolierten Image und einem Amerika, dem wohl zumute war, weil er an der Spitze des Staates stand, mit den Demokraten, die nichts zu melden hatten, und mit der Wiederwahl im nächsten Jahr so gut wie in der Tasche, hatte er diese Krise und die damit verbundenen Zusammenkünfte im Morgengrauen satt. Er hatte F. Denton Voyles satt, seine Selbstgefälligkeit und Arroganz und seine gedrungene kleine Gestalt, Voyles, der in einem zerknitterten Trenchcoat an der anderen Seite seines Schreibtisches saß und aus dem Fenster schaute, während er mit dem Präsidenten der Vereinigten Staaten sprach. Er würde in einer Minute hier sein, wieder eine Zusammenkunft vor dem Frühstück, wieder eine unerfreuliche Begegnung, bei der Voyles nur einen Bruchteil von dem berichten würde, was er wußte.

Er hatte es satt, im Dunkeln gelassen und nur mit den Krümeln gefüttert zu werden, die Voyles ihm vor die Füße zu werfen geruhte. Auch Gminski würde ihm ein paar Krümel zuwerfen, und damit sollte er genug haben und zufrieden sein. Verglichen mit ihnen wußte er überhaupt nichts. Immerhin hatte er Coal, der ihre Papiere durchpflügte und seinem Gedächtnis einverleibte und aufpaßte, daß sie nicht logen.

Er hatte auch Coal satt. Seine Perfektion und sein Auskommen ohne Schlaf. Seine Brillanz. Seine Gewohnheit, jeden Tag zu beginnen, wenn die Sonne irgendwo über dem Atlantik stand, und jede verdammte Minute jeder verdammten Stunde zu planen, bis sie über dem Pazifik stand. Und dann griff sich Coal noch einen Karton mit dem ganzen Mist des Tages, nahm ihn mit nach Hause, las ihn, entschlüsselte ihn, speicherte ihn und kam dann ein paar Stunden später wieder an und sprudelte den stinklangweiligen Mischmasch heraus, den er gerade verschlungen hatte. Wenn Coal müde war, schlief er fünf Stunden, aber das Normale waren drei oder vier. Er verließ sein Büro im Westflügel gegen elf Uhr abends, las während der ganzen Heimfahrt auf dem Rücksitz seiner Limousine, und ungefähr um die Zeit, zu der der Motor der Limousine abgekühlt war, wartete Coal bereits darauf, daß sie ihn ins Weiße Haus zurückbrachte. Er hielt es für eine Sünde, später als fünf Uhr morgens an seinem Schreibtisch einzutreffen. Und wenn er hundertzwanzig Stunden pro Woche arbeiten konnte, sollten alle anderen imstande sein, wenigstens achtzig zu leisten. Er verlangte achtzig. Nach drei Jahren konnte sich niemand in der Administration an all die Leute erinnern, die Fletcher Coal gefeuert hatte, weil sie keine achtzig Stunden in der Woche arbeiteten. Das passierte jeden Monat mindestens dreimal.

Coal war am glücklichsten in den Frühstunden, in denen Hochspannung herrschte und eine unerfreuliche Zusammenkunft anstand. In der vergangenen Woche hatte diese Sache mit Voyles bewirkt, daß er ununterbrochen lächelte. Er stand neben dem Schreibtisch und las ein paar Briefe, während der Präsident die *Post* überflog und zwei Sekretärinnen herumwieselten.

Der Präsident warf einen Blick auf ihn. Tadelloser schwarzer Anzug, weißes Hemd, rote Seidenkrawatte, ein bißchen zuviel Pomade im Haar über den Ohren. Er hatte ihn restlos satt, aber er würde darüber hinwegkommen, wenn die Krise vorüber war und er wieder zum Golfspielen zurückkehren und es Coal überlassen konnte, sich um die Details zu kümmern. Er redete sich ein, daß er, als er siebenunddreißig war, ebensoviel Energie und Ausdauer besessen hätte, aber er wußte es besser.

Coal schnippte mit den Fingern, funkelte die Sekretärinnen an, und sie waren froh, das Oval Office verlassen zu dürfen.

»Und er hat gesagt, er würde nicht kommen, wenn ich hier bin. Das ist wirklich ein Witz.« Coal war offensichtlich erfreut.

»Ich glaube, er mag Sie nicht«, sagte der Präsident.

»Er mag nur Leute, die er über den Haufen rennen kann.«

»Ich nehme an, ich muß liebenswürdig zu ihm sein.«

»Tragen Sie dick auf, Chef. Er muß die Finger davon lassen. Diese Theorie ist so schwach, daß sie geradezu lächerlich ist, aber in seinen Händen könnte sie gefährlich werden.«

»Was ist mit der Studentin?«

»Wir überprüfen sie. Sie scheint harmlos zu sein.«

Der Präsident stand auf und streckte sich. Coal hantierte mit Papieren. Eine Sekretärin meldete über die Gegensprechanlage die Ankunft von Voyles.

»Ich verschwinde«, sagte Coal. Er würde hinter der nächsten Ecke zuhören und zusehen. Auf sein Betreiben waren im Oval Office drei Fernsehkameras installiert worden. Die Monitore standen in einem kleinen, verschlossenen Raum im Westflügel, zu dem nur er einen Schlüssel hatte. Sarge wußte von diesem Raum, hatte sich aber nicht die Mühe gemacht, ihn zu betreten. Noch nicht.

Dem Präsidenten war wohler zumute bei dem Gedanken, daß Coal zumindest zusehen würde. Er nahm Voyles an der Tür mit einem warmen Händedruck in Empfang und geleitete ihn zur Couch – ein herzliches, freundschaftliches Geplauder unter vier Augen. Voyles war nicht beeindruckt. Er wußte, daß Coal zuhörte. Und zusah.

Voyles zog seinen Trenchcoat aus und legte ihn ordentlich auf einen Stuhl. Er wollte keinen Kaffee.

Der Präsident schlug die Beine übereinander. Er trug die braune Strickjacke. Der Großvater.

»Denton«, sagte er ernst, »ich möchte mich für Fletcher Coal entschuldigen. Er hat nicht viel Fingerspitzengefühl.«

Voyles nickte flüchtig. Du dämlicher Esel. In diesem Büro gibt es genügend Drähte, um der Hälfte aller Bürokraten in Washington einen tödlichen Stromschlag beizubringen. Coal saß irgendwo im Keller und hörte von seinem Mangel an Fingerspitzengefühl. »Er kann eine Pest sein, nicht wahr?« knurrte Voyles.

»Ja, das kann er. Ich muß auf ihn aufpassen. Er ist sehr intelligent und arbeitet hart, aber gelegentlich neigt er dazu, es zu übertreiben.«

»Er ist ein Mistkerl, und das sage ich ihm ins Gesicht.« Voyles schaute zur Lüftungsklappe des Porträts von Thomas Jefferson empor, wo eine Kamera alles aufzeichnete, was darunter passierte.

»Also gut, ich werde dafür sorgen, daß er Ihnen nicht in die Quere kommt, bis die Sache erledigt ist.«

»Tun Sie das.«

Der Präsident trank langsam einen Schluck Kaffee und überlegte, was er als nächstes sagen sollte. Voyles war nicht für seine Plauderkunst berühmt.

»Sie müssen mir einen Gefallen tun.«

Voyles sah ihn an, ohne mit der Wimper zu zucken. »Ja, Sir?«

»Ich brauche Informationen über dieses Pelikan-Ding. Es ist an den Haaren herbeigezogen, aber schließlich kommt mein Name darin vor. Wie ernst nehmen Sie es?«

Oh, war das ein Spaß. Voyles unterdrückte ein Lächeln. Es funktionierte. Der Präsident und Mr. Coal waren wegen des Pelikan-Dossiers ins Schwitzen geraten. Sie hatten es am Dienstagabend erhalten, sich den ganzen Mittwoch darüber Sorgen gemacht, und jetzt, in den frühen Morgenstunden des Donnerstag, lagen sie auf den Knien und bettelten um etwas, das kaum mehr war als ein Studentenulk.

»Wir gehen der Sache nach, Mr. President.« Das war eine Lüge, aber woher sollte er das wissen? »Wir lassen keinen Hinweis, keinen Verdächtigen außer acht. Ich hätte es Ihnen nicht zukommen lassen, wenn ich es nicht ernst nähme.« Die Falten auf der gebräunten Stirn schoben sich zusammen, und Voyles hätte am liebsten gelacht.

»Was haben Sie herausbekommen?«

»Nicht viel, aber wir haben gerade erst angefangen. Wir haben es vor nicht einmal achtundvierzig Stunden bekommen. Ich habe vierzehn Agenten in New Orleans angewiesen, nachzugraben. Es ist alles Routine.« Die Lügen kamen so gut an, daß er fast hören konnte, wie Coal nach Luft schnappte.

Vierzehn! Es versetzte ihm einen derartigen Schlag in die Magengrube, daß er sich aufsetzte und die Kaffeetasse auf den Tisch stellte. Vierzehn Fibbies, die herumliefen, ihre Marken vorzeigten, Fragen stellten, und es war nur eine Frage der Zeit, bis die Sache herauskam. »Vierzehn, sagen Sie. Hört sich an, als wäre es Ihnen ziemlich ernst.«

Voyles gab keinen Millimeter nach. »Es ist uns sehr ernst, Mr. President. Rosenberg und Jensen sind seit einer Woche tot, und die Spur wird immer kälter. Wir gehen Hinweisen nach, so schnell wir können. Meine Männer arbeiten rund um die Uhr.«

»Das alles leuchtet mir ein, aber wie ernst ist diese Pelikan-Theorie zu nehmen?«

War das ein Spaß! Die Akte mußte erst noch nach New Orleans geschickt werden. Sie hatten sich noch nicht einmal mit New Orleans in Verbindung gesetzt. Er hatte Eric East angewiesen, eine Kopie an das dortige Büro zu schicken mit der Anweisung, unauffällig ein paar Fragen zu stellen. Es war eine Sackgasse, genau wie hundert andere Spuren, denen sie nachgingen.

»Ich glaube nicht, daß etwas dahintersteckt, Mr. President, aber wir müssen die Sache überprüfen.«

Die Falten entspannten sich, und es erschien der Anflug eines Lächelns. »Ich brauche Ihnen wohl nicht zu sagen, Denton, wieviel Schaden dieser Unsinn anrichten kann, wenn die Presse Wind davon bekommt.«

»Wir ziehen nicht die Presse zu Rate, wenn wir eine Untersuchung anstellen.«

»Ich weiß. Lassen wir das. Mir wäre es nur lieb, wenn Sie sich aus dieser Sache zurückziehen würden. Ich meine, schließlich ist es völlig absurd, und es könnte durchaus sein, daß mir etwas angelastet wird. Sie verstehen, was ich damit sagen will?«

Voyles war brutal. »Verlangen Sie von mir, daß ich einen Verdächtigen ignoriere, Mr. President?«

Coal lehnte sich dem Monitor entgegen. Nein, ich will,

daß Sie dieses Pelikan-Dossier vergessen! Er hätte es beinahe laut gesagt. Er hätte es Voyles klipp und klar sagen und dann dem dicken kleinen Tropf eine reinhauen können, wenn er frech wurde. Aber er versteckte sich in einem verschlossenen Raum, weit von den handelnden Personen entfernt. Und er wußte, zum gegenwärtigen Zeitpunkt war das genau der Ort, an den er gehörte.

Der Präsident bewegte sich und schlug die Beine andersherum übereinander. »Sie wissen doch genau, worauf ich hinauswill, Denton. Es gibt wesentlich größere Fische in diesem Teich. Die Presse verfolgt die Untersuchung, ist ganz wild darauf, herauszubekommen, wer verdächtigt wird. Sie wissen, wie die Leute sind. Und ich brauche Ihnen nicht zu erzählen, daß ich bei der Presse keine Freunde habe. Sogar mein eigener Pressesprecher kann mich nicht leiden. Ha, ha, ha. Vergessen Sie es für eine Weile. Lassen Sie die Finger davon und konzentrieren Sie sich auf die wirklich Verdächtigen. Diese Sache ist ein Scherz, aber sie könnte für mich äußerst peinlich werden.«

Denton musterte ihn scharf. Unerbittlich.

Der Präsident bewegte sich wieder. »Was ist mit dieser Khamel-Angelegenheit? Hört sich doch recht gut an, oder?«

»Könnte sein.«

»Ja. Und da wir gerade von Zahlen sprechen – wie viele Männer haben Sie auf Khamel angesetzt?«

Voyles sagte »Fünfzehn« und hätte fast gelacht. Der Mund des Präsidenten klappte auf. Der heißeste Verdächtige in diesem Spiel bekommt fünfzehn, und dieses verdammte Pelikan-Ding bekommt vierzehn.

Coal lächelte und schüttelte den Kopf. Voyles hatte sich in seinen eigenen Lügen verfangen. Auf Seite vier des Mittwochsberichtes gaben Eric East und K. O. Lewis die Zahl mit dreißig an, nicht fünfzehn. Nicht nervös werden, Chef. Er spielt mit Ihnen.

Der Präsident war sehr nervös. »Großer Gott, Denton. Weshalb nur fünfzehn? Ich dachte, das wäre ein überaus wichtiger Durchbruch.«

»Es können auch ein paar mehr sein. Ich bin es, der diese Untersuchung leitet, Mr. President.«

»Ich weiß. Und Sie leisten gute Arbeit. Ich will mich nicht einmischen. Ich möchte nur, daß Sie in Erwägung ziehen, Ihre Zeit anderen Dingen zu widmen. Das ist alles. Als ich diese Pelikan-Akte las, ist mir beinahe schlecht geworden. Wenn sie der Presse in die Hände fällt und sie der Sache nachgeht, werde ich gekreuzigt.«

»Sie wünschen also, daß wir uns aus der Sache zurückziehen?«

Der Präsident beugte sich vor und starrte Voyles wütend an. »Ich wünsche es nicht nur, Denton. Ich *befehle* Ihnen, die Finger davon zu lassen. Ignorieren Sie sie für ein paar Wochen. Beschäftigen Sie sich mit anderen Dingen. Wenn die Sache wieder aufflackern sollte, können Sie meinetwegen wieder einen Blick darauf werfen. Vergessen Sie nicht, noch bin ich hier der Boß.«

Voyles gab nach und brachte ein winziges Lächeln zustande. »Ich schlage Ihnen einen Handel vor. Ihr Messerstecher Coal hat mich bei der Presse reingeritten. Sie hat Kleinholz aus mir gemacht wegen dem Schutz, den wir Rosenberg und Jensen zuteil werden ließen.«

Der Präsident nickte ernst.

»Sie halten mir diesen Bullterrier vom Leibe, und ich vergesse die Pelikan-Theorie.«

»Ich lasse mich auf keinen Handel ein.«

Voyles grinste höhnisch, behielt aber einen klaren Kopf.

»Gut. Ich schicke morgen fünfzig Agenten nach New Orleans. Und übermorgen weitere fünfzig. Wir werden in der ganzen Stadt unsere Marken schwenken und unser Möglichstes tun, um Aufmerksamkeit zu erregen.«

Der Präsident stand auf und trat ans Fenster. Voyles saß regungslos da und wartete. »Okay, okay, der Handel gilt. Ich kann Fletcher Coal unter Kontrolle halten.«

Voyles stand auf und ging langsam zum Schreibtisch. »Ich traue ihm nicht, und wenn ich ihn bei dieser Untersuchung nur noch ein einziges Mal rieche, ist der Handel hinfällig und wir gehen dem Pelikan-Dossier mit allen Mitteln nach, die mir zur Verfügung stehen.«

Der Präsident reckte die Hände hoch und lächelte herzlich. »Abgemacht.«

Voyles lächelte, und der Präsident lächelte, und in dem verschlossenen Raum lächelte Fletcher Coal den Bildschirm an. Messerstecher. Bullterrier. Großartig. Das waren die Worte, um die sich Legenden bildeten.

Er schaltete die Monitore aus und schloß die Tür hinter sich ab. Sie würden weitere zehn Minuten damit verbringen, sich über die Kandidaten auf der Liste zu unterhalten, und er würde in seinem Büro zuhören, wo er eine Audio-, aber keine Videoanlage hatte. Um neun hatte er eine Personalversammlung. Um zehn eine Entlassung. Und er hatte etwas zu tippen. Die meisten Memos diktierte er einfach ins Gerät und übergab dann das Band einer Sekretärin. Aber hin und wieder hielt Coal ein Phantom-Memo für erforderlich. Diese Memos waren immer im ganzen Westflügel in Umlauf und immer überaus umstritten und wurden gewöhnlich der Presse zugespielt. Weil sie keinen Urheber hatten, lagen sie auf fast jedem Schreibtisch herum. Dann brüllte und tobte Coal. Er hatte schon Leute wegen Phantom-Memos entlassen, die auf seiner eigenen Schreibmaschine entstanden waren.

Es waren vier Absätze mit einfachem Zeilenabstand auf einer Seite, eine Zusammenfassung dessen, was er über Khamel und dessen kürzlichen Abflug aus Washington wußte. Und er gab vage Hinweise auf eine Verbindung zu den Libyern und den Palästinensern. Coal bewunderte sein Memo. Wie lange würde es dauern, bis es in der *Post* oder der *Times* stand? Er schloß kleine Wetten mit sich selbst ab, welche Zeitung es zuerst bringen würde.

Der Direktor war im Weißen Haus, und von dort aus würde er nach New York fliegen und erst morgen zurückkommen. Gavin ließ sich vor dem Büro von K. O. Lewis nieder, bis dieser einen Moment Zeit hatte. Er war drinnen.

Lewis war gereizt, aber immer noch Gentleman. »Sie sehen ziemlich mitgenommen aus.«

»Ich habe gerade meinen besten Freund verloren.«

Lewis wartete auf mehr.

»Sein Name war Thomas Callahan. Er ist der Mann aus Tulane, der mir das Pelikan-Dossier mitgebracht hat, es wurde herumgereicht und dann ins Weiße Haus und wer weiß wohin sonst noch geschickt, und jetzt ist er tot. Gestern abend von einer Autobombe in New Orleans in Stücke zerfetzt. Ermordet, K. O.«

»Das tut mir leid.«

»Es geht nicht darum, ob es Ihnen leid tut oder nicht. Die Bombe war ganz offensichtlich für Callahan bestimmt und für die Studentin, die das Dossier geschrieben hat. Sie heißt Darby Shaw.«

»Ich habe ihren Namen auf dem Dossier gesehen.«

»Richtig. Sie waren zusammen aus und sollten eigentlich beide in dem Wagen sitzen, als er in die Luft ging. Aber sie hat überlebt, und heute morgen um fünf bekam ich einen Anruf von ihr. Zu Tode verängstigt.«

Lewis hörte zu, schob es aber bereits beiseite. »Sie sind nicht sicher, daß es eine Bombe war.«

»Sie hat gesagt, es wäre eine Bombe gewesen. Sie machte WUMM! und fetzte alles in Stücke. Ich bin sicher, daß er tot ist.«

»Und Sie glauben, es besteht ein Zusammenhang zwischen seinem Tod und dem Dossier?«

Gavin war Anwalt, untrainiert in der Kunst des Verhörs, und er wollte nicht leichtgläubig erscheinen. »Es wäre durchaus möglich. Ja, das glaube ich. Sie nicht?«

»Das spielt keine Rolle, Gavin. Ich habe gerade mit dem Direktor gesprochen. Pelikan steht nicht mehr auf unserer Liste. Ich weiß nicht einmal, ob es je draufgestanden hat, aber wir befassen uns nicht mehr damit.«

»Aber mein Freund wurde mit einer Autobombe ermordet.«

»Tut mir leid. Ich bin sicher, die dortigen Behörden gehen der Sache nach.«

»Hören Sie, K. O. Ich bitte Sie um einen Gefallen.«

»Hören Sie mir zu, Gavin. Ich habe keine Gefallen zu vergeben. Wir jagen ohnehin schon genug Kaninchen hinterher, und wenn der Direktor Schluß sagt, dann machen wir Schluß. Es steht Ihnen frei, mit ihm zu reden. Aber ich würde es Ihnen nicht empfehlen.«

»Vielleicht habe ich die Sache falsch angefaßt. Ich dachte,

Sie würden mir zuhören und wenigstens so tun, als wären Sie interessiert.«

Lewis wanderte um seinen Schreibtisch herum. »Gavin, Sie sehen schlecht aus. Nehmen Sie sich den Tag frei.«

»Nein, ich gehe in mein Büro, warte dort eine Stunde, und dann komme ich wieder her und fange von vorn an. Können wir es in einer Stunde noch einmal versuchen?«

»Nein. Voyles hat sich klar und deutlich ausgedrückt.«

»Die Frau auch, K. O. Er wurde ermordet, und sie hat sich irgendwo in New Orleans versteckt, hat Angst vor ihrem eigenen Schatten, bittet uns um Hilfe, und wir sind zu beschäftigt.«

»Tut mir leid.«

»Nein, das tut es nicht. Es ist meine Schuld. Ich hätte das verdammte Ding in den Papierkorb werfen sollen.«

»Es hat einen wichtigen Zweck erfüllt, Gavin.« Lewis legte ihm die Hand auf die Schulter, als wäre seine Zeit um und er hätte genug von diesem Geschwätz. Gavin machte sich frei und ging auf die Tür zu.

»Ja, es hat euch etwas gegeben, womit ihr herumspielen konntet. Ich hätte es verbrennen sollen.«

»Zum Verbrennen ist es zu gut, Gavin.«

»Ich gebe nicht auf. Ich bin in einer Stunde wieder da, und dann fangen wir wieder von vorn an. Diesmal ist es nicht richtig gelaufen.« Verheek knallte die Tür hinter sich ins Schloß.

Sie betrat Rubinstein Brothers von der Canal Street her und verschwand zwischen den Gestellen mit Männerhemden. Niemand folgte ihr in das Geschäft. Sie suchte sich schnell einen marineblauen Parka aus, kleinste Männergröße, eine geschlechtslose Fliegersonnenbrille und eine englische Fahrermütze, die gleichfalls für Männer gedacht war, ihr aber paßte. Als der Verkäufer die Kreditkarte durchzog, machte sie die Preisschilder ab und zog den Parka an. Er war unförmig wie die Sachen, die sie zu den Vorlesungen trug. Sie stopfte ihr Haar unter den Kapuzenkragen. Der Verkäufer schaute ihr diskret zu. Sie verließ das Geschäft durch den Ausgang zur Magazine Street und tauchte in der Menge unter.

Wieder auf der Canal Street. Eine Busladung Touristen strömte ins Sheraton, und sie mischte sich unter sie. Sie ging zu der Wand mit den Telefonzellen, suchte die Nummer heraus und rief Mrs. Chen an, die Frau, die in dem Doppelhaus neben ihr wohnte. Hatte sie irgend jemanden gesehen oder gehört? Sehr früh hatte jemand an die Tür geklopft. Es war noch dunkel gewesen, und sie war davon aufgewacht. Sie hatte niemanden gesehen, nur das Klopfen gehört. Ihr Wagen stand nach wie vor auf der Straße. War alles in Ordnung? Ja, alles bestens. Vielen Dank.

Sie beobachtete die Touristen und wählte die Nummer, die Gavin Verheek ihr gegeben hatte. Es war eine interne Nummer, was bedeutete, daß nur wenig Umstand gemacht wurde, und nach drei Minuten, in denen sie sich weigerte, ihren Namen zu nennen, und den seinen wiederholte, war er am Apparat.

»Wo sind Sie?« fragte er.

»Eines möchte ich von vornherein klarstellen. Im Augenblick sage ich weder Ihnen noch sonst jemandem, wo ich bin. Also fragen Sie nicht.«

»Okay. Ich nehme an, daß Sie es sind, die die Regeln aufstellt.«

»Danke. Was hat Mr. Voyles gesagt?«

»Mr. Voyles war im Weißen Haus und nicht zu erreichen. Ich will versuchen, später am Tage mit ihm zu reden.«

»Das ist ziemlich dürftig, Gavin. Sie sind seit fast vier Stunden im Büro, und Sie haben nichts. Ich hatte mehr erwartet.«

»Haben Sie Geduld, Darby.«

»Geduld bedeutet meinen Tod. Sie sind hinter mir her, stimmt's, Gavin?«

»Ich weiß es nicht.«

»Was würden Sie tun, wenn Sie wüßten, daß Sie eigentlich schon tot sein sollten, und daß die Leute, die versuchen, Sie umzubringen, bereits zwei Richter vom Obersten Bundesgericht ermordet und einen simplen Juraprofessor in die Luft gejagt haben und über Milliarden von Dollar verfügen, die sie ganz offensichtlich dazu verwenden, Leute aus dem Weg zu räumen? Was würden Sie tun, Gavin?«

»Mich ans FBI wenden.«
»Thomas hat sich ans FBI gewendet, und er ist tot.«
»Danke, Darby. Das ist nicht fair.«
»Mir geht es nicht um Fairneß oder Gefühle. Mir geht es vielmehr darum, bis Mittag am Leben zu bleiben.«
»Gehen Sie nicht in Ihre Wohnung.«
»Ich bin doch nicht blöd. Sie sind schon dort gewesen. Und ich bin sicher, daß sie auch seine Wohnung beobachten.«
»Wo leben seine Angehörigen?«
»Seine Eltern leben in Naples, Florida. Ich nehme an, die Universität wird sich mit ihnen in Verbindung setzen. Er hat einen Bruder in Mobile, und ich habe daran gedacht, ihn anzurufen und ihm das alles zu erklären.«
Sie sah ein Gesicht. Er ging zwischen den Touristen an der Rezeption herum. Er hatte eine zusammengefaltete Zeitung in der Hand und versuchte, so auszusehen, als wäre er hier zu Hause, nur ein Gast unter anderen, aber sein Gang war ein bißchen zögerlich, und seine Augen suchten. Das Gesicht war lang und schmal, mit einer runden Brille und glänzender Stirn.
»Hören Sie zu, Gavin. Notieren Sie das. Ich sehe einen Mann, den ich vor kurzem schon einmal gesehen habe. Vor ungefähr einer Stunde. Einsachtzig bis einsfünfundachtzig groß, schlank, dreißig Jahre alt, Brille, zurückweichendes dunkles Haar. Er ist weg. Er ist weg.«
»Wer zum Teufel ist es?«
»Er hat sich mir nicht vorgestellt.«
»Hat er Sie gesehen? Wo halten Sie sich auf?«
»In einer Hotelhalle. Ich weiß nicht, ob er mich gesehen hatte. Ich muß Schluß machen.«
»Darby, einen Moment noch. Was immer Sie tun, bleiben Sie mit mir in Verbindung, okay?«
»Ich werde es versuchen.«
Die Toiletten befanden sich gleich um die Ecke. Sie ging in die letzte Kabine, verriegelte die Tür und blieb eine Stunde darin.

Der Fotograf hieß Croft. Er hatte sieben Jahre für die *Post* gearbeitet, bis seine dritte Drogen-Verurteilung ihn für neun Monate aus dem Verkehr zog. Auf Bewährung entlassen, mauserte er sich zum freiberuflichen Künstler und inserierte als solcher im Branchenbuch. Das Telefon läutete nur selten. Er machte ein bißchen Arbeit von der Art, bei der man herumschlich und Leute fotografierte, die nicht wußten, daß die Kamera auf sie gerichtet war. Die meisten seiner Kunden waren Scheidungsanwälte, die schmutzige Wäsche für ihre Prozesse brauchten. Nach zwei Jahren freiberuflichen Arbeitens hatte er etliche Tricks gelernt und hielt sich jetzt für einen gerissenen Privatdetektiv. Er berechnete vierzig Dollar pro Stunde, wenn er sie bekommen konnte.

Einer seiner Kunden war Gray Grantham, ein alter Freund aus seiner Zeit bei der Zeitung, der ihn anrief, wenn es Schmutzarbeit zu tun gab. Grantham war ein guter, gewissenhafter Reporter mit einem Anhauch von Skrupellosigkeit, und wenn er eine krumme Tour abzog, dann rief er an. Croft mochte Grantham, weil er ehrlich war, was seine Skrupellosigkeit anging. Die anderen waren so scheinheilig.

Er saß in Granthams Volvo, weil der ein Telefon hatte. Es war Mittagszeit. Er rauchte seinen Lunch und überlegte, ob der Geruch haften würde, obwohl alle Fenster geöffnet waren. Er arbeitete am besten, wenn er halb high war. Wenn man seinen Lebensunterhalt damit verdient, Motels zu beobachten, muß man high sein.

Von der Beifahrerseite drang ein frisches Lüftchen herein und wehte den Geruch hinaus auf die Pennsylvania. Er parkte vorschriftswidrig, rauchte Gras und machte sich deshalb keine großen Sorgen. Er hatte weniger als eine Unze bei sich, und sein Bewährungshelfer rauchte es auch, also kein Grund zur Aufregung.

Die Telefonzelle war anderthalb Blocks entfernt, auf dem Gehsteig. Mit seinem Teleobjektiv konnte er fast das Telefonbuch lesen. Kleinigkeit. Eine dicke Frau war darin, füllte die Zelle aus und redete mit den Händen. Croft tat einen Zug und hielt im Spiegel Ausschau nach Polizisten. Dies war eine Zone, in der vorschriftswidrig parkende Wagen abgeschleppt wurden. Auf der Pennsylvania herrschte dichter Verkehr.

Zwanzig nach zwölf zwängte sich die Frau aus der Zelle heraus, und aus dem Nirgendwo erschien ein junger Mann in einem guten Anzug und machte die Tür hinter sich zu. Croft griff nach seiner Nikon und stützte das Objektiv aufs Lenkrad. Es war kühl und sonnig, und auf dem Gehsteig wimmelte es von Leuten, die zum Lunch gingen. Die Schultern und Köpfe bewegten sich rasch vorbei. Eine Lücke. Klick. Eine Lücke. Klick. Das Zielobjekt drückte Nummern und sah sich um. Das war ihr Mann.

Er redete dreißig Sekunden, und das Autotelefon läutete dreimal und verstummte dann. Das war das Signal von Grantham in der Redaktion der *Post*. Das war ihr Mann, und er redete mit ihm. Croft drückte immer wieder auf den Auslöser. Machen Sie so viele, wie Sie nur können, hatte Grantham gesagt. Eine Lücke. Klick. Klick. Köpfe und Schultern. Eine Lücke. Klick. Klick. Seine Augen schossen herum, während er redete, aber er wendete der Straße den Rücken zu. Das ganze Gesicht. Klick. Croft verknipste einen 36er-Film in zwei Minuten, dann griff er nach einer anderen Nikon. Er schraubte das Objektiv auf und wartete darauf, daß eine Gruppe von Leuten vorbeigezogen war.

Er tat den letzten Zug und warf die Kippe auf die Straße. Das war kinderleicht. Natürlich, man brauchte Talent, um im Atelier ein gutes Bild zustandezubringen, aber diese Arbeit auf der Straße machte viel mehr Spaß. Es war etwas Kriminelles am Stehlen eines Gesichts mit einer verborgenen Kamera.

Das Zielobjekt war ein Mann, der nur wenige Worte machte. Er legte den Hörer auf, schaute sich um und kam auf Croft zu. Klick, klick, klick. Volles Gesicht, volle Figur, ging schneller, kam näher, wundervoll, wundervoll. Croft arbeitete fieberhaft und legte erst im allerletzten Moment die Nikon auf den Sitz und sah hinaus auf die Pennsylvania, als der Mann vorbeiging und dann in einer Gruppe von Sekretärinnen verschwand.

So ein Blödmann. Wenn man auf der Flucht ist, sollte man nie dieselbe Telefonzelle zweimal benutzen.

Garcia redete um den heißen Brei herum. Er hätte eine Frau und ein Kind, sagte er, und er hätte Angst. Vor ihm lag eine Karriere mit einer Masse Geld, und wenn er seinen Verpflichtungen nachkam und den Mund hielt, würde er ein reicher Mann werden. Aber er wollte reden. Er ließ sich darüber aus, wie viel ihm am Reden lag, er hatte etwas zu sagen und all das, aber er konnte sich einfach nicht entscheiden. Er traute niemandem.

Grantham drängte nicht. Er ließ ihn so lange reden, daß Croft seine Arbeit tun konnte. Irgendwann würde Garcia auspacken. Es verlangte ihn so sehr danach. Inzwischen hatte er dreimal angerufen und zu seinem neuen Freund Grantham Vertrauen gefaßt, der dieses Spiel schon viele Male gespielt hatte und wußte, wie es lief. Der erste Schritt bestand darin, zu beruhigen und Zutrauen aufzubauen, Wärme und Respekt zu suggerieren, über Recht und Unrecht und moralische Verpflichtungen zu sprechen. Dann redeten sie gewöhnlich.

Die Bilder waren wundervoll. Croft war nicht seine erste Wahl. Er war meistens so high, daß man es seinen Fotos ansah. Aber Croft war skrupellos und diskret, er hatte einige journalistische Erfahrung und war gerade verfügbar gewesen. Er hatte ein Dutzend ausgewählt und sie auf zwölf mal achtzehn vergrößert, und sie waren hervorragend. Rechtes Profil. Linkes Profil. Volles Gesicht zum Telefon. Volles Gesicht direkt in die Kamera. Volle Figur, weniger als sechs Meter entfernt. Kleinigkeit, sagte Croft.

Garcia war unter dreißig, ein sehr gut aussehender, gepflegter Anwalt. Dunkles, kurzes Haar. Vielleicht lateinamerikanischer Abstammung, aber die Haut war nicht dunkel. Die Kleidung war teuer. Marineblauer Anzug, vermutlich Wolle. Kein Muster oder Streifen. Weißes Hemd mit breitem Kragen und Seidenkrawatte. Elegante schwarze oder weinrote Schuhe, auf Hochglanz poliert. Das Fehlen eines Aktenkoffers war verwunderlich. Aber schließlich war es Lunchzeit gewesen, und er war vermutlich nur aus dem Büro geeilt, um anzurufen, und dann wieder zurück ins Büro. Das Justizministerium war nur einen Block weit entfernt.

Grantham betrachtete die Fotos und behielt die Tür im

Auge. Sarge verspätete sich nie. Es war dunkel, und das Lokal füllte sich. Granthams Gesicht war das einzige weiße im Umkreis von drei Häuserblocks.

Unter den Zehntausenden von Regierungsanwälten in Washington hatte er einige gesehen, die sich gut zu kleiden wußten, aber nicht viele. Und schon gar nicht unter den Jüngeren. Sie fingen mit vierzigtausend im Jahr an, und Kleidung war nicht wichtig. Aber für Garcia war sie wichtig, und er war zu jung und zu gut angezogen, um ein Regierungsanwalt zu sein.

Also war er ein privater, seit etwa drei oder vier Jahren in einer Firma und mit einem Gehalt von schätzungsweise achtzig Riesen. Großartig. Das engte das Feld auf fünfzigtausend Anwälte ein, und vermutlich wurden es jede Minute mehr.

Die Tür ging auf, und ein Polizist kam herein. Durch den Rauch und Dunst hindurch konnte er erkennen, daß es Cleve war. Dies war ein anständiges Lokal, ohne Glücksspiel oder Nutten, deshalb regte sich niemand über das Erscheinen eines Polizisten auf. Er ließ sich Grantham gegenüber in der Nische nieder.

»Haben Sie dieses Lokal ausgesucht?« fragte Grantham.

»Ja. Gefällt es Ihnen?«

»Drücken wir es so aus. Wir versuchen, nicht aufzufallen, stimmt's? Ich bin hier, um von einem Angestellten im Weißen Haus geheime Informationen zu erhalten. Dicke Hunde. Und nun sagen Sie mir, Cleve – bin ich unauffällig, wenn ich mit meiner weißen Haut hier sitze?«

»Ich sage es Ihnen nur ungern, Grantham, aber Sie sind bei weitem nicht so berühmt, wie Sie glauben. Sehen Sie diese Typen dort an der Bar?« Er wies auf die Theke, an der Bauarbeiter saßen. »Ich gebe Ihnen meinen Gehaltsscheck, wenn einer von den Typen dort je die *Washington Post* gelesen oder von Gray Grantham gehört hat oder sich auch nur im mindesten dafür interessiert, was im Weißen Haus passiert.«

»Okay, okay. Wo ist Sarge?«

»Sarge fühlt sich nicht wohl. Er hat mir eine Nachricht für Sie mitgegeben.«

Das ging nicht. Er konnte Sarge als ungenannten Informanten benutzen, aber nicht Sarges Sohn oder sonst jemanden, mit dem Sarge gesprochen hatte. »Was ist mit ihm?«

»Das Alter. Ihm war heute abend nicht danach zumute, mit Ihnen zu reden, aber er hat gesagt, es wäre dringend.«

Grantham hörte zu und wartete.

»Ich habe draußen in meinem Wagen einen Brief, fest zugeklebt und versiegelt. Sarge hat sich unmißverständlich ausgedrückt, als er ihn mir gab, und gesagt, ich dürfte ihn auf keinen Fall aufmachen. Übergib ihn Mr. Grantham. Scheint etwas Wichtiges zu sein.«

»Gehen wir.«

Sie schoben sich durch die Menge zur Tür. Der Streifenwagen parkte am Bordstein. Cleve öffnete die Beifahrertür und holte den Umschlag aus dem Handschuhfach. »Das hat er im Westflügel mitgehen lassen.«

Grantham steckte ihn in die Tasche. Es war nicht Sarges Art, etwas zu stehlen, und seit sie miteinander in Verbindung standen, hatte er noch nie ein Dokument abgeliefert.

»Danke, Cleve.«

»Er wollte mir nicht sagen, was es ist – hat mir erklärt, ich müßte abwarten und es dann in der Zeitung lesen.«

»Sagen Sie Sarge, daß ich ihn liebe.«

»Darüber wird er bestimmt ganz aus dem Häuschen sein.« Der Streifenwagen fuhr davon, und Grantham eilte zu seinem Volvo, der immer noch nach verbranntem Gras stank. Er versiegelte die Tür, schaltete die Deckenbeleuchtung ein und riß den Umschlag auf. Es war ganz eindeutig ein internes Memo aus dem Weißen Haus, und es ging um einen Killer namens Khamel.

Er raste durch die Stadt. Aus Brightwood heraus, auf die Sechzehnte und südwärts in Richtung Stadtzentrum. Es war fast halb acht, und wenn er es in einer Stunde zusammenbrachte, würde es noch in die Stadt-Spätausgabe kommen, die größte von einem halben Dutzend Ausgaben, die ab halb elf von den Druckmaschinen ausgespien wurden. Er dankte Gott für das kleine Yuppie-Autotelefon, das zu kaufen ihm so widerstrebt hatte. Er rief Smith Keen an, den für die Recherchen zuständigen Ressortchef, der sich noch in der Redaktion im fünften Stock aufhielt. Dann rief er einen Freund in der Auslandsabteilung an und bat ihn, alles über Khamel herauszusuchen.

Das Memo kam ihm verdächtig vor. Die Worte waren zu heikel, um zu Papier gebracht zu werden und dann im Büro herumzuliegen wie die neueste Anweisung über Kaffee oder Mineralwasser oder Urlaub. Irgend jemand, vermutlich Fletcher Coal, wollte die Welt wissen lassen, daß Khamel als Verdächtiger aufgetaucht war, ausgerechnet ein Araber mit engen Beziehungen zu Libyen, dem Irak und dem Iran, Ländern, von hitzigen Idioten regiert, die Amerika haßten. Irgend jemand im Weißen Narrenhaus wollte, daß die Story auf der Titelseite erschien.

Aber es war eine tolle Story, und sie gehörte auf die Titelseite. Um neun waren er und Smith Keen damit fertig. Sie fanden zwei alte Fotos, von denen allgemein angenommen wurde, daß sie Khamel zeigten, obwohl sie so wenig Ähnlichkeit miteinander hatten, daß sie von zwei verschiedenen Personen zu stammen schienen. Keen sagte, bringt beide. Die Akte über Khamel war dünn. Ein Haufen Gerüchte und Legenden, aber wenig Handfestes. Grantham erwähnte den Papst, den britischen Diplomaten, den deutschen Bankier und den Hinterhalt für die israelischen Soldaten. Und jetzt stand Khamel, einer vertraulichen Quelle aus dem Weißen Haus zufolge, einer überaus verläßlichen und glaubhaften Quelle, in dem Verdacht, die Richter Rosenberg und Jensen ermordet zu haben.

Vierundzwanzig Stunden nach ihrem Untertauchen war sie immer noch am Leben. Wenn es bis zum Morgen dabei blieb, konnte sie einen neuen Tag beginnen und von neuem darüber nachdenken, was sie tun und wohin sie gehen sollte. Aber jetzt war sie müde. Sie war in einem Zimmer im fünfzehnten Stock des Marriott, bei verriegelter Tür und eingeschaltetem Licht, und auf dem Bett lag eine große Sprühdose mit Tränengas. Ihr dichtes, dunkelrotes Haar steckte in einer Papiertüte im Schrank. Als sie sich das letzte Mal das Haar abgeschnitten hatte, war sie drei Jahre alt gewesen, und ihre Mutter hatte ihr den Hosenboden versohlt.

Es hatte sie zwei anstrengende Stunden mit einer stumpfen Schere gekostet, um es abzuschneiden und dennoch so etwas wie eine Frisur zustandezubringen. Sie würde es wer weiß wie lange unter einer Mütze oder einem Hut verstekken. Zwei weitere Stunden verbrachte sie damit, es schwarz zu färben. Sie hätte es bleichen können, aber das wäre zu offensichtlich gewesen. Sie ging davon aus, daß sie es mit Profis zu tun hatte, und aus irgendeinem unerklärlichen Grund war sie im Drugstore zu der Überzeugung gelangt, daß sie vielleicht damit rechneten, daß sie genau das tat und zur Blondine wurde. Und wenn schon. Das Zeug wurde in Flaschen verkauft, und wenn sie morgen früh aufwachte und unmöglich aussah, konnte sie es immer noch blond färben. Die Chamäleon-Strategie. Jeden Tag die Farbe ändern und sie wahnsinnig machen. Clairol bot mindestens fünfundachtzig Töne an.

Sie war todmüde, fürchtete sich aber vorm Schlafen. Sie hatte im Laufe des Tages ihren Freund vom Sheraton nicht wiedergesehen, aber je mehr sie umherstreifte, desto mehr Gesichter kamen ihr bekannt vor. Sie wußte, er war irgendwo da draußen. Und er hatte Freunde. Wenn sie Rosenberg und Jensen ermorden und Thomas Callahan in die Luft sprengen konnten, würden sie bei ihr leichtes Spiel haben.

Sie konnte es nicht riskieren, in die Nähe ihres Wagens zu kommen, und sie wollte keinen mieten. Mietfirmen führten Buch. Und sie lagen vermutlich auf der Lauer. Sie konnte fliegen, aber sie überwachten die Flughäfen. Oder einen Bus nehmen; aber sie hatte noch nie eine Fahrkarte gekauft oder das Innere eines Greyhound gesehen.

Und nachdem sie gemerkt hatten, daß sie verschwunden war, würden sie damit rechnen, daß sie sich aus dem Staube machte. Sie war nur ein Amateur, eine kleine Studentin mit gebrochenem Herzen, die hatte mit ansehen müssen, wie ihr Freund in Stücke zerrissen wurde. Sie würde kopflos irgendwohin flüchten, die Stadt verlassen, und dann würden sie sie erwischen.

Im Augenblick fühlte sie sich in der Stadt am besten aufgehoben. Hier gab es eine Million Hotelzimmer, fast ebenso viele Gassen und Kneipen und kleine Lokale, und außerdem herrschte auf Bourbon, Chartres, Dauphine und Royal ständig ein reger Betrieb. Sie kannte sie gut, besonders das French Quarter, wo man alles zu Fuß erreichen konnte. Sie würde ein paar Tage lang von einem Hotel ins andere ziehen, bis wann? Sie wußte nicht, bis wann. Sie wußte nicht, warum. Unter den gegebenen Umständen kam ihr das Herumziehen einfach vernünftig vor. Sie würde sich vormittags von den Straßen fernhalten und versuchen zu schlafen. Sie würde Kleidung, Kopfbedeckungen und Sonnenbrillen wechseln. Sie würde anfangen zu rauchen und eine Zigarette im Gesicht haben. Sie würde herumziehen, bis sie das Herumziehen satt hatte, und dann würde sie die Stadt vielleicht verlassen. Es war völlig in Ordnung, Angst zu haben. Sie durfte nicht den Kopf verlieren. Sie würde überleben.

Sie dachte daran, sich an die Polizei zu wenden, aber jetzt noch nicht. Sie schrieben Namen auf und führten Buch, und sie konnten gefährlich sein. Sie dachte daran, Thomas' Bruder in Mobile anzurufen, aber es gab nicht das mindeste, womit der arme Mann ihr in diesem Moment hätte helfen können. Sie dachte daran, den Dekan anzurufen, aber wie sollte sie das Dossier erklären, Gavin Verheek, das FBI, die Autobombe, Rosenberg und Jensen und sie selber auf der Flucht, und erreichen, daß es glaubhaft klang? Den Dekan konnte sie vergessen. Sie mochte ihn ohnehin nicht. Sie dachte daran, ein paar Kommilitonen anzurufen, aber Leute reden und Leute hören mit, und sie konnten dort draußen sein und mithören, wie die Leute über Callahan redeten. Sie wollte mit Alice Stark reden, ihrer besten Freundin. Alice machte sich Sorgen, und Alice würde zur Polizei gehen und melden, daß ihre Freundin Darby Shaw verschwunden war. Sie würde Alice morgen anrufen.

Sie wählte die Nummer des Zimmerservice und bestellte einen mexikanischen Salat und eine Flasche Rotwein. Sie würde den ganzen Wein trinken und dann mit dem Tränengas auf einem Stuhl sitzen und die Tür im Auge behalten, bis sie einschlief.

Gminskis Limousine machte auf der Canal Street eine plötzliche Kehrtwendung, als gehörte die Straße ihr allein, und hielt dann vor dem Sheraton an. Beide Hintertüren flogen auf. Gminski war zuerst draußen, rasch gefolgt von drei Gehilfen, die mit Reisetaschen und Aktenkoffern hinter ihm hereilten.

Es war kurz vor zwei Uhr morgens, und der Direktor hatte es offensichtlich sehr eilig. Er blieb nicht an der Rezeption stehen, sondern steuerte direkt auf die Fahrstühle zu. Die Gehilfen rannten hinter ihm her und hielten ihm die Fahrstuhltür auf, und niemand sprach, als sie sechs Stockwerke hochfuhren.

In einem Eckzimmer warteten drei seiner Agenten. Einer von ihnen öffnete die Tür, und Gminski stürmte ohne ein Wort der Begrüßung hindurch. Die Gehilfen warfen das Gepäck auf eines der Betten. Der Direktor entledigte sich seines Jacketts und warf es auf einen Stuhl.

»Wo ist sie?« fuhr er einen Agenten namens Hooten an. Ein anderer, der Swank hieß, zog die Vorhänge auf, und Gminski trat ans Fenster.

Swank deutete auf das Marriott, einen Block entfernt auf der anderen Straßenseite. »Sie ist im fünfzehnten Stock, drittes Zimmer von der Straße aus, Licht noch an.«

Gminski starrte auf das Marriott. »Sind Sie sicher?«

»Ja. Wir sahen sie hineingehen, und sie hat mit einer Kreditkarte bezahlt.«

»Armes Kind«, sagte Gminski, als er sich vom Fenster zurückzog. »Wo war sie vorige Nacht?«

»Im Holiday Inn an der Royal. Hat mit einer Kreditkarte bezahlt.«

»Haben Sie jemanden gesehen, der ihr gefolgt ist?« fragte der Direktor.

»Nein.«

»Ich möchte ein bißchen Wasser«, sagte er zu einem der Gehilfen, der zum Eiskübel sprang und mit Würfeln klirrte.

Gminski setzte sich auf die Bettkante, verschränkte die Finger ineinander und ließ jeden nur möglichen Knöchel knacken. »Was meinen Sie?« fragte er Hooten, den ältesten der drei Agenten.

»Sie sind hinter ihr her. Sie drehen jeden Stein um. Sie benutzt Kreditkarten, und in achtundvierzig Stunden wird sie tot sein.«

»Ganz dumm ist sie nicht«, warf Swank ein. »Sie hat sich das Haar abgeschnitten und es schwarz gefärbt. Sie bleibt nie lange an einem Ort. Offensichtlich hat sie fürs erste nicht die Absicht, die Stadt zu verlassen. Ich gebe ihr zweiundsiebzig Stunden, bis sie sie gefunden haben.«

Gminski trank von seinem Wasser. »Das bedeutet, daß ihr kleines Dossier den Nagel auf den Kopf getroffen hat. Und es bedeutet, daß unser Freund jetzt vor nichts mehr zurückschrecken wird. Wo ist er?«

Hooten antwortete schnell. »Wir haben keine Ahnung.«

»Wir müssen ihn finden.«

»Seit drei Wochen hat ihn niemand mehr gesehen.«

Gminski stellte das Glas auf den Schreibtisch und griff nach einem Zimmerschlüssel. »Also, was meinen Sie?«

»Holen wir sie?«

»Das wird nicht so einfach sein«, sagte Swank. »Sie könnte bewaffnet sein, und jemand könnte verletzt werden.«

»Sie ist total verängstigt«, sagte Gminski. »Außerdem ist sie eine Zivilperson und gehört keiner Organisation an. Wir können nicht herumlaufen und Zivilpersonen von der Straße auflesen.«

»Dann wird sie nicht lange überleben«, sagte Swank.

»Wie würden Sie vorgehen?« fragte Gminski.

»Es gibt verschiedene Möglichkeiten«, antwortete Hooten. »Sie auf der Straße festnehmen. In ihr Zimmer gehen. Wenn ich sofort losginge, könnte ich in weniger als zehn Minuten in ihrem Zimmer sein. Das ist nicht schwierig. Sie ist kein Profi.«

Gminski wanderte langsam im Zimmer herum, und alle beobachteten ihn. Er sah auf die Uhr. »Ich bin nicht dafür, sie festzunehmen. Wir werden vier Stunden schlafen und uns um halb sieben wieder hier treffen. Wenn ihr mich dann überzeugen könnt, daß wir sie festnehmen sollten, sage ich, daß ihr es tun sollt. Okay?«

Sie nickten gehorsam.

Der Wein erfüllte seinen Zweck. Sie nickte auf dem Stuhl ein, dann legte sie sich ins Bett und schlief tief und fest. Das Telefon läutete. Die Decke hing auf den Boden herab, und ihre Füße lagen auf dem Kopfkissen. Das Telefon läutete. Ihre Lider waren verklebt. Ihr Verstand war gelähmt und in Träume versunken, aber irgendwo in den tiefsten Winkeln ihres Gehirns funktionierte etwas und sagte ihr, daß das Telefon läutete.

Die Augen gingen auf, sahen aber nur wenig. Die Sonne war aufgegangen, die Lichter brannten, und sie starrte auf das Telefon. Nein, sie hatte nicht darum gebeten, geweckt zu werden. Sie dachte eine Sekunde darüber nach, darin war sie sicher. Kein Weckanruf. Sie setzte sich auf die Bettkante und hörte dem Läuten zu. Fünfmal, zehn, fünfzehn, zwanzig. Es wollte nicht aufhören. Vielleicht hatte jemand die falsche Nummer gewählt, aber nach dem zwanzigsten Läuten würde er es aufgeben.

Es war keine falsche Nummer. Die Spinnweben lichteten sich, und sie bewegte sich näher an das Telefon heran. Außer dem Mann an der Rezeption und vielleicht seinem Chef und dem Zimmerservice wußte keine lebendige Seele, daß sie sich in diesem Zimmer befand. Sie hatte Essen bestellt, aber sonst niemanden angerufen.

Es hörte auf zu läuten. Gut, falsche Nummer. Sie ging ins Badezimmer, und es läutete abermals. Sie zählte. Nach dem vierzehnten Läuten nahm sie den Hörer ab. »Hallo?«

»Darby, hier ist Gavin Verheek. Sind Sie okay?«

Sie setzte sich aufs Bett. »Woher haben Sie die Nummer?«

»Wir haben Möglichkeiten. Hören Sie, haben ...«

»Einen Moment, Gavin. Eine Minute. Lassen Sie mich nachdenken. Die Kreditkarte, stimmt's?«

»Ja. Die Kreditkarte. Die Papierspur. Es ist das FBI, Darby. Wir haben Möglichkeiten. Das ist nicht sonderlich schwierig.«

»Dann könnten sie es auch schaffen.«

»Vermutlich. Halten Sie sich an die kleinen Hotels und zahlen Sie bar.«

In ihrem Magen war ein dicker Knoten, und sie streckte sich auf dem Bett aus. Einfach so. Nicht schwierig. Die Papierspur. Sie konnte längst tot sein. Auf der Papierspur umgebracht.

»Darby, sind Sie noch da?«

»Ja.« Sie warf einen Blick auf die Tür, um sich zu vergewissern, daß die Kette vorgelegt war. »Ja, ich bin noch da.«

»Sind Sie in Sicherheit?«

»Das hatte ich mir eingebildet.«

»Wir haben einige Informationen für Sie. Morgen nachmittag um drei findet auf dem Campus ein Gedenkgottesdienst statt und hinterher die Beisetzung in der Stadt. Ich habe mit seinem Bruder gesprochen, und die Familie möchte, daß ich den Sarg mit trage. Ich komme heute abend, und ich meine, wir sollten uns treffen.«

»Weshalb sollten wir das?«

»Sie müssen mir vertrauen, Darby. Ihr Leben ist in Gefahr, und Sie müssen sich anhören, was ich Ihnen zu sagen habe.«

»Was führt ihr im Schilde?«

Eine kleine Pause. »Wie meinen Sie das?«

»Was hat Direktor Voyles gesagt?«

»Ich habe nicht mit ihm gesprochen.«

»Ich dachte, Sie wären sein Rechtsberater, sozusagen. Was ist los, Gavin?«

»Im Augenblick unternehmen wir nichts.«

»Und was bedeutet das, Gavin? Reden Sie.«

»Deshalb müssen wir uns ja treffen. Ich kann darüber nicht am Telefon sprechen.«

»Das Telefon funktioniert bestens, und es ist alles, was Sie im Augenblick bekommen. Also reden Sie endlich, Gavin.«

»Weshalb trauen Sie mir nicht?« Er war verletzt.

»Ich lege jetzt auf. Das gefällt mir nicht. Wenn ihr wißt, wo ich bin, dann könnte jemand anders schon auf dem Flur auf mich warten.«

»Unsinn, Darby. Denken Sie doch ein bißchen nach. Ich habe Ihre Zimmernummer seit einer Stunde und nichts getan, als Sie anzurufen. Wir sind auf Ihrer Seite, ich schwöre es.«

Sie dachte darüber nach. Es klang einleuchtend, aber sie hatten sie so mühelos gefunden. »Ich höre zu. Sie haben nicht mit dem Direktor gesprochen, und das FBI unternimmt nichts. Weshalb nicht?«

»Das weiß ich nicht genau. Voyles hat gestern beschlossen, daß uns das Pelikan-Dossier nichts mehr angeht, und Anweisung gegeben, die Finger davon zu lassen. Mehr kann ich Ihnen nicht sagen.«

»Das ist nicht gerade viel. Weiß er von Thomas? Weiß er, daß ich eigentlich schon tot sein sollte, weil ich es geschrieben habe, und daß sie, wer immer sie sein mögen, achtundvierzig Stunden, nachdem Thomas es Ihnen, seinem alten Studienfreund, gegeben hatte, versucht haben, uns beide umzubringen? Weiß er das alles?«

»Ich glaube nicht.«

»Das heißt nein, nicht wahr?«

»Ja. Es heißt nein.«

»Okay, hören Sie zu. Glauben Sie, daß er um des Dossiers willen umgebracht wurde?«

»Vermutlich.«

»Das heißt ja, nicht wahr?«

»Ja.«

»Danke. Wenn Thomas um des Dossiers willen ermordet wurde, dann wissen wir, wer ihn umgebracht hat. Und wenn wir wissen, wer Thomas umgebracht hat, dann wissen wir auch, wer Rosenberg und Jensen umgebracht hat. Richtig?«

Verheek zögerte.

»Sagen Sie endlich ja, verdammt nochmal«, fuhr Darby ihn an.

»Ich würde sagen, vermutlich.«

»Fein. *Vermutlich* heißt bei einem Anwalt ja. Ich weiß, mehr können Sie nicht sagen. Es ist ein sehr starkes *Vermutlich,* und trotzdem erzählen Sie mir, daß das FBI in bezug auf meinen kleinen Verdächtigen nichts unternimmt.«

»Beruhigen Sie sich, Darby. Lassen Sie uns heute abend zusammenkommen und darüber reden. Ich könnte Ihnen das Leben retten.«

Sie legte den Hörer unter ein Kissen, ging ins Badezimmer, putzte sich die Zähne und bürstete das, was von ihrem Haar noch übrig war. Dann warf sie ihre Toilettensachen und eine Garnitur Kleidung in eine neue Segeltuchtasche. Sie zog den Parka über, setzte die Mütze und die Sonnenbrille auf und machte leise die Tür hinter sich zu. Der Flur war leer. Sie ging zwei Stockwerke hinauf bis zum siebzehnten, fuhr dann mit dem Fahrstuhl in den zehnten, dann ging sie zu Fuß die zehn Treppen hinunter ins Foyer. Das Foyer schien leer zu sein. Die Treppenhaustür lag dicht neben den Waschräumen, und sie verschwand schnell in der Damentoilette. Sie betrat eine Kabine, verriegelte die Tür und wartete eine Weile.

Freitagmorgen im French Quarter. Die Luft war kühl und klar, ohne den sonst üblichen Geruch nach Essen und Sünde. Acht Uhr – zu früh, als daß schon Leute unterwegs gewesen wären. Sie ging ein paar Blocks, um ihren Kopf klar zu bekommen und den Tag zu planen. Auf der Dumaine fand sie in der Nähe des Jackson Square ein Café, das sie schon früher gesehen hatte. Es war fast leer, und hinten gab es einen Münzfernsprecher. Sie schenkte sich Kaffee ein und setzte sich an einen Tisch in der Nähe des Telefons. Hier konnte sie sprechen.

Verheek war in weniger als einer Minute am Apparat. »Ich höre«, sagte er.

»Wo wollen Sie übernachten?« fragte sie und beobachtete dabei die Eingangstür.

»Im Hilton, unten am Fluß.«

»Ich weiß, wo es liegt. Ich rufe am späten Abend oder morgen früh an. Spüren Sie mir nicht wieder nach. Ich bezahle von jetzt an bar. Kein Plastik mehr.«

»Gute Idee, Darby. Bleiben Sie in Bewegung.«

»Vielleicht bin ich schon tot, bevor Sie ankommen.«

»Nein, bestimmt nicht. Können Sie da unten eine *Washington Post* auftreiben?«

»Vielleicht. Weshalb?«

»Besorgen Sie sich eine. Die Morgenausgabe. Hübsche Story über Rosenberg und Jensen und den, der es vielleicht getan hat.«

»Ich kann's kaum erwarten. Ich rufe später wieder an.«

Der erste Zeitungsstand hatte die *Post* nicht. Sie wanderte im Zickzackkurs zur Canal, verwischte ihre Spur, achtete auf Verfolger, die St. Ann hinunter, an den Antiquitätengeschäften auf der Royal vorbei, zwischen den schäbigen Kneipen auf beiden Seiten der Bienville hindurch und schließlich über Decatur und North Peters zum French Market. Sie war flink, aber gelassen. Sie verhielt sich, als ginge sie irgendwelchen Geschäften nach, und hinter der Sonnenbrille schossen ihre Augen in alle Richtungen. Wenn sie irgendwo dahinten im Schatten waren und sie beobachteten und ihr folgten, dann waren sie gut.

Sie kaufte von einem Straßenhändler eine *Post* und eine *Times-Picayune* und fand einen Tisch in einer leeren Ecke des Café du Monde.

Titelseite. Unter Berufung auf eine vertrauliche Quelle berichtete die Story über die Legende Khamel und seine Verwicklung in die Morde. In jüngeren Jahren, hieß es, hatte er aus Überzeugung gemordet, aber jetzt tat er es nur noch für Geld. Massenhaft Geld, vermutete ein Geheimdienstexperte im Ruhestand, der zwar gestattet hatte, daß man ihn zitierte, aber keinesfalls beim Namen genannt werden wollte. Die Fotos waren verschwommen und undeutlich, aber nebeneinander gestellt äußerst dubios. Sie konnten nicht die gleiche Person darstellen. Aber schließlich, sagte der Experte, war er nicht zu identifizieren und seit mehr als einem Jahrzehnt nicht mehr fotografiert worden.

Endlich kam ein Kellner vorbei, und sie bestellte Kaffee und ein Croissant. Der Experte sagte, viele glaubten, er wäre tot. Interpol glaubte, er hätte noch vor sechs Monaten gemordet. Der Experte bezweifelte, daß er mit einer Linienmaschine fliegen würde. Auf der Liste des FBI stand er an erster Stelle.

Sie schlug langsam die Zeitung aus New Orleans auf. Thomas stand nicht auf der Titelseite, aber auf Seite zwei fand sie sein Bild mit einer langen Story. Die Polizei ging von Mord aus, hatte aber nicht viel in der Hand. Eine weiße Frau war kurz vor der Explosion in der Nähe gesehen worden. Die juristische Fakultät stand unter Schock, sagte der Dekan. Die Polizei ließ wenig verlauten. Der Gedenkgottesdienst fand morgen auf dem Campus statt. Es handelte sich um einen grauenhaften Irrtum, sagte der Dekan. Wenn es Mord war, dann mußte jemand die falsche Person umgebracht haben.

Ihre Augen waren feucht, und plötzlich hatte sie wieder Angst. Vielleicht war es wirklich ein Irrtum gewesen. Es war eine gewalttätige Stadt, in der es viele Verrückte gab, und vielleicht hatte jemand etwas durcheinandergebracht und sich den falschen Wagen ausgesucht. Vielleicht war überhaupt niemand draußen, der ihr folgte.

Sie setzte die Sonnenbrille auf und betrachtete sein Foto. Sie hatten es aus dem Jahrbuch der Fakultät, und auf seinem Gesicht lag das herablassende Grinsen, das er immer aufsetzte, wenn er der Professor war. Er war glattrasiert und sah so gut aus.

Sina-Aline Geißler

Piccadilly Circus

Am Anfang hatte sie ihn ausgelacht.

Mit einem Wanderzircus durch die Lande ziehen. Und dafür den sicheren und gutbezahlten Job aufgeben, das Haus, die Freunde, die Heimat. Midlife-crisis, hatte sie ihm an den Kopf geworfen und verständnisvoll gelächelt. »Vielleicht solltest du mal Urlaub machen oder dir meinetwegen eine Geliebte zulegen.« Er aber hatte den Kopf geschüttelt, weil ihm weder an einer Geliebten noch an einem Urlaub lag. Die Frau seiner Träume hatte er längst gefunden: sie saß vor ihm und behandelte ihn wie einen pubertierenden Jüngling.

Nun, gut, ich muß es ihr wohl erst beweisen, daß es mir ernst ist, hatte er beschlossen und das Thema nicht mehr berührt. Heimlich aber hatte er in den Samstags-Zeitungen den Automarkt genauer studiert und erste Termine zwecks Besichtigung ausrangierter Wohnwagen wahrgenommen.

An seinem Schreibtisch hatte er sich immer häufiger dabei ertappt, Zahlenkolonnen auf das vornehme Briefpapier des Hauses zu addieren und in Monate zu unterteilen. Wie viele Monate könnte ich im schlimmsten Fall, wie viele Jahre im besten mit meinen Ersparnissen auskommen?

Er hatte seine Freunde, jahrelange Freunde, in den letzten Wochen kritisch beobachtete, hatte darauf geachtet, wie sehr sie seinen Status als erfolgreicher Versicherungsdirektor an Bedeutung beimaßen, sein Haus bewunderten, den dicken Wagen, seine Erzählungen von großen Abschlüssen.

Am Ende wußte er, daß er keinen von ihnen wirklich vermissen würde.

Sie hatte zugesagt. Seine erste Probevorstellung gab er nur für sie im ausgeräumten Wohnzimmer seiner Altbauvilla. Er war aufgeregt gewesen, hatte sich beim Schminken ein paar Mal vermalt und sofort unter der roten Perücke zu schwitzen begonnen. Einen Moment lang bekam er Zweifel an der

Ernsthaftigkeit seines Unternehmens, als er die rote Plastiknase auf seine eigene stülpte, aber dann war er mit den viel zu großen Schuhen einfach losgewatschelt und hatte, so, noch bevor er sich in der Mitte des Raumes verneigen konnte, bereits seinen ersten Lacherfolg erzielt. Und dann spielte er. Und sie sah diesem fast 50jährigen Mann zu, der seine jahrzehntelang verborgene Seele aus dem Leib spielte, der so komisch war, daß ihr der Bauch weh tat und sie vergaß, daß es der Mann war, mit dem sie seit 20 Jahren verheiratet war, und er Morgen wieder als Vorstandsmitglied hinter zwei Sekretärinnen und einem zwei Meter breiten Schreibtisch sitzen würde. Als er sich zum Abschluß verbeugte, hatte sie Tränen in den Augen vom Lachen – und auch vor Rührung. Und als sie in seine Augen blickte, den glücklichen Ausdruck sah, der sogar unter der dicken Maske zu erkennen war, verstand sie ihn.

Seitdem studierten sie gemeinsam in den Wochenendausgaben der Zeitung den Automarkt. Sie saßen abends vor dem Kamin und addierten Zahlen, und eines abends brachte sie ihm eine rote Perücke aus Echthaar mit, unter der er nicht so schwitzen würde. Als er in dieser Nacht zu ihr sagte, daß er sie lieben würde, war es so ernst gemeint und wahrhaftig wie lange Zeit nicht mehr.

Nach einem halben Jahr waren die Vorbereitungen abgeschlossen. Sie hatte drei Wohnmobile günstig erstanden und liebevoll renoviert, auf die Außenseiten »Picadilly« gemalt und rote Vorhänge an die Fenster gehängt. Die größte Schwierigkeit, ein geeignetes Zelt zu finden, hatten sie in Gemeinschaftsarbeit mit den inzwischen drei weiteren Mitgliedern gelöst, in nächtelanger Näharbeit.

»Picadilly-Circus« – witzig, fanden viele, und Werner strahlte, weil ihm selbst der Name eingefallen war und sofort Anklang gefunden hatte. Sie waren übereingekommen, einen verlängerten Sommer lang über die Dörfer der Umgebung zu ziehen, als Generalprobe sozusagen. Mira hatte sich ohne Schwierigkeiten zwei Monate lang frei machen können und die anderen drei Künstler, ein Seiltänzer, eine Dressurreiterin und ein Messerwerfer, waren ohnehin verfügbar, solange das Geld reichte. Mira war beruhigt, als sich Werner mit der Generalprobenlösung schließlich einverstanden erklärt hatte. Sie freute sich sogar auf die kommenden drei Monate, auf dieses ganz andere Leben, ein bißchen hieß das auch für sie zurück zu den Anfängen, ihren ersten Jahren, als sie nach dem Abitur eine Amerika-Reise in einem gemieteten Wagen und Kriechzelt tausende von Kilometern zurückgelegt hatten, frei und wild, jung und so verliebt.

Werner hatte sich verändert, seit sein Traum konkrete Formen annahm, eigentlich sehr zu seinem Vorteil, mußte sie zugeben, er war viel lebendiger, gleichzeitig einfühlender geworden, und sein Lachen drang jetzt oft durch die Räume ihrer Villa – seltsam, daß ihr nie aufgefallen war, wie selten er in den vergangenen Jahren gelacht hatte. Mira selbst würde sich um die Finanzen und die Organisation kümmern, so war es besprochen. Sie hatte die Termine gesichert in den einzelnen Gemeinden, Plakate und Eintrittskarten drucken lassen und Anzeigen in den örtlichen Zeitungen geschaltet.

An einem Sonntag im Juni fuhren sie los. Sie schlugen das Zelt auf der Wiese neben dem Rathaus der Kleinstadt auf, befestigten die Plakate an den Ständern, vergewisserten sich, ob die Anzeigen auch wirklich in den Zeitungen erschienen waren – und warteten aufgeregt auf ihren ersten Abend, die erste Vorstellung. Mira hatte Angst. Nicht so sehr um sich, eine schlechte Zuschauerzahl oder die vielen Kleinigkeiten die möglicherweise schief gehen könnten, als vielmehr um Werner. Sie wußte, wieviel ihm daran lag, als Clown Erfolg zu haben. Es wäre mehr als eine künstlerische Bestätigung, mehr als eine Anerkennung seines Talents. Es wäre die Geburt eines Teils seiner selbst, den er so viele Jahre unterdrückt hatte. Und deshalb zitterte Mira, als sie eine Stunde vor Beginn der Premiere in ihrem Kassiererhäuschen Platz genommen hatte. Kritisch und besorgt studierte sie die Gesichter der Menschen, die eine Karte erwarben und sich in Richtung Zelteingang bewegten: Werdet ihr ihn begreifen, ihn annehmen? Ihre Hände schwitzten vor Aufregung. Die Zahl der Zuschauer immerhin war nicht schlecht, mehr als zwei Drittel der Karten hatte sie eine Viertelstunde vor Beginn bereits verkauft. Wenn es nur gut gehen würde. Dieses erste Mal. Wenn die Leute seine Komik begreifen würden, sein Wesen annähmen …

Werner überprüfte zum hundertsten Mal seine Maske, sein Kostüm, machte allerhand verdrehte Schritte, um die Haltbarkeit der Riesenschlappen zu sichern, und sein Herz klopfte. Mira würde das nicht begreifen. Für sie war alles nur ein Spiel, vielleicht sogar eine leichte Identitätskrise, die er auf diese Weise nun zu lösen versuchte. Der akkurate Top-Manager wackelt als Clown auf der Bühne. Sie würde nicht verstehen, daß es ihm dabei um sehr viel mehr ging, um sich selbst, wenn er ganz ehrlich war, auch wenn ihm das beinahe selbst zu pathetisch vorkam. Dino, der Messerwerfer, streckte seinen Kopf durch die Wohnwagen-Tür: »Noch fünf Minuten, Boß!«. Wie er diesen Moment, diesen Satz, die Atmosphäre, die Spannung liebte! Davon hatte er geträumt – 47 Jahre lang, verbotene Träume, verschwiegene Pläne, verdrängte Sehnsucht …

Werner verließ den Wohnwagen, watschelte in hilflos tapsigen Schritten zum hellerleuchteten Eingang des Zirkuszeltes, sein Magen verkrampfte sich vor Aufregung, aber sein Herz schlug auch vor Glück und Freude so laut.

Als Mira wenig später schallendes Gelächter aus dem Zelt vernahm, atmete sie tief durch.

Sie waren drei Monate durch deutsche Lande gefahren, schlugen das Zelt schon nach der ersten Woche doppelt so schnell auf als zu Beginn ihrer Reise, hatten nach dem durchschlagenden Erfolg ihrer Premiere Brüderschaft und Freundschaft bis zum Lebensende getrunken, und alle sahen dem vorläufigen Ende ihrer Fahrt mit gemischten Gefühlen entgegen. Die drei Akrobaten aus dem einfachen und schlichten Grunde, daß sie mit dem gut eingespielten Team gerne weitergearbeitet hätten – zudem war ihr Verdienst in diesen drei Monaten sicher und gut gewesen. Werner dachte nicht an Geld. Er hatte in den vergangenen drei Monaten gelebt. Wirklich gelebt, ehrlich gelacht, wirkliches tiefes Glück empfunden, und er wußte, daß er diese Leben führen wollte, als traurig, komischer Clown die Menschen bewegen, sich selbst offenbaren, wenn auch im Schutz der Maske und Verkleidung, als Spiel und doch tiefer Ernst, weil das Spiel sonst nicht gelänge. Er wollte herumreisen, einer tägliche wirkliche Herausforderung entgegentreten, zittern und beim ersten Lachen der Zuschauer aufatmen.

Er liebte den Anblick des erleuchteten Zelteingangs bei der Abendvorstellung, den Geruch von Holzspänen und parfumierten Frauen.

Er sehnte sich nicht mit einer Faser seines Herzens in die riesige Altbauvilla der Stadt zurück, wenn er todmüde, aber glücklich auf der schmalen Liege in seinem Wohnwagen lag, aus dem kleinen Fenster blickte, den Himmel sah, die Sterne und weiter rechts die wehenden Fahnen seines Zirkus.

Am Vorabend der Heimreise krallte er wie ein kleiner Junge die Fäuste in die Bettdecke und beschwor sich, vernünftig zu sein. Es ging nicht, es durfte nicht sein, weil sie es nicht ertragen könnte, nicht auf Dauer, nicht wirklich. Mira. Die Liebe zu einer Frau und dort die Liebe zu einem Leben, das er nie geführt hatte, aber führen wollte, das er lieben würde. Er betrachtete das immer noch schöne Anlitz seiner schlafenden Frau neben sich. Wie ruhig sie atmete.

Vielleicht erlöst, dachte er, weil morgen alles zu Ende ist, weil sie morgen ihr Refugium wieder betreten würde, die großen Räume, das gesellschaftliche Parkett. Sie würde die Dias zum Entwickeln bringen, sich in der Stadt mit ihrer Freundin zum Kaffee treffen, die verstaubten Kleider der Reise in einen Koffer packen, auf den Dachboden bringen und ihre Bekannten zu einem Dia-Abend bitten. Guckt mal, da ist Werner, als er versucht, auf das Pferd zu kommen, und dort drüben ich, im Kassiererhäuschen. Wie exotisch, würden ihre Freunde Beifall spenden, wirklich einmal was anderes. Sollten wir uns auch vornehmen, für den nächsten Urlaub …

Er strich ihr sanft über die Wange. Ich bin ungerecht, dachte er traurig. Sie hat ein Recht auf ein geregeltes Leben, einen angemessenen Standard. Ich werde sie meine Trauer nicht spüren lassen, bestimmt nicht, beschloß er und wischte sich eine Träne aus den Augen …

Mira aber schlief nicht. Sie hörte den Mann neben sich unruhig atmen, spürte seine Bewegungen und seine Hand auf ihrer Wange. Wie er leidet, dachte sie. Und: wie glücklich er war in diesen drei Monaten. Ganz anders als die Jahre zuvor, in denen es auch Grund zur Freude gegeben hatte, gewiß, aber nie hatte er so gelacht, nie hatte er sie so angestrahlt, sie so geliebt als in den vergangenen Wochen. Dieser Mensch hatte nichts mehr mit dem erfolgreichen Top-Manager Werner gemeinsam, mit dem sie die letzten zwanzig Jahre geteilt hatte. Und sie war sich überhaupt nicht sicher, ob sie sich darauf freuen sollte, eben jenen Mann nun wiederzubekommen. Denn nichts anderes würde sich – zwangsläufig – im Laufe der Zeit wieder einspielen: die Firma, die Bekannten, Repräsentieren, Small-Talk, hingehauchte Küsse zwischen Besprechungen und Geschäftsreisen. Mira fror.

Vielleicht sollte sie ihm sagen, daß sie das Zirkusleben mit ihm weiterführen wollte, daß sie ihn liebte, diesen Mann, den Zirkus-Direktor und Parade-Clown Callico. Daß sie glücklich war, wenn die Kinder nach ihm riefen, ihn anfassen durften, nach den Nachmittagsvorstellungen – sie hatten die Hoffnung auf eigene Kinder längst aufgegeben. Erst war die Karriere im Vordergrund gestanden, dann die Pflege seiner alten Mutter, und irgendwann war es zu spät gewesen. Sinnloses Leben, dachte sie plötzlich und alles in ihr wehrte sich gegen die Vorstellung, in eben dieses Leben zurückzukehren. Vielleicht will er ja gar nicht weitermachen, mit dem Zirkus, vielleicht ist er froh, daß die drei Monate vorbei sind und er morgen wieder in sein Büro stolzieren kann, einen knappen Gruß für die Sekretärin, ein Nicken für den Besucher, der schon seit einer Stunde wartete. Besprechungen, Besprechungen. Heute wird es später, Liebes, die Vertretung aus Lissabon. Oh, nein, sie haßte es, wie sehr, hatte sie gar nicht gewußt. Aber würde sie denn wirklich auf alle Annehmlichkeiten verzichten wollen: das Haus, die Stadt, das Leben als Frau des erfolgreichen …? Mira schlief ein.

Auf seinem Schreibtisch stand eine Clownsfigur, und Werner hätte sie liebend gern gegen die nächste Wand geknallt, so sehr empörte ihn diese Geschmacklosigkeit, die wohl ein freundliches Willkommens-Zeichen bedeuten sollte.

Die Sekretärin verhaspelte sich ob seiner schlechten Laune, und als er einige ruhige Minuten an seinem Schreibtisch saß, fragte er sich, wie er es in diesem unbequemen Stuhl jahrelang 10–12 Stunden pro Tag hatte ertragen können. Außerdem zwickte sein Anzug – ein maßgeschneiderter immerhin – an allen Ecken und Enden. Der Kaffee – die beste Sorte, er wußte es – schmeckte fad und metallig. Er dachte an den Kaffeepott, morgens im Wohnwagen, frisch vom kleinen Gaskocher, und sah Mira im jugendlich lila Nachthemd, ihre sonnengebräunten Beinen und ihr verwegenes Lächeln, wenn sie ihn im Hochbett des Wagens damit weckte. Nein, ich habe keine Zeit, herrschte er in die Gegensprechanlage, besann sich dann aber und fügte eine Spur freundlicher hinzu, er würde in einer halben Stunde zurückrufen, schönen Dank auch …

Heute Morgen, beim Abschied, hatte Mira nicht glücklich ausgesehen. Vielleicht hätte er seinen Mißmut besser überspielen sollen. Aber er hatte alles gehaßt. Auch sie selbst hatte ihm nicht gefallen, in diesem Haus, in einem eleganten Hauskleid und dem Tagesablauf einer angesehenen, gut betuchten Ehefrau.

Sei vernünftig, alter Junge, sprach er zu sich, sie will so leben, du kannst nicht erwarten, daß sie ihre restlichen Jahre in einem Kassiererhäuschen verbringt und im Wohnwagen Kaffee kocht. Vielleicht nächstes Jahr im Urlaub wieder ein bis zwei Monate, versuchte er sich zu trösten. Doch halt, das war unmöglich – der internationale Kongreß. Er war einer der Verantwortlichen. Nein, nächstes Jahr war ein Urlaub nicht möglich. Vielleicht eine Woche auf die Balearen, höchstens und verbunden mit einem Treffen mit dem dortigen Vertreter …

»Wie es war?« Mira schluckte. Was sollte sie der Frau des Rechtsanwalts erzählen, die jede freie Minute auf Schönheitsfarmen und Kurkliniken verbrachte. Bitte? Ja, gewiß, mal was anderes. Dias? Nein, die sind noch nicht fertig. Ja, sicher, einen netten Abend mit Vorführung. Ja, er war sehr komisch, nicht wahr, das hätte kaum einer gedacht. Mira war schlecht nach dem Gespräch, und sie kam sich wie eine Hochverräterin vor. Wie unglücklich er heute morgen ausgesehen hatte. Und den Abschiedskuß hatte sie kaum gespürt. Dieses Leben ist Gift für unsere Liebe, dachte sie verzweifelt und Gift für ihn. Ob er das wohl weiß …?

In der Mittagspause rief er Dino, den Messerwerfer an. Nur einmal eine menschliche Stimme hören, dachte er und als dieser fragte: Na, wann gehts los, Boß?, krampfte sich sein Magen zusammen. Dino sprach munter weiter. Erzählte von guten Stellplätzen auch für den kommenden Winter und einem Jongleur, der außerdem der beste Feuerschlucker der Welt sei und sofort bereit, sich anzuschließen. Werner wischte sich mit seinem Einstecktuch den Schweiß von der Stirn und erst das entsetzte Gesicht seiner Sekretärin, die eingetreten war, um einen weiteren wichtigen Besucher anzukündigen, machte ihm seinen Faux-pas bewußt. Heiß hier, die Klima-Anlage ist eine Zumutung, giftete er in ihre Richtung, als sei sie allein dafür verantwortlich. Sie nickte ergeben und verschwand.

Werner schloß die Augen und sah die wehenden Fahnen im dunklen Sternenhimmel vor sich, roch die Holzspäne, das gewachste Fell des Pferdes, die ärmlich süßen Parfums der Dorffrauen …

Zur selben Zeit betrat Mira das Büro des Immobilienmaklers, mit dem sie sich eine halbe Stunde zuvor telefonisch verabredet hatte. »Sie wollen das Haus vorerst möbliert vermieten, wenn ich Sie richtig verstanden habe?«, fragte er.

»Ja«, sagte Mira.

»Wie lange – voraussichtlich?«

»Zunächst für ein Jahr, aber wahrscheinlich dauerfristig.«

»Sie nehmen also an, Sie kommen nicht zurück von ihrem Auslandsaufenthalt?«

»Ja. Ich gehe davon aus, daß wir nie mehr in das Haus zurückkehren werden«, bestätigte Mira und atmete tief durch.

»Ab wann darf ich das Objekt anbieten?« fragte der Makler.

»Sofort«, entgegnete Mira. »Ab sofort ...«

Er hatte Rosen gekauft. Im Bahnhof, weil die anderen Läden schon geschlossen hatten, zwanzig lange rote Rosen für Mira. Weil er sie liebte und weil er ihr sagen würde, daß er ihr dankbar war für die drei Monate und daß er schon wieder klarkommen würde, mit dem Leben hier, und sie nicht so sorgenvoll dreinblicken müßte, wie am Morgen. Nein, er wollte sie lachen sehen und wenn er dafür jeden Tag an diesem gottverdammten Schreibtisch sitzen mußte, dann würde er es eben tun. Als er die Haustüre aufschloß, hörte er Stimmengewirr. Bloß das nicht, dachte er panisch. Jetzt keine netten Bekannten und »erzähl doch mal«. Die Rosen wurden schwer in seiner Hand. Wie konnte sie ihm das antun. Mira trat aus der Wohnzimmertüre auf ihn zu. »Werner, Lieber, wie schön, daß Du da bist.« Sie blickte auf die Rosen. »Nanu? Sind die für mich?«

»Ja«, sagte Werner, »weil ...«

Sie trat auf ihn zu und legte den Arm um ihn. »Hab keine Angst, Mira«, flüsterte er dicht an ihrem Ohr, »du brauchst auf all dies nicht zu verzichten, auf nichts ...«

»Dummkopf«, lachte sie und zog ihn an der Hand ins Wohnzimmer.

»Hallo, Boß«, griente Dino, der Messerwerfer. Und Lola lachte ihm entgegen, die Dressurreiterin. »Hallo«, rief Willy, der Seiltänzer, und der dritte Mann mußte wohl der Jongleur sein. »Hättest Du mir ja ruhig sagen können, vorhin am Telefon, daß es nächsten Monat schon wieder losgeht. Ich war ja gar nicht sicher ...«

»Du kannst dich doch freimachen, Herr Direktor Callico?« fragte Mira leise. Er sah sie an. Sagte nichts.

»Weißt du«, sagte sie, »ich dachte plötzlich, wie schön es wäre, wenn ich vielen kleinen Dorfkindern Unterricht in Clownerie und Tanz geben könnte, drei Tage am Mittag und am vierten dürfen sie mit Dir auftreten. Das würde doch sicher viele Besucher anlocken, meinst du nicht? Und mir würde es Spaß machen, die Arbeit mit Kindern …«

Alle sahen ihn an. Er aber riß die Frau an sich und küßte sie, daß ihr schwindlig wurde, rannte übermütig die Treppe hinauf in sein Schlafzimmer, riß sich den verhaßten Anzug vom Leib und rief glücklich: »Ich komme, Callico kommt, aufgepaßt, ich komme …«

Joanna Trollope

Alice. Die Hochzeit

Bevor Cecily Jordan geheiratet hatte, war sie kurze Zeit Sängerin gewesen. Sie war 1937 trotz des Widerstands ihrer Eltern zum Studium nach Wien gegangen und hatte sich mit achtzehn leidenschaftlich in die Musik, in Wien und in einen jungen jüdischen Komponisten und politischen Aktivisten verliebt. Er hatte ihr die reinen und lieblichen Lieder von Schubert erschlossen und sie gelehrt, ihre Darbietung zwischen Lyrismus und äußerster Dramatik zu variieren, wie das Lied es erforderte. Das erreichte er einerseits durch gesangstechnische Unterweisung, andererseits aber auch dadurch, daß er mit ihr ins Bett ging und ihr bewußt machte, welche Kräfte in ihr schlummerten – Kräfte, die sie sodann mühelos beim Singen zum Ausdruck brachte.

Im Winter 1938 mußte sie ihm versprechen, daß sie sofort nach England zurückkehren würde, falls ihm etwas zustoßen sollte. Er drohte, sie auf der Stelle zu verlassen, wenn sie sich nicht fügte. Er ließ sie dieses Versprechen sogar zu Papier bringen und unterschreiben. Im Juni 1939 wurde er verhaftet, als er die Ringstraße überquerte, und einige Zeilen von ihm, denen jenes schriftliche Versprechen beigelegt war, wurden ihr überbracht, als sie gerade in ihrem sonnigen, staubigen, unordentlichen Zimmer draußen am Prater Stimmübungen machte.

»Alles wird für uns beide nur unendlich schlimmer werden, wenn du dein Versprechen brichst, und ich würde dich dafür nicht bewundern, sondern hassen«, schrieb ihr Geliebter. »Das Beste, was du jetzt für uns tun kannst, ist, die wunderschöne Stimme, die wir gemeinsam geformt haben, nach England zurückzubringen und sie als Licht in einer dunklen Welt zu entzünden.«

Er schrieb nicht, daß er sie liebte. Während sie in verschiedenen gräßlichen Zügen quer durch Europa zuckelte, dachte sie darüber nach, daß er auch nie von Liebe *gesprochen* hatte. Es war ihr früher nicht aufgefallen, weil ihre eigene Liebe für sie beide ausgereicht hatte. Sie kam im August in England an, wo einer niedergedrückte Stimmung herrschte, und fuhr wie betäubt und fast sprachlos nach Suffolk ins Elternhaus, wo ihre Mutter die zu erwartenden Entbehrungen der Kriegszeit genußvoll heraufbeschwor, ihre Kinderbücher vorsorglich schon als Altpapier verkauft und die Badewanne ringsum mit einem roten Strich versehen hatte, zehn Zentimeter vom Boden entfernt, als besonders entnervende Sparmaßnahme.

Cecily versuchte zu singen, war dazu aber nicht in der richtigen Stimmung. Im September wurde der Krieg erklärt, aber ihr kam es vor, als spielten sich die neuesten Ereignisse in weiter Ferne ab und hätten für sie keine direkte Relevanz. Sie schlief schlecht, lag jede Nacht stundenlang wach und ließ die herrliche Wiener Zeit in Gedanken immer wieder Revue passieren. Tagsüber machte sie anstrengende Spaziergänge und sprach oft davon, sich freiwillig melden zu wollen, was sie dann aber doch nicht tat. Dafür erklärte sie eines Tages aus heiterem Himmel, daß sie nach Kanada reisen würde, um in Toronto an einer großen Mädchenschule Gesang zu unterrichten. Sie blieb dort sechs Jahre. Ihre Eltern dachten, sie würde vielleicht einen Kanadier heiraten, aber sie heiratete nicht. Im schrecklichen Winter 1946 kehrte sie nach England zurück, und im folgenden Jahr heiratete sie Richard Jordan, den sie im Zug kennengelernt hatte, nachdem sie in Southampton von Bord ihres Transatlantikdampfers gegangen war.

Richard Jordan war Ingenieur. Er hatte sich in Southampton ein Trümmergrundstück als möglichen Standort für eine Fabrik angesehen, wo Bohrer produziert werden sollten. Das Glück war ihm hold. Cecily und er bekamen innerhalb von fünf Jahren zwei Söhne und kauften ein Herrenhaus in einem bewaldeten Tal unweit von Corfe in Dorset, nur eine Meile vom Meer entfernt. Cecily stellte im Laufe der Zeit fest, daß sie an der Gesellschaft der drei Männer in ihrem Leben keine allzu große Freude hatte, aber der Garten des Herrenhauses bot ihr eine Art Ersatzbefriedigung. Sie entwickelte sich zu einer phantasievollen Gärtnerin und machte sich als solche einen Namen. Sie schrieb Gartenbücher und wurde in den 60er Jahren zu Vorträgen überall in England eingeladen. In den 70er Jahren war sie so berühmt, daß sie auch an der Ostküste der USA Vorträge hielt.

Und 1976 brachte dann ihr jüngerer Sohn Martin Alice mit nach Hause. Es war ein herrlicher Septembertag, die Gärten von Dummeridge entfalteten in der Wärme eine späte Pracht, aufgeplatzte Pflaumen lagen klebrig im hohen Gras, und fette Insekten schwirrten summend zwischen den Hekken umher. Cecily war neben dem Gartenhaus aus dem 18. Jahrhundert, das sie in Essex entdeckt und nach Dorset transportiert hatte, damit beschäftigt gewesen, eine schwere doppelte weiße Klematis hochzubinden, die zuvorkommend zweimal im Jahr blühte, als plötzlich hinter ihr jemand ganz ungezwungen sagte: »Sie müssen Martins Mutter sein.«

Sie drehte sich um. Etwa zwei Meter entfernt stand ein großes Mädchen in Jeans und blauem Hemd, mit langen braunen Haaren, die am Hinterkopf mit einem indischen Tuch zusammengebunden waren.

»Ich bin Alice Meadows«, stellte sich das Mädchen vor. »Martin wollte das Kricketspiel im Fernsehen nicht versäumen, aber ich konnte es einfach nicht erwarten, in diesen herrlichen Garten zu kommen. Hoffentlich störe ich Sie nicht.«

»Bestimmt nicht.« Cecily zog ihren Gartenhandschuh aus und streckte Alice die Hand entgegen. »Sie sind mir mehr als willkommen, Alice Meadows.«

Sie brachte Alice in dem kleinen nach Süden gelegenen Gästezimmer unter, das ihr insgeheim als ihr eigenes Schlafzimmer vorschwebte, wenn Richard einmal tot sein würde. Das Bettgestell war aus Messing, auf dem glänzenden Parkett lagen robuste, cremefarbene griechische Teppiche, die Vorhänge an den Fenstern mit ihren breiten Simsen waren aus blauweißem Cretonne, und in einer Ecke hing eine riesige chinesische Jardiniere, in der Bleiwurz mit sternförmigen hellblauen Blüten prächtig gedieh.

»Gefällt es Ihnen?« fragte Cecily überflüssigerweise.

»Großartig.«

»Das ist mein Lieblingszimmer. Ich finde, es hat eine angenehme Atmosphäre.« Sie sah Alice an. »Meinen Sie und Martin es ernst miteinander?«

Alice erwiderte ihren Blick gänzlich unbefangen. Das

Haus und das Zimmer und diese faszinierende, offensichtlich starke Frau in Drillichhemd und -hose, die aber perfekt frisiert war und eine Perlenkette trug, gaben ihr das Gefühl, sie brauche nichts zu befürchten oder zu entscheiden – alles würde ihr hier abgenommen werden.

»Nein«, antwortete sie freimütig. »Wir kennen einander erst seit zwei Wochen. Martin hat meinen Bruder beim Squashspielen kennengelernt, und mein Bruder brachte ihn mit nach Hause. Wir sind zweimal zusammen im Kino gewesen und ein paarmal im Pub. Und dann hat er mich hierher mitgenommen.«

Sie fuhr mit der Hand über den dicken Messingknopf am Fußteil des Bettes.

»Glauben Sie« fragte sie Cecily, »daß es falsch von mir war herzukommen, wenn ich keine ernsten Absichten habe?«

»Nein. Ob nun ernste Absichten oder nicht – Sie hatten ganz recht herzukommen.«

Sie gingen zusammen in den Garten, und Cecily ließ Alice unter einer Weide am Rand des Rasens allein zurück, während sie selbst Tee zubereitete. Alice lehnte sich in einem alten Rattan-Liegestuhl zurück, dessen Armstützen sich auflösten und stachelig nach allen Seiten abstanden, und blickte durch das hellgrüne Laubwerk in den strahlend blauen Himmel empor. Sie fühlte sich – ja, wie eigentlich? Sie suchte nach dem richtigen Wort. Glücklich? Zu schwach. Zufrieden? Zu nichtssagend. Großartig? Zu egozentrisch. Aber in gewisser Weise trafen sie doch alle zu, und auch Wörter wie »erfüllt«, und »entspannt« und »selig« und …

Eine neue Idee riß Alice abrupt aus ihren Gedanken. Sollte sie Martins Mutter etwas über ihre Familie erzählen? Sollte sie sagen, daß es für sie die Erhörung eines Gebets war, in dieses herrliche alte Haus zu kommen und in diesem romantischen und die Sinne betörenden Garten zu dösen, daß dies alles ein Gegengift gegen ihr eigenes Zuhause war, wo die häßlichen Wände tagein, tagaus von den unaufhörlichen Klagen ihrer Mutter widerhallten? Ich bin reif für dies hier, sagte sich Alice, während sie mit den Zehen ihre Schuhe abstreifte und ihre nackten Füße in die Sonne streckte. Ich bin diesem Paradies verfallen, ich war eine leichte Beute, noch bevor

Martins Mutter den Mund aufmachte. Sie schloß die Augen und genoß den Schatten der Weide auf ihren Lidern. Zu Hause, in der Lynford Road 4 in Reading, würde ihre Mutter jetzt indischen Tee aus einem häßlichen Becher – dem Werbegeschenk einer Garage – trinken und in Radio 4 *Kaleidoscope* oder den Schluß von *Afternoon Theatre* an sich vorbeirauschen lassen, ohne wirklich zuzuhören, weil sie statt dessen alle Kümmernisse dieses Tages Revue passieren ließ, die sich im Grunde seit Jahren immer gleich blieben und aus dem Groll gegen ihren freundlichen, liebenswerten, aber treulosen Ehemann – Alice' Vater – resultierten, der vermutlich auch zur Stunde in der Universität ein Seminar über ›Die metaphysischen Dichter‹ abhielt und dabei an Sex dachte.

Sie würde ihn nicht verlassen. Immer wieder jammerte sie Alice vor, daß sie ihn nicht verlassen würde, weil sie ihn liebte. Und wie schlecht wurde ihre Treue belohnt, wie gemein wurde sie behandelt! Alice hatte längst erkannt, daß es eher Tyrannei als Treue war, obwohl sie andererseits auch von den Affären ihres Vater angewidert war. Nicht einmal ihre Freundinnen waren vor ihm sicher; sie fanden ihn alle sehr charmant und flirteten mit ihm, wenn sie Alice abholten, um ins Kino oder in eine Disco zu gehen. Alice' Mutter drängte sie, Partei zu ergreifen und sie zu verteidigen, aber Alice weigerte sich. Ihrer Meinung nach waren beide schuld an der Situation, und sie wußte, daß sie gleich nach Abschluß der Kunstschule dem häßlichen, geschmacklos eingerichteten Haus in Reading, den verbitterten Klagen ihrer Mutter und der Genußsucht ihres Vaters den Rücken kehren würde, daß sie wie ihre Brüder fortgehen und nicht zurückkommen würde.

Einer ihrer Brüder war in die Ferne gezogen, nach Los Angeles, und dort ein ungemein erfolgreicher Taxifahrer geworden. Der andere war nur nach London geflüchtet, wo er mit sechs anderen Studenten eine riesige unordentliche Wohnung am Lavender Hill bewohnte und für seine Juraexamen paukte. Dieser Bruder hatte Martin Jordan mit nach Hause gebracht – nein, das war eigentlich nicht der richtige Ausdruck, denn er ertrug bestenfalls eine Stippvisite; sie waren unterwegs nach Oxford, um an einem Squashturnier teilzunehmen, und weil Alice oben in ihrem Zimmer in blinder Wut malte, nachdem eine Studentin – die neueste Eroberung ihres Vaters – ganz unverfroren angerufen hatte und Professor Meadows sprechen wollte, hatten sie sie nach Oxford mitgenommen. Sie hatte keine Lust, ihnen beim Squashspielen zuzuschauen, und ging statt dessen ins Ashmolean-Museum, wo sie sich die Caernavon-Statuen ansah, die eine sehr beruhigende Wirkung auf sie ausübten. Martin Jordan war in den nächsten zwei Wochen viermal aus London nach Reading gekommen, um mit Alice auszugehen – beim letzten Mal hatte er ihrer Mutter Blumen mitgebracht, was Alice' Wissens nach seit zwanzig Jahren niemand getan hatte – und dann hatte er angerufen und gesagt, er komme auf dem Weg nach Dummeridge durch Reading und könne sie abholen, wenn sie Lust habe mitzukommen.

Alice hatte darauf hingewiesen, daß Reading nicht auf dem direkten Wege von London nach Dorset liege.

»Für mich schon«, hatte Martin erklärt, »wenn du mitkommst.«

Er hatte sie in der Lynford Road abgeholt, und Alice hatte ihrer Mutter nicht einmal mehr aus dem Auto zugewinkt, wußte sie doch genau, daß diese nun einen neuen Grund zur Klage hatte, weil die Tochter es wagte, wegzufahren und sich zu amüsieren, während sie selbst zu Hause sitzen und leiden mußte.

Und nun lag Alice genüßlich an diesem paradiesischen Ort unter einer Weide und rekelte sich wohlig wie eine Katze, während ein wunderbarer Mensch den Tee brachte. Sie wußte im voraus, daß es chinesischer Tee in hübschen Tassen sein würde, mit dünnen Zitronenscheiben, und dazu vielleicht Mandelgebäck.

»Was für ein zufrieden aussehendes Mädchen!« sagte Cecily, während sie das Tablett abstellte. »Ich hoffe, Sie mögen chinesischen Tee. Und Dorothy – das ist meine Haushaltshilfe – hat Mürbeteigplätzchen gemacht.«

Alice lachte. »Ich dachte, es würde Mandelgebäck sein.«

»Und chinesischer Tee?

»O ja …«

Cecily lächelte strahlend und setzte sich in einen Rattanstuhl.

»Martin guckt immer noch in die Röhre.«

»Das stört mich nicht, solange er nicht von mir erwartet, ebenfalls in die Röhre zu gucken.«

»Er sagt, Sie malen.«

»Ja.«

»Dinge, die Sie sehen, oder Dinge Ihrer Phantasie?«

»Dinge, die ich sehe, aber mit Phantasie verfremdet.«

»Zitrone?«

»O ja, bitte ...« Sie richtete sich schwungvoll auf, und ihre nackten Füße versanken im warmen Spätsommergras.

»Sie ahnen ja nicht, wie himmlisch das alles ist«, sagte sie leidenschaftlich.

»O doch«, erwiderte Cecily. »Sie dürfen nicht vergessen, daß es mein ureigenstes Werk ist, und ich heimse nur allzu gern alle Lorbeeren ein.«

Sie reichte Alice eine mit Paradiesvögeln bemalte hauchdünne Tasse.

Alice nahm das zerbrechliche Gefäß vorsichtig entgegen. »Bei mir zu Hause ist alles so häßlich wie nur möglich«, berichtete sie. »Ich nehme an, daß meine Mutter sich auf diese Weise am Leben rächen will, weil es ihr kein Glück beschert hat.«

»Kaum jemand ist wirklich glücklich«, sagte Cecily. »Man muß vielmehr nach Mitteln und Wegen suchen, um wenigstens nicht unglücklich zu sein. Manche Leute lieben es aber leidenschaftlich, unglücklich zu sein.«

»Zu dieser Kategorie gehört meine Mutter. Es verschafft ihr eine grimmige Befriedigung, unglücklich zu sein.« Alice lachte plötzlich. »Oh, oh, ich bin gemein, *gemein* ...«

»Ja, das sind Sie.« Cecily betrachtete sie mit unverhohlener Zuneigung. »Erzählen Sie mir mehr über sie und über Ihren klugen Vater. Ich muß zu meiner Schande gestehen, daß Sie hier von Kulturbanausen umgeben sein werden. Ich glaube, mein Mann liest nur Zeitungen und technische Fachzeitschriften, Martin liest nur Farbbeilagen, und sein Bruder Anthony liest überhaupt nichts. Und Sie?«

Alice stellte ihre Tasse vorsichtig ab und streckte sich wieder auf dem Liegestuhl aus.

»Liebesgeschichten. Ich bin versessen auf Liebe. Glauben Sie, daß Liebe die Antwort auf alle Fragen ist?«

»Nun« – Cecily dachte an ihren Sohn Martin –, »das ist etwas, das Sie selbst herausfinden müssen.«

Sogar als Baby, als winziges Baby, hatte Martin ein bißchen ängstlich ausgesehen. Er war ein hübsches Baby gewesen, dann ein lieber kleiner Junge, dann ein sympathischer großer Junge, und schließlich hatte er sich zu einem kräftigen, blonden, durchaus attraktiven Mann entwickelt. Aber er sah noch immer ängstlich aus. Wenn man gute Laune hatte, so dachte Cecily immer, verspürte man das Bedürfnis, ihm diese Angst zu nehmen, wenn man sich aber selbst nicht wohl fühlte, ging dieser Ausdruck einem genauso auf die Nerven wie der stumme Vorwurf in den flehenden Augen eines Hundes, der stundenlang auf seinen Spaziergang warten muß, weil man gerade keine Zeit für ihn hat. Sie liebte Martin sehr, wollte ihn aber nicht dauernd um sich haben. Das war schon immer so gewesen. Er war unbestreitbar ziemlich langweilig, aber das hätte sie nicht weiter gestört. Was sie so deprimierend fand, war sein Mangel an Entschlossenheit, an Neugier und Abenteuerlust. Dieses ungewöhnliche Mädchen mitzubringen war das Wagemutigste, was er in vierundzwanzig Jahren je getan hatte. Und er hatte Alice nicht nur mitgebracht, nein, er ging auch großartig mit ihr um. Cecily hatte erwartet, daß er zu eifrig, zu devot sein würde, aber das war nicht der Fall. Er war sogar ziemlich unterhaltsam, und obwohl Cecily vermutete, daß er wahnsinnig verliebt war, ließ er sich kaum etwas davon anmerken. Und Alice ging mit ihm genauso ungezwungen um; es gab keine verstohlenen Blicke, keine sehnsüchtigen Augenkontakte. Als Anthony an jenem ersten Tag zum Abendessen nach Hause kam, beachtete Alice ihn kaum, obwohl er durch besondere Unverschämtheit ihre Aufmerksamkeit auf sich zu lenken versuchte. Er war so unverschämt, daß sogar sein Vater am Kopf des Tisches aus der Versunkenheit erwachte und plötzlich sagte: »Verlaß das Zimmer!

»Vater …«

»Verlaß das Zimmer.«

Anthony wandte sich hilfesuchend an seine Mutter.

»Geh«, sagte sie.

»Das ist barbarisch …«

»Verlaß das Zimmer«, wiederholte Richard Jordan, der mit einem Male so bedrohlich wie ein gereizter Stier aussah. Anthony stand auf.

»Was soll Alice …« Er verstummte. Alle beobachteten ihn. Cecily schien völlig ungerührt zu sein.

»Ich glaube, es war eine Französin, die in einem Buch beschrieben hat, wie sie endlich ihre fünf Söhne losgeworden ist. Ich müßte es kaufen.«

Martin versuchte in jener Nacht nicht, in Alice' Zimmer zu kommen. Sie hatte im Grunde damit gerechnet, aber eher gehofft, daß er es nicht tun würde. Sie war bisher zweimal mit Männern ins Bett gegangen, einmal mit siebzehn, um das erste Mal hinter sich zu bringen und zu wissen, worum es bei der Sache überhaupt ging, und das zweite Mal vor sechs Monaten, einfach weil sie das physische Bedürfnis nach Sex verspürt hatte. Beim zweiten Mal war es naturgemäß angenehmer gewesen, aber ihren Hoffnungen und Erwartungen hatten beide Erfahrungen nicht entsprochen, was sie damit erklärte, daß sie in die Männer nicht verliebt gewesen war. Sie wußte genau, daß sie auch in Martin nicht verliebt war, und deshalb wollte sie den Sex mit ihm nicht zu einer Art Lackmuspapiertest machen. Aber während sie so in dem bezaubernden Gästezimmer zwischen Leinenlaken ihren Gedanken nachhing, im Schein eines geradezu lächerlich theatralischen kupferfarbenen Vollmonds, gestand sie sich ein, daß sie große Lust auf wirklich guten Sex hätte. Sie wollte von einer gigantischen physischen Kraft in ihrem eigenen Innern überwältigt werden und jedes Atom ihres Körpers als *Körper* wahrnehmen. Einer der Dozenten an der Kunstschule – ein ziemliches Ekel – hatte einmal behauptet, daß guter Sex zu besseren Bildern führe. Alice hatte lange darüber nachgedacht und die These schließlich als typische Übertreibung der 60er Jahre verworfen. Es gab genügend Gegenbeispiele, angefangen mit Toulouse-Lautrec und van Gogh. Beide Hände auf den Bauch gepreßt, über dem züchtigen Baumwollnachthemd, fragte sie sich wieder einmal, welche Gefühle man wohl beim Orgasmus haben mochte, was er bewirkte. Wenn sie das endlich aus eigener Erfahrung wüßte, bräuchte sie sich darüber nicht mehr den Kopf zu zerbrechen.

Sie drehte sich auf die Seite und schob ihre Hände zwischen die Schenkel. Dummeridge war der herrlichste Ort, den sie je gesehen hatte. Falls Martin sie morgen fragen sollte, ob sie ihn heiraten wolle – vielleicht draußen im efeubewachsenen Stallhof, während über ihnen weiße Tauben durch die blaue Luft schwirrten –, würde sie ja sagen. Dann könnte sie immer hierherkommen, und – das Allerbeste – Cecily würde ihre Schwiegermutter sein. Sie begann vor Glück und Aufregung hilflos zu kichern, und Martin, der im dunklen Korridor vor ihrer Tür stand, brachte beinahe – aber doch nicht ganz – den Mut auf, einzutreten und sie zu fragen, was so komisch sei.

Er wußte, daß er sie heiraten wollte. Er wußte es vom ersten Augenblick an, als ihr Bruder Josh in jenem düsteren Haus in Reading eine Tür im ersten Stock aufgerissen hatte: Alice stand in enger rotschwarz gestreifter Hose und weitem blauem, über und über mit Farbe beschmiertem Arbeitskittel an einer Staffelei, die langen Haare auf dem Kopf zusammengezwirbelt und mit einem Pinsel befestigt, und malte in rasender Wut. Er verschwendete keinen Blick auf ihr Werk, so fasziniert war er von der Malerin. Ihm war noch nie jemand begegnet, der so – so *vital* aussah. Sie fiel Josh um den Hals, und er schien sich über das Wiedersehen genauso zu freuen. Und dann hatten sie sie nach Oxford mitgenommen, und Martin hatte das Gefühl gehabt, als pulsierte sein kleiner Mini plötzlich vor Leben, obwohl Alice nicht viel redete. Sie saß einfach auf dem Rücksitz und war *vorhanden,* und er betrachtete sie hin und wieder im Rückspiegel und schmolz förmlich dahin. Sie hatte das gewisse Etwas.

Er stellte fest, daß sie ihn mutig machte, daß er plötzlich die Initiative ergreifen konnte. Und es war ein Kinderspiel, sich mit ihr zu unterhalten. Als er zehn Tage später in ihrer Begleitung aus einem Pub kam, hatte er ausnahmsweise nicht das Gefühl, langweilig oder konventionell zu sein. Er war in Hochform, aber er befürchtete, daß diese Brillanz verschwinden könnte, wenn Alice nicht für immer bei ihm bliebe. Dann wäre er wieder der gute alte Martin, der viel Aufhebens um Abfahrtszeiten von Zügen und um Straßenverhältnisse machte, was seiner Mutter so manchen Stoßseufzer entlockte, auch wenn sie noch so sehr versuchte, es sich nicht anmerken zu lassen. Alice nach Dummeridge mitzunehmen war ein Geistesblitz gewesen, eine wirklich blendende Idee: Sie war ganz vernarrt in das Haus, und sie verstand sich auf Anhieb glänzend mit seiner Mutter. Und sogar sein Vater ... Anthony hatte einmal wütend geäußert, mit ihrem Vater zusammenzuleben sei so, als wohnte man in einem Haus, wo das größte und schönste Zimmer immer abgesperrt ist, und obwohl dieser Vergleich Martin verstörte, weil er von Natur aus konventionell und loyal war, mußte er doch zugeben, daß Anthony den Nagel auf den Kopf getroffen hatte. Sein Vater war im Grunde kein Langweiler, sondern nur extrem verschlossen, aber er beobachtete Alice, das konnte Martin sehen, und mehr noch, sie gefiel ihm offensichtlich. Alice war so beschaffen – bei diesem Gedanken schmolz Martins Herz dahin –, daß sie Richards Zurückgezogenheit einfach nicht registrierte. Sie redete ihn unbefangen an, und er ließ sich in ein Gespräch verwickeln und lächelte ihr sogar zu. Der einzige, den sie total ignorierte, war Anthony, und daran war der Dummkopf selber schuld, weil er sich nach Kräften produzierte, um ihre Aufmerksamkeit auf sich zu lenken, und sie zu beeindrucken versuchte, indem er seine Eltern beschimpfte. Es war das erste Mal, das allererste glorreiche Mal in Martins Leben, daß er Anthony ausgestochen hatte, daß er etwas besaß, was Anthony haben wollte, aber nicht bekommen konnte, daß er etwas von wirklich erstaunlicher Qualität gefunden hatte, wofür seine Eltern ihm Beifall spendeten.

Er wuchs um ein großes Stück. Er war ein ganz neuer, anderer Mensch. Wenn es ihm gelang, Alice zu behalten, würde von nun an alles klappen. Er würde ein Ziel und eine Zukunft vor Augen haben, er würde für *Alice* arbeiten.

Ein feiner Instinkt, den er nie zuvor an sich wahrgenommen hatte, dem er aber blind folgte, ließ ihn Zurückhaltung üben, und unter Aufbietung größter Willenskraft schaffte er es, Alice drei Monate lang keinen Heiratsantrag zu machen. Sie sahen einander jede Woche, und an zwei Wochenenden im

Monat überreichte er Mrs. Meadows rotbraune oder malvenfarbene Chrysanthemen (»Schenk ihr nur häßliche Blumen«, sagte Alice. »Sie verabscheut schöne.«) und nahm Alice mit nach Dummeridge.

Er war Mitglied im Schützenverein, und manchmal begleitete Alice ihn und gewann sogar; manchmal blieb sie aber auch in Dummeridge, malte und unterhielt sich mit Cecily, die ihre Gemälde sehr bewunderte und sie überredete, Wasserfarben zu verwenden und verschiedene Motive in Haus und Garten zu malen. Alice malte ein mit Spinnweben bedecktes Fenster an einer Biegung der Kellertreppe, eine Hühnerschar auf dem alten Aufsitzstein und eine Ecke des Salons, wo eine beschädigte kleine Alabasterbüste auf einem Tischchen stand, in ein indisches Tuch gehüllt, vor einer verblaßten streifigen Wand voller Miniaturen.

Zur Mittagszeit aßen sie Eier und Salat und hausgemachtes Grahambrot aus dem Backofen, und Cecily schenkte Alice immer Wein ein – zu Hause gab es Bier und Whisky für ihren Vater und Sherry für ihre Mutter, den sie aber aus Angst, sie könnte sich dann besser fühlen, nicht anrührte, aber Wein gab es nie –, und sie unterhielten sich, wobei ihnen der Gesprächsstoff nie ausging. Cecily erzählte sogar – zum erstenmal seit dreißig Jahren – von Wien. Die Geschichte weckte in Alice ein sehnsüchtiges Verlangen, nicht nur die Liebesgeschichte, sondern auch die fremdartige Kulisse und das romantische Schicksal der Stimme, die voll erblühte und dann für immer verstummte, als die Bedingungen, unter denen sie geweckt worden war, unwiderbringlich zerstört wurden. Alice' einzige Reise war eine Klassenfahrt nach Paris gewesen, und sie hatte davon hauptsächlich die unzähligen Stunden im Bus in Erinnerung behalten, weil ihr so übel gewesen war. Für alle Jordans war Reisen hingegen etwas ganz Selbstverständliches. Richard war ständig geschäftlich auf Reisen; die Jungen fuhren zum Skilaufen, und beide waren in Kenia auf Safari gewesen; Cecily ging nicht nur auf Vortragsreisen, sondern fuhr auch auf eigene Faust nach Frankreich und Italien, wo sie alles mögliche besichtigte und – wie sie es ausdrückte – ihren Hunger und Durst stillte, sowohl im buchstäblichen als auch im metaphorischen Sinn.

»Du müßtest hinfahren«, sagte sie zu Alice. »Es ist eine Schande, daß du noch nie in Italien gewesen bist.«

Und Alice war bald ganz ihrer Meinung. Im Laufe des Herbstes ärgerte sie sich insgeheim immer mehr, wenn es Sonntagabend wurde und sie Dummeridge, dieses anheimelnde Haus mit den gemütlichen Kaminen und all den alten Möbeln und Büchern, verlassen mußte. Ihr eigenes Zuhause in der Lynford Road kam ihr bei der Rückkehr von Mal zu Mal schlimmer vor: die abgewetzten Teppichfliesen im Flur, die grellen Deckenlampen mit den geschmacklosen Schirmen, die schwarzen und grünen Badkacheln, die falschen Proportionen – zu hoch, zu schmal – im ganzen Haus. Sie begann sehnsüchtig auf Martins regelmäßige Montagsanrufe zu warten, weil sie dabei erfuhr, wann er sie abholen würde, um mit ihr auszugehen. Und wenn er dann kam, stets auf die Minute pünktlich, war sie freudig erregt. Sie öffnete die Tür, und da stand er auf der gefliesten Schwelle und trug ein Tweedjackett, das sie zuletzt im Salon von Dummeridge an ihm gesehen hatte, und die derben Schuhe, die auf den Steinfliesen im dortigen Küchenflur so quietschten, und sie hatte von Mal zu Mal stärker das herrliche Gefühl, von ihm gerettet zu werden.

In der ersten Dezemberwoche führte er sie zum Abendessen in Marlow aus. Er trug einen Anzug, und in der festen Überzeugung, daß er endlich mit der Sprache herausrücken würde, zog sie das schwarze Kleid an, das sie aus einem Stück Jersey vom Markt selbst geschneidert hatte, machte sich eine Hochfrisur und legte riesige Kupferohrringe an, die ein Studienfreund für eine ägyptische Ausstellung angefertigt hatte. Das Restaurant in Marlow hatte rosa Servietten und rote Lampenschirme. Martin schnitt eine Grimasse.

»Tut mir leid«, sagte er.

Sie wußte nicht so recht, warum er sich entschuldigte; alles entsprach durchaus ihren Vorstellungen von einem Restaurant. Außerdem war sie viel zu erwartungsvoll, um sich an Kleinigkeiten wie einer unechten Holztäfelung oder leisen Mantovani-Klängen aus den Lautsprechern zu stoßen. Martin bestellte alles souverän und fachkundig, erzählte ihr, was sich bei ihm in der letzten Woche getan hatte – sie hörte kaum zu – und sagte dann, er habe ihr etwas zu berichten und wolle sie außerdem etwas fragen. Sie zwang sich, ihn ganz, ganz offen anzusehen.

»Berichte zuerst«, forderte sie ihn auf.

»Meine Mutter hat zwei Aufträge für dich. Zwei ihrer Freundinnen haben deine Bilder von Dummeridge gesehen und wollen, daß du in ihren Häusern malst. Mutter sagte, sie hätte in deinem Namen hundertfünfzig verlangt. Für jedes.«

»Hundertfünfzig Pfund für ein Bild?!« Alice bekam einen roten Kopf.

»Nun?« Er lächelte breit.

Alice verschränkte die Arme vor der Brust.

»Es ist ... es ist wundervoll. Deine Mutter ist wundervoll. Himmel, *richtiges* Geld!«

Sie hatte plötzlich einen Kloß im Halse, vor Erstaunen und Freude, vermutete sie.

»Ich habe sie gestern abend angerufen. Sie wollte es dir eigentlich selbst zu Weihnachten sagen, aber ich konnte sie überreden, es mir zu überlassen. Und damit wäre ich schon bei dem zweiten Punkt – bei meiner Frage.«

Diesmal konnte Alice ihm nicht in die Augen schauen; sie wußte überhaupt nicht, wohin sie schauen sollte, und starrte schließlich die Melone mit Parmaschinken auf ihrem Teller an, so daß Martin ihren gesenkten Kopf fragen mußte: »Würdest du zu Weihnachten kommen? Nach Dummeridge?«

Sie antwortete nicht sofort. Oh, dachte Martin, du kühles, kühles Geschöpf, spann mich nicht so auf die Folter. Sag ja, sag ja, sag ...

»Sehr gern«, sagte Alice. Ihre Stimme klang herzlich, aber keineswegs übertrieben begeistert, und verriet nichts von ihren wahren Gefühlen, nichts von ihrer plötzlichen Wut, einer Wut auf Martin. Frag mich doch, ob ich dich heiraten will, hatte sie ihm insgeheim zugerufen, frag mich, *frag* mich. Und statt dessen hatte er gefragt, ob sie zu Weihnachten kommen wolle.

»Das ist großartig«, sagte er. »Alle werden hell begeistert sein, das weiß ich. Was ist mit ...«

»Mit meinen Eltern?

»Ja.«

»Ich habe zwanzigmal mit ihnen Weihnachten gefeiert«, erwiderte Alice mit einer Heftigkeit, die nichts mit der Lynford Road zu tun hatte, »und ich finde, ich habe ein Weihnachtsfest in anderer Umgebung verdient. Außerdem kommt Oma.«

Als sie am Heiligen Abend nach Dummeridge kamen, war das Haus mit grünen Girlanden, mit Pyramiden polierter Äpfel und mit Kerzen geschmückt, und es duftete nach brennendem Holz.

»Wie schön, daß du kommen konntest«, sagte Cecily. »Festvorbereitungen für eine Frau machen richtig Spaß.«

Vom Moment ihrer Ankunft an war Alice der Star dieses Weihnachtsfestes. Sie spürte, daß die Stimmung sich hob, sobald sie ein Zimmer betrat, und sie wußte, daß alles im Hinblick auf sie ausgerichtet wurde. In ihrem Zimmer brannte ein Kaminfeuer, und es gab einen Weihnachtsstrumpf aus scharlachrotem Filz, und wohin sie auch ging, ruhten die Augen aller auf ihr, und alle Herzen flogen ihr zu. Ihr fiel auf, daß sogar Anthony einen guten Eindruck zu machen versuchte. Ob sie nun durch die herrlichen Räume schritt oder mit den Hunden hoch über dem grauen winterlichen Meer im Wind spazierenging – sie hatte das Gefühl, ihre wahre Bestimmung gefunden zu haben, nach Hause gekommen zu sein.

Sie war sich ihrer selbst so sicher, daß sie keinen Stolz verspürte, keinen jähen Freudentaumel und auch keine Erleichterung, als Martin sie endlich um ihre Hand bat. Sie nahm das Unvermeidliche zufrieden zur Kenntnis, weiter nichts. Es passierte am zweiten Weihnachtstag, und sie rannten über das Seacombe Cliff und mußten gegen den Wind anschreien, als er sie plötzlich, atemlos und lachend, am Arm packte und rief: »Du wirst mich heiraten, nicht wahr?

Und sie lachte zurück: »Bestimmt nicht!« und rannte vor ihm davon, und er wußte, daß das nicht ihr Ernst war, und verfolgte sie und riß sie zu Boden und preßte sie unter den dahinrasenden Wolken auf den kalten Rasen und hielt sie fest, bis sie es ihm versprach. Dann trug er sie nach Hause, und sein Vater öffnete eine Flasche Champagner, und jedesmal, wenn sie Cecily ansah, wußte Alice, daß sie keine andere Entscheidung hätte treffen können. Hier wurde sie geliebt.

In jener Nacht erlebte sie – entspannt, warm, zuversichtlich und selbstsicher – in Martins Armen einen Orgasmus, sogar einige Zeit vor ihm. Sie fragte sich ein bißchen verwirrt – vielleicht lag das am Champagner –, warum sie einen Orgasmus gehabt hatte und welchen Anteil Martin daran gehabt haben mochte, obwohl er im Grunde nicht viel gemacht hatte; aber sie verspürte ein überwältigendes Triumphgefühl, weil ihr Körper sie mitgerissen hatte, wie sie es sich so heiß ersehnt hatte. Flüchtig kam ihr zwar der Gedanke, daß die Befriedigung, die ihrem Körper widerfahren war, ihren Geist nicht im gleichen Maße überwältigt hatte, aber sie verdrängte diesen Gedanken rasch wieder, denn für sie stand fest, daß sie Martin mehr lieben mußte, als sie glaubte, wenn sie mit ihm einen Orgasmus erlebt hatte; und das wiederum bedeutete, daß ihre Gefühle weiter wachsen würden. Sie schlief dankbar in Martins Armen, bis er sich um fünf Uhr morgens sanft von ihr löste und diskret in sein eigenes Zimmer zurückkehrte. Beim Frühstück trugen beide ihr Glück so triumphierend zur Schau, daß Cecily unbeschreiblich erleichtert war und das Gefühl hatte, als nähme ihr eigenes Leben nach dreißig Jahren endlich eine positive Wendung.

Die Hochzeit wurde mit allgemeiner Zustimmung in Dummeridge gefeiert. Alice' Mutter war von Cecily so beeindruckt, daß sie sich alle Entscheidungen abnehmen ließ und sogar einer gemeinsamen Fahrt nach Bournemouth zustimmte, um dort ihre Festgarderobe zu kaufen. Nach der Rückkehr sagte sie verdrießlich, sie hätte sich noch nie etwas aus Grün gemacht, aber sie war sichtlich aufgeregt und weigerte sich, Näheres von dem Ausflug zu erzählen, um ihrem Mann und ihrer Tochter zu demonstrieren, daß auch sie ihre köstlichen Geheimnisse haben konnte. Alice war das alles egal. Sie verbrachte ausnahmslos jedes Wochenende in Dummeridge und schmiedete Pläne – wo Martin nach einem Arbeitsplatz Ausschau halten sollte, was für ein Haus sie suchen und wo sie die Flitterwochen verbringen sollten, aus welchem Material ihr Hochzeitskleid sein und welche Sachen sie auf die Geschenkliste setzen sollte.

»Meinst du wirklich, daß ich unumwunden um sechs cremefarbene Badetücher und eine italienische Souffléschüssel aus verziertem Porzellan und um ein Dutzend Weingläser und einen Dosenöffner bitten kann?«

»Selbstverständlich. Die Leute erwarten das.«

»Wow!« rief Alice. »Also dann, überlegen wir mal, was sonst noch ...«

Martin wurde eine Stellung in Salisbury angeboten, die er bereitwillig annahm, und kurze Zeit später fanden Alice und Cecily ein Cottage am Rand von Wilton, mit drei Schlafzimmern, einem reizvollen erhöhten Kamin, der früher einmal ein Holzofen gewesen war, und mit einem Apfelbaum im Garten. Es war Mai, und der Baum blühte prächtig. Im Juni schloß Alice die Kunstschule ab, packte ihr Hab und Gut in Reading zusammen und zog nach Dorset. Ihre Mutter war jetzt wirklich verletzt, versuchte aber nicht einmal, sie zurückzuhalten, weil ihre Gründe auf der Hand lagen. Ihr Vater versuchte es aber trotzdem.

»Bist du sicher«, sagte er, seine attraktive Gestalt an die Küchenschränke gelehnt und ein Glas Whisky an die Brust gedrückt, »daß man dir nicht den Kopf verdreht hat?«

Alice erwiderte gereizt: »Nun, das ist jedenfalls etwas, worin du dich nur allzu gut auskennst.«

Er lachte. Es hatte sie schon immer genervt, daß es einfach unmöglich war, ihn zu verärgern.

»Hör mal, Al, du brauchst ja ohnehin nur noch zwei Monate hier auszuhalten. Es ist ein bißchen hart für uns, zugunsten des blendenden Reichtums der Jordans so offenkundig ad acta gelegt zu werden, noch *bevor* du verheiratet bist. Es macht den Eindruck, als wärst du ein verdorbenes Ding, und wir sehen dabei auch nicht besonders gut aus.«

»Es ist mir egal, welchen Eindruck ich mache«, erwiderte Alice, »und ich kann nichts daran ändern, wie ihr ausseht. Die beiden Jungs sind längst aus dem Haus gegangen, und ich habe hier drei Jahre allein ausgeharrt. In Dummeridge herrscht nicht ständig eine gespannte Atmosphäre, und ich kann dort malen.« Nach kurzem Schweigen fügte sie stolz hinzu: »Ich habe drei weitere Aufträge.«

Sam Meadows hatte plötzlich die beklemmende Vision vor Augen, daß er in Zukunft beim Nachhausekommen die Tür öffnen und nur seine Frau vorfinden würde, und er unternahm einen letzten unklugen Versuch, Alice umzustimmen. »Du könntest vielleicht ein bißchen an mich denken.«

Alice schnaubte.

»Ich verstehe. Du möchtest, daß ich hierbleibe, damit es zwischen dir und Mutter weiterhin eine Art Pufferstaat gibt. Pech für dich. Das ist nämlich einer der Gründe, warum ich meine Koffer packe.«

Sam trank einen Schluck Whisky.

»Offen gesagt, Al, ich glaube nicht, daß ich es allein hier aushalte.«

»Dann müßtest du eigentlich verstehen, wie mir zumute ist. Jammere nicht«, sagte Alice mürrisch. »Und versuch nicht, mir Schuldgefühle einzuimpfen. Ich gehe, und damit basta.«

Ihr Vater stemmte sich vom Schrank ab, ging um den Küchentisch herum, nahm sie in den Arm und gab ihr einen fachmännischen, nach Whisky riechenden Kuß auf die Stirn.

»Ich mache dir keine Vorwürfe«, sagte er. »Aber auch du solltest es mir nicht verübeln, daß ich versucht habe, dich zum Hierbleiben zu überreden.«

»Vorwürfe ...« Alice lehnte sich an ihn und registrierte unwillig, wie zärtlich er war, wie perfekt er mit Frauen umgehen konnte. »Sprich nicht von Vorwürfen. In Dummeridge wird dieses Wort nie verwendet, auch nicht Ausdrükke wie Schuld, Treue, Verrat und all die anderen schrecklichen großen Worte, die Mutter und du ständig als emotionale Waffen einsetzt.«

Ihr Vater verließ daraufhin den Raum, und sie ging in ihr Zimmer hinauf, um fertig zu packen, und als sie wieder herunterkam, saß ihre Mutter im Wohnzimmer auf dem braunen Ripssofa mit Schaumstoffüllung, starrte ins Leere und preßte die Hände auf dem Schoß krampfhaft zusammen. Alice kauerte neben ihr nieder.

»Martin holt mich um fünf ab.«

»Ich weiß«, murmelte ihre Mutter.

»Es ist doch kein großer Unterschied«, brachte Alice mühsam hervor, »ob ich schon jetzt oder erst nach der Hochzeit ausziehe. Bestimmt nicht.«

Schweigen.

»Es ist nicht ... ist nicht, weil ... ich meine, es ist nicht so, daß ich ... daß ich Dad und dich nicht lieben würde, es ist nur die hiesige Atmosphäre.«

»Ich verstehe.«

»Dort werde ich nie aufgefordert, Partei zu ergreifen«, versuchte Alice sich zu rechtfertigen. »Und ich muß auch nicht jedesmal, wenn ich den Mund öffne, überlegen, wen ich jetzt wieder kränken werde.«

Elizabeth Meadows starrte weiterhin ins Leere.

»Ich verstehe«, sagte sie wieder und fügte nach kurzer Pause hinzu: »Und ist die Ehe der Jordans glücklich?« Alice war verwirrt. Darüber hatte sie sich nie Gedanken gemacht, und als sie es jetzt tat, kam sie zu dem Schluß, daß es vielleicht keine besonders enge Ehegemeinschaft war, aber sie schien ganz in Ordnung zu sein, und jedenfalls führten beide ihr eigenes Leben, das war der große Unterschied.

»Sie wollen im Gegensatz zu dir gar nicht, daß die Ehe ihr einziger Lebensinhalt ist«, sagte Alice und machte damit alles nur noch schlimmer. »Cecily hat ihren eigenen Beruf, Richard ist sehr erfolgreich ...«

»Wie perfekt!« Das hörte sich so an, als spuckte ihre Mutter Glassplitter aus.

Alice stand seufzend auf und ging zur Balkontür, die in ein deprimierendes schmales Gärtchen führte, in dem ihre Mutter unnachsichtig für Ordnung sorgte: Die parallelen Beete waren mit schnurgeraden Reihen von Salbei und Ringelblumen gefüllt.

»Sieh mal«, sagte Alice, »ich kann hier nichts richtig machen, so sehr ich mich auch bemühen mag. Immer stoße ich entweder dich oder Dad vor den Kopf. Deshalb warte ich nicht anstandshalber bis zur Hochzeit, sondern verlasse euch schon etwas früher und gehe dorthin, wo ich es allen recht mache, ohne mich anstrengen zu müssen.«

»Du machst zuviel Worte«, sagte Elizabeth. »Ich versuche ja nicht, dich davon abzuhalten.«

Und dann klingelte es zum Glück, und Martin stand vor der Tür.

Alice schlief nie wieder in der Lynford Road. Die beiden Monate in Dummeridge vergingen wie in einem schönen Traum. Richard war fast die ganze Zeit verreist, und Cecily hielt sich drei Wochen in Amerika auf, und da Martin gerade seine Abschlußprüfungen ablegte und nur an Wochenenden heimkommen konnte, hatte Alice das Haus ganz für sich, wurde von Dorothy betreut und war ansonsten frei wie ein Vogel. Sie schlief mittags in einer Hängematte im Garten, streifte nachts in der matten Sommerdunkelheit umher und machte sich üppige Sandwiches mit sahnigem Käse, getrockneten Aprikosen und gehackten Walnüssen, die sie manchmal splitterfasernackt auf dem mondbeschienenen Rasen oder im dunklen Salon aß. Sie ging mit den erstaunten, aber höflich fügsamen Hunden um Mitternacht ans Meer und schwamm im glitzernden schwarzen Wasser, und dann ging sie barfuß nach Hause, hüllte sich in eine Decke und ließ ihr salziges Haar an der Luft trocknen. Sie hatte malen wollen, tat es aber nicht. Sie wußte, daß sie sich nach Cecilys Rückkehr dazu verpflichtet fühlen würde, und deshalb genoß sie den Luxus des Alleinseins und Nichtstuns um so mehr, schweifte durch die heißen Wiesen hinter dem Haus, wo das Heuen in vollem Gange war, lehnte ihre Wange an Mauern und Bäume, lag bäuchlings auf dem Rasen, ließ ihren Arm in den Goldfischteich hängen und beobachtete, wie das Licht ins Wasser fiel und Luftbläschen von den Härchen an ihrem Arm nach oben stiegen.

Wenn Martin Sonntag abends nach London zurückfuhr, fiel ihr der Abschied nicht schwer; ehrlich gesagt, hob sich ihre Stimmung sogar, sobald der Motor des Mini nicht mehr zu hören war, weil sie sich wieder richtig frei fühlte. Sie begab sich dann geradewegs in die Küche, setzte sich an den riesigen blank gescheuerten Tisch und schrieb ihm sehr zärtlich, wie sehr sie sich auf Freitag freue und daß er vorsichtig fahren müsse. Diese Briefe waren völlig aufrichtig. Anschließend ging sie ans Meer und schwamm und schwamm und schwamm. Dorothy, die frühmorgens oft nasse Handtücher am Herd hängen sah, überlegte, ob sie ein Wort über die Unvernunft, mitten in der Nacht allein im Meer zu schwimmen, verlieren sollte, entschied sich aber dagegen, weil Alice so glücklich aussah. Sobald sie verheiratet war, würde diese Freiheit ohnehin unwiderruflich dahin sein, und deshalb sollte sie die Zeit bis dahin voll auskosten, sogar mit riskanten Unternehmungen. Schließlich war alles Lohnende im Leben mit einem Risiko verbunden, auf diese oder jene Weise.

Abgesehen von Martin, hatte Alice während Cecilys Abwesenheit nur zwei Besucher. Der eine war Anthony, der unangemeldet über Nacht kam, beim Abendessen reichlich trank und sie anschließend zu küssen versuchte, wobei er auf seine große Erfahrung vertraute. Sie blieb in seinen Armen jedoch ganz steif und erklärte kühl: »Aber ich mache mir überhaupt nichts aus dir. Ich finde dich kein bißchen attraktiv.«

»Teste mich doch.« Sein Mund näherte sich dem ihren. Sie wandte den Kopf zur Seite.

»Dir geht es doch nur darum, Martin auszustechen.«

Daraufhin ließ Anthony sie los und ging zu Bett, und als sie morgens aufwachte, war er nicht mehr da.

Der andere Besucher war ihr zukünftiger Schwiegervater, der zwischen seinen Reisen zwei Nächte in Dummeridge verbrachte. Er kündigte ihr sein Eintreffen telefonisch an, und sie erkundigte sich pflichtschuldigst: »Soll ich irgendwas vorbereiten? Ich meine … hast du irgendwelche besonderen Wünsche oder Gewohnheiten?«

Er verneinte. Sie brauche sich um nichts zu kümmern, Dorothy würde schon alles Notwendige veranlassen. Er wollte zum Abendessen da sein, und Alice machte nachmittags einen herrlichen langen Spaziergang ohne festes Ziel, verbrachte viel Zeit damit, in einem Bach einen Damm zu bauen, und kehrte zur Teestunde zurück. Als sie jemanden Klavier spielen hörte, glaubte sie, das könne nur Cecily sein. Freudig erregt stürzte sie in den Salon und rief: »Oh, ich habe nicht damit gerechnet …« Sie verstummte mitten im Satz, denn es war Richard.

Er hörte auf zu spielen und drehte sich um.

»Aber ich dachte«, stammelte Alice, »ich dachte, du spielst nicht Klavier!«

Er lächelte.
»Doch.«
»Aber Cecily …«
»Ich spiele seit eh und je, technisch nicht mal schlecht, aber mir fehlt jede Inspiration, wie du dir ja denken kannst. Deshalb spiele ich nie, wenn ich weiß, daß jemand im Hause ist.
Sie durchquerte langsam den Raum und blieb neben ihm stehen. Er hatte Schubert gespielt!
»Jetzt bist du ganz von den Socken, stimmt's?« fragte er. Sie spürte, daß sie errötete.
»Ja. Ich dachte …«
»Ich weiß«, sagte er. »Du stehst mit deiner Meinung bei weitem nicht allein.« Er stand auf und rieb sich die Hände, so als wollte er die verwirrende Fremdheit abschütteln, und als er auf sie herabblickte, fragte sie sich unwillkürlich, ob er sich über sie amüsierte, aber er stellte nur fest: »Du siehst gut aus. Was hast du gemacht?
Sie hielt seinem Blick stand. »Rein gar nichts.«
Diese Antwort gefiel ihm, und später wollte er wissen, was sie unter Nichtstun verstand. Sie erzählte ihm einiges, wenn auch nicht alles; schließlich war es kaum angebracht, dem zukünftigen Schwiegervater auf die Nase zu binden, daß sie mitten in der Nacht nackt auf seinem Sofa im Salon gelegen und Sandwiches gegessen hatte. Zu ihrer eigenen Überraschung tat es ihr leid, als er wieder abreiste, nach Heathrow und weiter zum Golf von Mexiko. Sie hatte in seiner Gegenwart weder das Gefühl gehabt, daß er ihr das Haus wegnehmen wollte – und dabei *war* es sein Haus –, noch hatte er ihre Freiheit beeinträchtigt. Ganz im Gegenteil, er schien seine eigene persönliche Freiheit zu haben, was ihre Neugier reizte und in ihr den Wunsch weckte, mehr über ihn zu erfahren. Als er fort war, stellte sie zu ihrem großen Ärger fest, daß sie sich ein bißchen einsam fühlte, und so wurde Cecily, die drei Tage später zurückkehrte, von ihrer zukünftigen Schwiegertochter genauso begeistert und dankbar begrüßt wie von den Hunden.
»Ich hätte dich nicht so lange allein lassen sollen, aber diese verdammte Tournee wurde vor fast einem Jahr vereinbart. O Gott, ich will nie wieder erklären müssen, daß es un-

möglich ist, in Selma, Alabama, einen englischen Frühlingsgarten anzulegen.«

Nach Cecilys Rückkehr ging das Leben wieder seinen gewohnten Gang. Die Tage und Nächte waren wieder mit den dafür vorgesehenen Beschäftigungen ausgefüllt, Listen wurden aufgestellt, Briefe geschrieben, und schließlich fand die letzte Anprobe von Alice' Hochzeitskleid statt – elfenbeinfarbener Chiffon über pfirsichfarbener Seide. Mit jeder Post trafen Geschenke ein, Geschenke von wildfremden Menschen und von Geschäften, zu deren Kundenkreis Alice nie gehört hatte – General Trading Company, Harrods, Peter Jones, Thomas Goode, White House. Das Eßzimmer von Dumeridge füllte sich langsam mit Bettwäsche, Porzellan, Kasserollen und chinesischen Lampen, mit Dingen, die Alice selbst ausgewählt und auf die Geschenkliste gesetzt hatte und nun erhielt. Als die Stapel immer größer wurden, hatte sie plötzlich keine Freude mehr daran, obwohl die Sachen als solche ihr gefielen. Was ihr Unbehagen bereitete, war nicht die Tatsache, daß sie maßlos verwöhnt wurde, sondern das Gefühl, daß sie mit all diesen Handtüchern, Gartenscheren und Brandykartons irgendwie *gekauft* wurde. Sie versuchte, mit Cecily darüber zu sprechen, und Cecily, die die bescheidenen materiellen Verhältnisse in Alice' Elternhaus als Ursache für diese Gefühle betrachtete, sagte, sie solle sich doch einfach zurücklehnen und es genießen.

»Du kannst mir glauben, daß die Leute das tun *wollen*. Sie fänden es sehr seltsam, wenn du keine Liste hättest, und du warst ja bei Gott nicht habgierig.«

Also schrieb Alice gehorsam Briefe und zerbrach sich den Kopf über Blumen, Spargelrollen und die Farbe des Festzeltes, das sehr groß und mit Fenstern versehen sein sollte, für den Fall, daß der Tag kühl war. Anstatt entspannt in den Federn zu liegen, wälzte sie sich nachts schlaflos von einer Seite auf die andere, machte sich Sorgen um Einzelheiten und Kleinigkeiten und wurde das Gefühl nicht los, daß ein Druck entstanden war, der auf ihrer Brust und Stirn lastete und ihr das Sehen und Atmen erschwerte.

Als ihr Hochzeitstag anbrach, hatte sie keine Lust zu heiraten, aber die ganze Maschinerie war nun einmal unerbittlich angelaufen, und so schritt sie am Arm ihres erfreuten Vaters höchst dekorativ zum Altar, aber sie fühlte sich den ganzen Tag über einsam, und gegen Ende war sie von der Anstrengung, die glückstrahlende Braut zu mimen, völlig erschöpft und den Tränen nahe.

»Sie ist müde«, sagte Cecily leise zu Martin, als sie das Paar zum Wagen brachte, während die Gäste, die nach dem Genuß von Champagner mitten am Nachmittag unnatürlich fröhlich waren, auf dem Kies standen und hurra schrien. »Paß gut auf sie auf.«

Er tat sein Bestes. Am nächsten Tag schlief sie fast während des ganzen Fluges nach Athen; er war sehr besorgt, hüllte sie in Decken und gab den Stewardessen durch Zeichen zu verstehen, daß sie seine Frau nicht mit Mittagessen, Drinks und Duty-free-Uhren belästigen sollten. Einer von Cecilys Freunden hatte ihnen eine Villa auf Patmos zur Verfügung gestellt, wo sie allein waren – bis auf das Hausmeisterehepaar, das in Haus und Garten so emsig arbeitete, daß es schwierig war, nicht ständig auf einen der beiden zu stoßen. Alice und Martin schwammen, schliefen und lagen in der Sonne. Alice zeichnete ein bißchen, und nachts vollzog Martin den Liebesakt, was sie nicht weiter störte, worauf sie sich aber auch nie zu freuen vermochte. Welche Gefühle er dabei hatte, wußte sie nicht, weil sie nicht darüber sprachen. Sie waren sehr nett zueinander, und als sie sich Jahre später, jeder für sich, an ihre Flitterwochen zu erinnern versuchten, wollten ihnen beim besten Willen keine Einzelheiten mehr einfallen.

»Ich glaube«, sagte Alice zu ihrem Schwiegervater, sichtlich bemüht, ehrlich und fair zu sein, »ich glaube, ich habe einfach *geschlafen.*«

Sie kamen braungebrannt zurück und trugen die zufriedenen, sieghaften Mienen zur Schau, die von Flitterwöchnern erwartet werden, und kurz darauf konnte Alice die Lynford Road endgültig aus ihrem Gedächtnis streichen. Sie waren kaum zwei Wochen zu Hause, und Alice befand sich in jenem Frühstadium des Nestbaus, wo es noch ungeheuren Spaß macht, den richtigen Platz zum Aufhängen einer Wäscheleine zu finden, als unangemeldet ihr Vater zu Besuch kam. Er wirkte völlig ungezwungen, während Alice ihr Erstaunen nicht verbergen konnte. Sie führte ihn stolz in ihr kleines Wohnzimmer, bot ihm den einzigen anständigen Lehnstuhl an und wies auf die Aussicht hin, die er bewundern konnte, während sie den Kaffee machte. Er sagte, er würde einen Brandy bevorzugen.

»Brandy?«

»Jawohl, Brandy.«

»Wir haben keinen Brandy im Haus.«

Sam Meadows schloß gequält die Augen.

»Was habt ihr denn?

»Eine Weinkiste.«

»Dann ein Glas Weinkiste, bitte.«

Alice ging in die Küche, holte eines ihrer neuen Gläser aus ihren frisch gestrichenen Schränken und füllte es aus der Weinkiste. Dabei fiel ihr unwillkürlich auf, daß der Wein offenbar von einer Senffirma verkauft wurde. Sie brachte das Glas ins Wohnzimmer, und noch bevor Sam es in der Hand hatte, verkündete er: »Ich bin hergekommen, um dir zu sagen, daß ich deine Mutter verlassen habe.«

Alice, die durch ihr Apple Tree Cottage und Griechenland und Dummeridge Abstand von den alten Problemen ihrer Eltern gewonnen hatte, fragte nur: »Wegen einer anderen Frau?

»Nein«, erwiderte Sam Meadows. »Wegen meiner geistigen Gesundheit.«

Alice drückte ihm das Weinglas in die Hand. »Hattest du das schon lange vor?«

»O ja, seit Jahren. Ich wußte, daß ich es allein mit ihr nicht aushalten konnte, sobald ihr alle aus dem Haus sein würdet, aber wenn ich schon früher gegangen wäre, hättest *du* es vielleicht nicht geschafft, sie zu verlassen.« Er trank einen Schluck. »Ich bin am Abend deines Hochzeitstages gegangen.«

»Du bist *was* ...?«

»Wir sind in eisigem Schweigen von Dummeridge nach Hause gefahren. Ich glaube, es fielen nur zwei Worte – sie sagte ›Paß auf‹, als wir irgendwo in der Nähe von Andover ein Fahrrad überholten. Zu Hause fing sie dann an. Nichts Neues, das Übliche, mit unzähligen Wiederholungen. Also bin ich raufgegangen und habe eine Tasche gepackt – eigentlich albern, wie in einem melodramatischen Fernsehfilm. Dann bin ich zu einer Universitätswohnung gefahren; ich wußte, daß es dort ein freies Zimmer gab, weil ein amerikanischer Doktorand nicht aufgetaucht ist. Ich wohne dort noch immer.«

»Aber ich habe doch oft mit dir *gesprochen«*, meinte Alice, »und auch mit Mutter. Und keiner von euch beiden hat je gesagt ...«

»Sie glaubt, daß ich zurückkommen werde. Ihrer Ansicht nach ist das nach dreißig Ehejahren unvermeidlich.«

Alice betrachtete ihren hübschen Kamin, den sie mit Blumen und Blättern gefüllt hatte.

»Du bist ein schrecklicher Ehemann gewesen.«

»Ich bin kein *treuer* Ehemann gewesen.«

»Das ist schrecklich. Ich könnte es nicht ertragen.«

Sam leerte sein Glas.

»Ich war nicht etwa deshalb untreu, weil ich deine Mutter verletzen wollte.«

»Das weiß ich. Es ist nur ... sie hat sonst nichts.«

»Genau das hat mich fast umgebracht.«

Alice sah ihn mit einer Mischung aus leichtem Widerwillen und warmer Zuneigung an, hatte im Grunde aber das Gefühl, daß diese Sache sie herzlich wenig anging.

»Was wird aus Mutter?«

»Ich weiß es nicht. Selbstverständlich werde ich ihr von allem die Hälfte überlassen. Aber im Augenblick will sie über nichts reden, weil sie sich einbildet, daß ich zurückkehren *muß*. Und deshalb ...« Er warf Alice einen bittenden Blick zu.

»Und deshalb möchtest du, daß ich ihr klarmache, du hättest nicht die Absicht zurückzukommen, und sie müsse sich überlegen, was sie tun will.«

»Ja.«

»In Ordnung.«

Ihr Vater stand auf.

»Du hörst dich nicht gerade sehr interessiert an. So oder so.«

Alice wurde plötzlich wütend. »Du willst immer eine so *emotionale* Reaktion. Mit der kann ich dir aber nicht dienen, und selbst wenn ich irgendwelche Emotionen habe, möchte ich sie nicht zeigen. Vielleicht glaube ich, daß du recht hast,

Mutter zu verlassen, und vielleicht glaube ich gleichzeitig, daß ihre Zukunft schrecklich düster aussieht, aber ich habe keine Lust, mich darüber mit dir zu unterhalten. Ich schwelge nicht gern in Gefühlen.«

Sam ging zu ihr und legte seine Hände auf ihre Oberarme. »Eines Tages«, sagte er, »eines Tages wirst du erwachen und wahre Gefühle und wirklichen Schmerz kennenlernen, weil du etwas, wonach du dich sehnst, nicht haben kannst, oder weil du zu spät begreifst, daß du etwas, das du wirklich brauchst, verschmäht hast. Dann wirst du verstehen, daß die zwischenmenschlichen Beziehungen das einzig Sinnvolle im Leben sind.

»Was meinst du damit, daß ich eines Tages wahre Gefühle kennenlernen werde?« fragte Alice indigniert.

Sam ließ sie los.

»Genau das, was ich gesagt habe.«

Nachdem er gegangen war, spülte Alice in der Küche sein Weinglas und weinte ein bißchen aus Verwirrung. Martin würde erst in einer Ewigkeit nach Hause kommen, wie ihr schien, und sie war versucht, ihn anzurufen, tat es dann aber doch nicht, was zur Folge hatte, daß sie einen Nachmittag vergeudete, weil sie nervös im Cottage herumhantierte. Als er dann endlich kam, überfiel sie ihn sofort mit der Neuigkeit, und er nahm sie in die Arme und sagte: »O Allie, es tut mir ja so leid, wie schrecklich für dich, aber im Grunde war es doch unvermeidlich, nicht wahr?« Und sie fühlte sich wie durch ein Wunder plötzlich besser. Natürlich war es unvermeidlich! Was hätte man von diesem hoffnungslos unharmonischen Paar auch anderes erwarten können, diesem Paar, das per Gesetz aneinander gebunden war und dessen Ehe ein Friedhof unmöglicher Erwartungen und gebrochener Versprechen war? Sie lehnte sich an Martin, und er flüsterte ihr ins Haar: »Du hast doch jetzt sowieso ein neues Leben. Ich meine – sie werden selbst irgendwie damit zurechtkommen müssen. Du gehörst jetzt nämlich zu mir, weißt du das?«

Und als sie so beisammen standen, kam es Alice so vor, als wäre Martin die Antwort und die Zuflucht, und sie schmiegte sich an ihn und war von dankbarer Liebe zu ihm erfüllt.

Natürlich besuchte sie ihre Mutter. Sie saßen einander am Küchentisch gegenüber, die Ellbogen auf die abgenutzte Kunststoffplatte gestützt, und Elizabeth sagte sofort: »Ich weiß, daß er nicht zurückkommen wird. Ich muß mich damit abfinden, daß ich einem Mann mein Leben geopfert habe, der ohne weiteres imstande ist, sich einfach aus dem Staub zu machen und mich meinem Schicksal zu überlassen. Sein Leben war auch das meinige. Und jetzt habe ich gar nichts mehr.«

»Vielleicht *wollte* er gar nicht, daß du dich ausschließlich ihm widmest«, wandte Alice ein.

Ihre Mutter tat ihr leid. Die Augen der Frau waren erloschen und glichen leblosen Kieselsteinen, und sie war erschreckend mager.

»Es war unmöglich, ihm zu gefallen. Es gab keine Möglichkeit, ihn zu halten. Das war das einzige, was ich jemals wollte, und es war das einzige, was mir nicht gelungen ist.« Sie begann still vor sich hin zu weinen. »Ich will so nicht mehr weiterleben.«

Alice streckte die Hand aus und packte ihre Mutter am Handgelenk.

»Hör auf!«

»Du hast ja nicht die leiseste Ahnung, wovon ich spreche. Du hast noch nie im Leben jemanden leidenschaftlich geliebt. Du bist so schrecklich unreif.«

Alice zog ihre Hand zurück. Mit großer Anstrengung brachte sie über die Lippen: »Ich möchte dir helfen, wenn du mir sagst, wie ich das tun kann.«

»Du kannst mir nicht helfen«, sagte ihre Mutter. »Es ist nett von dir, ein solches Angebot zu machen, aber helfen könnte mir nur ein einziger Mensch, und der hat es endgültig abgelehnt.«

Alice stand auf, umklammerte mit beiden Händen die Tischplatte und beugte sich so weit vor, daß ihr Gesicht nur wenige Zentimeter von dem ihrer Mutter entfernt war.

»Also gut, wenn du willst, dann ertrink eben in Selbstmitleid. Weigere dich, Hilfe anzunehmen. Spiel dein törichtes Melodram weiter. Aber vergiß bitte nicht, daß du meine Hilfe verschmäht hast.«

Elizabeth wandte ihr Gesicht ab.

»Dir kann das alles doch sowieso ganz egal sein«, murmelte sie mit leiser, verbitterter Stimme. »Du bist noch keine einundzwanzig und schon glücklich verheiratet. Du wirst nach Strich und Faden verwöhnt. Die Jordans haben dich verführt, aber du wirst es noch bereuen, denn niemand, *niemand* hat ein so leichtes und bequemes Leben.«

Daraufhin verließ Alice das Haus und machte wütend einen langen Spaziergang durch die Straßen, wo ihre Brüder früher Zeitungen ausgetragen hatten, und als sie zurückkam, hatte ihre Mutter schon den Tee zubereitet und verkündete ihr ohne jede Einleitung, daß sie sowieso nach Colchester ziehen und mit ihrer Schwester zusammenleben würde.

»Die ganze Szene von vorhin war also völlig überflüssig?« sagte Alice ungläubig und den Tränen nahe. »Du *wußtest* die ganze Zeit über, daß du bei Tante Anne wohnen wirst?«

»Ich kann sonst nirgendwohin gehen«, erwiderte ihre Mutter. »Wer würde mich denn schon wollen?«

»In der Tat, wer würde sie wollen«, sagte Alice später zu Martin, während sie Sauerrahm in die gebackenen Kartoffeln füllte, die es zum Abendessen gab. »Ich weiß nicht, was ich von ihr halten soll. Eines steht fest – sie ist wirklich eine sensationelle Mutter.«

Martin gab beruhigende Geräusche von sich. Seiner Meinung nach sollten Eltern von objektiver Kritik ausgenommen sein, und man sollte nicht über sie diskutieren. Er kannte seine Schwiegermutter kaum, und vor ihren unerträglichen neurotischen Charakterzügen verschloß er einfach die Augen. Sie hatte die Universität besucht und Jura studiert, das konnte er gut nachvollziehen, aber über alles übrige sollte man sich lieber nicht den Kopf zerbrechen. Und es gefiel ihm nicht, wenn Alice sarkastische Bemerkungen über ihre Mutter machte, auch wenn sie noch so viele Gründe dafür haben mochte. Er zerschnitt energisch seine Kartoffel und den kalten Schinken und erzählte Alice von einem Kollegen, der in Verbier eine Wohnung besaß, die er zu ermäßigten Preisen an Freunde vermietete. Dort könnten sie im Februar Urlaub machen, berichtete Martin.

Zwei Wochen später zog Elizabeth Meadows nach Colchester, in die gepflegte Villa ihrer verwitweten Schwester. Sie nahm außer ihrer Kleidung kaum etwas mit und ließ Verlobungs- und Ehering in einer Untertasse auf dem Küchentisch zurück. Das Haus in der Lynford Road wurde verkauft, und Sam kaufte eine Wohnung unweit der Universität, wo er das Leben führen konnte, das seinem leichtlebigen, liebenswürdigen Charakter entsprach. Er kam mehrmals im Jahr zu Besuch ins Apple Tree Cottage, wo er sich großer Beliebtheit unter Alice' neuen Freunden erfreute; sie bestaunten diesen charmanten Bohemien, wie sie es getan hätten, wenn ein anhänglicher Neufundländer auf seine alten Tage plötzlich sprechen gelernt hätte. Elizabeth ließ sich nie blicken. Einmal im Jahr fuhr Alice widerwillig nach Colchester, übernachtete bei den beiden Schwestern und saß deprimiert in dem übertrieben ordentlichen Wohnzimmer, wo die gemeinsame Trauer um die verlorenen Männer fast greifbar im Raum hing und den vierten Chintzsessel einzunehmen schien.

Die nächsten drei Jahre verliefen – glücklich. Martin genoß das Bewußtsein, nicht nur Alice gewonnen, sondern auch alle anderen wichtigen Entscheidungen seines Lebens richtig getroffen zu haben. Er war nicht besonders ehrgeizig, und seine Stellung, die ihm die Chance bot, irgendwann zum Partner aufzurücken, entsprach völlig seinen Erwartungen. Er hatte ein hübsches Cottage und genug Geld, und er hatte Alice. Sie zu besitzen war von unschätzbarem Wert, nicht nur, weil sie ihm soviel gab, sondern auch, weil sie erheblich zu seinem Ansehen beitrug. Während der Flitterwochen hatte sie sich angewöhnt, ihre langen Haare hoch auf dem Kopf zusammenzubinden und zum Zopf zu flechten, damit sie beim Schwimmen im Meer nicht wie Tang herumhingen, und diese Frisur, die sie seitdem beibehalten hatte, zog viele bewundernde Blicke auf sich. Sie trug Stiefel und Tücher und Kleider aus Indien und Peru, während die Frauen von Martins Kollegen marineblaue Hosen, gestreifte Hemden und Perlenohrringe bevorzugten. Sie malte Bordüren an ihre Zimmerwände und Bilder auf ihre Schranktüren, und es dauerte gar nicht lange, bis sie von Freunden und Bekannten gebeten wurde, auch deren Wände und Schränke zu bemalen, und alle wollten Aquarelle irgendwelcher Winkel ihrer Häuser haben, die ihre Persönlichkeiten besonders gut widerspiegelten. Diese Bilder schenkten sie einander zu Weihnachten und zu sonstigen Feiertagen.

Alice machte auch Vorhänge für das Cottage, wallende Gebilde aus riesigen Stoffmengen, die an Holzstangen befestigt wurden, während die Wohnungen ihrer Freundinnen konventionellen Puppenstuben glichen; wenn diese von einem Abendessen bei Alice und Martin zurückkamen, war sogar ihnen selbst klar, daß sie viel zu wenig experimentierfreudig waren. Alice lernte kochen und gärtnern und hatte für beides sowohl ein sicheres Auge als auch Zuversicht – Eigenschaften, die man nicht erwerben kann, die einem angeboren sein müssen. In Salisbury und der näheren Umgebung war man einhellig der Meinung, daß Alice Jordan *Stil* hatte.

Und wenn es ihr zuviel wurde, Stil zu zeigen, erholte sich Alice natürlich in Dummeridge. In jenen ersten drei Jahren ihrer Ehe fuhr sie zwei- oder dreimal im Monat auf guten Landstraßen in südliche Richtung, über Cranborne, Wimborne und Wareham, und übernachtete bei Cecily. Normalerweise waren sie allein, aber auch wenn Richard einmal zufällig zu Hause war, änderte das wenig an ihrer Zweisamkeit, und Anthony, diese fordernde und schwierige Persönlichkeit, hatte sich nach Japan abgesetzt, wo er bei einer Investmentgesellschaft arbeitete. Cecily schrieb an einem neuen Buch über Küchengärten – ein Versuch, dem guten alten Gemüsegarten zu einem Comeback zu verhelfen. Ein Prototyp wurde in Dummeridge angelegt, sehr vielseitig und ordentlich, und Alice malte den Plan, präzise wie ein Stickmuster: Jeder rotblättrige Salatkopf, jeder Stachelbeerbusch, jeder glänzende Ziegelpfad wurde eingezeichnet. Cecily zeigte ihr das Vorwort zum Buch.

»Dieses Buch verdankt seine Entstehung vielen Menschen. Einige leben nicht mehr, wie jene heldenhaften Pioniere des Gemüseanbaus, Richard Gardiner und William Lawson. Andere sind sehr lebendig, und hier muß ich an erster Stelle meine Schwiegertochter Alice Jordan erwähnen, deren hervorragenden Plan für meinen eigenen Gemüsegarten Sie auf dem Titelbild sehen.«

»Ich würde dich nächstes Mal gern nach Amerika mitnehmen«, sagte Cecily, »aber ich glaube, es wäre nicht ganz fair Martin gegenüber.«

Gegen eine kurze Reise nach Venedig konnte hingegen niemand etwas einwenden. Martin hatte zudem nicht die geringste Lust mitzufahren.

»Um die Wahrheit zu sagen, mache ich mir nichts aus unzähligen Kirchen und Heiligenbildern. Du kennst mich doch.«

Alice war hin- und hergerissen. Ohne ihn zu fahren fiel ihr durchaus nicht schwer, aber es beunruhigte sie ein wenig, daß er nicht mitkommen *wollte.* Die Aussicht, daß seine Frau und seine Mutter zusammen eine Kulturreise unternehmen würden, schien ihm sehr zuzusagen. Er erzählte anderen so oft und selbstzufrieden davon, daß Alice schließlich wütend wurde und beschloß, sich keine Gewissensbisse mehr zu machen. Sie waren seit fast zwei Jahren verheiratet.

Venedig versetzte sie in leidenschaftliche Erregung. Cecily und sie hielten sich nur fünf Tage dort auf, aber noch lange nach der Rückkehr träumte sie davon, in dieser herrlichen Stadt zu leben. Sie stellte sich vor, daß sie von ihrer Dachwohnung aus beobachtete, wie die Sonne hinter Glockentürmen und Kuppeln unterging, einer Wohnung mit Balkon, auf dem Basilikum in Töpfen wuchs und über dessen warmes Geländer man sich lehnen und in das stille olivenölfarbene Wasser eines Kanals hinabschauen konnte. Sie sah sich mit einem Korb einkaufen gehen, Auberginen und lange süße Tomaten vom Gemüseboot an der Brücke San Barnaba, phantastischen fremdartigen Fisch vom Markt, Pasta und Parmesan aus den kleinen vollgestopften Läden in den Gassen von San Polo. Sie konnte sich selbst nicht verhehlen, daß durch diese Träume auch ein Mann geisterte. Er blieb verschwommen, aber er war ungemein faszinierend, und er war nicht identisch mit Martin.

Dann wurde sie schwanger, und das gefiel ihr. Sie strotzte vor Energie und wurde allgemein bewundert. In ihrem großen Bekanntenkreis gab es viele junge Ehepaare, und einige hatten schon Babys – fast alle hatten Hunde –, und das erste Kind bedeutete sozusagen eine höhere Stufe des Verheiratetseins. Alice machte kein Aufhebens um die Schwangerschaft, und auch Natashas Geburt verlief problemlos. Mutter und Kind schienen instinktiv zu wissen, wie sie miteinander umgehen mußten, und Martin, der nicht aufgefordert wurde, beim Wechseln der Windeln oder bei den nächtlichen Fütterungen zu helfen, wurde von Kollegen glühend beneidet, deren Frauen nachdrücklich betonten, daß Väter sich im gleichen Maße wie Mütter um ihre Kinder zu kümmern hätten.

Natürlich konnte Alice jetzt nicht mehr so oft wie früher nach Dummeridge fahren, aber sie telefonierte alle paar Tage mit ihrer Schwiegermutter, und einmal im Monat kam Cecily nach Wilton, brachte alles mögliche aus ihrem Garten mit und übernachtete im winzigen Gästezimmer. Alles gefiel ihr großartig, und von ihrer Enkelin war sie hell begeistert. Manchmal sang sie Natasha sogar vor, und dann tauschten Alice und Martin verschwörerische Blicke und lächelten einander zufrieden zu. Alice' Freundinnen vergötterten Cecily. Sie schneiten alle zum Kaffee oder Mittagessen herein und saßen mit ihren Babys und Kleinkindern am Küchentisch, wenn sie wußten, daß Cecily da war. Zu Weihnachten schenkten sie ihren Müttern Cecilys Buch und waren stolz darauf, daß die Autorin es eigenhändig signierte.

Zu jener Zeit lernte Alice Alex Murray-French kennen, dessen Vater im Grauen Haus in Pitcombe lebte, einem sehr begehrten Dorf, wo Alice' Freundinnen für ihr Leben gern gewohnt hätten, ohne sich jedoch große Hoffnungen auf die Erfüllung dieses Herzenswunsches machen zu können. Alex' Eltern hatten sich scheiden lassen, als er acht Jahre alt gewesen war, aber das Graue Haus war sein Elternhaus gewesen, und anstatt mit seiner Mutter und seinem Stiefvater nach Australien zu ziehen, kehrte er so oft wie möglich dorthin zurück. Als er wieder einmal seinen Vater besuchte, sah er ein Aquarell von Alice, das sie für einen gemeinsamen Freund gemalt hatte und auf dem eine Steintreppe zu sehen war, die zu einem efeubewachsenen Torbogen emporführte. Er beschloß, seiner Mutter in Australien ein solches Gemälde zu schicken, und deshalb fuhr er eines Nachmittags aufs Geratewohl zum Apple Tree Cottage, wo Alice auf der Stufe vor der Haustür saß und Johannisbeeren abzupfte, während ihr Baby neben ihr in einem Korb unter einer Patchworkdecke schlief.

Alex verliebte sich auf den ersten Blick in sie, genauso wie Martin vier Jahre vorher. Alice erwiderte seine Gefühle nicht, obwohl sie es gern getan hätte. Er war lebhaft, verständnisvoll und kultiviert. Den ganzen Herbst über kam er ständig vorbei – unter dem Vorwand, nach dem Bild für seine Mutter zu sehen –, und Alice sonnte sich genüßlich wie eine Katze in seinem Verlangen und seiner Bewunderung. Sie flirtete nie mit ihm, und er versuchte nicht einmal, sie zu küssen, sprach aber sehr beredt über seine Gefühle. Sie hörte ihm gern zu, aber er vermochte keine entsprechende Saite in ihr zum Erklingen zu bringen. Schließlich wurde Martin mißtrauisch und wütend, und Alex nahm sein Bild und zog sich zurück, und Alice verspürte ein Gefühl der Leere, in viel stärkerem Maße, als dies angemessen gewesen wäre.

Martin beobachtete sie danach lange Zeit.

»Es war nichts, wirklich«, versuchte sie ihn zu beruhigen. »Er war in mich verknallt, aber ich nicht in ihn. Ich habe mich gern mit ihm unterhalten, das ist alles.«

Martin wußte, daß das stimmte, aber er schmollte trotzdem. Er glaubte ihr, spürte jedoch, daß jener Teil von ihr, der ihn einst magisch angezogen hatte, nämlich ihre Andersartigkeit, ihm nun zusehens entglitt und nicht mehr einzufangen war. Bisher war ihm das Leben mit ihr wie eine reizvolle Jagd vorgekommen, doch nun bildete er sich ein, daß sie ihm etwas verheimlichte. Weil er über seine Gefühle aber nicht sprechen konnte, beobachtete er sie ständig, und das wiederum ärgerte und reizte sie.

Ihre zweite Schwangerschaft verlief ganz anders als die erste. Sie litt unter Übelkeit, sie fühlte sich hundeelend, und oft war sie so müde, daß sie morgens nur mit größter Mühe aus dem Bett kam und den ganzen Tag davon träumte, sich wieder hinlegen zu können. James schien sich nach einer schwierigen Geburt mit dem Leben außerhalb des Mutterleibs nicht so recht anfreunden zu können. Cecily besorgte bei einer Londoner Agentur eine Haushaltshilfe für Alice, ein Mädchen aus Neuseeland, dessen energisches extravertiertes Wesen das Cottage in allen Fugen krachen ließ. Jenny war unbestreitbar sehr tüchtig, und Alice konnte nachmittags ausruhen und Natasha jeden Morgen in sauberen Kleidchen, die sie nicht selbst zu waschen brauchte, in den Kindergarten schicken. Dafür hatten sie aber überhaupt kein Privatleben mehr. Jenny blieb nur vier Monate bei ihnen, aber auch als dieser gutwillige Wirbelwind zu einer Familie in Pelham Crescent überwechselte, blieb zwischen Martin und Alice die Zurückhaltung und Gezwungenheit bestehen, die sie sich in Gegenwart der Fremden im Haus auferlegt hatten. Sie waren höflich und freundlich zueinander, während sie die üblichen Rituale von Martins Arbeit, Natashas Kindergarten und James' Bedürfnissen absolvierten, Freunde zum Abendessen einluden und Kinderpartys veranstalteten, aber sie kamen einander bei alldem nicht näher und lebten mehr oder weniger nebeneinander her.

Alice wollte sich selbst nicht eingestehen, daß sie keine Lust zum Malen hatte. Ihre Freundin Juliet Donne, deren Mann Henry Verwalter von Pitcombe Park war und die mit einer scharfen Zunge und einem ebenso scharfen Wahrnehmungsvermögen gesegnet war, wies sie jedoch schonungslos darauf hin.

»Diese Vogel-Strauß-Politik bringt nichts, Allie. Die schreckliche Plackerei mit den Kindern dauert nicht lange, und wenn du nicht aufpaßt, könnte es dir wie meiner Mutter ergehen, die immer jammert, daß jeder Tag scheinbar eine Woche dauert. Es kommt nicht darauf an, ob du malen *willst* oder nicht. Du mußt dich einfach dazu zwingen.«

»Ich will ja ...«

»Nein, das stimmt nicht. Du wünschst dir bestenfalls, wieder malen zu wollen, aber wenn du dich nicht mächtig zusammenreißt, wird nichts daraus. Schau dir doch nur mal unsere unnützen Männer an. Sie werden es nie zu etwas Richtigem bringen, und weißt du, warum? Weil sie phlegmatisch sind und man sie nicht für Geld und gute Worte bewegen könnte, an sich zu arbeiten.

»Warum hast du Henry geheiratet?«

»Oh«, sagte Juliet, während sie Aprikosenpudding vom Kinn ihres jüngsten wischte, »er schien so passend, und er war so scharf auf mich, und alle anderen in meiner Wohngemeinschaft hatten ihre Zukünftigen schon gefunden. Ich habe ihn aber wirklich gern.«

»Du willst wohl sagen, du liebst ihn.«

»Mag sein«, sagte Juliet.

Nach dieser Unterhaltung gab Alice sich einen Ruck und versuchte zu malen, aber es langweilte sie in geradezu erschreckender Weise. Sie holte einige Bilder hervor, die vor James' Geburt entstanden waren, und hatte das Gefühl, beachtliche Werke einer Wildfremden zu betrachten. Hastig legte sie sie wieder weg, um nicht total entmutigt zu werden. Sie redete sich ein, daß sie ohnehin sehr viel zu tun hatte und alles ohne jede Hilfe bewältigte, worauf sie stolz war. Keine ihrer Freundinnen kam ganz ohne Hilfe mit Haushalt und Familie zurecht. Cecily wollte ihr immer jemanden besorgen, aber sie lehnte mit dem Argument ab, das Cottage sei dafür viel zu klein, und außerdem fühle sie sich durch Fremde im Haus gestört.

Es ereignete sich so allerhand, wenn auch nichts Weltbewegendes. Martin wurde zum Juniorpartner befördert. Natasha besuchte eine kleine Privatschule in Salisbury – die Kinder trugen karierte Kleidchen und mußten ihrem Lehrer jeden Morgen *lächelnd* die Hand geben –, sie bauten ein Spielzimmer und ein weiteres Schlafzimmer am Cottage an. Im Spätwinter machten Alice und Martin Skiurlaub (Alice entdeckte mit einiger Befriedigung, daß Mutproben ihr Spaß machten), und im Sommer mietete Cecily für sie ein Cottage an der Nordküste von Cornwall, wo die Kinder am friedlichen Strand der Camel-Bucht spielen konnten. Alice begann mit wahrem Heißhunger Romane zu lesen, einen nach dem anderen, und trug Bücherlisten in der Handtasche mit sich herum, zusammen mit der Geldbörse, mit Scheckheften, Kreditkarten, Papiertaschentüchern, Smarties-Rollen, sauberen Schlüpfern und Heftpflastern – den unentbehrlichen

Utensilien ihres Alltags. Titel wie *Der stille Don* gingen ihr nicht aus dem Kopf, und sie sagte sie sich wie eine Beschwörungsformel im Auto vor, während auf dem Rücksitz die Kinder, die sie abwechselnd mit anderen Müttern vom Kindergarten abholte, an den Daumen lutschten, quengelten, gegenseitig Püffe austeilten, bis das empfindlichste heulte, oder verbotenerweise ihre Hosen auszogen, um den anderen zu imponieren.

Als sie feststellte, daß sie wieder schwanger war, verspürte sie zunächst eine große Erleichterung und war diesem unerwarteten Baby sehr dankbar, weil ihr Leben nun für eine Weile wieder vorprogrammiert und von Notwendigkeiten diktiert sein würde. Martin schien sich riesig zu freuen, schloß aber sofort eine Schulgeldversicherung ab, so ostentativ, als täte er *Alice* einen großen persönlichen Gefallen.

»Ignorier ihn einfach«, riet ihr Juliet, »schieb ihn in den Hintergrund. Das ist die einzige Möglichkeit, das Zusammenleben mit einem Mann zu ertragen.«

»Aber es ist doch nicht nur *mein* Baby!«

»Versuch das mal, irgendeinem Vater klarzumachen. Henry wird William und Simon zur Kenntnis nehmen, wenn sie Mannschaftskapitäne sind, keinen Tag früher. Wenn du etwas anderes wolltest, hättest du keinen Engländer heiraten dürfen.«

»Es gab keine anderen Bewerber.«

»Allie«, sagte Juliet, »freu dich einfach auf das Baby und laß dir keine grauen Haare wachsen. Du schaffst das alles jedenfalls viel besser als Martin. Weißt du, ich scheine ein hoffnungsloser Fall zu sein, denn ich beneide dich.«

Charlie kam einen Monat zu früh zur Welt, und danach stürzte Alice in einen tiefen, tiefen Abgrund. Von den Nebelschwaden einer schweren Depression niedergedrückt, wurde sie mit dem Baby nach Dummeridge gebracht, wo sie einen Monat benötigte, um wieder einigermaßen festen Boden unter die Füße zu bekommen und sich zentimeterweise aus der Tiefe hochzuarbeiten. Pillen, häufige kleine Mahlzeiten, viel Schlaf, vertrauliche Gespräche und leichte körperliche Betätigung wurden ihr ärztlich verordnet. Martin war dankbar, dieses schreckliche Rätsel seiner Mutter überlassen zu können; er rief jeden Abend an, um sich nach Alice' Zustand zu erkundigen, und ließ sich ansonsten von ihren Freundinnen verwöhnen, denen der in der Küche völlig hilflose Mann leid tat.

Alice kam blaß, abgemagert und etwas niedergeschlagen nach Hause, aber es ging ihr besser. Martin war sehr liebevoll zu ihr, ließ aber zugleich durchblicken, daß auch er gelitten hatte: Schließlich war es keine Kleinigkeit, die beiden älteren Kinder abends allein zu betreuen und morgens den Wirbelsturm aus verschmähten Eiern und verlorenen Gummistiefeln zu bewältigen. Gleich nach Alice' Heimkehr schrieb Cecily ihrem Sohn heimlich an die Kanzleiadresse in Salisbury, ihrer Ansicht nach brauche Alice dringend eine Veränderung und mehr Unterstützung. Sie schlug einen Umzug vor und erbot sich, eine Haushaltshilfe und einen Urlaub zu bezahlen, einen Urlaub ohne die Kinder, sobald Charlie entwöhnt sein würde.

Und dann schienen es die Götter gut mit den Jordans zu meinen, indem sie ihnen das Graue Haus sozusagen auf dem Präsentierteller anboten, und nicht nur das Haus, sondern das Dorfleben, die Möglichkeit und Notwendigkeit, Teil einer richtigen Gemeinschaft zu werden, wo man – so dachte Alice aufgeregt – nicht einmal Briefmarken kaufen gehen konnte, ohne Bekannte zu treffen. In Pitcombe würde es ein Kirchenfest und einen Blumenkreis geben, eine Liste für den Transport alter Leute nach Salisbury oder ins Krankenhaus, und Arbeiter vom Herrenhaus würden im Winter Brennholz und einen Weihnachtsbaum bringen; im Sommer würde sie mitleidig die eleganten Touristen betrachten, die aus ihren Toyotas ausstiegen und auf der hübschen abschüssigen Straße hoffnungsvoll – aber vergeblich – nach einer Teestube Ausschau hielten. In Pitcombe würde sie das gleiche Gefühl haben wie vor zehn Jahren, mit einundzwanzig, in Dummeridge – das Gefühl, endlich nach Hause gekommen zu sein.

Dan Simmons

Alptraumaugen, die ich fürchte

Bremen verließ das Krankenhaus, und seine sterbende Frau und fuhr nach Osten zum Meer. Auf den Straßen drängten sich die Einwohner Philadelphias, die über das Wochenende aus der Stadt flohen, daher mußte sich Bremen auf den Verkehr konzentrieren und konnte nur einen leichten Kontakt mit dem Denken seiner Frau aufrecht erhalten. Gail schlief. Ihre Träume waren unruhig und drogeninduziert. Sie suchte ihre Mutter durch eine endlose Zahl von miteinander verbundenen Zimmern mit viktorianischen Möbeln.

Als Bremen über das Kiefernödland fuhr, wurden die abendlichen Schatten der Wirklichkeit von den Traumbildern überlagert. Gail erwachte gerade, als Bremen den Parkway verließ. Ein paar Sekunden nach dem Erwachen verspürte sie keine Schmerzen. Sie schlug die Augen auf, und das Licht der Abendsonne, das auf die blaue Decke fiel, wiegte sie – nur einen Augenblick – in dem Gedanken, es wäre Morgen auf der Farm. Ihre Gedanken suchten nach ihrem Mann – da schlugen Schmerzen und Übelkeit hinter dem linken Auge zu. Bremen verzog das Gesicht und ließ die Münze fallen, die er dem Mann an der Mautstelle hingehalten hatte.

»Was ist denn los, Kumpel?«

Bremen schüttelte den Kopf, kramte einen Dollar heraus und streckte ihn dem Mann blind entgegen. Er warf das Wechselgeld in die randvolle Ablage des Armaturenbretts und konzentrierte sich darauf, das Auto bis zur Geschwindigkeitsbegrenzung zu beschleunigen. Gails Schmerzen ließen nach, aber ihre Verwirrung schlug wie eine Woge der Übelkeit über ihm zusammen.

Trotz der wabernden Vorhänge der Angst, die um ihren fest zusammengehaltenen Gedankenschirm flatterten, gewann ihr Selbst rasch wieder die Oberhand. Sie subvokalisierte und konzentrierte sich dabei darauf, das Spektrum auf eine Nachahmung ihrer Stimme zu beschränken.

»Hi, Jerry.«

»Selber hi, Mädchen.« Den Gedanken schickte er los, als er die Ausfahrt Long Beach Island nahm. Er übermittelte ihr die visuellen Eindrücke – das leuchtende Grün des Grases und der vom goldenen Hauch des Augustsonnenscheins überzogenen Kiefern; den Schatten des Sportwagens, der auf der Krümmung des Asphalts dahinsauste. Plötzlich nahm er die unmißverständliche salzige Frische des Atlantiks wahr, und auch daran ließ er sie teilhaben.

Die Zufahrt zum Strandviertel war eine Enttäuschung: verwahrloste Meeresfrüchterestaurants, überteuerte Schlakkesteinmotels, endlose Bootsstege. Aber in ihrer Vertrautheit wirkte sie auf beide besänftigend, und Bremen konzentrierte sich darauf, alles zu sehen. Gail entspannte sich und genoß die Fahrt. Ihre Anwesenheit wirkte so echt, daß sich Bremen dabei ertappte, wie er sich umdrehte, um laut mit ihr zu sprechen. Den Stich des Bedauerns und der Verlegenheit übermittelte er ebenfalls, bevor er es verhindern konnte.

Auf der Insel wimmelte es von Familien, die Vorräte aus Kombis auspackten und verspätete Abendessen zum Strand trugen. Bremen fuhr Richtung Norden nach Barnegat Light. Er sah nach rechts und erblickte ein paar Angler in der Brandung, deren Schatten über die weiße Schaumgrenze der Brecher fielen.

Monet, dachte Gail, und Bremen nickte, obwohl er eigentlich an Euklid gedacht hatte.

Immer der Mathematiker, dachte Gail, und dann verstummte ihre Stimme, als die Schmerzen zunahmen. Halb geformte Sätze zerstoben wie Wolken im Wind.

Bremen parkte den Triumph in der Nähe des Leuchtturms und schritt durch die flachen Dünen zum Strand. Er legte die zerschlissene Decke ab, die sie so viele Male genau zu dieser Stelle getragen hatten. Dort lief eine Schar Kinder in der Brandung entlang. Ein etwa neunjähriges Mädchen, lange weiße Beine in einem Badeanzug, aus dem sie eigentlich seit zwei Jahren herausgewachsen war, sprang in einer komplexen, unbewußten Choreographie mit dem Meer durch den nassen Sand.

Das Licht jenseits der Jalousie verblaßte. Eine Krankenschwester, die nach Zigaretten und abgestandenem Talkumpuder roch, kam herein, wechselte die IV-Flasche und fühlte den Puls. Die Sprechanlage auf dem Flug gab ununterbrochen laute, fordernde Töne von sich, aber es war schwer, sie durch den immer dickeren Nebel der Schmerzen zu verstehen. Der neue Arzt kam gegen zehn, aber Gails ganze Aufmerksamkeit galt der Schwester, die die gesegnete Nadel bei sich hatte. Der Baumwolltupfer, der ihr auf den Arm gepreßt wurde, war ein entzückendes Vorspiel zum versprochenen Abklingen der Schmerzen hinter dem Auge. Der Arzt sagte etwas.

»... Ihr Mann? Ich dachte, er würde die Nacht über hierbleiben.«

»Genau hier, Doktor«, sagte Gail. Sie klopfte auf die Decke und den Sand.

Bremen zog die Nylonwindjacke an, um sich vor der Kälte der Nacht zu schützen. Eine hohe Wolkenschicht verbarg die Sterne und ließ nur wenige durchschimmern. Weit draußen auf dem Meer zog ein unvorstellbar langer Öltanker, dessen Lichter funkelten, am Horizont dahin. Die Fenster der Strandhäuser hinter Bremen warfen gelbe Rechtecke auf die Dünen.

Der Wind trug den Geruch gegrillter Steaks mit sich. Bremen versuchte sich zu erinnern, ob er heute etwas gegessen hatte oder nicht. Er beschloß, zum Lebensmittelladen beim Leuchtturm zu gehen und sich ein Sandwich zu holen, aber dann fiel ihm ein alter Payday-Schokoriegel in der Jackentasche ein, und er begnügte sich damit, die steinharte Erdnußmasse zu kauen.

Auf dem Flur ertönten weiterhin Schritte. Es hörte sich an, als würden ganze Armeen marschieren. Das Trampeln der Schritte, Klirren der Tabletts und das verhaltene Murmeln von Stimmen erinnerten Gail daran, wie sie als Kind im Bett gelegen und den Parties ihrer Eltern unten gelauscht hatte.

Kannst du dich noch an die Party erinnern, als wir uns kennengelernt haben? dachte Bremen.

Chuck Gilpen hatte darauf bestanden, daß Bremen mitkam. Bremen hatte nie viel für Parties übrig gehabt. Plaudern lag ihm nicht, und die psychische Anspannung und das Neurobrabbeln bereiteten ihm immer Kopfschmerzen, weil er den Gedankenschirm stundenlang aufrechterhalten mußte. Außerdem unterrichtete er die erste Woche Tensorrechnung und wußte, er sollte zu Hause bleiben und die Grundlagen pauken. Aber er war mitgekommen. Gilpens Beharrlichkeit und die Angst, er könnte in der neuen akademischen Gemeinschaft als Eigenbrötler eingestuft werden, hatten Bremen veranlaßt, mit in die Drexel Hill-Stadthalle zu gehen. Die Musik war schon einen halben Block entfernt zu hören, und wäre Bremen alleine gewesen, wäre er schon jetzt wieder umgekehrt. Er war gerade eingetreten – jemand hatte ihm bereits einen Drink in die Hand gedrückt –, als er ganz in der Nähe einen anderen Gedankenschirm spürte. Er hatte eine zaghafte Sondierung vorgenommen, worauf die ganze Wucht von Gails Gedanken wie ein Suchscheinwerfer auf ihn gerichtet worden war.

Sie waren beide außer sich. Ihre erste Reaktion war, die Gedankenschirme aufzubauen und sich wie ängstliche Gürteltiere einzurollen. Beide stellten aber rasch fest, daß das gegen die Sondierung des anderen nichts genützt hätte. Keiner war je einem anderen Telepathen mit mehr als einer primitiven, ungeschulten Begabung begegnet, und beide waren davon ausgegangen, daß sie Freaks waren – einmalig und unangreifbar. Jetzt standen sie einander nackt in der Leere gegenüber. Plötzlich, fast ohne es zu wollen, überfluteten sie einander mit einem Sturzbach von Eindrücken, Bildern von sich selbst, Halb-Erinnerungen, Geheimnissen, Empfindungen, Vorlieben, Wahrnehmungen, heimlichen Ängsten, Echos und Gefühlen. Nichts wurde zurückgehalten. Jede kleine Grausamkeit, die sie begangen hatten, jede sexuelle Scham, die sie erlebten, jedes Vorurteil, das sie hegten, alles strömte zusammen mit Gedanken an vergangene Geburtstagsparties, Ex-Liebhaber, Eltern und einem endlosen Strom Belanglosigkeiten aus ihnen heraus. Kaum zwei Menschen kannten einander nach fünfzig Jahren Ehe so gut. Ein paar Minuten später begegneten sie sich zum ersten Mal.

Der Lichtkegel von Barnegat Light strich alle vierundzwanzig Sekunden über Bremen hinweg. Inzwischen leuchteten auf See mehr Lichter als an der dunklen Linie des

Strands entlang. Nach Mitternacht kam Wind auf, und Bremen hüllte sich fest in die Decke ein. Gail hatte die Nadel abgelehnt, als die Schwester ihren letzten Rundgang gemacht hatte, aber ihre Geistberührung war immer noch umnebelt. Bremen erzwang den Kontakt durch schiere Willenskraft. Gail hatte immer Angst vor der Dunkelheit gehabt. In den sechs Jahren ihrer Ehe hatte er sie häufig mit Gedanken oder Armen berührt, um sie zu trösten. Jetzt war sie wieder das ängstliche kleine Mädchen, das allein in dem großen alten Haus in der Burlingame Avenue zurückgelassen worden war. Etwas Unheimliches lauerte in der Dunkelheit unter ihrem Bett.

Bremen drang durch ihre Verwirrung und ihre Schmerzen und ließ sie am Geräusch des Meeres teilhaben. Er erzählte ihr Geschichten über die Streiche von Gernisavien, ihrer gescheckten Katze, und drückte sich fest in den Sand, um den Körper mit ihrem in Einklang zu bringen. Langsam entspannte sie sich, ordnete ihre Gedanken seinen unter. Es gelang ihr sogar ein paarmal, richtig einzudösen, und ihre Träume handelten vom Lauf der Sterne zwischen den Wolken und dem beißenden Geruch des Atlantik. Bremen beschrieb ihr die Arbeiten, die er im Lauf der Woche auf der Farm ausgeführt hatte – die subtile Schönheit der Fourierschen Gleichungen an der Schiefertafel in seinem Arbeitszimmer und die Befriedigung, als er im Sonnenschein einen Pfirsichbaum an der Einfahrt gepflanzt hatte. Er rief Erinnerungen an ihren Skiausflug nach Aspen und an den Schock wach, als plötzlich der Suchscheinwerfer eines unsichtbaren Schiffs auf See über den Strand geglitten war. Er wollte die wenigen Gedichte mit ihr teilen, die er auswendig gelernt hatte, aber die Worte gerieten immer wieder zu Bildern und Empfindungen.

Die Nacht schritt voran, und Bremen ließ seine Frau an ihrer kalten Klarheit teilhaben, fügte aber zu jedem Bild den warmen Überzug seiner Liebe hinzu. Er übermittelte ihr Nebensächlichkeiten und Hoffnung für die Zukunft. Aus einer Entfernung von siebenundfünfzig Meilen ergriff er ihre Hand mit seiner. Als er nur ein paar Minuten einschlief, sandte er ihr seine Träume.

Gail starb, kurz bevor das falsche Licht der Dämmerung den Himmel überzog.

Der Dekan der mathematischen Fakultät von Harvard bedrängte Bremen, Urlaub zu nehmen oder ein Jahr auszusetzen, wenn es erforderlich wäre. Bremen dankte ihm und kündigte.

Dorothy Parks von der Psychologischen Fakultät verbrachte einen langen Abend damit, Bremen die Mechanismen der Trauer zu erklären. »Sie müssen begreifen, Jeremy«, sagte sie, »daß es ein weit verbreiteter Fehler von Leuten ist, die gerade einen Trauerfall hinter sich haben, den Wohnort zu wechseln. Sie denken vielleicht, eine neue Umgebung würde Ihnen helfen, zu vergessen, aber das verschiebt nur die unvermeidliche Auseinandersetzung mit der Trauer.«

Bremen hatte aufmerksam zugehört und am Ende zustimmend genickt. Am nächsten Tag stellte er die Farm zum Verkauf, veräußerte den Triumph an seinen Mechaniker in der Conestoga Road und fuhr mit dem Bus zum Flughafen. Dort angekommen, begab er sich zum Schalter von United Airlines und kaufte ein Ticket für den nächsten Flug.

Ein Jahr arbeitete Bremen in Zentralflorida, wo er in einer Reederei bei Tampa Fracht auf Schiffe verlud. Im nächsten Jahr arbeitete Bremen überhaupt nicht. Er angelte und reiste nordwärts von den Everglades bis zum Chattooga River in North Carolina. Im Mai verbrachte er zwei Wochen in Washington, in denen er sein Zimmer nur verließ, um zum Spirituosenladen und zur Kongreßbibliothek zu gehen. In einer Juninacht wurde er um zwei Uhr vor dem Busbahnhof von Baltimore ausgeraubt und übel zusammengeschlagen. Er verließ das Krankenhaus am nächsten Tag, ging zum Busbahnhof zurück und fuhr zu seiner Schwester nach New York. Seine Schwester und ihr Mann bestanden darauf, daß er ein paar Wochen bleiben sollte, aber er brach am dritten Morgen in aller Frühe wieder auf und stellte eine Nachricht an den Salzstreuer auf dem Küchentisch. In Philadelphia saß er im Bahnhof Penn und las die Stellenangebote. Sein Kurs war so vorhersehbar wie die elegante Ellipsenmathematik der Bahn eines Jojo.

Robby war sechzehn, wog hundertfünfundsiebzig Pfund und war seit seiner Geburt blind, taub und geistig behindert. Drogensucht seiner Mutter während der Schwangerschaft und ein Gebärmutterschaden hatten Robby so sicher von der Außenwelt abgeschnitten, wie ein sinkendes Schiff eine Kabine nach der anderen dem Meer überläßt, indem es die wasserdichten Schotten schließt.

Robbys Augen waren die eingesunkenen, dunklen Höhlen des unheilbar Blinden. Die Pupillen, unter den schweren, deformierten Lidern kaum zu erkennen, zuckten wahllos in unterschiedliche Richtungen. Die Lippen des Jungen waren weich und versabbert, die Zähne weit auseinanderstehend und kariös. Mit sechzehn zeigte er schon den dunklen Flaum eines Barts über der Oberlippe. Das schwarze Haar stand in ungekämmten Locken vom Kopf ab, die Brauen wuchsen über dem Nasenansatz zusammen.

Der mißgestaltete Körper des Kindes wurde unsicher von totenblassen, dürren Beinen getragen. Robby hatte im Alter von elf Jahren laufen gelernt, konnte aber trotzdem nur ein paar Schritte stolpern, dann kippte er um. Er bewegte sich mit taubengleichem Wippen, zog die Armstummel wie gebrochene Schwingen an, hielt die Handgelenke in einem unmöglichen Winkel und die Finger abgespreizt. Wie bei so vielen zurückgebliebenen Blinden bestand seine liebste Bewegung darin, daß er ununterbrochen wippte und dabei mit der Hand vor den eingesunkenen Augen fächelte, als wollte er Schatten auf die dunklen Höhlen werfen.

Er sprach nicht. Seine einzigen Laute waren ein vereinzeltes, sinnloses Kichern und selten einmal ein protestierendes Quieken, das sich wie ein Opernfalsett anhörte.

Robby besuchte seit sechs Jahren die Chelton-Tagesschule für Blinde. Sein Leben davor war unbekannt. Er war von einem Sozialarbeiter entdeckt worden, der Robbys Mutter im Zusammenhang mit einem per Gerichtsbeschluß durchgesetzten Methadonprogramm besuchte. Die Wohnungstür stand offen, der Sozialarbeiter hatte Geräusche gehört. Der Junge war im Badezimmer eingesperrt worden, indem jemand die untere Hälfte der Tür mit einem Stück Sperrholz zugenagelt hatte. Auf dem Boden lagen nasse Zeitungen, aber Robby war nackt und mit seinen eigenen Exkrementen verschmiert. Ein Wasserhahn war aufgedreht worden, das Wasser stand drei bis fünf Zentimeter hoch in dem Raum. Der Junge rollte sich krampfartig in der Schweinerei und gab leise wimmernde Laute von sich.

Robby kam vier Monate ins Krankenhaus, verbrachte fünf Wochen in einem Pflegeheim und wurde dann wieder der Obhut seiner Mutter anvertraut. In Übereinstimmung mit weiteren Gerichtsbeschlüssen wurde er pflichtschuldig mit dem Bus sechs Tage in der Woche zu einer jeweils fünfstündigen Behandlung zur Chelton-Tagesschule gefahren. Er legte die tägliche Fahrt in Dunkelheit und Schweigen zurück.

Robbys Zukunft war so flach und konturlos wie eine Linie, die ins Nichts führt, ohne Hoffnung auf eine Veränderung.

»Scheiße, Jet, Sie müssen morgen auf das Kind aufpassen.«

»Warum ich?«

»Weil er nicht in den verdammten Pool will, darum. Sie haben ihn doch heute gesehen. Smitty hat nur seine Beine ins Wasser gehalten, und schon fing er an zu kreischen und um sich zu schlagen. Hat sich angehört, als hätte ein ganzes Rudel Katzen losgelegt. Dr. Whilden sagt, er müsse morgen hierbleiben. Sie sagt, im Bus wäre es zu heiß für ihn. Leisten Sie ihm einfach in seinem Zimmer Gesellschaft, bis Jan McLellans normaler Assistent aus dem Urlaub zurückkommt.«

»Prima«, sagte Bremen. Er zog das schweißnasse Hemd von der Haut weg. Er war eingestellt worden, um den Schulbus zu fahren, und jetzt half er mit, die armen Teufel zu füttern, anzuziehen und auf sie aufzupassen. »Prima. Einfach prima. Und was soll ich eineinhalb Stunden mit ihm machen, während ihr anderen im Pool plätschert?«

»Ihn im Auge behalten. Versuchen Sie, ihn dazu zu bringen, daß er mit dem Reißverschlußbuch arbeitet. Haben Sie schon mal die Seite mit den Haken und Ösen gesehen? Lassen Sie ihn damit arbeiten. Ich habe es mit geschlossenen Augen geübt.«

»Prima«, sagte Bremen. Er schloß die Augen vor dem grellen Leuchten der Sonne.

Bremen saß auf der vorderen Treppe und goß sich den letzten Scotch ins Glas. Es war lange nach Mitternacht, aber auf der schmalen Straße wimmelte es von spielenden Kindern. Zwei schwarze Teenager machten Gymnastik, wobei sie von ihren Freunden angefeuert wurden. Eine Gruppe kleiner Mädchen spielte Seilhüpfen unter einer Straßenlaterne. Insekten tummelten sich im Licht und schienen zum Gesang der Mädchen zu tanzen. Erwachsene saßen auf den Stufen identischer Reihenhäuser und beobachteten einander mürrisch. Niemand bewegte sich groß. Es war sehr heiß.

Es wird Zeit, weiterzuziehen.

Bremen wußte, er war zu lange geblieben. Sieben Wochen Arbeit in der Tagesschule waren zuviel. Er wurde neugierig. Und er fing an, Fragen nach den Kindern zu stellen.

Vielleicht Boston. Oder weiter nördlich. Maine.

Durch Frage und Antwort hatte ihm Jan McLellan alles über Robby erzählt. Sie hatte ihm von den Blutergüssen an Robbys Körper berichtet, von dem gebrochenen Arm vor zwei Jahren. Sie hatte ihm von dem Teddybär erzählt, den ein Zuckerwatteverkäufer dem blinden Jungen geschenkt hatte. Das war der erste positive Stimulus gewesen, der dem blinden Jungen eine Gefühlsregung entlockt hatte. Er hatte den Bären wochenlang im Arm gehalten. Sich geweigert, ohne ihn zum Röntgen zu gehen. Dann, ein paar Tage nach seiner Rückkehr nach Hause, stieg Robby eines Morgens – dabei auf seine schrille und unheimliche Art und Weise weinend – in den Bus ein. Kein Teddybär. Dr. Whilden rief seine Mutter an und erfuhr nur, daß das gottverdammte Spielzeug verlorengegangen sei. »Gottverdammtes Spielzeug«, waren laut Jan McLellan die Worte der Mutter gewesen. Kein anderer Teddybär genügte als Ersatz. Robby weinte drei Wochen lang.

Na und? Was kann ich tun?

Bremen wußte, was er tun konnte. Er wußte es schon seit Wochen. Er schüttelte den Kopf, trank noch einen Schluck und verstärkte den ohnedies schon festen Gedankenschirm, der ihn von der sinnlosen, schmerzhaften Welt trennte.

Verdammt, es wäre besser für Robby, wenn ich es gar nicht erst versuchen würde.

Eine Brise kam auf. Bremen konnte von einem Brachgrundstück weiter unten die Schreie hören, wo zwei rivalisierende Jugendbanden ein brutales Ballspiel spielten. Vorhänge wehten aus offenen Fenstern. Irgendwo ertönte eine Sirene, verhallte. Die Brise wirbelte Papierschnipsel aus Rinnsteinen und spielte mit den Kleidern der seilhüpfenden Kinder.

Bremen versuchte, sich ein Leben ohne Sehen und Hören vorzustellen.

Scheiß drauf! Er nahm die leere Flasche und ging nach oben.

Der Bus fuhr die halbkreisförmige Einfahrt der Tagesschule hinauf, und Bremen half mit der aus Übung geborenen langsamen Behutsamkeit, Zuneigung und pochenden Kopfschmerzen, die Kinder auszuladen.

Scotty kam, lächelte, streckte die Hände aus und verließ sich darauf, daß wie immer ein unsichtbarer Erwachsener warten würde. Tommy Pierson stolperte mit zusammengepreßten Knien und zur Brust hochgezogenen Händen heraus. Bremen mußte ihn auffangen, sonst wäre der zierliche Junge Gesicht voraus auf den Gehweg gefallen. Teresa sprang mit ihren üblichen Freudenschreien herunter und bedachte jeden, der sie berührte, mit einem wahllosen, aber begeistert schlabbernden Kuß.

Robby blieb sitzen, nachdem alle anderen ausgestiegen waren. Bremen und Smitty mußten einander helfen, um den Jungen aus dem Bus herauszubekommen. Robby wehrte sich nicht; er war einfach eine Masse bemitleidenswerten, aber reglosen Fetts. Der Kopf des Jungen kippte auf beängstigende Weise nach hinten. Seine Zunge hing ihm erst schlaff aus einem Mundwinkel, dann aus dem anderen. Man mußte ihm die kurzen, stolpernden Schritte einen nach dem anderen abringen. Robby bewegte sich überhaupt nur, weil er den kurzen Weg zum Klassenzimmer so gut kannte.

Der Morgen schien ewig zu dauern. Vor dem Mittagessen fing es an zu regnen, und eine Zeitlang sah es so aus, als würde das Schwimmen ausfallen. Dann kam die Sonne heraus und schien auf die Blumenbeete im Rasen. Bremen betrachtete, wie das Sonnenlicht auf den feuchten Blütenblättern von Turks preisgekrönten Rosen tanzte und lauschte dem Brummen des Rasenmähers. Ihm wurde klar, daß er es tun würde.

Nach dem Essen half er, die Patienten für den Aufbruch vorzubereiten. Die Jungen brauchten Hilfe, als sie die Badehosen anzogen, und es stimmte Bremen traurig, Schamhaar und Penis eines Mannes an einem Körper mit dem Verstand eines Siebenjährigen zu sehen. Tommy fing jedesmal selbstvergessen an zu masturbieren, bis Bremen seinen Arm berührte und ihm mit dem Gummibund der Badehose half.

Dann gingen sie, und in dem Flur, wo sich kreischende Kinder und lachende Erwachsene gedrängt hatten, kehrte Stille ein. Bremen sah dem blauweißen Bus nach, der langsam die Einfahrt hinabfuhr. Dann drehte er sich zum Klassenzimmer um. Robby schien nicht zu bemerken, daß Bremen das Zimmer betrat. Der Junge sah absurd aus in seinem grüngestreiften Hemd und den orangeroten Shorts, die so eng waren, daß er sie nicht zuknöpfen konnte. Bremen mußte an einen gesprungenen Buddha aus Bronze denken, den er einmal in der Nähe von Osake gesehen hatte. Wenn dieses Kind nun aufgrund seiner langen Abgeschiedenheit von der Welt große Weisheit in sich trug?

Robby regte sich, furzte laut und nahm wieder seine in sich gekehrte Haltung ein.

Bremen seufzte und zog einen Stuhl näher. Der war zu klein. Bremens Knie ragten in die Luft, und er kam sich albern vor. Er grinste. Heute nacht würde er aufbrechen. Mit dem Bus nach Norden. Per Anhalter. Auf dem Land würde es kühler sein.

Es würde nicht lange dauern. Er mußte nicht einmal völligen Kontakt herstellen. Eine einseitige Geistberührung. Das war möglich. Ein paar Minuten. Er konnte für Robby zum Fenster hinaussehen, das Bilderbuch betrachten, vielleicht eine Schallplatte auflegen und ihm die Musik vermitteln. Was würde der Junge mit diesen neuen Eindrücken anfangen? Ein Geschenk vor Bremens Abreise. Anonym. Nichts weiter teilen. Besser auch kein Bild von Robby senden. Nun gut.

Bremen ließ den Gedankenschirm sinken. Sofort zuckte er zusammen und baute ihn wieder auf. Es war lange her, seit er sich in eine so verwundbare Lage begeben hatte. Die dikke Wolldecke des Gedankenschirms, die er mit Alkohol noch dicker machte, war ihm zu etwas Natürlichem geworden. Das plötzliche Aufwallen des Hintergrundmurmelns – er betrachtete es als weißes Rauschen – war unerträglich. Es war, als würde man nach Monaten in der Dunkelheit ein grell beleuchtetes Zimmer betreten. Er konzentrierte seine Aufmerksamkeit auf Robby und ließ den Schirm wieder sinken. Dann verdrängte er das Neurobrabbeln und sah tief in den Verstand von Robby.

Nichts.

Einen verwirrten Augenblick glaubte Bremen, er hätte den Brennpunkt seiner Begabung verloren. Dann konzentrierte er sich, und es gelang ihm, das dumpfe, sexuell ausgerichtete Brüten von Turk draußen im Garten und die Bruchstücke von Dr. Whildens Gedanken aufzufangen, die sich in ihren Mercedes setzte und ihre Nylonstrümpfe auf Laufmaschen untersuchte. Die Schwester am Empfang las einen Roman – *Die Hunde des schwarzen Todes*. Bremen las ein paar Zeilen mit ihr. Es frustrierte ihn, daß ihre Augen so langsam über die Seite wanderten. Der Sirupgeschmack ihres Kirschhustenbonbons erfüllte seinen Mund.

Bremen sah Robby weiterhin durchdringend an. Der Junge atmete asthmatisch. Seine dick belegte Zunge war zu sehen. Essensreste klebten auf seinen Lippen und Wangen. Bremen konzentrierte seine Sondierung, verstärkte sie, bündelte sie wie einen Strahl kohärenten Lichts.

Nichts.

Nein. Halt. Da war – was? – ein *Fehlen* von etwas. Da war ein Loch im Feld des Neurobrabbelns, wo Robbys Gedanken sein sollten. Bremen stellte fest, daß er es mit dem stärksten Gedankenschirm zu tun hatte, der ihm je untergekommen war. Nicht einmal Gail hatte sich auf eine derart unvorstellbar dichte Barriere konzentrieren können. Einen Augenblick war Bremen zutiefst beeindruckt, sogar erschüttert, und dann wurde ihm die Ursache bewußt. Robbys Verstand war defekt. Wahrscheinlich ganze Segmente inaktiv. Da er sich nur auf so wenige Sinne und auf eine stark eingeschränkte Wahrnehmung verlassen konnte, war es kein Wunder, daß sich das Bewußtsein des Jungen – das bißchen, das er besaß – nach innen gewandt hatte. Was Bremen zuerst für einen mächtigen Gedankenschirm gehalten hatte, war in Wirklichkeit nichts weiter als ein straffer Ball einer Introspektion, die weit über Autismus hinausging. Robby war wahrhaftig allein.

Bremen war immer noch so erschüttert, daß er eine Minute innehielt und tief Luft holte. Als er weitermachte, ging er noch behutsamer vor und tastete sich an den negativen Grenzen des Gedankenschirms entlang, wie ein Mann sich in der Dunkelheit an einer rauhen Mauer entlangtasten würde. Irgendwo mußte es eine Öffnung geben.

Es gab eine. Keine Öffnung, mehr eine weiche Stelle – etwas Nachgiebiges inmitten von Stein. Bremen konnte halb das Flattern von Gedanken darunter spüren, so wie ein Fußgänger die Bewegungen von Zügen einer U-Bahn unter dem Pflaster fühlen kann. Er konzentrierte sich darauf, die Kraft der Sondierung zu verstärken, bis er spürte, wie sich sein Hemd mit Schweiß vollsog. Sein Seh- und Hörvermögen trübte sich angesichts des entschlossenen Kraftakts seiner Bemühungen. Einerlei. Wenn der erste Kontakt einmal hergestellt war, würde er sich entspannen und langsam die Kanäle von Sicht und Ton wieder öffnen.

Er spürte, wie der Schild etwas nachgab; er war immer noch elastisch, sank aber unter seinem unbarmherzigen Druck ein. Er konzentrierte sich, bis die Adern an seinen Schläfen vortraten. Ohne es zu bemerken, verzerrte er das Gesicht, und seine Nackenmuskeln verkrampften sich unter der Belastung. Der Schirm bog sich. Bremens Sondierung war wie eine solide Ramme, die gegen ein straffes, gelatineartiges Tor prallte. Der Schirm bog sich noch mehr. Bremen konzentrierte sich mit solcher Wucht, daß er Gegenstände bewegen, Ziegelsteine pulverisieren oder Vögel im Flug hätte anhalten können.

Der Schirm bog sich weiter. Bremen beugte sich nach vorne, wie bei starkem Wind. Er spürte nur die konzentrierte Kraft seines Willens. Plötzlich ein Reißen, eine warme Woge, ein Sturz nach vorn. Bremen verlor das Gleichgewicht, ruderte mit den Armen, riß den Mund auf, um zu schreien.

Er hatte keinen Mund mehr.

Er fiel. Überschlug sich. Fern und verwirrt sah er seinen eigenen Körper, der im Griff eines epileptischen Anfalls zuckte. Dann fiel er wieder. Fiel in die Stille. Fiel in das Nichts.

Nichts.

Bremen war verrückt. Schlimmer. Tauchte durch Schichten langsamer Aufwinde. Farblose Spiralen drehten sich in drei Dimensionen. Schwarze Kugeln brachen auseinander. Blendeten ihn. Es gab Wasserfälle des Tastsinns, Flüsse des Geruchs, eine dünne Leine des Gleichgewichts, die im stummen Wind flatterte.

Er wurde von tausend Händen gestützt – sie berührten, erforschten –, Finger im Mund, Handflächen auf der Brust, die über seinen Bauch glitten, den Penis hielten, weiter wanderten.

Jetzt war er begraben. Befand sich unter Wasser. Stieg in der Schwärze empor. Aber er konnte nicht atmen. Seine Arme bewegten sich. Die Handflächen ruderten gegen die tückische Strömung. Hinauf. Er war in Sand begraben. Er strampelte und trat um sich. Er wurde von einem Vakuum nach oben gezogen, das seinen Kopf wie ein Schraubstock umklammerte. Die Substanz veränderte sich. Zusammengepreßt, von tausend unsichtbaren Händen gedrückt, wurde er durch die sich zusammenziehende Öffnung gezwängt. Sein Kopf durchbrach die Oberfläche. Er riß den Mund auf, um zu schreien, und da strömte Luft in seine Lungen wie Wasser in die eines Ertrinkenden. Sein Schrei hörte nicht mehr auf.

ICH!

Bremen erwachte auf einer weiten Ebene. Es gab keinen Himmel. Fahles, apricotfarbenes Licht hüllte alles ein. Der Boden war hart und bestand aus unterschiedlichen schuppigen, orangefarbenen Segmenten, die sich bis in alle Ewigkeit erstreckten. Auch einen Horizont gab es nicht. Das Land war rissig und aufgebrochen wie ein Flutbecken bei Dürre. Über sich sah er Schichten apricotfarben beleuchteten Kristalls. Bremen kam sich vor wie im Keller eines durchsichtigen Plastikwolkenkratzers. Eines leeren. Er lag auf dem Rücken und sah durch endlose Schichten kristallisierter Leere empor.

Langsam richtete er sich auf. Seine Haut fühlte sich an wie mit Sandpapier frottiert. Er war nackt, rieb sich mit den Händen über den Bauch, strich über das Schamhaar, fand die Narbe am Knie von dem Motorradunfall, als er siebzehn war. Während er sich aufrichtete, lief eine Woge von Schwindelgefühl durch ihn hindurch.

Er ging. Die glatten Segmente fühlten sich warm unter seinen Füßen an. Er hatte keine Richtung und kein Ziel. Einmal war er kurz vor Sonnenuntergang eine Meile durch die Salzwüste von Bonneville gewandert. Genau so war es hier. Bremen ging.

Als er schließlich stehenblieb, befand er sich an einem Ort, der sich nicht vom vorherigen unterschied. Er hatte Kopfschmerzen, legte sich hin und stellte sich vor, er wäre ein Meereslebewesen auf dem Grund, das durch Schichten verschiedener Strömungen nach oben sah. Das apricotfarbene Licht hüllte ihn mit seiner Wärme ein. Sein Körper leuchtete. Er schloß die Augen wegen dem Licht und schlief.

Plötzlich richtete er sich mit bebenden Nasenflügeln auf, und seine Ohren zuckten buchstäblich, so sehr strengte er sich an, ein halb vernommenes Geräusch zu identifizieren. Die Dunkelheit war allumfassend.

Etwas bewegte sich in der Nacht.

Bremen kauerte in der Dunkelheit und versuchte, das Geräusch seines eigenen Atmens herauszufiltern. Sein Drüsensystem folgte einer jahrtausendealten Programmierung. Er ballte die Fäuste, verdrehte die Augen vergeblich in den Höhlen, sein Herzschlag raste.

Etwas bewegte sich in der Nacht.

Er spürte es in der Nähe. Er spürte seine Macht. Es war riesig und hatte keine Mühe, sich in der Dunkelheit zurechtzufinden. Das Ding war in seiner Nähe, über ihm. Bremen spürte die Kraft seines blinden Blicks. Er kniete auf dem kalten Boden und rollte sich dann zu einem Ball zusammen.

Etwas berührte ihn.

Bremen unterdrückte den Impuls zu schreien. Er wurde von der Hand eines Riesen ergriffen – etwas Rauhem und Heißem, ganz und gar keine Hand. Es hob ihn hoch. Bremen spürte seine Kraft durch den Druck, durch die Schmerzen in den Rippen. Das Ding hätte ihn mühelos zerquetschen können. Wieder hatte er das Gefühl, daß er betrachtet, begutachtet, auf einer unsichtbaren Balkenwaage gewogen wurde. Das nackte, hilflose, aber irgendwie tröstliche Gefühl, unter einem Röntgengerät zu liegen, erfüllte ihn; man wußte, unsichtbare Strahlen gingen durch einen hindurch, suchten nach etwas Bösartigem, sondierten.

Etwas setzte ihn ab.

Bremen hörte keinen Ton, spürte aber gewaltige Schritte, die sich entfernten. Er schluchzte. Schließlich streckte er sich und stand auf. Er rief in die Schwärze, aber seine Stimme klang dünn und verloren, und er war sich selbst nicht sicher, ob er sie überhaupt hörte.

Die Sonne ging auf. Bremen öffnete die zitternden Lider, sah in das ferne Gleißen und machte die Augen wieder zu, ehe ihm die Tatsache in ihrer ganzen Tragweite bewußt wurde. *Die Sonne ging auf.*

Er saß im Gras. Eine Prärie mit weichem, kniehohem Gras erstreckte sich in allen Richtungen bis zum Horizont. Bremen zupfte einen Halm ab, schälte ihn und kaute auf dem süßen Mark. Das erinnerte ihn an die Nachmittage seiner Kindheit. Er ging weiter.

Die Brise war warm. Sie strich über das Gras mit einem leisen Seufzen, das mithalf, die Kopfschmerzen zu vertreiben, die immer noch hinter seinen Augen pochten. Das Gehen bereitete ihm Freude. Er genoß das Gefühl des Grases, das sich unter seinen bloßen Füßen bog, und das Spiel von Sonnenlicht und Wind auf seinem Körper.

Am frühen Nachmittag stellte er fest, daß er auf eine Schliere am Horizont zuging. Am Spätnachmittag war aus der Schliere eine Baumreihe geworden. Kurz vor Sonnenuntergang erreichte er den Waldrand. Bei den Bäumen handelte es sich um die stattlichen Ulmen seiner Kindheit in Pennsylvania. Bremens langer Schatten eilte ihm voraus, als er tiefer in den Wald eindrang.

Zum ersten Mal verspürte er Müdigkeit und Durst. Seine Zunge war schwer und vor Trockenheit geschwollen. Er stapfte bleischwer durch die länger werdenden Schatten und suchte gelegentlich die sichtbaren Ausschnitte des Himmels nach Spuren von Wolken ab. Beim Aufsehen stolperte er schließlich fast in den Teich. Das kreisrunde Wasserloch lag innerhalb eines schützenden Kreises von Unkraut und Ranken. Die Wurzeln eines prallvollen Kirschbaums erstreckten sich bis zum Ufer. Bremen schleppte sich die letzten paar Schritte weiter und rechnete insgeheim damit, daß das Wasser verschwinden würde, wenn er sich hineinwarf.

Es reichte ihm bis zur Taille und war eiskalt.

Sie kam kurz nach Mitternacht. Er bemerkte die Bewegung gleich nach dem Aufwachen. Da er es nicht glauben konnte, blieb er reglos stehen, ein Schatten zwischen den Schatten der Bäume. Sie bewegte sich zaghaft mit den zögernden Schritten der Schwachen oder Barfüßigen. Die Rispen des Riedgrases strichen an ihren Schenkeln entlang. Bremen sah alles mit einer Klarheit, die vom vollen, horizontalen Morgenlicht noch gesteigert wurde. Ihr Körper schien zu leuchten. Ihre Brüste, die linke minimal voller als die rechte, hüpften sanft bei jedem ausgreifenden Schritt. Ihr schwarzes Haar war kurzgeschnitten.

Sie blieb im Licht stehen. Ging weiter. Bremens Blick fiel auf ihre straffen Schenkel, und er beobachtete, wie sie mit der herzergreifenden Unbekümmertheit einer Unbeobachteten die Beine spreizte und schloß. Jetzt war sie viel näher, und Bremen konnte die feinen Schatten auf ihrem zierlichen Torso, die blassen rosa Kreise der Warzenhöfe und einen wachsenden Bluterguß an der Innenseite eines Arms erkennen.

Bremen trat ins Licht. Sie blieb stehen, hielt in einer instinktiven Bewegung die Arme vor den Oberkörper und kam dann rasch auf ihn zu. Sie breitete die Arme für ihn aus. Er nahm den frischen Geruch ihres Haars wahr. Haut rieb sich an Haut. Ihre Hände wanderten über Muskeln, Haut, das vertraute Terrain der Rückenwirbel. Beide schluchzten, redeten zusammenhanglos. Bremen ließ sich auf ein Knie sinken und vergrub das Gesicht zwischen ihren Brüsten. Sie bückte sich etwas und liebkoste seinen Kopf mit den Fingern. Keine Sekunde lockerten sie den Druck, der sie zusammenband.

»Warum hast du mich verlassen?« murmelte er in ihre Haut. »Warum bist du weggegangen?«

Gail sagte nichts. Ihre Tränen fielen in sein Haar, ihre Hände verkrampften sich auf seinem Rücken. Wortlos kniete sie mit ihm im hohen Gras.

Gemeinsam verließen sie den Wald, als sich der Morgennebel gerade auflöste. Im Licht der Morgendämmerung erweckten die grasbedeckten Hügel den Eindruck, als wären sie Teil eines braungebrannten, samtenen menschlichen Leibes, den sie berühren konnten.

Sie unterhielten sich leise und verschränkten gelegentlich die Finger ineinander. Beide hatten herausgefunden, daß sie die gräßlichen Kopfschmerzen bekamen, die sie beide anfangs geplagt hatten, wenn sie telepathischen Kontakt aufzunehmen versuchten. Daher redeten sie. Und sie berührten einander. Und bevor der Tag vorüber war, schliefen sie zweimal im hohen, weichen Gras miteinander, während das goldene Auge der Sonne auf sie herabsah.

Am Spätnachmittag überquerten sie eine Anhöhe und entdeckten hinter einem kleinen Hain eine weiße, rechteckige Fläche.

»Es ist die Farm!« rief Gail mit Staunen in der Stimme. »Wie kann das sein?«

Bremen verspürte keine Überraschung. Er wahrte seine Gelassenheit, während sie sich dem hohen alten Haus näherten. Die windschiefe Scheune, die sie als Garage benutzt hatten, war ebenfalls da. Die Einfahrt hätte nach wie vor frischen Kies vertragen können, aber jetzt führte sie nirgendwo hin, da keine Straße an ihrem Ende wartete. Ein hundert Meter langer rostiger Stacheldrahtzaun, der die Grenze zur Straße gebildet hatte, stand nun im hohen Gras.

Gail betrat die vordere Veranda und sah zu den Fenstern hinein. Bremen fühlte sich wie ein Eindringling oder ein

Wochenendhauseinbrecher, der eine Unterkunft gefunden hatte, die vielleicht nicht bewohnt war, vielleicht aber doch. Aus alter Gewohnheit gingen sie zur Hintertür. Gail öffnete zaghaft die äußere Schwingtür und zuckte zusammen, als ein Scharnier quietschte.

»Tut mir leid«, sagte Bremen. »Ich weiß, ich hatte versprochen, sie zu ölen.«

Im Innern war es kühl und dunkel. Die Zimmer waren so, wie sie sie verlassen hatten. Bremen streckte den Kopf in sein Arbeitszimmer und sah, daß seine Unterlagen noch auf dem Schreibtisch lagen und eine längst vergessene Gleichung an der Schiefertafel geschrieben stand. Oben fiel das Licht der Nachmittagssonne durch ein Oberlicht herein, das er in jenem fernen September unter Mühen eingebaut hatte. Gail ging von Zimmer zu Zimmer und stieß leise Töne der Bewunderung aus, aber meistens berührte sie Gegenstände nur sanft. Das Schlafzimmer war ordentlich wie immer, die blaue Decke straffgezogen und unter die Matratzen gesteckt, die Patchworkdecke ihrer Großmutter darüber ausgebreitet.

Sie schliefen auf den kühlen Laken ein. Gelegentlich bauschte der Hauch einer Brise die Vorhänge. Gail murmelte im Schlaf und berührte ihn häufig. Als Bremen erwachte, war es fast dunkel, die späte, lange Dämmerung des Frühsommers.

Unten ertönten Geräusche.

Er blieb eine Zeitlang reglos liegen. Die Atmosphäre war drückend und still, die Stille greifbar. Dann ertönte wieder ein Geräusch.

Bremen stand vom Bett auf, ohne Gail zu wecken. Die hatte sich auf eine Seite gedreht und eine Hand unter die Wange geschoben; das Kissen unter ihrem Mund war feucht. Bremen ging barfuß die Holztreppe hinunter. Er schlüpfte in sein Arbeitszimmer und öffnete vorsichtig die rechte untere Schublade. Dort fand er sie unter den leeren Heftern, die er draufgelegt hatte. Er holte das in Lappen gewickelte Bündel aus der Schublade.

Die 38er Smith & Wesson roch nach Öl und sah noch so neu aus wie an dem Tag, als sein Schwager sie ihm gegeben hatte. Bremen überprüfte die Kammern der Trommel. Die

Patronen lagen fett und schwer darin, wie Eier in einem Nest. Der rauhe Griff lag gut in der Hand, das Metall war kalt. Bremen lächelte wehmütig über die Absurdität seiner Handlungsweise, behielt die Waffe aber in der Hand, als die Küchentür wieder zuschlug.

Er ging geräuschlos von der Diele zur Küchentür. Es war ziemlich düster, aber seine Augen hatten sich daran gewöhnt. Von seiner Position aus konnte er das blasse, weiße Phantom des Kühlschranks sehen. Die Umwälzpumpe sprang an, während er dastand. Bremen hielt den Revolver halbhoch und trat auf die kühlen Fliesen des Küchenbodens.

Die Bewegung erschreckte ihn, und er hob die Waffe zwei oder drei Zentimeter, bevor er sich entspannte. Gernisavien, die hartnäckige kleine, gescheckte Katze, kam zu ihm, strich an seinen Beinen entlang, ging zum Kühlschrank, sah vielsagend zu ihm auf, kam herüber und strich ihm wieder an den Beinen entlang. Bremen kniete nieder und kraulte ihr geistesabwesend den Hals. Der Revolver in seiner verkrampften Hand sah idiotisch aus. Bremen lockerte seinen Griff.

Als sie ihr spätes Abendessen zu sich nahmen, ging der Mond schon auf. Die Steaks stammten aus der Tiefkühltruhe im Keller, die eiskalten Biere aus dem Kühlschrank, und in der Garage hatten sie noch ein paar Säcke Holzkohle gefunden. Sie saßen hinten beim alten Brunnen, während die Steaks auf dem Grill brutzelten. Gernisavien war vorher schon reichlich gefüttert worden, saß aber trotzdem erwartungsvoll vor einem der großen alten Gartenstühle aus Holz.

Beide hatten etwas angezogen – Bremen seine Lieblingsbaumwollhose und ein hellblaues Hemd, Gail das weite weiße Baumwollkleid, das sie häufig auf Reisen trug. Die Geräuschkulisse war dieselbe, die sie schon so viele Male im Garten gehört hatten: Grillen, Nachtvögel im Hain, verschiedenartiges Froschquaken vom fernen Bach, gelegentlich das Flattern von Sperlingen in den Schuppen.

Bremen servierte die Steaks auf Papptellern. Ihre Messer hinterließen ein Muster auf der weißen Oberfläche. Sie aßen nur die Steaks und frischen Salat aus dem Garten, dazu knackige Radieschen und Zwiebeln.

Obwohl der Dreiviertelmond aufgegangen war, leuchteten die Sterne unvorstellbar klar. Bremen erinnerte sich an die Nacht, als sie in der Hängematte gelegen und darauf gewartet hatten, daß *Skylab* wie vom Wind verwehte Glut über den Himmel zog. Er stellte fest, daß die Sterne heute noch klarer waren, weil die Lichter von Philadelphia und der Mautstraße ihren Glanz nicht beeinträchtigten.

Gail lehnte sich zurück bevor sie zu Ende gegessen hatten. *Wo sind wir, Jerry?* Ihre Geistberührung war sanft. Sie brachte keine pochenden Kopfschmerzen.

Bremen trank einen Schluck Budweiser. »Was ist falsch daran, einfach zu Hause zu sein?«

Nichts ist falsch daran, zu Hause zu sein. Aber wo sind wir?

Bremen konzentrierte sich darauf, ein Radieschen zwischen den Fingern zu drehen. Es schmeckte salzig, scharf und kalt.

Was ist das für ein Ort? Gail sah zur dunklen Baumreihe am Rand des Hains. Glühwürmchen funkelten in der Dunkelheit.

Gail, woran kannst du dich als letztes erinnern?

»Ich erinnere mich daran zu sterben.« Die Worte waren für Bremen wie ein Schlag in den Solarplexus. Einen Augenblick konnte er weder sprechen noch seine Gedanken ordnen.

Gail fuhr fort: »Wir haben nie an ein Leben nach dem Tod geglaubt, Jerry.« *Scheinheilige fundamentalistische Eltern. Mutters betrunkene Weinkrämpfe über der Bibel.* »Ich meine... ich verstehe nicht... Wie können wir...«

»Nein«, sagte Bremen, der den Teller auf die Armlehne stellte und sich nach vorne beugte. »Vielleicht gibt es eine Erklärung.«

Aber wo anfangen? Die verlorenen Jahre, Florida, die heißen Straßen der Stadt, die Tagesschule für behinderte Kinder. Gail riß die Augen auf, als sie direkt mit diesem Abschnitt seines Lebens konfrontiert wurde. Sie spürte seinen Gedankenschirm, bedrängte ihn aber nicht, das preiszugeben, was er zurückhielt. *Robby. Ein Augenblick Kontakt. Vielleicht eine Schallplatte abspielen. Fallen.*

Er verstummte und trank einen großen Schluck Bier. Insekten sangen im Chor. Das Haus leuchtete blaß im Mondenschein.

Wo sind wir, Jerry?

»Woran kannst du dich erinnern, nachdem du hier erwacht bist, Gail?«

Sie hatten bereits versucht, einander an Bildern teilhaben zu lassen, aber sie in Worte zu kleiden, schärfte das Erinnerungsvermögen. »Dunkelheit«, sagte sie. »Dann ein schwaches Licht. Wiegen. *Gewiegt werden. Halten und gehalten werden.* Gehen. Dich finden.«

Bremen nickte. Er aß das letzte Stück Steak und genoß den Holzkohlegeschmack. *Es liegt auf der Hand, daß wir bei Robby sind.* Er übermittelte ihr Bilder, für die es keine Worte gab. Wasserfälle der Berührung. Ganze Landschaften des Geruchs. Die Bewegung einer Kraft in der Dunkelheit.

Bei Robby, wiederholten Gails Gedanken. *???????? In seinem Verstand.* »Wie?«

Die Katze war auf seinen Schoß gesprungen. Er streichelte sie beiläufig und setzte sie wieder hinunter. Gernisavien stellte sofort den Schwanz in die Höhe und drehte ihm die Kehrseite zu. »Du hast viele Geschichten über Telepathen gelesen. Bist du dabei jemals auf eine zufriedenstellende Erklärung gestoßen, wie Telepathie wirkt? Warum manche Menschen darüber verfügen und andere nicht? Warum die Gedanken mancher Menschen laut wie Nebelhörner und die anderer fast unverständlich sind?«

Gail dachte nach. Die Katze ließ sich hinter den Ohren kraulen. »Nun, da gab's ein wirklich gutes Buch – nein, auch das kam mit seiner Beschreibung, wie es sich *anfühlt,* nur in die Nähe. Nein. Sie beschreiben es normalerweise wie eine Art Rundfunk- oder Fernsehsendung. *Du* weiß das doch, Jerry. Wir haben uns oft genug darüber unterhalten.«

»Ja.« Er versuchte unwillkürlich, es Gail telepathisch klarzumachen. Seine Geistberührung wirkte störend auf die Worte. Bilder sprudelten wie Ausdrucke aus einem überlasteten Drucker. Endlose Schrödingerkurven, die eine reinere Sprache als bloßes Sprechen sprachen. Der Kollaps von Wahrscheinlichkeitskurven in einer binomischen Progression.

»Rede«, sagte Gail. Er staunte, daß sie nach all den Jahren, in denen sie an seinen Gedanken teilgehabt hatte, immer noch nicht zu jeder Zeit durch seine Augen sehen konnte.

»Erinnerst du dich an mein letztes Forschungsprojekt?« fragte er.

»Das Wellenzeug«, sagte sie.

»Ja. Kannst du dich erinnern, worum es ging?«

»Hologramme. Du hast mir Goldmans Arbeit an der Universität gezeigt«, sagte sie. Sie schien ein sanfter weißer Umriß im trüben Licht zu sein. »Ich habe das meiste nicht verstanden, und kurz danach bin ich krank geworden.«

»Es basierte auf holografischen Forschungen«, unterbrach Bremen sie rasch, »aber Goldmans Forschungsgruppe erarbeitete ein Analogon zum menschlichen Bewußtsein... zum Denken.«

»Was hat das mit... *hiermit* zu tun?« fragte Gail. Ihre Hand beschrieb eine anmutige Bewegung, die den Garten, die Nacht und den strahlenden Sternenhimmel über ihnen mit einschloß.

»Es könnte helfen«, sagte Bremen. »Die alten Theorien über geistige Aktivität erklärten Dinge wie die Folgen von Schlaganfällen, verallgemeinertes Lernen und die Funktion des Gedächtnisses nicht, ganz zu schweigen vom Vorgang des Denkens selbst.«

»Und das kann Goldmans Theorie?«

»Es ist eigentlich keine Theorie, Gail. Es handelte sich um eine neue Annäherung unter Verwendung jüngster Arbeiten mit Hologrammen; und einen Zweig der Analysis, der in den dreißiger Jahren von einem russischen Mathematiker entwickelt wurde. An der Stelle wurde ich hinzugezogen. Im Grunde genommen war es recht einfach. Goldmans Gruppe führte alle möglichen komplizierten EEG-Studien und Scans durch. Ich nahm ihre Daten, machte eine Fourieranalyse damit und setzte dann alles in verschiedene Modifikationen von Schrödingers Wellengleichung ein, um herauszufinden, ob es als stehende Welle funktionierte.«

»Jerry, ich verstehe nicht, was uns das helfen soll.«

»Gottverdammt, Gail, es hat *funktioniert*. Das menschliche Denken *kann* als eine stehende Wellenfront beschrieben werden. Als eine Art Superhologramm. Oder, präziser ausgedrückt, ein Hologramm, das ein paar Millionen kleinere Hologramme enthält.«

Gail beugte sich nach vorne. Selbst im Dunkeln konnte Bremen das aufmerksame Stirnrunzeln erkennen, das jedesmal erschien, wenn er ihr von seiner Arbeit erzählte. Ihre Stimme wurde sehr leise. »Und wo bleibt dabei der Verstand, Jerry... das Gehirn?«

Jetzt war es an ihm, leicht die Stirn zu runzeln. »Ich glaube, die beste Antwort darauf ist die, daß die Griechen und religiösen Fanatiker recht hatten, als sie versuchten, die beiden voneinander zu trennen«, sagte er. »Das Gehirn könnte man als einen... nun, als eine Art elektrochemischen Generator und ein Interferometer in einem betrachten. Aber der Verstand... ah, der *Verstand* ist etwas ungleich Schöneres als dieser Klumpen graue Masse.« Er dachte in Begriffen von Gleichungen, von Sinuskurven, die zu Schrödingers eleganter Melodie tanzten.

»Also *gibt* es eine Seele, die den Tod überlebt?« fragte Gail. Ihre Stimme hatte den leicht defensiven, leicht quengelnden Tonfall angenommen, den sie immer bekam, wenn sie über religiöse Themen sprachen.

»Nein, verdammt«, sagte Bremen. Es verdroß ihn ein wenig, daß er wieder in Worten denken mußte. »Wenn Goldman recht gehabt hatte und die Persönlichkeit eine komplexe Wellenfront ist, eine Art Niederenergiehologramm, das die Wirklichkeit interpretiert, dann könnte die Persönlichkeit den Tod des Gehirns mit Sicherheit nicht überleben. Das Templat würde ebenso zerstört werden wie der Hologrammgenerator.«

»Und was bedeutet das für uns?« Gails Stimme klang fast unhörbar.

Bremen beugte sich nach vorne und hielt ihre Hand. Sie war kalt.

»Begreifst du nicht, warum ich mich für diesen Forschungszweig interessiert habe? Ich dachte, ich könnte eine Möglichkeit finden, unsere... äh... Fähigkeit zu erklären.«

Gail kam herüber und setzte sich neben ihn auf den breiten Holzstuhl. Er legte den Arm um sie und konnte die kalte

Haut ihres Oberarms spüren. Plötzlich schoß ein Meteorit vom Zenit nach Süden und hinterließ eine flüchtige Netzhautspiegelung.

»Und?« Gails Stimme war sehr leise.

»Es ist ganz einfach«, sagte Bremen. »Wenn man sich das menschliche Denken als eine Reihe von stehenden Wellenfronten vorstellt, die ein Interferenzmuster erzeugen, das gespeichert und in holografischen Analogons verbreitet werden kann, dann ergibt alles einen Sinn.«

»Nn-nnn…«

»*Doch.* Es bedeutet, daß unser Verstand aus irgendeinem Grund nicht nur auf Wellenmuster anspricht, die wir selbst erzeugen, sondern auch auf Transformate, die andere generieren.«

»Ja«, sagte Gail, die plötzlich aufgeregt wurde und seine Hand fest drückte. »Erinnerst du dich noch, wie wir einander kurz nach unserer ersten Begegnung an Bildern unserer Begabung teilhaben ließen? Wir waren uns beide einig, daß es unmöglich ist, die Geistberührung jemandem zu erklären, der sie nicht selbst erlebt hat. Es ist, als würde man versuchen, einem Blinden Farben zu beschreiben.« Sie verstummte und sah sich um.

»Okay«, sagte Bremen. »Robby. Als ich mit ihm Kontakt aufnahm, habe ich mich in ein geschlossenes System eingeklinkt. Der arme Junge besaß fast keine Daten, die er zur Konstruktion eines Modells der wirklichen Welt verwenden konnte. Die wenigen Informationen, die er hatte, waren überwiegend schmerzhafter Natur. Daher hatte er sich sechzehn Jahre lang damit vergnügt, sein eigenes Universum zu erschaffen. Mein Fehler war, daß ich die Macht unterschätzt habe, die er in dieser Welt besitzen könnte; verdammt, ich habe nicht einmal daran *gedacht*. Er hat mich gepackt, Gail. Und dich mit mir.«

Leichter Wind kam auf und spielte mit den Blättern des Hains. Das leise Rascheln hatte einen traurigen herbstlichen Klang.

»Na gut«, sagte sie nach einer Weile, »das erklärt, wie *du* hierher gekommen bist. Und was ist mit mir? Bin ich eine Ausgeburt deiner Phantasie, Jerry?«

Bremen erschauerte. Ihre Haut war wie Eis. Er ergriff ihre Hand und rieb wieder etwas Wärme hinein. »Komm schon, Gail, *denk nach*. Du warst nicht nur eine Erinnerung für mich. Wir waren sechs Jahre lang praktisch eine Persönlichkeit in zwei Körpern. Darum wurde ich... darum habe ich ein wenig den Verstand verloren und versucht, meinen Geist ein paar Jahre lang vollkommen abzuschotten. Du *warst* in meinem Verstand. Aber mein Egosinn, oder was immer uns geistig gesund und vom Brabbeln aller anderen fernhält, redete mir immer ein, daß es nur die *Erinnerung* an dich war. Du warst eine Ausgeburt meiner Phantasie... wie wir es alle sind. Mein Gott, wir waren beide blind, bis ein blinder, tauber, zurückgebliebener Junge, ein verdammter Schwachsinniger, uns aus unserer Welt gerissen und uns statt dessen eine andere angeboten hat.«

Sie saßen eine Zeitlang da. Gail ergriff als erste das Wort. »Aber wie kann es so real wirken?«

Bremen bewegte sich und stieß versehentlich den Pappteller von der Armlehne des Stuhls. Gernisavien sprang zur Seite und sah sie vorwurfsvoll an. Gail streichelte der Katze mit der Zehe ihrer Sandale das Fell. Bremen drückte seine Bierdose, bis sie nachgab und wieder nach außen ploppte.

»Erinnerst du dich an Chuck Gilpen, der mich zu der Party in Drexel Hill mitgeschleppt hat? Ich habe als letztes gehört, daß er mit der Gruppe für angewandte Physik in den Lawrence Berkeley-Labors arbeitet.«

»Und?«

»In den vergangenen paar Jahren haben sie immer kleineren und kleineren Teilchen nachgejagt, um Hinweise auf die Beschaffenheit der Realität zu bekommen. Und wenn sie einmal einen Blick auf die Realität auf ihrer untersten und grundlegendsten Ebene werfen können, weißt du, was sie dann bekommen werden?« Bremen trank einen letzten Schluck aus der Bierdose. »Sie bekommen eine Reihe von Gleichungen, die stehende Wellenfronten zeigen, nicht viel anders als die Krakel und Kritzeleien, die Goldman mir geschickt hat.«

Gail holte tief Luft und stieß sie wieder aus. Ihre Frage war kaum zu hören, da der Wind anschwoll und mit den

Zweigen der Bäume raschelte. »Wo ist Robby? Wann bekommen wir *seine* Welt zu sehen?«

»Ich weiß nicht«, entgegnete Bremen. Er runzelte ohne es zu bemerken die Stirn. »Er scheint uns zu erlauben, daß wir definieren, was real sein sollte. Frag mich nicht, warum. Vielleicht gefällt ihm der Blick in ein neues Universum. Vielleicht kann er auch nichts dagegen tun.«

Sie saßen noch ein paar Minuten schweigend nebeneinander. Gernisavien strich an ihnen entlang und schien erbost, daß sie es vorzogen, hier draußen in Dunkelheit und Kälte zu sitzen. Bremen hielt den Gedankenschirm gerade soweit aufrecht, daß bestimmte Informationen nicht preisgegeben wurden. So war die kleine gescheckte Katze, wie ihm seine Schwester vor einem Jahr geschrieben hatte, in New York von einem Auto überfahren und getötet worden. Und eine vietnamesische Familie hatte das Farmhaus gekauft und bereits neue Zimmer angebaut. Auch die achtunddreißiger Polizeiwaffe schleppte er schon seit zwei Jahren mit sich herum und wartete nur drauf, sie gegen sich selbst zu richten.

»Was machen wir jetzt, Jerry?«

Wir gehen zu Bett. Bremen nahm ihre Hand und führte sie in ihr Haus.

Bremen träumte von Fingernägeln, die über Samt strichen, von kalten Fliesen an einer Wange und Wolldecken auf sonnenverbrannter Haut. Er beobachtete, von zunehmender Neugier erfüllt, wie zwei Menschen auf einem goldenen Hügel miteinander schliefen. Er schwebte durch ein weißes Zimmer, wo sich weiße Gestalten in einer Stille bewegten, die nur vom Herzschlag einer Maschine unterbrochen wurde. Er schwamm und konnte den Sog unwiderstehlicher planetarer Kräfte im Ziehen der Gezeiten spüren. Es gelang ihm, sich der tödlichen Strömung zu widersetzen, indem er alle Energie aufwendete, aber er spürte, wie er müde wurde, wie die Flut ihn in tiefere Gewässer hinausspülte. Als die Wellen gerade über ihm zusammenschlugen, stieß er einen Schrei voller Verzweiflung und Verlust aus.

Er schrie seinen eigenen Namen.

Als er erwachte, hallte das Echo des Schreis immer noch in seinem Verstand. Die Einzelheiten des Traums zerstoben und entschwanden, bevor er sie greifen konnte. Er richtete sich rasch im Bett auf. Gail war fort.

Er war zwei Schritte Richtung Treppe gegangen, da hörte er ihre Stimme, die ihn aus dem Garten rief. Schnell ging er zum Fenster zurück.

Sie trug ein blaues Sommerkleid und winkte ihm. Als er unten ankam, hatte sie ein halbes Dutzend Sachen in den Picknickkorb geworfen und kochte Wasser, um Eistee zu machen.

»Komm schon, Schlafmütze. Ich habe eine Überraschung für dich!«

»Ich bin nicht sicher, ob wir noch mehr Überraschungen brauchen«, murmelte Bremen.

»*Die* schon«, sagte sie, verschwand nach oben, summte und wühlte im Schrank herum. Sie führte ihn und eine nur widerwillig folgende Gernisavien zu einem Weg, der ungefähr in dieselbe Richtung führte wie die Straße, die einst vor dem Haus verlaufen war. Der Weg verlief durch Wiesen nach Osten und über eine Anhöhe. Sie trugen den Picknickkorb abwechselnd, während Bremen wiederholt um Hinweise bat und Gail sich standhaft weigerte, ihm welche zu geben.

Sie überquerten die Anhöhe und sahen zum Ende des Wegs hinunter. Bremen ließ den Korb ins Gras fallen. In dem Tal, wo einst der Pennsylvania Highway gewesen war, befand sich jetzt ein Ozean.

»Ach du Scheiße!« rief Bremen gedämpft.

Sie machten ein Picknick am Strand. Gernisavien blieb zurück und jagte Insekten im Dünengras. Die Luft roch nach Salz und Meer und Sommerwind. Es schien, als hätten sie tausend Meilen Küste ganz für sich allein.

Gail stand auf und zog das Kleid aus. Darunter trug sie einen einteiligen Badeanzug. Bremen warf den Kopf zurück und lachte. »Bist du deshalb zurückgekommen? Um einen Badeanzug zu holen? Hast du Angst gehabt, die Bademeister würden dich rauswerfen?«

Sie kickte Sand nach ihm und lief zum Wasser. Drei

Schritte, und sie schwamm. An der Art, wie sie die Schultern krümmte, konnte Bremen sehen, daß das Wasser eiskalt sein mußte.

»Komm schon rein!« rief sie lachend. »Das Wasser ist herrlich!«

Er ging langsam auf sie zu.

Der Donnerschlag kam vom Himmel, der Erde, dem Meer. Er warf Bremen um und drückte Gails Kopf unter Wasser. Sie schlug um sich und beeilte sich, ins seichte Wasser zu kommen, dann kroch sie keuchend aus der zurückweichenden Gischt.

NEIN!!!

Wind toste rings um sie herum und schleuderte Sand dreißig Meter hoch in die Luft. Der Himmel zuckte, schlug Falten wie ein Laken an der Leine, wechselte die Farbe von Blau über Zitronengelb nach Grau. Das Meer wich wie bei einer gewaltigen Ebbe zurück und hinterließ trockenes, totes Land. Um sie herum bebte und verlagerte sich die Erde. Blitze zuckten am Horizont.

Als das Beben nachließ, lief Bremen zu Gail, die im Sand lag, und hob sie mit einigen strengen Worten auf.

Die Dünen waren verschwunden, die Klippen waren verschwunden, das Meer war verschwunden. An ihrer Stelle erstreckte sich nun eine öde Salzwüste. Der Himmel wechselte weiter die Farbe zu immer dunkler werdenden Grautönen. Die Sonne schien wieder über der östlichen Wüste aufzugehen. Nein. Das Licht bewegte sich. Etwas durchquerte das wüste Land. Etwas kam zu ihnen.

Gail wollte sich befreien, aber Bremen hielt sie fest. Das Licht glitt über das tote Land. Das Leuchten nahm zu, veränderte sich, sandte Strahlen aus, so daß sie beide die Augen abschirmten. Die Luft roch nach Ozon, die Härchen an Bremens Unterarmen richteten sich auf.

Bremen klammerte sich an Gail fest und beugte sich der Erscheinung entgegen wie einem kräftigen Wind. Ihre Schatten zuckten hinter ihnen. Das Licht fiel auf ihre Körper wie die Druckwelle einer Bombenexplosion. Durch die Finger beobachteten sie, wie die strahlende Gestalt näher kam. Und durch das Gleißen der Korona wurde sichtbar, daß es sich um ein Doppelwesen handelte. Um einen Menschen auf einem riesigen Tier. Wenn Gott tatsächlich auf Erden zurückgekehrt wäre, hätte er es mit Sicherheit in dieser Gestalt getan. Das Tier, das er ritt, war konturlos, aber abgesehen von Licht verströmte es ein Gefühl von... Wärme? Weichheit?

Robby stand vor ihnen, hoch auf dem Rücken seines Teddybärs.

ZU STARK KANN NICHT ERHALTEN

Er war nicht daran gewöhnt zu sprechen, gab sich aber größte Mühe. Die Gedanken waren für sie wie Stromstöße ins Gehirn. Gail sank auf die Knie, aber Bremen zog sie wieder hoch.

Er versuchte, seine geistigen Fühler auszustrecken. Es nützte nichts. In Haverford war er einmal mit einem vielversprechenden Studenten ins Stadion gegangen, wo sie Vorbereitungen für ein Rockkonzert trafen. Er stand vor den aufgetürmten Lautsprechern, als die Verstärker getestet wurden. Ähnlich war es auch hier.

Sie standen auf einer flachen, ausgedörrten Ebene. Es gab keinen Horizont. Weiße, wabernde Nebelbänke glitten aus allen Richtungen auf sie zu. Das einzige Licht stammte von der gottgleichen Gestalt vor ihnen. Bremen drehte den Kopf und betrachtete den vorrückenden Nebel. Was dieser berührte, löschte er aus.

»Jerry, was...« Gails Stimme klang hysterisch.

Robbys Gedanken brachen wieder wie eine physikalische Kraft über sie herein. Er versuchte nicht mehr zu sprechen, sondern überflutete sie mit Bildern. Die visuellen Eindrücke waren etwas verzerrt, verfärbt und mit einer Aura des Staunens und des Neuen behaftet. Bremen und seine Frau krümmten sich unter ihrem Ansturm.

EIN WEISSES ZIMMER   WEISS
DER HERZSCHLAG EINER MASCHINE
SONNENLICHT AUF LAKEN
DER STICH EINER NADEL

STIMMEN WEISSE GESTALTEN IN BEWEGUNG
EIN GEWALTIGER WIND
EINE STRÖMUNG, DIE ZIEHT, ZIEHT,
ZIEHT

Mit den Bildern kamen die emotionalen Empfindungen, die in ihrer messerscharfen Intensität fast unerträglich waren: Entdeckung, Einsamkeit, Staunen, Erschöpfung, Liebe, Traurigkeit, Traurigkeit, Traurigkeit.

Bremen und Gail waren beide auf die Knie gesunken. Beide schluchzten, ohne es zu bemerken. In der plötzlichen Stille nach dem Ansturm wirkten Gails Gedanken laut: *Warum tut er das? Warum läßt er uns nicht in Ruhe?*

Bremen hielt sie an den Schultern. Ihr Gesicht war so blaß, daß die Sommersprossen wie ein ausgeprägtes Relief wirkten.

Begreifst du nicht, Gail? Er tut es gar nicht.

Nicht??? Wer...???

Gails Gedanken kreisten verwirrt umeinander. Trümmer von Bildern und bruchstückhafte Fragen schnellten dazwischen hervor, während sie sich bemühte, sich zu beherrschen.

Ich bin es, Gail. Ich. Bremen hatte es laut aussprechen wollen, aber jetzt gab es keine Töne mehr, nur noch die kristallenen Kanten ihrer Gedanken. *Er hat die ganze Zeit darum gekämpft, uns hier zusammenzuhalten. Ich bin derjenige. Ich gehöre nicht hierher. Er hat es nur für mich versucht, er wollte mir helfen zu bleiben, aber jetzt kann er dem Sog nicht mehr widerstehen.*

Gail sah sich voller Entsetzen um. Der Nebel wallte und streckte erste Fühler nach ihnen aus. Er schloß sich um die gottgleiche Gestalt auf dem Reittier. Vor ihren Augen erlosch deren Glanz.

Berühre ihn, dachte Bremen.

Gail schloß die Augen. Bremen konnte die Schwingen ihrer Gedanken an sich vorbeistreichen spüren. Er hörte sie keuchen.

Mein Gott, Jerry. Er ist ein Baby. Ein ängstliches Kind!

Wenn ich noch länger bleibe, vernichte ich uns alle. Mit diesem Gedanken übermittelte Bremen gewaltige Gefühlsregungen, die zu komplex für Worte waren. Gail sah, was er vorhatte, und wollte Einwände vorbringen, aber bevor sie ihre Gedanken formen konnte, hatte er sie an sich gezogen und drückte sie fest. Seine Geistberührung verstärkte die Umarmung und fügte ihr alle Schattierungen von Gefühlen hinzu, die weder Worte noch Berührung vollständig vermitteln konnten. Dann stieß er sie von sich weg, drehte sich um und rannte auf die Nebelwand zu. Robby war nur noch als schwaches Leuchten in dem dichten Nebel zu erkennen; er umklammerte den Hals seines Teddybärs. Bremen berührte ihn im Vorbeigehen. Fünf Schritte in dem kalten Nebel, und er konnte nichts mehr sehen, nicht einmal seinen eigenen Körper. Noch drei Schritte, und der Boden verschwand. Dann fiel er.

Das Zimmer war weiß, das Bett war weiß, die Fenster waren weiß. Schläuche führten von Tropfflaschen in seine Arme. Sein ganzer Körper schien ein einziger großer Schmerz zu sein. Auf einem grünen Plastikarmband an seinem Handgelenk stand: BREMEN, JEREMY H. Die Ärzte waren weiß. Ein Monitor übertrug seinen Herzschlag.

»Sie haben uns einen schönen Schrecken eingejagt«, sagte die Frau in Weiß.

»Es ist ein Wunder«, sagte der Mann links von ihr. Ein leiser, streitsüchtiger Unterton schwang in seiner Stimme mit. »Die EEG-Werte waren fünf Tage lang absolut flach, und Sie sind wieder zu sich gekommen. Ein Wunder.«

»Wir haben noch nie einen derartigen Fall simultaner Anfälle gesehen«, sagte die Frau. »Leiden Sie an Epilepsie?«

»Die Schule hatte keine Informationen über die Familie«, sagte der Mann. »Sollen wir jemanden für Sie benachrichtigen?«

Bremen stöhnte und machte die Augen zu. Er hörte ferne Unterhaltungen, spürte den Stich einer Nadel und Geräusche des Entfernens. Bremen sagte etwas, räusperte sich, als sie sich umdrehten, versuchte es noch einmal.

»Welches Zimmer?«

Sie sahen ihn und einander an.

»Robby«, sagte Bremen heiser flüsternd. »In welchem Zimmer liegt Robby?«

»Sieben-sechsundzwanzig«, sagte die Frau. »Intensivstation.«

Bremen nickte und machte die Augen zu.

Er legte die kurze Strecke in den frühen Morgenstunden zurück, als die Flure dunkel und verlassen waren, abgesehen vom gelegentlichen Rascheln des Rocks einer Schwester oder dem leisen, gequälten Stöhnen der Patienten. Er schritt langsam den Flur entlang und stützte sich manchmal an der Wand ab. Zweimal versteckte er sich in dunklen Zimmern, als das leise Quietschen der Gummisohlen einer Schwester sich ihm näherte. Auf der Treppe mußte er wiederholt innehalten, sich mit klopfendem Herzen über das Geländer beugen und Atem schöpfen.

Schließlich betrat er das Zimmer. Da lag Robby im Bett gegenüber. Ein winziges Licht brannte an der Monitorkonsole über seinem Kopf. Der dicke, schwach riechende Leib war in Embryonalhaltung zusammengerollt. Handgelenke und Knöchel standen in unnatürlichen Winkeln ab. Die Finger auf den faltigen Laken gespreizt. Robby hatte den Kopf zur Seite gedreht und starrte mit blinden, offenen Augen vor sich hin. Seine Lippen bebten leicht beim Atmen, Speichel hatte eine feuchte, runde Stelle auf dem Leintuch gebildet.

Er lag im Sterben.

Bremen setzte sich auf die Bettkante. Die Nacht um ihn herum war fast greifbar dick. In der Ferne ertönte einmal eine Glocke, und jemand stöhnte. Bremen streckte den Arm aus und legte die Hand sanft auf Robbys Wange. Er konnte die Weichheit spüren. Der Junge atmete weiter asthmatisch röchelnd. Bremen strich ihm zärtlich, fast ehrerbietig über den mißgebildeten Kopf. Das störrische schwarze Haar ragte zwischen seinen Fingern hervor.

Bremen stand auf und verließ das Zimmer.

Die Federung des gemieteten Fiat holperte über das unebene Kopfsteinpflaster, wenn Bremen den Straßenbahnen auswich. Es war ziemlich früh, die östliche Fahrspur auf der Benjamin Franklin Bridge fast verlassen. Der zweispurige Highway durch New Jersey machte einen einsamen Eindruck. Bremen ließ den Gedankenschirm behutsam ein wenig sinken und zuckte zusammen, als der Schwall des Neurobrabbelns seinen gequälten Verstand überfiel. Er stellte den Schirm hastig wieder her. Noch nicht. Die Schmerzen pochten hinter seinen Augen, wenn er sich auf das Fahren konzentrierte. Nicht der geringste Hinweis auf eine bekannte Stimme.

Bremen sah zum Handschuhfach und dachte an das in Lumpen gewickelte Bündel, das dort lag. Einst, vor langer Zeit, hatte er Hirngespinste über diese Waffe gesponnen. Er hatte sich selbst halb davon überzeugt, daß es sich um einen Zauberstab handelte – ein Instrument der Befreiung. Jetzt wußte er es besser. Er sah nur noch das darin, was es tatsächlich war – ein Instrument zum Töten. Sie würde ihn niemals befreien. Würde seinem Bewußtsein nicht ermöglichen zu fliegen. Sie würde lediglich ein Projektil durch seinen Schädel jagen und damit den mathematisch perfekten Tanz im Inneren ein für allemal beenden.

Bremen dachte an die geschwächte, stumme Gestalt, die er heute morgen im Krankenhaus zurückgelassen hatte. Er fuhr weiter.

In der Nähe des Leuchtturms parkte er, packte den Revolver in eine braune Papiertüte und schloß das Auto ab. Der Sand, der über seine Sandalen rieselte, war sehr heiß. Der Strand war so gut wie menschenleer, als sich Bremen im kümmerlichen Schatten einer Düne niederließ und aufs Meer hinaussah. Er mußte wegen des morgendlichen Gleißens die Augen zusammenkneifen.

Er zog das Hemd aus, legte es vorsichtig auf den Boden hinter sich und holte das Bündel aus der Tüte. Das Metall fühlte sich kühl an. Die Waffe war leichter, als er sie in Erinnerung hatte. Sie roch schwach nach Öl.

Du mußt mir helfen. Wenn es einen anderen Weg gibt, mußt du mir helfen, ihn zu finden.

Bremen ließ den Gedankenschirm zusammenbrechen. Die Schmerzen einer Million zielloser Gedanken bohrten sich wie ein Eispickel in sein Gehirn. Der Gedankenschirm baute sich automatisch wieder auf, um den Lärm abzuhalten, aber Bremen öffnete sich den Schmerzen voll und ganz, ebenso der Welt, die sie zufügte, den Millionen Stimmen, die in ihrer Isolation und Einsamkeit aufschrien. Er akzeptierte es. Er wollte es. Der lärmende Chor schlug ihn wie ein gigantischer Stab. Bremen suchte eine einzige Stimme.

Dann verkrüppelte sein Gehör zu nichts. Er spürte den heißen Sand nicht mehr, das Sonnenlicht auf seinem Körper wurde zu etwas Fernem und Vergessenem. Er konzentrierte sich mit solcher Wucht, daß er Gegenstände bewegen, Ziegelsteine pulverisieren oder Vögel im Flug hätte anhalten können. Die Waffe fiel achtlos in den Sand.

Von unten, vom Strand kam ein junges Mädchen in einem schwarzen Badeanzug, der zwei Jahreszeiten zu klein für sie war. Ihre Aufmerksamkeit galt dem Meer, welches das Land mit seinen zärtlichen Wellenbewegungen reizte und sich dann zurückzog. Sie tanzte auf den dunklen Streifen nassen Sands. Ihre sonnengebräunten Beine trugen sie bis zum äußersten Rand des Ozeans der Welt und in einem lautlosen Ballett wieder zurück. Plötzlich wurde sie vom Schreien der Möwen abgelenkt. Erschrocken hielt sie in ihrem Tanz inne, und die Wellen umspülten ihre Knöchel mit einem Laut des Triumphs.

Die Möwen stießen herab, flatterten wieder in die Höhe und verschwanden nach Norden. Bremen ging zum Gipfel der Düne. Salzige Gischt wehte von den Wellen herein. Sonnenlicht glitzerte auf dem Wasser.

Das Mädchen nahm ihren Walzer mit dem Meer wieder auf, während sie im reinen, stechenden Licht des Morgens hinter ihr alles durch Bremens Augen beobachtete.

Doris Jannausch

Herz im Tresor

Es war eine große Zärtlichkeit in mir, ich wußte, ehrlich gesagt, nicht wohin damit, hatte genug von all den eifrig betulichen Freunden, von all den Wilfrieds und Manfreds, die mir zu Seite standen und mich trösten wollten, was ja doch sinnlos war. Ich sehnte mich einfach nach einem Menschen, der mich interessierte, mich inspirierte, mir Hoffnung machte. Worauf? Auf irgendwas. Eine Sehnsucht wie in jungen Jahren, wenn das Leben noch vor uns liegt und wir uns auf Dinge freuen, die wir entdecken wollen. Vielleicht, nein, bestimmt war es diese nicht anzubringende Zärtlichkeit, die die Dinge in Gang setzte und schuld daran war, daß ich mich so sehr engagierte.

Auch spielte der Zeitpunkt eine Rolle. Alexander war gestorben, vier Jahre hatte ich ihn sterben sehen, an meiner Seite, immer mit einem Lächeln für mich, und seine letzten Worte waren: »O Gott, ich koste dich so viel Zeit!« Es war, als beeile er sich mit dem Sterben, damit ich arbeiten konnte. Das war nun drei Jahre her.

Alle hatten sie Alexander geliebt, meist mehr als mich. Es war so leicht, ihn zu lieben: weniger schwierig, stets höflich und hilfsbereit, ein guter Journalist, ohne Ehrgeiz vielleicht, das war oft unser Streitpunkt gewesen. »Du hast keine Ehrgeiz, Alex!« Doch immer blieb er zuverlässig: Er schrieb, lebte für mich, hörte geduldig zu – wie wenige Menschen können das! –, wir hatten eine gute, erfolgreiche Arbeitsgemeinschaft und eine langjährige, gewollt kinderlose Ehe hinter uns.

Nun war ich allein. Ich schrieb nach wie vor, mit noch mehr Besessenheit, schrieb Bücher und Artikel über Themen, für die ich mich bisher kaum interessiert hatte: Hörspiele für den Jugendfunk über Papierherstellung, Otto Lilienthal und Dunlops Entdeckung des Autoreifens. Immer dabei, Neuland aufzuspüren. Diskussionsabende und Talkshows mit Mara Köllner-Quant. Das war ich.

Aber eben allein. Wie einst als Kind. Keine Geschwister.

»Ein nervöses Kind«, behauptete Dr. Modelbach, der Kinderarzt, »es sondert sich ab.«

»Sie liest zuviel«, seufzte Mama, »erfindet Märchen, erzählt Geschichten.«

»Lügt sie?«

»Eigentlich nicht. Ist nur zu vertrauensselig.«

Erst an der Uni wuchsen mir Ellenbogen. Ich lernte zu kämpfen, mich durchzusetzen, um jeden Preis, verlor zwar Freunde, gewann aber Vorsprung auf dem Weg zum Ziel. Fand auf dieser Strecke Alexander, der sich von meinem Schwung mitreißen ließ, viele Jahre.

Bis er mich verließ, mit seinem liebevollen Herzen. Die Krankheit war stärker gewesen als ich.

An diesem Nachmittag, kurz bevor Despina in mein Leben wirbelte, versuchte ich, eine Geschichte für einen Erzählband zu schreiben. Eine heitere Sommerbegebenheit. Seit Alexanders Tod schrieb ich die vergnüglichsten Dinge, nur so konnte ich weiterleben. Nur so.

Ich schrieb, recherchierte, reiste, interviewte, doch ab und zu überfiel mich der Schmerz wie eine Lawine. Er war unberechenbar, lag auf der Lauer, kam und ging, wie er wollte. Aber das war allein meine Sache.

An diesem Nachmittag schenkte ich mir einen Piccolo ein, um meine Phantasie zu beflügeln. Ein Winternachmittag. Die Bäume trugen einen weißen Mantel aus Schnee. Im tannenzweigbedeckten Häuschen vor meinem Fenster futterten die Vögel ihre dritte Ration an diesem Tag. Eine verfressene Amsel verjagte die anderen und war so gierig, daß sie hinten hochging, wenn sie vorne pickte. Das amüsierte mich. Ich dachte nach, ob dieses Verhalten, rein symbolisch gesehen, nicht auch für uns Menschen typisch ist – und dann kam Herr König.

Herr König ist der Briefträger. Er kommt meist am späten Nachmittag; wir sind das letzte Dorf auf seiner Tour, die letzte Straße. Es war fast schon dunkel.

Ein Einschreiben: Die Druckfahnen für ein neues Buch. Außerdem ein rosaroter Brief mit kindlicher Schrift, eine »Sauklaue«, hätte mein Vater gesagt.

Ich las: *»Meine liebe Mara, ach, Du wirst Dich gar nicht mehr* *an mich erinnern können. Doch jetzt, da von unserer Familie nur noch wir beide übrig geblieben sind, dachte ich: schreib mal. Ich würde Dich so gerne wiedersehen. Deine Bücher gibts hier bei uns, ich habe sie gelesen und sie stehen auf einem Regal über meinem Bett. Meldest Du dich mal? Deine Cousine Despina.«*

Ich zündete eine Kerze auf meinem Schreibtisch an, sie beleuchtete Alexanders Bild. Er lächelte mir zu, wie immer, ich wedelte mit dem Brief und fragte, als wäre er wirklich noch da: »Erinnerst du dich an Despi?«

Sicher. Auf einer Rundreise durch die damalige DDR besuchten wir auch Tante Inge und die kleine Despina. Ihr Vater war gestorben, fast zur gleichen Zeit wie mein Vater, immer waren die Brüder ein Herz und eine Seele gewesen. Als hätten sie sich verabredet, verabschiedeten sie sich innerhalb weniger Wochen von dieser schönen Welt. Jeder hinterließ eine Tochter. Nur, daß Despina einige Jahre jünger war als ich. Eine rotschopfige Göre mit Bernsteinaugen, die mich, als sie mich das erste Mal sah, entsetzt anstarrte und losbrüllte. Immer brüllte sie, wenn sie mich sah. Was zum Kuckuck, erschreckte sie an mir?

»Sie ist ein Landei«, meinte Tante Inge entschuldigend. »Mach dir nichts draus. Wenn sie groß ist, schicke ich sie zu dir, und du bringst ihr bei, wie man sich in der vornehmen weiten Welt benimmt.«

Damals lebte ich noch in Berlin. Erst nach unserer Heirat zogen wir, Alexander und ich, aufs Land. Wir hatten genug vom Großstadtmief und Straßenlärm. Später dann sahen wir Despina nochmals, da war sie ein Teenager geworden, sehr lieb und hübsch mit ihren Kupferhaaren, sehr herzlich, nur etwas zu spontan in ihren Gedankengängen. Sie lachte gern und wir saßen zu dritt in einem kleinen Café und aßen Eis. – »Sie ist wie du«, stellte Alexander fest, und Despina: »Überhaupt nicht. Ich habe keine Talente wie Mara, ich bin nur ein Dutzendtyp.«

Was nicht stimmte.

Die Jahre vergingen, ohne daß wir uns wiedergesehen hatten. Tante Inge war gestorben. Ich hatte sie gern gehabt, schon als Kind. Sie war ein einfacher Mensch gewesen, ohne künstlerische Ambitionen. Das einzig Außergewöhnliche an ihr war der Name, den sie für ihre kleine Tochter gewählt hatte: Despina. Das klang nach Bühne, nach Mozart, nach COSI FAN TUTTE. Selten und außergewöhnlich. Schon als junges Mädchen hatte Tante Inge sich eine Tochter gewünscht, um sie Despina nennen zu können. Freilich, daß manche wunderschöne, klangvolle Namen geschändet und abgekürzt werden, das kommt vor, sehr häufig, leider. So ist aus Despina DESPI geworden, und das klang nicht anders als Heidi oder Conny. Wozu dann erst der Aufwand?

In unserem Dorf wohnt eine schwäbische Familie, die heißt Külz, und ihre Tochter nannten sie Ariane. Ein vielversprechender, romantischer Name. Doch wenn sie nach ihr riefen, klang es endlos: »Aaariiiaaaneee!« So konnte das arme Kind niemals pünktlich zum Essen kommen, denn ehe der Ruf verhallte, waren die Spätzle kalt geworden. Jetzt heißt Ariane Külz ›Arri‹, und das paßt ja auch viel besser, finde ich.

Von Tante Inge erfuhren wir übrigens noch, daß Despina heiraten wollte, sehr jung, noch unter zwanzig, einen Studienkollegen aus dem Lehrerseminar namens Walter. Wir kamen nicht wieder in die DDR, die Verbindung mit der Cousine schlief ein. Bis zu diesem Brief.

Der Wind wehte den Schnee von den Bäumen, zarte Schleier in der Dämmerung, das erinnerte mich an gemeinsame Skiausflüge mit Alexander, mit Freunden, mit viel Lachen und Vergnügtsein.

Es war so still. Weihnachten stand vor der Tür; ich würde allein bleiben, ganz bewußt, ich wollte kein Ersatzweihnachten: entweder unsere zauberhaften Festtage wie wir sie all die Jahre lang hatten – oder gar nichts.

Mich fröstelte, obwohl es warm war im Zimmer. Ich hörte mein Herz nicht schlagen, ich fühlte es nicht, es war gar nicht mehr vorhanden, es lag in einem Tresor. Zur Aufbewahrung. Wie ein kostbares Gemälde eines alten Meisters.

»Komm«, schrieb ich an Despina, *»wenn Du willst – zu Weihnachten.«*

Sie kam mit dem Zug, ich wartete auf dem Bahnsteig. Wie sieht sie aus, werde ich sie mögen, wird sie in meine Welt einbrechen, mich zu Tode langweilen mit ausführlichen, pointenlosen Berichten, wird sie stumm sein und von mir erwarten, daß ich sie unterhalte? Macht sie sich Illusionen, erhofft sie sich zuviel von mir?

Der Zug fuhr ein und hielt. Eine junge Frau marschierte auf mich zu, in der einen Hand eine Reisetasche, den Fotoapparat vor den Augen, das Kupferhaar wippte im Takt.

»Despina?« fragte ich vorsichtig.

»Ja, ja«, die Reisetasche fiel zu Boden, der Apparat flog über die Schulter und schon lagen wir uns in den Armen.

Erst nach einer Weile entdeckte ich den Mann, der dicht hinter Despina stand und unverständliche Zeichen machte.

»Wen hast du denn da mitgebracht?« fragte ich.

Despina drehte sich um. Der Mann, viel größer als sie, hatte verschreckte Augen und eine Löwenmähne von ähnlich kupferner Farbe wie ihr Haar, nur zogen sich durch sein Gelock silberne Strähnen. Er mochte um die fünfzig sein, vielleicht auch etwas älter, und er kam mir bekannt vor, als wäre ich ihm schon begegnet.

»Ich – mitgebracht?« Despina und der Mann starrten sich ratlos an.

»Tut mir leid«, sagte er verlegen, »aber – ich hänge fest.«

»An mir?«

»An Ihrem Fotoapparat.«

Da sahen wir die Bescherung: Sein Mantelknopf hatte sich im Riemen des Apparats verfangen!

»O Gott«, stöhnte Despi lachend und versuchte den Riemen vom Knopf zu lösen. Es gab ein bewegtes Hin und Her, ein Schütteln und Rütteln, der Knopf sprang ab und der Mann war endlich frei. »O Gott«, rief sie nochmals, während Lachtränen über ihre Wangen liefen, »ich habe mir einen Mann geangelt!«

Er hob den Knopf auf und steckte ihn in die Tasche. Ich entschuldigte mich und mußte ebenfalls lachen. Doch er blieb ernst, deutete eine Verbeugung an und sagte: »Es war mir ein Vergnügen!« In seinen Augen lag amüsierter Spott. »Dann darf sich die Beute wohl empfehlen?«

Ein kurzes oberflächliches Winken und er verschwand in der Menge. Wir sahen ihm nach, noch immer lachend, und konnten uns lange nicht beruhigen.

Ich hatte nie eine Schwester gehabt, auch keinen Bruder, und bisher fand ich das in Ordnung. Nur Freunde waren mir wichtig, die kann man sich aussuchen. Aber Geschwister? Die muß man nehmen, wie sie sind. Das geht nicht immer gut.

Nun aber war es plötzlich so, als hätte ich jemanden gefunden, der ein Teil von mir war und eine Freundin dazu, die so lachte und so dachte wie ich. Keine ›innere Mauer‹ zwischen uns, wie sie oft zitiert wird, zwischen Ost und West oder Generationen. Daran glaubte ich sowieso nicht. Menschen sind Menschen. Wenn die gleiche Wellenlänge stimmt, gibts keine Mauer, keine Wand aus Glas und kein Mißverständnis, egal, wie alt einer ist, wo er herkommt und welche Hautfarbe er hat.

Obwohl unser beider Leben unterschiedlich verlaufen war, verstanden wir uns auf Anhieb. Despina war Lehrerin an der Grundschule einer kleinen sächsischen Industriestadt an der Elbe. »Leicht zu erkennen, da sie die häßlichste ist«, sagte Despina. Für ihren Beruf setzte sie alle Kraft ein, nach zwei gescheiterten Ehen um so mehr. »Wir waren zu jung, um eine Beziehung aufzubauen. Streit ums Geld, um die Arbeitsteilung im Haushalt, Banalitäten eigentlich, dann ist er fremdgegangen, ich habe es durch Zufall erfahren und bin sofort weg von ihm. Das Schlimme ist, daß ich nicht wie du allein sein kann.«

»Angst vor der Einsamkeit?«

»Mehr als vor dem Tod. Darum habe ich auch sofort wiedergeheiratet: einen Witwer mit drei halbwüchsigen Kindern, wir lebten zu fünft in zwei kleinen Zimmern, ich dachte, es könnte gehen, aber es ging nicht. Der Mann, Harald, etliche Jahre älter, spielte sich auf als Perfektionist, streng zu sich selbst und zu den anderen.« Despina bemühte sich, wie er zu werden, noch war sie ja sehr jung, hatte ihren Weg noch nicht gefunden, tat alles, um nicht allein bleiben zu müssen, und eines Tages ging er auf sie los. »Ich hatte einen Garten angelegt, obwohl ich gar kein ›Gartenmensch‹ bin, keiner, der pflanzt und Unkraut zupft und Rasen mäht. Trotzdem habe ich es getan, es ging ja auch ganz gut. Der elektrische Rasenmäher war sehr schwer. Harald kam nach Hause, er arbeitete im Stahlwerk, ein ziemlich harter Dienst, deshalb versuchte ich ja auch nachsichtig zu sein; also er kam nach Hause, den Gartenweg entlang, ich habe ihm zugewinkt und bin dabei versehentlich übers Kabel gefahren. Da ist er explodiert. Er hat auf mich eingeschlagen, die Kinder gingen dazwischen, aber da war es schon zu spät. Stell dir vor, Mara: Ein Mann hat mich geschlagen! Was hättest du getan?«

»Ihn sofort verlassen.«

»Das habe ich auch gemacht. Nun bin ich also zweimal geschieden.«

»Und hast hoffentlich das Alleinsein gelernt.«

»Nein.«

»Nein?«

Ich betrachtete Despina nachdenklich. Ihr Gesicht leuchtete im Kerzenlicht, es war breitflächig und klar mit der hohen Stirn unter dem Kupferhaar: eine Frau, die einem Mann gefallen müßte. Eine attraktive Frau, praktisch und erdverbunden, schlank und temperamentvoll. Mich erfaßte eine tiefe Zuneigung zu ihr.

In diesem Jahr gab es wieder einen Weihnachtsbaum in meinem Haus. Alexander hatte es sich niemals nehmen lassen, ihn zu schmücken, jedes Jahr ein bißchen anders, immer mit Überraschungen. Am Heiligen Abend braute er die unvermeidliche Feuerzangenbowle, und es roch angenehm nach heißem Rum und Rotwein.

Diesmal brauten wir ›Mädchen‹ die Bowle; das Kupfergefäß, von gleicher Farbe wie Despinas Haar, kam wieder zu Ehren. Um den Zuckerhut waberten bläuliche Flammen und er tropfte in die hochprozentige Flüssigkeit. Alkoholdunst umnebelte das Hirn. Wir saßen uns entspannt gegenüber, ein bißchen traurig, daß wir uns jetzt erst wiedergefunden hatten, aber auch froh darüber, daß es überhaupt geschehen war.

Despina füllte unsere Gläser nach. Im Radio spielten sie zum soundsovielten Mal ›Stille Nacht ...‹, diesmal war James Last an der Reihe, wir stießen mit den Gläsern an und sie ließ sich Zeit mit der Antwort.

»Ich habe eine Anzeige aufgegeben«, sagte sie schließlich. »*Junge, lebenslustige Frau sucht Partner ...*, so ungefähr.« Sie redete langsam, mit auffallend gepflegter Sprache, der ich genußvoll lauschte. Ich unterbrach sie auch nicht, als sie mich hilfesuchend ansah, aus Furcht wohl, ich könnte sie auslachen. »Es haben sich einige Männer gemeldet«, sie machte eine schnelle, abwertende Handbewegung, »na, Ausschuß! Aber da war einer. Micha, eigentlich Michael. Auch geschieden. Suchte Anschluß wie ich. Sehr lieb, sehr sanft, sehr häuslich. Erinnert mich an Alexander.« Sie angelte ein Bild aus ihrer Tasche, wo sie es erstaunlich griffbereit untergebracht hatte und reichte es mir über den Tisch: Auf einem Stuhl saß ein Mann mit aufgekrempelten Hemdsärmeln. »Wie Alex, nicht?« drängte sie, als wollte sie unbedingt meine Zustimmung.

»Was weißt du schon von Alexander«, sagte ich. »Du hast ihn nur einmal gesehen, ganz kurz, vor vielen Jahren.«

»Ja, schon«, sie dachte nach, rieb sich die Nase und versuchte, sich Alexander vorzustellen. »Aber ich weiß noch: Er redete mit mir wie mit einer Erwachsenen. Etwas ging von ihm aus, wie – wie ...«

»Wie was?«

»Wie Güte, wie Zärtlichkeit, verstehst du?«

Ich betrachtete das Bild. Der Mann saß da mit weit auseinandergespreizten Knien. Wie ich das haßte! Ein typisches Zeichen von Imponiergehabe und Zurschaustellung seiner selbstüberschätzten Potenz. Niemals hätte Alexander so dagesessen.

»Na?« Despina beobachtete mich gespannt, die Hände vor den Mund gelegt, als befürchte sie eine Tragödie. »Er gefällt dir nicht, stimmt's?« fragte sie enttäuscht.

»Das Bild ist undeutlich, ich kann sein Gesicht kaum erkennen.«

»Habe ich gemacht, in meiner Wohnung, aber ich lern's noch, das Fotografieren, bin da ziemlich ungeschickt.« Wieder der gnadenlos ehrfürchtige Blick. »Du bist da ganz anders.«

»Ganz sicher! Ich fotografiere erst gar nicht.«

»Warum?«

»Weil ich noch viel ungeschickter bin!«

Wir lachten, tranken ein letztes Glas, hatten eine Schwips, hörten zum allerletzten Mal an diesem Abend ›Stille Nacht, heilige Nacht‹, diesmal von den Wiener Sängerknaben, dann brachte ich Despina hinauf ins Gästezimmer. Als ich gehen wollte, verstellte sie mir den Weg.

»Und Micha?« fragte sie atemlos. »Was ist mit Micha?«

»Was soll mit ihm sein?« Ich war wirklich total ahnungslos. Was wollte sie eigentlich von mir?

»Du mußt ihn kennen lernen. Ganz objektiv. Du bist der einzige Mensch, den ich noch habe.«

»Keine Freunde?«

»Eher nur Kollegen. Aber mit denen spreche ich nicht darüber. Bitte, Mara!« Mit verlockendem Lächeln: »Du könntest doch gleich mal einen Artikel über unsere Industriestadt schreiben, mit den Menschen reden ...«

Schlau war sie, arbeitete – wie ich zuweilen – mit Tricks; wußte: wenn sie mich beruflich packte, konnte ich nicht nein sagen.

»Könntest über unsere Schule berichten, vielleicht sogar eine Lesung machen, deine Bücher kennen sie alle, und dann könntest du nach Dresden fahren, ist ja ganz nahe, und ...«

Der Redestrom schlug über mir zusammen. Ich hielt mir die Ohren zu und versprach leichtsinnigerweise: »Also gut – ich werde mir deinen Micha ansehen.«

»Wann denn, Mara, wann?«

»Sobald ich kann. Gute Nacht und frohe Weihnachten, kleine Cousine.«

»Gleichfalls, meine Große. Ach, ich liebe dich, ich liebe dich!«

Als ich Despina zum Bahnhof brachte, war der Schnee zu Matsch geworden. Wir marschierten Arm in Arm den Bahnsteig entlang, lachten und alberten, rannten fast einen Mann um, der vor der Tafel stand und einen Fahrplan studierte.

»O pardon«, sagten wir gleichzeitig im Weitergehen. Der Mann rief uns etwas nach und wir drehten uns um.

»Welch ein Zufall«, sagte er. Sein Blick pendelte zwischen

Despina und mir hin und her. »Zuerst bekomme ich einen Fotoapparat um die Ohren und dann werde ich beinahe umgerannt! Da sage noch einer, bei der Bundesbahn ging es weniger gefährlich zu als auf den Straßen. – Guten Tag, Frau Mara, wie geht es Ihnen?«

Alles in einem Ton. Diese Löwenmähne, die funkelnden Augen, der gutmütige Spott darin – wie gehabt.

»Ihr kennt euch?« staunte Despina.

Es stellte sich bald heraus: Der Mann hieß Christopher Mayer-Naß. Vor einiger Zeit hatte er an einer Diskussionsrunde teilgenommen, die ich leitete. Thema: Plattenbauten und Einschüchterungsarchitektur ehemaliger sozialistischer Länder und andere geschmacklichen Entgleisungen. Es hatte eine hitzige Debatte gegeben aufgrund eines von mir geschriebenen Artikels. Ich erinnerte mich wieder. Der Mann hatte meine Meinung vertreten, äußerst profihaft, denn er war Architekt. Wir wechselten einige höflichen Worte, dann fuhr Despinas Zug ein und wir verabschiedeten uns.

Als sie am Abteilfenster stand, lachte sie verschmitzt und seufzte: »Was für ein toller Mann! Aber nicht zu vergleichen mit meinem Micha. Komm bald, ja? Und schau ihn dir an.«

Der Zug setzte sich in Bewegung; ich sah Despinas Rotschopf und winkte ihr nach. Als sie verschwunden war, kam es mir vor, als hätte jemand die Scheinwerfer ausgedreht. So dunkel und leer, so kalt und matschig war die Welt.

Mein Auto langweilte sich vor der Aus- und Einfahrt der Feuerwehr. Vor dem Bahnhof hatte es wieder mal keinen Parkplatz gegeben und ich mußte sehen, daß ich von hier wegkam. Also startete ich schwungvoll im Rückwärtsgang, hörte einen Aufschrei und entdeckte einen von oben bis unten bespritzten Mann. Nicht schwer zu erraten, wer das war: Christopher Mayer-Naß natürlich. Im Augenblick machte er seinem Namen alle Ehre.

»Allmächtiger«, ich schaltete den Motor ab, angelte ein Tuch aus dem Handschuhkasten, stieg aus und half dem Unglücksraben, sich abzutrocknen. »Was treiben Sie sich aber auch immer auf Bahnhöfen herum?!«

»Das könnte ich Sie auch fragen!«

»Ich habe nur meine Cousine abgeholt und wieder zum Zug gebracht.«

»Und ich fahre zur Zeit in Abständen nach Karlsruhe und zurück.«

»Haben Sie kein Auto?«

»Das steht drüben, auf dem Parkplatz für Reisende. Um dahin zu gelangen, muß ich leider hier vorbei«, es klang wie eine Entschuldigung. Und das tat mir wiederum leid. Dieser offensichtlich sehr umweltbewußte Mensch ließ seinen Wagen vor dem Bahnhof stehen und fuhr mit dem Zug. Und was hatte er davon? Er wurde angerempelt, mit einem Lederriemen eingefangen und mit Matsch bespritzt.

Wir beschlossen, im Restaurant einen Versöhnungskaffee zu trinken, auf meine Rechnung natürlich. Er nahm an, sofort und ohne Vorbehalt. Das gefiel mir, es war so natürlich und unkompliziert, es tat mir wohl. Wir saßen zusammen, fachsimpelten, erzählten von unseren Plänen und Arbeiten, sahen uns an und wichen den Blicken aus, waren verlegen und dann wieder eine Spur zu draufgängerisch, versuchten zu verbergen, daß – ja was? Daß wir uns mochten. Kamen immer wieder auf unsere drei Begegnungen zu sprechen, in denen er ›mißhandelt‹ worden sei. So behauptete er jedenfalls, und es schien ihm Spaß zu bereiten.

Kismet würde Alexander sagen und sein pfiffiger Berliner-Jungen-Grinsen zeigen, wie damals, als wir, wie verabredet, immer wieder im Hörsaal nebeneinander saßen und entdeckten, daß wir die gleichen Bücher liebten und die gleiche Musik. *Unabwendbares, von Allah zugeteiltes Schicksal.* Da ich aber weder an Allah noch an sonst einen der heiligen ›Zuteiler‹ glaubte, nannte ich es schlichtweg *Zufall.*

Der Zufall bescherte mir diesmal Christopher.

In der nächsten Zeit trafen wir uns öfter, entweder bei mir oder bei ihm. Er wohnte in einem Terrassenhaus am Rande der Kleinstadt, wohin es ihn, genau wie mich, verschlagen hatte. Viel Fläche, wenig Möbel. Der hellste und größte Raum: sein Büro. Riesiger Arbeitstisch, Zeichnungen auf Staffeleien, mit Zahlen, Strichen und geheimnisvollen Schriftzeichen. Ich war gerne hier. Die Architektur interessierte mich; sie ist die einzige Kunst, die im Kopf entsteht und umgehend konkretisiert werden kann, zur Dienstleistung wird – aber zu *was* für einer! Hier, in diesem Büro, entstanden Häuser, Brücken und Stadtviertel.

»Dresden?« fragte ich und studierte einen Bauplan, den ich vorher noch nicht gesehen hatte. Er lag ausgebreitet auf dem Zeichentisch. »Nicht mehr Karlsruhe?«

Die Brücke in Karlsruhe war fertig. Früher als geplant. Nun ein neues Projekt.

»In Dresden bauen wir die Neustadt wieder auf, das heißt: Wir sanieren sie. Hier ist der Entwurf für ein Haus, das an die Stelle kommen wird, wo Erich Kästner aufgewachsen ist. Sein Elternhaus ist im Krieg zerstört worden, die Lücke blieb ein halbes Jahrhundert unverschlossen.«

»Und Sie werden das Haus bauen?«

»Ich habe es entworfen«, gestand er bescheiden und reichte mir einen Portwein. »Stil Gründerzeit, modern ausgestattet, ein wenig verfremdet, der heutigen Bauweise angepaßt. So wird es aussehen. Gefällt es Ihnen?«

Noch immer blieben wir beim ›Sie‹. Aber ich fühlte mein Herz wieder. Es schlug, oft ein wenig zu schnell. Dann überkamen mich Schuldgefühle. Nachher saß ich lange vor Alexanders Bild und redete mit ihm. Aber er antwortete mir nicht mehr. Noch immer trug ich den Ehering.

»Erzählen Sie mir von Alexander«, bat Christopher eines Tages. Wir saßen beisammen und hatten soeben die Pastorale gehört, überhaupt begleitete uns Beethoven durch unsere gemeinsamen Stunden. Nicht nur er. Beide liebten wir Musik, es war wie früher mit Alexander, wir lauschten, vermieden, uns dabei anzusehen, aber wenn unser Blick sich verirrte, konnten wir ihn nicht mehr so schnell abwenden.

»Er war ein feiner Junge«, sagte ich mit Zurückhaltung. Ich hatte keine Lust, Alexanders Vorzüge aufzuzählen. Er war ohnehin einmalig gewesen. In der letzten Zeit träumte ich oft von ihm. Ich sah ihn wie früher, gesund und springlebendig, die Hände nach mir ausgestreckt, um mich zu begrüßen, zu umarmen oder zu stützen. Ich sah ihn krank, wie zuletzt: Wo war sein schönes, dichtes Haar geblieben? Sah diesen Schatten seiner selbst und wachte tränenüberströmt auf. Trieb ich einen Kult mit ihm? »Jeder liebte ihn ohne Einschränkung.« Und ich wiederholte den Satz, den ich mir so oft vorsagte: »Es war so einfach, ihn zu lieben. Im Gegensatz zu mir.«

Christopher aber meinte, für ihn sei es ganz leicht, mich zu lieben. Das ahnte er schon am Abend der Diskussionsrunde. Ich sei ihm nicht aus dem Kopf gegangen. Er betrachtete mich andächtig, mit gefalteten Händen, einen Zeigefinger an den Lippen, als begutachte er eine wertvolle Ikone. Ausgerechnet an diesem Tag fühlte ich mich nicht besonders toll: schlecht frisiert, ich war in Regen gekommen und total unausgeschlafen, ich hatte bis vier Uhr früh an der Schreibmaschine gebrütet.

Erst nach und nach begriff ich, daß er mir soeben eine Liebeserklärung gemacht hatte. Eine beachtliche Leistung für ihn, einen Single aus Überzeugung, der nur mit seiner Arbeit ›verheiratet‹ war. Wir sahen uns kerzengerade in die Augen und lächelten verlegen wie Kinder, die bei etwas Verbotenem ertappt wurden. Er nahm meine Hand, und ich hatte nichts dagegen einzuwenden, sah seine angegrauten, unordentlichen Locken, und beide dachten wir wohl das gleiche.

Aber miteinander schlafen, das ging nicht, es war noch zu früh für mich, ich war blockiert, nach Alexander hatte es keinen anderen Mann gegeben. Ein Leben wie eine Nonne. Höchste Zeit. So alt war ich ja nun auch wieder nicht.

»Mara ...«

»Ich weiß.«

»O Gott, Mara, daß mir das passieren muß!«

»Was denn?«

»Ausgerechnet ich verliebe mich in eine Witwe, verdammt nochmal, in eine, die sich nach dem Tod ihres Mannes am liebsten hätte verbrennen lassen!«

»Soll ich gehen?«

»Bist du verrückt?«

Du–! Zum ersten Mal. Das ging mir durch und durch. Ich sprang auf, lief zum Fenster, riß es auf, beugte mich hinaus, ganz weit, verlor fast die Balance. Er rettete mich im letzten Augenblick und wir landeten auf der Couch. Ich drehte mich aus seinen Armen und versuchte zu entkommen.

»Wenn du mich jetzt nicht liebst«, sagte er mit Pathos, »dann bringe ich mich um.«

»Warte bitte damit, bis ich gegangen bin!«

Er sah äußerst entschlossen aus, schwang die Flasche, auf die ein Totenkopf gemalt war. *Gift* stand darauf in dicken Buchstaben. Er setzte sie an die Lippen – wie einst Sokrates den Schierlingsbecher – und trank, trank trank. Ich sah gespannt zu. Er schwankte, stöhnte, fiel um, der Rest der Flasche ergoß sich auf den Teppich.

Stille.

»Ruhe in Frieden«, sagte ich, nahm Tasche und Blazer, und wollte gehen.

Da sprang er auf und rief entrüstet: »Du siehst ungerührt zu, wie ich sterbe und läufst davon – du kaltblütige Person, du?!« Er war tatsächlich empört und bekam kaum Luft. »Hast du denn kein Herz?«

Ich legte den Blazer wieder hin und die Tasche dazu, und sagte seelenruhig: »Warum sollte ich einen Selbstmörder, der unbedingt sterben will, zurückhalten, noch dazu, wenn er es aus unglücklicher Liebe zu mir tut?«

Er fand keine Worte und betrachtete mich entsetzt, als sei ich soeben einem Monsterfilm entstiegen.

»Offensichtlich haben wir die gleiche Weinhandlung«, fuhr ich ungerührt fort.

»Was hat denn das damit …«

»Auch ich habe so eine Flasche gekauft, mit Kräuterlikör und Totenkopf, als Spaß für Freunde. Scheußliches, süßes Zeug!« Ich mußte lachen.

»Ich Idiot«, stöhnte er und sah ziemlich unglücklich aus, lachte dann aber wider Willen mit. Besonders wohl fühlte er sich nicht. Er hatte mich mit einem Spaß erpressen wollen und das war total mißglückt. Nichts ist peinlicher, als eine Pointe zu liefern, die das Publikum schon kennt.

»Armer Christopher«, ich setzte mich zu ihm und legte den Arm und ihn.

»Nenne mich doch bitte Chris«, bat er.

Da hatten wir's! Schade um den schönen Namen.

»Chris, hör zu«, ich fuhr mit der Hand in sein Lockengewirr und staunte, weil es sich so weich anfühlte, ich hatte es mir widerspenstiger vorgestellt. »Du mühst dich so sehr ab, und das lohnt sich nicht.«

»Weil du noch immer zuviel an Alexander denkst!«

»Nicht nur deshalb.«

Er hielt meine Hände fest, sein Gesicht war ganz nahe. »Warum sonst?« Ohne eine Erwiderung abzuwarten, fuhr er fort: »Ich fahre übermorgen nach Dresden, werde voraussichtlich einige Wochen dort bleiben.«

»Im Erich-Kästner-Haus.«

»Das neu gebaut werden muß. Aber ich wohne im Hotel BELLEVUE, gleich hinter der Brücke, die zur Altstadt führt. Komm doch mit. Ich bestelle sofort noch ein Zimmer für dich.«

Ich antwortete nicht. Festnageln lassen wollte ich mich auf keine Fall. Doch meine Sehnsucht nach ihm war so stark, daß ich zu allem entschlossen war. Ich umarmte ihn und wir küßten uns. Es war ein wundervolles, zärtliches, fast schon vergessenes Gefühl. Ein Nach-Hause-Kommen nach langem Herumirren.

Wir arbeiten uns spielerisch hinüber zum Schlafzimmer. Ich wußte, jetzt konnte ich es. Alexander würde mir verzeihen, mehr noch, er würde sagen. ›Tu das, Liebling, du lebst und ich bin tot. Liebe diesen Mann, er ist es wert.‹

Alles war so klar und einfach. Wir umarmten uns. Sein Bett duftete frisch und wir versanken darin. Doch plötzlich erstarrte er, riß die Augen auf und stammelte: »O Gott, Mara, o Gott ...«

»So sehr liebst du mich?« fragte ich erschüttert.

»So schlecht ist mir von diesem verdammten Kräuterlikör!«

Er flüchtete ins Bad.

Ich raffte in Windeseile meine Sachen zusammen und verließ die Wohnung, ehe er zurückkehrte. Im Auto verschleierten mir Lachtränen den Blick, ich mußte kurz anhalten, um mir die Augen zu trocknen. Nie zuvor hatte ich eine derart komische Situation erlebt. Die Vereinigung fand nicht statt.

Am nächsten Tag fuhr ich zu Despina. Nach Sachsen. Mit Mister X.

Mister X war mein Auto. Bermudagrün nannte sich die Farbe und sah sehr gediegen aus. Eigentlich war Mister X keine Nobelkarosse, doch die Farbe und seine vornehme Form gaben ihm Klasse. Wir sagten noch ›Sie‹ zueinander, und ich befürchtete, es würde noch eine Weile so bleiben.

Sein Vorgänger war ein zweitüriger Kumpel gewesen, wir hatten viel gemeinsam erlebt, Alexander kannte ihn noch und hatte neben mir gesessen, als er schon sehr krank war und ich ihn, zum letzten Mal, zur Therapie ins Krankenhaus fuhr. Ich liebte diese allerweltsfarbene ›Karre‹: nur schlichtes Blau, ganz bescheiden, und wenn er fuhr, schnurrte er behaglich vor sich hin wie eine zufriedene Katze. Darum hatte ich ihn ›Schnurrli‹ genannt. Als ich ihn abgab und gegen den neuen eintauschte, brach mir fast das Herz. Ich streichelte den braven Schnurrli, fotografierte ihn nochmals und seufzte: »Mir ist, als beende ich eine langjährige Liebesbeziehung.« Der Autohändler starrte mich entgeistert an und meinte mitleidig: »Also wenn Sie da keinen größeren Kummer haben –!« Worauf ich mich zusammenriß und davonging, ohne mich umzudrehen.

Am Nachmittag fuhr Mister X in der Hubertstraße vor, wo Despina wohnte. Schäbig das zweistöckige Haus, noch unberührt von der Sanierungsneurose, die im nahegelegenen Dresden wütete und alle Kräfte für sich beanspruchte. Die Stadt lag noch im tiefsten Schlummer, erschöpft von fast einem halben Jahrhundert Sozialismus, der hier seine Spuren hinterlassen hatte: bröckelnde Fassaden, Lattenzäune, die aussahen wie lückenhafte Gebisse, winzige Gärtchen mit Gemüsebeeten. Da wurden doch tatsächlich noch Kartoffeln angebaut und grüne Gurken, Radieschen, Bohnen und Tomaten, als wolle man damit den langen Schlangen vor den Gemüseläden entkommen. Nichts hatte sich geändert.

Eine Frau harkte den schmalen Weg zwischen den Beeten mit zärtlicher Hingabe, wie eine Mutter, die ihr Kind schlafen legt.

Als ich ausstieg, drehte sie sich um. Ein Strahlen ging über ihr Gesicht. »Sie sind bestimmt die Cousine«, rief sie, schob das Kopftuch zurecht und nickte mir zu. »Ich bin Frau Hitschold, ich wohne da unten, im Parterre. Herzlich willkommen!«

Sie wischte die Hand an der Schürze ab und streckte sie mir entgegen. Wir wechselten einen kräftigen Händedruck, ich nannte meinen Namen und steuerte auf die offene Haustür zu.

»Die Frau Gabler ist nicht da«, informierte sie mich, womit sie Despina meinte. »Die mußte nochmal in die Schule, da sind ein paar Neuzugänge, aber Sie können ja schon mal raufgehen. Der Herr Bohling ist da.«

Na fabelhaft! Micha Bohling, der Liebste. Das sah fast wie eine Verschwörung aus. Wollte Despina mich allein in die Arena schicken, drückte sie sich vor dem ersten Zusammentreffen?

Frau Hitschold bemerkte mein Zögern und winkte vergnügt: »Gehen Sie nur rein. Die Frau Gabler hat schon alles vorbereitet, die war nach Ihrem Anruf ganz aus dem Häuschen, richtig übermütig«, sie sagte ›iebermitsch‹, »vor lauter Freude, daß Sie endlich kommen. Ich darf Sie doch Mara nennen, ja? Der Micha macht nämlich Gulasch, riechen Sie's?« Sie wartete auf einen Freudenausbruch, der aber ausblieb. »Lassen Sie sich's nur schmecken, ich bring' später Gürkchen hoch«, mit verheißungsvoll erhobenem Zeigefinger: »Selbst angebaut und selbst eingelegt – nur essen müssen Sie sie alleine.«

Ein herzliches Auflachen beendete die Begrüßungszeremonie. Frau Hitschold harkte wieder.

Ich ging ins Haus. Es roch stark nach Knoblauch. Als ich die Hand zum Klingelknopf hob, wurde die Tür aufgerissen und ein Mann stand vor mir, in Schürze, auf der sinnigerweise stand: *Hier kocht der Chef.* Der Mann war braungebrannt und blond, nicht mal übel, er hatte tiefliegende himmelblaue Augen und lachte mich an.

Micha Bohling. Despinas neue Liebe. Ihr künftiger Lebenspartner?

»Hallo, kommen Sie herein!« Er nahm mir die Reisetasche ab und führte mich ins Wohnzimmer, winzig klein, doch sehr gemütlich. Alles in sanftem Grün, ein guter Kontrast zu Despis rotem Haar.

Der Mann sagte, ich solle mich bitteschön setzen, bot mir ein Glas Rotwein an, entfleuchte in die Küche, um etwas zu begießen oder anzurühren, kam wieder, ließ sich in den Sessel fallen und bemerkte: »Sie sind also Mara!«

Eine Ähnlichkeit mit Alexander bestand nicht. Der wäre zwar ebenso herzlich und fürsorglich gewesen, aber weniger draufgängerisch. Und wieder, wie auf dem Foto, die Machopose: weit auseinanderklappende Knie. Er hob das Glas, zwinkerte mir zu, ein wenig zu vertraulich, trank, stellte das Glas ab und beugte sich vor, um mich eingehend zu mustern.

»Merkwürdig«, sagte er nach einer Weile.

»Was ist merkwürdig?«

»Kaum zu glauben, daß Despi so viel jünger ist als Sie.« Es klang nicht unbedingt wie ein Kompliment für mich, eher wie eine Kränkung für Despina. Das gefiel mir nicht. Um seinen Mund lag ein negativer Zug, eine gewisse Verächtlichkeit, die mich abstieß. Dennoch bemühten wir uns höflich zu sein und er setzte alles daran, mir zu gefallen.

»Despi hat einen Mordsrespekt vor Ihnen«, sein Lächeln vertiefte sich und wirkte noch unechter. »Mir ist, als müßte ich eine Bewährungsprobe bestehen, kann sein, ich mache alles falsch.«

Nun gut, dachte ich etwas versöhnlicher, wir sind beide im Augenblick ziemlich verklemmt. Wir kennen den anderen nicht, wollen ihm aber gefallen. Despina zuliebe. So was hemmt, ganz klar. jeder spielt seine Rolle, ohne sie geübt zu haben. – Wer zum Kuckuck, war dieser Micha Bohling? Er arbeite in einem Autohaus, früher hatte er eine Stellung bei der Post gehabt, doch dort wurde das Personal reduziert, und einer der Entlassenen war Bohling gewesen. Soviel wußte ich von Despina. Der Partei habe er nie angehört, war auch nicht nötig gewesen, er hatte nur einen kleinen Posten innegehabt. Wie aber sah er wirklich aus hinter der betulich-vertraulichen Maske?

Gern wollte ich etwas Nettes auf seine Selbstanklage erwidern, brachte es aber nicht fertig. Ich stand auf und ging, wie immer, wenn sich die Situation festgefahren hatte oder eine Entscheidung getroffen werden mußte, zum Fenster. Hinter meinem Mister X stand ein auffallend gelbes Auto mit roten Herzen. War es seines?

Ja, es gehörte ihm. Die Firma hatte es ihm zur Verfügung

gestellt, er durfte es uneingeschränkt benutzten. »Schön ist es ja nicht gerade«, meinte er spöttelnd, »aber selten.«

Er stand nahe neben mir, viel zu nahe, sah zuerst den Wagen, dann mich an, zog mich mit Blicken aus, ziemlich infam. Ich hob den Kopf und sah ihn an, so eiskalt ich nur konnte. Er wich zurück, hatte verstanden. Wir fixierten uns, diesmal ohne Lächeln. die Feindschaft tarnte sich nicht länger.

»Weshalb haben Sie eigentlich auf Despinas Annonce geantwortet?« fragte ich. »Sie sind doch ein passabler Mann in den besten Jahren – haben Sie keine Gelegenheit, auf andere Art Kontakte zu knüpfen?«

Er hob bedauernd die Hände, nicht ohne einen gewissen Charme, den er zielbewußt einzusetzen verstand. »Ich arbeite zuviel«, meinte er und es klang wie eine Entschuldigung. »Ich gehe kaum aus, es ist nicht meine Art, Frauen anzuquatschen.» Er spielte Verlegenheit – doch, er *spielte* sie! –, er schenkte mir einen bewundernden Blick und sagte: »Frauen wie Sie laufen nicht dutzendweise herum, die sind selten, man trifft mit ihnen nur durch Zufall zusammen.«

»Ist Despina ein Zufall für Sie?«

Er zuckte nur die Achseln und schwieg. In dem Augenblick wurde mir klar, was in ihm vorging. Er dachte wohl, Frauen wären stets Rivalinnen, eine sticht die andere gern aus, man können aufeinander hetzen, gegeneinander ausspielen, um sich im männlich erkämpften Ruhm zu sonnen, was immer man darunter verstehen mochte. Ihm war nicht bewußt, daß er dabei war, Despina zu verspielen, soweit ich überhaupt einen Einfluß auf sie haben konnte. Er würde sie bei der nächsten Gelegenheit und immer verraten, wie jetzt auch.

Michael Bohling war ein dummer Mann. Er hatte nichts dazugelernt. Jetzt spielte er den eifrigen Hausmann, weil er mir imponieren wollte. Sicher hatte Despi ihm von mir genau soviel erzählt wie mir von ihm. Er wußte, »worauf ich stand«. Vielleicht gefiel ich ihm wirklich, vielleicht fand er aber auch, daß er mit mir besser dran wäre: finanziell gesehen und überhaupt. Als hätte er meine Gedanken erraten, fragte er: »Sie wohnen auf dem Lande? Stelle ich mir ganz toll vor, gute Luft und kein Industrienebel wie hier. Hätten Sie was dagegen, wenn ich Sie mal besuchen käme?«

»Wenn Sie mit Despina kommen, meinetwegen.«

Ich ging zurück zum Sessel, setzte mich und trank einen Schluck Rotwein. Er kam nach, beugte sich über mich und fragte: »Versprochen?«

»Ihr Gulasch brennt an«, sagte ich.

In dem Augenblick wurde die Flurtür aufgeschlossen, Despina kam mit verwirrtem, schulterlangem Haar, lachend und in freudiger Erregung, sie flog zuerst mir um den Hals, dann dem Bohling, der mich über ihre Schulter hinweg ansah und nicht aus den Augen ließ.

»Na?« Sie schaute gespannt von einem zum anderen, »ist die erste Runde vorbei – wie findest du ihn Mara? Ist sie nicht süß, Micha – ach, ihr zwei, ihr zwei!«

Warum nur hatte ich plötzlich das Gefühl, eine sehr viel ältere Schwester zu sein oder eine Mutter, die sich Sorgen macht, aber doch nicht einmischen will'Ein dummes Gefühl, ich mochte es nicht, es war mir fremd, es paßte nicht zu mir und der wundervollen Freiheit, die für Alexander und mich so selbstverständlich gewesen war.

Das Gulasch schmeckte nicht mal schlecht, nach dem Essen jedenfalls verabschiedete sich Micha Bohling, er hatte sogar das Geschirr abgeräumt und wollte abwaschen, aber ich sagte: Schon gut, gehen Sie nur. Er ging, nicht ohne mir noch einen bedeutungsvollen Blick zuzuwerfen.

An der Tür stieß er mit Frau Hitschold zusammen, die ihr versprochenes Glas ›Gürgschen‹ brachte. »So schnell, Micha – wohin denn?«

Er wollte nach Hause, zum Fernsehen, das Fußballspiel fing gleich an. »Na, und den Damen kann ich ja heute wohl damit nicht kommen, wie?«

»Mit Fußball dürften Sie mir nie kommen«, rief ich ihm nach. Und nur war so gar nichts mehr an ihm von dem sanften Gulaschkoch, er war einer von den Männern, wie ich sie besonders ›liebe‹: Fußball, Sportschau, dazwischen zum Kühlschrank, sich ein Bier holen, aus der Flasche trinken. Sich breitbeinig zurücklehnen und weiterglotzen. Wieviele Ehen waren schon daran gescheitert, wieviele Frauen machten das tagein, tagaus mit, heimlich angewidert, aber entschlossen auszuhalten, »bis der Tod euch scheidet«. Warum, zum Kuckuck, heiraten sie solche Männer?

Despina sollte dieses Los nicht teilen. Ich würde alles daran setzen, sie von diesem verdammten Bohling wegzubringen. Aber wie?

»Er ist lieb, nicht?« Despina verteilte die Gürkchen auf die Teller.

»Sie passen so gut zusammen«, freute sich Frau Hitschold und beobachtete mein Gesicht, während ich eines der knakkigen, süßsauren Wunderwerke kostete. Ich verdrehte verzückt die Augen in maßloser Übertreibung. »Die Despi hat das ja auch verdient«, fuhr die Nachbarin zufrieden fort, »immer allein, und so viel mitgemacht, nicht, Despi?«

»Ab jetzt soll sie nur noch glücklich sein«, versprach ich. »Dafür werde ich sorgen, Cousinchen.«

Despina nahm meine Hand und drückte sie, etwas zu überschwenglich, wie alles, was sie tat.

»Wirst du unsere Trauzeugin sein, Mara?«

»Ich werde morgen in deine Schule kommen und dir beim Unterrichten zuhören«, antwortet ich. »Dann möchte ich deinen Schülern aus meinen Büchern vorlesen und mit ihnen darüber reden – falls es dir recht ist, Frau Lehrerin.«

Ein Jubelschrei war die Antwort, sie umarmte mich wieder, und dann mußte ich Gürkchen essen, bis mir übel wurde.

»Ich fahr' zu meiner Schwester nach Bad Schandau«, sagte Frau Hitschold, mit einer umfangreichen Plastiktüte in der Hand. »Am Abend bin ich wieder zurück.«

»Soll ich sie zum Bahnhof fahren?«

»Nö, danke – is ja nich weit.«

Sie ging und ich blieb allein im Haus. Despina war noch in der Schule. Nette, kleine Grundschule, ziemlich alt, erinnerte mich an meine ›Penne‹, die ich glühend gehaßt hatte. Heute aber bin ich gern in Schulen, lese vor und unterhalte mich mit den Kindern. Einige waren sehr aufgeweckt in Despinas Klasse, andere etwas verklemmt, doch das gab sich nach und nach. Wir sprachen über Bücher, über selbsterfundene Geschichten, zu denen Despina sie ermuntert hatte, obwohl sie von sich behauptete, keine Phantasie zu haben, was ich nicht glaubte.

Schön war's, ihr beim Unterrichten zuzusehen. Sie konnte mit den Schülern gut umgehen.

Nun saß ich in ihrer Wohnung und überlegte, wie ich ihr den Bohling ausreden könnte. Sie wollten tatsächlich heiraten! Vielleicht tat ich ihm unrecht, vielleicht liebte er sie wirklich, vielleicht ...

Ich entwarf einen Artikel, den ich über meine Eindrücke und Begegnungen in dieser Stadt schreiben wollte, trank einen schwarzen Tee – als es plötzlich läutete. Vor der Tür stand eine Frau. Nicht mehr jung. Mit nachlässig gefärbtem Haar und einer gnadenlosen Dauerwelle.

»Tach«, sagte die Frau und war auch schon im Flur. »Ich muß mit Ihnen reden.«

»Mit mir?«

»Es geht um Micha«, mit feierlichem Ausdruck, als gäbe sie eine Suchmeldung auf: »Herrn Michael Bohling, meinen Verlobten. Hören Sie zu, Frau Gabler ...«, sie musterte mich und ein abfälliges Lächeln spielte um ihre zu stark geschminkten Lippen, »eigentlich habe ich sie mir jünger vorgestellt, nicht so – so ...«

»Wie denn?«

Sie tänzelte händewedelnd umher und machte dazu eine mokante Miene; das sollte wohl eine Imitation von mir sein, obgleich ich mich überhaupt nicht von der Stelle rührte und weiß Gott nicht mokant dreinsah. Dazu war ich viel zu überrascht. Sie unterbrach sich und sagte in völlig anderem Ton: »Also toll sehen Sie schon aus, ich kann Micha ja verstehen, nicht gerade wie eine Lehrerin, aber irgendwie schon ganz prima, ehrlich.«

»Setzen sie sich doch, Frau, Frau ...«

»Pohl. Sieglinde Pohl. Ihr könnt mich alle *Siggi* nennen, wie der Micha.«

Sie machte es sich in Despinas einzigem Polstersessel bequem, breitete sorgfältig den Faltenrock über den Sitz und betrachtete liebevoll die Kanne. Ich bot ihr einen Tee an, sie trank in kleinen, betont vornehmen Schlückchen und wartete auf den Beginn eines Gesprächs, als hätte ich sie herbestellt.

»Also – was ist mit dem Micha?« Ich dachte nicht daran, den Irrtum aufzuklären und meine wahre Identität aufzudecken, noch nicht. Sollte Despina in das Gespräch hineinplatzen, um so besser. Dann konnte sie mit eigenen Ohren hören – ja was?

Daß der Bohling nicht nur auf Heiratsannoncen antwortete, sondern auch selbst welche aufgab. In der Nachbarstadt zum Beispiel. So lernte er nämlich die Witwe Pohl kennen. Mit Haus: »Viel zu groß für mich, darum will ich unbedingt wieder heiraten, wissen sie, na ja, ich bin zwar ein Stück älter als der Micha, aber Geld genug ist da, kein Ärger mit Grundstücksrechten, das Haus gehört einwandfrei mir, und der Micha ist mir gerade recht. Er hat ein bissl den Boden unter den Füßen verloren, seit sie ihm bei der Post gekündigt haben, die Arbeit jetzt macht ihm keinen Spaß; er muß anständig versorgt werden und braucht keine berufstätige Frau wie Sie, Frau Gabler, nichts für ungut.«

»Nun steht er also zwischen zwei Frauen, der gute Junge«, ich ahmte ihren Ton nach, sie bemerkte die Ironie gar nicht. »Hat er sich denn endgültig für Sie entschlossen?«

»Noch nicht. Er ist eben in *Sie* verliebt, wissen Sie. Es gefällt ihm, mit einer Lehrerin befreundet zu sein«, sie sprach das Wort *Lehrerin* aus, als sage sie *der Präsident der vereinigten Staaten*, »das gibt ihm Aufwind«, mit mütterlich nachsichtigem Lächeln: »Er ist manchmal eben noch ein großer Junge.«

»Na schön«, sagte ich, »Sie sollen Ihren Verlobten haben!«

»Sie verzichten auf ihn?« Sie platzte fast vor Freude.

»Ich schon – aber meine Cousine? Das kann ich Ihnen nicht versprechen. Sie ist nämlich Despina Gabler. Ich bin nur der Besuch aus dem Westen.«

»Also wirklich«, ein Blick schmetterte mich in Grund und Boden, »das hätten sie mir auch gleich sagen können!«

»Stimmt«, gab ich zu. »Entschuldigen sie bitte.«

Nachdem sie gegangen war, atmete ich tief durch. Mein Mißtrauen war berechtigt gewesen. Wie sollte ich das nur Despina beibringen? Die Witwe Pohl hatte mir versprochen, den Bohling zu veranlassen, selbst mit Despina zu reden, solange ich noch da war. Denn *mir* hätte sie vielleicht nicht geglaubt, taub und blind wie Verliebte nun mal sind.

Bohling kam am Abend. Er tat, als sei alles in Ordnung, turtelte mit Despina, befeuerte mich mit Blicken. Es lag mir auf der Zunge, mehr als einmal. Ich wollte sagen: ›Besuch war da, eine Frau Pohl, die Verlobte von deinem Micha!‹ Doch dann sah ich in Despinas strahlendes Gesicht, gerührt von ihrem Eifer, ihn und mich zu vereinen, als Familie sozusagen, in ihrer panischen Angst vor dem Alleinsein, ihrem Hunger nach geliebten Menschen, die sie seit dem Tod ihrer Mutter so sehr vermißte. Ich brachte es nicht fertig.

Erst vor der Haustür, wohin ich ihn begleitete, stellte ich ihn zur Rede. Berichtete vom Besuch seiner ›Verlobten‹. Er dementierte nicht, er tat, als sei überhaupt nichts geschehen, amüsierte sich diebisch.

»Weiß es Despi?« fragte er nur.

»Noch nicht. *Sie* sollten es ihr sagen, jetzt gleich.«

Er aber meinte: noch sei ja nichts entschieden. »Geld oder Liebe – mal sehen.« Und er versuchte tatsächlich, mich an sie zu ziehen; in dem Augenblick erschien Despinas Kopf oben am Fenster und sie rief lachend: »He, schmust nicht so viel!«

»Warum bist du nicht eifersüchtig?« fragte ich sie etwas später. »Er macht sich an mich heran, und bestimmt bin ich nicht die einzige.«

»Wenn ich ein Mann wäre, würde ich mich auch in dich verlieben«, sie sah mich schwärmerisch an, überhaupt nicht lehrerinnenmäßig, eher wie ein überdrehter Teenager. »Auf dich würde ich nie, nie eifersüchtig sein!«

»Jetzt weiß ich nicht: Ist das nun ein Kompliment oder eine Beleidigung?!« seufzte ich, worüber sie sich amüsierte. »Was ist, wenn er eine Braut hat – zum Beispiel eine ältere reiche Witwe mit Haus?«

Despina richtete das Bett im Wohnzimmer, wo sie während meines Besuches schlief. Sie lachte, klopfte die Kissen, schüttelte den Kopf und rief: »Ach, Mara – du und deine Phantasie!«

Ein sonniger Frühsommertag. Die Bäume längs der Elbe hatten ausgeblüht, doch in den Vorgärten gab es Tulpen und Narzissen.

Die Zeit versinkt in einer Fliederwelle, die Birken machen einen grünen Knicks … schrieb Erich Kästner.

Ich fuhr nach Dresden. Es war ja nicht weit und ich hatte einen bestimmten Plan: Ich wollte zu Christopher, brauchte Verstärkung. Es traf sich gut, daß er in der Nähe war.

Im *Bellevue* ging es hoch her. Männer mit den unvermeidlichen Managerköfferchen durchquerten die Halle, telefonierten und machten zukunftsträchtige Gesichter. Perfekt gestylte Frauen begrüßten sie, man stand in Gruppen beisammen, redete, diskutierte, lachte, machte sich gemeinsam auf den Weg. Es roch nach Geschäftsverbindungen und Verhandlungen, nach Sitzungen und Tagungen, nach der Endzeit eines verlöschenden Wirtschaftswunders, das hier nochmals versuchte aufzublühen. Die Stadt hatte es nötig. Sie glich einer riesigen Baustelle, Ruinen wurden abgerissen, als wäre der vor einem halben Jahrhundert beendete Krieg soeben erst vorbei.

Herr Mayer-Naß, so wurde mir gesagt, kam erst am Nachmittag von der Baustelle zurück. Ihm lag das Haus Erich Kästners ebenso am Herzen wie mir seine Verse.

Ich sonnte mich auf der Terrasse und genoß meinen Eiskaffee. Die Elbe glitzerte im Sonnenlicht, die Hofkirche grüßte vom anderen Ufer, umgeben von Gerüsten, wie Canaletto sie vor zwei Jahrhunderten gemalt hatte. Dennoch ein wundervolles Panorama: die Brücke, das Schloß, die Brühlsche Terrasse.

»Mara – das gibts doch nicht!«

Ein Schatten fiel über meinen Tisch: Christopher stand vor mir, mit einem überraschten und sehr lieben Lächeln. Es dauerte eine Weile, ehe er begriff: Nein, ich war ihm nicht nachgefahren, es ging um etwas anderes. Ich konnte kaum reden, so sehr klopfte mein Herz. Das ärgerte mich. Schließlich war ich ja nicht in eigener Sache hier. Ich brauchte Unterstützung für Despina.

Als ich ihren Namen nannte, lächelte er wieder, es sah fast aus, als lege sich eine besondere Art von Zärtlichkeit über sein Gesicht.

»Die junge Dame, die mich geangelt hat«, er bestellte sich einen Kaffee und ließ sich alles erzählen. Wieder hatte ich das Gefühl, als kennten wir uns schon viele Jahre.

»Was soll ich tun, Mara – den untreuen Herrn ermorden?«

»Ihn ausstechen«, sagte ich schnell und schaute ihn über mein Glas hinweg an, aus dem ich die letzten Tropfen meines Eiskaffees trank, ohne Strohhalm, was eigentlich nicht besonders vornehm war, ihn aber belustigte. »Mach sie in dich verliebt, sei einfach da, für einen Tag oder zwei, provoziere diesen Bohling, irgendeine Reaktion wird ja dann kommen.«

»Wenn sie sich aber nicht in mich verliebt?« Die Sache bereitete ihm Freude, so ganz ernst nahm er sie nicht.

»Sie hat dich einen tollen Mann genannt«, ermutigte ich ihn. Daß sie hinzugefügt hatte: ›Aber nicht zu vergleichen mit meinem Micha‹, das verschwieg ich ihm. »Könntest du dich von deinem Job mal freimachen und uns besuchen – morgen, gehts morgen?«

Ganz klar war mir mein Plan nicht. Ich dachte nur: Wenn ein anderer Mann da ist, plötzlich auftaucht, ist sie abgelenkt von diesem Bohling, der ein doppeltes Spiel treibt und nicht daran denkt, die Wahrheit zu sagen.

»Also gut«, wir schlenderten über die Kieswege des Gartens zum Elbufer. »Ich nehme mir morgen frei und werde tun, was ich kann. Ach, Mara«, er blieb stehen und nahm meine Hände, »ich muß mich entschuldigen.«

»Wofür?«

»Für die abgebrochene Liebesnacht.«

»Ach das«, ich lachte eine Spur zu unbekümmert. »Längst vergessen!«

»Dieser verdammte Kräuterlikör – das wäre bestimmt nicht passiert, hättest du nicht ...«

»Keine Psychoanalyse, bitte!«

Zärtlich legte er Hände um mein Gesicht, streichelte mein Haar und sagte ganz dicht vor mir: »Ich mag dich so sehr, daß mir manchmal das Atmen schwerfällt.« Und dann versuchte er mich zu küssen: mitten auf den Elbwiesen! Die Leute machten lange Hälse, das nahm ich jedenfalls an, sehen konnte ich es nicht, sein breiter Rücken war davor. Unsere Haltung war eindeutig. Ich schob ihn zurück. »Siehst du«, er ließ mich los, »immer verschließt du dich.«

»An dem Abend in deiner Wohnung habe ich mich nicht verschlossen«, erinnerte ich ihn. »Immerhin lag ich in deinem Bett, nicht wahr ...«

»Nur mit halbem Herzen.«

»Woher willst du das wissen, da dir doch so elend war?«

Dan küßte er mich doch. Das ersparte ihm die Antwort. Ich kam mir vor, wie auf einer Showbühne: zwei relativ gereifte Leute allein auf weiter Flur, in inniger Umarmung – Scheinwerfer an!

»Hör auf, Chris, ich bitte dich!«

Leider verstand er mein Zurückweichen ganz anders.

»Da haben wir's«, er ging zur Elbe, nahm einen flachen Stein und ließ ihn übers Wasser hüpfen Ein Kunststück, das ich schon seit frühester Kindheit bewunderte und nie selbst zustande brachte, trotz eifrigen Übens. Ich applaudierte, wollte etwas Lustiges sagen, doch er blieb ernst, wandte sich ab und sagte so leise, daß ich es kaum verstehen konnte: »Es ist schwer, gegen einen Toten anzutreten.« Er ging weiter, als gäbe es mich nicht.

»Hör mal«, ich war mit einigen schnellen Schritten bei ihm und knuffte ihn in die Rippen, »mit Alexander hat das nichts zu tun!« Doch sehr überzeugend klang das nicht.

Wir setzten uns auf eine Bank, etwas steif, aber zwischen uns schwangen elektrische Ströme, es war fast nicht auszuhalten. Ein Dampfer kam aus Richtung Meißen angetuckert und legte unterhalb der Brühlschen Terrasse an. Leute strömten über den Steg, verliefen sich nach allen Richtungen. In mir war wieder die unbestimmte Sehnsucht nach Zärtlichkeit und einem neuen Anfang, aber mehr denn je träumte ich nachts von Alexander. Wenn ich aufwachte, schien es mir, als wäre er noch da, erst später kam die Gewissheit und der Schmerz. Schlimme Augenblicke, die den Tag überschatteten.

»Wenn es nichts mit Alexander zu tun hat«, sagte Chris plötzlich, »dann bleib heute Nacht bei mir. Laß uns reden und ...«

»Und –?«

»Einfach beisammen sein.«

Da erst merkte ich, daß er recht hatte. Ich konnte es nicht, war blockiert und unglücklich.

Statt einer Antwort fragte ich: »Was macht das Kästner-Haus?«

»Wächst und gedeiht. Eigentlich brauchen die mich gar nicht mehr. Die Lücke in der Häuserzeile ist ausgefüllt«, er lachte, »es müßte nur noch der kleine Erich mit Schulranzen und rutschenden Strümpfen die Straße entlangkommen.«

Eine vergnügliche Vorstellung. Wir schmückten sie aus, vergaßen unser Problem und wurden wieder vergnügt. Es ist so wichtig, daß man miteinander über dasselbe lachen kann, und wir konnten es. Dabei kreuzten sich unsere Blicke immer wieder, dann wurden wir für einige Sekunden verlegen und alberten darüber hinweg.

Der Abend kam mit einem Sternenmantel. Über dem Turm der Hofkirche balancierte eine Halbmondsichel, das sah sehr romantisch und ein wenig türkisch aus. Lichter gingen und spiegelten sich in der Elbe.

»Ich muß fahren, Despina wartet.«

»Kommst du wenigstens noch einen Sprung mit hinauf?« fragte er und fügte vielversprechend hinzu: »Ich habe eine reichbestückte Zimmerbar.«

»Darf leider nichts trinken, muß fahren.«

»Wenn wir nun deine Cousine anrufen und morgen gemeinsam bei ihr aufkreuzen?«

»Ich muß fahren – bitte, dränge mich nicht Chris!« Ich war ungehalten. Am liebsten wäre ich losgefahren, nach Hause, in meine friedliche ›Bude‹, zu Vogelgezwitscher, Grillenzirpen und meiner Schreibmaschine. Was ging mich Despinas Liebesgeschichte an, was mischte ich mich überhaupt ein?

Er stand seufzend auf, verließ die Bank, winkte kurz, ohne mich anzusehen und sagte: »Schade. Gute Nacht, Frau Köllner-Quant. Träumen Sie schön!« Er ließ mich einfach sitzen. Allein am Ufer der Elbe.

Ich fühlte mich plötzlich sehr müde. Leer und kalt war mein Herz, es steckte wieder in einem Tresor, wo es absolut nichts zu suchen hatte.

Die Luft war erfüllt von sommerlichen Düften. Das Hotel

lag wie ein behäbiger Riese im Park. Viele beleuchtete Fenster. In einem Zimmer ging soeben das Licht an. Wohnte Christopher dort? Warum, zum Kuckuck, war ich nicht mitgegangen?! Wie wundervoll, ihn zu umarmen, die zärtliche Sehnsucht zu stillen, ihn zu lieben bei leiser Musik aus dem Radio; *Eine kleine Nachtmusik* von Mozart. Es könnte aber auch die *Mondscheinsonate* von Beethoven sein. Hauptsache: zu zweit.

Aber ich war allein, und die Frösche quakten in der Elbe. So ist das Leben. Selber schuld.

Eigentlich hatte ich nicht mehr damit gerechnet; doch Christopher erschien am nächsten Tag. Ich saß mit Despina bei Frau Hitschold im Gärtchen, zwischen unreifen Tomaten und Radieschen, hörte das Auto vorfahren, ohne mit der Wimper zu zucken. Seit dem frühen Morgen hatte ich meine Fühler ausgefahren: Kommt er oder kommt er nicht? Madame Butterfly in Wartestellung, es fehlten nur noch die Kirschblüten. Aber dafür wuchs das Kartoffelkraut.

Er kam mit hochgekrempelten Hemdärmeln, die leichte Jacke lässig über der Schulter, etwas verschwitzt die Löwenmähne, gerötet das Gesicht, aber mit wachen, munteren Augen.

Große Begrüßung; wir erklärten Despina nichts, sie forschte auch nicht nach, sie gehörte zu den Leuten, die sich nicht um die Gründe kümmerten, nicht um das Wie und Warum, nur um die Tatsache.

Christopher Mayer-Naß war da, der Mann, den sie sich auf dem Bahnhof ›geangelt‹ hatte. Sie wußte, daß wir uns hin und wieder trafen, mehr nicht. Freundschaft aus beruflichem Interesse. Gab es öfter bei mir.

Frau Hitschold geriet sofort in volle Aktion, fühlte sich wie eine Familienmutter, der ein Schwiegersohn ins Haus geflattert war. Kaffee, der stets bereitgestellte Kuchen, kalte Getränke. Es war ein sehr warmer Tag, über der Elbe lag Smogdunst.

Christopher betrachtete Despina mit Wohlwollen. Sie trug ein leichtes Kleid mit Spaghettiträgern, nilgrün schimmernd der Stoff, sie sah aus wie Melusine auf Landurlaub. Das rötliche Haar fiel schulterlang und locker um ihr fröhliches Gesicht. In völliger Arglosigkeit flirtete sie mit Chris, der ging sofort darauf ein, gab die gute Laune zurück. Nichts mehr von Bedrückung. Es wurde ein fröhlicher Nachmittag, ganz nach meinem Wunsch.

Nur hätte ich erwartet, daß er sich mit mir verständigte, einen Augenblick suchte, in dem wir allein miteinander reden konnten, doch er blieb mir gegenüber zurückhaltend: allzu höflich und kühl, fast schon beleidigend. Ein neues, unbekanntes Gefühl überkam mich, es tat weh, machte mich wütend, sogar gegen Despina. Erst später konnte ich es definieren: Eifersucht. Aber ich spielte fröhlich mit.

Als Bohling erschien, saßen wir noch immer im Gärtchen, lachten und unterhielten uns. Despina war nahe an Christopher herangerückt. Er hatte den Arm um ihre Stuhllehne gelegt und sie sahen aus, als hätten sie sich soeben verlobt.

Bohling stutze und starrte sie an. Despi machte keine Anstalten, wegzurücken.

»Hallo, Micha«, rief sie freudig, »komm, setz dich!«

Frau Hitschold brachte noch einen Stuhl für ihn und ein Glas. Die Männer machten sie miteinander bekannt, der Bohling verlor sichtbar die Fassung, als er sah, wie ungeniert Despina den Gast in Beschlag legte und er sie. Chris – hoffentlich nur deshalb! –, um mir einen Gefallen zu tun, sie in fast kindlicher Unschuld und Freude am Flirt, wirklich nicht, um Bohling zu ärgern.

Als Frau Hitschold ins Haus ging, um etwas zu holen, stand auch ich auf und spazierte hinaus auf die Straße. Die Luft wurde mir knapp – und das in der relativ freien Natur. Jemand kam mir nach. Ich hoffte, es wäre Chris. Doch es war der Bohling.

»Wer ist der Mann?«

»Sie haben doch seinen Namen gehört.«

»Ist er Despi nachgereist?«

»Natürlich«, schwindelte ich drauflos, »er liebt sie, merken Sie das nicht?«

Er schluckte. Fast tat er mir leid. Tröstend sagte ich: »Wissen Sie was? Gehen Sie zu Ihrer Witwe.«

»Das mache ich, wie ich will!«

Es roch schlecht in dieser kleinen Industriestadt. Die Wärme hatte die chemischen Gerüche mobilisiert. Trostlos wirkten die grauen Häuser. Die Satellitenschüsseln auf ihren Dächern sahen aus, als seine sie aus einem UFO gefallen und bildeten einen harten Kontrast zu dem Verfall ringsum.

Wir standen vor einer Kneipe. Sie hieß *Zum stählernen Riesen,* was sich wohl auf das nahegelegene Stahlwerk bezog. Ein gestorbener Riese, längst veraltet, für ein Land der freien Marktwirtschaft total ungenügend, wie so vieles hier. Veränderungen überall, nicht gerade zur Freude der Bevölkerung. Auch der Mann vor mir, der sich so betont feingemacht um meine Sympathie bemühte, selbst wenn er ab und zu aus der Rolle fiel, war eines der Opfer. Das stimmte mich nachsichtig. Doch hatte er nicht eine neue Arbeit, einen besseren Job als vorher, sogar mit einem herzchengeschmückten Dienstwagen?

Wir gingen in den *Stählernen Riesen*, setzten uns in eine Ecke, beglotzt von den anderen Gästen, die Skat spielten oder Bockwurst aßen. Die Wirtin begrüßte uns burschikos.

»Hallo, Micha, na, wieder feste auf der Jagd?« Wobei sie mir einen anzüglichen Blick zuwarf. »Wie gehts deiner Despi?«

»Gut«, er bestellte zwei Bier und zwei Klare, ganz selbstverständlich, ohne mich zu fragen. »Das ist ihre Cousine Mara.« Mein Zuname fiel ihm wohl nicht ein. »Sie will Artikel schreiben über unsere Stadt.«

Die Wirtin setzte sich zu uns und wir kamen ins Gespräch. Plötzlich sagte sie: »Die Despi, die ist was Besonderes, wir sind alle sehr stolz auf sie. Der Micha verdient sie gar nicht, der wildert zuviel.«

»War er schon immer so?« Ich versuche, einen heiteren Ton anzuschlagen, um sie nicht stutzig zu machen.

»Immer, klar«, sie stupste den Bohling an, »das darf ich doch sagen, oder?«

»Ich hab' die Despi gern«, antwortete er achselzuckend. »Aber ich muß endlich wissen, wohin ich gehöre. Ich brauche eine Frau, die für mich sorgt.«

»Despina hat ihren Beruf«, erinnerte ich ihn. »Den liebt sie. Zweimal hat sie mit Männern Pech gehabt. Warum, zum

Kuckuck, können Sie nicht selbst für sorgen, wie wir es alle tun?«

Konnte er nicht. Er war, wie gesagt, ein dummer Mann. Ein Fossil aus vergangener Zeit, wie es sie heute leider noch viel zu viele gibt und die sich hartnäckig selbst überleben, im Gegensatz zu den Dinosauriern. Bohling wollte aus Despina einen ›Rund-um-die-Uhr-Micha-Dienstleistungsbetrieb‹ machen. Darüber konnte er nicht hinwegtäuschen, auch dann nicht, wenn er mal für eine Stunde den betulichen Koch und Hausmann spielte. Einsatz mit gezinkten Karten.

»Gehen Sie zur Witwe Pohl«, sagte ich nochmals. »Lassen Sie sich von ihr die Wäsche machen und Saure Kartoffelstückchen nach sächsischer Art oder meinetwegen einen zünftigen Braten. Das täte ihnen beiden gut, der Witwe und Ihnen. Und Despina wäre Sie los.«

»Sag' ich ja auch immer«, rief die Wirtin vom *Stählernen Riesen* und hob das Schnapsglas. »Prost, ihr zwei Hübschen!«

Er begleitete mich bis vor das Hitschold-Haus, schien unschlüssig. Im Garten saß keiner mehr. Alles dunkel. Licht in Despinas Wohnung. Christophers Auto stand nicht mehr da. War er weggefahren, ohne sich von mir zu verabschieden?

»Gute Nacht«, ich gab dem Bohling die Hand. Im Schein der Straßenlaterne sah er blaß und mager aus, tat mir fast leid. »Besuchen Sie noch die Witwe Pohl?«

»Mal seh'n«, er sah mich vorwurfsvoll an mit seinen tiefliegenden Augen, verzichtete auf jede Art von Flirt und fragte: »Haben Sie das geplant?«

»Was denn?«

»Das mit dem Mann da, dem Architekten oder was er ist, haben Sie gekuppelt?«

»Werden Sie Despina endlich sagen, daß sie mit der Witwe Pohl verlobt sind?« fragte ich zurück.

»Sagen Sie's ihr selber«, antwortete er gereizt. »Sie haben doch sonst alles im Griff!« Nun verstellte er sich nicht länger, zeigte unverhohlene Feindschaft und explodierte: »Sie kommen her, mischen sich in alles ein, haben keine Ahnung, was hier so läuft und machen alles kaputt!«

»Hören Sie«, auch ich wurde nun laut, »nach langer Zeit habe ich meine Cousine wiedergefunden. Wir sind die einzigen, die von unserer Familie übrig geblieben sind. Ich weiß, daß interessiert Sie nicht! Aber ich werde nicht zulassen, daß Sie ihr Spielchen mit Despina treiben, sie ausnutzen und sich obendrein als Wiedervereingungsgeschädigter ausgeben! Stecken Sie Ihre Wut in die Tasche, Herr Bohling, nehmen sie Ihre Witwe Pohl und leben Sie, wie Sie wollen. Tut mir leid, daß Sie vergeblich versucht haben, mich um den Finger zu wickeln, mit Ihrem Gulasch und allem Gesülze.«

Wir standen Gesicht an Gesicht und durchbohrten uns mit Blicken. Es war wie in einem Western: gleich würde einer den Colt ziehen.

»Was für eine Witwe?« fragte jemand in unserer aggressives Schweigen. »Wer, bitte schön, ist die Witwe Pohl?«

Despina stand an der Gartentür, wer weiß, wielange schon, aufgescheucht durch unsere Stimmen.

»Laß es dir von ihm sagen«, ich umarmte sie kurz und ging ins Haus. Die Stunde der Wahrheit war gekommen.

Die Wochen vergingen wie im Flug. Neben dem Balkon, unter dem Dach, nistete eine Schwalbenfamilie. Ich wagte mich kaum in den Garten, um sie nicht zu stören, denn kaum trat ich aus der Tür, schimpften die Vogeleltern auf mich ein. Auf Zehenspitzen schlich ich mich zurück und ließ mich nicht mehr sehen. – Ein Schwalbennest im Haus bringt Glück, pflegte die Großmama zu sagen.

Mein Artikel über die Industriestadt an der Elbe war eine recht anschauliche Reportage geworden. Ein Fernsehteam machte sich daraufhin auf den Weg, um Leute zu befragen, auch die nette Wirtin vom *Stählernen Riesen*. Ich schrieb den Text dazu: Beitrag zur Ost-West-Verständigung.

Nun war ich wieder allein und um mich wurde es still. *Die Stille*, schrieb Laotse, der chinesische Philosoph, *ist die größte Offenbarung*.

Der hatte leicht reden; schließlich erzählt die Legende, er

sei von einem Lichtstrahl gezeugt, seine Mutter ging 72 Jahre mit ihm schwanger und gebar ihn aus der Achselhöhle. Mit schneeweißen Haaren war er zur Welt gekommen und konnte bereits sprechen. Er lebte nicht wie unsereiner in der turbulenten Gegenwart, in der wir so sehr auf Kontakte angewiesen sind.

Trotzdem – die Stille ist schon etwas Wunderbares: zum Arbeiten und zum Nachdenken. Ich hielt meine Gefühle unter Kontrolle und belächelte spöttisch meine unausgelebte Sehnsucht, wenn sie mich überfiel.

Von Despina kamen Anrufe, Briefe, Kartengrüße: »Wie geht es Dir? Ich denke so viel an dich, warum rührst Du Dich nicht?«

An dem Abend, als der Bohling endlich Farbe bekennen mußte und Despina einen Teil unseres Gesprächs gehört hatte, erlebte ich eine große Überraschung. Despi stand vor dem Hauseingang und redete mit ihm. Ich hörte es vom Fenster aus, wo ich – ach, wie ungezogen! – natürlich lauschte. Nicht aus Neugier, wirklich nicht. Ich fürchtete, Despina, spontan wie immer, würde einen Wut- oder Schwächeanfall bekommen. Nichts dergleichen. Sie zuckte die Achseln und sagte fast gleichgültig: »Du bist ein Widerling; Mara hatte ganz recht!« Das stimmte nicht: *Widerling* hatte ich nicht gesagt, das wäre ja auch taktlos gewesen, da ich doch wußte, daß Despina ihn liebte. Ich habe lediglich ›zu bedenken gegeben‹. Dann reichte sie dem Bohling sogar noch die Hand. »Alles Gute«, wünschte sie ihm, »ich hoffe, ich sehe dich niemals wieder!«

Er ging davon, einige Schritte mit gesenktem Kopf, dann siegreich aufgerichtet, für die nächtliche späte Stunde erstaunlich beschwingt und munter. Der Weg zur Witwe mit Haus war frei.

Ich stand mit tröstend ausgebreiteten Armen im Zimmer und dachte, Despina würde mir weinend hineinfallen. Aber sie kam strahlend wie immer herein und rief: »Du, stell dir vor: Ich bin verliebt, ich bin total verliebt!« Ganz atemlos war sie vor Glück.

Ich ließ die Arme sinken und dachte, ich träume. Was war los mit ihr – hatte sie masochistische Züge, mußte sie mißhandelt werden, körperlich oder – in diesem Falle – seelisch, um sich anzuheizen?

»Wie kannst du nur diesen Bohling – nach allem, was geschehen ...«

»Nicht der Bohling«, sie tanzte durchs Zimmer und zwitscherte buchstäblich, als spiele sie auf der Bühne eine vor Freude übergeschnappte Person. Dann blieb sie vor mir stehen und sagte, als wäre es das Selbstverständlichste von der Welt: »In Chris, in Christopher – was für ein Mann, o Gott, ich habe ihn mir selbst geangelt!« Plötzlich ganz ernst, mit flehentlich besorgtem Blick: »Er bedeutet dir doch nichts, oder?« Und weiter, ehe ich antworten konnte: »Du denkst ja doch immer nur an deinen Alexander, es gibt ja wohl auch keinen zweiten wie ihn. Außer Christopher natürlich, aber den willst du doch gar nicht – oder?«

»Was sagte er denn dazu?« Ich tat, als nähme ich die Sache nicht ernst und amüsiere mich darüber.

»Das gleiche wie ich: Du bist von eiserner Treue, meint er, und daß er dich bewundert. Er schwärmt geradezu von dir.«

»Nett von ihm!« Von unserem Versuch, miteinander ins Bett zu gehen, sagte ich nichts. Er hoffentlich auch nicht. »Wo steckt er eigentlich«, fragte ich, »ist er abgefahren, nach Dresden zurück, und warum?«

»Er kommt morgen wieder, wir wollen mit dem Schiff nach Bad Schandau fahren, alle drei«, nun fiel sie mir doch noch um den Hals, »ich liebe euch so sehr, dich und Chris, ach, ihr zwei, ihr zwei!«

Das hatte sie mir bei meiner Ankunft auch schon gesagt, nur einen anderen Mann damit gemeint. Ein Glück, daß sie die Cousinen nicht ebenso schnell wechseln konnte wie die Männer.

Jedenfalls fuhr ich am nächsten Morgen ab, ehe Christopher kam. Ich schützte einen dringenden Termin vor und ließ Despina enttäuscht zurück. So fuhren sie eben allein nach Bad Schandau. Und überhaupt war sie oft an seiner Seite: Sie begutachtete das Kästner-Haus, ging mit ihm in die Oper, in die Gemäldegalerie, um Raffaels Sixtinische Madonna anzuhimmeln, sie hörten ein Serenadenkonzert im Zwinger, bei Mondenschein, und fuhren zum Schloß Moritzburg. Eine anregende Verbindung, wie ich Despinas begeisterten Berichten entnehmen konnte. – Tadellos gemacht, Mara, du große Psychologin! Du hast sie einander in die Arme getrieben, und nun bist du überwältigt von deinem Edelmut.

Immer wieder hatten sie mich angerufen, einzeln oder gemeinsam, immer wieder gab ich mich atemlos vor Überarbeitung, so echt, daß keinen Argwohn schöpften. Einmal war Christopher bei mir gewesen, hatte geklingelt, aber ich war ›nicht zu Hause‹, sah ihn weggehen und, ehe er ins Auto stieg, hochblicken, sah sein enttäuschtes Gesicht, doch ich rührte mich nicht. Mehr denn je redete ich mir ein, keine Beziehung mehr eingehen zu können. Ich hatte es ja versucht. Doch der alberne Kräuterlikör war stärker gewesen als meine Anziehungskraft.

Despina paßte besser zu Christopher. Sie war jung und voller Erwartung; sie hatte viel Pech mit Männern gehabt, und in ihr war so viel Liebe, die sie nicht anbringen konnte. Einen Teil davon schenkte sie den Kindern in ihrer Schule, die sie nicht nur unterrichtete, sondern auch tröstete, wenn es nötig war und half, wo sie konnte. Sie war Lehrerin aus Überzeugung, aus Idealismus – was für ein seltenes Wunder. Sie hatte Christopher verdient und er sie.

Ein heißer Sommer! Die sanften Frühlingsfarben waren längst übergegangen in ein sattes, fast schon wieder müde werdendes Grün.

Die Kirschen werden reif und rot,
die süßen wie die sauern.
Auf zartes Laub fällt Staub, fällt Staub,
so sehr wir es bedauern.

Natürlich wieder Erich Kästner, wer sonst? Nun ja, bald hatte er sein Geburtshaus zurück, ein großer Baumeister kümmerte sich darum, der sonst meist Brücken baute – wer weiß, wo er jetzt steckte. Bei Despina?

An einem Nachmittag, ich saß brütend an der Schreibmaschine, klingelte es Sturm. Ich erwartete Manfred, einen befreundeten Redakteur, der einen Artikel abholen wollte und rief: »Herrgott, warum denn immer so hektisch?!«

Vor der Tür stand Christopher, mit einem Strauß Teerosen, meinen Lieblingsblumen.

»Hallo, Mara», als hätten wir uns erst gestern in Liebe getrennt, »fein, daß du mal zu Hause bist. Hast du eine Vase?«

Er stellte die Rosen ins Wasser, prüfte nochmals die Stengel, ob sie auch fachmännisch angeschnitten waren – alles mit einer feierlichen Miene, als zelebriere er eine heilige Handlung.

Ich sah ratlos zu, fühlte mich überrumpelt und fragte: »Willst du mir nicht sagen, was das soll?«

Zufrieden betrachtete er das Rosenarrangement, plazierte es auf den Tisch, schaute mich an und sagte seufzend: »Ach, Mara, du machst es mir nicht leicht.«

»Wovon sprichst du eigentlich?«

»Von deiner Art, die Puppen tanzen zu lassen, wie es dir paßt. Du setzt deine Darsteller ein wie ein Regisseur in einer Komödie. Wir haben ja auch alle brav mitgespielt, nicht wahr, aber ist dir niemals der Gedanke gekommen, deine Figuren könnten sich selbständig machen?«

»Ich verstehe nicht ...«

»Wir verstehen auch nicht, Despina und ich. Du bist Hals über Kopf abgereist. Wir standen da, Despina und ich, und wußten nicht weiter.«

»Immerhin seid ihr nach Bad Schandau gefahren«, warf ich ein, »Despina und du. Und habt auch sonst einiges gemeinsam unternommen.«

»Ohne Regieanweisung. Schön, du hattest erreicht, was du wolltst: Despina ist den Bohling losgeworden. Der hat seine Witwe mit Haus geheiratet.«

»Und ihr – was ist mit euch?« Erschrocken bemerkte ich, daß meine Stimme streitsüchtig klang, ganz fremd und richtig ekelhaft. Ich änderte sofort den Ton und fragte, so milde ich konnte: »Wie findest du Despina?«

»Hinreißend«, schwärmte er, »ein Zaubermädchen. Sie hat Temperament und Courage. Voller Liebe und Geduld ...«

»Voller Widersprüche«, ergänzte ich, selbst ein wenig darüber erstaunt.

»Im neuen Schuljahr«, fuhr Christopher fort, »wird sie zusätzlich noch eine Klasse mit behinderten Kindern unterrichten, solchen, die zum Lernen mehr Zeit brauchen; dafür setzt sie sich ein ...«

»Ich weiß«, unterbrach ich seine Lobeshymne, »sie hat es mir geschrieben. Bist du gekommen, um mir das zu sagen?«

»Nicht nur«, er verschanzte sich hinter dem Rosenstrauß und sagte zu den Blütenblättern: »Ich fürchte: ich liebe dich, Mara. Würdest du mich eventuell heiraten?«

Ich schluckte, wandte mich ab und sah Alexanders Bild an. Es stand auf einem Tischchen in der Nische, eine Kerze brannte daneben. Er lächelte mir zu. In der Hand eine Pfeife, die er anzünden wollte. Fotopose. Und doch ganz und gar *er*, wie ich ihn kannte. O Gott, ich vermißte ihn so sehr. – ›Nimm dein Herz aus dem Tresor‹, hörte ich seine Stimme sagen, › und mache aus mir, um Himmelswillen, keine Kultfigur!‹ – Das hätte er gesagt, hätte er es sagen können.

Ich lachte plötzlich leise und blies die Kerze aus. Fast hörte ich ihn aufatmen.

Eine Weile stand ich still, drehte mich um und hatte ein banges Gefühl. Was nun?

Christopher kam langsam hinter dem Rosenstrauß hervor, etwas fassungslos, wie es schien, denn er hatte wohl den symbolischen Sinn erkannt: Alexander sah uns nicht mehr zu.

»Mara, ich weiß nicht, ich möchte nicht schuld daran sein ...« Er suchte nach Worten, war verlegen, doch in seinen Augen lag etwas wie eine glückliche Hoffnung.

»Es ist nur so«, ich ging zögernd auf ihn zu und legte die Arme um seinen Hals, »da gibt es ein Problem.«

»Schon wieder?« fragte er. »Was denn für eines?«

»Unsere Namen! Wie wollen wir uns nennen: Mara und Christopher Köllner-Quant-Mayer-Naß?«

»Ich wette, auch dafür finden wir eine Lösung«, rief er erleichtert. »Ist schließlich kein Einzelproblem. Geht vielen so. Auch Politikern.« Und dann, endlich kapierend. »Heißt das, du nimmst an?«

Die Rosen verströmten einen betäubenden Duft: Das gab es also noch! Mein Herz erwärmte sich vor Sehnsucht nach Chris, doch im letzten Augenblick wich ich vor dem längst fälligen Kuß zurück.

»Und Despina?« fragte ich. »Was sagen wir Despina? Sie ist vernarrt in dich.«

»Ich weiß«, gab er zu und badete in einem Anfall von männlicher Eitelkeit. »Obwohl zwischen uns nichts gewesen ist.«

»Trotzdem wird sie enttäuscht sein, wird mich hassen und dich auch.«

Er ließ mich los, sah bekümmert drein und wußte keine Rat. Hassen durfte Despina uns nicht. Wie sollten wir es ihr nur beibringen?

In dem Augenblick der Verwirrung jodelte das Telefon. Unwillig nahm ich den Hörer ab, ich befürchtete, Manfred würde sich nach dem Artikel erkundigen oder Wilfried, ein frustrierter Witwer, wollte sich eventuell mit mir verabreden.

»Hallo, was ist denn?!« rief ich ärgerlich in den Hörer.

Despinas Stimme: »Mara, ach Mara – ich habe Sehnsucht nach dir! Ach, könnte ich doch bei dir sein.«

»Warum kommst du nicht her – es sind doch Ferien! Setz dich ins Auto oder in den Zug ...«

»Geht nicht«, nach einer Pause platzte sie heraus: »Du, ich habe mich verliebt, so sehr, ich kann kaum atmen, verliebt, ich sage dir ...«

»Allmächtiger, in wen denn?«

»Er heißt Helmut und ist ...«

»Bundeskanzler?«

»Lehrer in der Behindertenschule. Witwer. Ein Typ wie dein Alexander. Mara, du mußt kommen und ihn kennen lernen, bald!«

»Na schön«, sagte ich, »wir kommen.«

»Wir?« rief Despina verwundert – aber ich legte schleunigst auf.

Christopher schaute mich erwartungsvoll an, Vorahnung im Blick.

»Noch ein Problem?« fragte er verzagt.

»Im Gegenteil«, ich lachte und zog ihn zu mir auf die Couch. »Auch das letzte ist gelöst. Vorausgesetzt ...«

»Vorausgesetzt?«

»Wir machen uns auf den Weg zu Despina. Da gib es einen neuen Mann zu besichtigen.«

»Na fabelhaft«, stöhnte Christopher, »hoffentlich muß ich nicht wieder einspringen.«

»Das läßt du gefälligst bleiben«, sagte ich und gab ihm einen Nasenstüber, »ab jetzt bist du anderweitig engagiert.«

»Ich wüßte nicht, was mir lieber wäre«, antwortete er. »Aber ich fürchte, daß ich in eine recht eigenwillige Familie einheirate.«

»Es sind doch nur zwei – vorerst alleinstehende – Cousinen«, tröstete ich ihn. »Da mußt du eben durch.«

»Bin schon dabei!«

Christopher war ein sanfter, mutiger Mann ohne Identitätskrise. Er konnte nicht nur Brücken bauen, sondern auch Tresore öffnen.

Und küssen konnte er ebenfalls.

Thomas Harris

Die Glasscherbe

Langsam fuhr Will Graham an dem Haus vorbei, in dem Charles Leeds mit seiner Familie gelebt hatte und gestorben war. Die Fenster waren dunkel. Nur eine Lampe über der Eingangstür brannte. Zwei Blocks weiter hielt Graham an und ging durch den warmen Sommerabend zu Fuß zurück. In einem Schutzumschlag aus kräftigem Karton trug er den Bericht der Mordkommission von Atlanta bei sich.

Graham hatte darauf bestanden, allein herzukommen. Die Anwesenheit einer zweiten Person im Haus hätte ihn nur abgelenkt; das war zumindest der Grund, den er Crawford genannt hatte. Doch er hatte einen anderen, persönlicheren Grund für seinen Wunsch: Er war sich nicht sicher, wie er reagieren würde. Deshalb wollte er nicht ständig von jemandem beobachtet werden.

Im Leichenschauhaus war alles gutgegangen.

Das zweistöckige Haus lag etwas von der Straße zurückversetzt auf einem Grundstück mit altem Baumbestand. Graham blieb lange unter den Bäumen stehen und betrachtete das Haus. In seinem Innern bemühte er sich um vollkommene Ruhe. Doch in seinen Gedanken schwang im Dunkel beständig ein silbernes Pendel hin und her. Er wartete, bis das Pendel zur Ruhe kam.

Wenn Nachbarn am Haus vorbeifuhren, schauten sie kurz herüber, um jedoch den Blick sofort wieder abzuwenden. Ein Haus, in dem ein Mord geschehen ist, stellt für die Anwohner, ähnlich dem Gesicht eines Verräters, eine ständige Bedrohung dar. Nur Außenstehende und Kinder wagen es, ein solches Gebäude offen anzustarren.

Die Jalousien waren nicht heruntergelassen. Zufrieden nahm Graham das zur Kenntnis. Es bedeutete, daß bisher keine Verwandten das Haus betreten hatten. Verwandte ließen immer die Jalousien herunter.

Ohne seine Taschenlampe anzuknipsen, ging er vorsichtig um das Haus. Zweimal blieb er stehen, um zu lauschen. Die

Polizei von Atlanta wußte zwar, daß er hier war, aber auf die Nachbarn traf das nicht zu. Sie waren sicher entsprechend nervös, und es war nicht auszuschließen, daß sie von einer Schußwaffe Gebrauch machten.

Als er durch ein Fenster auf der Rückseite spähte, konnte er durch das ganze Haus bis zu dem Lichtschein der Lampe über dem Eingang sehen; die Silhouetten der Möbel zeichneten sich deutlich gegen das schwache Licht ab. Die Luft war von schwerem Jasminduft erfüllt. Fast über die gesamte Rückseite des Hauses erstreckte sich eine Holzveranda. An der Verandatür war das Siegel der Polizei von Atlanta angebracht. Graham entfernte es und trat ein.

Die Glasscheibe in der Tür von der Veranda zur Küche, aus der ein Stück herausgeschnitten worden war, war von der Polizei durch eine Sperrholzplatte ersetzt worden. Im Schein der Taschenlampe schloß er sie mit dem Schlüssel auf, den ihm die Polizei zur Verfügung gestellt hatte. Am liebsten hätte er sämtliche Lichter im Haus angeknipst, seine blitzende Dienstmarke angesteckt und alle möglichen offiziellen Geräusche gemacht, um seine Anwesenheit in dem totenstillen Haus zu rechtfertigen, in dem fünf Menschen den Tod gefunden hatten. Doch er tat nichts dergleichen. Er betrat die dunkle Küche und ließ sich am Frühstückstisch nieder.

Zwei Kontrollampen der Einbauküche durchdrangen blau das Dunkel. Es roch nach Möbelpolitur und Äpfeln.

Das Thermostat klickte leise, und die Klimaanlage ging an. Das Geräusch ließ Graham zusammenzucken; er verspürte einen Anflug von Angst. Er stand auf vertrautem Fuß mit der Angst. In diesem Fall würde er sich nicht von ihr einschüchtern lassen. Ihm war nicht ganz wohl in seiner Haut, aber das machte nichts.

Wenn er Angst hatte, konnte er besser sehen und hören. Allerdings konnte er dann nicht so klar und deutlich sprechen, und manchmal machte ihn die Angst auch grob. Doch hier gab es niemanden mehr, mit dem er sprechen, niemanden, den er beleidigen hätte können.

Der Wahnsinn hatte das Haus durch jene Tür auf Schuhen der Größe elf betreten. Während er im Dunkel am Frühstückstisch saß, konnte er diesen Wahnsinn spüren wie ein Bluthund, der an einem Hemd eine Fährte aufnimmt.

Graham hatte fast den ganzen Tag und den frühen Abend damit verbracht, den Bericht der Mordkommission von Atlanta zu studieren. Ihm fiel ein, daß beim Eintreffen der Polizei die Leuchtstoffröhre in der Abzughaube über dem Herd gebrannt hatte. Er stand auf und schaltete sie ein.

An der Wand neben dem Herd hingen zwei bestickte Deckchen. Auf einem stand: ›Liebe geht durch den Magen.‹ Die Inschrift des anderen lautete: ›Eigener Herd ist Goldes wert.‹

Graham sah auf seine Uhr. Dreiundzwanzig Uhr dreißig. Laut Aussagen des Gerichtsmediziners muß der Tod der Opfer zwischen dreiundzwanzig Uhr und ein Uhr früh eingetreten sein.

Zuerst mußte er sich Zutritt zum Haus verschafft haben. Graham ließ sich das durch den Kopf gehen …

Der Irre löst den Haken der Fliegengittertür zur Veranda. Steht im Dunkel auf der Veranda und nimmt etwas aus seiner Tasche. Einen Saugnapf, möglicherweise die Unterseite eines Bleistiftspitzers mit einer speziellen Saugvorrichtung, um ihm auf der Schreibtischplatte besseren Halt zu verleihen.

Gegen die untere Hälfte der Küchentür gekauert, hebt der Irre seinen Kopf, um durch die Glasscheibe in der Tür ins Innere zu spähen. Er streckt seine Zunge heraus und leckt damit die Haftvorrichtung ab, um sie gegen das Glas zu drücken und sie durch das Umlegen des Hebels zum Haften zu bringen. Mit einer Schnur war ein kleiner Glasschneider an der Haftvorrichtung befestigt, damit er eine kreisrunde Öffnung herausschneiden konnte.

Das schwache Quietschen des Glasschneiders und ein leichter Schlag, um das Glas herauszubrechen. Dabei hält er mit einer Hand die Saugvorrichtung fest. Die herausgeschnittene Glasscheibe darf unter keinen Umständen zu Boden fallen. Das herausgelöste Glasstück ist eher eiförmig als rund, da sich beim Herausschneiden die Schnur um den Haltegriff des Saugnapfs gewickelt hat. Als er das herausgeschnittene Stück Glas durch die Öffnung nach draußen zieht, entsteht ein leises knirschendes Geräusch. Er kümmert sich nicht darum, daß er Speichel auf dem Glas hinterläßt, der seine Blutgruppe AB bestimmen läßt.

Seine Hand in dem knapp sitzenden Handschuh schlängelt sich durch die Öffnung, tastet nach dem Türgriff. Lautlos öffnet sich die Tür. Er ist in der Küche. Im Licht der Lampe unter der Abzughaube kann er seinen eigenen Körper in dieser fremden Küche sehen. Es ist angenehm kühl im Haus.

Will Graham aß zwei Di-Gels. Das Knistern des Zellophans störte ihn, als er die Packung in seine Tasche zurücksteckte. Als er dann den Wohnraum durchquerte, hielt er die Taschenlampe gewohnheitsmäßig weit von sich gestreckt. Obwohl er die Grundrißzeichnung des Hauses sorgfältig studiert hatte, öffnete er erst eine falsche Tür, bevor er die Treppe fand. Sie knarrte nicht.

Und nun stand er in der Tür des Schlafzimmers. Auch ohne die Taschenlampe konnte er seine Umgebung schwach erkennen. Eine Digitaluhr auf einem Nachttisch projezierte die Zeit an die Decke, und neben dem Eingang zum Bad brannte ein orangenes Nachtlicht. Der Kupfergeruch von Blut war allgegenwärtig.

Augen, die sich einmal an die Dunkelheit gewöhnt hatten, konnten hier genügend sehen. Der Irre hatte auf jeden Fall Mr. Leeds von seiner Frau unterscheiden können. Das Licht im Raum war hell genug, um auf das Bett zuschreiten zu können, Leeds an den Haaren zu packen und ihm die Kehle durchzuschneiden. Und dann? Zurück zum Wandschalter, ein Gruß an Mrs. Leeds und schließlich der Schuß, der sie bewegungsunfähig machte?

Graham knipste das Licht an, worauf ihm von den Wänden, von der Matratze und vom Boden Blutflecken entgegenbrüllten. Sogar die Luft selbst schien mit Schreien beschmiert. Der Lärm in diesem totenstillen Raum voller dunkler, trocknender Flecken ließ ihn zusammenzucken.

Graham setzte sich auf den Boden, bis in seinem Kopf wieder Ruhe eingekehrt war. Ruhig bleiben, ganz ruhig.

Die Beamten der Mordkommission von Atlanta, welche den Tathergang zu rekonstruieren versuchten, hatte die Anzahl und Vielfalt der Blutflecken vor ein Rätsel gestellt. Sämtliche Opfer waren tot in ihren Betten vorgefunden worden. Dem widersprachen jedoch die Blutflecken, die über den ganzen Raum verteilt waren.

Entsprechend waren sie erst davon ausgegangen, Charles Leeds wäre im Zimmer seiner Tochter angefallen und dann ins Schlafzimmer geschleift worden. Eine genauere Untersuchung der Blutflecke stellte diese Annahme jedoch in Frage. Bisher war sich die Polizei jedenfalls über das genaue Vorgehen des Mörders in diesem Raum noch nicht im klaren.

Doch Will Graham, dem inzwischen auch der Obduktionsbefund und die Laboranalysen vorlagen, begann allmählich zu begreifen, wie es passiert war.

Der Eindringling schnitt Charles Leeds die Kehle durch, während dieser neben seiner Frau im Bett lag, kehrte dann wieder an die Tür zurück und schaltete das Licht an – auf dem Lichtschalter hatte ein glatter Handschuh Haare und Öl von Mr. Leeds' Kopf zurückgelassen. Als Mrs. Leeds sich darauf aus dem Bett erhob, schoß der Eindringling auf die Frau, um als nächstes zu den Kinderzimmern weiterzugehen.

Mit durchgeschnittener Kehle versuchte Leeds seinen Kindern nun zu Hilfe zu kommen. Die Blutspuren wiesen unmißverständlich auf eine durchtrennte Halsschlagader hin. Der Eindringling stieß ihn jedoch nur beiseite, so daß er zu Boden stürzte und zusammen mit seiner Tochter in deren Zimmer starb.

Einer der zwei Jungen wurde im Bett erschossen. Auch der andere Junge wurde in seinem Bett vorgefunden; doch er hatte Staubflusen im Haar, was die Polizei zu der Annahme verleitete, daß er sich erst unter dem Bett zu verstecken versucht hatte, um dann jedoch darunter hervorgezogen und erschossen zu werden.

Als alle, mit Ausnahme vielleicht von Mrs. Leeds, tot waren, machte er sich daran, die Spiegel zu zerschlagen, passende Scherben auszusuchen und sich weiter Mrs. Leeds' anzunehmen.

Graham hatte die Kopien sämtlicher Autopsiebefunde dabei. In dem von Mrs. Leeds stand, daß die Kugel rechts von ihrem Nabel eingedrungen und in der Wirbelsäule steckengeblieben war; der Tod war jedoch durch Strangulierung eingetreten.

Das erhöhte Auftreten von Serotonin und freien Histaminschichten in der Schußwunde deutete darauf hin, daß die Frau noch mindestens fünf Minuten gelebt haben mußte, nachdem sie angeschossen worden war. Da der Histaminbestandteil jedoch wesentlich höher als der von Serotonin gewesen war, konnte sie nicht länger als fünfzehn Minuten danach noch gelebt haben. Die meisten ihrer anderen Verletzungen waren ihr vermutlich, aber nicht mit Sicherheit, nach dem Eintreten des Todes zugefügt worden.

Falls ihr die anderen Verletzungen erst nach ihrem Tod beigebracht worden waren, stellte sich jedoch die Frage: Was hatte der Mörder während der Zeit getan, bis Mrs. Leeds gestorben war? Er hatte sich natürlich Leeds vom Hals halten müssen und hatte die anderen umgebracht; aber das dürfte kaum mehr als eine Minute in Anspruch genommen haben. Vielleicht hatte er auch noch die Spiegel zerschlagen. Aber was sonst noch?

Die Mordkommission von Atlanta war sehr gründlich vorgegangen. Sie hatten den Tatort ausführlichst abgemessen und fotografiert, den Boden Stück für Stück abgesucht und gestaubsaugt und sogar die Rückstände in den Abflüssen der Waschbecken einer eingehenden Untersuchung unterzogen. Dennoch sah sich Graham noch einmal selbst um.

Anhand der Polizeifotos und der Umrißlinien auf den Matratzen konnte Graham feststellen, wo die Leichen gefunden worden waren. Bestimmte Spuren – im Fall der Schußwunden Nitratrückstände auf den Laken – deuteten darauf hin, daß die Opfer ungefähr in der Stellung aufgefunden worden waren, in der sie gestorben waren.

Unerklärt blieben jedoch nach wie vor die Vielzahl der Blutflecken und die Schleifspuren auf dem Teppich im Flur. Einer der Beamten hatte die Theorie geäußert, ein paar der Opfer könnten versucht haben, sich kriechend vor dem Mörder in Sicherheit zu bringen. Davon war Graham jedoch nicht überzeugt. Seiner Ansicht nach hatte der Mörder sie eindeutig durch die Zimmer geschleift, nachdem sie gestorben waren, um sie dann wieder zurück an die Stelle zu schaffen, wo sie ursprünglich den Tod gefunden hatten.

Was der Eindringling mit Mrs. Leeds getan hatte, war offensichtlich. Doch wie stand es mit den anderen? Er hatte sie nicht wie Mrs. Leeds weiter verstümmelt. Die Kinder wiesen jeweils nur eine Schußwunde am Kopf auf. Charles Leeds war verblutet, wobei noch hinzu kam, daß er wohl auch Blut in die Atemwege bekommen hatte. Sonst wies sein Körper nur noch Spuren einer leichten Einschnürung um die Brust auf, die vermutlich von einem Zeitpunkt nach seinem Tod herrührte. Was also hatte der Mörder mit ihnen angestellt, nachdem sie tot waren?

Aus seinem Dossier nahm Graham die Polizeifotos, die Laboranalysen der einzelnen Blut- und Gewebespuren und die Standard-Vergleichstabellen für die Bahnen von Blutspritzern.

In minuziöser Kleinstarbeit nahm er sich die Räume im Obergeschoß des Hauses noch einmal vor und versuchte dabei, die einzelnen Verletzungen mit den jeweiligen Blutspuren in Zusammenhang zu bringen, rollte somit den Fall noch einmal von hinten auf. Mit Hilfe einer mit einem Raster unterteilten Skizze des Schlafzimmers überprüfte er jeden Spritzer und bestimmte mit Hilfe der Vergleichstabellen die Richtung und die Geschwindigkeit des Blutaustritts. Auf diese Weise hoffte er Aufschluß darüber zu gewinnen, an welchen Stellen die Leichen sich zu den verschiedenen Zeitpunkten befunden hatten.

Da waren zum Beispiel drei Blutspuren, die erst schräg nach oben und dann um eine Ecke des Schlafzimmers verliefen. Oder drei kaum mehr erkennbare Flecken auf dem Teppich direkt unter ihnen. Auf Charles Leeds' Seite war die Wand über dem Kopfteil des Betts stark mit Blut verschmiert, und entlang des Kopfteils verliefen Schleifspuren. Grahams Skizze sah allmählich aus wie ein Bilderrätsel, bei dem sich durch die Verbindung der einzelnen numerierten Punkte ein Bild ergab; allerdings fehlten auf Grahams Blatt noch die Nummern zu den einzelnen Punkten. Er starrte auf das Blatt Papier vor sich, ließ seinen Blick durch den Raum wandern und wieder zurück auf die Skizze, bis sein Kopf zu schmerzen begann.

Er ging ins Bad, wo er seine beiden letzten Bufferin nahm und sie mit einem Schluck Wasser aus seiner unter den Wasserhahn gehaltenen Hand hinunterspülte. Danach spritzte er sich noch etwas Wasser ins Gesicht und trocknete es mit einem Zipfel seines Hemdes ab. Das Wasser ergoß sich auf den Boden. Er hatte vergessen, daß das Abflußrohr entfernt worden war. Ansonsten war das Bad mit Ausnahme des zerbrochenen Spiegels und der Spuren von rotem Fingerabdruckpulver, dem sogenannten Drachenblut, vollkommen unangetastet. Zahnbürsten, Gesichtscremes, Rasierapparat – alles war an seinem Platz.

Das Bad sah aus, als würde es noch immer von einer Familie benutzt. Von einer Handtuchstange hing Mrs. Leeds' Strumpfhose; sie hatte sie dort offensichtlich zum Trocknen aufgehängt. Sie hatte ein Bein – vermutlich hatte es eine Laufmasche gehabt – abgeschnitten, um sie mit einer anderen einbeinigen Strumpfhose im selben Farbton zu tragen. Dieser kleine Hinweis auf Mrs. Leeds' häusliche Sparsamkeit berührte Graham eigenartig; Molly machte es genauso.

Graham stieg durch ein Fenster auf das Verandadach hinaus und hockte sich auf die rauhen Schindeln. Er schlang seine Arme um seine Knie – sein feuchtes Hemd klatschte kalt gegen seinen Rücken – und schnaubte den Geruch des Gemetzels aus seiner Nase.

Die Lichter von Atlanta überzogen den Nachthimmel mit schmutzigem Rostrot, so daß die Sterne kaum zu sehen waren. Auf den Keys war es bestimmt eine klare Nacht. Er hätte mit Molly und Willy nach Sternschnuppen Ausschau halten und auf das Zischen lauschen können, das eine Sternschnuppe von sich geben mußte, wie sie sich alle drei einig geworden waren. Die Delta Aquarid-Meteoritenphase hatte ihren Höhepunkt erreicht, und Willy würde sicher aufbleiben, um sie zu beobachten.

Er schauderte und stieß erneut ein Schnauben aus. Er wollte jetzt nicht an Molly denken. Das wäre ebenso geschmacklos wie ablenkend gewesen.

Was Geschmack betraf, hatte Graham nachhaltige Probleme. Seine Gedanken waren oft nicht geschmackvoll. Sein Denken vermochte keine wirksamen Trennwände aufzubauen. Was er sah und erlebte, geriet mit allem anderen, was er wußte, in Berührung. Und mit einem Teil dieser Kombinationen war nicht gerade einfach zu leben. Aber er war nie im voraus auf sie gefaßt, vermochte sie nicht abzublocken oder zu verdrängen. Aber er hatte mit seinen anerzogenen Wertvorstellungen hinsichtlich dessen, was sich gehörte, seine liebe Not; sie waren schockiert über seine Assoziationen, entsetzt über seine Träume. Bedauerlicherweise gab es in dem von den Knochen seines Schädels umschlossenen Raum für all das, was ihm lieb und teuer war, keine Rückzugspunkte. Seine Assoziationen brachen mit Lichtgeschwindigkeit über ihn herein. Dagegen ließ sich das Tempo seiner Wertvorstellungen eher mit der Gedankenfolge bei aufmerksamem Lesen vergleichen. Jedenfalls konnten sie unmöglich mit seinem Denken Schritt halten, geschweige denn bestimmen, in welchen Bahnen es verlaufen sollte.

Graham betrachtete diese Eigenschaft als grotesk, aber durchaus nützlich – etwa wie einen Stuhl aus lauter Hirschgeweihen. Jedenfalls gab es nichts, was er daran hätte ändern können.

Graham löschte die Lichter im Haus und verließ es durch die Küche. Der Lichtstrahl seiner Taschenlampe glitt über ein Fahrrad und einen Hundekorb. Im Garten stand außerdem eine Hundehütte, und neben der Treppe zur Veranda entdeckte er einen Futternapf.

Alles hatte doch darauf hingedeutet, daß die Familie Leeds im Schlaf überrascht worden war.

Die Taschenlampe zwischen Kinn und Brust geklemmt, notierte Graham sich: *Jack nach dem Hund fragen.*

Dann fuhr er in sein Hotel zurück. Er mußte sich aufs Fahren konzentrieren, obwohl um diese Zeit – es war inzwischen halb fünf Uhr früh – kaum Verkehr herrschte. Er hatte Kopfschmerzen, und er hielt nach einer durchgehend geöffneten Apotheke Ausschau.

In der Peachtree entdeckte er schließlich eine. Der schludrige Wachmann döste neben dem Eingang. Ein Apotheker in einem Jackett, das in seiner Schäbigkeit bestens zu den Schuppen auf seinem Kragen paßte, verkaufte Graham eine frische Packung Bufferin. Das Neonlicht in der Apotheke verursachte Schmerzen. Graham konnte diese jungen Apotheker nicht ausstehen; sie sahen oft aus, als wären sie eben aus einer Mülltonne gekrochen. Außerdem haftete ihnen häufig etwas penetrant Selbstgefälliges an, weshalb Graham sie im Verdacht hatte, daß sie sich im Kreise ihrer Familie ziemlich aufspielten.

»Ist das alles?« wollte der Apotheker wissen, während seine Finger über der Tastatur der Registrierkasse verharrten. »Darf es sonst noch etwas sein?«

Das FBI-Büro von Atlanta hatte ihm in einem sonderbaren Hotel unweit des neuen Peachtree Centers ein Zimmer reserviert. Um auch seine letzten Zweifel auszuräumen, daß er sich nun wirklich in einer Stadt befand, hatte es gläserne Aufzüge, die wie Wolfsmilchblüten geformt waren.

Graham fuhr mit zwei Teilnehmern eines Parteitags nach oben; die beide hatten auf ihren Namensschildern zu allem Überfluß auch noch ein joviales ›Hi!‹ stehen. Sie hielten sich an der Griffstange fest und sahen während der Fahrt in die Hotelhalle hinunter.

»Schau mal, da unten an der Rezeption – das ist doch Wilma und diese andere; die kommen auch gerade nach Hause«, bemerkte der Größere von beiden. »Mann, der würde ich's gern mal ordentlich besorgen.«

»Die gehört gevögelt, bis ihr die Nase blutet«, fiel sein Begleiter an.

Angst und Geilheit – und Wut über die Angst.

»Weißt du eigentlich, warum Frauen Beine haben?«

»Nee, wieso?«

»Damit sie nicht wie Schnecken eine Schleimspur hinterlassen.«

Die Lifttür ging auf.

»Sind wir hier richtig? Ist das schon unser Stockwerk?« Der Größere torkelte gegen den Türrahmen, als er ausstieg.

»Der Blinde, der die Blinden führt«, bemerkte der andere dazu.

In seinem Zimmer legte Graham das Dossier auf die Kommode, um es dann jedoch nach kurzem Überlegen in einer Schublade verschwinden zu lassen, wo er es nicht mehr sehen konnte. Er hatte genug von den Toten mit den weit aufgerissenen Augen. Am liebsten hätte er jetzt Molly angerufen, aber dazu war es noch zu früh.

Für acht Uhr war eine Besprechung im Polizeipräsidium

von Atlanta anberaumt. Es war wenig genug, was er ihnen zu sagen hatte.

Er würde zu schlafen versuchen. In seinem Kopf ging es zu wie in einem lebhaften Miethaus – überall Streitereien, und ein Stück den Flur hinunter kam es sogar zu einer Schlägerei. Er fühlte sich leer und hohl, und vor dem Schlafengehen trank er noch zwei Fingerbreit Whisky aus seinem Zahnputzglas. Die Dunkelheit rückte ihm zu dicht auf den Leib, weshalb er aufstand, das Licht im Badezimmer anschaltete und sich wieder ins Bett legte. Er stellte sich vor, Molly wäre im Bad und bürstete sich das Haar.

Zeilen aus den Obduktionsbefunden hallten, von seiner eigenen Stimme vorgetragen, in seinem Kopf wider, obwohl er sie nie laut gelesen hatte, »... die Fäzes waren geformt ... eine Spur von Talkum auf dem rechten Unterschenkel. Fraktur der mittleren Augenscheidewand infolge des Eindringens einer Spiegelscherbe ...«

Graham versuchte an den Strand von Sugarloaf Key zu denken; er versuchte das Rauschen der Wellen zu hören. Er stellte sich seine Werkbank vor und dachte über die Hemmung der Wasseruhr nach, die er und Willy bauten. Er sang mit angehaltenem Atem ›Whisky River‹ und probierte dann aus, ob er den ›Black Mountain Rag‹ von Anfang bis Ende hinbekommen würde. Mollys Lieblingsstück. Doc Watsons Gitarrenspiel war über jeden Tadel erhaben, aber er verlor jedesmal den Faden, wenn das Fiedelsolo einsetzte. Molly hatte ihm hinter dem Haus den Holzschuhtanz beizubringen versucht, und sie hopste auf und ab ... und schließlich schlief er ein.

Eine Stunde später wachte er schweißgebadet auf und sah, wie sich die Silhouette des Kopfkissens neben ihm gegen das aus dem Bad fallende Licht abhob. Und es war Mrs. Leeds, die schmerzverzerrt und zerschunden neben ihm lag, die Augen ausgestochen und Blutrinnsale wie ein Brillengestell über ihre Schläfen und Ohren fließend. Er war nicht in der Lage, seinen Kopf herumzudrehen, um sie anzusehen. Sein Gehirn jaulte wie ein Feueralarm, bis er endlich seine Hand ausstreckte und trockenen Bezugsstoff ertastete.

Dies verschaffte ihm unverzügliche Erleichterung. Er stand mit klopfendem Herzen auf und schlüpfte in ein trokkenes T-Shirt. Das durchgeschwitzte warf er in die Badewanne. Er brachte es nicht über sich, sich in die trockene Seite des Betts zu legen; statt dessen breitete er ein Badetuch über das naßgeschwitzte Laken. Er setzte sich, den Rücken gegen das Kopfteil gestützt, mit einem vierstöckigen Glas Whisky ins Bett. Etwa ein Drittel davon trank er.

Er suchte nach etwas, an das er hätte denken können – irgend etwas. Schließlich fiel ihm die Apotheke ein, in der er das Bufferin gekauft hatte – vielleicht, weil dies das einzige Erlebnis des ganzen Tages gewesen war, das nichts mit dem Tod zu tun hatte.

Dabei fielen ihm auch die alten Drugstores aus seiner Jugend wieder ein. In seiner Jugend hatte diesen Drugstores immer ein Hauch des Verbotenen angehaftet. Jedesmal, wenn er einen betrat, spielte er mit dem Gedanken, sich ein paar Gummis zu kaufen, ob er sie nun brauchte oder nicht. Jedenfalls standen auf den Regalen Dinge herum, auf denen man den Blick besser nicht zu lange ruhen ließ.

In der Apotheke, in der er das Bufferin gekauft hatte, waren die Verhütungsmittel mit ihren ausführlich bebilderten Packungen in einem durchsichtigen Kasten an der Wand hinter der Ladenkasse untergebracht, eingerahmt wie ein Kunstwerk.

Ihm war der altmodische Drugstore seiner Kindheit lieber. Graham ging auf die vierzig zu und begann allmählich das leichte Ziehen und Zerren der Welt, wie sie damals gewesen war, zu spüren; sie war wie ein Anker, den man bei schwerer See hinter sich fieren ließ.

Und dann fiel ihm Smoot ein. Der gute, alte Smoot hatte damals für den Apotheker, dem der Drugstore gehörte, das Geschäft geführt. Smoot, der während der Arbeit trank und die Markise auszufahren vergaß, so daß die Gummisohlen der Turnschuhe im Schaufenster schmolzen. Smoot, der mehrfach die Kaffeemaschine auszuschalten vergaß, so daß die Feuerwehr anrücken mußte. Smoot, der die Kinder anschreiben ließ, wenn er ihnen Eis verkaufte.

Doch seine absolute Glanztat bestand darin, von einem Großhändler fünfzig Kewpie-Puppen zu bestellen, als der Drugstorebesitzer in Urlaub war. Als dieser aus dem Urlaub zurückkam, feuerte er Smoot für eine Woche. Dann veranstalteten sie eine große Kewpie-Puppen-Verkaufsaktion. Die fünfzig Puppen wurden in einem Halbkreis so im Schaufenster aufgestellt, daß sie jeden anstarrten, der einen Blick ins Schaufenster warf.

Sie hatten riesige kornblumenblaue Augen und stellten eine recht ungewöhnliche Schaufensterdekoration dar. Entsprechend lange hatte Graham sie sich damals auch angesehen. Ihm war klar, daß es sich dabei nur um Puppen handelte, aber dennoch hatte er das Gefühl, Mittelpunkt ihrer Aufmerksamkeit zu sein. So viele von ihnen, und alle starrten sie ihn an. Entsprechend blieben nicht wenige Leute vor dem Schaufenster stehen. Lauter Gipspuppen, alle mit demselben dämlichen Gesichtsausdruck, und doch hatte ihm ihr konzentriertes Starren ein leichtes Kitzeln in der Magengrube verursacht.

Graham begann sich langsam etwas zu entspannen. Die starrenden Puppen. Er nahm einen Schluck Whisky, verschluckte sich und hustete die Flüssigkeit auf seine Brust. Er tastete nach der Nachttischlampe und holte das Dossier aus der Kommode. Dann entnahm er ihm die Obduktionsbefunde der drei Leeds-Kinder und seine Koordinatenskizze vom Schlafzimmer und breitete die Unterlagen auf dem Bett aus.

Da waren die drei Blutstreifen, die um die Ecke verliefen, und die entsprechenden Spuren auf dem Teppich. Hier standen die Körpermaße der drei Kinder. Bruder, Schwester, großer Bruder. Paßt. Paßt. Paßt.

Sie waren nebeneinander an der Wand gesessen. Mit Blickrichtung zum Bett. Als Publikum. Als totes Publikum. Und Leeds. Er war um die Brust am Kopfteil des Betts festgebunden gewesen. Als wäre er im Bett gesessen. Davon hatten also die Fesselspuren um seinen Brustkorb hergerührt – und der Blutfleck über dem Kopfteil.

Doch was hatten sie beobachtet? Nichts; sie waren alle tot. Doch ihre Augen standen offen. Sie wurden Zeugen einer kleinen Vorführung mit dem Irren und der Leiche von Mrs. Leeds in den Hauptrollen, Schauplatz war das Bett. Auf ein Publikum war es dem Täter also angekommen; er wollte in ihre Gesichter blicken, wenn er von Mrs. Leeds aufsah.

Graham fragte sich, ob er wohl eine Kerze angezündet hatte. Ihr flackernder Schein hätte den toten Gesichtern den Anschein von Lebendigkeit verliehen. Am Tatort war keine Kerze gefunden worden. Vielleicht würde er beim nächsten Mal daran denken, eine mitzubringen ...

Die erste, zaghafte Verbindung zum Täter war hergestellt; sie juckte und brannte wie ein Blutegel, der sich an ihm festgesaugt hatte. Grahams Fingernägel gruben sich in das Laken, während er sich das Gehirn zermarterte.

Warum hast du sie wieder an ihren alten Platz zurückgebracht? Warum hast du sie nicht dort gelassen, wo sie waren? Es muß etwas geben, von dem du nicht willst, daß ich es über dich weiß. Oder ist es einfach nur etwas, dessen du dich schämst? Oder handelt es sich dabei um etwas, das ich auf keinen Fall erfahren darf, wenn ich dir nicht auf die Schliche kommen soll?

Hast du ihnen die Augen geöffnet?

Mrs. Leeds sah doch sehr gut aus, oder nicht? Du hast das Licht angeknipst, nachdem du ihm die Kehle durchgeschnitten hattest, damit Mrs. Leeds ihn zusammenbrechen sehen konnte. War es nicht so? Es muß ganz schön frustrierend gewesen sein, diese verdammten Handschuhe tragen zu müssen, als du sie berührt hast, nicht wahr?

An ihrem Bein waren Puderspuren gefunden worden.

Im Bad gab es jedoch keinen Puder.

Es schien, als spräche jemand anderer diese beiden Fakten in neutralem Tonfall aus.

Du hast doch deine Handschuhe abgestreift, nicht wahr? Der Puder kam von einem Gummihandschuh, als du ihn dir abgestreift hast, um sie zu betatschen. SO WAR ES DOCH, DU VERDAMMTES SCHWEIN! *Du hast sie mit deinen bloßen Händen berührt, und dann hast du dir die Handschuhe wieder angezogen und sie von oben bis unten abgewischt. Doch während du die Handschuhe abgestreift hattest* – HAST DU IHNEN DA DIE AUGEN GEÖFFNET?

Beim fünften Läuten nahm Jack Crawford den Hörer ab. Er war es gewohnt, nachts vom Telefon aus dem Schlaf gerissen zu werden, und war sofort hellwach.

»Jack, hier spricht Will.«

»Ja, was gibt's?«

»Arbeitet Price eigentlich immer noch für die Fingerabdruckabteilung?«

»Ja. Allerdings ist er kaum mehr unterwegs. Er arbeitet vorwiegend am Einzelabdruckindex.«

»Ich finde, er sollte unbedingt nach Atlanta kommen.«

»Wieso? Du hast doch selbst gesagt, der Mann, den sie hier haben, wäre ganz gut.«

»Das ist er durchaus – aber nicht so gut wie Price.«

»Was soll er denn machen? Was soll er sich vornehmen?«

»Mrs. Leeds' Finger- und Zehennägel. Sie sind lackiert und bilden damit eine glatte Oberfläche. Und dann noch die Hornhäute der Augen des Mannes und der Kinder. Ich glaube, er hat seine Handschuhe abgenommen, Jack.«

»Dann wird Price sich aber beeilen müssen«, erwiderte Crawford. »Heute nachmittag soll nämlich das Begräbnis stattfinden.«

»Ich bin fest davon überzeugt, daß er sie einfach anfassen mußte«, erklärte Graham anstatt einer Begrüßung.

Crawford reichte ihm eine Coke aus dem Getränkeautomaten in der Empfangshalle des Polizeipräsidiums von Atlanta. Es war zehn vor acht.

»Sicher hat er sie hin und her bewegt«, pflichtete ihm Crawford bei. »Wir haben Griffspuren an den Handgelenken und unter den Knien gefunden. Allerdings rührten alle Abdrücke von undurchlässigen Handschuhen her. Aber keine Sorge, Price ist hier. Dieser alte Griesgram. Im Augenblick ist er gerade unterwegs zum Bestattungsinstitut. Zwar wurden die Leichen schon gestern abend freigegeben, aber sie haben sie im Bestattungsinstitut bisher noch nicht angerührt. Du siehst ja ganz übernächtigt aus. Hast du denn nicht geschlafen?« »Höchstens eine Stunde. Ich bin fest davon überzeugt, daß er sie einfach mit bloßen Händen berühren mußte.«

»Ich hoffe natürlich, daß du recht hast, auch wenn unsere Leute vom Labor schwören, daß er die ganze Zeit Gummihandschuhe getragen hat«, entgegnete Crawford. »Die Spiegelscherben wiesen alle die entsprechenden glatten Abdrücke auf. Der Zeigefinger auf der Rückseite des Stücks, das er zwischen die Schamlippen geschoben hat, ein verwischter Daumenabdruck auf der Vorderseite.«

»Er hat die Scherbe extra poliert, nachdem er sie ihr reingesteckt hatte – vermutlich, um sein Gesicht darin sehen zu können.«

»Die Scherbe in ihrem Mund war blutverschmiert. Dasselbe trifft auf die in den Augen zu. Er hat die Handschuhe nie abgenommen.«

»Mrs. Leeds war eine gutaussehende Frau«, beharrte Graham. »Du hast doch die Fotos aus dem Familienalbum gesehen, oder nicht? Würdest du in einer intimen Situation etwa nicht ihre Haut berühren wollen?«

»Intim?« In Crawfords Stimme schwang unverhohlener Abscheu mit, und plötzlich war er vollauf beschäftigt, in seinen Hosentaschen nach Kleingeld zu wühlen.

»Intim – ganz richtig. Sie waren doch ganz allein. Alle anderen waren tot. Er hätte ihre Augen ganz nach Belieben öffnen oder schließen können.«

»Ganz nach Belieben«, echote Crawford. »Die Leute von der Spurensicherung haben selbstverständlich ihre Haut nach Fingerabdrücken abgesucht. Nichts. Lediglich einen Handabdruck von ihrem Hals haben sie.«

»In dem Bericht steht zum Beispiel nichts davon, daß sie sich ihre Fingernägel vorgenommen haben.«

»Ich nehme an, mögliche Abdrücke auf ihren Fingernägeln wurden verwischt, als sie nach Kratzspuren untersucht wurden. Die Hautreste darunter stammten allerdings von ihren Handflächen, wo sie sich aufgekratzt hatte. Ihn hat sie nie gekratzt.«

»Sie hatte auch hübsche Füße«, gab Graham zu bedenken.

»Mhm. Gehen wir schon mal nach oben«, schlug Crawford vor. »Die anderen dürften inzwischen auch schon eingetroffen sein.«

Jimmy Price hatte eine Riesenausrüstung dabei – zwei schwere Koffer sowie seine Kameratasche und ein Stativ. Entsprechend machte er damit einigen Radau, als er sich durch den Haupteingang des Lombard-Bestattungsinstituts in Atlanta zwängte. Er war ein gebrechlicher alter Mann, dessen Laune auch die lange Taxifahrt im morgendlichen Berufsverkehr vom Flughafen in die Stadt nicht gerade zu heben vermocht hatte.

Ein offiziell wirkender junger Schnösel mit makellosem Haarschnitt führte ihn in ein in Apricot und Beige gehaltenes Büro. Bis auf eine Reliefdarstellung der *Betenden Hände* war der Schreibtisch vollkommen leer.

Price untersuchte gerade die Fingerspitzen der betenden Hände, als Mr. Lombard persönlich hereinkam. Lombard überprüfte Prices Beglaubigungsschreiben mit größter Sorgfalt.

»Ihr Büro oder Ihre Agentur in Atlanta, oder wie ich es nennen soll, hat sich natürlich mit mir in Verbindung gesetzt, Mr. Price. Aber nachdem wir gestern abend die Polizei rufen mußten, um uns diesen penetranten Menschen vom Hals zu schaffen, der doch tatsächlich ein paar Aufnahmen für den *National Tattler* machen wollte, werden Sie sicher verstehen, wenn ich diesbezüglich etwas mißtrauisch geworden bin. Außerdem wurden die Leichen erst heute früh ein Uhr freigegeben, Mr. Price, und die Bestattung soll um siebzehn Uhr stattfinden. Die Sache duldet nicht mehr den geringsten Aufschub.«

»Es wird nicht lange dauern«, beruhigte ihn Price. »Ich bräuchte allerdings einen halbwegs intelligenten Assistenten, falls Sie einen solchen haben. Haben Sie die Leichen schon angefaßt, Mr. Lombard?«

»Nein.«

»Dann finden Sie bitte heraus, wer das getan hat. Ich brauche die Fingerabdrücke der betreffenden Personen.«

Die morgendliche Besprechung der Beamten, die den Fall Leeds bearbeiteten, drehte sich überwiegend um Zähne.

Der Leiter der Mordkommission von Atlanta, R. J. (Buddy) Springfield, ein untersetzter Mann in Hemdsärmeln, stand mit Dr. Dominic Princi am Eingang, als die dreiundzwanzig Kriminalbeamten den Raum betraten.

»Also los, Jungs, alle mal schön gegrinst«, forderte Springfield seine Männer auf. »Zeigt Dr. Princi eure Zähnchen. So ist es brav – daß auch alle zu sehen sind. Hören Sie mal, Sparks, soll das Ihre Zunge sein, oder sind Sie gerade dabei, ein Eichhörnchen zu verschlucken? Rührt euch.«

An das Schwarze Brett des Bereitschaftsraums war die Vorderansicht eines menschlichen Gebisses geheftet. Während die anderen Beamten sich hinter ihren Schulbänken niederließen, nahmen Graham und Crawford im hinteren Teil des Raums Platz.

Neben ihnen saßen der Kommissar für öffentliche Sicherheit, Gilbert Lewis, und sein Pressesprecher. Lewis wurde in einer Stunde in einer Pressekonferenz erwartet.

Springfield ergriff das Wort.

»Also gut, Leute, kommen wir gleich zur Sache. Wie Sie nach dem morgendlichen Studium der eingehenden Berichte bereits alle selbst gesehen haben werden, haben wir null Fortschritte gemacht.

Die Befragung der Anwohner wird auf einen Umkreis von vier zusätzlichen Häuserblocks um den Tatort ausgedehnt. Bei R & I haben sie uns zwei ihrer Angestellten zur Verfügung gestellt, um Flugreservierungen und Mietwagenbuchungen in Birmingham und Atlanta zu vergleichen.

Auch die für die Überprüfung von Hotels und Flughäfen zuständigen Leute werden wie gehabt weitermachen. Jawohl, weitermachen. Knöpfen Sie sich jedes Zimmermädchen und jeden Hoteldiener vor sowie das Personal an der Rezeption. Der Täter muß sich irgendwo von dem Blut gesäubert haben, und vielleicht hat er dabei Spuren hinterlassen. Falls Sie auf jemanden stoßen, dem diesbezüglich etwas aufgefallen ist, sorgen Sie dafür, daß der Gast, der das betreffende Zimmer gerade bewohnt, sofort ein anderes bekommt, und dann lassen Sie das Zimmer absperren. Außerdem setzen Sie sich unverzüglich mit der Wäscherei in Verbindung. Ist das klar? Außerdem haben wir Ihnen diesmal zur Abwechslung mal was vorzuzeigen. Dr. Princi?«

Dr. Dominic Princi, Chef der gerichtsmedizinischen Untersuchungsstelle von Fulton County, trat vor und postierte sich unter der Darstellung des Gebisses. Er hielt einen Gebißabdruck aus Gips hoch.

»Meine Herren, so sehen die Zähne des Täters aus. Anhand von Beißspuren, die wir an Mrs. Leeds entdeckt haben, sowie anhand eines Stücks Käse im Kühlschrank der Leeds', von dem der Täter ein Stück abgebissen hat, konnte das Smithsonian Institute in Washington das Gebiß des Mörders rekonstruieren.«

Princi deutet erst auf den Gipsabdruck in seiner Hand und dann auf die vergrößerte Darstellung des Gebisses. »Wie Sie sehen, hat der Täter leicht schiefe seitliche Schneidezähne. Hier und hier. Sie stehen nicht in einer Reihe. Außerdem ist von einem inneren Schneidezahn eine Ecke abgebrochen. Der Schneidezahn daneben weist eine Einkerbung auf, ähnlich einer sogenannten ›Schneiderkerbe‹ – eine Abnutzungserscheinung, die vom häufigen Durchbeißen von Faden herrührt.«

»Dieser sägezähnige Hundesohn«, knurrte jemand.

»Woher wissen Sie, daß der Mörder von dem Stück Käse abgebissen hat, Doc?« wollte ein großgewachsener Kriminalbeamter in der vordersten Reihe wissen.

Princi ließ sich zwar nicht gerne ›Doc‹ nennen, schaute diesmal aber darüber hinweg. »Speichelspuren auf dem Käse und von den Bißwunden paßten zu seiner Blutgruppe, während die Zähne der Opfer nicht mit der Blutgruppe übereinstimmten.«

»Wunderbar, Herr Doktor«, schaltete sich Springfield wieder ein. »Wir werden Abbildungen von dem Gebiß ausgeben, damit sie unsere Leute herumzeigen können.«

»Was halten Sie davon, sie an die Presse weiterzuleiten?« warf Simpkins, der Pressesprecher, ein. »So eine Art Umfrage: Wer hat diese Zähne gesehen?«

»Ich wüßte nicht, was dagegen sprechen könnte«, erklärte Springfield. »Was denken Sie, Herr Kommissar?«

Lewis nickte.

Doch damit gab Simpkins sich noch keineswegs zufrieden. »Dr. Princi, die Presse wird sicher wissen wollen, weshalb es vier Tage gedauert hat, bis diese Gebißrekonstruktion endlich vorgelegen hat. Und warum dies nur in Washington möglich war.«

Special Agent Crawford versank in die Betrachtung des Druckknopfs seines Kugelschreibers.

Princi errötete leicht, antwortete jedoch vollkommen ruhig: »Bißspuren auf menschlicher Haut verzerren sich, wenn der Körper bewegt wird, Mr. Simpson …«

»Simpkins.«

»Na gut, dann eben Simpkins. Zudem wäre die Rekonstruktion anhand der Bißspuren auf der Haut des Opfers nicht möglich gewesen. Deshalb war besagtes Stück Käse von so großer Bedeutung. Käse ist zwar relativ fest, aber trotzdem ist es nicht ganz einfach, davon einen Abguß herzustellen. Man muß ihn erst einölen, um von der Abdruckmasse jede Feuchtigkeit fernzuhalten. Außerdem steht einem hierfür in der Regel nur ein Versuch zur Verfügung. Die Leute vom Smithsonian Institute haben so etwas schon mehrfach für den FBI gemacht. Sie sind für solche Gebißrekonstruktionen besser ausgerüstet und verfügen auch über die entsprechenden Fachkräfte, die wir nicht haben. Wäre Ihre Frage hiermit beantwortet?«

»Wäre demnach die Feststellung gerechtfertigt, daß diese Verzögerung nicht auf unsere Kosten geht, sondern auf die des FBI-Labors?«

Princi platzte langsam der Kragen. »Gerechtfertigt wäre eher die Feststellung, Mr. Simpkins, daß ein FBI-Mann, Special Agent Crawford, besagtes Stück Käse erst vor zwei Tagen im Kühlschrank der Leeds' gefunden hat – nachdem Ihre Leute das Haus bereits gründlich durchsucht hatten. Er hat die Laboruntersuchung auf mein Betreiben hin veranlaßt. Es wäre demnach also auch gerechtfertigt zu sagen, daß ich froh bin, daß es nicht einer von Ihnen war, der ein Stück von diesem Käse abgebissen hat.«

An dieser Stelle schaltete sich Kommissar Lewis ein; seine dröhnende Stimme hallte von den Wänden des Bereitschaftsraums wider. »Kein Mensch stellt Ihre Kompetenz in Frage, Dr. Princi. Was uns gerade noch fehlen würde, Simpkins, wäre, aus dem Ganzen einen bescheuerten Konkurrenzkampf mit dem FBI zu machen. Fahren Sie also fort.«

»Wir verfolgen schließlich alle dasselbe Ziel«, flocht Springfield ein. »Jack, haben Sie dem noch etwas hinzuzufügen?«

Crawford trat vor die Versammlung. Die Gesichter, die

sich ihm nun zuwandten, waren nicht unbedingt freundlich. Dagegen galt es etwas zu unternehmen.

»Ich sollte diesbezüglich vielleicht erst mal gewisse Ressentiments ausräumen. Noch vor einigen Jahren herrschte eine äußerst ungute Rivalität zwischen dem FBI und der örtlichen Polizeibehörde. Beide Seiten versuchten, die andere auszustechen, indem sie wichtige Informationen zurückhielten. Diese Lücke im Fahndungsnetz konnten sich nun freilich nicht wenige Straftäter zunutze machen, um sich unserem Zugriff zu entziehen. Doch hat der FBI von derlei Praktiken in der Zwischenzeit Abstand genommen, und in eben dem Maße gilt das auch für mich. Was meine Person betrifft, ist es mir vollkommen egal, wer die Lorbeeren einheimst. Ebenso gilt das für den Ermittlungsbeamten Graham. Das ist übrigens der Herr, der dort hinten sitzt, falls einige von Ihnen sich über seine Anwesenheit gewundert haben sollten. Falls der Mann, der das getan hat, von einem Lastwagen überfahren werden sollte, wäre mir das nur recht, solange er dadurch unschädlich gemacht würde. Und ich will doch meinen, daß es Ihnen in diesem Punkt genauso geht.«

Crawford ließ seine Blicke über die Gesichter der Detektive wandern und hoffte, sie mit seiner kurzen Ansprache einigermaßen besänftigt zu haben. Er konnte nur hoffen, daß sie keine Anhaltspunkte zurückhielten.

»Hat Investigator Graham derlei Fälle schon öfters behandelt?« wollte nun Lewis wissen.

»Jawohl, Sir.«

»Haben Sie dem bisher Gesagten noch etwas hinzuzufügen, Mr. Graham? Irgendwelche Vorschläge?«

Crawford sah Graham fragend an.

»Würden Sie bitte nach vorn kommen?« schlug Springfield vor.

Graham hätte lieber erst unter vier Augen mit Springfield gesprochen. Er wollte nicht nach vorn gehen. Trotzdem tat er es.

Zerzaust und braungebrannt sah Graham nicht gerade wie der typische FBI-Agent aus. Springfield fand, daß er eher den Anschein eines Anstreichers erweckte, der für eine

Zeugenaussage vor Gericht in seinen besten Anzug geschlüpft war.

Die Beamten rutschten unruhig auf ihren Stühlen herum.

Als Graham vor sie trat, stachen seine stahlblauen Augen auffällig aus seinem braunen Gesicht hervor.

»Nur ganz kurz ein paar Dinge«, begann er. »Wir können nicht davon ausgehen, daß er bereits in psychiatrischer Behandlung war oder wegen eines Sexualdelikts vorbestraft ist. Im Gegenteil, die Wahrscheinlichkeit ist sehr hoch, daß er über keinerlei Vorstrafen verfügt. Sollte dem dennoch so sein, dann eher wegen Einbruchs als wegen eines Sexualdelikts.

Möglicherweise könnte er auf ein ganzes Register von Bißverletzungen im Zusammenhang mit leichten Körperverletzungen zurückblicken – Schlägereien oder Kindesmißhandlungen. In dieser Hinsicht könnten uns am ehesten Notaufnahmen von Krankenhäusern oder das Jugendamt weiterhelfen.

Jeder schlimme Biß, an den sich jemand aus diesem Personenkreis erinnern kann, wäre es möglicherweise wert, weiter überprüft zu werden, wobei unerheblich ist, wer gebissen wurde oder unter welchen Umständen es zu der Bißverletzung kam. Das wäre vorläufig alles.«

Der große Kriminalbeamte in der vordersten Reihe hob die Hand und begann auch schon im selben Atemzug zu sprechen.

»Aber bisher hat er doch nur Frauen gebissen, oder?«

»Zumindest, soweit wir wissen. Allerdings beißt er ordentlich zu. Sechs starke Bisse im Fall von Mrs. Leeds, acht bei Mrs. Jacobi. Das liegt weit über dem Durchschnitt.«

»Bei wie vielen Bissen liegt der Durchschnitt?«

»Bei einem Sexualmord bei etwa drei. Er beißt also gern zu.«

»Bei Frauen.«

»Bei den meisten Sexualdelikten weisen die Bißspuren einen dunkel verfärbten Fleck in der Mitte auf, der von heftigem Saugen herrührt. In diesem Fall fehlen jedoch die Saugspuren. Darauf hat Dr. Princi bereits in seinem Obduktionsbefund hingewiesen, und ich konnte mich im Leichenschauhaus auch selbst davon überzeugen. Keine Saugspuren. In seinem Fall könnten die Bisse also sowohl Ausdruck eines bestimmten Kampfverhaltens sein wie eine sexuelle Eigenart.«

»Ziemlich fadenscheinig«, brummte der Beamte.

»Trotzdem wäre es eine Überprüfung wert«, beharrte Graham. »Jeder Biß wäre eine gründliche Überprüfung wert. In vielen Fällen machen die Betroffenen außerdem falsche Aussagen. Die Eltern eines gebissenen Kindes behaupten oft, es wäre ein Tier gewesen, und lassen das Kind gegen Tollwut impfen, um damit den Ausrutscher eines Familienmitglieds zu vertuschen – aber das kennen Sie ja alle selbst zur Genüge. Jedenfalls könnte es sich durchaus lohnen, in den Krankenhäusern nachzufragen, wer gegen Tollwut geimpft wurde. Das wäre alles.«

Grahams Oberschenkelmuskulatur durchlief ein leises Zittern der Erschöpfung, als er wieder Platz nahm.

»Die Sache ist eine Überprüfung wert«, erklärte Springfield. »Wir werden dem unverzüglich nachgehen. Die Leute von der Einbruchsabteilung nehmen sich weiterhin die Nachbarschaft vor. Sie versuchen in Erfahrung zu bringen, ob ein Fremder mit dem Hund der Leeds' gesehen worden ist. Die Jungs von der Sitte und der Drogenfahndung nehmen sich nach Dienstschluß die einschlägigen Bars vor. Marcus und Whitman – Augen auf beim Begräbnis. Haben Sie schon Fotos von Verwandten und Bekannten, anhand deren Sie die Betreffenden bei der Trauerfeier identifizieren können? Gut. Wie steht es mit dem Fotografen? Alles klar. Leiten Sie die Teilnehmerliste der Trauerfeier an R & I weiter. Die aus Birmingham liegt ihnen bereits vor. Die restlichen Aufgabenbereiche finden Sie am Schwarzen Brett. Und jetzt an die Arbeit.«

»Noch etwas«, schaltete sich Kommissar Lewis ein. Die Beamten sanken wieder auf ihre Stühle zurück. »Mir ist zu Ohren gekommen, daß der Mörder von Beamten dieser Dienststelle als ›Zahnschwuchtel‹ bezeichnet wird. Mir persönlich ist es gleichgültig, wie Sie ihn unter sich nennen, zumal mir durchaus bewußt ist, daß Sie ihn ja irgendwie nennen müssen. Allerdings möchte ich lieber nicht hören, daß einer von Ihnen ihn in der Öffentlichkeit als Zahnschwuchtel bezeichnet. Ebensowenig mochte ich, daß Sie diese Bezeichnung im internen Schriftverkehr gebrauchen.

Das wäre alles.«

Crawford und Graham folgten Springfield in sein Büro. Der Leiter der Mordkommission versorgte sie mit Kaffee, während Crawford mit der Telefonzentrale sprach und sich die für ihn eingegangenen Anrufe notierte.

»Leider hatte ich nicht Gelegenheit, gestern schon mit Ihnen zu sprechen, als Sie hier eingetroffen sind«, wandte Springfield sich an Graham. »Bei uns ist zur Zeit der Teufel los. Ihr Vorname war doch Will, ist das richtig? Haben sich meine Jungs anständig um Sie gekümmert?«

»Ja, ich kann mich nicht beklagen.«

»Bisher stehen wir ganz schön dumm da, und das ist uns nur zu deutlich bewußt«, fuhr Springfield fort. »Aber wir haben zumindest aufgrund seiner Fußabdrücke in einem Blumenbeet ein paar Rückschlüsse ziehen können, die sich auf seine Schuhnummer und seine Größe beziehen. Aber damit hat es sich dann auch schon. Der linke Abdruck ist etwas tiefer. Möglicherweise hat er etwas getragen. Eine reine Fleißarbeit. Immerhin konnten wir vor ein paar Jahren aufgrund einer solchen Fußabdruckanalyse einen Einbrecher fassen; sie ergab nämlich, daß der Betreffende an der Parkinsonschen Krankheit litt. Princi hat das herausgefunden. Diesmal hatten wir allerdings kein Glück.«

»Jedenfalls haben Sie hervorragende Leute«, bemerkte Graham.

»Das kann man wohl sagen. Nur handelt es sich bei diesem Fall um einen Tatbestand etwas außerhalb der Reihe. Übrigens Gott sei Dank, kann ich dazu nur sagen. Um das ein für allemal klarzustellen: Arbeiten Sie eigentlich ständig zusammen – ich meine Sie und Jack und Dr. Bloom –, oder trifft das nur für solche ungewöhnlichen Fälle zu?«

»Nur in solchen ungewöhnlichen Fällen.«

»Toller Grund für ein Wiedersehen. Der Kommissar hat mir übrigens erzählt, Sie wären es gewesen, der vor drei Jahren Lecter gefaßt hat.«

»Wir haben mit der gesamten Polizei von Maryland zusammengearbeitet«, erwiderte Graham. »Festgenommen wurde er von ein paar State Troopern.«

Springfield mochte ja ziemlich direkt sein, aber unsensibel war er deswegen keineswegs. Er spürte, wie Graham unbehaglich wurde. Er schwenkte mit seinem Stuhl ein Stück herum und griff nach einem Stapel Unterlagen.

»Sie haben sich doch nach dem Hund erkundigt. Hier ist die Akte. Gestern abend hat ein Tierarzt von hier Leeds' Bruder angerufen. Er hatte den Hund. Leeds und sein ältester Sohn hatten ihn an dem Nachmittag, bevor sie getötet wurden, zu besagtem Tierarzt gebracht. Er hatte eine Stichwunde im Bauch. Er wurde operiert und befindet sich bereits wieder auf dem Wege der Besserung. Der Tierarzt dachte erst, der Hund wäre angeschossen worden; allerdings konnte er keine Kugel finden. Deshalb geht er davon aus, daß dem armen Vieh die Verletzung mit einem Eiszerkleinerer oder einer Ahle beigebracht wurde. Wir hören uns bei den Nachbarn um, ob ihnen jemand aufgefallen ist, der sich an dem Hund zu schaffen gemacht hat; außerdem rufen wir heute noch sämtliche Tierärzte an, um uns nach möglichen anderen Fällen von Tiermißhandlungen zu erkundigen.«

»Trug der Hund ein Halsband mit dem Namen Leeds darauf?«

»Nein.«

»Hatten die Jacobis in Birmingham einen Hund?« wollte Graham weiter wissen.

»Das sollte sich eigentlich feststellen lassen, wenn Sie sich einen Moment gedulden.« Springfield wählte eine dreistellige Nummer. »Lieutenant Flatt ist unser Kontaktmann in Birmingham ... ja, Flatt. Hatten die Jacobis einen Hund? Mhm ... mhm. Einen Augenblick.« Er legte seine Hand auf den Hörer. »Keinen Hund. Aber sie haben im Bad im Erdgeschoß eine Kiste mit Katzenstreu gefunden. Von der dazugehörigen Katze fehlt allerdings jede Spur. Die Nachbarn halten nach ihr Ausschau.«

»Könnten Sie die Kollegen in Birmingham ersuchen, sich noch einmal genauestens auf dem Grundstück und in der näheren Umgebung des Hauses umzusehen. Falls die Katze verletzt war, haben die Kinder sie vielleicht erst gefunden, als sie schon tot war, und sie dann begraben. Sie wissen ja, wie das bei Katzen ist. Sie verkriechen sich zum Sterben. Hunde dagegen kommen gleich angelaufen. Und könnten Sie außerdem noch anfragen lassen, ob die Katze ein Halsband trug?«

»Sagen Sie ihnen auch: Falls sie eine Methan-Sonde brauchen, können wir ihnen eine schicken«, schaltete sich Crawford ein. »Dann müssen sie nicht den ganzen Garten umgraben.«

Springfield leitete die Bitte weiter. Kaum hatte er aufgehängt, läutete das Telefon bereits wieder. Der Anruf war für Jack Crawford. Von Jimmy Price im Lombard-Bestattungsinstitut. Crawford nahm den Hörer eines Anschlußapparats ab und drückte auf den Durchstellknopf.

»Jack, ich habe einen Teilabdruck, bei dem es sich vermutlich um einen Daumen und ein Stück der Handfläche handelt.«

»Jimmy, du bist ein Goldschatz.«

»Ich weiß. Der Teilabdruck des Daumens ist leider schon etwas verwischt. Mal sehen, was sich damit anfangen läßt, sobald ich wieder zurück bin. Er stammt vom linken Auge des älteren Jungen. Sowas habe ich noch nie gemacht. Ich hätte den Abdruck auch nie gesehen, wenn er sich nicht wegen einer Augapfelblutung, die auf die Schußverletzung zurückzuführen ist, ziemlich deutlich abgezeichnet hätte.«

»Kannst du damit eine Identifizierung vornehmen?«

»Vollkommen auszuschließen ist es zumindest nicht, Jack, falls er im Einzelabdruck-Index enthalten ist. Aber du weißt ja selbst, wie hoch die Chancen stehen, daß das der Fall ist. Den Handflächenabdruck habe ich von Mrs. Leeds' linkem großem Zehennagel. Der taugt nur für einen Vergleich. Lombard und sein Assistent haben das Ganze bezeugt. Lombard ist als Notar zugelassen. Ich habe außerdem Fotos *in situ* gemacht. Wird das genügen?«

»Kommen dafür nicht die Fingerabdrücke irgendwelcher Angestellter des Bestattungsinstituts in Frage?«

»Ich habe ihnen allen, Lombard eingeschlossen, die Fingerabdrücke abgenommen, auch wenn sie behaupteten, sie nicht angerührt zu haben. Jetzt fluchen sie kräftig und schrubben sich die Pfoten. Am liebsten würde ich unverzüglich nach Hause zurückkehren, Jack. Ich möchte die genaue Ausarbeitung des Materials lieber zu Hause vornehmen. Wer weiß, was die hier alles im Wasser haben – am Ende sogar noch Schildkröten?

Ich könnte in einer Stunde eine Maschine nach Washington erwischen und dir die Unterlagen bis zum frühen Nachmittag per Fernschreiber runterschicken.«

Crawford überlegte kurz. »Gut, Jimmy, aber drück mal kräftig auf die Tube. Kopien bitte an die Polizeihauptquartiere von Atlanta und Birmingham sowie die zuständigen FBI-Stellen.«

»Wird gemacht. Da wäre allerdings noch etwas klarzustellen.«

Crawford rollte die Augen zur Decke. »Laß mich bloß mit deinen blöden Tagessätzen in Frieden.«

»Ich muß schließlich auch von was leben.«

»Du kannst unbesorgt sein, Jimmy, mein Junge; heute soll mir für dich nichts zu teuer sein.«

Graham starrte aus dem Fenster, während Crawford sie über Prices Entdeckungen unterrichtete.

»Das ist wahrhaftig erstaunlich«, war alles, was Springfield dazu einfiel.

Grahams Miene war bar jeden Ausdrucks; verschlossen wie das Gesicht eines Lebenslänglichen, dachte Springfield unwillkürlich. Er ließ Graham keine Sekunde aus den Augen, als dieser aufstand und den Raum verließ.

Die Pressekonferenz des Kommissars für öffentliche Sicherheit löste sich gerade auf, als Crawford und Graham aus Springfields Büro kamen. Die Zeitungsreporter setzten zum Spurt auf die Telefonzellen an. Die Fernsehleute drehten ›Einschübe‹, bei denen ein Sprecher sich allein vor der Kamera postierte und dann ein paar der vernünftigsten Fragen stellte, die er im Zuge der Pressekonferenz aufgeschnappt hatte, um schließlich sein Mikrofon einem nicht vorhandenen Interviewpartner entgegenzurecken, dessen Antwort nachträglich aus einem Film des Kommissars dazwischengeschnitten werden würde.

Crawford und Graham stiegen eben die Eingangstreppe hinunter, als ein kleiner Mann an ihnen vorbeischoß, herumwirbelte und ein Foto von ihnen machte.

»Will Graham!« rief er aus, als sein Gesicht hinter seiner Kamera hochschnellte. »Können Sie sich noch an mich erinnern – Freddy Lounds? Ich habe für den *Tattler* über den Fall Lecter berichtet. Anschließend habe ich das Buch geschrieben.«

»Ich weiß«, erwiderte Graham und schritt mit Crawford weiter die Treppe hinunter, während Lounds ihnen halb zugewandt vorauseilte.

»Wann hat man Sie hinzugezogen, Will? Haben Sie schon Anhaltspunkte?«

»Mit Ihnen rede ich nicht, Lounds.«

»Bestehen irgendwelche Übereinstimmungen zwischen diesem Kerl und Lecter? Macht er sie auch ...«

»Lounds!« Grahams Stimme haftete etwas unverkennbar Bedrohliches an, so daß Crawford sich beeilte, sich zwischen ihn und den Reporter zu schieben. »Sie schreiben nichts als verlogene Scheiße, Lounds, und der *National Tattler* taugt bestenfalls dazu, sich den Arsch abzuwischen. Ich warne Sie also: Kommen Sie mir nicht zu nahe.«

Crawford packte Graham am Arm. »Hauen Sie ab, Lounds. *Los!* Will, gehen wir doch erst mal frühstücken. Komm.« Mit raschen Schritten bogen sie um die nächste Straßenecke.

»Entschuldige bitte, Jack, aber ich kann diese Ratte auf den Tod nicht ausstehen. Als ich im Krankenhaus lag, kam er an und ...«

»Ich weiß«, sagte Crawford. »Eigentlich hätte ich dich wirklich nicht zurückhalten sollen.« Crawford erinnerte sich nur zu deutlich an das Foto im *National Tattler*. Nach Abschluß des Falles Lecter hatte Lounds sich in Grahams Krankenzimmer geschlichen, gerade als dieser schlief. Er schlug die Bettdecke zurück und machte ein Foto von Grahams provisorischer Kolostomie, das dann die Zeitung mit einem schwarzen Balken über Grahams Geschlechtsteil veröffentlichte. Die Bildunterschrift lautete: »Das ist aus dem tollkühnen Polizisten geworden.«

In der Cafeteria war es hell und sauber. Grahams Hände zitterten, und aus seiner Tasse schwappte etwas Kaffee in den Unterteller.

Er bemerkte, wie der Rauch von Crawfords Zigarette ein Paar am nächsten Tisch störte. Die beiden aßen in säuerlichem Schweigen, und ihre allgegenwärtige Frustration hing mit dem Zigarettenqualm in der Luft.

An einem Tisch neben der Tür stritten zwei Frauen, offensichtlich Mutter und Tochter. Sie sprachen sehr leise, aber ihre Wut verschaffte sich dafür in ihren häßlich verzerrten Mienen Ausdruck. Graham konnte ihre Verbitterung in Gesicht und Nacken spüren.

Crawford beklagte sich, daß er am nächsten Morgen in Washington vor Gericht als Zeuge auftreten mußte. Er befürchtete, daß er wegen der Gerichtsverhandlung mehrere Tage in Washington würde bleiben müssen. Als er sich eine frische Zigarette anzündete, spähte er über ihre Glut hinweg auf Grahams Hände und seine Gesichtsfarbe.

»In Atlanta und Birmingham können sie den Daumenabdruck mit ihren Sexualtäterkarteien vergleichen«, fuhr Crawford fort. »Dasselbe werden wir machen. Es wäre nicht das erste Mal, daß Price mit einem einzigen Abdruck fündig wird. Er wird den Daumenabdruck in den FINDER eingeben – wir haben auf diesem Gebiet einige Fortschritte gemacht, seit du bei uns aufgehört hast.«

FINDER, das automatische Fingerabdruckverarbeitungsprogramm des FBI, war möglicherweise imstande, den Daumenabdruck mit den Fingerabdrücken irgendeines anderen Falls in Verbindung zu bringen, der vordergründig überhaupt nichts mit diesem zu tun hatte.

»Falls wir den Kerl schnappen sollten, werden dieser Abdruck und seine Zähne genügen, um ihm die Tat anzulasten«, fuhr Crawford fort. »Darüber hinaus ist folgendes zu tun: Wir müssen uns weiter Gedanken machen, was er sein *könnte.* Wir werden dabei ein ziemlich weites Feld abgrasen müssen. Nur mal angenommen, wir hätten eine dringend verdächtige Person festgenommen. Du kommst also an und siehst dir den Kerl an. Was hätte er wohl an sich, das dich nicht überraschen würde?«

»Keine Ahnung, Jack. Verdammt noch mal, er hat bis jetzt jedenfalls noch keine erkennbare Gestalt für mich angenommen. Wir könnten eine Menge Zeit damit verbringen, nach Leuten zu suchen, die wir erfunden haben. Hast du schon mit Bloom gesprochen?«

»Ja, ich habe gestern abend mit ihm telefoniert. Bloom bezweifelt, daß er selbstmörderische Tendenzen aufweist, und eine ähnliche Auffassung vertritt auch Heimlich. Bloom war lediglich am ersten Tag nach der Tat ein paar Stunden hier, aber er und Heimlich haben die vollständige Akte vorliegen. Bloom hält diese Woche eine Reihe von Rigorosa für seine Doktoranden ab. Er läßt dich schön grüßen. Hast du eigentlich seine Nummer in Chicago?«

»Ja.«

Graham mochte Dr. Alan Bloom, einen kleinen, rundlichen Mann mit traurigen Augen, einen hervorragenden Gerichtspsychiater, der vielleicht sogar der Beste seines Fachs war. Graham rechnete es Dr. Bloom hoch an, daß er nie irgendeine Form von beruflichem Interesse an ihm gezeigt hatte, was bei Psychiatern keineswegs eine Selbstverständlichkeit war.

»Bloom meint, es würde ihn nicht im geringsten überraschen, wenn wir irgendwann von unserer Zahnschwuchtel hören würden. Er hält es keineswegs für ausgeschlossen, daß er uns eines Tages einen Brief schreibt«, fuhr Crawford fort.

»Du meinst wohl, an die Wand eines Schlafzimmers.«

»Bloom ist der Ansicht, daß er möglicherweise in irgendeiner Form entstellt oder verkrüppelt ist oder sich das zumindest einbildet. Allerdings hat er mir geraten, dem keine weitere Bedeutung beizumessen. ›Ich möchte Ihnen keinesfalls ein Phantom entwerfen, Jack, dem Sie dann hinterherjagen‹, war, was er mir dazu gesagt hat. ›Das würde Sie nur ablenken und Ihre Bemühungen zerstreuen.‹ Darauf hinzuweisen, hätte er während der Ausbildung gelernt, hat er dazu schließlich noch bemerkt.«

»Damit hat er durchaus recht«, nickte Graham.

»Irgend etwas muß dir doch über diesen Kerl schon klar geworden sein, Will; sonst wärst du doch nicht auf diese Sache mit den Fingerabdrücken gekommen«, begann Crawford zu bohren.

»Das war doch lediglich wegen der Blutspuren an den Wänden, Jack. Versuche bitte nicht, mir deshalb schon wieder außergewöhnliche Fähigkeiten anzudichten. Erwarte dir also um Himmels willen nicht zu viel von mir, ja?«

»Wir werden ihn schon schnappen. Du weißt doch bereits, daß wir ihn schnappen werden, oder etwa nicht?«

»Ja, dessen bin ich mir allerdings sicher. Und zwar so oder so.«

»Und an welche Möglichkeiten hast du dabei genauer gedacht?«

»Indem wir zum Beispiel auf Spuren stoßen, die wir bisher übersehen haben.«

»Oder?«

»Oder er tut es immer wieder, bis er eines Nachts zu viel Lärm macht, so daß der Familienvater noch rechtzeitig seine Kanone holen kann.«

»Und eine dritte Möglichkeit gibt es nicht?«

»Denkst du etwa, ich würde ihn inmitten einer Menschenmenge erkennen? Nein, das mag vielleicht Ezio Pinzas Bier sein, aber nicht meines. Dieser Irre wird so lange weitermachen, bis wir entweder einen glänzenden Einfall oder verdammt viel Glück haben. Jedenfalls wird er nicht von allein Schluß machen.«

»Warum?«

»Weil ihm die Sache wirklich Spaß macht.«

»Siehst du, du weißt also doch schon etwas über ihn«, triumphierte Crawford.

Graham sagte nichts mehr, bis sie das Lokal verlassen hatten. »Wart erst mal ab bis zum nächsten Vollmond«, erklärte er dann. »Vielleicht erzählst du mir dann ja noch mal, wieviel ich über ihn weiß.«

Graham ging in sein Hotel zurück, um zweieinhalb Stunden zu schlafen. Mittags stand er auf, duschte und bestellte eine Kanne Kaffee und einen Sandwich aufs Zimmer. Es war an der Zeit, sich in aller Gründlichkeit dem Studium der Jacobi-Akte aus Birmingham zu widmen. Er putzte mit der Hotelseife seine Lesebrille und ließ sich mit den Unterlagen am Fenster nieder. Während der ersten paar Minuten sah er noch bei jedem Geräusch auf – wenn auf dem Flur Schritte zu hören waren oder das schwache, gedämpfte Zuschlagen der Lifttür. Doch dann gab es für ihn nur noch die vor ihm liegende Akte.

Der Zimmerkellner mit dem Frühstück klopfte und wartete, klopfte und wartete. Als sich daraufhin noch immer nichts rührte, ließ er das Mittagessen vor der Tür stehen und unterschrieb die Rechnung selbst.

Hoyt Lewis, Stromzählerableser der Georgia Power Company, parkte seinen Kombi unter einem großen Baum in der Durchfahrt und griff nach der Blechschachtel mit seinem Mittagessen. Seit er sich seine Brote selbst schmieren mußte, machte es ihm keinen Spaß mehr, sie auszupacken. Keine Briefchen mehr mit ein paar netten Worten, keine kleinen Überraschungen.

Er hatte seinen Sandwich etwa zur Hälfte gegessen, als ihn eine laute Stimme dicht neben ihm zusammenzucken ließ.

»Sicher habe ich diesen Monat für tausend Dollar Strom verbraucht, was?«

Lewis drehte sich herum und sah in der Fensteröffnung seines Kombi das rote Gesicht von H. G. Parsons. Parsons trug Bermuda-Shorts und hielt einen Besen in der Hand.

»Ich hab' leider nicht verstanden, was Sie gesagt haben.«

»Sie werden sicher behaupten, daß ich diesen Monat für tausend Dollar Strom verbraucht habe. Haben Sie mich jetzt verstanden?«

»Ich weiß nicht, wieviel Strom Sie verbraucht haben, weil ich nämlich Ihren Zähler noch nicht abgelesen habe, Mr. Parsons. Und wenn ich ihn abgelesen habe, trage ich den Zählerstand hier ein.« Lewis deutete auf eine Verbraucherliste, die auf dem Armaturenbrett lag.

Parsons war erbittert über die Höhe der Zahlungsforderungen. Er hatte bereits bei der Elektrizitätsgesellschaft Beschwerde eingereicht.

»Ich führe genauestens über meinen Stromverbrauch

Buch«, brachte Parsons weiter vor. »Und wenn das nicht bald anders wird, gehe ich damit vor Gericht.«

»Wenn Sie wollen, können wir Ihren Zähler doch gemeinsam ablesen. Kommen Sie am besten gleich mit ...«

»Ich weiß, wie man einen Zähler abliest. Und Sie könnten es vermutlich auch, wenn es nicht so viel Mühe machen würde.«

»Jetzt aber mal halblang, Parsons.« Lewis stieg aus. »Allmählich reicht's mir. Letztes Jahr haben Sie einen Magneten an ihrem Zähler befestigt. Ihre Frau hat gesagt, Sie lägen im Krankenhaus; deshalb habe ich ihn einfach abgenommen und nichts weiter gesagt. Als Sie dann allerdings letzten Winter Sirup in den Zähler gegossen haben, habe ich das gemeldet. So viel ich weiß, haben Sie auch brav gezahlt, als wir Ihnen deshalb eine Nachzahlung geschickt haben.

Ihre Stromrechnung ist drastisch in die Höhe gegangen, seit Sie diese neuen Leitungen selbst verlegt haben. Ich habe Ihnen sicher schon an die hunderttausendmal gesagt: Irgendeine Schaltung im Haus frißt Unmengen von Strom. Haben Sie daraufhin etwa einen Elektriker kommen lassen, um den Schaden zu beheben? Nein. Statt dessen rufen Sie bei uns im Büro an und beschweren sich über mich. Langsam reicht's mir wirklich.« Lewis hatte sich inzwischen richtig in Rage geredet.

»Ich werde dieser Sache auf den Grund gehen«, ließ Parsons nicht locker. Doch trat er vorsichtshalber bereits den Rückzug in seinen eigenen Garten an. »Die werden Ihnen schon auf die Finger klopfen, Mr. Lewis. Ich habe nämlich gesehen, daß sie schon vor Ihnen jemanden losgeschickt haben, um die Zähler abzulesen«, stichelte er über seinen schützenden Gartenzaun hinweg weiter gegen den Stromableser. »Warten Sie nur, bald werden Sie wieder wie jeder andere auch arbeiten gehen müssen.«

Lewis ließ den Motor an und stieß rückwärts aus der Durchfahrt. Jetzt würde er sich eine andere Stelle suchen müssen, um seinen Sandwich zu Ende zu essen. Schade, dieser große Baum mit seinem kühlen Schatten war schon seit Jahren sein bevorzugtes Plätzchen für seine Mittagspause gewesen.

Er stand direkt hinter dem Haus von Charles Leeds.

Um halb sechs Uhr abends fuhr Hoyt Lewis in seinem eigenen Wagen zum Cloud Nine, wo er sich mit ein paar Bieren zu trösten versuchte.

Als er seine Frau anrief, von der er seit einiger Zeit getrennt lebte, fiel ihm nichts Besseres ein als: »Schade, daß du mir nicht mehr wie früher das Mittagessen machst.«

»Das hättest du dir früher überlegen können, Mr. Neunmalklug«, war ihre Antwort darauf. Und dann hatte sie auch schon aufgehängt.

Danach spielte er mit ein paar Kollegen von Georgia Power eine eher lustlose Partie Shuffleboard und ließ dabei hin und wieder seinen Blick über die anderen Gäste wandern. Seit neuestem tauchten immer mehr von diesen Flughafenangestellten im Cloud Nine auf. Alle hatten sie dieselben kleinen Schnurrbärte und dieselben blöden Collegeringe am kleinen Finger. Und demnächst würden sie das Cloud Nine auch noch, ganz nach englischem Muster, mit so einem idiotischen Dartboard herausstaffieren. Es war eben auf nichts mehr Verlaß.

»Hey, Hoyt, was dagegen, wenn ich dir auf ein Bier Gesellschaft leiste?« Es war sein Innendienstleiter Billy Meeks.

»Das trifft sich gut, Billy. Ich wollte sowieso mal mit dir reden.«

»Wo drückt dich der Schuh?«

»Du weißt doch von diesem alten Querulanten Parsons, der ständig anruft und sich über mich beschwert?«

»Allerdings. Erst letzte Woche hat er wieder angerufen«, entgegnete Meeks. »Was ist denn mit ihm?«

»Er hat heute gesagt, daß jemand anderer meine Tour übernommen hat, als wäre in der Firma jemand der Auffassung, ich würde die Zähler nicht korrekt ablesen. Du glaubst doch nicht etwa auch, ich würde irgendwelche krummen Touren machen?«

»Natürlich nicht.«

»Ganz bestimmt nicht? Ich meine, wenn ich schon auf irgend jemandes Abschußliste stehe, dann wäre es mir lieber, wenn der Betreffende mir das sagen würde, anstatt lange hinter mir herzuspionieren.«

»Wenn du auf meiner Abschußliste stündest – glaubst du im Ernst, ich würde dir das nicht sagen?«

»Eigentlich nicht.«

»Na, siehst du. Außerdem – wenn irgend jemand deine Tour schon vorher ablesen würde, wüßte ich davon. Wir im Innendienst wüßten doch über eine solche Maßnahme Bescheid, Hoyt. Du kannst also beruhigt sein – kein Mensch spioniert hinter dir her. Laß diesen alten Querulanten von Parsons doch reden, soviel er will; schenk seinem Geschwafel einfach keine Beachtung. Als er mich letzte Woche angerufen hat, hat er gesagt: ›Herzlichen Glückwunsch, daß Sie diesem Hoyt Lewis endlich auf den Zahn fühlen.‹ Aber ich habe ihn einfach reden lassen.«

»Eigentlich sollte man diesem Vogel die Polizei auf den Hals hetzen wegen seines Zählers«, knurrte Lewis. »Dem gehört wirklich mal kräftig in den Arsch getreten. Hat er mir doch heute tatsächlich die Mittagspause vermiest mit seinem ewigen Gequengle.«

»Ich kenne die Stelle – ein schönes Plätzchen. Ich habe dort auch immer Mittagspause gemacht, wenn ich früher diese Tour hatte.« Meeks Miene nahm unvermittelt einen verträumten Ausdruck an. »Mann, ich kann dir sagen, dabei habe ich ein paarmal diese Mrs. Leeds gesehen – eigentlich gehört es sich ja nicht, sowas zu sagen, nachdem sie auf so schreckliche Weise ums Leben gekommen ist –, aber ich hab' sie ein paarmal im Garten gesehen, wie sie sich dort im Bikini gesonnt hat. Ich kann dir sagen, die hatte vielleicht eine schnuckelige Figur. Wirklich jammerschade um diese Leute. Sie war wirklich eine verdammt nette Frau.«

»Haben sie in der Sache eigentlich schon jemanden gefaßt?«

»Nee.«

»Warum mußte der sich auch ausgerechnet die Leeds aussuchen, wo doch der alte Parsons gleich nebenan gewohnt hätte«, sinnierte Lewis mit einem verschmitzten Grinsen.

»Eines kann ich dir jedenfalls sagen: Ich lasse meine bessere Hälfte nicht mehr im Badeanzug im Garten rumliegen. Sie meint natürlich: ›So ein Blödsinn, Billy; wer soll mich denn hier schon sehen?‹ Aber ich meine, wer weiß denn schon, von wo plötzlich irgend so ein Irrer über die Hecke gesprungen kommt, um weiß Gott was mit ihr anzustellen. Haben die von der Polizei eigentlich schon mit dir darüber gesprochen? Haben sie dich auch gefragt, ob du irgendwas Verdächtiges bemerkt hast?«

»Ja. Soviel ich weiß, haben sie sich jeden vorgenommen, der dort draußen eine Tour hat. Postboten, Müllmänner und so weiter. Ich hatte allerdings bis heute die ganze letzte Woche die Laurelwood-Tour auf der anderen Seite des Betty Jane Drive.« Lewis puhlte am Etikett seiner Bierflasche. »Parsons hat dich also letzte Woche angerufen, sagst du?«

»Ja.«

»Dann muß er tatsächlich jemanden seinen Zähler ablesen gesehen haben. Wenn er sich das Ganze nur aus den Fingern gesogen hätte, um mir heute einen kleinen Schreck einzujagen, hätte er deshalb sicher nicht extra angerufen. Ihr habt, wie du selbst sagst, niemanden losgeschickt, und ich kann es nicht gewesen sein.«

»Vielleicht war es ja auch jemand von der Telefongesellschaft.«

»Vielleicht.«

»Andererseits haben wir dort draußen keine gemeinsamen Leitungsmasten.«

»Glaubst du, ich sollte vielleicht mal bei der Polizei anrufen?«

»Könnte zumindest nicht schaden«, meinte Meeks.

»Ganz sicher nicht, und Parsons wird in Zukunft vielleicht auch etwas leiser treten, wenn ihm der starke Arm des Gesetzes einen kleinen Besuch abstattet. Selbst wenn sie nichts gegen ihn vorliegen haben, wird er schon vor Angst in die Hosen machen, bloß wenn er sie bei sich vorfahren sieht.«

Am späten Nachmittag fuhr Graham wieder zum Haus der Leeds' hinaus. Er betrat es durch die Eingangstür und versuchte, nicht auf die Ruine zu achten, die der Mörder hinterlassen hatte. Bisher hatte er nur Aktenunterlagen, den Schauplatz eines Mordes und totes Fleisch zu Gesicht bekommen – alles Requisiten eines grausigen Nachspiels. Er wußte eine Menge darüber, wie sie gestorben waren. Wie sie gelebt hatten, sollte ihn heute beschäftigen.

Eine gründliche Bestandsaufnahme also. In der Garage standen ein gutes Wasserskiboot, oft benutzt und bestens gepflegt, und ein Kombi. In einer Ecke lehnten ein Satz Golfschläger und ein Geländemotorrad. Der Inhalt des umfangreichen Werkzeugkastens an der Wand war kaum benutzt. Erwachsenenspielzeug.

Graham nahm ein Siebenereisen aus dem Golfsack und holte zu einem etwas ungelenken Schwung damit aus. Der Sack puffte ihm einen Anflug von Ledergeruch entgegen, als er ihn gegen die Wand zurücklehnte. Charles Leeds' Sachen.

Weiter auf Charles Leeds' Spuren durchstreifte Graham nun das Haus. Seine Jagdstiche hingen im Herrenzimmer. Seine Reihe der Großen Bücher fein säuberlich aufgereiht. Sewanee-Jahresschriften. H. Alan Smith und Perelman und Max Shulman im Bücherregal. Vonnegut und Evelyn Waugh. C. S. Forresters *Beat to Quarters* lag aufgeschlagen auf einem Tisch.

Im Wandschrank eine gute Tontaubenbüchse, eine Nikon-Kamera, eine Bolex-Superacht-Filmkamera und ein Projektor.

Graham, dessen gesamter Besitz mehr oder weniger aus einer einfachen Angelausrüstung, einem klapprigen Volkswagen aus dritter Hand und zwei Kassetten Montrachet bestand, verspürte einen Anflug von Feindseligkeit gegen diese Erwachsenenspielsachen, wobei ihm nicht recht klar war, weshalb.

Wer war Leeds gewesen? Ein erfolgreicher Steuerberater, ein ehemaliges Mitglied des Footballteams von Sewanee, ein sehniger, sportlicher Typ, der gern viel lachte, und ein Mann, der sich selbst mit durchgeschnittener Kehle noch verzweifelt zu wehren versucht hatte.

Aus einer seltsamen Verpflichtung ihm gegenüber heraus, folgte Graham ihm durch das ganze Haus. Sich erst ein Bild über ihn zu machen war eine Art, ihn um Erlaubnis zu bitten, sich seiner Frau zuwenden zu dürfen.

Graham spürte, daß sie es gewesen war, die das Monster angelockt hatte – so gewiß, wie die zirpende Grille den Tod durch die rotäugige Fliege heraufbeschwört.

Nun also zu Mrs. Leeds.

Sie hatte im Obergeschoß ein kleines Ankleidezimmer. Graham schaffte es, dorthin zu gelangen, ohne sich vorher im Schlafzimmer umzusehen. Der Raum war in warmem Gelb gehalten und wirkte bis auf den zerschlagenen Spiegel über dem Schminktisch unangetastet. Vor dem Kleiderschrank lagen ein Paar L. L. Bean-Mokassins auf dem Boden, als hätte sie sie eben erst abgestreift. Ihr Morgenmantel schien unachtsam an den Kleiderhaken gehängt worden zu sein, und der Kleiderschrank enthüllte die gemäßigte Unordnung einer Frau, die in einer Vielzahl von Schränken Ordnung zu halten hat.

Mrs. Leeds' Tagebuch befand sich in einer mit pflaumenfarbenem Samt ausgekleideten Schachtel auf dem Schminktisch. Der Schlüssel war zusammen mit einem Kontrollabschnitt der Spurensicherung mit Klebstreifen am Deckel befestigt.

Graham ließ sich auf einen gedrechselten, weißen Stuhl nieder und schlug das Tagebuch aufs Geratewohl auf:

Dienstag, 23. Dezember, zu Hause bei Mama. Die Kinder schlafen noch. Als Mama die Veranda verglasen ließ, fand ich es schrecklich, wie dadurch das Aussehen des Hauses verändert wurde, aber jetzt finde ich es sehr schön, hier in der Wärme zu sitzen und auf den Schnee hinauszuschauen. Wie viele Weihnachten wird sie wohl noch mit einem Haus voller Enkelkinder erleben können? Hoffentlich sehr viele.

Gestern hatten wir eine anstrengende Fahrt von Atlanta hierher; nach Raleigh hat es zu schneien begonnen. Wir kamen nur schleppend voran. Ich war außerdem von den Reisevorbereitungen ziemlich geschafft. Außerhalb von Chapel Hill hat Charlie angehalten. Er ist ausgestiegen und hat von einem Zweig ein paar Eiszapfen abgebrochen, um mir einen Martini zu machen. Er kam auf seinen langen Beinen durch den tiefen Schnee zum Wagen zurückgestapft, und als ich ihn so sah –Schnee im Haar und in den Brauen –, wurde mir mit einem Mal wieder bewußt, daß ich ihn liebe. Es war ein Gefühl, als bräche etwas unter leichten Schmerzen und als breitete sich dann etwas Warmes in mir aus.

Ich hoffe, der Anorak paßt ihm. Wenn er mir nur nicht diesen protzigen Ring gekauft hat. Ich könnte Madelyn jetzt noch in ihren fetten Zellulitishintern treten, daß sie mit ihrem angeben mußte und Charlie keine Ruhe damit ließ. Diese vier lächerlich großen Diamanten von der Farbe von schmutzigem Eis. Eiszapfeneis ist so klar. Die Sonne schien durchs Wagenfenster herein und auf den Eiszapfen; er ragte ein Stück aus meinem Glas und bildete an der Bruchstelle eine Art Prisma, das einen roten und grünen Lichtfleck auf meine Hand warf, in der ich das Glas hielt. Ich konnte die Farben förmlich auf der Haut spüren.

Er fragte mich, was ich mir zu Weihnachten wünschte, worauf ich meine Hände um sein Ohr gelegt und ganz leise geflüstert habe: Deinen großen Schwanz, du Doofie, so weit er nur reingeht.

Die kahle Stelle an seinem Hinterkopf wurde rot. Er hat immer Angst, daß die Kinder etwas hören könnten. Männer haben einfach kein Vertrauen in Flüstern.

Die Seite war mit Asche von der Zigarre eines Kriminalbeamten besprenkelt.

In dem langsam schwächer werdenden Licht las Graham weiter – von der Mandeloperation der Tochter bis zu den bangen Tagen im Juni, nachdem Mrs. Leeds einen kleinen Knoten in ihrer Brust entdeckt hatte. *(Gütiger Gott, die Kinder sind doch noch so klein.)*

Drei Seiten später hatte sich der Knoten als kleine, gutartige Zyste entpuppt, die sich problemlos hatte entfernen lassen.

Heute nachmittag hat mich Dr. Janovich entlassen. Wir sind vom Krankenhaus direkt zum Ententeich gefahren. Wir waren schon so lange nicht mehr dort gewesen. Für so viele Dinge haben wir plötzlich keine Zeit mehr. Charlie hatte zwei Flaschen Champagner und einen Kübel mit Eis dabei. Wir tranken sie und fütterten die Enten, während die Sonne unterging. Eine Weile stand er mit dem Rücken zu mir am Wasser, und ich glaube, er hat ein wenig geweint.

Susan hat gesagt, sie hätte Angst gehabt, wir könnten mit noch einem Bruder für sie nach Hause kommen. Nach Hause!

Graham hörte im Schlafzimmer das Telefon klingeln. Ein Klicken, gefolgt vom leisen Summen des Anrufbeantworters. »Hallo, hier spricht Valerie Leeds. Leider kann ich im Moment nicht ans Telefon kommen, aber wenn Sie bitte nach dem Pfeifton Ihren Namen und Ihre Nummer auf Band sprechen würden, werden wir Sie zurückrufen. Besten Dank.« Fast erwartete Graham, nach dem Pfeifton Crawfords Stimme zu hören, aber statt dessen ertönte nur das Freizeichen. Der Anrufer hatte aufgehängt.

Er hatte ihre Stimme gehört; nun wollte er sie auch sehen. Er ging ins Herrenzimmer hinunter.

In seiner Hosentasche hatte er eine Spule Superachtfilm, die Charles Leeds gehörte. Drei Wochen vor seinem Tod hatte Leeds den Film in einen Drugstore zum Entwickeln gebracht; er sollte ihn nicht mehr abholen. Die Polizei stieß in Leeds' Brieftasche auf den Abholschein und löste den entwickelten Film damit in der Drogerie aus. Die Kriminalbeamten sahen sich den Film zusammen mit einer Reihe gleichzeitig entwickelter Familienschnappschüsse an, ohne dabei auf irgend etwas Interessantes zu stoßen.

Graham wollte die Leeds so sehen, wie sie gewesen waren, als sie noch am Leben waren. Bei der Polizei hatten ihm die Beamten ihren Projektor angeboten. Doch Graham wollte sich den Film lieber im Haus ansehen. Widerwillig gaben sie ihm die Spule mit.

Graham holte Leinwand und Projektor aus dem Schrank im Herrenzimmer und setzte sich dann in Charles Leeds' bequemen Ledersessel, nachdem er alles aufgebaut hatte. Er spürte unter seiner Handfläche etwas Klebriges auf der Armlehne – Spuren der Schokoladenfinger eines Kindes. Als Graham an seiner Hand roch, strömte sie einen leicht süßlichen Geruch aus.

Es war ein netter, kleiner Familienfilm ohne Ton, eindeutig etwas einfallsreicher als die meisten ähnlichen Machwerke. Er begann mit einer Einstellung auf einen schlafenden Hund, einen weißgrauen Bobtail. Das Geräusch der Filmkamera ließ den Hund kurz aufschauen, um jedoch gleich wieder weiterzuschlafen. Ein ruckartiger Schnitt auf den immer noch schlafenden Hund, bis dieser die Ohren spitzte, sich aufrichtete und zu bellen begann. Dann folgte ihm die Kamera, als er in die Küche rannte und erwartungsvoll vor der Tür stehenblieb. Er schüttelte sich leicht und wedelte aufgeregt mit seinem Stummelschwanz.

Graham biß sich auf die Unterlippe und wartete ebenfalls. Auf der Leinwand ging nun die Tür auf, und Mrs. Leeds betrat mit einer Tüte mit Lebensmitteln die Küche. Sie lachte überrascht auf und berührte mit ihrer freien Hand ihr leicht zerzaustes Haar. Ihre Lippen bewegten sich, als sie aus dem Bild ging, und dann kamen ihr mit kleineren Einkaufstüten die Kinder hinterher. Das Mädchen war sechs, die Jungen acht und zehn.

Der kleinere Junge, offensichtlich bereits an solche Filmauftritte gewöhnt, deutete auf seine Ohren und wackelte mit ihnen. Der Kamerastandpunkt war ziemlich hoch. Laut Obduktionsbefund war Leeds einszweiundneunzig groß gewesen.

Graham ging davon aus, daß dieser Teil des Films zu Beginn des Frühlings gedreht worden sein mußte. Die Kinder trugen Windjacken, und Mrs. Leeds wirkte relativ blaß. Im Leichenschauhaus hatte sie eine gesunde Bräune mit weißen Bikinistreifen gehabt.

Darauf folgten kurze Einstellungen von den Jungen, die im Keller Tischtennis spielten, und Susan, das Mädchen, packte in ihrem Zimmer, die Zunge vor angestrengter Konzentration herausgestreckt, ein Geschenk ein. Mit ihrer rosigen Kinderhand strich sie sich wie ihre Mutter beim Betreten der Küche eine Haarsträhne aus dem Gesicht.

In der nächsten Szene hockte Susan wie ein Frosch in einem Schaumbad; sie trug eine viel zu große Badehaube. Der Aufnahmestandpunkt war diesmal wesentlich tiefer; außerdem haperte es mit der Entfernungseinstellung etwas – eindeutig das Werk eines der beiden Brüder. Die Szene endete damit, daß sie tonlos auf die Kamera einschrie und ihre sechsjährige Brust bedeckte, während ihr die Badehaube über die Augen rutschte.

Um seinen Söhnen in nichts nachzustehen, hatte auch Leeds seine Frau unter der Dusche überrascht. Der Duschvorhang bauschte und wölbte sich wie der Vorhang vor einer Schulaufführung. Mrs. Leeds' Arm erschien hinter dem

Duschvorhang. Sie hielt einen großen Badeschwamm in der Hand, und die Szene endete mit einer in Seifenschaum verschwimmenden Linse.

Der Film endete mit einer Aufnahme von Norman Vincent Peale, der gerade im Fernsehen sprach, und dann schwenkte die Kamera auf Charles Leeds, der in dem Sessel, in dem Graham gerade saß, friedlich vor sich hin schnarchte.

Graham starrte auf den blendend weißen Lichtfleck auf der Leinwand. Die Leeds waren ihm sympathisch. Er bedauerte es, im Leichenschauhaus gewesen zu sein. Er dachte, der Irre, der ihnen einen Besuch abgestattet hatte, hätte sie auch sympathisch finden können. Aber vermutlich waren sie ihm lieber so, wie sie jetzt waren.

Grahams Kopf fühlte sich vollgestopft und blöde an. Er schwamm im Swimmingpool des Hotels auf und ab, bis seine Beine sich zunehmend bleierner anfühlten, und als er schließlich aus dem Wasser stieg, dachte er an zwei Dinge gleichzeitig – an einen Martini und den Geschmack von Mollys Mund.

Er machte sich den Martini in einem Plastikglas und rief Molly an.

»Hallo, Süße.«

»Hey, Baby! Wo bist du?«

»In diesem idiotischen Hotel in Atlanta.«

»Und genießt du es, mal wieder allein zu sein?«

»Nicht, daß ich wüßte. Du fehlst mir.«

»Du mir auch.«

»Mein Bett ist so fürchterlich leer ohne dich.«

»Meines auch.«

»Was gibt's bei dir Neues?«

»Ach, ich hatte heute eine kleine Auseinandersetzung mit Mrs. Holper. Sie wollte ein Kleid zurückgeben, weil es einen riesigen Whiskyfleck am Po hatte. Ganz offensichtlich hatte sie es anläßlich dieser Jaycee-Feier getragen.«

»Und was hast *du* darauf gesagt?«

»Daß ich ihr das Kleid nicht in dem Zustand verkauft hätte.«

»Und was hat *sie* dann gesagt?«

»Daß sie bisher noch nie Probleme gehabt hätte, wenn sie ein Kleid zurückgeben wollte, was unter anderem einer der Gründe wäre, weshalb sie bevorzugt bei mir einkaufen würde.«

»Und was hast *du* darauf wieder gesagt?«

»Ach, ich habe gesagt, ich wäre etwas in Sorge, weil Will neuerdings nur Stuß am Telefon redet.«

»Ach so.«

»Willy geht es blendend. Er hat ein paar Schildkröteneier geborgen, die die Hunde ausgegraben haben. Aber erzähl doch, was du so treibst.«

»Mich durch Berge von Akten wühlen und abscheulichen Plastikfraß in mich hineinstopfen.«

»Und kräftig nachdenken, wie ich wohl meinen will.«

»Ja.«

»Kann ich dir mit irgend etwas behilflich sein?«

»Ich habe einfach noch keinen brauchbaren Anhaltspunkt, Molly. Mir stehen nicht genügend Informationen zur Verfügung. Das heißt, mir liegen natürlich unzählige Daten vor, aber ich kann noch nichts Rechtes mit ihnen anfangen.«

»Wirst du noch länger in Atlanta bleiben? Versteh mich nicht falsch – ich möchte dich nicht drängen, nach Hause zu kommen. Ich wollte es nur wissen.«

»Das kann ich im Augenblick noch nicht sagen. Ein paar Tage werde ich jedenfalls bestimmt noch hierbleiben müssen. Du fehlst mir sehr.«

»Möchtest du ein bißchen übers Vögeln reden?«

»Ich glaube nicht, daß ich das aushalten würde. Vielleicht sollten wir das lieber bleiben lassen.«

»Was bleiben lassen?«

»Übers Vögeln zureden.«

»Na gut. Aber du hast doch nichts dagegen, wenn ich daran denke, oder?«

»Keineswegs.«

»Wir haben einen neuen Hund.«

»Bitte nicht.«

»Sieht aus wie eine Kreuzung aus Basset und Pekinese.«

»Großartig.«

»Er hat Riesenhoden.«

»Was du nicht sagst.«

»Sie streifen fast den Boden. Beim Laufen muß er sie richtig einziehen.«

»Das soll er mir erst mal vormachen.«

»Doch, bestimmt. Er zieht sie tatsächlich ein. Woher willst du überhaupt wissen, ob er das kann oder nicht?«

»Ich weiß es eben.«

»Kannst du denn deine einziehen?«

»Dachte ich mir's doch, daß es darauf hinausführen würde.«

»Und?«

»Wenn du es unbedingt wissen willst – ich hab' sie einmal eingezogen.«

»Und wann war das?«

»In meiner Jugend. Als ich mal über einen Stacheldrahtzaun springen mußte.«

»Wieso das?«

»Weil ich eine Wassermelone im Arm hielt, die ich nicht selbst angebaut hatte.«

»Du hast die Flucht ergriffen? Vor wem?«

»Vor dem Besitzer besagter Melone. Durch seine Hunde alarmiert, kam er in seiner Reizunterwäsche aus dem Haus gestürzt und hat mit einer Knarre durch die Luft gefuchtelt. Zum Glück ist er über das Bohnenspalier gestolpert, so daß ich einen gewissen Vorsprung hatte.«

»Hat er auf dich geschossen?«

»Damals dachte ich das eigentlich schon. Aber dieses Krachen könnte natürlich auch aus meinem Hintern gekommen sein. Das ist ein Punkt, hinsichtlich dessen ich mir nie so recht klargeworden bin.«

»Und bist du über den Zaun gekommen?«

»Problemlos.«

»Daß sich deine kriminelle Veranlagung schon in diesem zarten Alter bemerkbar gemacht hat?«

»Ich habe keine kriminelle Veranlagung.«

»Natürlich nicht. Ich habe übrigens vor, die Küche frisch zu streichen. Welche Farbe würdest du vorschlagen? Will? Welche Farbe fändest du gut? Bist du noch da, Will?«

»Ja, äh, gelb. Streich sie doch gelb.«

»Gelb ist keine vorteilhafte Farbe für mich. Ich sehe dann beim Frühstück immer grün aus.«

»Dann blau.«

»Blau ist so kalt.«

»Na, dann streich sie meinetwegen Babyscheiße-braun ... nein, hör zu, ich werde sicher bald nach Hause kommen, und dann gehen wir gemeinsam in den Farbenladen und kaufen neue Rollen und Zeug, ja? Und vielleicht auch ein paar neue Pinsel.«

»Genau, kaufen wir ein paar Pinsel. Aber was reden wir hier eigentlich. Ich liebe dich, Will, und du fehlst mir, aber ich finde, daß es richtig war, nach Atlanta zu fahren. Schließlich weiß ich, daß es auch dir nicht leicht gefallen ist. Ich bin hier und werde auf dich warten, bis du nach Hause zurückkommst. Und ich werde auch überall hinkommen, wenn du mich brauchen solltest. Ich bin jederzeit für dich da. Das ist es, was ich dir sagen wollte.«

»Ach, Molly, du bist ein Engel. Aber du solltest dich jetzt schlafen legen.«

»Gut.«

»Schlaf schön.«

Mit im Nacken verschränkten Händen lag Graham da und beschwor in seiner Erinnerung die verschiedenen Abendessen mit Molly herauf. Krabben und Sancerre, die salzige Brise vom Meer mit dem Wein vermischt.

Aber ihm haftete nun mal die Unart an, sich über geführte Gespräche nachträglich den Kopf zu zerbrechen. Und genau damit begann er auch jetzt. Er hatte sie nach ihrer harmlosen Bemerkung über seine ›kriminelle Veranlagung‹ schroff angefahren. So was Dummes.

Graham fand Mollys Interesse an ihm größtenteils vollkommen unerklärlich.

Er rief bei der Mordkommission an und hinterließ eine Nachricht für Springfield, daß er am nächsten Morgen an den Routinenachforschungen teilnehmen wollte. Sonst gab es im Augenblick schließlich nichts zu tun.

Der Gin erleichterte ihm das Einschlafen.

Anne Perry

Die Seidenblume

Kommissar Thomas Pitt blickte auf die rauchenden Trümmer des Hauses. Er achtete nicht auf den stetigen Regen, der ihn durchnäßte, ihm das Haar an die Stirn klebte und zwischen dem aufgestellten Mantelkragen und dem gestrickten Schal in einem kalten Rinnsal über seinen Rücken lief. Noch konnte er die Hitze spüren, die von den geschwärzten Ziegeln ausging. Das Wasser tropfte von geborstenen Türbögen und zischte, wenn es auf die Glut traf; der Dampf stieg in winzigen Kringeln nach oben.

Selbst an den Überresten konnte er noch erkennen, daß es einmal ein schönes Gebäude war, irgend jemandes Wohnhaus, solide und elegant gebaut. Nun war kaum noch etwas davon übrig, abgesehen vom Dienstbotentrakt.

Neben Thomas Pitt trat der junge Polizist James Murdo von einem Fuß auf den anderen. Er gehörte zum örtlichen Highgate-Revier und ärgerte sich darüber, daß seine Vorgesetzten einen Kommissar aus der Stadt herbeigerufen hatten, auch wenn es sich um einen Mann wie Pitt mit hervorragendem Ruf handelte. Murdo hatte es nicht für angebracht gehalten, zu einem so frühen Zeitpunkt Hilfe anzufordern, doch seine Ansicht war übergangen worden. Nun war Pitt hier, schlampig und schlecht gekleidet bis auf die feinen Stiefel.

Allerlei Plunder beulte seine Taschen aus, seine Handschuhe waren abgewetzt und sein rußverschmiertes Gesicht wirkte bekümmert.

»Vermutlich ist der Brand gegen Mitternacht ausgebrochen«, sagte Murdo, um zu zeigen, daß seine Leute gute Arbeit leisteten und bereits alles Erforderliche in Angriff genommen hatten. »Miß Dalton, eine ältere Dame aus der St. Alban Road, hatte das Feuer bemerkt, als sie etwa um Viertel nach eins aufwachte. Es brannte bereits lichterloh und sie schlug Alarm. Sie schickte ihr Mädchen nach nebenan zu Oberst Anstruther, der einen dieser Telefonapparate besitzt.

Er rief die Feuerwehr, die etwa zwanzig Minuten später eintraf, aber sie konnte nicht mehr viel ausrichten. Sie pumpten das Wasser aus den Highgate-Teichen«, er machte eine Armbewegung, »dort hinter den Feldern«. Zu diesem Zeitpunkt stand das Hauptgebäude schon vollständig in Flammen.

Thomas Pitt nickte. Er stellte sich die Szene vor: die Angst, die sengende Hitze, die die Männer zurückdrängte, die verschreckten Pferde, die Leinenkübel, die von Hand zu Hand gereicht wurden, und die Sinnlosigkeit des ganzen Unterfangens. Alles war in Rauch und roten Feuerschein gehüllt, die Flammen schossen gen Himmel, Balken explodierten donnernd und sprühten Funken in die Dunkelheit. Der Brandgeruch hing noch in der Luft. Er ließ die Augen tränen und kratzte im Hals. Unbewußt wischte sich Pitt eine Rußflocke von der Wange und verschmierte sein Gesicht noch mehr.

»Was ist mit der Leiche?« fragte er.

Plötzlich vergaß Murdo seine Rivalitätsgefühle. Er erinnerte sich an die Männer, die ganz blind im Gesicht, mit einer Bahre aus dem Schutt herausgetaumelt waren. Darauf befanden sich die gräßlich verkohlten Überreste einer kaum noch als menschlich erkennbaren Gestalt. Murdos Stimme zitterte, als er antwortete.

»Wir glauben, daß es Mrs. Shaw war, Sir, die Frau des hiesigen Arztes, dem das Haus gehört. Er ist außerdem Polizeiarzt, darum haben wir einen Arzt aus Hampstead geholt, aber er konnte uns auch nicht weiterhelfen. Das kann wohl keiner. Dr. Shaw hält sich momentan bei einem Nachbarn auf, bei Mr. Amos Lindsay.« Er deutete zur Highgate Rise in Richtung West Hill. »Das Haus da.«

»Ist er verletzt?« fragte Pitt und blickte weiter auf die Ruine.

»Nein, Sir. Er war zu einem Hausbesuch. Eine Geburt – er war fast die ganze Nacht dort. Erst auf dem Heimweg hörte er von dem Feuer.«

»Was ist mit der Dienerschaft?« Pitt drehte sich endlich um und sah Murdo an. »Der Dienstbotentrakt scheint am wenigsten betroffen zu sein.«

»Ja, Sir. Die Hausangestellten konnten alle dem Feuer entkommen. Nur der Butler trug schwere Brandwunden davon. Er liegt jetzt im St. Pancras-Krankenhaus, südlich des Friedhofs. Die Köchin steht unter Schock; eine Verwandte kümmert sich um sie, drüben in der Seven Sisters Road.

Das Hausmädchen weint den ganzen Tag und sagt immerzu, daß sie Dorset niemals hätte verlassen dürfen, sie will dahin zurück. Das Dienstmädchen kommt tagsüber.«

»Aber sie sind alle überprüft worden, keiner verletzt außer dem Butler?« versicherte sich Pitt.

»Richtig, Sir. Das Feuer war im Hauptgebäude. Auf den Personalflügel hat es zuletzt übergegriffen, die Feuerwehrleute haben sie alle rausgeholt.«

Murdo schauderte, obwohl er vor dem glimmenden Holz und glühenden Schutt stand.

Der milde Septemberregen ließ nach, und eine wäßrige Nachmittagssonne beleuchtete die Bäume jenseits der Felder von Bishop's Wood. Ein leichter Wind wehte von London herüber, wo der Kensington-Park in voller Blüte stand, Kindermädchen in gestärkten Schürzen mit ihren Schutzbefohlenen auf und ab promenierten und Kapellen beschwingte Weisen spielten. Pferdekutschen ratterten die Mall entlang, modische Damen winkten einander zu und präsentierten die neuesten Hüte, und hinreißend aussehende weibliche Wesen von zweifelhaftem Ruf schritten, tadellos gekleidet, über die Rotten Row und machten den Herrn schöne Augen.

Die Königin, die immer noch Schwarz trug, da sie um den vor siebenundzwanzig Jahren gestorbenen Prinzen Albert trauerte, hatte sich auf Schloß Windsor zurückgezogen.

Und in den Gassen von Whitechapel riß ein Wahnsinniger den Frauen die Eingeweide aus dem Leib, verstümmelte ihre Gesichter und ließ die blutüberströmten Leichen auf dem Pflaster zurück. Bald wurde er von der lokalen Presse Jack the Ripper genannt.

Murdo streckte die Schultern und zog das Band seines Helmes etwas enger. »Nur Mrs. Shaw ist umgekommen, Sir. Soweit wir feststellen konnten, brach das Feuer mindestens an vier Stellen gleichzeitig aus und brannte sofort lichterloh, weil die Vorhänge mit Lampenöl getränkt waren.« Die Muskeln in seinem jungen Gesicht zuckten. »Auf einen Vorhang kann man aus Versehen Öl verschütten, aber nicht in vier verschiedenen Räumen, und alle fangen im selben Moment Feuer, und keiner hat es gemerkt. Es muß Brandstiftung gewesen sein.«

Pitt schwieg. Es handelte sich um Mord, und aus eben diesem Grund stand er hier in dem zertrampelten Garten neben dem eifrigen und besorgten jungen Polizisten mit dem rußverschmierten blassen Gesicht, dessen Augen vor Entsetzen und Mitleid weit aufgerissen waren.

»Die Frage ist«, sagte Murdo ruhig, »ob die arme Mrs. Shaw umgebracht werden sollte – oder der Doktor?«

»Wir werden eine Menge herausfinden müssen«, erwiderte Pitt grimmig. »Als erstes sprechen wir mit dem Feuerwehrhauptmann.«

»Er hat seine Aussage auf dem Revier gemacht, Sir. Es liegt ungefähr eine halbe Meile entfernt oben an der Straße.« Das klang ein wenig steif, denn Murdo dachte wieder an die Zuständigkeit seiner eigenen Leute in diesem Fall.

Pitt folgte Murdo, und sie gingen schweigend nebeneinander her. Ein paar verblaßte Blätter fegten über das Pflaster, und eine Droschke ratterte vorbei. Stattliche Häuser standen hier. Angesehene Leute mit Geld lebten in beachtlichem Wohlstand an der Westseite der Straße, die in das Zentrum von Highgate mit seinen Gasthäusern, dem Wasserwerk und dem Pond Square führte. Im Südosten erstreckte sich der riesige, gepflegte Friedhof. Jenseits der Häuser lagen Wiesen, grüne und stille.

Auf dem Polizeirevier wurde Pitt höflich begrüßt, doch er merkte an der Art, wie die Männer seinen Blicken auswichen, daß sie, genau wie Murdo, nicht einsahen, daß seine Anwesenheit überhaupt notwendig war. In ganz London herrschte Mangel an Polizisten, weil möglichst viele Streifen nach Whitechapel entsandt wurden, um die grauenhaften Morde aufzuklären, die ganz London in Schrecken versetzten und in Europa Schlagzeilen machten.

Der Bericht des Feuerwehrhauptmanns lag für Pitt vorbereitet auf dem Schreibtisch des Polizeichefs.

Er war grauhaarig, sprach ruhig und so reserviert, daß er seinen Vorbehalt gegen Pitt eher betonte als verbarg. Er trug eine tadellose Uniform, doch sein Gesicht war von Erschöpfung gezeichnet, und seine Hände waren mit Brandblasen übersät, die zu verarzten er noch keine Zeit gehabt hatte.

Pitt dankte ihm, doch machte er kein Aufhebens davon, um nicht das Augenmerk auf die Umkehrung ihrer Rollen zu lenken. Er nahm sich den Feuerwehrbericht vor. Er war in einer gestochenen Handschrift geschrieben. Der Sachverhalt war einfach und entsprach Murdos Aussagen. Wie die meisten Gebäude war auch dieses Haus mit Gaslicht ausgestattet, und als das Feuer die Gasleitungen erreichte, waren diese explodiert. Die Bewohner hätten kaum eine Chance gehabt zu entkommen, es sei denn, sie hätten das Feuer früh genug bemerkt und wären durch den Personalflügel ins Freie gekommen.

Mrs. Clemency Shaw war vermutlich im Rauch erstickt, ehe sie verbrannte, und Dr. Stephen Shaw war durch seine Abwesenheit dem sicheren Tod entronnen. Die Hausangestellten hatten nichts bemerkt, bis die Glocken der Feuerwehr sie aufschreckten und die Feuerwehrleute sie über Leitern durch die Fenster herausholten.

Als Pitt und Murdo an die Tür des Nachbarhauses klopften, war es fast drei Uhr nachmittags, und es hatte aufgehört zu regnen. Der Besitzer öffnete selbst, ein kleiner Mann mit einem feinen Kopf und wellig zurückgekämmtem Silberhaar. Sein Gesichtsausdruck war sehr ernst. Eine steile Linie, die Besorgnis ausdrückte, stand zwischen seinen Brauen, und nicht die Spur eines Lächelns umspielte den sanften, klar gezeichneten Mund.

»Guten Tag«, sagte der Mann hastig. »Sie sind von der Polizei? Ja, natürlich.« Murdos Uniform machte die Bemerkung überflüssig, obwohl der Hausbesitzer Pitt argwöhnisch betrachtete. Die Gesichter von Polizisten beachtete man nicht, ebensowenig wie diejenigen von Drosckenfahrern oder Kanalreinigern, aber wenn ein Polizist keine Uniform trug, wirkte das befremdlich.

»Kommen Sie herein. Sie wollen wissen, ob ich etwas gesehen habe ... Ich kann mir nicht vorstellen, wie der Brand ausbrechen konnte! Mrs. Shaw war eine sehr gewissenhafte Frau. Wie schrecklich! Gas, vermute ich. Ich habe mir oft gedacht, daß wir die Kerzen nicht hätten aufgeben dürfen. Sie waren viel angenehmer.« Er führte die Besucher durch eine düstere Halle in einen großen Wohnraum, der im Lauf der Jahre offensichtlich mehr und mehr als Arbeitszimmer genutzt worden war.

Pitt sah sich interessiert um. Es war ein höchst individuelles Gemach, das viel über seinen Bewohner aussagte. Es gab vier riesige, sehr unordentliche Bücherregale, die offensichtlich nicht zur Verzierung da waren, sondern von häufigem Gebrauch zeugten. Über dem Kamin hing ein goldgerahmtes, romantisches Bild, das Sir Galahad kniend darstellte, und gegenüber ein Gemälde der Lady von Shallott, die mit Blumen im Haar einen Fluß hinunterfährt. Auf einem runden Holztisch neben dem Ledersessel stand die schön gearbeitete Nachbildung eines berittenen Kreuzfahrers. Briefe lagen verstreut auf dem Pult, Zeitungen auf den Armlehnen der Couch und Ausschnitte und Zettel auf den Stühlen.

»Quinton Pascoe«, stellte sich der Mann vor. »Aber natürlich wissen Sie das schon. Nehmen Sie Platz, meine Herren. Es ist schrecklich, einfach schrecklich! Mrs. Shaw war so eine feine Frau. Ein furchtbarer Verlust – eine Tragödie.«

Pitt setzte sich behutsam auf die Couch und ignorierte das Knistern einer Zeitung hinter dem Kissen. Murdo blieb stehen.

»Kommissar Pitt und Wachtmeister Murdo«, sagte er. »Wann sind Sie letzte Nacht zu Bett gegangen, Mr. Pascoe?«

»Oh – kurz vor Mitternacht. Leider habe ich nichts gesehen oder gehört, bis mich die Feuerwehrglocken geweckt haben. Dann habe ich natürlich das Toben des Feuers gehört. Gräßlich!« Er schüttelte den Kopf und sah Pitt schuldbewußt an. »Leider schlafe ich sehr fest, und das belastet jetzt mein Gewissen. Lieber Gott.« Er blinzelte und sah zum Fenster hinaus in den wilden, üppigen Garten mit den gelbbraunen Blüten des Frühherbstes. »Wenn ich nur fünfzehn Minuten später ins Bett gegangen wäre, hätte ich vielleicht den Ausbruch des Feuers bemerkt und Alarm schlagen können.« Bei dieser Vorstellung verdüsterte sich sein Gesicht. »Es tut mir unendlich leid, obwohl das nun auch nichts mehr nützt.«

»Haben Sie in der letzten halben Stunde, ehe Sie sich zurückzogen, auf die Straße geschaut?« fragte Pitt drängend.

»Wie oft soll ich noch beteuern, Herr Kommissar, daß ich nichts gesehen habe?« erwiderte Pascoe leicht gereizt. »Ich trauere um die arme Mrs. Shaw; ich habe sie sehr geschätzt. Aber jetzt können wir nichts mehr für sie tun, höchstens uns noch um den bedauernswerten Dr. Shaw kümmern.«

Murdo wurde unruhig, und sein Blick huschte zu Thomas Pitt hinüber.

Bald würden die Einzelheiten der Katastrophe die Runde machen, und Pitt sah keinen Anlaß zur Geheimniskrämerei.

Er beugte sich vor, und die Zeitung hinter dem Kissen raschelte erneut.

»Das Feuer war kein Unfall, Mr. Pascoe. Natürlich hat die Explosion der Gasleitung es verschlimmert, aber sie kann nicht die Ursache gewesen sein. Der Brand brach an verschiedenen Stellen gleichzeitig aus, offenbar an den Fenstern.«

»An den Fenstern? Was soll das heißen? Fenster brennen doch nicht, Mann! Wer sind Sie eigentlich?«

»Kommissar Thomas Pitt vom Revier Bow Street, Sir.«

»Bow Street?« Pascoes weiße Augenbrauen hoben sich erstaunt. »Aber das ist doch in London, meilenweit entfernt. Funktioniert unser örtliches Polizeirevier nicht?«

»Nichts dergleichen«, sagte Pitt, konnte sich aber nur mit Mühe beherrschen. Es war schon schwierig genug, eine freundliche Haltung zu bewahren, wenn er sich immer wieder Kommentare wie diese von Murdo anhören mußte. »Der Polizeichef sieht die Sache als ziemlich gravierend an und möchte, daß er Fall so schnell wie möglich gelöst wird. Der Feuerwehrhauptmann sagt, daß das Feuer an den Fenstern ausgebrochen sei. Jemand muß die Vorhänge mit Lampenöl getränkt und das Feuer vorsätzlich gelegt haben.«

»Oh, mein Gott!« Alle Farbe wich aus Pascoes Gesicht. »Wollen Sie sagen, jemand hat es vorsätzlich gelegt um – um Clemency Shaw zu töten? Nein!« Er schüttelte heftig den Kopf. »Unsinn: Absoluter Quatsch! Kein Mensch würde sie ermorden wollen. Man muß Dr. Shaw im Visier gehabt haben. Übrigens – wo war er? Warum war er nicht zu Hause?« Er hielt inne und starrte erschüttert zu Boden.

»Haben Sie jemand gesehen, Mr. Pascoe?« wiederholte Pitt und beobachtete die zusammengesunkene Gestalt. »Einen Fußgänger, eine Kutsche, ein Licht – irgend etwas?«

»Ich ...« Pascoe seufzte. »Ich ging im Garten spazieren. Ich hatte an einer Abhandlung gearbeitet, die mir Schwierigkeiten bereitete.« Er räusperte sich laut, zögerte einen Moment, doch dann brach es aus ihm heraus: »Es handelt sich um die Widerlegung einer absurden Behauptung Dalgettys über Richard Löwenherz.« Er sprach den klangvollen Namen fast liebkosend aus. »Sie kennen John Dalgetty nicht – wie sollten Sie auch? Er ist ein zutiefst verantwortungsloser Mensch, ohne Selbstbeherrschung oder Sinn für Anstand. Rezensenten haben doch eine Verpflichtung, nicht wahr?« Sein Blick hielt den von Pitt fest. »Wir formen die öffentliche Meinung. Es ist wichtig, was wir dem Publikum vorlegen, was wir loben oder verurteilen. Aber Dalgetty läßt es zu, daß die Tugenden der Ritterlichkeit und Ehre verspottet oder ignoriert werden – im Namen der Freiheit, aber in Wirklichkeit geht es ihm um die Ausschweifung.« Er sprang auf und gestikulierte wild, um seine Empörung zu unterstreichen. »Er unterstützt Amos Lindsays verheerende Monographie über diese neue politische Philosophie – ihre Anhänger nennen sie Fabier. Was er schreibt, grenzt an Anarchie – das pure Chaos. Den Leuten ihr Besitztum wegzunehmen ist ganz einfach Diebstahl, und sie werden es nicht akzeptieren. Wenn solche Tendenzen sich ausbreiten, wird es Blutvergießen geben.« Die Kiefer des Mannes mahlten bei der Anstrengung, seinen Zorn zu bezwingen. »Auf unserem eigenen Grund und Boden werden Engländer gegen Engländer kämpfen. Aber Lindsay stellte es dar, als läge eine Art natürlicher Gerechtigkeit darin, Wohlhabende zu enteignen, und ihr Vermögen mit jedermann zu teilen, ungeachtet der menschlichen oder geistigen Qualitäten einer Person – oder ihrer Fähigkeit, es zu schätzen und zu bewahren.« Er fixierte Pitt mit brennenden Augen. »Stellen Sie sich dieses Verderben vor, diese Verschwendung und monströse Ungerechtigkeit. Alles, wofür wir gearbeitet, was wir geschätzt haben – alles, was wir im Lauf der Generationen geerbt haben, all die Schönheit, die Schätze der Vergangenheit ... Natürlich hat Shaw, dieser Narr, sich ebenfalls für diese Ideen erwärmt.«

Plötzlich fiel es Pascoe ein, daß Pitt ein Polizist war, der vermutlich nichts besaß – und ihm fiel wieder ein, warum Pitt hier war. Die Schultern des Mannes sanken wieder nach vorn. »Es tut mir leid. Ich sollte nicht einen Menschen kritisieren, der solch einen Verlust erlitten hat – es ist unanständig.«

»Sie gingen also spazieren ...«, sagte Pitt schnell.

»Ja, meine Augen waren müde, und ich wollte mich erfrischen, mußte mein inneres Gleichgewicht wiederherstellen. Ich ging in meinen Garten.« Bei der Erinnerung lächelte er selig. »Es war ein sehr angenehmer Abend, ein schöner Mond, kaum Wolken, und ich hörte sogar eine Nachtigall singen – wunderbar beruhigend! Mit großem Frieden im Herzen ging ich zu Bett.« Er blinzelte. »Wie furchtbar! Keine zwanzig Meter entfernt kämpfte eine Frau um ihr Leben, und ich ahnte nichts.«

Thomas Pitt bemerkte den schuldbewußten Ausdruck im Gesicht des Mannes.

»Möglicherweise hätten Sie auch in wachem Zustand das Feuer erst entdeckt, als es zu spät war. Mrs. Shaw erstickte vermutlich im Schlaf.«

»Wirklich?« Pascoes Augen öffneten sich weit. »Das hoffe ich. Sie war, wie ich schon sagte, eine feine Person, viel zu gut für Shaw, diesen gefühllosen Menschen ohne höhere Ideale. Natürlich behaupte ich nicht, daß er kein fähiger Arzt und Gentleman ist«, fügte er hastig hinzu. Aber ohne feinere Wahrnehmung. Er findet es witzig und fortschrittlich, sich über menschliche Werte lustig zu machen. Mein Gott, man sollte nicht so schlecht über die Hinterbliebene sprechen. »Ich bedauere zutiefst, daß ich Ihnen nicht helfen kann.«

»Dürfen wir Ihre Dienerschaft befragen, Mr. Pascoe?« Das war eine Höflichkeitsfloskel, denn Pitt beabsichtigte diese Befragung in jedem Fall.

»Selbstverständlich! Aber bitte tun Sie es rücksichtsvoll. Tüchtige Köchinnen sind so schwer zu bekommen, vor allem für einen Junggesellenhaushalt wie meinen. Wenn sie was taugen, dann wollen sie Abendgesellschaften und solche Sachen veranstalten, und ich habe dafür kaum Gelegenheit. Nur hin und wieder ein paar Kollegen aus der Literatur.«

Pitt erhob sich, und Murdo war ebenfalls zum Gehen bereit. »Danke.«

Doch weder die Köchin noch der Diener hatten etwas bemerkt, und die beiden blutjungen Hausmädchen versicherten, schon geschlafen zu haben. In Anbetracht der Tatsache, daß sie bereits um fünf Uhr morgens aufstehen mußten, hatte Pitt keine Probleme, ihnen zu glauben.

Als nächstes kam das südlich gelegene Nachbarhaus an die Reihe. An diesem Abschnitt von Highgate Rise fielen die angrenzenden Wiesen zu einem Weg ab, der, wie Murdo sagte, Bromwich Walk hieß und vom Pfarrhaus der St. Anne-Kirche gen Süden führte, parallel zum Rise, und schließlich in Highgate selbst endete.

»Sehr leicht zugänglich, Sir«, meinte Murdo finster. »Zu dieser nachtschlafenden Zeit hätten Hunderte von Leuten mit einer ganzen Tasche voller Streichhölzer hier herumschleichen können, und keiner hätte sie gesehen.« Ihm kam allmählich der Gedanke, daß diese ganze Aktion reine Zeitverschwendung war, und man merkte dies seinem Gesichtsausdruck an.

Pitt lächelte trocken. »Meinen Sie nicht, daß die sich in die Quere gekommen wären, Wachtmeister?«

Murdo verstand den Witz nicht. Er hatte es doch ironisch gemeint. Sollte dieser Kommissar von der Bow Street tatsächlich so unintelligent sein? Er sah sich dieses eigentlich recht freundliche Gesicht mit der langen Nase, den leicht vorstehenden Zähnen und dem ungepflegten Haar noch einmal genauer an; dann bemerkte er das Blitzen in den Augen und den von Humor und Strenge gezeichneten Mund. Er änderte seine Meinung.

»In der Dunkelheit«, setzte Pitt noch einmal an, »hat der Mond möglicherweise hell genug geschienen, daß Mr. Pascoe sich zurechtfinden konnte, wenn die Nacht aber bewölkt war und es keine Lichter mehr in den Häusern gab – alle

Vorhänge zugezogen und alle Lampen gelöscht nach Mitternacht ...«

»Ich verstehe.« Murdo sah jetzt klarer. »Wer auch immer es war, er mußte eine Laterne bei sich haben, und zu dieser Nachtzeit hätte jeder, der zufällig gerade aus dem Fenster sah, sogar ein Streichholzlicht erkennen können.«

»Genau.« Pitt zog die Schultern hoch. »Ein Licht würde uns allerdings nicht viel weiterhelfen, es sei denn, jemand hat gesehen, woher es kam. Fragen wir also Mr. Alfred Lutterworth und seine Hausangestellten.«

Es war ein herrlicher Besitz, doppelt so groß wie die anderen, für dessen Ausstattung an nichts gespart worden war. Pitt folgte seiner Gewohnheit und klopfte an der Haupteingangstür. Er lehnte es ab, den Dienstboteneingang zu benutzen, was Polizisten und sonstige untergeordnete oder unerwünschte Personen eigentlich tun sollten. Ein sehr attraktives Stubenmädchen in einem grauen Arbeitskleid und mit gestärktem, spitzenbesetzten Häubchen öffnete.

»Händler gehören an den Hintereingang«, sagte sie mit erhobenem Kinn.

»Ich möchte Mr. Lutterworth sprechen, nicht den Butler«, erklärte Thomas Pitt schroff. »Vermutlich empfängt er seine Besucher hier.«

»Er empfängt überhaupt keine Polizisten«, entgegnete sie flink.

»Heute wird er eine Ausnahme machen.« Pitt betrat das Haus, und sie mußte ihm aus dem Weg gehen, sonst wäre er mit der Brust gegen ihre Nase gestoßen. Murdo war entsetzt und gleichzeitig voller Bewunderung. »Ich bin sicher, daß er dabei behilflich sein will herauszufinden, wer Mrs. Shaw gestern nacht ermordet hat.«

Die junge Person wurde fast so weiß wie ihre Schürze, und Pitt hatte Glück, daß sie nicht in Ohnmacht fiel. Ihre Taille war so eng geschnürt, daß auch einem kräftigeren Wesen die Luft hätte ausgehen können.

»O Gott!« Sie beherrschte sich mühsam. »Ich dachte, es sei ein Unfall gewesen.«

»Ich fürchte, nicht.« Pitt verfolgte seinen etwas ungeschickten Kurs weiter. Er wollte sich von einem Mädchen nicht blamieren lassen. »Haben Sie zufällig um Mitternacht aus dem Fenster gesehen und vielleicht ein Licht bemerkt, das sich bewegte, oder ein ungewohntes Geräusch gehört?«

»Nein ...« Sie zögerte. »Aber Alice, unsere Aushilfe, behauptete heute morgen, sie hätte einen Geist gesehen. Aber sie ist ein bißchen blöd – kann sein, daß sie es geträumt hat.«

»Ich werde mit Alice reden.« Pitt lächelte. »Möglicherweise ist das wichtig. Danke.«

Langsam lächelte sie ebenfalls. »Wenn Sie im Frühstückszimmer warten wollen ... Ich werde Mr. Lutterworth Bescheid sagen – Sir.«

Der Raum, in den sie geführt wurden, war außergewöhnlich schön eingerichtet. Sein Besitzer besaß nicht nur Geld, sondern auch Geschmack. Pitt hatte gerade Zeit, die Aquarelle an den Wänden zu betrachten. Bestimmt waren sie wertvoll – der Erlös jedes einzelnen hätte eine Familie zehn Jahre lang ernährt –, aber sie paßten auch hervorragend zusammen, und sie strahlten eine Harmonie aus, die dem Auge wohltat.

Alfred Lutterworth war ein Mann Ende der Fünfzig mit frischem Gesicht und einem weißen Haarkranz rund um den blanken Schädel. Die Haltung seiner großen kräftigen Gestalt drückte die Festigkeit eines Menschen aus, der durch eigene Kraft zu Wohlstand gekommen war. Bei einem feinen Herrn hätte man seine markanten Gesichtszüge als gutaussehend bezeichnen können, doch es lag etwas Kriegerisches und zugleich Unsicheres in ihnen, das verriet, daß der Mann sich trotz all seines Reichtums als nicht der Oberschicht zugehörig betrachtete.

»Ich habe von meinem Mädchen gehört, daß Sie hier sind, weil Mrs. Shaw durch das Feuer umgebracht wurde«, sagte Lutterworth mit einem starken Lancashire-Dialekt. »Stimmt das? Die Mädchen lesen zuviel Schund, der ihre Phantasie anregt.«

»Ja, leider stimmt es, Sir«, erwiderte Pitt. Er stellte sich und Murdo vor und erklärte das Wichtigste.

»Eine böse Sache«, meinte Lutterworth grimmig. »Mrs. Shaw war ein guter Mensch, wie es sie hier kaum gibt, ausgenommen Maude Dalgetty, die ebenfalls das Herz auf dem rechten Fleck hat.« Er schüttelte den Kopf. »Aber ich habe überhaupt nichts bemerkt. Ich habe gewartet, bis Flora heimkam – das war zwanzig Minuten vor Mitternacht, dann ging ich zu Bett und wachte erst durch den Lärm von den Feuerwehrglocken auf. Da hätte eine Armee vorbeiziehen können, und ich hätte sie nicht gehört.«

»Flora ist ihre Tochter?« fragte Pitt, obwohl er es bereits von der Highgate-Polizeiwache wußte.

»Ja. Sie war mit Freunden zu einem Vortrag in der St. Albans Road. Das ist südlich von hier, hinter der Kirche.«

»Kam sie zu Fuß nach Hause, Sir?«

»Das ist ja nur ein paar Schritte entfernt.« Lutterworths tiefliegende, gütige Augen beobachteten Pitt scharf, als erwarteten sie Kritik. »Sie ist ein gesundes Persönchen.«

»Ich würde sie gern fragen, ob sie etwas gesehen hat.« Pitts Stimme klang gleichmütig. »Frauen können sehr aufmerksam sein.«

»Sie meinen neugierig«, stimmte Lutterworth wehmütig zu. »Meine verstorbene Frau bemerkte hundert Dinge, die ich gar nicht sah. Und mit ihren Vermutungen hatte sie fast immer recht.« Er schien sich mit Wärme an seine Ehe zu erinnern – doch dann kehrte er in die Gegenwart zurück. »Fragen Sie, wenn Sie wollen.«

Auf sein Läuten hin erschien das Mädchen an der Tür.

Lutterworth befahl Polly, wie er sie nannte, seine Tochter zu holen.

Flora Lutterworth war offenbar genauso von Neugier geplagt wie ihre Hausmädchen, denn sie kam sofort, obwohl ihr erhobenes Kinn und ihre Weigerung, ihrem Vater in die Augen zu sehen, ausdrückten, daß die beiden gerade eine Meinungsverschiedenheit gehabt hatten.

Sie war eine gutaussehende junge Dame, groß und schlank, mit ausdrucksvollen Augen und üppigem dunklen Haar. Durch die Eckigkeit ihrer Wangenknochen und die überraschend krummen Zähne entsprach sie nicht dem gängigen Schönheitsideal, doch ihr Gesicht verriet einen starken Charakter. Pitt wunderte sich nicht, daß sie mit ihrem Vater gestritten hatte. Er konnte sich hundert Gründe ausmalen, weswegen sie mit ihm aneinander geriet.

»Guten Tag, Miß Lutterworth«, sagte er höflich. »Sicher haben Sie von der Tragödie der letzten Nacht gehört. Darf ich fragen, ob Sie auf dem Heimweg von dem Vortrag jemand gesehen haben, einen Fremden oder jemand, den Sie kennen?«

»Jemand, den ich kenne?« Der Gedanke schien sie zu erschrecken.

»Falls ja, würden wir uns bei demjenigen ebenfalls erkundigen, ob er etwas beobachtet hat.« Das war wenigstens teilweise die Wahrheit. Es hatte keinen Sinn, Flora das Gefühl zu geben, daß sie automatisch jemanden anklagen würde.

»Ah.« Ihre Züge hellten sich auf. »Als wir die Howards verließen, sah ich Dr. Shaws Kutsche vorbeifahren.«

»Woher wissen Sie, daß es seine war?«

»Es gibt hier nur eine in dieser Art.« Sie sprach ohne eine Spur von Dialekt. Vermutlich hatte Mr. Lutterworth seiner Tochter Sprachunterricht geben lassen, um sie mit den Merkmalen einer wahren Lady auszustatten. Seine Augen ruhten voller Stolz auf ihr. »Außerdem«, fuhr sie fort, »habe ich sein Gesicht im Lampenschein deutlich erkannt.«

»Sahen Sie sonst noch jemand?«

»Nun, Mr. Lindsay kam nur wenig später als wir. Ich war in Begleitung von Mr. Arroway und den Barking-Töchtern. Vor uns gingen Mr. und Mrs. Dalgetty. Leider kann ich mich sonst an niemand erinnern.«

Thomas Pitt bedankte sich und bat um Erlaubnis, das Personal zu befragen. Er und Murdo wurden in das Wohnzimmer der Haushälterin geführt, wo er sich die Geschichte des zwölfjährigen Aushilfsmädchens anhörte: Ein Geist mit glühenden gelben Augen sei im Nachbargarten zwischen den Büschen herumgehuscht. Sie wisse es nicht genau, aber es sei ungefähr um Mitternacht gewesen, sie habe die Uhr oft schlagen gehört. Es sei niemand in der Nähe gewesen und alle Gaslichter runtergedreht. Sie hätte sich zu Tode gefürchtet und sei ins Bett gekrochen, ohne einer Menschenseele etwas zu sagen. Mehr wußte die Kleine nicht zu berichten.

Pitt dankte ihr besonders herzlich – sie war nur ein paar Jahre älter als seine eigene Tochter Jemima – und sagte ihr, daß sie ihm eine große Hilfe gewesen sei. Sie errötete erfreut und zog sich verwirrt zurück. Zum erstenmal in ihrem Leben hatte ihr ein Erwachsener ernsthaft zugehört.

»Glauben Sie, daß das unser Mörder war, Kommissar?« fragte Murdo, als sie wieder auf der Straße waren. »Dieses Gespenst?«

»Ein Licht, das sich in Shaws Garten bewegte? Wahrscheinlich. Wir werden alle Leute befragen müssen, die Flora Lutterworth auf ihrem Heimweg gesehen hat.«

»Eine sehr wachsame junge Dame – und sehr vernünftig«, meinte Murdo und wurde rot.

Pitt stimmte mit einem leichten Lächeln zu. »Ja. Ich halte sie für intelligent. Vielleicht hätte sie mehr gesagt, wenn ihr Vater nicht dabeigewesen wäre. Vermutlich sind die beiden nicht immer einer Meinung.«

Murdo öffnete den Mund, um etwas zu antworten, doch dann fiel ihm nichts Passendes ein und er schwieg.

Pitts Lächeln vertiefte sich. Er beschleunigte seine Schritte, als sie sich dem Haus von Amos Lindsay näherten, wo der nunmehr verwitwete Dr. Shaw Zuflucht gefunden hatte.

Das Anwesen war bedeutend kleiner als das der Lutterworths, und im Innern erwies es sich als höchst ausgefallen im Geschmack. Der Besitzer war offensichtlich ein Forscher und Anthropologe. Schnitzereien verschiedenen Ursprungs bedeckten die Wände, drängten sich auf Borden und Tischen und standen sogar unordentlich verstreut auf dem Boden herum. Pitt, der sich auf diesem Gebiet nicht besonders auskannte, schätzte, daß sie aus Afrika oder Zentralasien stammten. Er sah nichts Ägyptisches, Orientalisches oder Amerikanisches, nichts, das die sanfte und vertraute Ruhe des Klassizismus ausstrahlte, der ein Erbe der westeuropäischen Kultur war. Etwas Fremdes lag in diesen Skulpturen, eine barbarische Rohheit, die sich mit der sehr konventionellen Viktorianischen Mittelklasse-Innenarchitektur schlecht vertrug.

Die beiden Besucher wurden von einem untadelig zuvorkommenden Diener hereingeführt, der einen Akzent sprach, den Pitt nicht einordnen konnte. Seine Haut war nicht dunkel, wirkte aber ungewöhnlich weich, und seine Haare schienen ihm mit India-Tinte auf dem Kopf gezeichnet.

Amos Lindsay wirkte äußerst englisch in seiner Erscheinung, klein und weißhaarig, doch er war ein völlig anderer Typ als Pascoe. Während Pascoe sich im wesentlichen als Idealist verstand, der die mittelalterliche Ritterlichkeit in Europa fortgeführt sehen wollte, war Lindsay ein Mann von unersättlicher und rücksichtsloser Neugier, der das Überlieferte geringschätzte, wie die Einrichtung seines Hauses zeigte. Der Geist des Mannes befaßte sich mit den Geheimnissen der Unzivilisiertheit und des Unbekannten. Die Heftigkeit der tropischen Sonne und starke Mimik hatten tiefe Furchen in Lindsays Gesicht gegraben. Seine Augen waren klein und schlau, die eines Realisten, nicht eines Träumers. Der ganze Mann schien sich mit Humor zu den Absurditäten des Lebens zu bekennen.

Nun, da er Pitt und Murdo in seinem Arbeitszimmer empfing, war er sehr ernst.

»Guten Abend«, sagte er höflich. »Dr. Shaw hält sich im Wohnzimmer auf. Ich hoffe, daß Sie ihm nicht eine Menge überflüssiger Fragen stellen werden, die auch ein anderer beantworten könnte.«

»Nein, Sir«, versicherte Pitt. »Vielleicht dürfen wir uns deshalb erst an Sie wenden?«

»Natürlich, obwohl ich mir nicht vorstellen kann, was Sie von uns erfahren möchten. Da Sie aber hier sind, gehen Sie wohl davon aus, obwohl es ganz unwahrscheinlich ist, daß es sich um eine kriminelle Tat handelt.« Er musterte Pitt scharf. »Ich bin um neun Uhr zu Bett gegangen, denn ich stehe früh auf. Ich habe nichts gehört oder gesehen, ebensowenig wie mein Personal, das ich schon befragt habe. Es ist mir schleierhaft, was für ein Mensch das sein könnte, der durch einen Brandanschlag mordet, andererseits sind die Vertreter unserer Spezies zu jedem Wahnsinnsakt fähig.«

»Kennen – oder kannten – Sie Dr. Shaw und seine Frau gut?« Lindsay war nicht überrascht von der Frage.

»Ihn kenne ich gut. Er ist einer der wenigen Männer hier am Ort, mit dem mir der Umgang leichtfällt. Er ist aufgeschlossen, nicht in Traditionen befangen wie die meisten anderen. Er besitzt beachtliche Intelligenz und Witz – keine allgemein üblichen Eigenschaften, und nicht immer geschätzt.«

»Und Mrs. Shaw?« wollte Thomas Pitt wissen.

»Die kannte ich nicht so gut, was ganz natürlich ist. Mit einer Frau kann man nicht diskutierten wie mit einem Mann. Aber sie war eine feine Person, vernünftig, einfühlsam, bescheiden ohne Unterwürfigkeit, ehrlich. Sie besaß die besten weiblichen Tugenden.«

»Wie sah sie aus?«

»Bitte?« Lindsay war sichtlich erstaunt. Dann zeigte sich auf seinen Zügen eine komische Mischung aus Belustigung und Unentschiedenheit. »Das ist wohl Geschmackssache. Sie war dunkelhaarig, hatte ein angenehmes Gesicht und ein wenig breite ...« Er errötete und wedelte mit den Händen in der Luft. Pitt vermutete, daß er die Hüften hatte sagen wollen, wenn ihn nicht sein Sinn für Anstand gebremst hätte. »Gütige Augen, gescheit und sanft ... das klingt nach einem Pferd – ich entschuldige mich. Meiner Meinung nach war sie eine hübsche Frau. Sicher werden Sie noch mit ihren Tanten reden, den Worlingham-Schwestern. Clemency ähnelte Celeste ein wenig, nicht Angeline.«

»Danke. Könnten wir jetzt Dr. Shaw sprechen?«

»Natürlich.« Ohne ein weiteres Wort ging Lindsay voraus zum Wohnzimmer, und mit einem kurzen Klopfen öffnete er die Tür.

Pitt ignorierte die beachtlichen Kuriositäten an den Wänden und musterte sofort den Mann vor dem Kamin, dessen Gesicht von jedem Gefühl entleert wirkte, wobei der Körper angespannt wirkte, als wartete er auf eine Handlung oder einen Auftrag. In den Augen des Arztes zeigte sich kein Interesse, nur Pflichtgefühl. Seine Haut war bleich vom Schock und schimmerten fast bläulich. Doch trotz allen Schmerzes hatten die Gesichtszüge ihre Kraft nicht verloren – Geist, Witz und ausgeprägter Individualismus sprachen aus ihnen, Eigenschaften, von denen Pitt bereits gehört hatte.

»Guten Abend, Dr. Shaw«, sagte Pitt förmlich. »Ich bin Kommissar Pitt von der Bow Street, und das ist Wachtmeister Murdo vom örtlichen Revier. Es tut mir leid, daß wir Ihnen ein paar peinigende Fragen stellen müssen ...«

Shaw schnitt ihm seine Erklärungen ab. »Selbstverständlich.« Als Polizeiarzt wußte er Bescheid. »Fragen Sie, aber sagen Sie mir zuerst, was Sie wissen. Steht es fest, daß es sich um Brandstiftung handelt?«

»Ja. Sonst wäre es nicht möglich, daß das Feuer an vier verschiedene Stellen gleichzeitig ausbrach.« Pitt erzählte, was er bisher in Erfahrung gebracht hatte.

Shaws Gesicht drückte Skepsis aus, und selbst jetzt verschwand die Spur von Humor nicht aus seinen Zügen, die offensichtlich für ihn charakteristisch war. »Woher wissen Sie, daß das Feuer an den Vorhängen ausbrach? Von meinem Haus ...« Er schluckte. »... ist nicht mehr viel übrig.«

»Das Muster des Brandes gibt Auskunft«, erwiderte Pitt nüchtern. »Was völlig zerstört ist, was noch teilweise steht, wo Geröll und Glas hinfallen – diese Hinweise verdeutlichen bis zu einem gewissen Grad, wo die Hitze anfangs am stärksten war.«

Shaw schüttelte ungeduldig den Kopf. »Natürlich. Es war eine dumme Frage. Tut mir leid.« Er strich sich mit seiner kraftvollen, wohlgeformten Hand eine Strähne hellen Haars aus der Stirn. »Was wollen Sie von mir?«

»Wann und von wem wurden Sie aus dem Haus gerufen, Sir?« Pitt merkte, daß Murdo Bleistift und Notizblock zückte.

»Ich habe nicht auf die Uhr geschaut«, erwiderte Shaw. »Ungefähr ein Viertel nach elf. Bei Mrs. Wolcott hatten die Wehen eingesetzt. Ihr Mann ging zu einem Nachbarn, der ein Telefon besitzt.«

»Wo wohnen die Leute?«

»In Kentish Town.« Der Arzt hatte eine wunderbare Stimme, klar und angenehm. »Ich habe sofort die Kutsche genommen und bin losgefahren. Ich blieb die ganze Nacht, bis das Kind da war. Auf dem Heimweg – ungefähr um fünf Uhr früh – begegnete ich der Polizei, die mir sagte, was geschehen war – und daß Clemency tot war.«

Thomas Pitt hatte viele Menschen in den ersten Stunden nach dem Verlust eines Angehörigen erlebt; es war schon oft seine Pflicht gewesen, die Todesnachricht zu überbringen, und es ging ihm jedesmal sehr nahe.

»Ironie des Schicksals«, fuhr Shaw fort. »Clemency hatte beabsichtigt, mit Maude Dalgetty auszugehen und den Abend bei Freunden in Kensington zu verbringen. In letzter

Minute wurde ihr abgesagt. Und Mrs. Wolcotts Niederkunft wäre erst eine Woche später fällig gewesen. Eigentlich hätte ich zu Hause sein müssen und Clemency außer Haus.« Die daraus resultierende Schlußfolgerung fügte er nicht hinzu – sie hing in der Stille des Raumes. Lindsay stand betrübt und bewegungslos da. Murdo warf Pitt einen Blick zu, und seine Gedanken spiegelten sich offen in seinem Gesicht. Pitt kannte sie bereits.

»Wer wußte, daß Mrs. Shaws Pläne sich geändert hatten?« fragte er.

Shaw sah ihn direkt an. »Nur Maude Dalgetty und ich. Und sicher John Dalgetty. Wem sie es sonst noch erzählt haben, kann ich nicht sagen. Jedenfalls wußte niemand von Mrs. Wolcotts vorzeitigen Wehen.«

Lindsay stand neben ihm und legte ihm in einer freundschaftlichen Geste die Hand auf die Schulter. »Du hast eine auffällige Kutsche, Stephen. Der Verbrecher könnte deine Abfahrt beobachtet und das Haus für leer gehalten haben.«

»Warum sollte er es dann anzünden?« fragte Shaw grimmig.

Lindsay verstärkte den Druck seiner Hand. »Das weiß der Himmel! Warum legen Pyromanen Feuer? Aus Haß auf die Wohlhabenderen? Aus Machtgier – oder um die Flammen zu beobachten? Ich weiß es nicht.«

Pitt fragte nicht, ob und wie hoch das Haus versichert war; das konnte er später auf taktvollere Weise von der Versicherungsgesellschaft erfahren.

Es klopfte an der Tür, und der Diener erschien.

»Ja?« sagte Lindsay gereizt.

»Der Pfarrer und seine Frau möchten Dr. Shaw ihr Beileid aussprechen und ihre Hilfe anbieten. Sollen sie warten?«

Lindsay wandte sich Pitt zu, in der Annahme, die Polizei habe ihre Aufgabe erfüllt und sei bereit zu gehen.

Pitt zögerte einen Moment, dann kam ihm der Gedanke, daß es seiner Sache dienlich sein könnte, Dr. Shaw im Kreise von Leuten zu beobachten, die ihn und seine Frau gekannt haben.

»Kommissar?« drängte Lindsay.

»Bitte empfangen Sie Ihre Besucher«, erklärte Pitt liebenswürdig. Dr. Shaws Miene drückte Ablehnung aus, und Pitt bezweifelte, daß der Trost des Pfarrers dem Arzt willkommen war.

Lindsay nickte, und gleich darauf führte der Diener das Ehepaar herein. Der Vikar war ein mild wirkender, sehr ernster Mann im Gewand eines Geistlichen. In seiner Jugend mochte er athletisch gewesen sein, doch nun, als Vierziger, war er ein wenig schlaff geworden. In seinen regelmäßigen Gesichtszügen und den Linien um den etwas unentschlossenen Mund konnte man keine Bosheit oder Arroganz entdekken, höchstens mangelndes Selbstvertrauen. Der Mann gab sich Mühe, seine Nervosität zu verbergen. Die Situation schien ihm viel abzuverlangen.

Seine Frau hatte ein einfaches, kluges Gesicht, in dem die dichten Augenbrauen und die zu kräftige Nase den meisten Menschen mißfallen mochten, obwohl der Mund gutmütig wirkte. Im Gegensatz zu ihrem Ehemann strahlte sie Energie aus, die sie sofort auf Shaw konzentrierte. Lindsay und Pitt sah sie kaum an, Murdo war für sie unsichtbar.

»Ah ... hm.« Die Gegenwart der Polizei verwirrte den Pfarrer. Er hatte sich eine Eröffnungsrede zurechtgelegt, die nun nicht mehr paßte. »Ah ... Vikar Hector Clitheridge«, stellte er sich vor. »Meine Frau Eulalia«, wies er mit seiner kräftigen Hand auf die Frau neben sich.

Dann wandte er sich Shaw zu, und sein Gesichtsausdruck veränderte sich. Offenbar hatte er gegen irgendwelche Schwierigkeiten anzukämpfen. Er schwankte zwischen natürlicher Abneigung, Unruhe und schwer errungener Entschlossenheit.

»Mein lieber Shaw, wie kann ich meine Betroffenheit über diese Tragödie in Worte fassen!« Er trat einen halben Schritt vor. »Entsetzlich. Inmitten des Lebens lauert der Tod. Wie zerbrechlich ist die menschliche Existenz in diesem Tal der Tränen. Plötzlich werden wir zu Boden geschleudert. Wie können wir Sie trösten?«

»Nicht mit Gemeinplätzen, verdammt«, erwiderte Shaw beißend.

»Ja, nun ... Ich bin sicher ...« Clitheridge begann zu stotternd. Sein Gesicht war rot angelaufen.

»Die Leute sagen manche Dinge so oft, weil sie wahr sind, Dr. Shaw«, meinte Mrs. Clitheridge mit einem eifrigen Lächeln. »Wie sonst sollten wir unsere Gefühle für Sie ausdrücken – und unseren Wunsch, Ihnen Trost zu spenden?«

»Ja, genau ... genau«, fügte der Pfarrer hitzig. »Ich werde mich um alles ... alle Anordnungen kümmern, die Sie treffen. Natürlich ist es noch zu früh für ... für ...« Er ließ den Satz unvollendet und blickte zu Boden.

»Danke«, sagte Shaw. »Ich werde Ihnen Bescheid geben.«

»In der Zwischenzeit, lieber Doktor ...« Mrs. Clitheridges Augen leuchteten, sie hielt den Rücken sehr gerade, als stünde sie vor einem aufregenden und ein wenig gefährlichen Wesen. »In der Zwischenzeit sprechen wir Ihnen unser Beileid aus, und bitte wenden Sie sich mit allem an uns, was Sie nicht selbst erledigen möchten. Meine Zeit gehört Ihnen.«

Shaw sah sie an, und der Hauch eines Lächelns umspielte seinen Lippen. »Danke, Eulalia. Ich bin sicher, daß Sie es gut meinen.«

Sie errötete tief und schwieg. Der Gebrauch Ihres Vornamens war eine Vertraulichkeit, vor allem in Gegenwart von sozial tiefer Gestellten, wie Polizisten. Pitt sah es Shaw an seinen gehobenen Augenbrauen an, daß er in voller Absicht die intime Anrede gewählt hatte, um jedes Überlegenheitsgefühl wegzuwischen.

Einen Augenblick lang sah Pitt alle in einem anderen Licht. Sechs Leute in einem Raum, alle betroffen von dem gewaltsamen Tod einer Frau, die ihnen allen sehr nahegestanden hatte. Sie alle wollten Trost für sich und für einander finden, und dabei beachteten sie die gesellschaftlichen Umgangsformen und freundlichen Floskeln, maskierten die Einfachheit ihrer wahren Empfindungen mit Gerede über Anstand und Rituale. Und auch alte Gewohnheiten und Reaktionen traten zutage: Clitheridge, der sich in das Zitierten der Schrift zurückzog und auf ihre tröstliche Wirkung vertraute, Eulalia, die ihm zur Seite trat. Augenscheinlich regte etwas in Shaws Persönlichkeit die Lebensgeister der Frau an, und das gefiel ihr, wie es sie zugleich auch störte. Aber das Pflichtgefühl siegte. Vielleicht siegte es immer.

Shaws angespannter Körper und seine rastlosen Bewegungen verrieten, daß der intellektuelle Humor des Arztes nur an der Oberfläche berührt wurde, der Schmerz im Inneren mußte allein und einsam durchlitten werden, es sei denn, Lindsay könnte in seiner freien Art eine Brücke schlagen.

Pitt trat ein paar Schritte zurück und stellte sich vor die Vorhänge, um die Szene zu beobachten, und er machte Murdo ein Zeichen, dasselbe zu tun.

»Werden Sie hier bei Mr. Lindsay bleiben?« fragte Eulalia den Doktor besorgt. »Im Pfarrhaus wären Sie herzlich willkommen, und Sie könnten sich da solange aufhalten, wie es Ihnen gefiele ... bis Sie ... Sie werden doch sicher ein anderes Haus kaufen ...«

»Noch nicht, meine Liebe, noch nicht«, unterbrach Clitheridge sie in einem deutlich hörbaren Flüsterton. »Zuerst muß alles übrige geregelt werden.«

»Unsinn!« zischte sie zurück. »Irgendwo muß der arme Mann doch schlafen. Man kann erst dann mit Kummer und Leid fertig werden, wenn man für das leibliche Wohlergehen gesorgt hat.«

»Es ist umgekehrt, Lally!« Er wurde ärgerlich. »Bitte erlaube mir ...«

»Ich danke Ihnen«, unterbrach Shaw den Dialog der beiden. »Ich bleibe bei Amos, aber ich bin für Ihre Freundlichkeit dankbar. Und Sie haben völlig recht, Eulalia, wie immer. In einer gewissen Geborgenheit kann man viel angemessener trauern, als wenn man nicht weiß, wo man schlafen und was man essen soll.«

Clitheridge hielt sich im Zaum und machte keine Einwendungen; der Widerstand war ihm zu stark.

Die Anmeldung zweier neuer Besucher durch die Diener rettete ihn vor einer weiteren Auseinandersetzung.

»Mr. und Mrs. Hatch, Sir.«

»Ja, bitte.« Lindsay nickte wieder.

Das Paar, das nun eintrat, war gedeckt und etwas steif gekleidet; sie ganz in Schwarz, er mit schwarzer Krawatte und einem hochgeknöpften dunklen Anzug. Sein Gesicht wirkte äußerst ernst, es war schmallippig und blaß, die Augen glänzten vor verhaltener Gefühlsbewegung. Dieses Gesicht fesselte Pitt sofort, denn es verriet Leidenschaft wie das von Shaw, nur auf eine völlig andere Art: zurückhaltend und nach innen gekehrt, wo Shaw unbesonnen und ausdrucksvoll war; enthaltsam und schwermütig, wo Shaw volle Vitalität und ungezügelten Humor besaß: und doch waren die Möglichkeiten von tiefer Empfindung dieselben.

Mrs. Hatch ignorierte alle Anwesenden und ging sofort auf Shaw zu, was er zu erwarten schien. Er umarmte sie und drückte sie an sich.

»Meine liebe Prudence.«

»Oh, Stephen, es ist zu schrecklich.« Sie ließ sich ohne Zögern umarmen. »Wie konnte das nur geschehen? Ich war sicher, Clemency sei mit den Bosinneys in London. Gott sei Dank bist du wenigstens nicht im Haus gewesen.«

Shaw erwiderte nichts. Zum erstenmal hatte er keine Antwort parat.

Es entstand ein unangenehmes Schweigen, als seien die weniger von Mitgefühl Betroffenen peinlich berührt von den sichtlich starken Gefühlen, von denen sie ausgeschlossen waren, und lieber wären sie jetzt nicht dabei gewesen.

»Mrs. Shaws Schwester«, flüsterte Murdo und beugte sich zu Thomas Pitt hinüber. »Die beide Damen sind Töchter des verstorbenen Theophilus Worlingham.«

Pitt hatte nie von Worlingham gehört, doch zweifellos war er eine wichtige Persönlichkeit gewesen, denn Murdos Stimme klang ehrfürchtig.

Josiah Hatch räusperte sich. »Wir müssen uns im Glauben trösten.« Er warf einen Seitenblick auf Clitheridge. »Sicher hat der Vikar dir schon Zuspruch gespendet. In dieser Zeit müssen wir aus unserer seelischen Kraft schöpfen und uns daran erinnern, daß Gott sogar im Tal der Schatten bei uns ist, und daß sein Wille geschehe.«

Das war eine banale und bestreitbare Feststellung, doch der Mann meinte es zutiefst ehrlich.

Als spürte Shaw diese Ernsthaftigkeit, schob er Prudence sanft zur Seite und sah seinen Schwager an.

»Danke, Josiah. Es ist mir eine Erleichterung zu wissen, daß du Prudence zur Seite stehst.«

»Selbstverständlich«, bekräftigte Hatch. »Es ist die heilige

Pflicht eines Mannes, Frauen in Kummer und Leid zu unterstützen. Sie sind schwächer und empfindsamer als wir. Es ist ihre Sanftmut und die Reinheit ihrer Seelen, die sie zu Mutterschaft und Aufzucht der Kinder befähigen. Dafür müssen wir Gott danken. Das hat der gute Bischof Worlingham oft gesagt, als ich noch ein junger Mann war.«

Er sah niemanden in der Runde an, vielmehr schien sein Blick nach innen zu gehen. »Nie werde ich aufhören, für die Zeit in meiner Jugend dankbar zu sein, die ich mit ihm verbringen durfte.« Sein Gesicht verzog sich schmerzlich. »Die Weigerung meines eigenen Vaters, mir den Eintritt in die Kirche zu erlauben, wurde beinahe aufgewogen durch die Schirmherrschaft, die dieser große Mann für mich übernahm und mich den Geist und den Pfad der wahren Christenheit lehrte.«

Er sah seine Frau an. »Dein Großvater, meine Liebe, war fast ein Heiliger, so wie wir uns Heilige in dieser erbärmlichen Welt wünschen. Er hat eine Lücke hinterlassen, die nicht zu schließen ist. In unserer traurigen Situation hätte er für jeden das richtige Wort gefunden, um uns die göttliche Weisheit zu erklären, so daß wir alle unseren Frieden hätten finden können.«

»Gewiß, gewiß«, sagte Clitheridge etwas unpassend.

Hatch wandte sich Lindsay zu. »Sie kannten ihn nicht, Sir, und das ist ein Verlust für Sie. Bischof Augustus Worlingham war ein großartiges christliches Vorbild und ein Wohltäter ungezählter Menschen, in materieller und geistiger Hinsicht. Sein Einfluß war unermeßlich.«

Lindsay machte ein ratloses Gesicht und äußerte sich nicht. Es fiel ihm wohl nichts Angemessenes dazu ein. Shaw preßte die Zähne zusammen und blickte zur Decke.

Mrs. Hatch biß sich auf die Lippen und sah ihren Schwager nervös an.

Hatch fuhr voller Eifer fort. »Sicher haben Sie von dem Fenster in der St. Anne-Kirche gehört, das wir ihm widmen wollen? Der Entwurf ist bereits fertig, wir brauchen nur noch etwas mehr Geld. Das Fenster stellt den Bischof selbst dar, als Prophet Jeremias, der den Leuten das Alte Testament erklärt; Engel umschweben seine Schultern.«

Shaws Kiefer mahlten, und es fiel ihm sichtlich schwer, keinen Kommentar abzugeben.

»Ja, ja, ich habe davon gehört«, erklärte Lindsay hastig. Man merkte ihm an, daß er betreten war. Er warf Shaw einen vielsagenden Blick zu, der sich nun hin und her bewegte, als könnte er die aufgestaute Energie in sich kaum noch beherrschen. »Gewiß wird das ein schönes Fenster, das viel Bewunderung ernten wird.«

»Darum geht es nicht«, sagte Hatch scharf, und seine Lippen zuckten ärgerlich. »Schönheit steht hier nicht nur Debatte, verehrter Herr, sondern die Erhebung der Seelen. Es geht um die Errettung vor der Sünde und der Unwissenheit. Das Fenster soll die Gläubigen daran erinnern, welchen irdischen Weg wir gehen, und zu welchem Ende.« Er schüttelte leicht den Kopf. »Mit diesem Fenster setzen wir Bischof Worlingham ein Denkmal, zu dem die Kirchgänger jeden Sonntag ihre Augen erheben werden, und durch das Gottes heiliges Licht strömen wird.«

»Um Himmels willen, Mann, das Licht kommt durch jedes Fenster, in welche Mauer es auch gesetzt wird«, meinte Shaw schließlich gereizt. »Am meisten bekommt man davon ab, wenn man draußen auf dem Friedhof in der frischen Luft steht.«

»Das war doch bildlich gesprochen«, entgegnete Hatch. Unterdrückte Wut funkelte in seinen Augen. »Daß du alles so erdgebunden ansehen mußt! Wenigstens jetzt, nach dem schrecklichen Verlust, den du erlitten hast, solltest du deine Seele den ewigen Dingen zuwenden.« Er blinzelte zornig, seine Lippen waren weiß, und seine Stimme zitterte. »Es ist schon entsetzlich genug.«

Die kleine Streiterei war zu Ende, und Trauer setzte sich wieder an die Stelle des Ärgers. Shaw stand völlig bewegungslos da; zum erstenmal war er vollständig still, seit Pitt eingetroffen war.

»Ja ... ich ...« Shaw brachte keine Entschuldigung zustande. »Ja, natürlich. Die Polizei ist da. Es war Brandstiftung.«

»Was?« Hatch rang nach Atem. Das Blut wich ihm aus dem Gesicht, und er schwankte ein wenig. Lindsay trat näher, um ihn notfalls aufzufangen. Auch Prudence stand da, als habe sie der Blitz getroffen.

»Brandstiftung? Du meinst, daß jemand das Haus absichtlich angezündet hat?«

»Ja.«

»Dann war es ...« Sie schluckte und riß sich mühsam zu sammen. »Mord?«

»Ja.« Shaw legte ihr die Hand auf die Schulter. »Es tut mi leid, meine Liebe, aber deshalb ist die Polizei hier.«

Zum erstenmal richteten sie und Hatch ihre Aufmerksamkeit auf Thomas Pitt, und das geschah mit einer Mischung aus Bestürzung und Abscheu. Hatch straffte die Schultern und wandte sich an Pitt, während er Murdo ignorierte.

»Sir, es gibt nichts, was wir Ihnen sagen könnten. Wenn es wirklich Brandstiftung war, dann müssen Sie nach einem Landstreicher Ausschau halten. In der Zwischenzeit lassen Sie uns im Namen der Humanität in Ruhe trauern.«

Es war spät, und Pitt war müde und hungrig. Er hatte keine weiteren Fragen. Aus dem Polizeibericht hatte er so gut wie nichts entnehmen können, aber eines war klar: Für das Feuer war kein Landstreicher verantwortlich – es war absichtlich gelegt worden, um zu töten. Aber von wem? Die Antwort lag in den Herzen der Menschen, die Stephen und Clemency Shaw kannten. Vielleicht hatte Pitt den Mörder schon gesehen oder seinen Namen gehört.

»Ja, Sir«, sagte er erleichtert. Mit einem Blick auf Shaw und Lindsay fügte er hinzu: »Danke für Ihre Aufmerksamkeit. Ich werde Sie informieren, wenn ich etwas erfahre.«

»Wie bitte?« Shaw schrak zusammen. »Ja, natürlich. Gute Nacht, Inspektor.«

Pitt und Murdo zogen sich zurück. Als sie wenig später im Schein von Murdos Laterne die stille Straße in Richtung Highgate-Polizeirevier entlanggingen, fragte Murdo, nachdem Sie schon einige Meter in dem etwas frostigen Nachtwind zurückgelegt hatten: »Was glauben Sie, sollte Mrs. Shaw oder der Doktor getötet werden?«

»Beide kommen in Frage«, erwiderte Pitt. »Aber wenn es Mrs. Shaw war, hat es bisher den Anschein, als hätten nur

Mr. und Mrs. Dalgetty und der gute Doktor selbst davon gewußt, daß sie zu Hause war.«

»Viele Leute könnten den Wunsch hegen, einen Arzt umzubringen«, stellte Murdo nachdenklich fest. »Ich denke, daß Ärzte eine Menge Geheimnisse ihrer Patienten kennen.«

»Stimmt.« Pitt schauderte es, und er beschleunigte ein wenig den Schritt. »Und deshalb könnte der Doktor wissen, wer der Mörder ist, und dieser könnte es noch einmal versuchen.«

Charlotte hatte die Hälfte der Leintücher gebügelt, und ihr Arm schmerzte vom Gewicht des Bügeleisens. Sie hatte drei Kissenbezüge genäht und Jemimas bestes Kleid geflickt. Nun hatte sie alles in ihrem Nähkorb gepackt und ihn beiseite gestellt, wo ihn niemand sehen konnte, jedenfalls nicht bei einem flüchtigen Blick. Und genauer würde Pitt nicht in die Ecke des Zimmers schauen, wenn er hereinkäme.

Es war schon fast neun Uhr, und sie war lange wartend auf und ab gegangen. Nun versuchte sie, sich mit ihren Gedanken abzulenken, setzte sich in einer höchst unwürdigen Haltung auf den Fußboden und begann, in *Jane Eyre* zu lesen. Als Pitt schließlich kam, bemerkte sie es noch nicht einmal, bis er seinen Mantel ausgezogen und an die Garderobe gehängt hatte und in der Tür stand.

»Oh, Thomas! Wo bist du bloß gewesen? Du riechst ja fürchterlich!«

»Es gab ein Feuer«, sagte er und küßte sie. Dabei berührte er nur ihr Gesicht mit den Lippen, um sie nicht mit Ruß zu beschmieren.

Sie hörte die Müdigkeit in seiner Stimme und noch mehr, den Nachklang von etwas Tragischem.

»Ein Feuer? Ist jemand darin umgekommen?«

»Eine Frau.«

Sie sah ihm in die Augen. »War es Mord?«

»Ja.«

Charlotte zögerte und betrachtete die zerknauschte, noch vom Nachmittagsregen nasse Kleidung ihres Mannes. »Möchtest du zuerst essen, dich waschen oder mir erzählen, was passiert ist?«

Er lächelte. Es lag etwas Drolliges in ihrer Offenheit, vor allem nach dem gekünstelten Gehabe der Clitheridges und der Hatches.

»Eine Tasse Tee, meine Stiefel ausziehen und später heißes Wasser – das hätte ich gern«, erklärte er ehrlich.

Sie akzeptierte, daß er nicht reden wollte, und eilte in die Küche. Ihre nackten Füße machten kein Geräusch auf dem Linoleumboden und den Dielenbrettern in der Küche. Der Herd war heiß wie immer, und sie stellte den Kessel darauf. Dann schnitt sie eine Scheibe Brot ab und bestrich sie mit Butter und Marmelade. Sie wußte, daß er Appetit darauf hätte, wenn er es sah.

Thomas folgte ihr.

»Wo war das Feuer?« fragte sie.

»In Highgate.«

»Highgate? Das ist nicht dein Revier.«

»Nein, aber sie gehen davon aus, daß es Brandstiftung war, und das örtliche Revier hat sofort um unsere Unterstützung gebeten.«

Charlotte hatte aus dem Rauchgeruch und dem Ruß an seiner Kleidung schon ihre Schlüsse gezogen, aber sie verkniff sich, etwas dazu zu bemerken.

»Es war das Haus des Doktors«, fuhr er fort. »Er war außer Haus, bei einem dringenden Fall, eine Frau war früher als erwartet niedergekommen. Aber seine Frau war zu Hause. Sie hatte im letzten Moment eine geplante Fahrt in die Stadt abgesagt. Sie ist bei dem Brand umgekommen.«

Das Wasser im Kessel kochte. Charlotte brühte den Tee auf. Er setzte sich dankbar an den Tisch, und sie setzte sich gegenüber.

»War die Frau jung?«

»Ungefähr vierzig.«

»Wie hieß sie?«

»Clemency Shaw.«

»Kann es nicht ein Unfall gewesen sein? Fahrlässige Brände kommen so häufig vor, eine heruntergefallene Kerze, ein Funken aus einem unbeaufsichtigten Herd, eine nicht richtig gelöschte Zigarre.« Sie goß Tee ein und schob ihm ein belegtes Brot hin.

»An den Vorhängen in vier verschiedenen Zimmern? Im Erdgeschoß? Um Mitternacht?« Er nippte an seinem Tee und verbrannte sich die Zunge. Schnell biß er in das Marmeladenbrot.

»Oh.« Charlotte stellte sich vor, in der Nacht durch die Hitze und das Toben der Flammen aufzuwachen und zu wissen, daß es kein Entrinnen gab. Noch schlimmer war der Gedanke, daß ein Mensch, der einem den Tod wünschte, dieses Feuer absichtlich gelegt hatte. Einen Augenblick lang verspürte Charlotte eine leichte Übelkeit bei der gräßlichen Vorstellung.

Pitt war zu müde, um etwas davon zu merken.

»Wir wissen noch nicht, ob der Mörder Mrs. Shaw oder ihren Mann umbringen wollte.« Er nippte erneut an seinem Tee.

»Heute nacht kannst du nichts mehr tun, Thomas«, meinte sie sanft. »Jetzt spürt die Frau nichts mehr, und die Trauernden muß man in Ruhe lassen. Irgendwo wird immer jemandem Schmerz zugefügt, und wir können ihr Leid nicht für sie tragen.« Sie erhob sich und berührte liebevoll Thomas' Hand. »Ich bringe dir eine Schüssel mit heißem Wasser, dann kannst du dich waschen. Laß uns dann ins Bett gehen. Es wird schnell genug Morgen.«

Pitt verließ das Haus gleich nach dem Frühstück, und Charlotte begann mit der täglichen Erledigung ihrer Pflichten. Die Kinder, Jemima und Daniel, wurden zum Unterricht in ihre Schule am Ende der Straße geschickt, und Gracie, das Mädchen, fing an zu kehren und Staub zu wischen. Die schwere Arbeit, das Schrubben der Böden, Teppichklopfen und Kohleschleppen, erledigte Mrs. Hoare, die dreimal in der Woche kam.

Charlotte beendete das Bügeln und machte sich dann an das tägliche Brotbacken. Gerade wollte sie anfangen, die Wäsche zu waschen, als es an der Tür klopfte. Gracie ließ ihren Besen fallen und beeilte sich zu öffnen. Gleich darauf kam sie atemlos und mit vor Aufregung glühendem Gesicht zurück.

»Oh, Madam, es ist Lady Ashworth ... ich meine Mrs.

Radley … sie ist von den Flitterwochen zurück … und sie sieht so wundervoll aus … und so glücklich.«

Es war tatsächlich Emily, die gleich hinter Gracie erschien, beladen mit schön eingewickelten Paketen, und ihr prächtiges blaß wassergrünes Taftkleid raschelte verführerisch. Emilys helles Haar kringelte sich zu den feinen Locken, um die Charlotte sie seit Kindertagen beneidet hatte, und ihre Haut schimmerte rosig von Sonne und Wohlbefinden.

Emily lud die Pakete auf dem Küchentisch ab und umarmte Charlotte stürmisch. »Ich habe dich so vermißt. Es ist wunderbar, wieder daheim zu sein. Ich muß dir soviel erzählen, ich hätte es nicht ausgehalten, wenn du nicht zu Hause gewesen wärst. Seit wir aus Rom abgereist sind, habe ich keine Briefe mehr von dir bekommen. Auf See ist es so langweilig, wenn es nicht einen Skandal unter den Passagieren gibt, und es gab keinen. Charlotte, wie kann man nur sein Leben mit Kartenspiel und dem Austausch blöder Geschichten verbringen – und sich damit die Zeit vertreiben, wer die neuesten Gesäßpolster oder die eleganteste Frisur hat? Das hat mich fast verrückt gemacht.« Sie ließ Charlotte los und setzte sich auf einen Küchenstuhl.

Gracie stand wie angewurzelt da. Ihre Augen waren riesengroß, und ihre Phantasie gaukelte ihr Schiffe voller kartenspielender, herrlich gekleideter Aristokraten vor.

»Hier!« Emily nahm das kleinste der Päckchen vom Tisch und reichte es dem Mädchen. »Gracie, ich habe dir einen Schal aus Neapel mitgebracht.«

Gracie war überwältigt. Sie starrte Emily sprachlos an. Ihre kleinen Hände umklammerten das Päckchen so fest, daß es zerbrochen wäre, wenn sich nicht ein Stück Stoff darin befunden hätte.

»Öffne es!« befahl Emily.

Schließlich fand Gracie ihre Sprache wieder. »Für mich, meine Lady? Das ist für mich?«

»Natürlich ist es für dich«, erwiderte Emily. »Wenn du spazierengehst oder in die Kirche, legst du den Schal um die Schultern, und wenn dich jemand bewundert, sagst du ihm, das sei ein Geschenk einer Freundin und käme aus der Bucht von Neapel.«

»Oh!« Mit zitternden Fingern öffnete Gracie das Papier, und als das blau, gold und magentarot gemusterte Seidentuch herausfiel, stieß sie einen Seufzer des Entzückens aus. Plötzlich erinnerte sie sich ihrer häuslichen Pflichten und sauste davon, ihren Schatz fest an sich gedrückt.

Charlotte lächelte mit einem Glücksgefühl, das bestimmt bei keinem anderen Geschenk übertroffen werden konnte, nicht einmal bei einem für Jemima oder Daniel.

»Das war sehr aufmerksam von dir«, sagte sie leise.

»Unsinn.« Emily ging darüber hinweg, obwohl sie selbst auch ein wenig gerührt war. Von ihrem ersten Mann hatte sie ein beträchtliches Vermögen geerbt; der Schal hatte nur eine Kleinigkeit gekostet, er war ein unbedeutender Gegenstand im Verhältnis zu der Freude, die er bereitet hatte. Emily kramte das Päckchen hervor, auf dem Charlottes Name stand. »Hier – bitte öffne es. Der Rest ist für Thomas und die Kinder. Dann erzähl mir alles. Was hast du seit deinem letzten Brief gemacht? Hast du etwas Spannendes erlebt? Hast du jemand Interessantes oder Schockierendes kennengelernt? Arbeitest du an einem Fall?«

Charlotte lächelte süß und freundlich. Sie ignorierte die Fragen und legte das wunderhübsche Geschenkpapier sorgsam zur Seite – sie wollte es für Weihnachten aufheben. Heraus kamen drei Sträußen handgearbeiteter Seidenblumen – so üppig und naturgetreu, daß Charlotte vor Staunen leise seufzte. Die Blumen würden den gewöhnlichsten Hut in die Kopfbedeckung einer Fürstin verwandeln, oder ein einfaches Taftkleid in eine Ballrobe. Der eine Strauß war pastellrosa, der zweite leuchtend rot, und der dritte in allen Schattierungen zwischen flamingorot und feuerfarben.

»Oh, Emily, du bist ein Genie.« Durch Charlottes Phantasie rasten alle Möglichkeiten, wie sie die Blumen verwenden könnte, abgesehen von der reinen Freude, sie nur in der Hand zu halten und anzuschauen. »Oh, ich danke dir! Du bist einmalig.«

Emily glühte vor Zufriedenheit. »Nächstens Mal werde ich alle Gemälde aus Florenz mitbringen. Diesmal habe ich für Thomas ein Dutzend seidener Taschentücher mitgebracht – mit Monogramm.«

»Er wird entzückt sein«, sagte Charlotte überzeugt. »Aber nun erzähl mir von deiner Reise – alles, was nicht zu intim ist.« Sie wollte Emily nicht fragen, ob sie glücklich sei; das war auch gar nicht nötig. Jack Radley zu heiraten war ein wildromantischer und sehr persönlicher Entschluß gewesen. Jack besaß kein Geld und keine Zukunftsaussichten; nach George Ashworth, der beides und außerdem einen Adelstitel gehabt hatte, war das eine radikale gesellschaftliche Veränderung. Emily hatte George geliebt und sehr unter seinem Tod gelitten. Doch Jack, dessen Ruf zweifelhaft war, hatte bewiesen, daß sein Charme bei weitem nicht so oberflächlich war, wie es auf den ersten Blick erschien. Er war ein treuer Freund mit Mut, Humor und Phantasie, und er war bereit, Risiken auf sich zu nehmen, wenn er eine Sache für wert befand.

»Stell den Wasserkessel auf«, befahl Emily. »Und hast du Gebäck da? Hier riecht es so gut.«

Charlotte gehorchte, und dann setzte sie sich hin, um zuzuhören.

Emily hatte regelmäßig geschrieben, abgesehen von den letzten Wochen, die sie während der langen spätsommerlichen Reise von Neapel nach London auf See verbracht hatte, weil sie dachte, daß die Briefe nicht vor ihr bei Charlotte ankämen. Sie und ihr Mann hatten sich Zeit gelassen und viele Häfen angesteuert. Nun beschrieb sie mit lebhaften Worten Sardinien, die Balearen, Nordafrika, Gibraltar, Portugal, Nordspanien und Frankreichs Atlantikküste.

Für Charlotte waren das Orte voller Magie, unendlich weit entfernt von Bloomsbury und den geschäftigen Londoner Straßen, von den häuslichen Pflichten, den Kindern und Thomas' täglicher Arbeit. Sie selbst würde diese fremde Welt niemals zu Gesicht bekommen, und das bedauerte sie ein wenig. Sie hätte zu gern das strahlende Licht auf farbigem Gemäuer gesehen, den Geruch von Gewürzen, Früchten und Staub in der Luft gerochen, die Hitze gespürt und den ungewohnten Rhythmus fremder Sprachen gehört. Das alles hätte ihre Phantasie beflügelt und ihre Gedankenwelt für Jahre bereichert. Doch durch Emilys Beschreibung konnte sie sich das alles vorstellen – ohne Seekrankheit, ermüdende Fahrten in überfüllten Kutschen, ungenügende sanitäre Einrichtungen und Schwärme verschiedener Insekten, die Emily in ihren abstoßenden Einzelheiten schilderte.

Durch ihre Beschreibung entstand ein klareres, freundlicheres Bild von Jack, und Charlotte merkte, wie all ihre Besorgnis sich langsam in nichts auflösten.

»Nun, da du zu Hause bist, wirst du in der Stadt bleiben?« fragte sie Emily und schaute in ihr von Sonne und Wind gebräuntes Gesicht, das um die Augen etwas müde wirkte. »Oder fährst du aufs Land?« Emily hatte von Lord Ashworth eine große Villa in einem weitläufigen Park geerbt, daß sie für ihren Sohn aus dieser Ehe erhalten sollte.

»O nein«, erwiderte Emily schnell. »Das heißt ...« Sie verzog ein wenig das Gesicht. »Ich weiß es nicht. Es ist jetzt alles ganz anders, nachdem wir uns nicht mehr auf Reisen befinden, die uns jeden Tag etwas Neues bieteten. Jetzt beginnt das wahre Leben.« Sie blickte auf ihre feinen, glatten Hände nieder. »Ich habe ein bißchen Angst, daß wir plötzlich nicht mehr wissen, was wir uns sagen sollen, oder was wir mit unserer Zeit anfangen sollen, es gibt jetzt keine Höhepunkte mehr. Vor unserer Hochzeit ereignete sich ständig irgend etwas Schlimmes, das uns zum Handeln zwang – zuerst Georges Tod, dann die Morde in Hanover Close.« Sie hob erwartungsvoll die hellen Augenbrauen. »Arbeitet Thomas vielleicht wieder an einem Fall, bei dem wir ihm helfen können?«

Charlotte lachte laut, obwohl sie wußte, daß Emily es ernst meinte und daß tatsächlich alle früheren Fälle, bei deren Klärung sie mitgewirkt hatten, von Tragik erfüllt waren und sogar Gefahr und Abenteuer darin gesteckt hatte. »Nein. Aber während deiner Abwesenheit hat sich ein schrecklicher Fall ereignet.«

»Du hast mir nichts davon geschrieben«, erklärte Emily vorwurfsvoll. »Warum nicht?«

»Um dir deine Hochzeitsreise nicht zu verderben«, antwortete Charlotte wahrheitsgemäß. »Du solltest eine schöne Zeit haben und in Paris und Italien nicht an Leute denken müssen, denen im Londoner Nebel die Kehle durchschnitten wird. Aber wenn du willst, erzähle ich es dir jetzt.«

»Natürlich will ich – doch zuerst gib mir noch einen Tee.«

»Wir könnten zusammen zu Mittag essen«, schlug Charlotte vor. »Ich habe kaltes Fleisch und eingelegtes Gemüse da. Reicht das?«

»Natürlich, aber erzähle, während du es vorbereitest.« Emily bot ihr nicht ihre Hilfe an; sie waren beide so erzogen worden, einmal eine Ehe mit einem Mann ihres Standes einzugehen, der ihnen ein Heim mit dem nötigen Hauspersonal bieten würde. Charlotte hatte sich weit unter ihrem Stand verheiratet – mit einem Polizisten –, und sie hatte gelernt, die Arbeit selbst zu verrichten. Emily hatte eine glänzende Partie gemacht – mit einem vermögenden Adligen – und nie eine Küche von innen gesehen, ausgenommen die von Charlotte. Und obwohl sie jedermann, vom Edelmann bis zur Königin richtig zu bewirten wußte, hatte sie keine Ahnung, wie man eine Mahlzeit kochte, und es interessierte sie auch nicht.

»Hast du Großtante Vespasia schon besucht?« fragte Charlotte, während sie das Fleisch schnitt.

Vespasia war eigentlich Georges Tante und nicht direkt mit den beiden Schwestern verwandt, doch sie liebten die alte Dame mehr als irgendein Mitglied der eigenen Familie. Sie war eine der großen Schönheiten ihrer Generation gewesen. Nun ging sie auf die Achtzig zu, und mit ihrem Reichtum und der gesellschaftlichen Stellung im Rücken besaß sie die Macht und die Freiheit, sich zu verhalten, wie es ihr gefiel, und für das einzutreten, was sie für richtig hielt. Sie kleidete sich nach der neuesten Mode und konnte den Premierminister wie auch den Müllkutscher mit ihrem Charme betören oder mit Eisesblick erstarren lassen.

»Nein«, erwiderte Emily. »Ich wollte heute nachmittag zu ihr gehen. Weiß Tante Vespasia von diesem Fall?«

Charlotte lächelte selbstgefällig. »O ja. Sie hatte auch damit zu tun. Sie lieh mir ihre Droschke und den Kutscher für das letzte Zusammentreffen ...« Sie ließ die Bemerkung in der Luft hängen.

Emily sah sie sprachlos an. Charlotte setzte erneut den Wasserkessel auf und machte sich an der Anrichte zu schaffen. Emily trommelte mit den Fingern auf die blank polierte Tischplatte.

»Man hat ein Mitglied des Parlaments auf der Westminster Brücke gefunden, an einen Laternenpfahl gebunden und mit durchschnittener Kehle ...« Charlotte begann, die ganze lange Geschichte zu erzählen, zuerst begeistert, dann mit Abscheu und schließlich mit Entsetzen und Mitgefühl. Als sie geendet hatte, war es früher Nachmittag und die Mahlzeit verspeist.

Emily sagte wenig, doch sie streckte ihre Hände über den Tisch und umschloß Charlottes Arm mit ihren Fingern. »Du hättest den Tod finden können«, sagte sie ärgerlich, doch in ihren Augen standen Tränen. »So etwas Verrücktes darfst du nie wieder machen. Hat Thomas nicht furchtbar mit dir geschimpft?«

»Das war nicht nötig«, erklärte Charlotte ehrlich. »Ich wußte selbst, auf was ich mich eingelassen hatte. Willst du jetzt zu Tante Vespasia aufbrechen?«

»Ja, und du kommst mit. Aber du mußt dich umziehen, etwas Hübscheres als dieses simple Hauskleid.«

»Aber ich habe noch Sachen zum Bügeln?«

»Unsinn. Komm mit. Es wird dir guttun. Es ist ein schöner Tag, und die Fahrt macht Spaß.«

Charlotte dachte kurz an ihre Pflichten, doch dann gab sie der Versuchung nach.

»Na gut. Wenn du meinst. Ich brauche nur ein paar Minuten. Gracie!«

Sie lief hinaus und gab dem Mädchen Anweisungen, Tee für die Kinder zu machen, wenn sie aus der Schule kämen, und das Gemüse für die Abendmahlzeit vorzubereiten.

Lady Vespasia Cumming-Gould lebte in einem modernen, geräumigen Haus. Ein Hausmädchen in frischer Uniform mit spitzenbesetzter Haube und Schürze öffnete die Tür. Die junge Person erkannte die beiden Schwestern sofort und führte sie ohne die üblichen Formalitäten herein. Es bestand kein Zweifel, daß die Gäste empfangen werden würden. Lady Vespasia schätzte die beiden sehr, und sie war höchst gelangweilt von all dem Gesellschaftsklatsch und dem ständigen Beachten der Etikette.

Vespasia saß in ihrem privaten Wohnzimmer, das nach neuestem Geschmack sehr sparsam möbliert war. Es gab keine schweren Eichentische, keine überladenen Sofas und keine Fransen an den Vorhängen. Es erinnerte vielmehr an eine sehr viel frühere Zeit, als Vespasia geboren wurde, an die Zeit Napoleon Bonapartes vor der Schlacht von Waterloo, an die klaren Linien der Georgianischen Ära und die Härte eines langen verzweifelten Überlebenskrieges. Einer ihrer Onkel war unter Nelson in der Schlacht von Trafalgar gefallen. Nun war der Eiserne Herzog auch schon tot und Wellington ein Name in den Geschichtsbüchern, und diejenigen, die vierzig Jahre später auf der Krim gekämpft hatten, waren jetzt alte Männer.

Vespasia saß gerade auf einem Chippendale-Stuhl, ihr taubengraues Kleid war hochgeschlossen und mit französischer Spitze besetzt. Eine vierreihige Perlenkette hing ihr fast bis zur Taille herab. Das Lächeln der alten Dame verriet ehrliches Entzücken. »Emily, meine Liebe, wie gut du aussiehst! Ich freue mich so, daß du gekommen bist. Du mußt mir alles erzählen, was du erlebt hast, Charlotte wird es sich ein zweites Mal anhören müssen. Kommt, setzt euch zu mir.«

Die beiden Schwestern küßten die Tante und nahmen auf ein Handzeichen der Tante Platz. Lady Cumming-Gould gab dem Mädchen Anweisung, Tee, Sandwiches mit Gurke und frischgebackenen Kuchen zu servieren, dazu natürlich Johannisbeergelee und Sahne. Lady Vespasia erklärte, daß sie in den nächsten eineinhalb Stunden für niemand zu sprechen sei. »Du kannst beginnen«, sagte sie, und ihre Augen leuchteten in einer Mischung aus Vorfreude und Lachen.

Fast zwei Stunden später war der Tisch leer, und Emily fiel nichts mehr ein, was sie noch hätte erzählen können.

»Was wirst du nun machen?« fragte Vespasia interessiert.

Emily betrachtete das Muster des Teppichs. »Ich weiß es nicht. Vielleicht könnte ich mich irgendeiner wohltätigen Aufgabe widmen, zum Beispiel als Vorsitzende des Komitees für den Schutz gefallener Frauen.«

»Das bezweifle ich«, meinte Charlotte trocken. »Du bist nicht mehr Lady Ashworth. Du müßtest ein normales Mitglied werden.«

Emily verzog das Gesicht. »Eigentlich habe ich keine Lust auf so eine Beschäftigung. Gegen die gefallenen Frauen habe ich nichts – es sind die Mitglieder des Komitees, die ich nicht ausstehen kann. Ich möchte etwas Ordentliches machen und mich nicht über die Moral anderer erheben. Du hast mir meine Frage noch nicht richtig beantwortet, an welchem Fall Thomas zur Zeit arbeitet.«

»Das stimmt.« Auch Vespasia sah Charlotte erwartungsvoll an. »Er ist doch wohl nicht in Whitechapel? In den Zeitungen wird die Polizei momentan hart kritisiert. Letztes Jahr wurde sie noch hochgelobt und jetzt wird sogar Sir Charles Warrens Rücktritt gefordert.«

Emily schauderte. »Ich nehme an, daß die Leute Angst haben. Wenn ich in dieser Gegend lebte, hätte ich auch Angst. Gegen jeden wird nun Beschwerde geführt, sogar gegen die Königin. Es heißt, sie ließe sich zu selten blicken, und der Prince of Wales ist zu leichtfertig und gibt zuviel Geld aus. Der Herzog von Clarence benimmt sich wie ein Esel – doch wenn sein Vater so lange lebt wie die Königin, wird der arme Clarence im Rollstuhl sitzen, ehe er auf den Thron kommt.«

»Das ist keine befriedigende Entschuldigung.« Vespasias Lippen umspielte ein winziges Lächeln, dann wandte sie sich wieder an Charlotte. »Du hast uns noch nicht gesagt, ob Thomas mit dieser Geschichte in Whitechapel befaßt ist?«

»Nein, er hat einen Fall in Highgate, aber ich weiß nur wenig darüber«, entgegnete Charlotte. »Tatsächlich steht die Sache noch ganz am Anfang.«

»Um so besser für uns, dann werden wir mehr darüber erfahren«, stellte Emily fest, und ihre gute Laune kehrte zurück. »Was ist das für ein Fall?«

Charlotte blickte in die erwartungsvollen Gesichter und wünschte, sie hätte mehr gewußt als das Wenige, das sie nun zum besten gab.

»Wer war denn die Frau?« fragte Emily ruhig. »Weißt du etwas über sie?«

»Nein, nichts außer, daß die Leute nur Gutes über sie sagen. Aber so ist das meist mit den Toten. Das ist fast ein Gesetz.«

»Wie heißt sie?« fragte Vespasia etwas enttäuscht.

»Clemency Shaw.«

»Clemency Shaw?« Vespasia überlegte. »Der Name ist mir bekannt, glaube ich. Wenn es sich um dieselbe Person handelt, dann war sie tatsächlich ein guter Mensch. Ihr Tod ist eine Tragödie, und wenn niemand ihre Arbeit weiterführt, werden viele Leute leiden.«

»Thomas sagte nichts von einer Arbeit.« Charlotte war nun selbst sehr interessiert. »Vielleicht weiß er nichts davon. War für eine Arbeit war das?«

Emily beugte sich neugierig vor.

»Sie hatte begonnen, für eine Änderung der Gesetze zu kämpfen, die den Besitz der Slumhäuser betreffen.« Vespasias Gesicht war ernst. In ihrem Ausdruck konnte man lesen, daß sie ihre eigenen Erfahrungen gemacht hatte, wie schwierig es war, sich gegen die Interessen der Herrschenden durchzusetzen. »Viele der schlimmsten Gebäude, die total überbelegt und ohne jede sanitäre Einrichtung sind, gehören reichen und gesellschaftlich hochstehenden Leuten. Wenn das allgemein bekannt wäre, müßte zumindest für gewisse Mindeststandards gesorgt werden.«

»Und wer stellt sich dagegen?« Emily dachte praktisch wie immer.

»Das kann ich dir nicht sagen«, erwiderte Vespasia. »Aber wenn du es wirklich wissen willst, sollten wir Somerset Carlisle aufsuchen und ihn fragen.« Sie hatte sich bereits erhoben und schickte sich an zu gehen.

Charlotte warf Emily einen amüsierten Blick zu, und die beiden standen ebenfalls auf.

»Eine ausgezeichnete Idee«, stimmte Charlotte zu.

Emily zögerte nur eine Sekunde. »Ist es nicht eine unpassende Zeit für einen Besuch, Tante Vespasia?«

»Höchst unpassend.« Die alte Dame nickte. »Und das ist gut, denn es wird kein anderer Gast da sein.« Sie läutete nach dem Mädchen, um Emilys Kutsche vorfahren zu lassen, so daß sie zusammen fahren konnten.

Charlotte kannte Somerset Carlisle schon seit einigen Jahren. Er war Mitglied des Parlaments und hatte sich öfters eingeschaltet, wenn seine Hilfe vonnöten gewesen war. Seine große Bewunderung für Lady Cumming-Gould war kein Geheimnis, und so bestand für seinen Diener kein Grund, den Damen den Eintritt zu verwehren. Er geleitete sie zum Arbeitszimmer und klopfte, bevor er die Tür öffnete und den Besuch ankündigte.

Somerset Carlisle war ein Mann ohne Alter, nicht jung, aber auch noch nicht in den mittleren Jahren. Er sprühte vor Energie; seine geschwungenen Augenbrauen und das schmale, lebhafte Gesicht schienen nie völlig zur Ruhe zu kommen.

Sein Studierzimmer spiegelte seine Natur wider. Es war vollgestopft mit Büchern aller Art, die sowohl seiner Arbeit als auch seinen weitgespannten privaten Interessen dienten. Die wenigen freien Stellen an den Wänden waren mit Bildern behängt, die ausgefallen, schön und sicherlich wertvoll waren. Durch die breiten Georgianischen Fenster fiel strahlendes Licht, und für Tätigkeiten im Winter oder am Abend waren verschiedene Gaslampen vorgesehen. Eine langbeinige, rotgetigerte Katze schlief auf dem besten Sessel vor dem Kamin. Der Schreibtisch mit seinen Papierbergen bot ein Bild heillosen Durcheinanders.

Somerset Carlisle steckte die Schreibfeder in den Halter und erhob sich von seinem Sitz. Er ging um seinen Schreibtisch herum, um die Damen, sichtlich erfreut, zu begrüßen; unterwegs klopfte er ein paar Briefe zu einem Stapel zusammen und kümmerte sich nicht darum, als die Blätter zu Boden fielen. Die Katze rührte sich nicht.

Er nahm Vespasias elegant behandschuhte Hand, die sie ihm bot.

»Lady Cumming-Gould! Wie wunderbar, Sie zu sehen.« Er bedachte sie mit einem humorvollen Blick. »Zweifellos müssen Sie irgendein brennendes Unrecht bekämpfen, sonst wären Sie nicht ohne Anmeldung gekommen. Lady Ashworth ... und Mrs. Pitt ... Das bedeutet, daß etwas im Gange ist. Bitte nehmen Sie Platz.« Er sah sich vergebens nach einer bequemen Sitzgelegenheit um. Sanft entfernte er die Katze und legte sie auf seinem Schreibtischstuhl ab. Sie streckte sich genüßlich und döste weiter.

Vespasia nahm den Sessel vor dem Kamin, Charlotte und Emily setzten sich auf zwei hochlehnige Stühle. Carlisle blieb stehen. Keine der Damen hielt es für nötig, ihn zu korrigieren, daß Emily nun eine einfache Mrs. Jack Radley war. Dafür war später Zeit.

Vespasia kam schnell zur Sache.

»Eine Frau wurde bei einer Brandstiftung getötet. Wir wissen nur wenig, außer, daß sie Clemency Shaw hieß ...« Das Entsetzen, das sich in Carlisles Miene abzeichnete, ließ sie innehalten. »Sie haben sie gekannt?«

»Ja, hauptsächlich vom Hörensagen. Ich bin ihr nur zweimal begegnet. Sie war eine ruhige Person, die ihre Ziele mit einer gewissen Unsicherheit verfolgte, und ungeübt war im Kampf gegen die Kompliziertheit des Zivilrechts, doch sie hielt mit ungeheurer Hingabe und Ehrlichkeit an ihren Ideen fest, und das habe ich sehr bewundert. Ich glaube, daß die von ihr angestrebten Reformen ihr wichtiger waren als ihre eigene Würde und die Meinung ihrer Freunde und Bekannten. Wie ist Mrs. Shaw denn umgekommen?« Diese letzte Frage war an Charlotte gerichtet.

»Wie bereits erwähnt – durch Brandstiftung. Mrs. Shaw war daheim, weil eine geplante Fahrt in die Stadt in letzter Minute abgesagt worden war. Dr. Shaw hatte einen Notruf erhalten, sonst wäre er anstelle seiner Frau gestorben.«

»Also war ihr Tod ein Zufall.« Das klang fast wie eine Frage.

»Vielleicht hat jemand das Haus beobachtet und Bescheid gewußt.« Diese Möglichkeit wollte Charlotte nicht außer acht lassen. »Wo hat sie gekämpft, für welche Reformen? Wer war an ihrem Scheitern interessiert?«

Carlisle lächelte bitter. »Beinahe jeder, der Häuser in den Slums besitzt und einzelne Zimmer zu horrenden Preisen an ganze Familie vermietet.« Er fuhr auf. »Oder aber Ausbeutungsbetriebe, Kneipen, Bordellen und sogar Opiumhöhlen in seinen Räumen unterbringt. Ein äußerst profitables Geschäft! Sie wären erstaunt über manche Leute, die sich auf diese Weise bereichern.«

»Wie konnte Mrs. Shaw diese Ausbeuter bedrohen?« fragte Vespasia. »Was wollte sie dagegen tun? Oder, besser gesagt, welche Schritte hätten ihr auch nur die geringste Aussicht auf Erfolg gebracht?«

»Sie wollte das Gesetz ändern, so daß man die Besitzer

leicht hätte feststellen können. Momentan ist es so, daß sie sich hinter Gesellschaften und Rechtsanwälten verstecken und anonym bleiben können.«

»Wäre es nicht besser, ein Gesetz zu verabschieden, das die Belegung der Räume regelt und sanitäre Einrichtungen vorschreibt?« meinte Emily vernünftig.

Carlisle lachte. »Wenn Sie die Belegung beschränken, werfen Sie nur noch mehr Menschen auf die Straße. Und wie wollten Sie das kontrollieren?«

»Oh!«

»Außerdem wird es wegen der sanitären Einrichtungen nie ein Gesetz geben.« Seine Stimme wurde hart. »Die Mächtigen glauben, daß die Armen haben, was sie brauchen. Und wenn man ihnen bessere Einrichtungen gäbe, hätten sie sie binnen eines Monats ruiniert. Es würde Millionen von Pfund kosten, die Situation zu verändern.«

»Aber jeder reiche Besitzer hat Millionen zur Verfügung«, gab Emily zu bedenken.

»Ein solches Gesetz würde niemals eine Mehrheit im Parlament finden.« Bei diesen Worten lächelte er, aber in seinen Augen war Ärger zu erkennen und seine Hände sahen angespannt aus. »Denken Sie daran, vom wem das Parlament gewählt wird.«

Emily schwieg. Es gab nur zwei politische Parteien, die Aussicht hatten, die Regierung zu bilden, und keine von ihnen würde für ein solches Gesetz eintreten; die Frauen besaßen kein Wahlrecht, und die Armen waren schlecht organisiert und zumeist Analphabeten. Die Bedingungen sprachen zu eindeutig gegen sie.

Carlisle räusperte sich. »Deshalb versuchte Mrs. Shaw, die Eigentümer der Slumhäuser ausfindig zu machen. Wenn sie in der Öffentlichkeit bekannt wären, würde der gesellschaftliche Druck vieles bewirken, was das Gesetz nicht kann.«

»Aber wird der gesellschaftliche Druck nicht von denselben Leuten ausgeübt, die wählen?« fragte Charlotte. Doch im selben Moment, da sie die Frage gestellt hatte, wußte sie, daß es nicht stimmte.

Carlisle merkte ihrem Gesicht an, daß sie von selbst verstanden hatte, und setzte seine Erklärungen nicht fort.

»Wie scharfsichtig von Mrs. Shaw«, sagte Vespasia leise. »Sicher hat sie sich damit Feinde gemacht.«

»Es herrschte sicherlich ... Besorgnis«, stimmte er zu, »aber ich glaube nicht, daß sie genügend Erfolg hatte, um wirkliche Beunruhigung zu stiften.«

»Wenn sie weitergelebt hätte, was dann?« fragte Charlotte sehr ernst. Je mehr sie über die Frau hörte, desto stärker bedauerte sie deren Tod.

Carlisle dachte nach, ehe er antwortete. Es war nicht der Augenblick für leere Worte. Er wußte genug über Politik und die Macht finanzieller Interessen, so daß er die Möglichkeit eines politisch begründeten Mordes an Clemency Shaw nicht völlig ausschließen wollte.

Charlotte, Emily und Vespasia warteten schweigend ab.

»Ja«, sagte er schließlich, »sie war eine bemerkenswerte Frau und leidenschaftlich erfüllt von ihrer Mission, so etwas wirkt mitreißend. Für sich selbst begehrte sie gar nichts, sie hatte nur ihr Ziel im Kopf. Ich bin sehr traurig, daß sie tot ist.« Er sah Charlotte an. »Vermutlich arbeitet Thomas an dem Fall, und deshalb wissen Sie darüber Bescheid?«

»Ja.«

»Und Sie beabsichtigen, sich einzumischen?« Diese Frage war an alle drei Damen gerichtet.

Vespasia zog wegen der unverblümten Wortwahl die Brauen ein wenig hoch. »Sie hätten sich auch etwas glücklicher ausdrücken können.«

Emily beantwortete Carlisles Frage auf ihre offene Art. »Ja, das haben wir vor. Ich weiß nur noch nicht, wie.«

»Gut, wenn ich Ihnen helfen kann, wenden Sie sich bitte an mich. Ich habe Clemency Shaw sehr geschätzt, und wer immer ihr Mörder war, ich möchte ihn im Gefängnis Coldbath Fields oder an einem ähnlich schaurigen Ort schmoren sehen.«

»Man wird ihn hängen«, stellte Vespasia sachlich fest. Sie wußte, daß Carlisle, ebenso wie sie, gegen den Strick war, doch ihr Realismus behielt die Oberhand.

»Das ist kein Grund, die Sache auf sich beruhen zu lassen.« Charlotte erhob sich. »Wenn ich mehr weiß, sage ich es Ihnen.«

»Seien Sie vorsichtig.« Carlisle ging voraus zur Tür und hielt sie ihnen auf, während erst Vespasia mit erhobenem Haupt, dann Emily und zuletzt Charlotte hinausgingen. Besorgt legte der Mann die Hand auf Charlottes Arm. »Sie werden sehr mächtige Leute in Unruhe versetzen. Wenn sie bereits Clemency umgebracht haben, werden sie vor Ihnen nicht haltmachen.«

»Ich werde aufpassen«, versicherte sie, obwohl sie keine Ahnung hatte, wie sie sinnvoll vorgehen sollte. »Ich werde nur Informationen sammeln.«

Er musterte sie skeptisch, da er schon in einige ihrer früheren Fälle verstrickt war, und begleitete dann die Damen hinaus auf die sonnenbeschienene Straße, wo Emilys Wagen wartete.

Sobald die Pferde sich in Bewegung gesetzt hatten, begann Emily zu sprechen.

»Ich will mich bemühen, möglichst viel über Mrs. Shaw und ihren Kampf um neue Gesetze herauszufinden. Bestimmt gibt es jemand in meinem Bekanntenkreis, der mir weiterhilft.«

»Du bist frisch verheiratet«, mahnte Vespasia sanft. »Dein Ehemann hat vielleicht andere Vorstellungen von der ersten Zeit daheim nach den Flitterwochen.«

»Ah ...« Emily atmete hörbar aus. »Das werde ich schon regeln. Charlotte, du solltest Thomas möglichst diskret aushorchen. Wir müssen alle Fakten erfahren.«

Sie verabschiedeten sich vor Vespasias Haus von der alten Dame und sahen ihr nach, wie sie die Treppe zu ihrer Haustür hinaufstieg, die schon vor ihrem Eintreffen vom Hausmädchen geöffnet wurde. Noch tief in Gedanken, ließ sie ein abwesendes Dankeschön verlauten. Es hatte viele soziale Mißstände gegeben, die sie in den langen Jahren ihrer Witwenschaft bekämpft hatte. Sie liebte den Kampf, und sie war bereit, Risiken auf sich zu nehmen, und was andere von ihr dachten, kümmerte sie nicht mehr, wenn sie nur selbst davon überzeugt war, im Recht zu sein. Das hieß allerdings nicht, daß sie der Verlust von Freunden oder deren Mißbilligung nicht schmerzte.

Doch jetzt wollte ihr Emily nicht aus dem Kopf gehen. Sie

war so viel verletzlicher als sie selbst, nicht nur in bezug auf die Gefühle ihres neuen Ehemannes, der sich sicherlich wünschte, daß sie sich etwas angemessener verhielte, sondern auch in bezug auf die Launen der Gesellschaft, die ständig nach neuen Modesensationen gierte und etwas brauchte, worüber sie tuscheln und staunen konnte, die aber alles haßte, was die scheinbare Stabilität aus dem Gleichgewicht zu bringen drohte und das gewohnte und höchst komfortable Leben ihrer Mitglieder störte.

Charlotte verabschiedete sich vor ihrem Haus mit einer kurzen Umarmung von Emily und hörte die Kutsche davonrattern, als sie die sauber gefegten Stufen zu ihrer Eingangshalle emporstieg. Es roch warm und sauber. Sie blieb einen Moment stehen und hörte Gracie in der Küche etwas auf einem Brett hacken und dabei singen. Ein überwältigendes Gefühl der Sicherheit und Dankbarkeit ergriff von ihr Besitz. Das alles gehörte ihr, sie mußte es mit niemand außer ihrer Familie teilen. Keiner konnte die Miete erhöhen oder mit einem Räumungsbefehl drohen. Es gab fließendes Wasser in der Küche, der Herd verströmte Wärme, das Wohnzimmer und die Schlafräume hatten Heizöfen. Das Abwasser floß unsichtbar in die Kanäle, und im Garten wuchsen Blumen und Gras.

Es war so leicht, hier den Alltag zu verbringen und die unzähligen Menschen zu vergessen, die keinen Platz zum Wärmen hatten, der frei war von Schmutz und Gestank, nichts, wo sie sich sicher fühlen und ungestört sein konnten, um ihre Würde zu bewahren.

Clemency Shaw mußte eine höchst ungewöhnliche Frau gewesen sein, daß sie sich so sehr um die Slumbewohner gekümmert hatte. Es war schon bemerkenswert genug, daß sie überhaupt von deren Existenz gewußt hatte. Die meisten Damen aus gutem Hause kannten so etwas nur vom Hörensagen und lasen nur die Teile der Zeitung, die allgemein für schicklich gehalten wurden. Charlotte selbst hatte vom Elend der Armen keine Ahnung gehabt, bis Thomas sie über die Härte einer völlig anderen Welt aufgeklärt hatte, und anfangs hatte sie ihn dafür verachtet.

Nun wollte sie etwas tun. Wenn schon die lebende Clemency Shaw es nicht fertiggebracht hatte, das Augenmerk der Gesellschaft auf die Verbrechen der Profithaie in den Slums zu lenken, wollte Charlotte mit aller ihr zur Verfügung stehenden Kraft dafür sorgen, daß die tote Clemency Shaw dieses Ziel erreichte.

Emily strebte ein ähnliches Ziel an, doch sie ging einen anderen Weg. Sie betrat mit raschelnden Röcken die Halle ihres geräumigen und äußerst eleganten Hauses, legte den Hut ab und strich sich mit den Fingern durch das Haar. Helle Locken kringelten sich schmeichelnd um ihren Hals und ihre Wangen und verliehen ihr ein zauberhaftes Aussehen, in das sich ein Ausdruck von Trauer mischte. Ihr neuer Ehemann war bereits zu Hause. Sie wußte es, weil ihr der Diener geöffnet hatte. Wäre Jack außer Haus gewesen, wäre Arthur in seiner Begleitung gewesen.

Sie stieß die Wohnzimmertür auf und machte absichtlich ein bekümmertes Gesicht.

Jack saß vor dem Kamin, neben sich auf dem Beistelltisch ein Teetablett. Bei ihrem Anblick lächelte er liebevoll und erhob sich galant. Dann sah er ihren Gesichtsausdruck, und seine Freude verwandelte sich in Besorgnis.

»Was ist, Emily? Gibt es schlechte Nachrichten?«

»Nein, nein!« Sie flog in seine Arme und lehnte den Kopf an seine Schulter, damit er ihr nicht in die Augen blicken konnte.

Sie war sich nicht recht sicher, wie weit sie sich vor ihm mit Erfolg verstellen konnte. Er war ihr zu ähnlich; er selbst hatte sich mit seinem Charme und seinem ungewöhnlich guten Aussehen durchs Leben geschlagen, und er beherrschte selbst alle Tricks und durchschaute sie sofort. Und sie war auch unsicher, weil sie noch immer so unglaublich verliebt in ihn war, und das war ein höchst angenehmes Gefühl. Aber sie wollte lieber gleich alles erklären, bevor er mißtrauisch würde. »Nein, Charlotte geht es ausgezeichnet. Aber Thomas ist mit einem Fall beschäftigt, der ihr sehr zu schaffen macht, und mir geht es genauso nahe. Eine Frau ist in einem Feuer umgekommen, eine tapfere und starke Frau, die darum gekämpft hatte, ein verbrecherisches soziales Übel ans Tageslicht zu bringen. Großtante Vespasia ist ebenfalls bestürzt.« Jetzt konnte sie ihr Versteckspiel aufgeben und ihm offen in die Augen sehen.

»Jack, ich finde, wir müßten alles tun, um dabei behilflich zu sein.«

Er strich ihr sanft übers Haar, küßte sie und schaute ihr mit einem leichten Lächeln verständnisvoll in die Augen.

»Meinst du? Und wie sollen wir das machen?«

Sie wechselte blitzschnell ihre Taktik. Dramatik würde jetzt nicht zum Erfolg führen. »Ich weiß auch nicht so genau …« Sie biß sich auf die Lippen. »Was meinst du?«

»Was für ein soziales Übel?« fragte er vorsichtig. Er kannte Emily besser, als sie ahnte.

»Slumbesitzer, die horrende Mieten für verlauste, überbelegte Unterkünfte fordern. Clemency Shaw wollte sie in der Öffentlichkeit zur Verantwortung ziehen, wollte dafür sorgen, daß sie nicht weiter anonym blieben und sich hinter Miteintreibern und Firmen und sonstwas verschanzten.«

Er sagte lange kein Wort, so lange, daß sie schon dachte, er habe ihr nicht zugehört.

»Jack.«

»Ja«, sagte er schließlich. »Ja, wir werden helfen, aber gemeinsam. Du kannst nichts allein machen, Emily. Wir werden für einige sehr einflußreiche Leute eine Bedrohung sein. Es geht hier um Millionen von Pfund. Du wärst überrascht, welch immenser Reichtum aus St. Giles und Devil's Acre und dem Elend der dort hausenden Menschen stammt.«

Sie lächelte ein wenig; der Gedanke war häßlich, und sie erinnerte sich an Gesichter von wohlhabenden Leuten, die sie zu Georges Zeiten gekannt hatte. Sie war ihnen ohne Mißtrauen begegnet. Niemals wäre ihr damals die Idee gekommen zu überlegen, aus welchen Quellen das Geld wohl floß. Gewisse Menschen besaßen eben alles, das war schon immer so gewesen. Jetzt hatte Emily mehr Überblick, und diese Tatsache brachte ihr keine Befriedigung.

Jack hielt sie noch immer im Arm. Er strich ihr sanft mit einem Finger eine Locke aus der Stirn.

»Möchtest du trotzdem etwas unternehmen?« fragte er.

Sie war erstaunt, wie klar er ihre Gedanken erriet. »Selbstverständlich.« Sie rührte sich nicht – es war wunderbar in seinen Armen. »Jetzt kann ich nicht mehr zurück. Wie sollte ich mich auch vor Tante Vespasia und Charlotte rechtfertigen, und vor allem vor mir selbst?«

Sein Lächeln vertiefte sich. Zuerst küßte er sie zärtlich, dann mit wachsender Leidenschaft.

Als Emily wieder an die Geldangelegenheit dachte, war das ein weitentrücktes Thema, das bis zum nächsten Tag warten konnte, so wichtig es auch war, doch im Augenblick gab es andere schönere Dinge.

Da Thomas Pitts Polizeirevier in der Londoner Bow Street lag, berichtete er seinem dortigen Chef von den Ereignissen und den damit zusammenhängenden Vermutungen. Er schätzte und achtete Micah Drummond wegen seiner beruflichen Fähigkeiten und seiner Offenheit, die jede Art von Dünkel vermissen ließ. Der Polizeichef stammte aus einer vornehmen Familie und besaß genügend finanzielle Mittel, um sorglos leben zu können, deshalb verspürte er auch nicht den Drang, mit seiner Position zu prahlen.

Er begrüßte Pitt mit einem erfreuten Ausdruck im Gesicht und erhob sich von seinem Schreibtisch. Er hatte Pitt einen beachtlichen Aufstieg in der polizeilichen Laufbahn angeboten, der natürlich auch mit einem besseren Gehalt verbunden gewesen wäre, doch Pitt hatte die Chance ausgeschlagen. Obwohl er das Geld gut hätte brauchen können, wäre es ihm zuwider gewesen, am Schreibtisch zu sitzen und andere Männer zu den Ermittlungen loszuschicken. Pitt wollte die Menschen sehen, ihre Gesichter beobachten und ihre Stimmen hören; er brauchte die Nähe zum pulsierenden Leben. Außerdem lagen seine Fähigkeiten darin, im Umfeld der Tat Spuren aufzunehmen und dem Täter durch kluge Kombination auf den Leib zu rücken. Charlotte hatte seine Entscheidung, auf die Beförderung zu verzichten, gutgeheißen, weil sie ihn durch und durch kannte und ihr sein Seelenfrieden wichtiger war als das zusätzliche Geld. Diese

Großzügigkeit von ihrer Seite vertiefte seine Bindung zu Charlotte und gab ihm die Gewißheit, daß ihre Gemeinschaft immer noch von Liebe getragen war.

Drummond sah Pitt erwartungsvoll an.

»Es war Brandstiftung«, sagte Pitt, »ich habe mir die Untersuchungsergebnisse genau angesehen, es besteht kein Zweifel. Von dem Körper ist zuwenig übriggeblieben, als daß man daraus Schlüsse ziehen könnte, doch von den Überresten des Gebäudes können die Feuerwehrleute sagen, daß an vier verschiedenen Stellen Feuer ausgebrochen ist, also muß es jemand gewesen sein, der sichergehen wollte.«

Drummond runzelte die Stirn und blickte finster.

»Und Sie sagen, daß es eine Frau war, die man in den Trümmern gefunden hat?«

»Man kann mit Sicherheit sagen, daß es sich um eine Mrs. Clemency Shaw handelt.«

Und er faßte zusammen, was die Untersuchungen in der Gemeinde und der unmittelbaren Umgebung und die Verhöre der Anwohner durch die Highgate Polizei ergeben hatten. Hatte sich unter den Sympathisanten und denen, die ihre Hilfe angeboten hatten, möglicherweise jemand befunden, der vom Glanz der Flammen begeistert war und bei ihrer zerstörerischen Kraft eine besondere Faszination empfand? Brandstifter blieben nicht am Tatort, aber diejenigen, die von einem gewissen Wahn befallen waren, die blieben dort.

Drummond schob seinen Stuhl hinter dem Schreibtisch zurück und bot Pitt den gepolsterten Ledersessel gegenüber, den bequemsten Stuhl im Raum, an. Es war ein einladendes, lichtdurchflutetes Zimmer, das durch das große Fenster viel frische Luft bekam. Die Wände waren mit Bücherregalen bedeckt, nur die Seite um den Kamin war frei geblieben. Der Schreibtisch war aus polierter Eiche und ebenso schön wie funktional.

»Geht man davon aus, daß es der Ehemann war?« fragte Drummond direkt auf den Punkt. »Was wissen Sie über ihn?«

Pitt lehnte sich im Stuhl zurück und schlug die Beine übereinander.

»Er ist Arzt. Ein intelligenter, weltoffener und freimütiger

Mann, aber ich hatte noch keine Zeit, mich um seinen Ruf als Mediziner zu kümmern.«

»Und wie ist Ihr eigenes Gefühl?« Drummond sah ihn von der Seite an.

Pitt lächelte. »Ich mag ihn, aber ich habe auch schon Leute gemocht, die einen Mord begangen haben, – wenn Sie ausreichend verzweifelt, verängstigt oder verletzt waren. Meiner Meinung nach ist der Doktor ein ausgezeichneter Kandidat für ein Gewaltverbrechen. Mir fallen Dutzende von Gründen ein, warum ein Patient seinen Arzt zum Schweigen bringen möchte, vor allem diesen Arzt.«

»An welche Gründe denken Sie?«

»Zum Beispiel eine ansteckende Krankheit, die gemeldet werden müßte, eine uneheliche Geburt oder Abtreibung, vielleicht auch die Tötung eines gebrechlichen und lästigen Angehörigen ...«

Drummond nickte langsam. »Gehen Sie den Krankheitsfällen des Doktors nach, Pitt.«

»Das werde ich tun.«

»Wie wäre es mit einem rein persönlichen Motiv?« fragte Drummond. »Eifersucht, Geldgier, Rache? Könnte es eine andere Frau geben oder einen Mann, der in Mrs. Shaw verliebt war? Sagten Sie nicht, daß eigentlich er hätte zu Hause sein sollen und nicht sie?«

»Ja.«

Drummond erhob sich und ging zum Fenster hinüber. Dann drehte er sich um und sah Pitt an. »Die Möglichkeiten sind zahlreich, sowohl für den Mord an der Frau, der tatsächlich geschehen ist, als auch für einen Mordversuch an dem Doktor. Das kann eine langwierige und betrübliche Aufgabe werden. Der Himmel weiß, welche Verfehlungen und Tragödien Sie bei den Ermittlungen noch ausgraben und was die Leute tun werden, um diese zu verbergen. Das hasse ich so an unseren Nachforschungen, daß wir auch das Leben Unbeteiligter durchleuchten müssen.« Er steckte die Hände in die Hosentaschen. »Wo wollen Sie anfangen?«

»Im Highgate-Polizeirevier.« Pitt erhob sich ebenfalls. »Er war hier der örtliche Polizeiarzt.«

»Das haben Sie mir noch nicht gesagt.«

Pitt lachte breit. »Was hätte das am Sachverhalt geändert?«
»Sie haben recht. Und was machen Sie jetzt?«
»Jetzt gehe ich ins örtliche Krankenhaus, um mir anzuhören, was Dr. Shaws Kollegen über ihn zu sagen haben.«
»Da werden Sie nicht viel erfahren.« Drummond zuckte die Schultern. »Wenn es um einen aus ihrer Sparte geht, schließen sie die Reihen wie Soldaten im Angesicht des Feindes.«
»Dann muß ich eben zwischen den Zeilen lesen.« Pitt war es gewohnt, auf die kleinsten Anzeichen zu achten – auf das Benützen von Phrasen, auf die Vorsicht bei der Wortwahl, auf die übertriebene Fairneß, die unterschwellige Aussagen und Gefühle beinhaltete. »Shaws Dienerschaft muß ich mir auch noch vornehmen, obwohl ich mir davon nicht sehr viel verspreche.«
»Halten Sie mich auf dem laufenden, Pitt.«
»Ja, Sir.«
Drummond lächelte über die ungewohnte Förmlichkeit, dann nickte er zum Abschied, und Thomas Pitt ging hinaus.
Er leistete sich eine Droschke. Seine Dienststelle würde diese Sonderauslage bezahlen. Er lehnte sich zurück und streckte die Beine aus. Es war ein angenehmes Gefühl, so entlangzugleiten, ohne an die Kosten denken zu müssen.
Im Polizeirevier von Highgate wartete Murdo schon ungeduldig auf ihn. Er wollte sich natürlich von der besten Seite zeigen, zumal ihn der Fall tief berührte. Zugleich aber wußte er, daß Pitt nach Lösung des Falles in sein Revier in der Bow Street zurückkehren würde. Er aber mußte seine gewohnte Arbeit mit den alten Kollegen wieder aufnehmen, die alle voller Vorurteile gegen den Mann aus der Bow waren.
Der junge Beamte hatte alle Berichte der letzten beiden Jahre gesichtet und diejenigen aussortiert, in denen Shaw eine wichtige Rolle in seiner Eigenschaft als Polizei- oder Privatarzt gespielt hatte. Ein anderer Stapel enthielt nur Berichte über Unfälle und Schlägereien, ein paar blutige Nasen und gebrochene Rippen.
Murdo wies mit dem Finger auf den Stapel und sagte zu Pitt: »Meiner Meinung nach können wir hier nichts Aufschlußreiches finden. Nur ein Verrückter würde den Doktor wegen solcher Vorkommnisse ermorden.«

»Da bin ich ganz Ihrer Ansicht«, erklärte Pitt. »Und wir haben es bestimmt nicht mit einem Verrückten zu tun. Dafür war seine Tat zu ausgeklügelt, alles ganz genau kalkuliert. Nein, nein, Murdo, der Mann ist bei klarem Verstand.« Er legte die Unfallberichte zur Seite und wandte sich dem anderen Stapel zu. »Vielleicht haben wir hier einen Todesfall, von dem Dr. Shaw einiges wußte. Übrigens – haben Sie sich den Bericht über den verstorbenen Theophilus Worlingham schon angesehen?«

»O ja, Sir«, erwiderte Murdo eifrig. Offenbar hatte er sich dieser Aufgabe gründlich gewidmet und brannte darauf, seine Kenntnisse vorzutragen. Pitt hob erwartungsvoll die Brauen und ließ sich hinter seinem Schreibtisch nieder.

»Er starb sehr plötzlich«, begann Murdo, der immer noch stand und vor Konzentration seine Schultern etwas verkrampft zusammenzog. »Dabei war er immer körperlich kräftig und äußerst gesund gewesen und sehr stolz auf diesen vorteilhaften Zustand. Seine Erkrankung fing mit einer leichten Erkältung an, über die sich keiner besondere Sorgen machte. Nur Worlingham selbst war etwas bestürzt, daß er nicht widerstandsfähiger sein sollte als die meisten Menschen. Dr. Shaw verschrieb ihm aromatische Öle zum Inhalieren, eine leichte Diät und Bettruhe. Außerdem verbot er ihm das Zigarrenrauchen. Dennoch besserte sich Worlinghams Zustand nicht, aber Shaw besuchte ihn nicht ein zweites Mal. Drei Tage später fand Clemency Shaw ihren Vater tot in seinem Arbeitszimmer, das sich im Erdgeschoß seines Hauses befindet. Er lag ausgestreckt auf dem Teppich, und nach Aussagen eines Polizisten stand ihm das Entsetzen noch im Gesicht.«

»Warum wurde die Polizei gerufen?« fragte Pitt. Schließlich war ein solcher Tod keine Seltenheit.

Murdo brauchte nicht auf seine Notizen zu blicken. »Oh, weil er so einen schrecklichen Gesichtsausdruck hatte, und weil die Terrassentür weit offen stand. Zudem befand sich ein großer Geldbetrag im Haus; der Tote hielt sogar einen Zwanzig-Pfund-Schatzwechsel in der Hand, und sie konnten die zusammengepreßten Finger nicht lösen.« Murdos Gesicht strahlte vor Triumph, und er wartete auf Pitts Reaktion.

»Das ist sehr interessant!« Thomas Pitt war so großmütig, sich erstaunt zu zeigen. »Und Clemency Shaw hat ihn gefunden?«

»Ja, Sir.«

»Konnte jemand feststellen, ob Geld fehlte?«

»Nein, Sir, es fehlte nichts. Worlingham hatte siebentausendvierhundertdreiundachtzig Pfund von der Bank abgehoben.« Bei dem Gedanken an solch ein Vermögen wurde Murdos Gesicht ein wenig blaß. Der Betrag hätte ausgereicht für den Kauf eines Hauses und ein bequemes Leben bis in die mittleren Jahre – ohne einen Pfennig Nebenverdienst. »Das Geld lag gebündelt in der Schreibtischschublade, die nicht einmal verschlossen war. Die Angelegenheit schreit förmlich nach einer Erklärung, Sir.«

»Das kann man wohl sagen«, meinte Pitt mit Nachdruck. »Wahrscheinlich wollte er irgendein Riesengeschäft in bar abhandeln oder eine immense Schuld begleichen – was man üblicherweise mit einem Wechsel erledigt.«

»Glauben Sie, daß seine Tochter, ich meine Mrs. Shaw, den Verwendungszweck des Geldes kannte?«

»Schon möglich«, erwiderte Pitt. »Aber ist Theophilus nicht schon vor zwei Jahren gestorben?«

Murdos Triumphgefühl schwand. »Ja, Sir, vor zwei Jahren und drei Monaten.«

»Und was stand auf dem Totenschein?«

»Schlaganfall, Sir.«

»Wer hat den Schein unterschrieben?«

»Nicht Shaw.« Murdo schüttelte leicht den Kopf. »Natürlich war er als erster am Ort des Geschehens, da Theophilus sein Schwiegervater war, aber eben aus diesem Grund zog er einen zweiten Arzt hinzu, der seine Meinung bestätigte und den Totenschein unterschrieb.«

»Sehr umsichtig.« Pitt schnitt eine kleine Grimasse. »Ich glaube, daß Theophilus unglaublich reich war – der von der Bank abgehobene Betrag machte nur einen geringen Teil seines Vermögens aus. Hier sollten Sie einmal nachforschen und sich genaue Zahlen beschaffen, auch über die Verteilung des Worlinghamschen Besitzes.«

»Ja, Sir, ich werde mich gleich darum kümmern.«

Pitt hob die Hand. »Was ist mit den anderen Fällen des Doktors? Wissen Sie da Genaueres?«

»Ich weiß von drei Fällen. Aber ich konnte nichts Außergewöhnliches darin entdecken, sie sind so alltäglich wie bei jedem praktizierenden Arzt.«

Pitt dankte Murdo und ließ ihn gehen, um sich um das Geld des alten Worlingham zu kümmern; er selbst begann die Berichte durchzusehen, die vor ihm auf dem Pult lagen. Sie waren sich im Grunde alle ähnlich; einige waren tragisch, andere glichen eher einer Farce. Hinter manchen Blutergüssen und gebrochenen Knochen mochten sich familiäre Gewalttaten verbergen. Es war sogar möglich, daß einige Autopsieergebnisse wie Lungenentzündung oder Herzversagen ein düsteres Geheimnis verschleierten, doch in den Berichten war keinerlei Hinweis darauf zu finden. Falls Shaw irgend etwas Illegales festgestellt hatte, war es jedenfalls nicht schriftlich niedergelegt worden. Insgesamt waren sieben Todesfälle aufgelistet, und selbst nach einer zweiten und dritten Überprüfung konnte Pitt nirgendwo etwas Verdächtiges finden.

Schließlich erhob er sich, sagte dem wachhabenden Polizisten Bescheid, was er vorhatte, und ging schnell durch die eiskalte Nachmittagsluft zum St. Pancras-Krankenhaus. Als er sich schon in dem Gebäude befand, fiel ihm ein, seine Jacke zurechtzuziehen, seine Stiefel an den Hosenbeinen blankzureiben und die Hälfte der gesammelten Schnüre, Wachsstücke, Münzen und Papierfetzen sowie Emilys Seidentaschentuch von einer Tasche in die andere zu befördern, um die Ausbeulungen etwas gleichmäßiger zu verteilen. Dann rückte er seine Krawatte näher zur Mitte hin und strich sich mit den Fingern durch das Haar, wonach es sehr viel unordentlicher aussah als zuvor. Dann schritt er entschlossen auf das Büro des Direktors zu und klopfte energisch an die Tür.

Sie wurde von einem blonden jungen Mann mit einem ängstlichen Gesichtsausdruck geöffnet.

»Ja bitte?«

Pitt zog seine Visitenkarte hervor, eine Extravaganz, die ihm immer ein gehobenes Gefühl verschaffte.

»Kommissar Thomas Pitt, Polizeirevier Bow Street«, las der junge Mann mit Erschrecken in der Stimme. »Gütiger Himmel, was wollen Sie hier? Bei uns ist alles in bester Ordnung, das versichere ich Ihnen.« Er machte keine Anstalten, Pitt hereinzulassen. Sie blieben auf dem Flur stehen.

»Das bezweifle ich nicht«, meinte Pitt beruhigend. »Ich bin hier, um vertrauliche Informationen über einen Arzt einzuholen, der, so weit ich weiß, hier gearbeitet hat.«

»Alle unsere Ärzte sind unbescholtene Leute.« Der Protest kam sofort. »Falls irgendeine Unregelmäßigkeit vorgefallen sein sollte …«

»Keine, von der ich wüßte«, unterbrach ihn Pitt. »Gegen einen Ihrer Doktoren wurde ein Mordanschlag verübt. Vielleicht können Sie uns helfen, den Schuldigen zu finden.«

»Ein Mordanschlag? O Gott, das ist ja ungeheuerlich. Niemand hier würde an so etwas auch nur denken! Wir sind da, um Leben zu retten.« Der junge Mann zerrte nervös an seiner Krawatte.

»Sie müssen doch gelegentlich auch Fehlschläge einstekken«, sagte Pitt.

»Ja, natürlich. Wir können keine Wunder vollbringen. Das zu erwarten wäre unrealistisch. Aber glauben Sie mir …«

»Ja, ja.« Pitt schnitt ihm das Wort ab. »Kann ich jetzt den Direktor sprechen?«

Der junge Mann kämpfte mit sich. »Wenn es sein muß. Aber uns ist wirklich nichts von einer solchen Drohung bekannt, sonst hätten wir die Polizei benachrichtigt. Der Klinikchef ist ein sehr beschäftigter Mann, wirklich, sehr beschäftigt.«

»Ich bin beeindruckt«, log Pitt. »Aber wenn es dieser Person gelingt, seine Drohung wahr zu machen und den betreffenden Arzt umzubringen, wird Ihr Chef noch stärker beschäftigt sein, weil dann ein Mediziner weniger da ist, um die Arbeit zu erledigen …« Er ließ den Satz in der Luft hängen, während sein Gegenüber vor Schreck immer blasser wurde.

Es stellte sich jedoch heraus, daß der geplagte Direktor, ein bekümmert wirkender Typ mit langem Schnurrbart und zurückweichendem Haar, Pitt nichts über Shaw erzählen konnte, was wichtig gewesen wäre. Pitt fand den Mann viel sympathischer als erwartet: bescheiden und von der großen Aufgabe erfüllt, Krankheiten zu bekämpfen, die er nicht heilen konnte, und gegen Unwissenheit und Schmutz anzugehen, wo es zu wenig sauberes Wasser, zu viele Menschen und keine sanitären Anlagen gab, dafür aber Ratten ohne Zahl. Wenn schon der Gemahl der Königin in seinem eigenen Schloß durch verunreinigte Abwasserrohren an Typhus sterben konnte, wie sollte man dann in den Häusern der Armen und Allerärmsten gegen die Seuchen Krieg führen?

Der Klinikchef geleitete Pitt in sein kleines unordentliches Büro, in dem es schwach nach Seife und Papier roch. Durch das winzige Fenster fiel wenig Licht herein; beide Gaslampen brannten und gaben ein leise zischendes Geräusch von sich. Der Direktor forderte Pitt auf, Platz zu nehmen.

»Shaw ist ein verdammt guter Arzt, fast ideal in seinem Beruf«, sagte er. »Ich habe ihn schon Tag und Nacht am Bett eines Kranken Wache halten sehen, und er kann sogar weinen, wenn ihm einen Mutter mit Kind unter den Händen stirbt.« Ein Lächeln huschte über sein hohlwangiges Gesicht. »Es kommt aber auch vor, daß er einen wichtigtuerischen alten Kerl anbrüllt, er solle ihm nicht seine Zeit stehlen.« Der Chefarzt betrachtete Pitt mit erstaunlich scharfen Augen. »Ich mag den Mann. Es tut mir verdammt leid, was mit seiner Frau passiert ist. Sind Sie deshalb hier – weil Sie glauben, daß der Brandanschlag eigentlich ihm galt?«

»Ja«, erwiderte Pitt. »Mit der Möglichkeit muß ich rechnen. Wissen Sie von irgendwelchen gravierenden Meinungsverschiedenheiten zwischen Shaw und seinen Kollegen?«

»Ha!« Der Klinikchef brach in lautes Gelächter aus. »Ha! Wenn Sie das noch fragen, kennen Sie Shaw nicht. Er hatte mit allen Streit – mit Kollegen, Schwestern, Verwaltungsangestellten und mit mir.« In seinen Augen funkelte ein abgründiges Vergnügen. »Ich wußte von alledem, und jedermann hier in Reichweite wußte es. Shaw kennt keine Diskretion, wenn sein Temperament mit ihm durchgeht. Natürlich gilt das nicht für medizinische Angelegenheiten. Bei vertraulichen Dingen ist er verschlossen wie eine Auster. Er hat noch nie ein Geheimnis verraten, und ich bezweifle, daß er in seinem Leben je eine Silbe Klatsch verbreitet hat. Aber er explodiert wie ein Sprengsatz, wenn er mit Ungerechtigkeit oder Betrug konfrontiert wird.« Der Direktor zuckte die knochigen Schultern. »Er hat nicht immer recht, aber wenn man ihm einen Irrtum nachweist, gibt er das gewöhnlich zu, wenn auch nicht sofort.«

»Ist er beliebt?«

Der Chefarzt lächelte. »Wer ihn mag, mag ihn sehr. Ich bin einer von denen. Aber es gibt auch mehrere, die sich von seiner offenen, manchmal groben Art angegriffen fühlen und ihr Ansehen als untergraben betrachten.« Sein hageres, gutmütiges Gesicht zeigte die Nachsicht jahrelanger Kämpfe und Niederlagen. »Es gefällt nicht jedem, getadelt und eines Besseren belehrt zu werden, vor allem nicht in Gegenwart anderer Personen. Und je länger einer an seiner falschen Meinung festhält, desto dümmer steht er am Schluß da, wenn er diese Meinung schließlich doch revidieren muß.« Sein Lächeln vertiefte sich. »Und Shaw ist häufig alles andere als taktvoll in solch einer Situation. Sein Witz ist oft schneller als seine Wahrnehmung der Gefühle seiner Mitmenschen. Mehr als einmal habe ich erlebt, wie er ein ganzes Auditorium auf Kosten eines einzelnen zum Lachen brachte.«

Pitt versuchte, seiner Stimme einen beiläufigen Klang zu geben und wußte sofort, daß das eine vergebliche Mühe war. »Hat Shaw irgend jemand ganz besonders gekränkt?«

»Nicht genügend, um einen Brandanschlag auf ihn zu verüben«, erwiderte der Direktor und sah Pitt offen an.

Der Mann erweckte nicht den Eindruck, als wollte er Ausflüchte machen, und Pitt unterstellte ihm dies auch nicht. »Wie heißen die Leute, die Sie für besonders gekränkt halten?« fragte Pitt. »Es könnte mir helfen, sie vom Verdacht auszuschließen. Irgend jemand muß schließlich das Feuer gelegt haben.«

Dem Chefarzt wich alles Humorvolle aus dem Gesicht, als sei es weggewischt worden. Statt dessen wurde sein Ausdruck düster. Doch er zögerte keinen Moment.

»Fennady konnte ihn nicht ausstehen«, antwortete er ruhig und lehnte sich zurück, um mit seiner Aufzählung fortzufahren. In seiner Stimme schwang großes Verständnis mit, keineswegs eine Verurteilung. »Sie stritten sich über alles, angefangen mit dem Zustand der Monarchie bis hin zum Zustand der Kanalisation, kein Thema blieb ausgespart. Und dann Nimmons. Nimmons ist ein alter Mann mit veralteten Vorstellungen, die er nicht zu ändern bereit ist. Shaw wollte ihn von manchen Verbesserungen überzeugen, doch leider tat er es vor einem Patienten; der kündigte sofort seine Patientenschaft bei Nimmons und ging fortan mit seiner gesamten Familie zu Shaw.«

»Wie taktlos«, bestätigte Pitt.

»Das könnte man ihm als Spitznamen geben.« Der Chefarzt seufzte. »Aber er hat dem Mann das Leben gerettet. Dann ist da Henshaw. Er ist jung und voller neuer Ideen. Das hält Shaw auch nicht aus, damit konfrontiert zu werden; er behauptet, sie seien noch unerprobt und daher zu riskant. Der Mann ist einfach durch und durch widersprüchlich. Henshaw hat zwar schon manchmal die Nerven verloren, aber ich glaube nicht, daß er wirklich ernste Aversionen gegen Shaw hegt. Mehr kann ich Ihnen dazu nicht sagen.«

»Kein Taktgefühl, keine Zurückhaltung gegenüber seinen Kollegen, aber wie steht es mit seiner Zuverlässigkeit gegenüber seinen Patienten?« Noch wollte Pitt sich mit den spärlichen Informationen nicht zufriedengeben.

»Shaw?« Der Chefarzt hob die Augenbrauen. »Sie sind ein verdammter Realist, das müssen Sie wohl auch sein, nehme ich an. Mir ist nichts zu Ohren gekommen, aber Shaw ist ein charmanter und stattlicher Mann. Nicht ausgeschlossen, daß die eine oder andere Patientin sich mehr vorgestellt hat, als da wirklich war.«

Ein energisches Klopfen an der Tür unterbrach seine Rede.

»Herein«, sagte er mit einem fragenden Blick zu Pitt.

Der junge Mann von vorhin, der sich Pitt gegenüber so ablehnend verhalten hatte, steckte seinen Kopf durch die Tür und zeigte schon wieder denselben Ausdruck von Ekel in seinem Gesicht wie zuvor.

»Mr. Merchant möchte Sie sprechen, Sir.« Er ignorierte Pitt

demonstrativ. »Er ist vom Rathaus«, fügte er bedeutungsvoll hinzu.

»Sagen Sie ihm, ich käme in wenigen Minuten«, antwortete der Klinikchef ohne jede Hast.

»Vom Rathaus«, wiederholte der junge Mann. »Es ist wichtig, Sir.«

»Dies hier auch«, sagte der Chef mit Nachdruck, ohne sich von der Stelle zu rühren. »Menschenleben können davon abhängen. Und je länger Sie hier stehenbleiben, Spooner, desto länger wird es dauern, bis ich hier fertig bin und mich Mr. Merchant zuwenden kann! Gehen Sie, Mann, und teilen Sie Merchant mit, was ich gesagt habe!«

Spooner verschwand mißmutig aus der Tür und knallte sie ziemlich laut zu, so laut er es eben wagte.

Der Chefarzt wandte sich wieder Pitt zu und schüttelte dabei leicht den Kopf.

»Shaw ...«, setzte Pitt an.

»Schon möglich, daß sich die eine oder andere Frau in ihn verliebt hat«, nahm der Chefarzt seine Rede wieder auf, »das passiert schon mal. Schwierige Beziehung zwischen Arzt und Patientin, einerseits so persönlich, andererseits so praktisch und im Grunde auch wieder sehr distanziert. Es wäre nicht das erste Mal, daß da etwas außer Kontrolle geraten wäre, aber auch, daß ein Vater oder Ehemann ganz falsche Schlüsse zieht.« Er schob die Unterlippe vor. »Es ist kein Geheimnis, daß Alfred Lutterworth große Einwände gegen die häufigen Besuche seiner Tochter bei Dr. Shaw hat, zumal Flora nicht preisgibt, was ihr fehlt. Sie ist ein hübsches Mädchen mit besten Zukunftsaussichten. Der alte Lutterworth hat ein Vermögen im Baumwollgeschäft verdient. Ich weiß nicht, ob jemand anders ein Auge auf Flora geworfen hat – ich wohne nicht in Highgate.«

»Ich danke Ihnen, Sir«, sagte Pitt aufrichtig. »Sie haben mir viel Zeit geopfert und mir geholfen, wenigstens einige Möglichkeiten auszuschließen.«

»Ich beneide Sie nicht um Ihre Arbeit«, entgegnete der Chefarzt. »Mir kam meine immer sehr hart vor, aber ich fürchte, Ihre ist noch härter. Guten Tag.«

Als Pitt die Klinik verließ, war es bereits dunkel und die

Gaslampen brannten. Das erste Herbstlaub raschelte unter seinen Füßen, als er zur nächsten Kreuzung ging, um eine Droschke zu nehmen. In der Luft des Oktoberabends lagen Klarheit und Kälte, die baldigen Frost versprachen. Die Sterne funkelten und glitzerten wie leuchtende Nagelköpfe in unendlicher Entfernung. Hier in Highgate gab es keinen Nebel vom Fluß und keinen Rauch von Fabriken und dicht aneinandergedrängten Schornsteinen alter Häuser. Thomas Pitt roch den Duft der Felder, den der Wind herantrug, und hörte einen Hund in der Ferne bellen. Er nahm sich vor, mit Charlotte und den Kindern eines Tages für eine Woche aufs Land zu fahren. Lange Zeit hatte seine Frau Bloomsbury nicht mehr verlassen. Sie würde sich wohl fühlen. Beschwingt malte er sich aus, wie er kleine Ersparnisse zurücklegen könnte, um den Landaufenthalt möglich zu machen, und was sie für ein Gesicht machen würde, wenn er es ihr endlich sagen könnte. Er wanderte den Flußpfad entlang und war so in Gedanken versunken, daß die erste Droschke an ihm vorüberfuhr und hinter dem Hügel verschwand, ehe er sie wahrgenommen hatte.

Am nächsten Morgen kehrte er nach Highgate zurück, um zu sehen, ob Murdo etwas Interessantes entdeckt hatte, doch der junge Beamte war schon wieder unterwegs, und hatte nur ein paar kurze Notizen hinterlassen. Pitt begab sich noch einmal in das Krankenhaus, um mit Shaws schwerverletztem Butler zu reden.

Der Mann lag in seinem Bett wie aufgebahrt, und seinen Augen war deutlich anzusehen, daß er immer noch unter Schock stand und starke Schmerzen hatte; sein Gesicht war unrasiert und sein linker Arm vollständig verbunden. Er hatte Schürfwunden im Gesicht und es bildete sich bereits Schorf. Überflüssig, daß der Doktor Pitt noch erklärte, daß der Mann schwere Brandwunden davongetragen hatte.

Pitt stand neben dem Bett des Verletzten, und obwohl es in dem Raum nach Blut, Karbol, Schweiß und Chloroform roch, stach ihm doch zugleich die Erinnerung an Rauch und kokelndes Holz in die Nase, als hätte er noch vor wenigen Minuten vor den Ruinen des niedergebrannten Hauses gestanden; und wieder sah er den verkohlten Leichnam von Clemency Shaw vor sich auf der Bahre liegen, der kaum noch als ein menschlicher Körper erkennbar war. Eine innere Wut zog ihm den Magen und die Brust zusammen, und es fiel ihm schwer, die Worte in seinem Mund zu formen oder überhaupt das Sprechen zu beginnen.

»Mr. Burdin?«

Der Butler öffnete seine Augen und schaute Pitt völlig interesselos an.

»Mr. Burdin, ich bin Inspektor Pitt von der städtischen Polizei. Ich bin nach Highgate gekommen, um herauszufinden, wer das Feuer in Dr. Shaws Haus gelegt hat.« Er verzichtete absichtlich darauf, den Namen Clemency zu erwähnen. Vielleicht wußte der Mann noch nichts von der Tragödie. Das würde ihm nur einen zusätzlichen Schock versetzen. Er sollte vorsichtig davon in Kenntnis gesetzt werden, von jemandem, der sich dann um ihn kümmern könnte, vielleicht auch die Trauer mit ihm teilen, falls sich seine Verfassung noch verschlechtern sollte.

»Ich weiß nicht«, sagte Burdin zögernd und mit einer rauhen Stimme, die offenbar immer noch vom Rauch geschädigt war. »Ich habe nichts gesehen, nichts gehört, bis Jenny zu schreien angefangen hat. Jenny ist das Hausmädchen. Ihr Schlafzimmer liegt gleich neben dem Hauptgebäude.«

»Wir waren auch nicht davon ausgegangen, daß Sie gesehen haben, wie das Feuer angefangen hat.« Pitt gab sich Mühe, einen vertrauenerweckenden Ton anzuschlagen. »Oder daß Sie irgend etwas Einschlägiges darüber wissen. Aber vielleicht gibt es da irgend etwas, eine Überlegung, irgend etwas von Bedeutung – was vielleicht mit anderen Dingen zusammen einen Sinn ergibt. Kann ich Ihnen ein paar Fragen stellen?« Es war schon mehr als höflich, dafür die Erlaubnis einzuholen, aber der Mann stand sichtlich unter Schock und hatte starke Schmerzen.

»Aber natürlich.« Burdins Stimme war fast nur ein Krächzen. »Aber ich habe schon über alles nachgedacht, alles immer wieder in meinem Kopf gedreht und gewendet.« Auf seinem Gesicht zeichnete sich erneut angestrengtes Nachdenken ab. »Aber ich kann mich überhaupt nicht an Einzelheiten erinnern – nicht an die kleinste Kleinigkeit. Es war alles wie ...« Ihm blieb der Atem im Halse stecken, und er begann zu husten, und schon brach eine Schramme in seinem Gesicht wieder auf.

Pitt war einen Moment lang verwirrt, dann stieg Panik in ihm auf, als er sah, wie das Gesicht des Mannes allmählich blutüberströmt wurde, während er nach Luft rang und Tränen über seine Wangen liefen. Hilfesuchend sah er sich um, aber es war niemand da. Dann sah er Wasser auf einem Tisch in der Ecke stehen, und er langte danach, goß etwas in eine Tasse und benahm sich dabei in seiner Eile sehr ungeschickt. Er faßte Burdin um die Schultern und hob ihn ein wenig hoch, um ihm die Tasse an die Lippen setzen zu können. Zuerst hustete Burdin genau in die Tasse hinein, so daß ihm das Wasser über den Körper tropfte, doch schließlich konnte er etwas hinunterschlucken, um seine brennende Kehle zu kühlen. Der Schmerz war nun gelindert, und er legte sich völlig erschöpft wieder zurück. Es wäre jetzt grausam und sinnlos, ihn noch einmal aufzufordern zu sprechen. Aber die Fragen mußten nun einmal gestellt werden.

»Sprechen Sie nicht«, sagte Pitt mit entschlossener Stimme. »Heben Sie nur die Hand, wenn die Antwort Ja lautet, und senken Sie die Hand, wenn sie Nein ist.«

Burdin lächelte schwach und hob seine Hand.

»Gut. Hat an jenem Tag außer den Patienten noch jemand anderes im Haus des Doktors angerufen?«

Hand hoch.

»Irgendwas Geschäftliches?«

Hand runter.

»Eine persönliche Bekanntschaft?«

Er stellte die Hand auf die Kante.

»Aus der Familie?«

Hand hoch.

»Die Schwestern Worlingham?«

Hand runter, sehr entschieden.

»Mr. oder Mrs. Hatch?«

Hand hoch.

»Mrs. Hatch?«

Hand runter.

»Mr. Hatch? Hat es einen Streit gegeben, gehobene Stimmen, irgend etwas Unangenehmes?« Allerdings konnte Pitt sich keine Situation vorstellen, in der eine hitzige Auseinandersetzung sich in einen Mord verkehrte.

Burdin zuckte mehrmals leicht mit den Schultern und drehte seine Hand auf die Kante.

»Nicht mehr als sonst auch?« vermutete Pitt.

Burdin lachte, und Pitt sah ein Flackern in seinen Augen, einen Ausdruck von Humor, aber er zuckte wieder mit den Schultern. Er wußte es nicht.

»Hat sonst noch jemand angerufen?«

Hand hoch.

»Jemand aus dem Ort?«

Hand hoch, und er hob sie noch etwas höher.

»Eine bekannte Person aus dem Ort? Mr. Lindsay?«

Burdins Gesicht entspannte sich zu einem Lächeln, seine Hand blieb erhoben.

»Sonst noch jemand, den Sie kennen?«

Hand runter.

Ihm ging noch die Frage durch den Kopf, ob es irgend etwas in der Post gegeben habe, das ungewöhnlich schien oder sein Interesse geweckt hätte, aber was hätte das sein sollen? Wie konnte jemand so etwas erkennen?

»Wirkte Dr. Shaw an diesem Tag ängstlich, oder war er über irgend etwas beunruhigt?«

Die Hand blieb unten, aber etwas unentschlossen bewegte sich die Handfläche über die Bettdecke.

Pitt stellte sich Shaws Gesichtsausdruck vor, den er sich aufgrund seiner Beobachtungen ins Gedächtnis rufen konnte. »Ärgerlich? War er über irgend etwas ärgerlich?«

Die Hand hob sich blitzschnell.

»Ich danke Ihnen, Mr. Burdin. Wenn Ihnen noch irgend etwas anderes einfällt, Äußerungen, ein Brief, irgendwelche ungewöhnlichen Vorkommnisse, geben Sie bitte hier im Krankenhaus Bescheid und schreiben es für mich auf. Ich komme dann sofort. Ich hoffe, daß Sie sich sehr schnell erholen.«

Burdin lächelte und schloß die Augen. Selbst diese kleine Anstrengung hatte ihn erschöpft.

Pitt ging hinaus, betroffen über soviel körperliches Leid, und hilflos, weil er nichts dagegen tun konnte; außerdem hatte er kaum etwas erfahren, was ihm von Nutzen erschien. Er stellte sich vor, daß Shaw und Hatch wahrscheinlich regelmäßig miteinander in Streit gerieten, schon darum, weil ihre Charaktere von Grund auf unterschiedlich waren. Er ging davon aus, daß sie über die meisten Themen unterschiedlicher Ansicht waren.

Der Gesundheitszustand von Shaws Köchin war weit weniger ernst, und darum verließ er das Krankenhaus und nahm eine Droschke, um über den kurzen Weg den Highgate Hill hinunter und über den Holloway in die Seven Sisters Road zum Haus der Verwandten der Köchin zu gelangen; Murdo hatte ihm die Adresse gegeben. Es war ein kleines, schäbiges, aber sauber geputztes Haus, genau so, wie er es sich vorgestellt hatte, und man ließ ihn nur widerwillig und nach ausgiebigen Diskussionen herein.

Er traf die Köchin in ihrem Bett an; sie lag in dem besten Schlafzimmer, bis zum Kopf zugedeckt, aber mehr, um den guten Anstand zu wahren, da sie Besuch von einem fremden Mann erhielt, als um sich vor der Kälte zu schützen. Sie hatte Brandverletzungen an einem Arm davongetragen und einen Teil ihres Haares verloren; das verlieh ihr ein etwas linkisches Aussehen, was, wenn es nicht so tragisch gewesen wäre, geradezu belustigend gewesen wäre. Es fiel Pitt nicht leicht, die richtigen Worte zu finden.

Die Nichte blieb trotzig während des ganzen Besuches im Raum und zeigte ein unzufriedenes Gesicht.

»Mrs. Babbage?« fragte Pitt. Köchinnen trugen immer die Ehrenbezeichnung ›Mrs.‹, ob sie verheiratet waren oder nicht.

Sie warf ihm einen erschrockenen Blick zu und hielt sich die Hand vor den Mund, um ihr Erschrecken zu verbergen.

»Ich will Ihnen nichts tun, Mrs. Babbage ...«

»Wer sind Sie? Was wollen Sie? Ich kenne Sie nicht.« Sie warf den Kopf zurück, als fühlte sie sich durch seine reine Anwesenheit körperlich bedroht.

Er beeilte sich, einen kleinen Stuhl heranzuziehen und sich hinzusetzen, um möglichst vertrauenerweckend zu wirken.

Sie stand offenbar immer noch stark unter Schock, zumindest seelisch, denn ihre Verletzungen schienen relativ harmlos zu sein.

»Ich bin Kommissar Pitt«, sagte er und vermied dabei das Wort Polizei. Er wußte, wie sehr ehrbare Hausangestellte jeden Zusammenhang mit dem Verbrechen haßten, und wie sehr sie die Anwesenheit der Polizei fürchteten. »Es ist meine Pflicht, alles zu tun, was in meiner Macht steht, um herauszufinden, wodurch das Feuer ausgebrochen ist.«

»Nicht in meiner Küche!« sagte sie so laut, daß ihre Nichte erschrocken zu ihr hinsah. »Unterstehen Sie sich, mich oder Doris zu beschuldigen! Ich weiß, wie man mit einem Ofen umgeht. Mir ist noch nicht einmal ein Stück Kohle herausgefallen. Niemals könnte ich ein ganzes Haus niederbrennen.«

»Das wissen wir, Mrs. Babbage«, sagte er besänftigend. »Das Feuer ist nicht in der Küche ausgebrochen.«

Nun schaute sie schon etwas milder, aber ihre Augen waren immer noch weit aufgerissen und aufmerksam, und ständig zwirbelte sie das Ende eines Taschentuches um ihre Finger, so daß das Fleisch von der Reibung schon ganz rot war. Sie wußte nicht, ob sie ihm glauben konnte und vermutete eine Falle.

»Das Feuer ist gelegt worden, es ist an den Vorhängen in vier verschiedenen Räumen im Erdgeschoß ausgebrochen«, erklärte er ihr.

»Niemand würde so etwas tun«, flüsterte sie, und wand das Taschentuch noch fester um ihre Finger. »Warum kommen Sie zu mir?«

»Weil Sie vielleicht irgend etwas gesehen haben, was Ihnen an diesem Tag aufgefallen ist, vielleicht hat sich jemand Unbekanntes dort herumgetrieben …« Kaum hatte er dies ausgesprochen, wußte er schon, daß es zwecklos war. Sie stand zu sehr unter Schock, als daß sie sich an irgend etwas erinnern konnte, und er selbst glaubte auch nicht daran, daß es sich um einen Vagabunden oder einen Hausierer handelte. Dazu war die Tat zu ausgeklügelt; sie verriet einen tiefen Haß oder unersättliche Habgier oder die Angst vor dem unerträglichen Verlust. Ihm kam noch einmal die Frage in den Sinn: Was wußte Stephen Shaw – und über wen?

»Ich habe nichts gesehen.« Sie begann zu weinen, rieb sich die Augen, dann hob sie noch einmal die Stimme. »Ich kümmere mich um meine eigenen Sachen. Ich stelle keine Fragen und ich höre niemandem zu, der hinter der Tür redet. Und ich lasse mir nicht anmerken, was ich über meinen Herrn oder die Herrin denke …«

»Wirklich?« entfuhr es Pitt unbeabsichtigt. »Das ist sehr löblich. Ist das bei Köchinnen immer so?«

»Natürlich ist das so.«

»Wirklich? Und was haben Sie wirklich gedacht?« Er bemühte sich, amüsiert dreinzublicken. »Was ist es, worüber Sie sich Gedanken gemacht haben, worüber Sie sich gewundert haben?«

Sie richtete sich auf und sah ihn über ihre große Hand hinweg, die ganz mit dem Taschentuch umwickelt war, an.

»Nun, ich hab' mich zum Beispiel gewundert, warum eines der Mädchen entlassen worden ist, wo doch überhaupt nichts falsch an ihr war, und warum es bei uns keinen Lachs mehr gab wie sonst immer und auch keine gute Hammelkeule oder Schweinefleisch – und ich hätte Burdin gerne gefragt, warum wir im letzten halben Jahr keinen Bordeauxwein mehr geliefert bekommen haben.«

»Und das haben Sie natürlich nicht getan«, sagte Pitt voller Bewunderung, mußte aber ein Lächeln verbergen. »Dr. Shaw kann sich wirklich glücklich schätzen, eine so diskrete Köchin in seinem Haushalt zu haben.«

»Oh, ich weiß noch nicht, ob ich weiter für ihn kochen werde!« Sie begann erneut, heftig zu schniefen. »Jenny ist entlassen worden, und sobald sie wieder in Ordnung ist, wird sie nach Somerset zurückgehen, wo sie herstammt. Und den armen Mr. Burdin hat es so arg erwischt, daß man noch gar nicht weiß, ob er jemals wieder der Alte wird. Nein, ich muß in einem ehrenwerten Haus arbeiten, das brauche ich für meine Nerven.«

Dagegen ließ sich in der Tat nichts einwenden, und zur Zeit brauchte Mr. Shaw tatsächlich keine Hausangestellten – es gab kein Haus mehr, in dem sie leben konnten, und keines, um das sie sich kümmern mußten. Und abgesehen davon ging Pitt nun die höchst interessante Neuigkeit durch den Kopf, daß die Shaws offenbar ihren Lebensstandard kürzlich erheblich hatten reduzieren müssen, so daß es auch der Köchin nicht verborgen geblieben war und sie angefangen hatte, sich zu wundern.

Er stand auf, wünschte ihr alles Gute und bedankte sich bei der Nichte, dann verließ er das Haus. Als Nächstes suchte er die Hausmädchen Jenny und Doris auf, die beide nur ganz leichte Verbrennungen davongetragen hatten und stärker unter dem Schock litten als unter körperlichen Schmerzen. Auch bestand bei ihnen nicht die Gefahr, daß sie nicht wieder in Ordnung kämen, wie es bei dem armen Mr. Burdin der Fall war.

Er traf sie im Pfarrhaus in der Obhut von Lally Clitheridge an, wo er für sein Erscheinen keine weiteren Erklärungen abgeben mußte.

Doch selbst nach eingehender Befragung konnten sie ihm nichts mitteilen, was für ihn von Nutzen schien. Sie hatten keine auffällige Gestalt in der Nachbarschaft gesehen, und im Haus war alles so gewesen wie immer. Es war ein ganz gewöhnlicher Tag gewesen, bis sie nachts aufgeschreckt worden waren, Jenny durch den Geruch von Rauch, da sie wach lag und über etwas nachdachte, worüber sie nicht sprechen wollte, und Doris durch Jennys Schreie.

Er bedankte sich und ging hinaus in den Abendnebel und setzte seinen Weg entschlossen in südlicher Richtung zur Woodsome Road fort, wo sich das Haus jener Frau befand, die täglich die schwere Putzarbeit erledigte. Sie hieß Mrs. Colter. Sie wohnte in einem kleinen Haus, aber die Fenster waren blankgeputzt und die Treppenstufen so makellos geschrubbt, daß er kaum wagte, seine Stiefel darauf zu setzen.

Die Tür wurde von einer kräftigen, gut genährten Frau mit einem runden Gesicht und einem großen Busen geöffnet; sie trug eine Schürze und ihr Haar war unordentlich im Nacken zu einem Knoten zusammengebunden.

»Wer sind Sie?« fragte sie erstaunt, aber es war kein Argwohn in ihrer Stimme. »Ich kenn' Sie nicht, oder?«

»Mrs. Colter?« Pitt nahm seinen etwas zerschlissenen Hut ab.

»Ja, das bin ich. Aber das sagt mir noch nicht, wer Sie sind!«

»Thomas Pitt von der städtischen Polizei ...«

»Oh ... « Ihre Augen wurden groß. »Sie kommen wohl wegen dem Feuer bei dem armen Doktor. Das ist eine schreckliche Sache. Sie war eine gute Frau, unsere Mrs. Shaw. Ich bin wirklich sehr traurig darüber. Kommen Sie rein. Ihnen ist wohl kalt, und Sie haben Hunger, stimmt's?«

Pitt trat ein, und bevor er den blanken Lineleumboden betrat, trat er sich sorgfältig die Schuhe ab. Am liebsten hätte er sich die Stiefel ausgezogen, wie er es zu Hause immer tat. Der Duft von einem saftigen Hammelgulasch stieg ihm in die Nase, ein köstlicher Zwiebelgeruch und die Süße von frischen Karotten und weißen Rüben.

»Ja«, sagte er mit Dankbarkeit in der Stimme. »Ja, es stimmt.«

»Ich weiß nicht, ob ich das Richtige für Sie habe.« Sie ging voraus, und er folgte ihr. Jetzt in diesem Raum mit dem köstlichen Essensduft sitzen zu müssen und nichts zu essen, das wäre wirklich schwer. Sie führte ihn in eine kleine, blankgewienerte Küche, wo ein riesiger Pott auf dem großen Herd vor sich her köchelte und die Luft mit Dampf und Wärme erfüllte. »Ich will mein Bestes tun«, fügte sie hinzu.

»Vielen Dank.« Pitt setzte sich auf einen Küchenstuhl und hoffte insgeheim, daß sie das Hammelgulasch meinte und nicht die Beantwortung seiner Fragen.

»Man sagt, daß es Brandstiftung war«, sagte sie und nahm den Deckel von dem Topf und rührte mit kräftigen Zügen mit einem hölzernen Kochlöffel den Inhalt durch. »Obwohl, wie Leute sowas machen können, das kann ich mir überhaupt nicht vorstellen.«

»Sie sagen ›wie‹, Mrs. Colter, nicht ›warum‹,«, bemerkte Pitt, und sog den guten Duft tief ein. »Könnten Sie sich vorstellen, warum?«

»Ist nicht viel Fleisch drin«, sagte sie bedauernd. »Nur ein bißchen Hammelkutteln.«

»Haben Sie eine Ahnung, warum, Mrs. Colter?«

»Weil ich kein Geld hab' für mehr, das ist nun mal so«,

sagte sie und sah ihn an, als wäre er schwer von Verstand, aber sie war keineswegs unfreundlich.

Pitt wurde rot. Armut war ihm ausreichend vertraut, so daß er nie eine solche Bemerkung gemacht hätte.

»Ich meine, warum sollte irgend jemand in Dr. und Mrs. Shaws Haus Feuer gelegt haben!«

»Möchten Sie was?« Sie hielt den Löffel hoch.

»Ja bitte, gerne.«

»Da kann es viele Gründe geben.« Sie füllte eine reichliche Portion in eine große Schüssel. »Rache zum Beispiel. Manche Leute sagen, er hätte sich mehr um Mr. Theophilus Worlingham kümmern sollen. Obwohl ich immer gedacht habe, Mr. Theophilus würde sich selbst wieder begrappeln und dann eines Tages sterben. Und das tat er auch. Aber die Leute sehen das nicht so.« Sie stellte die Schüssel vor ihn hin und gab ihm einen Löffel. Es waren vor allem Kartoffeln, Zwiebeln, Karotten und eine süße kleine Rübe mit winzigen Stückchen Fleisch, aber es war heiß und sehr gut gewürzt.

»Vielen Dank«, sagte er und zog die Schüssel zu sich heran.

»Ich glaub' nicht, daß es damit viel zu tun hat.« Sie ließ den Gedanken fallen. »Mr. Lutterworth war ziemlich böse auf Dr. Shaw, weil da was mit seiner Tochter, Miss Flora, war, die immer wieder zu ihm ging, insgeheim, und nicht zu den normalen Sprechstunden. Aber Mrs. Shaw machte sich keine Sorgen, darum glaube ich nicht, daß da irgendwas dran ist. Jedenfalls nicht viel. Ich denk', Dr. Shaw und Mrs. Shaw kamen gut miteinander zurecht. Waren gute Freunde, aber mehr war da wohl nicht.«

»Das ist sehr aufmerksam von Ihnen, Mrs. Colter«, sagte Pitt nachdenklich.

»Brauchen Sie Salz?« fragte sie.

»Nein danke, es ist ausgezeichnet so.«

»Wirklich?« Sie schüttelte den Kopf.

»Ja wirklich. Man braucht nichts mehr dazuzutun«, versicherte er.

»Es gibt nicht viel zu sehen, wenn die Leute aneinander gewöhnt sind und Respekt haben, aber man muß sich nicht wundern, wenn einer sich mal in jemand anders verguckt.«

»Und Dr. und Mrs. Shaw hatten sich in jemand anders verguckt?« Pitt ließ den Löffel in der Schale stecken, er vergaß sogar weiterzuessen.

»Soweit ich weiß, nicht. Aber Mrs. Shaw fuhr fast jeden Tag in die Stadt, und er ließ sie gehen und machte sich nie Sorgen und fragte sich nicht, wohin sie wohl ging; und die Frau des Vikars kam auch immer wieder rüber, auch wenn sie gar nichts Besonderes wollte, um Dr. Shaw zu besuchen, und er lachte mit ihr.«

Diesmal konnte Pitt sich das Lachen nicht verkneifen, und er beugte seinen Kopf über die Schüssel, um das Schlimmste zu verhindern.

»Wirklich?« sagte er, nachdem er einen Löffel voll genommen hatte. »Glauben Sie, daß Dr. Shaw das gemerkt hat?«

»Ich bitte Sie, nein. Der war blind wie ein Maulwurf, wenn es um solche Gefühle ging. Aber Mrs. Shaw, sie hat es gewußt, und ich glaube, sie hat ein bißchen Mitleid mit ihr gehabt. Der Vikar ist schon ein armer Typ. Er meint es gut. Aber er ist kein Mann, verglichen mit dem Doktor. Aber«, sie seufzte, »das ist nun mal, wie es ist.« Sie sah auf seine leere Schüssel. »Wollen Sie noch was?«

Er dachte an die Familie, die sie noch satt kriegen mußte, und schob die Schüssel von sich weg.

»Nein danke, Mrs. Colter. Ich bin jetzt wunderbar gesättigt. Ganz köstlicher Geschmack.«

Ihr stieg ein wenig Farbe ins Gesicht. An Komplimente war sie nicht gewöhnt, und sie wirkte erfreut und beschämt zugleich.

»Ist gar nichts Besonderes.« Sie ging zum Herd, um noch einmal im Topf zu rühren.

»Für Sie ist es wahrscheinlich nichts Besonders.« Er stand vom Tisch auf und stellte den Stuhl an seinen Platz zurück, was er zuhause nie getan hätte. »Aber ich bin Ihnen sehr zu Dank verpflichtet. Gibt es sonst noch etwas, was Ihnen aufgefallen ist, was irgendwie mit dem Feuer zu tun haben könnte?«

Sie zuckte die Schultern. »Dann ist da noch das Worlingham-Geld, denke ich. Ich weiß aber nicht, was damit los ist. Ich kann mir nicht vorstellen, daß der Doktor sich viel daraus gemacht hat, und sie haben keine Kinder, die armen Leute.«

»Danke, Mrs. Colter. Sie haben mir sehr geholfen.«

»Wüßte nicht, wieso. Jeder Depp hätte Ihnen das erzählen können, aber wenn es Ihnen gefällt, dann bin ich froh. Und ich hoffe, daß Sie den zu fassen kriegen, der es gemacht hat.« Sie schnaufte und drehte sich wieder um, um noch einmal im Kochtopf zu rühren. »Sie war eine wunderbare Frau, und ich bin sehr in Trauer, daß sie tot ist – und dann auf so schreckliche Weise.«

»Ich werd' ihn fassen, Mrs. Colter«, sagte er geradezu unbekümmert. Aber als er draußen auf dem Gehsteig im scharfen Abendwind stand, wünschte er, er hätte sich zurückhaltender benommen. Bis jetzt hatte er noch nicht die leiseste Idee, wer all diese Feuer gelegt haben könnte.

Am nächsten Morgen kehrte er sofort nach Highgate zurück und dachte während der langen Fahrt immer wieder über den Fall nach. Er hatte Charlotte von den Fortschritten erzählt, die er inzwischen gemacht hatte. Doch sie waren nicht der Rede wert, und er erzählte ihr mehr davon, weil sie ihn danach gefragt hatte. Sie hatte an dem Fall ein weit größeres Interesse entwickelt, als er erwartet hatte, weil es bis jetzt noch keine sonderlich dramatischen Ereignisse gegeben hatte, verglichen mit anderen Fällen, die sonst ihr Mitgefühl stark in Anspruch genommen hatten. Sie äußerte sich nicht weiter dazu. Sie brachte nur ihr Bedauern zum Ausdruck über den schrecklichen Tod dieser Frau.

Er versicherte ihr, daß Clemency Shaw aller Wahrscheinlichkeit nach bereits durch den Rauch bewußtlos geworden war, lange bevor die Flammen sie verbrannten. Es war sogar möglich, daß sie gar nicht mehr aufgewacht war.

Das war für Charlotte sehr tröstlich, und da er ihr bereits gesagt hatte, daß er bisher nur minimale Fortschritte gemacht hatte, fragte sie ihn nicht weiter. Statt dessen wandte sie sich ihren eigenen Tagesgeschäften zu, ging in die Küche und gab dem Dienstmädchen Gracie Anweisungen für die zu verrichtenden Arbeiten des Tages.

Während Pitt all diese Gedanken noch einmal durch den

Kopf gingen, änderte er plötzlich seinen Plan, direkt nach Highgate zu fahren. Er ließ die Droschke vor Amos Lindsays Haus anhalten, bezahlte den Kutscher und stieg zur Haustür hinauf. Sie wurde von dem dunkelhaarigen Diener geöffnet, den Pitt bereits kannte.

Pitt fragte, ob er mit Dr. Shaw sprechen könne.

»Dr. Shaw ist auf Visite« – und nach einem kurzen Zögern fügte er hinzu: »Sir«.

»Ist Mr. Lindsay zu Hause?«

»Wenn Sie bitte hereinkommen möchten, werde ich sehen, ob er Sie empfangen kann.« Der Diener trat zur Seite. »Wen darf ich melden?«

Erinnerte er sich wirklich nicht, oder wollte er sich nur hochmütig zeigen?

»Kommissar Thomas Pitt von der städtischen Polizei«, antwortete er leicht pikiert.

»Ja natürlich.« Der Diener deutete eine Verbeugung an. »Möchten Sie so gut sein, hier zu warten? Ich komme sofort zurück.« Und ohne Pitts Reaktion abzuwarten, verschwand er schnell und geräuschlos im Inneren des Hauses.

Pitt hatte nun Zeit, sich noch einmal in der Eingangshalle umzusehen und die furchterregende und exotische Mischung aus Kunstwerken und Erinnerungsstücken zu betrachten. Es gab keine Gemälde, keinerlei Kunstwerke derart, wie sie aus der europäischen Kultur hervorgegangen waren. Die Skulpturen waren aus Holz oder Elfenbein und sehr fremd in ihren Formen, sie wirkten fast verloren in dem verhältnismäßig kleinen Raum mit der Holztäfelung und den quadratischen Fenstern, durch die das trübe Licht eines Oktobermorgens hereinfiel. Pitt dachte darüber nach, wie anders das Leben gewesen sein mußte, fast unvorstellbar für ihn, daß Amos Lindsay in fernen Ländern gelebt hatte, die keinerlei Ähnlichkeit hatten mit all dem, was Highgate und seine Bewohner zu bieten hatten. Was hatte er wohl gesehen, was getan; wen hatte er gekannt? Hatte er dort etwas gelernt, was heute seine politischen Ansichten ausmachte, vor denen Pascoe einen solchen Abscheu hatte?

Seine Spekulationen wurden jäh beendet, als der Diener wieder erschien und ihn mit milder Verachtung ansah.

»Mr. Lindsay wird Sie in seinem Arbeitszimmer empfangen, wenn Sie mir bitte folgen möchten.« Diesmal verzichtete er auf das »Sir«.

Amos Lindsay stand in seinem Studierzimmer mit dem Rücken zum lodernden Kaminfeuer. Sein Gesicht schimmerte rötlich unter dem prachtvollen weißen Haar. Offenbar war er keineswegs ungehalten, Pitt zu sehen.

»Kommen Sie herein«, sagte er freundlich. »Was kann ich für Sie tun? Shaw ist bei seinen Kranken, ich weiß nicht, wie lange er fort sein wird. Was könnte ich Ihnen noch sagen? Ich wünschte, ich wüßte etwas. Es ist alles ganz entsetzlich.«

Pitt richtete seinen Blick auf Lindsays afrikanische Trophäen. »Sie müssen in Ihrem Leben eine Menge Gewalt erlebt haben.« Er dachte an Großtante Vespasias Freundin, Zinobia Gunne, die auch durch Afrika gezogen war und Flüsse befahren hatte, die auf keiner Landkarte verzeichnet waren, und die in Dörfern gelebt hatte, deren Einwohner noch keinem Europäer zu Gesicht gekommen waren.

Lindsay beobachtete Pitt neugierig. »Das stimmt, aber ich habe mich nie an den gewaltsamen Tod gewöhnt. Wenn man in einem fernen Land lebt, das einem anfangs noch sehr fremd vorkommen mag, werden die Menschen einem doch schon nach kurzer Zeit sehr vertraut. Man lacht und weint mit ihnen. Verglichen mit der Ähnlichkeit, sind alle Unterschiede auf dieser Welt nur ein Schatten. Um Ihnen die Wahrheit zu sagen, ich habe mich einem Neger, der nackt – außer seiner Körperbemalung – im Mondenschein tanzte, oder einer Asiatin, die ihr ängstliches Kind an sich drückte, verwandter gefühlt als diesem Josiah Hatch und seinesgleichen, die salbungsvolle Reden über die Stellung der Frau schwingen und darüber, daß es Gottes Wille sei, daß Frauen bei der Geburt leiden sollen.« Er schnitt eine Grimasse. »Und ein christlicher Arzt greift da natürlich nicht ein! Eva muß bestraft werden und all so ein Quatsch! Ich weiß allerdings, daß Hatch in diesem Punkt die Mehrheit hinter sich hat.« Er sah Pitt mit seinen himmelblauen Augen an, die fast hinter seinen zusammengekniffenen Lidern verschwunden waren, als müßte er sie immer noch vor der Tropensonne schützen.

Pitt lächelte. Er hielt es für möglich, daß er genauso denken würde, wenn er England je verlassen hätte.

»Ist Ihnen auf Ihren Reisen einmal eine Dame mit dem Namen Zenobia Gunne begegnet ...« Er sprach nicht weiter, denn Lindsays Gesicht strahlte vor Freude und Ungläubigkeit.

»Nobby Gunne? Natürlich! Im Jahre 1869 habe ich sie in einem Dorf in Ashanti getroffen. Sie ist eine wunderbare Frau. Woher – um Himmels willen – kennen Sie sie?« Er zögerte. »Es geht ihr doch gut, oder?«

»Ja, ja«, antwortete Pitt schnell. »Jedenfalls vor ein paar Monaten war sie bei bester Gesundheit. Sie ist mit einer Verwandten meiner Schwägerin befreundet.«

Lindsay nickte zufrieden. Er bot Pitt einen Stuhl an und nahm selbst Platz. »Was machen wir jetzt mit dem armen Stephen Shaw? Wissen Sie, er hing sehr an Clemency. Es war keine große Leidenschaft – falls es je eine gegeben hat, war sie längst vorbei –, aber er schätzte seine Frau; er hatte sie zutiefst gern. Es ist nicht vielen Männern gegeben, ihre Frauen so zu mögen. Clemency besaß einen selten wachen Verstand, wissen Sie.« Er hob die Brauen, und seine kleinen, wachen Augen beobachteten Pitts Reaktion.

Pitt dachte an Charlotte. Ihr Gesicht erschien vor seinem geistigen Auge, und sein Gefühl der Zuneigung für sie überwältigte ihn beinahe. Ihre Freundschaft war genauso kostbar wie die Liebe, vielleicht sogar ein noch größeres Geschenk, da sie langsam gewachsen war durch Gemeinsamkeit, durch den Austausch kleiner Scherze, durch gegenseitige Unterstützung in Sorgen und Not, durch das Annehmen der Schwächen und Stärken des anderen.

Wenn aber bei Stephen Shaw die Leidenschaft in der Ehe erloschen war, und er war ein leidenschaftlicher Mann, konnte sie sich an einer anderen Frau entzündet haben? Würde eine noch so tiefe Freundschaft diesen Wirbelwind des sexuellen Verlangens überleben? Pitt wollte es gern glauben, weil ihm Shaw instinktiv sympathisch gewesen war.

Doch würde eine Geliebte, wer immer sie war, nicht kochen vor Eifersucht bei dem Gedanken, daß Shaw seine Frau noch schätzte und bewunderte, und konnte das zu einem Mord führen?

Lindsay sah ihn an und wartete auf einen Kommentar.

Thomas Pitt wählte seine Worte sorgfältig. »Sicher fällt es dem Doktor momentan schwer, sich einen mordgierigen persönlichen Feind vorzustellen. Aber da Sie Shaw gut kennen, sind Sie möglicherweise imstande, eine Andeutung in dieser Richtung zu machen ...« Pitt ließ den Satz in der Luft hängen und hoffte, Lindsay möge verstehen, was er meinte.

Lindsay war zu intelligent, um eine Erklärung zu benötigen. »Stephen hat sich bestimmt Feinde geschaffen«, sagte er ruhig, »wie die meisten Leute mit starken Überzeugungen, vor allem, wenn sie kein Blatt vor den Mund nehmen. Leider hat Shaw keine Geduld mit Dummköpfen und noch weniger mit Heuchlern, die in der Gesellschaft haufenweise vorhanden sind.« Er schüttelte den Kopf. »Es gibt genügend Leute, die sich nur damit befassen, moralische Regeln für andere aufzustellen, und da blüht dann die Scheinheiligkeit, wenn sie nur darauf bedacht sind, wer diese Regeln einhält und wer nicht.«

»Wen könnte Shaw ganz besonders beleidigt haben?«

Lindsay lächelte plötzlich. »Gütiger Himmel, Mann – einfach jeden! Celeste und Angeline meinen, er hätte Theophilus zu nachlässig behandelt, und daß der alte Narr noch leben könnte, wenn er ihm mehr Sorgfalt gewidmet hätte.«

»Könnte er?«

Lindsays Augenbrauen hoben sich. »Das weiß Gott. Ich bezweifle es. Was vermag man gegen einen Schlaganfall zu tun? Shaw konnte nicht Tag und Nacht bei dem Alten sitzen.«

»Wer hegt noch einen Groll?«

»Alfred Lutterworth denkt, daß seine Tochter Flora in Stephen verliebt ist, was ja stimmen kann. Sie taucht ständig bei ihm auf, auch außerhalb der Sprechstunden. Lutterworth befürchtet, daß Stephen Flora verführt, weil er ein Auge auf ihr Geld geworfen hat, und da ist ein beträchtliches Vermögen.« Lindsays offener Blick, der leichte Ironie verriet, machte Pitt klar, daß ihm der Gedanke noch nicht in den Sinn gekommen war, Shaw hätte seine Frau ermordet haben können, weil sie einer so vorteilhaften Ehe im Weg stand. In seinem Gesicht zeigte sich ein Ausdruck von Mitgefühl und etwas wie Verachtung, aber ohne jede Grausamkeit – und ohne jede Besorgnis.

»Und natürlich ist Lally Clitteridge über seine Ansichten entsetzt«, fuhr Lindsay fort und lächelte breit. »Was nicht ausschließt, daß sie von seiner Vitalität fasziniert ist. Er ist zehnmal männlicher als der arme alte Hector. Prudence Hatch mag Stephen sehr gern, sie hat aber auch Angst vor ihm, warum, weiß ich nicht. Josiah Hatch kann ihn nicht ausstehen, und dafür gibt es unzählige Ursachen, die in seiner Person begründet liegen – und in der von Stephen. Quinton Pascoe, der schöne romantische Bücher verkauft und rezensiert, hält Stephen für einen verantwortungslosen Bilderstürmer, weil er John Dalgetty und seine avantgardistischen Ansichten über Literatur unterstützt, ganz gleich, gegen wen diese Ansichten sich richten und wen sie verletzen.«

»Können sie wirklich verletzen?« fragte Pitt neugierig. Literarische Meinungsverschiedenheiten konnten doch wohl nicht so bedeutungsvoll sein, daß sie einen Mord nach sich zogen? Nur ein Verrückter würde wegen einer Geschmackssache töten!

»Sie können, ganz erheblich sogar.« Lindsay merkte Pitts Skepsis, und in seinen eigenen Augen funkelte es ironisch. »Sie müssen Pascoe und Dalgetty verstehen. Ideale, das Formulieren von Gedanken, die Kunst des Schöpferischen und der Mitteilung sind ihr Leben.« Er zuckte die Schultern. »Aber Sie haben mich gefragt, wer Stephen gehaßt hat, und nicht, wen ich für fähig hielte, ihn durch einen Brandanschlag zu ermorden. Wenn mir so jemand einfiele, hätte ich Ihnen das längst gesagt.«

Pitt stimmte mit einem Nicken zu und wollte fortfahren, da kam der Diener herein und kündigte den Besuch von Mr. Dalgetty an. Lindsay warf Pitt einen amüsierten Blick zu und signalisierte seine Bereitschaft, den neuen Gast zu empfangen.

Einen Moment später kam John Dalgetty herein, und man merkte ihm an, daß er erwartet hatte, Lindsay allein anzutreffen. Er war ein dunkler Typ von mittlerer Größe und Statur, mit einer geraden Stirn, scharfsinnigen Augen und einem sich lichtenden Haarschopf. Seine Kleidung wirkte gewollt nachlässig.

Er begrüßte Lindsay und betrachtete Pitt neugierig, dann stellte er sich mit einer leichten Verbeugung vor. »John Dalgetty, Verkäufer hervorragender Bücher und Literaturkritiker und – wie ich hoffe – Verbreiter von Ideen.«

»Thomas Pitt, Polizeikommissar und – wie ich hoffe – Entdecker der Wahrheit oder wenigstens eines Teils davon«, sagte Pitt. »Wir lernen sie niemals ganz kennen, aber manchmal genug, um der Gerechtigkeit Genüge zu tun.«

»Lieber Himmel!« Dalgetty lachte laut, und dieses Lachen drückte außer Belustigung auch Nervosität aus. »Ein Polizist mit außergewöhnlichen Redewendungen! Machen Sie sich über mich lustig, Sir?«

»Absolut nicht«, erwiderte Pitt ehrlich. »Die Wahrheit eines Verbrechens, seine Hintergründe und Wirkungen liegen außerhalb unseres Wellenbereichs. Doch wenn wir gewissenhaft sind und Glück haben, könne wir herausfinden, wer es begangen hat und warum.«

»Oh … ah … ja, eine schreckliche Tat.« Dalgetty schüttelte leicht den Kopf. »Mrs. Shaw war eine feine Frau. Ich kannte sie nur flüchtig; sie war immer so beschäftigt mit ihren Angelegenheiten, mit guten Taten und so etwas. Sie hatte einen ausgezeichneten Ruf.« Er sah Pitt beinahe herausfordernd an. »Nie habe ich irgendein böses Wort über sie gehört. Sie war sehr befreundet mit meiner Frau. Ihr Tod ist ein tragischer Verlust. Ich wünschte, ich könnte Ihnen helfen, aber ich weiß nichts, wirklich gar nichts.«

Pitt war geneigt, ihm zu glauben, doch er stellte noch ein paar Fragen, die allerdings kein Ergebnis brachten.

Ungefähr eine Viertelstunde nachdem Dalgetty sich verabschiedet hatte, erschien Stephen Shaw. Pitt bemerkte die Schatten unter seinen Augen und die angespannten Linien um seinen Mund.

»Guten Tag, Dr. Shaw«, sagte er ruhig. »Es tut mir leid, Sie noch einmal belästigen zu müssen; doch es sind noch viele Fragen offen.«

»Natürlich.« Geistesabwesend rückte Shaw einen Ashantispeer an der Wand zurecht. »Aber ich habe Ihnen schon alles gesagt, woran ich mich erinnern kann.«

»Was ist mit Ihren Patienten? Haben Sie irgendeine Krankheit behandelt, die jemand geheimhalten will?«

»Wie bitte?« Shaw starrte ihn mit großen Augen an. »Wenn es um etwas Ansteckendes geht, melde ich das, und wenn einer verrückt ist, schicke ich ihn in eine Anstalt.«

»Wie ist das bei Syphilis?«

»Gute Frage«, meinte Shaw leise. »Sie ist ansteckend und verursacht schließlich Wahnsinn – und ich sollte wahrscheinlich Schweigen bewahren.« Der Hauch eines ironischen Lächelns umspielte seinen Mund. »Syphilis wird nicht durch einen Händedruck und nicht durch ein benutztes Weinglas übertragen, und syphilitischer Wahnsinn führt nicht zu Mordlust.«

»Haben Sie einen solchen Fall behandelt?« Pitt wollte dem Doktor nicht gestatten, einer Antwort auszuweichen.

»Wenn es so wäre, würde ich doch jetzt nicht das Vertrauen eines Patienten brechen.« Shaw sah ihn offen, aber verächtlich an. »Ich lehne jede Diskussion über Fragen meiner ärztlichen Schweigepflicht ab.«

»Dann wird es lange dauern, bis wir den Mörder Ihrer Frau gefunden haben, Dr. Shaw«, meinte Pitt kühl. »Aber ich werde in meinen Bemühungen nicht nachlassen. Abgesehen davon, daß das meine Aufgabe ist – je mehr ich über Ihre Frau höre, desto fester glaube ich, daß sie es verdient hat.«

Shaws Gesicht wurde blaß, und seine Halsmuskeln wirkten angespannt, als kämpfe er mit seelischem Schmerz, aber er sagte nichts.

Pitt wußte, daß er taktlos war, und er haßte es; doch wenn er sich jetzt zurückhielt, würde sich das in der nahen Zukunft negativ auswirken.

»Falls der Mörder nicht Ihre Frau, sondern Sie treffen wollte, wird er es noch einmal versuchen. Ist Ihnen das klar?«

»Ja, Mr. Pitt«, erwiderte der Arzt sehr ruhig. »Dennoch kann ich meinen Ehrenkodex nicht brechen. Es wäre ja auch nicht sicher, daß ein Verrat an meinen Patienten mich retten würde – zu einem solchen Handel bin ich nicht bereit. Was immer Sie in Erfahrung bringen wollen – Sie müssen es auf andere Weise versuchen.«

Pitt war nicht erstaunt, denn er hatte genau das von Shaw erwartet. Eine andere Reaktion des Doktors hätte ihn sogar enttäuscht.

Er blickte in Lindsays Gesicht, das eine tiefe Zuneigung und eine gewisse Befriedigung ausdrückte. Auch er hätte es enttäuschend gefunden, wenn Shaw gesprächiger gewesen wäre.

»Dann werde ich es wohl auf meine Weise weiterverfolgen müssen«, sagte Pitt zustimmend und erhob sich. »Guten Tag, Mr. Lindsay, und danke für Ihre Offenheit. Guten Tag, Dr. Shaw.«

»Guten Tag, Sir.« Lindsay verabschiedete ihn mit ungewohnter Förmlichkeit, und Shaw blieb schweigend vor den Bücherregalen stehen.

Der Diener geleitete Pitt hinaus in das herbstliche Sonnenlicht, das dünn und golden auf den Rasen schien. Der Wind jagte trockenes Laub über den Gehsteig. Pitt mußte eine halbe Stunde kräftig marschieren, ehe er eine Droschke fand, die ihn in die Stadt zurückbrachte.

Stephen King

Risiko

Als [illegible]

[illegible]

Wie [illegible]

[illegible] die er von [illegible]

[illegible] und von [illegible] des [illegible]

[illegible]

[illegible] in die [illegible]

[illegible] zwischen [illegible] und [illegible] die eine und die [illegible] diese [illegible]

Als das Kratzen anfing, saß Howard Mitla allein in seinem Apartment in Queens, wo er mit seiner Frau lebte. Howard war einer der weniger bekannten vereidigten Buchprüfer in New York.

Violet Mitla, eine der weniger bekannten Zahnarzthelferinnen in New York, hatte gewartet, bis die Nachrichten vorbei waren, bevor sie in den Laden an der Ecke gegangen war, um einen Becher Eis zu holen. Nach den Nachrichten kam *Risiko*, eine Serie, die ihr überhaupt nicht gefiel. Sie sagte, es läge daran, daß Alex Trebec wie ein bösartiger Sektenprediger aussähe, aber Howard kannte die Wahrheit: wenn sie *Risiko* ansah, kam sie sich dumm vor.

Das Kratzen kam aus dem Bad an dem kurzen Flur, der zum Schlafzimmer führte. Howard erstarrte, als er es hörte. Es konnte kein Einbrecher oder Junkie sein; nicht bei den dicken Drahtgittern, die er vor zwei Jahren auf eigene Kosten vor allen Fenstern angebracht hatte. Hörte sich mehr an wie eine Maus im Waschbecken oder in der Wanne. Vielleicht sogar eine Ratte.

Während der ersten Fragen wartete er und hoffte, das Kratzen würde von allein wieder aufhören; aber es hörte nicht auf. Als die Werbespots anfingen, erhob er sich widerwillig von seinem Sessel und ging zur Badezimmertür. Sie stand einen Spalt offen, und von hier aus konnte er das Kratzen noch besser hören.

Mit ziemlicher Sicherheit eine Maus oder eine Ratte. Kleine Krallen, die auf dem Porzellan klickten.

»Verdammt«, sagte Howard und ging in die Küche.

In dem schmalen Zwischenraum zwischen Gasherd und Kühlschrank standen Putzgeräte – ein Mop, ein Eimer voll alter Lappen, ein Besen, an dessen Stiel eine Kehrschaufel hing. Howard nahm den Besen in die eine und die Kehrschaufel in die andere Hand. Auf diese Art bewaffnet, schritt er widerwillig wieder zurück durch das kleine

Wohnzimmer zur Tür des Bads. Er beugte den Kopf nach vorne. Horchte.

Kratz, kratz, kritz-kratz.

Ein leises Geräusch. Wahrscheinlich keine Ratte. Und doch beschwor sein Verstand immer wieder dieses Bild. Nicht nur eine Ratte, sondern eine *New Yorker* Ratte, ein häßliches, struppiges Ding mit winzigen schwarzen Augen, langen drahtigen Schnurrhaaren und spitzen Zähnen, die unter der V-förmigen Oberlippe hervorstanden. Eine Ratte von besonderer Art.

Das Geräusch war leise, fast unhörbar, aber trotzdem …

Hinter ihm sagte Alex Trebec: »Dieser russische Wahnsinnige wurde erschossen, vergiftet und erwürgt – und alles in einer Nacht.«

»War es Lenin?« antwortete einer der Kandidaten.

»Es war *Rasputin*, Spatzenhirn«, murmelte Howard Mitla. Er nahm die Kehrschaufel in die Hand, mit der er den Besen hielt, dann tastete er mit der freien Hand ins Bad und machte das Licht an. Er trat ein und schritt rasch zur Wanne in der Ecke unter dem schmutzigen, drahtvergitterten Fenster. Er haßte Ratten und Mäuse, haßte alle pelzigen Tiere, die piepsten und wuselten (und manchmal bissen); aber als Junge, der in Hell's Kitchen aufgewachsen war, hatte er die Erfahrung gemacht, wenn man eine loswerden wollte, mußte man rasch handeln. Es würde ihm nichts nützen, im Sessel zu sitzen und so zu tun, als hörte er nichts; Vi hatte während der Nachrichten zwei Bier getrunken, und wenn sie nach Hause kam, würde sie zuerst das Bad aufsuchen. Wenn dann eine Maus in der Wanne saß, würde sie kreischen, daß sich das Dach hob, und dann verlangen, daß er seiner Mannespflicht nachkam. Er mußte die Maus wegschaffen, so oder so. Schnellstens.

Die Wanne war leer bis auf die Dusche; der Schlauch lag auf dem Email wie eine tote Schlange.

Das Kratzen hatte aufgehört, als Howard das Licht angemacht und den Raum betreten hatte, aber jetzt fing es wieder an. Hinter ihm. Er drehte sich um, ging drei Schritte auf das Waschbecken zu und hob dabei den Besen.

Die Faust, die er um den Stiel gekrallt hatte, kam bis zur

Höhe des Kinns, dann hielt sie inne. Howard bewegte sich nicht mehr. Der Kiefer klappte ihm herunter. Hätte er sich in dem zahnpastaverschmierten Spiegel über dem Waschbekken betrachtet, hätte er funkelnde Speichelfäden, fein wie Spinnweben, zwischen seiner Zunge und dem Gaumen sehen können.

Aus dem Ablußloch des Waschbeckens ragte ein Finger.

Der Finger eines Menschen.

Er erstarrte für einen Augenblick, als hätte er bemerkt, daß er entdeckt worden war. Dann bewegte er sich wieder und tastete wie ein Wurm über das rosa Porzellan. Er kam zu dem weißen Gummistöpsel, wand sich darüber hinweg und ließ sich wieder auf das Porzellan nieder. Das Kratzen stammte nicht von den winzigen Krallen einer Maus. Es stammte von dem Nagel am Ende des Fingers, der beim Herumtasten über das Porzellan schabte. Howard gab einen heiseren, bestürzten Laut von sich, ließ den Besen fallen und stürzte zur Badezimmertür. Er verfehlte sie, prallte mit den Schultern gegen die Fliesen und versuchte es noch einmal. Diesmal schaffte er es hinaus, schlug die Tür hinter sich zu, blieb einfach stehen, drückte den Rücken dagegen und atmete keuchend. Sein Herzschlag war ein harter, tonloser Morsecode hoch oben an der Innenseite seines Halses.

Er konnte nicht lange so dagestanden haben – als er sein Denken wieder unter Kontrolle hatte, moderierte Alex Trebec seine drei Kandidaten immer noch durch die Einzelrunde von *Risiko* –, aber während er dastand, hatte er kein Gefühl für die verstreichende Zeit oder dafür, wo er sich befand und wer er war.

Was ihn wieder zu sich brachte, war der elektronische Pfeifton, der eine Risikofrage ankündigte. »Es geht um den Themenbereich Luft- und Raumfahrt«, sagte Alex. »Sie haben im Augenblick siebenhundert Dollar, Mildred – wieviel möchten Sie riskieren?« Mildred, die nicht wie der Quizmaster über ein Mikrofon verfügte, murmelte eine unverständliche Antwort.

Howard ging auf Beinen, die sich wie Pogostelzen anfühlten, von der Tür weg und ins Wohnzimmer zurück. Die Kehrschaufel hielt er immer noch in der Hand. Er betrachtete sie einen Moment, dann ließ er sie auf den Teppich fallen. Sie schlug mit einem staubigen kleinen Plumps auf.

»Das habe ich nicht gesehen«, sagte Howard Mitla mit zitternder Stimme und ließ sich in seinen Sessel fallen.

»Gut, Mildred – für fünfhundert Dollar: Dieses Testgelände der Air Force hieß ursprünglich Miroc Proving Ground.«

Howard sah zum Bildschirm hinüber. Mildred, eine unscheinbare kleine Frau, ein Hörgerät von der Größe eines Radioweckers im Ohr, dachte verbissen nach.

»Das habe ich *nicht* gesehen«, sagte er nicht mehr ganz so nachdrücklich.

»Ist es – der Luftwaffenstützpunkt Vandenberg?« fragte Mildred.

»Es ist der Luftwaffenstützpunkt *Edwards*, Spatzenhirn«, sagte Howard. Und als Alex Trebec bestätigte, was Howard Mitla längst wußte, wiederholte Howard: »Das habe ich *ganz bestimmt nicht* gesehen.«

Aber Violet würde gleich zurückkommen, und er hatte den Besen im Bad gelassen.

Alex Trebec informierte die Kandidaten – und das Publikum an den Bildschirmen –, daß das Spiel noch längst nicht entschieden sei; sie würden im Nullkommanichts wiederkommen und die zweite Runde beginnen, in der sich die Einsätze *wirklich* veränderten. Dann erschien ein Politiker auf dem Bildschirm, der die Gründe dafür aufzählte, ihn wiederzuwählen. Howard stand widerwillig auf. Seine Beine fühlten sich jetzt wieder etwas mehr wie Beine und etwas weniger wie Pogostelzen mit Abnutzungserscheinungen an, aber er wollte trotzdem nicht ins Bad zurück.

Hör zu, sagte er zu sich, *es ist ganz einfach. Wie immer bei solchen Dingen. Du hast eine vorübergehende Halluzination gehabt. Das passiert den Leuten wahrscheinlich alle naselang. Man hört nur deshalb nicht öfter davon, weil die Leute nicht gern über so etwas reden. Es ist peinlich, wenn man Halluzinationen hat. Wenn sie darüber reden, dann fühlen sich die Leute so, wie du dich fühlen wirst, wenn der Besen immer noch da drinnen auf dem Boden liegt und Vi zurückkommt und dich fragt, was du damit machen wolltest.*

»Hören Sie zu«, sagte der Politiker im Fernsehen mit zuversichtlicher Stimme. »Wenn man der Sache auf den Grund geht, ist es ganz einfach. Entweder möchten Sie, daß ein ehrlicher, kompetenter Mann die Finanzbehörde von Nassau County leitet, oder Sie möchten einen Mann von außerhalb des Staates, einen Söldner, der noch nie …«

»Ich wette, es war Luft in den Röhren«, sagte Howard, und obwohl sich das Geräusch, das ihn ins Bad lockte, ganz und gar nicht wie Luft in den Röhren angehört hatte, reichte der Klang seiner Stimme – vernünftig, wieder unter Kontrolle – schon aus, daß er sich mit etwas mehr Selbstvertrauen bewegte.

Und außerdem – Vi würde bald wieder hiersein. Jeden Moment.

Er stand vor der Tür und lauschte.

Kratz, kratz, kratz. Es hörte sich an, als tastete der kleinste Blinde der Welt da drinnen mit seinem Stock auf dem Porzellan herum, um die Gegend zu erkunden.

»Luft in den Röhren!« sagte Howard mit fester Stimme und riß kühn die Badezimmertür auf. Er bückte sich, ergriff den Besenstiel und zog ihn zur Tür heraus. Er brauchte dazu nicht mehr als zwei Schritte in den kleinen Raum mit dem verblaßten, ausgetretenen Linoleumboden und dem trostlosen Ausblick durch Maschendraht in den Luftschacht zu machen, und er sah entschlossen nicht ins Waschbecken.

Dann war er wieder draußen und horchte.

Kratz, kratz, kritz-kratz.

Er brachte Besen und Kehrschaufel in die kleine Nische zwischen Herd und Kühlschrank zurück, dann ging er wieder ins Wohnzimmer. Dort blieb er einen Moment stehen und sah zur Badezimmer Tür. Sie stand einen Spaltbreit offen, so daß ein Keil gelben Lichts in den schmalen Flur fiel.

Du solltest besser das Licht ausmachen. Du weißt, was für einen Zirkus Vi immer wegen so etwas aufführt. Dazu brauchst du nicht einmal reinzugehen. Greif einfach zur Tür hinein und dreh den Schalter.

Was aber, wenn etwas nach seiner Hand griff, während er sie nach dem Schalter ausstreckte?

Was, wenn ein anderer Finger *seinen* Finger berührte?

Was wäre *dann*, Leute?

Er konnte das Geräusch immer noch hören. Es hatte etwas schrecklich Unerbittliches an sich. Es war nervtötend.

Kratz. Kritz. Kratz.

Im Fernsehen erläuterte Alex die Spielregeln der zweiten Runde. Howard ging hinüber und drehte den Ton lauter. Dann ließ er sich wieder in seinen Sessel fallen und redete sich ein, daß er nichts aus dem Bad hörte, nicht das geringste.

Abgesehen von ein wenig Luft in den Röhren.

Vi Mitla gehörte zu den Frauen, die sich mit so zaghafter Präzision bewegen, daß sie fast zerbrechlich wirken. Aber Howard war seit einundzwanzig Jahren mit ihr verheiratet und wußte, daß sie ganz und gar nicht zerbrechlich war. Sie aß, trank, arbeitete, tanzte und machte Sex auf die gleiche Art: *con brio*. Sie kam wie ein Westentaschenwirbelsturm in das Apartment. Sie drückte eine braune Papiertüte an die rechte Seite ihres Busens und trug sie, ohne stehenzubleiben, in die Küche. Howard hörte die Tüte knistern, hörte die Kühlschranktür aufgehen und wieder zuschlagen. Als sie zurückkam, warf sie Howard den Mantel zu. »Hängst du ihn für mich auf, ja?« fragte sie. »Ich muß Pipi machen. Und wie! Yeah!«

Yeah! war eines ihrer Lieblingsworte. Es reimte sich auf »bäh«, ein Kinderwort für etwas Widerliches.

»Klar, Vi«, sagte Howard und stand mit Vis dunkelblauem Mantel auf den Armen langsam auf. Er ließ sie nicht aus den Augen, als sie zur Tür des Badezimmers eilte.

»Das E-Werk findet es toll, wenn du das Licht anläßt, Howard«, rief sie über die Schulter zurück.

»Hab ich mit Absicht gemacht«, sagte er. »Ich wußte, daß du als erstes da reingehen würdest.«

Sie lachte. Er hörte ihre Kleider rascheln. »Du kennst mich zu gut – die Leute werden sagen, wir wären verliebt!«

Du solltest es ihr sagen – sie warnen, dachte Howard, aber er wußte, daß er es nicht fertigbringen würde. Was hätte er sagen sollen? Paß auf, Vi, da kommt ein Finger aus dem Abfluß des Waschbeckens, sieh zu, daß dir der Typ, dem er gehört, nicht ins Auge sticht, wenn du dich drüberbeugst und ein Glas Wasser vollaufen läßt?

Außerdem war es ohnehin nur pure Einbildung, hervorgerufen von zuviel Luft in den Röhren und von seiner Angst vor Ratten und Mäusen. Nachdem inzwischen ein paar Minuten vergangen waren, kam ihm das fast plausibel vor.

Dennoch stand er mit Vis Mantel auf dem Arm da und wartete ab, ob sie schreien würde. Und nach zehn oder fünfzehn endlosen Sekunden schrie sie tatsächlich.

»Mein Gott, Howard!«

Howard zuckte zusammen und drückte den Mantel fester an die Brust. Sein Herzschlag, der sich gerade wieder beruhigt hatte, fing wieder mit dem Morsecode an. Er wollte etwas sagen, aber sein Hals war wie zugeschnürt.

»Was?« brachte er schließlich heraus. *»Was ist denn, Vi? Was ist denn?«*

»Die Handtücher! Die Hälfte liegt auf dem Boden! Puh! Was ist denn hier passiert?«

»Ich weiß nicht«, rief er zurück. Sein Herz schlug heftiger denn je, und es war unmöglich zu sagen, ob das elende Gefühl in seinem Magen von Erleichterung oder Grauen herrührte. Er vermutete, daß er die Handtücher bei seinem ersten Versuch, aus dem Bad zu fliehen, vom Regal gestoßen hatte, als er gegen die Wand geprallt war.

»Hier müssen Kobolde gewesen sein«, sagte sie. »Und ich will ja nicht nörgeln, aber du hast wieder vergessen, die Brille runterzuklappen.«

»Oh – tut mir leid«, sagte er.

»Yeah, das sagst du immer«, erwiderte ihre Stimme. »Manchmal glaube ich, du möchtest, daß ich reinfalle und ertrinke. Im *Ernst*!« Ein Klappern ertönte, als sie die Brille selbst runterklappte. Howard wartete mit rasendem Herzschlag und drückte unablässig ihren Mantel an die Brust.

»Er hält den Rekord für die meisten Schläge bei einem einzigen Spiel«, las Alex Trebec vor.

»War das Tom Seaver?« antwortete Mildred wie aus der Pistole geschossen.

»Roger Clemens, du Dumpfkuh«, sagte Howard.

Pffffschschsch! Die Spülung. Und der Augenblick, auf den

er gewartet hatte (das war Howard gerade klar geworden), stand nun bevor. Die Pause schien endlos zu dauern. Dann quietschte der Wasserhahn mit dem roten Punkt (er wollte den Griff längst auswechseln und vergaß es immer wieder), Wasser floß in das Becken, dann wusch sich Vi eifrig die Hände.

Keine Schreie.

Natürlich nicht, weil es keinen Finger *gab*.

»Luft in den Röhren«, sagte Howard und ging, den Mantel seiner Frau aufzuhängen.

Sie kam heraus und rückte ihren Rock zurecht. »Ich hab Eis mitgebracht«, sagte sie. »Kirsch-Vanille, wie du es gewollt hast. Aber bevor wir es probieren, könntest du ein Bier mit mir trinken, Howie. Es ist eine neue Marke, *American Grain* heißt es. Hab noch nie davon gehört, aber sie war im Angebot, darum hab ich mal einen Sechserpack mitgebracht. Vielleicht ist es ja der grainzenlose Genuß.«

»Ha-ha«, sagte er und rümpfte die Nase. Vis Hang zu Kalauern hatte er süß gefunden, als er sie kennenlernte, aber im Lauf der Jahre war es doch etwas schal geworden. Trotzdem, nachdem er seine Angst überwunden hatte, schien ein Bier genau das richtige zu sein. Aber als Vi in die Küche ging, um ihm ein Glas von dem neuen Bier zu bringen, wurde ihm klar, daß er seine Angst noch nicht überwunden hatte. Er überlegte, ob es besser war, eine Halluzination zu haben oder einen richtigen Finger aus dem Abfluß des Waschbeckens im Bad ragen zu sehen, einen Finger, der lebte und herumkroch, aber beides war nicht gerade ermutigend.

Howard setzte sich wieder in seinen Sessel. Als Alex Trebec den letzten Themenkreis der Sendung verkündete – es waren die sechziger Jahre –, mußte er an die zahlreichen Fernsehsendungen denken, in denen behauptet wurde, daß jemand, der unter Halluzinationen litt, entweder a) Epilepsie oder b) einen Gehirntumor hatte. Er stellte fest, daß er sich an eine ganze Menge erinnern konnte.

»Weißt du«, sagte Vi, die mit zwei Biergläsern ins Zimmer zurückkam, »ich mag die Vietnamesen nicht, denen das Geschäft gehört. Ich glaube nicht, daß ich sie *jemals* mögen werde. Ich finde, sie sind hinterlistig.«

»Hast du sie jemals bei etwas Hinterlistigem *erwischt?*« fragte Howard. Er selbst fand, daß die Lahs ganz ordentliche Leute waren, aber heute abend war ihm das so oder so egal.

»Nein«, sagte Vi, »das hab ich nicht. Aber das macht mich erst recht mißtrauisch. Außerdem *lächeln* sie ständig. Mein Vater hat immer gesagt: ›Traue nie einem Lächler.‹ Und er hat auch gesagt ... Howard, fühlst du dich wohl?«

»*Das* hat er gesagt?« meinte Howard – ein eher kläglicher Versuch zu scherzen.

»*Très amusant, cheri.* Du siehst leichenblaß aus. Brütest du etwas aus?«

Nein, wollte er antworten. *Ich brüte nichts aus – das wäre wohl zu milde ausgedrückt. Ich glaube, ich habe Epilepsie oder vielleicht sogar einen Gehirntumor. Würdest du da etwa von Ausbrüten reden?*

»Nur ein bißchen überarbeitet, glaube ich«, sagte er. »Ich habe dir doch von der neuen Steuerprüfung erzählt. St. Anne's Hospital.«

»Was ist damit?«

»Das ist ein Rattennest«, sagte er und mußte sofort wieder an das Badezimmer denken – an das Waschbecken und den Abfluß. »Man sollte Nonnen nicht erlauben, Buchführung zu machen. Um ganz sicher zu gehen, müßte das eigentlich in der Bibel stehen.«

»Du läßt dich von Mr. Lathrop zu sehr herumkommandieren«, erklärte Vi ihm nachdrücklich. »Wenn du dich nicht einmal wehrst, wird das immer so weitergehen. Möchtest du einen Herzanfall haben?«

»Nein.« *Und ich will auch keine Epilepsie und keinen Gehirntumor. Bitte lieber Gott, mach, daß es etwas Einmaliges war, okay? Nur ein geistiger Rülpser, der einmal vorkommt und dann nie wieder. Okay? Bitte? Ganz arg bitte? Mit ein bißchen Zucker drauf?*

»Auf gar keinen Fall«, sagte sie grimmig. »Arlene Katz hat erst gestern gesagt, wenn Männer unter Fünfzig einen Herzanfall haben, kommen sie nur in den seltensten Fällen wieder aus dem Krankenhaus. Und du bist erst einundvierzig. Du mußt dich wehren. Howard. Hör auf, so ein Duckmäuser zu sein.«

»Du hast wohl recht«, sagte er verdrossen.

Alex Trebec erschien wieder im Bild und forderte die letzte *Risiko*-Antwort: »Diese Gruppe Hippies durchquerte mit dem Schriftsteller Ken Kesey die Vereinigten Staaten in einem Bus.« Die Abspannmusik setzte ein. Die beiden männlichen Kandidaten schrieben emsig. Mildred, die Frau mit dem Radiowecker im Ohr, schaute ratlos drein. Schließlich kritzelte sie etwas. Sie tat es sichtlich ohne Begeisterung.

Vi trank einen kräftigen Schluck aus ihrem Glas. »He!« sagte sie. »Nicht schlecht! Und nur zwei sechsundsiebzig der Sechserpack!«

Auch Howard trank einen Schluck. Es war nichts Besonderes, aber es war immerhin naß und kühl. Es beruhigte ihn.

Keiner der männlichen Kandidaten kam auch nur in die Nähe. Mildreds Antwort war ebenfalls falsch, traf den Kern aber wenigstens teilweise. »Sind es die Merry Men?« hatte sie geschrieben.

»Merry *Pranksters*, du Träne«, sagte Howard.

Vi sah ihn bewundernd an. »Du weißt alle Antworten, Howard, ja?«

»Wenn es nur so wäre«, sagte Howard und seufzte.

Howard machte sich nicht besonders viel aus Bier, aber an diesem Abend trank er trotzdem drei Dosen von Vis neuer Entdeckung. Vi konnte sich eine Bemerkung nicht verkneifen und sagte, wenn sie gewußt hätte, daß es ihm so schmecken würde, wäre sie noch in die Apotheke gegangen und hätte ihm einen Tropf samt Kanüle gekauft. Auch ein von der Zeit geadelter Vi-Kalauer. Er quälte sich ein Lächeln ab. Eigentlich hoffte er, nach dem Bier gut einschlafen zu können. Er fürchtete, ohne ein wenig Hilfe würde er ziemlich lange wach liegen und über das nachdenken, was er im Bad gesehen – nein, sich eingebildet – hatte. Aber wie Vi oft zu sagen pflegte, Bier war voll von Vitamin P, und gegen halb neun, als sie sich schon ins Schlafzimmer zurückgezogen hatte, ging er widerwillig ins Bad, um sich zu erleichtern.

Zuerst ging er zum Waschbecken und zwang sich hineinzusehen.

Nichts.

Das war zwar köstlich (schließlich war eine Halluzination besser als ein richtiger Finger, auch wenn sie möglicherweise auf einen Gehirntumor hindeutete), aber er sah trotzdem nicht gern in den Abfluß. Das Messingkreuz, das Haare und hinuntergefallene Haarnadeln festhalten sollte, war schon vor Jahren verschwunden; der Abfluß bestand nur noch aus einem dunklen Loch, von einem Ring aus angelaufenem Stahl umgeben. Sah aus wie eine Augenhöhle.

Howard nahm den Gummistöpsel und steckte ihn in den Abfluß.

Schon besser.

Er trat zurück, klappte die Klobrille hoch (Vi beschwerte sich bitterlich, wenn er vergaß, sie runterzuklappen, wenn er fertig war, hielt es aber nie für nötig, sie wieder hochzuklappen, wenn *sie* fertig war) und stellte sich über die Kloschüssel. Er gehörte zu den Männern, die nur dann gleich pinkeln können, wenn der Druck sehr stark ist (und die in öffentlichen Toiletten überhaupt nichts zustande bringen – der Gedanke an die Männer, die hinter ihm Schlange standen, machte einfach sämtliche Schotten dicht), und jetzt tat er, was er in den wenigen Sekunden zwischen dem Zielen mit dem Instrument und dem tatsächlichen Beginn der Zielübung fast immer tat: er rezitierte im Geist Primzahlen.

Er war bei dreizehn angelangt und ließ schon fast laufen, als er plötzlich ein Geräusch hinter sich hörte: *plupp!* Seine Blase erkannte das Geräusch des Gummistöpsels, der mit Wucht aus dem Abfluß gedrückt wurde, noch vor seinem Gehirn und versagte sofort (und reichlich schmerzhaft) ihren Dienst.

Einen Augenblick später begann das Geräusch wieder – das Geräusch des Fingernagels, der leicht auf dem Porzellan kratzte, während der suchende Finger sich wand und schlängelte. Howards Haut wurde kalt und schien zu schrumpfen. Ein einziger Tropfen Urin fiel in die Schüssel, bevor Howards Penis buchstäblich in der Hand zu schrumpfen schien und sich zurückzog wie eine Schildkröte in den Schutz ihres Panzers.

Howard ging langsam und unsicher zum Waschbecken. Er sah hinein.

Der Finger war wieder da. Es war ein sehr langer Finger, aber sonst schien er normal zu sein. Howard konnte den Nagel sehen, der weder abgebissen noch abnorm lang war, und die ersten beiden Knöchel. Der Finger zuckte vor seinen Augen und tastete in dem Waschbecken herum.

Howard bückte sich und schaute unter das Becken. Die Leitung, die aus dem Fußboden kam, hatte keinen größeren Durchmesser als sieben Zentimeter. Nicht groß genug für einen Arm. Außerdem hatte sie einen doppelten Knick, wo der Siphon saß. Also, woran war der Finger befestigt? Woran *konnte* er befestigt sein?

Howard richtete sich wieder auf, und einen beängstigenden Augenblick war ihm, als löste sein Kopf sich einfach vom Hals und flöge davon. Kleine schwarze Punkte tanzten vor seinen Augen.

Ich werde ohnmächtig! dachte er. Er griff an sein Ohrläppchen und zog einmal heftig daran, fest, so wie ein ängstlicher Passagier, der eine Gefahr erkennt, an der Notbremse eines Eisenbahnwaggons ziehen würde. Das Schwindelgefühl ließ nach; aber der Finger war immer noch da.

Es war *keine* Halluzination. Wie konnte es eine sein? Er konnte einen winzigen Wassertropfen auf dem Fingernagel erkennen, und darunter einen kleinen weißen Streifen – Seife, mit größter Wahrscheinlichkeit Seife. Vi hatte sich die Hände gewaschen, nachdem sie auf der Toilette war.

Es konnte *aber trotzdem eine Halluzination sein. Wäre doch möglich. Du siehst Seife und Wasser darauf, aber heißt das unbedingt, daß du es dir nicht einbilden kannst? Und hör gut zu, Howard – wenn du ihn dir* nicht *einbildest, was hat er dann hier zu* suchen? *Und wie ist er überhaupt hierhergekommen? Und wie kommt es, daß Vi ihn nicht gesehen hat?*

Dann ruf sie doch – ruf sie herein! forderte sein Verstand, widerrief die Forderung aber schon in der nächsten Mikrosekunde. *Nein! Mach das nicht! Denn wenn du ihn weiterhin siehst, sie aber nicht …*

Howard kniff die Augen fest zu und lebte einen Moment in einer Welt, in der es nur rote Lichtblitze gab und seinen eigenen rasenden Herzschlag.

Als er sie wieder aufschlug, war der Finger immer noch da.

»Was bist du?« flüsterte er mit straff gespannten Lippen »*Was* bist du? Und was machst du hier?«

Der Finger hörte augenblicklich mit seinem blinden Umhertasten auf. Er drehte sich – und deutete direkt auf Howard. Howard stolperte einen Schritt rückwärts und schlug die Hände vor den Mund, um einen Schrei zu unterdrücken. Er wollte die Augen von dem elenden, verfluchten Ding abwenden, wollte schnellstens aus dem Bad flüchten (ganz egal, was Vi denken oder sagen oder sehen mochte) – aber einen Augenblick war er wie gelähmt und konnte den Blick nicht von dem weißrosa Glied abwenden, das jetzt genau wie ein organisches Periskop aussah.

Dann krümmte sich der Finger am zweiten Knöchel. Das Ende des Fingers bog sich, berührte das Porzellan und fuhr mit seinen tastenden Erkundungen fort.

»Howie?« rief Vi. »Bist du reingefallen?«

»Komme gleich!« rief er mit irrsinnig fröhlicher Stimme.

Er spülte den einzelnen Tropfen Pipi, der in die Schüssel gefallen war, hinunter, dann ging er zur Tür, wobei er einen großen Bogen um das Waschbecken machte. Aber diesmal *sah* er sich im Spiegel, seine Augen waren riesig, die Haut leichenblaß. Er kniff sich einmal kräftig in jede Wange, bevor er das Badezimmer verließ, das im Verlauf von einer Stunde zum schrecklichsten und unerklärlichsten Ort geworden war, den er in seinem ganzen Leben je betreten hatte.

Als Vi in die Küche kam, um nachzusehen, was ihn aufhielt, sah sie, wie Howard in den Kühlschrank schaute.

»Was suchst du da?« fragte sie.

»Eine Pepsi. Ich glaube, ich geh runter zu den Lahs und hol mir eine.«

»Zu den drei Bier und der Schüssel Kirsch-Vanille-Eis? Du wirst *platzen*, Howard.«

»Nein, keine Sorge«, sagte er. Aber wenn es ihm nicht gelang abzuladen, was sich in seinen Nieren staute, vielleicht doch.

»Bist du *sicher*, daß alles in Ordnung ist?« Vi betrachtete ihn kritisch, aber jetzt klang ihre Stimme sanfter und aufrichtig besorgt. »Du siehst nämlich schrecklich aus. Wirklich.«

»Nun«, sagte er zögern, »im Büro grassiert die Grippe. Ich fürchte …«

»*Ich* werde dir das verdammte Zeug holen, wenn du es unbedingt brauchst«, sagte sie.

»Nein, das wirst du nicht«, wandte Howard hastig ein. »Du bist schon im Nachthemd. Sieh her – ich brauche nur den Mantel anzuziehen.«

»Wann hast du dich das letzte Mal gründlich untersuchen lassen, Howard? Ist schon so lange her, daß ich es vergessen habe.«

»Ich seh morgen nach«, sagte er und ging in die kleine Diele, wo ihre Mäntel hingen. »Muß in einem der Versicherungsordner stecken.«

»Das *solltest* du auch! Und wenn du schon darauf bestehst, dich albern zu benehmen, nimm wenigstens meine Schal mit!«

»Okay. Gute Idee.« Er zog den Mantel an und kehrte ihr beim Zuknöpfen den Rücken zu, damit sie nicht sah, wie seine Hände zitterten. Als er sich umdrehte, verschwand Vi gerade wieder im Bad. Er blieb einige Augenblicke in fasziniertem Schweigen stehen und fragte sich, ob sie diesmal schreiben würde, aber dann hörte er Wasser ins Becken fließen. Dem folgte das Geräusch, mit dem Vi ihre Zähe üblicherweise putzte: *con brio.*

Er blieb noch einen Moment stehen, dann verkündete sein Verstand plötzlich das Urteil mit drei nüchternen Ohne-Scheiß-Worten: *Ich werde verrückt.*

Möglich. Aber das änderte nichts an der Tatsache, daß ihm ein peinliches Mißgeschick passieren würde, wenn es ihm nicht bald gelang, eine Stange Wasser abzustellen. Immerhin war das ein Problem, das er lösen konnte – eine Tatsache, die in gewisser Weise tröstlich war. Er machte die Tür auf und wollte hinaus, aber dann hielt er noch einmal inne und zog Vis Schal vom Haken.

Wann hast du vor, ihr von dieser jüngsten faszinierenden Entwicklung im Leben von Howard Mitla zu erzählen? wollte sein Verstand plötzlich wissen.

Howard verdrängte den Gedanken und konzentrierte sich darauf, die Enden des Schals in den Mantelkragen zu stopfen.

Das Apartment der Mitlas befand sich im dritten Stock eines achtstöckigen Hauses in der Hawking Street. Rechts, einen halben Block entfernt, an der Ecke Hawking Street und Queens Boulevard, lag Lahs rund um die Uhr geöffneter Imbiß und Lebensmittelmarkt. Howard wandte sich nach links und ging zur Ecke des Gebäudes. Dort führte eine schmale Gasse zum Luftschacht hinter dem Haus. Mülleimer standen auf beiden Seiten der Gasse. Dazwischen gab es Nischen voll Abfall, in denen Obdachlose – manche, aber keineswegs alle, Wermutbrüder – manchmal ihre unbequemen Zeitungsbetten aufschlugen. Heute abend schien sich niemand in der Gasse eingerichtet zu haben, wofür Howard ausgesprochen dankbar war.

Er trat zwischen die erste und die zweite Mülltonne, zog den Reißverschluß auf und ließ einen Sturzbach los. Zuerst war die Erleichterung so groß, daß er sich trotz der Prüfungen des Abends fast gesegnet fühlte; doch als der Strahl schwächer wurde und Howard sich wieder Gedanken über seine Lage machte, stellte sich auch die Angst wieder ein.

Seine Lage war, mit einem Wort ausgedrückt, unerträglich.

Hier stand er nun und pißte an die Wand eines Hauses, in dem er eine warme, behagliche Wohnung hatte, und sah dabei ständig über die Schulter, ob er beobachtet wurde. Wenn sich ein Junkie oder Straßenräuber anschliche, solange er sich in dieser hilflosen Position befand, so wäre das schon schlimm genug, aber er wußte nicht, ob die Ankunft von jemandem, den er kannte – zum Beispiel den Fensters von 2C oder den Dattlebaums von 3F –, nicht noch schlimmer sein würde. Was konnte er sagen? Und was würde die Klatschbase Alicia Fenster Vi alles erzählen?

Als er fertig war, machte er den Reißverschluß zu und ging zum Ende der Gasse zurück. Nach einem gründlichen Blick in beide Richtungen ging er weiter die Straße entlang zu den Lahs und kaufte eine Pepsi bei der lächelnden, olivenhäutigen Mrs. Lah.

»Sie sehen heute abend blaß aus, Mr. Mit-ra«, sagte sie mit ihrem eingefrorenen Lächeln. »Füh-ren Sie sich wohl?«

»Ich glaube, ich habe mir am Waschbecken eine Virus eingefangen«, sagte er. Sie runzelte über dem Lächeln die Stirn, und erst da ging ihm auf, was er gesagt hatte. »Im Büro, meine ich.«

»Besser warm einpacken«, sagte sie. Die Runzel war wieder von ihrer beinahe ätherischen Stirn verschwunden. »Radio sagt kaltes Wetter voraus.«

»Danke«, sagte er und ging. Auf dem Rückweg zur Wohnung machte er die Pepsi auf und goß sie auf den Gehsteig. Angesichts der Tatsache, daß sein Bad offensichtlich zu feindlichem Territorium geworden war, waren Getränke das allerletzte, was er brauchen konnte.

Als er das Apartment wieder betrat, konnte er Vi im Schlafzimmer sanft schnarchen hören. Die drei Biere hatte sie rasch und ohne Umschweife erledigt. Er stellte die leere Dose auf den Tresen in der Küche, dann blieb er vor der Badezimmertür stehen. Einen oder zwei Augenblicke später legte er den Kopf an das Holz.

Kritz-kratz. Kritz-kritz-kratz.

»Elender Bastard«, flüsterte er.

Er ging zum ersten Mal ins Bett, ohne die Zähne zu putzen, seit er mit zwölf zwei Wochen Ferien im Camp High Pines verbracht und seine Mutter vergessen hatte, ihm seine Zahnbürste einzupacken.

Und lag wach neben Vi im Bett.

Er konnte das Geräusch des Fingers hören, der im Waschbecken seine unermüdlichen forschen Runden drehte und dabei mit dem Nagel klickte und steppte. Er konnte es nicht *richtig* hören, weil beide Türen geschlossen waren, und das wußte er auch, aber er *bildete sich ein*, es zu hören, und das war genau so schlimm. *Nein, ist es nicht,* sagte er zu sich. *Wenigstens weißt du, daß du es dir einbildest. Was den Finger selbst betrifft, bist du da nicht so sicher.*

Aber das war nur ein schwacher Trost. Er konnte trotzdem nicht einschlafen, und der Lösung seines Problems war er auch nicht näher gekommen. Er wußte nur, er konnte *nicht* für den Rest seines Lebens Ausreden erfinden, nur um hinausgehen und in die Gasse neben dem Gebäude pinkeln zu können. Er bezweifelte, daß ihm das auch nur noch achtundvierzig Stunden gelingen würde. Und was würde passieren, Freunde und Nachbarn, wenn er das nächste Mal ein großes Geschäft zu erledigen hatte? *Das* war eine Frage, die er noch nie in einer Runde von *Risiko* gehört hatte, und er hatte keine Ahnung, wie die Antwort darauf lauten mochte. Jedenfalls nicht in der Gasse – das zumindest wußte er ganz genau.

Vielleicht, schlug die Stimme in seinem Kopf zaghaft vor, *gewöhnst du dich an das verdammte Ding.*

Nein. Die Vorstellung war irrsinnig. Er war seit einundzwanzig Jahren mit Vi verheiratet und konnte immer noch nicht aufs Klo gehen, wenn sie auch im Bad war. Sie konnte fröhlich auf der Schüssel sitzen, pinkeln und über ihren Tag bei Dr. Stone reden, während er sich rasierte, aber für ihn war das unmöglich. Dafür war er einfach nicht geschaffen.

Wenn dieser Finger nicht von allein wieder weggeht, solltest du dich lieber auf ein paar Veränderungen einstellen, sagte die Stimme zu ihm. *Ich glaube, daß du einige grundlegende Modifikationen vornehmen mußt.*

Er drehte den Kopf und sah auf die Uhr auf dem Nachttisch. Es war Viertel vor zwei Uhr morgens. Und dann stellte er erschrocken fest, daß er schon wieder pinkeln mußte.

Er stand vorsichtig auf, schlich sich aus dem Schlafzimmer, ging an der geschlossenen Badezimmertür vorbei, hinter der es immer noch unablässig kratzte, und marschierte in die Küche. Er schob den Fußschemel vor die Spüle, stieg darauf und zielte sorgfältig ins Becken, während er ständig die Ohren spitzte, ob Vi aus dem Bett stieg.

Es gelang ihm schließlich – aber erst, als er in der Reihe der Primzahlen bei dreihundertsiebenundvierzig angelangt war. Das war ein einsamer Rekord. Er stellte den Schemel wieder an seinen Platz, schlurfte ins Bett zurück und dachte: *Ich kann so nicht weitermachen. Nicht mehr lange. Ich kann es einfach nicht.*

Er fletsche die Zähne, als er an der Badtür vorbeiging.

Als der Wecker am nächsten Morgen um halb sieben läutete, wankte er aus dem Bett, schlurfte zum Bad und ging hinein.

Das Waschbecken war leer.

»Gott sei Dank«, sagte er mit leiser, zitternder Stimme. Eine Sturmbö der Erleichterung – so groß, daß sie ihm wie eine heilige Offenbarung vorkam – wehte durch ihn hindurch. »O Gott sei D…«

Der Finger kam emporgeschnellt wie ein Jack-in-the-Box, als hätte der Klang von Howards Stimme ihn gerufen. Er wirbelte dreimal schnell herum, dann duckte er sich, steif wie ein irischer Setter vor der Beute. Und er deutete direkte auf Howard.

Howard wich zurück und fletschte die Oberlippe zu einem unbewußten Fauchen.

Dann krümmte sich die Fingerspitze auf und ab, auf und ab, als wollte der Finger ihm winken. Guten Morgen, Howard, wie schön, daß wir alle wieder hier sind.

»Verpiß dich«, murmelte er. Er drehte sich zur Toilette um und bemühte sich resolut, Wasser zu lassen – nichts. Er verspürte eine plötzliche Aufwallung von Wut, einen Drang, sich einfach umzudrehen und auf den garstigen Eindringling im Waschbecken einzuschlagen, ihn aus seiner Höhle zu reißen, ihn auf den Boden zu werfen und mit bloßen Füßen auf ihm herumzutrampeln. Dann klopfte es an der Tür.

»Howard?« fragte Vi verschlafen. »Bist du bald fertig?«

»Ja«, sagte er und gab sich große Mühe, mit normaler Stimme zu sprechen. Er drückte die Klospülung.

Es war deutlich, daß Vi nicht besonders darauf achtete, ob seine Stimme normal klang oder nicht, und sie interessierte sich auch kaum dafür, wie er aussah. Sie litt an einem unvorhergesehenen Kater.

»Nicht der schlimmste, den ich je hatte, aber schlimm genug«, murmelte sie, als sie an ihm vorbeiging, das Nachthemd hob und sich auf die Kloschüssel sinken ließ. Sie stützte die Stirn auf eine Hand. »*Das* trinken wir nie wieder, schönen Dank auch. American Grain, im Arsch. Jemand hätte diesen Süßen sagen sollen, daß man den Kunstdünger auf den Hopfen gibt, *bevor* er wächst, nicht hinterher. Kopfschmerzen von drei lausigen Bier! Mann! Nun – billigen

Mist gekauft, billigen Mist bekommen. Besonders wenn diese merkwürdigen Lahs ihn einem verkaufen. Sei lieb und bring mir ein Aspirin, ja, Howie?«

»Klar«, sagte er und näherte sich vorsichtig dem Becken. Der Finger war wieder verschwunden. Es sah aus, als hätte Vi ihn verscheucht. Er holte das Aspirin aus dem Arzneischränkchen und nahm zwei heraus. Als er die Flasche zurückstellen wollte, sah er die Fingerspitze aus dem Abfluß ragen. Er kam nicht weiter als einen Zentimeter heraus. Wieder schien er kurz zu winken, bevor er sich erneut zurückzog.

Ich werde dich los, mein Freund, dachte er plötzlich. Dieser Gedanke wurde von einem Gefühl der Wut begleitet – reiner, unverhohlener Wut –, das ihn entzückte. Das Gefühl brach in seinen mitgenommenen, bestürzten Verstand ein wie einer dieser riesigen sowjetischen Eisbrecher, die sich fast mühelos ihren Weg durch dickes Packeis bahnen. *Ich krieg dich. Ich weiß noch nicht, wie ich es anstelle, aber ich krieg dich.*

Er gab Vi das Aspirin und sagte. »Moment – ich bring dir ein Glas Wasser.«

»Keine Umstände«, sagte Vi verdrossen und zerbiß die Tabletten mit den Zähnen. »So wirken sie schneller.«

»Aber ich wette, du verdirbst dir den Magen damit«, sagte Howard. Er stellte fest, daß es ihm überhaupt nichts ausmachte, im Bad zu sein, solange Vi bei ihm war.

»Mir egal«, sagte sie noch verdrossener. Sie spülte die Toilette. »Wie geht es dir heute morgen?«

»Nicht gut«, sagte er wahrheitsgemäß.

»Hast du auch einen?«

»Einen Kater? Nein. Ich glaube, es ist der Grippevirus, von dem ich dir erzählt habe. Mein Hals tut weh, und ich glaube ich habe Finger.«

»Was?«

»*Fieber*«, sagte er. »Fieber wollte ich sagen.«

»Dann solltest du lieber zu Hause bleiben.« Sie ging zum Waschbecken, nahm ihre Zahnbürste vom Halter und schrubbte *con brio*.

»*Du* vielleicht auch«, sagte er. Aber er wollte nicht, daß Vi zu Hause blieb; er wollte sie an der Seite von Dr. Stone haben, während Dr. Stone Plomben setzte und Wurzelbehandlungen durchführte; aber es wäre gefühllos gewesen, nicht zumindest *etwas* zu sagen.

Sie sah im Spiegel zu ihm auf. Ihre Wangen bekamen bereits wieder etwas Farbe, ihre Augen funkelten. Vi erholte sich auch *con brio.* »An dem Tag, an dem ich mich wegen eines Katers krankmelde, an dem Tag höre ich auf zu trinken«, sagte sie. »Außerdem braucht mich der Doc. Wir ziehen einen kompletten Satz Zähne am Oberkiefer. Eine schmutzige Arbeit, aber jemand muß sie machen.«

Sie spuckte direkt in den Abfluß und Howard dachte fasziniert: *Wenn er das nächste Mal raufkommt, hat er Zahnpasta an sich. Herrgott!*

»Du bleibst daheim und hältst dich warm und trinkst viel Flüssigkeit«, sagte Vi. Sie sprach jetzt in ihrem Oberschwesterntonfall, dem Tonfall, der sagte: *Wenn du dich nicht daran hältst, geht es dir schlecht.* »Lies etwas. Und zeig diesem Mr. Großkotz Lathrop gleich einmal, was alles nicht läuft, wenn du nicht da bist. Damit ihm endlich mal die Augen aufgehen.«

»Keine schlechte Idee«, sagte Howard.

Sie gab ihm im Vorbeigehen einen Kuß und zwinkerte ihm zu. »Deine kleine Violet weiß eben ab und zu auch mal was«, sagte sie. Als sie eine halbe Stunde später ging, um ihren Bus noch zu erreichen, sang sie fröhlich und hatte ihren Kater schon vergessen.

Nachdem Vi gegangen war, trug Howard als erstes den Schemel wieder zur Spüle und pinkelte noch einmal ins Bekken. Weil Vi nicht zu Hause war, fiel es ihm leichter; schon bei dreiundzwanzig, der neunten Primzahl, kam er zur Sache.

Nachdem er *dieses* Problem aus der Welt geschafft hatte – zumindest für die nächsten paar Stunden –, ging er in den Flur zurück und steckte den Kopf zur Badezimmertür hinein. Er sah den Finger sofort, und das stimmte nicht. Es war *unmöglich,* weil er ganz hier drüben war, und das Becken hätte den Finger verdecken müssen. Aber es verdeckte ihn nicht, und das bedeutete …

»Was machst du, du Dreckstück?« krächzte Howard, und der Finger, der sich hin und her gedreht hatte, als wollte er die Windrichtung prüfen, drehte sich zu ihm um. Es war Zahnpasta daran, wie Howard es vorhergesehen hatte. Der Finger beugte sich in Howards Richtung – aber jetzt krümmte er sich an *drei* Stellen, und das war auch unmöglich, vollkommen unmöglich, denn wenn man zum dritten Knöchel jedes beliebigen Fingers kam, war man schon am Handrücken.

Er wird länger, stammelte sein Verstand. *Ich weiß nicht, wie das passieren kann, aber es ist so – wenn ich ihn von hier aus über den Rand des Beckens hinweg sehen kann, dann muß er mindestens neun Zentimeter lang sein – wenn nicht länger!*

Er machte die Badezimmertür leise zu und taumelte ins Wohnzimmer zurück. Seine Beine hatten sich wieder in funktionsuntüchtige Pogostelzen verwandelt. Der geistige Eisbrecher war fort, unter einer gewaltigen Last von Panik und Bestürzung zerquetscht. Dies war kein Eisberg; es war ein ganzer Gletscher.

Howard Mitla setzte sich in den Sessel und schloß die Augen. Er hatte sich in seinem ganzen Leben noch nie so allein, so desorientiert und so hilflos gefühlt. So blieb er eine ganze Weile sitzen, und schließlich entkrampften sich seine um die Armstützen des Sessels gekrallten Finger wieder. Er hatte fast die ganze Nacht hellwach verbracht. Und nun döste er einfach ein, während der wachsende Finger in seinem Bad kratzte und kreiste, kreiste und kratzte.

Er träumte, er wäre Kandidat bei *Risiko* – nicht bei der neuen Version, bei der es um viel Geld ging, sondern in der ursprünglichen Nachmittagssendung. Statt Computermonitoren hielt ein Statist hinter dem Spielbrett einfach eine Karte hoch, wenn ein Kandidat eine bestimmte Antwort wollte. Statt Alex Trebec agierte Art Fleming auf der Bühne, mit seinem pomadisierten Haar und dem irgendwie zimperlichen Armer-Junge-auf-der-Party-Lächeln. Die Frau in der Mitte war immer noch Mildred; sie hatte immer noch einen Radiowecker im Ohr, aber nun hatte sie das Haar zu einer Jacqueline-Kennedy-Frisur hochtoupiert, und anstelle ihrer Nickelbrille trug sie ein Katzenaugengestell.

Und alles in Schwarzweiß, auch er selbst.

»Okay, Howard«, sagte Art und deutete auf ihn. Sein Zeigefinger war ein groteskes Gebilde, gut und gerne dreißig Zentimeter lang; er ragte aus der locker geballten Faust wie der Zeigestock eines Lehrers. Getrocknete Zahnpasta klebte auf dem Nagel. »Und nun wählen Sie.«

Howard sah auf das Spielbrett und sagte: »Ich hätte gern Plagen und Vipern für einhundert, Art.«

Das Quadrat mit der Aufschrift $ 100 wurde entfernt , und es erschien eine Antwort, die Art nur vorlas: »Die beste Methode, störende Finger im Badezimmerwaschbecken loszuwerden.«

»Was ist ...«, sagte Howard, und dann setze es bei ihm aus. Ein schwarzweißes Studiopublikum sah ihn stumm an. Ein schwarzweißer Kameramann kam zu einer Großaufnahme seines schweißüberströmten Schwarzweißgesichts auf ihn zu. »Was ist ... hm ...«

»Beeilen Sie sich, Howard, Ihre Zeit ist fast abgelaufen«, drängte Art Fleming und winkte Howard mit dem grotesk verlängerten Finger zu; aber Howards Kopf war völlig leer. Er würde die Frage nicht beantworten, die hundert Dollar würden von seinem Guthaben abgezogen werden, er würde ins Minus geraten, er würde ein totaler Verlierer sein, wahrscheinlich würden sie ihm nicht einmal die beschissene Ausgabe von *Groliers Encyclopedia* geben ...

Ein Lieferwagen unten auf der Straße hatte eine laute Fehlzündung. Howard fuhr mit einem Ruck in die Höhe, der ihn beinahe vom Sessel gekippt hätte.

»*Was ist ein flüssiger Ablußreiniger?*« schrie er. »*Was ist ein flüssiger Abflußreiniger?*«

Das war natürlich die Lösung. Die *richtige* Lösung.

Er fing an zu lachen. Fünf Minuten später, als er den Mantel überstreifte und zur Tür hinausging, lachte er immer noch.

Howard betrachtete die Plastikflasche, die der zahnstocherkauende Verkäufer im ›Happy Heimwerker‹-Hardwareladen am Queens Boulevard gerade auf den Tresen gestellt hatte. Auf der Vorderseite sah er die Karikatur einer Hausfrau mit Schürze. Sie hatte eine Hand in die Hüfte gestemmt und schüttete mit der anderen einen Schwall Abflußreiniger in etwas, bei dem es sich entweder um ein großindustrielles Becken oder das Bidet von Orson Welles handeln mußte. AFBLUSS-FREI stand auf dem Etikett. *DOPPELT so wirksam wie die meisten herkömmlichen Marken! Macht Waschbecken, Duschen und Abflüsse innerhalb von MINUTEN wieder frei. Löst Haare und organische Rückstände auf!*

»Organische Rückstände«, sagte Howard. »Was genau soll das heißen?«

Der Verkäufer, ein kahler Mann mit zahlreichen Warzen auf der Stirn, zuckte die Achseln. Der Zahnstocher, der zwischen seinen Lippen herausragte, rollte von einem Mundwinkel in den anderen. »Essensreste, schätze ich. Aber ich würde die Flasche nicht neben die Flüssigseife stellen, wenn Sie verstehen, was ich meine.«

»Würde es einem Löcher in die *Hände* fressen?« fragte Howard und hoffte, daß er sich entsetzt genug anhörte.

Der Verkäufer zuckte wieder die Achseln. »Ich schätze, es ist nicht so stark wie das Zeug, das wir früher verkauft haben – das Zeug, in dem Lauge drin war –, aber das ist inzwischen verboten worden. *Glaube* ich jedenfalls. Aber Sie sehen ja, was draufsteht, oder nicht?« Er klopfte mit einem Wurstfinger auf das GIFT-Zeichen – Totenkopf und gekreuzte Knochen. Howard betrachtete den Finger sehr eingehend. Auf dem Weg zum ›Happy Heimwerker‹ waren ihm schon eine Menge Finger aufgefallen.

»Ja«, sagte Howard. »Ich sehe es.«

»Nun, das drucken Sie nicht drauf, weil es besonders hübsch aussieht. Wenn Sie Kinder haben, sehen Sie zu, daß sie es nicht in die Finger kriegen. Und gurgeln Sie nicht damit.« Er prustete vor Lachen, und der Zahnstocher wippte auf seiner Unterlippe auf und ab.

»Nein«, sagte Howard. Er drehte die Flasche herum und las das Kleingedruckte. *Enthält Natriumhydroxid und Kaliumhydroxid. Verursacht schwere Verätzungen bei Kontakt.* Nun, das war genau richtig. Er wußte nicht, ob es ausreichen würde, aber es gab eine Möglichkeit, es herauszufinden, richtig?

Die Stimme in seinem Kopf meldete sich zweifelnd zu Wort. *Und wenn du ihn nur wütend machst, Howard? Was dann?*

Nun ... na und? Schließlich steckte er im Abfluß, oder nicht?

Ja – aber er scheint zu wachsen.

Dennoch – hatte er eine andere Wahl? Zu diesem Thema schwieg sich die Stimme aus.

»Ich dränge Sie nur ungern bei so einem wichtigen Einkauf«, sagte der Verkäufer, »aber ich bin heute vormittag ganz allein hier und muß noch ein paar Rechnungen durchgehen, also ...«

»Ich nehme es«, sagte Howard und griff nach seiner Brieftasche. Dabei fiel sein Blick auf etwas anderes – eine Auslage unter einem Schild mit der Aufschrift RÄUMUNGSVERKAUF. »Was ist das?« fragte er. »Da drüben?«

»Das?« fragte der Verkäufer. »Elektrische Heckenscheren. Wir haben letzten Juni zwei Dutzend bestellt, aber sie sind überhaupt nicht gegangen.«

»Ich nehme eine«, sagte Howard Mitla. Er fing an zu lächeln, und der Verkäufer erzählte später der Polizei, daß ihm dieses Lächeln nicht gefallen hätte. Ganz und gar nicht.

Howard legte seine Einkäufe auf den Küchentisch, als er nach Hause kam, schob die Schachtel mit der elektrischen Heckenschere aber beiseite und hoffte, daß es nicht *so weit* kommen würde. Sicher nicht. Dann las er die Gebrauchsanweisung des ABFLUSS-FREI gründlich durch.

Gießen Sie ein Viertel des Inhalts langsam in den Abfluß, und lassen Sie es fünfzehn Minuten einwirken. Wiederholen Sie den Vorgang, falls erforderlich.

Aber *so weit* würde es sicher auch nicht kommen – oder?

Um ganz sicherzugehen, beschloß Howard, *die Hälfte* der Flasche in den Ausguß zu schütten. Vielleicht sogar ein bißchen mehr.

Er mühte sich mit dem Sicherheitsverschluß ab und schaffte es schließlich, ihn abzuschrauben. Dann ging er durch das Wohnzimmer in den Flur, die weiße Plastikflasche in der Hand, und einen grimmigen Ausdruck – den

Ausdruck eines Soldaten, der weiß, daß er jeden Moment den Befehl bekommt, aus dem Schützengraben zu springen – auf seinem sonst so gutmütigen Gesicht.

Moment mal! rief die Stimme in seinem Kopf, als er nach dem Türknauf griff. *Das ist doch Wahnsinn! Du WEISST, daß es Wahnsinn ist! Du brauchst keinen Abflußreiniger, du brauchst einen Psychiater! Du mußt dich irgendwo auf eine Couch legen und jemandem erzählen, du bildetest dir ein – ganz recht, das ist genau der richtige Ausdruck, du BILDETEST DIR EIN –, daß ein Finger in deinem Waschbecken steckt, ein Finger, der wächst!*

»O nein«, sagte Howard und schüttelte nachdrücklich den Kopf. »Auf gar keinen Fall.«

Er konnte sich nicht – überhaupt nicht – vorstellen, daß er diese Geschichte einem Psychiater erzählte oder sonst jemandem. Angenommen, Mr. Lathrop bekam Wind davon? Was nicht ausgeschlossen war, möglicherweise durch Vis Vater. Bill DeHorne hatte der Firma Dean, Green und Lathrop dreißig Jahre als vereidigter Buchprüfer angehört. Er hatte Howard zu seinem Vorstellungsgespräch bei Mr. Lathrop verholfen, hatte ihm eine begeisterte Empfehlung geschrieben, hatte sozusagen alles getan, außer ihm den Job persönlich zu geben. Mr. DeHorne war inzwischen pensioniert, aber er und John Lathrop sahen sich noch oft. Wenn Vi herausfand, daß ihr Howie einen Seelenklempner besuchte (und wie sollte er so etwas vor ihr geheimhalten?), würde sie es ihrer Mutter erzählen – Vi erzählte ihrer Mutter *alles* –, und Mrs. DeHorne würde es selbstverständlich ihrem Mann berichten. Und Mr. DeHorne ...

Howard versuchte sich die beiden Männer vorzustellen – seinen Schwiegervater und seinen Boß –, wie sie in diesem oder jenem sagenhaften Club in Ledersesseln saßen, die mit kleinen goldenen Nieten verziert waren. In seiner Vision sah er sie Sherry schlürfen; die Karaffe aus geschliffenem Bleikristall stand auf einem kleinen Tischchen rechter Hand von Mr. Lathrop. (Howard hatte keinen der beiden Männer je Sherry trinken sehen, aber in diesem morbiden Hirngespinst ging es einfach nicht anders.) Er sah Mr. DeHorne – der inzwischen Ende Siebzig war und soviel Diskretion besaß wie eine Stubenfliege –, wie er sich vertraulich nach vorn beugte und sagte: *Sie werden nie darauf kommen, was mein Schwiegersohn jetzt wieder treibt, John. Er ist in psychiatrischer Behandlung! Er bildete sich ein, daß aus seinem Waschbecken im Bad ein Finger herauskommt, wissen Sie. Glauben Sie, daß er Drogen nimmt oder so etwas?*

Irgendwie glaubte Howard nicht, daß es so weit kommen würde. Er glaubte, daß es zwar möglich war – wenn nicht genau so, dann doch so ähnlich –, aber wenn nicht? Er konnte *immer* noch nicht glauben, daß er zu einem Psychiater gehen würde. Etwas in ihm – zweifellos ein enger Verwandter des Dinges, das es ihm unmöglich machte, ein öffentliches Pissoir zu benutzen, wenn andere Männer hinter ihm Schlange standen – glaubte einfach nicht daran. Er würde sich nicht auf eine Couch legen und so etwas sagen wie *Aus dem Waschbecken in meinem Bad ragt ein Finger,* damit ein Seelenklempner mit Ziegenbärtchen ihn mit Fragen bombardieren konnte. Das wäre wie *Risiko* in der Hölle.

Er griff wieder nach dem Knauf.

Dann ruf einen Klempner! schrie die Stimme verzweifelt. *Mach wenigstens das! Du mußt ihm ja nicht sagen, was du siehst! Sag ihm einfach, der Abfluß ist verstopft! Oder sag ihm, der Ehering deiner Frau ist reingefallen! Sag ihm IRGENDWAS!*

Aber der Gedanke war in gewisser Weise noch sinnloser als der, einen Seelenklempner zu konsultieren. Dies hier war New York, nicht Des Moines. Man konnte den Hope-Diamanten in seinem Abfluß verlieren und würde trotzdem eine Woche warten müssen, bis ein Klempner vorbeikam. Er hatte nicht die Absicht, die nächsten sieben Tage in Queens herumzuschleichen und Tankstellen zu suchen, an denen der Tankwart ihm, Howard Mitla, für fünf Dollar das Privileg gewährte, in einer schmutzigen Herrentoilette unter dem diesjährigen Bardahl-Kalender seine Notdurft zu verrichten.

Dann mach es schnell, sagte die Stimme und gab auf. *Mach es wenigstens schnell.*

Darauf verschmolzen die zwei Seelen in Howards Brust wieder miteinander. In Wahrheit fürchtete er, wenn er nicht rasch handelte – und bei der Sache blieb –, würde er überhaupt nicht handeln.

Und überrasche ihn, wenn du kannst. Zieh die Schuhe aus.

Howard fand, daß das eine ausgesprochen nützliche Idee war. Er setzte sie auf der Stelle in die Tat um, indem er erst den einen und dann den anderen Slipper abstreifte. Er wünschte sich, er hätte an Gummihandschuhe gedacht, falls etwas herausspritzte, und fragte sich, ob Vi noch ein paar unter der Spüle aufbewahrte. Nicht so wichtig. Er war zum Zerreißen gespannt. Wenn er jetzt aufhörte und die Gummihandschuhe holen ging, verließ ihn vielleicht der Mut – vielleicht vorübergehend, vielleicht für immer. Er öffnete leise die Badezimmertür und schlich hinein.

Das Badezimmer der Mitlas war nie ein Raum gewesen, in dem man auf fröhliche Gedanken kam, aber um diese Tageszeit, kurz vor Mittag, war es zumindest einigermaßen hell. Die Sicht stellte kein Problem dar – aber von dem Finger war keine Spur zu sehen. Jedenfalls noch nicht. Howard schlich auf Zehenspitzen durch das Bad und hielt die Flasche fest in der rechten Hand. Er beugte sich über das Waschbecken und sah in das schwarze Loch in der Mitte des verblichenen rosa Porzellans.

Aber es war *nicht* dunkel. Etwas kam durch diese Schwärze heraufgeschnellt, etwas schoß durch das enge, glibberige Leitungsrohr, um seinen guten Freund Howard Mitla zu begrüßen.

»Nimm das!« schrie Howard und kippte die Flasche Abflußreiniger über dem Waschbecken aus. Blaugrüne Gallerte quoll heraus und platschte in den Ablauf, als der Finger gerade herauskam.

Die schrecklichen Folgen waren sofort zu sehen. Der Glibber floß über Nagel und Kuppe des Fingers. Der wurde toll, wirbelte wie ein Derwisch in dem engen Leitungsrohr herum und verspritzte winzige blaugrüne Fäden von ABFLUSS-FREI. Mehrere Tropfen landeten auf Howards hellblauem Baumwollhemd und fraßen sofort Löcher hinein. Die Löcher waren an den Rändern ausgefranst, aber das Hemd war ihm zu weit, daher gelangte nichts von dem Zeug auf Brust oder Bauch. Tropfen spritzen auf sein rechtes Handgelenk und die Handfläche, aber das spürte er erst viel später. Sein Adrenalin strömte nicht nur, es durchwogte ihn wie ein Flutwelle.

Der Finger schnellte aus dem Abfluß herauf – ein unmögliches Gelenk nach dem anderen. Er qualmte und roch wie ein Gummistiefel, der auf einem heißen Grill schmort.

»Nimm das! Das Frühstück ist serviert, du Dreckstück!« schrie Howard und schüttete weiter, während sich der Finger zu einer Höhe von mehr als dreißig Zentimetern aufrichtete und aus dem Waschbecken aufragte, wie eine Kobra aus dem Korb eines Schlangenbeschwörers. Er hatte die Öffnung der Plastikflasche fast erreicht, als er schwankte, zu erschauern schien, plötzlich kehrtmachte und wieder in den Abfluß hinunterschoß. Howard beugte sich weiter über das Becken und sah gerade noch ein schrumpfendes Fleckchen Weiß in der Dunkelheit. Träge Rauchwölkchen schwebten herauf.

Er holte tief Luft, und das war ein Fehler, denn er atmete dabei eine Lunge voll von den Dämpfen des Abflußreinigers ein. Plötzlich wurde ihm sterbenselend. Er übergab sich krampfhaft in das Becken, und dann stolperte er immer noch würgend und hustend zurück.

»Ich hab's geschafft!« schrie er wie im Delirium. Der Gestank ätzender Chemikalien und verbrannten Fleisches machte ihn schwindlig. Dennoch verspürte er fast ein Hochgefühl. Er hatte sich dem Feind gestellt und den Feind, bei Gott und allen Heiligen, besiegt. *Besiegt!*

»He-hoo! He-deidi-hoo! Ich hab's geschafft! Ich ...«

Das Würgen stieg wieder in ihm hoch. Er kniete halb vor der Toilette, halb fiel er hin, wobei er die Flasche Abfluß-Frei immer noch in der rechten Hand hielt, und merkte zu spät, daß Vi heute morgen sowohl Brille wie auch Deckel heruntergeklappt hatte, als sie vom Thron gestiegen war. Er erbrach sich über den rosa Plüschbezug des Deckels, dann verlor er das Bewußtsein und kippte vornüber in seinen eigenen Sabber.

Er konnte nicht lange bewußtlos gewesen sein, denn im Bad herrschte auch im Hochsommer nicht länger als eine halbe Stunde volles Tageslicht – dann hielten die anderen Häuser den Sonnenschein ab und stürzten den Raum wieder in Halbdunkel.

Howard hob langsam den Kopf und stellte fest, daß er

vom Scheitel bis zum Kinn mit einem klebrigen, übelriechenden Zeug besudelt war. Aber etwas anderes nahm er noch deutlicher wahr. Ein klickendes Geräusch. Es kam von hinter ihm und näherte sich langsam.

Er drehte den Kopf, der sie wie ein zu prall gefüllter Sandsack anfühlte, langsam nach links. Dann wurden seine Augen groß.

Der Finger kam auf ihn zu.

Inzwischen war er gut und gern zweieinhalb Meter lang und wurde ständig länger. Er ragte in einem steifen Bogen, der aus rund einem Dutzend Knöcheln bestand, aus dem Becken, krümmte sich zum Boden und bildete dann, wie mit doppelten Gelenken ausgestattet, einen zweiten Bogen. Und jetzt tastete sich der Finger über den Fliesenboden klickend auf ihn zu. Die letzten fünfundzwanzig bis dreißig Zentimeter waren verfärbt und qualmten. Der Nagel hatte eine schwarzgrüne Farbe angenommen. Howard glaube, unterhalb des ersten Knöchels den weißlichen Schimmer von Knochen zu erkennen. Der Finger wies schlimme Verätzungen auf, war aber alles andere als aufgelöst.

»Geh weg«, flüsterte Howard, und einen Augenblick hielt die ganze groteske Erscheinung mit ihren vielen Gelenken inne. Sie sah aus wie der Partyscherz eines Wahnsinnigen zur Neujahrsfeier. Dann glitt er wieder schnurgerade auf ihn zu. Die letzten sechs Knöchel krümmten sich, und die Fingerspitze wand sich um Howard Mitlas Knöchel.

»Nein!« schrie er, als sich die rauchenden Hydroxidzwillinge – Natrium und Kalium – durch seine Nylonsocken fraßen und seine Haut verätzten. Er zerrte, so fest er konnte, an seinem Fuß. Einen Augenblick lang hielt ihn der Finger fest – er war ziemlich kräftig –, aber dann konnte Howard sich befreien. Er kroch zur Tür, wobei ihm eine dicke, von Erbrochenem verklebte Haarsträhne in die Augen hing. Beim Kriechen versuchte er, über die Schulter zu sehen, konnte aber durch das verkleisterte Haar nichts erkennen. Aber seine Brust funktionierte wieder, und er stieß eine Reihe bellender, ängstlicher Schreie aus.

Er konnte den Finger nicht sehen, jedenfalls momentan nicht, aber er konnte den Finger *hören;* er folgte ihm jetzt schnell, *tiktiktiktiktik*, unmittelbar hinter ihm. Weil er immer noch versuchte, hinter sich zu sehen, prallte er mit der Schulter gegen die Wand neben der Badezimmertür. Die Handtücher fielen wieder vom Regal. Er stürzte der Länge nach hin, und sofort schloß sich der Finger um seinen *anderen* Knöchel und krallte sich mit der verätzten, qualmenden Spitze fest.

Er zog ihn in Richtung des Beckens zurück. Er *zog ihn tatsächlich zurück.*

Howard stieß ein tiefes, primitives Heulen aus – einen Laut, wie ihn seine höflichen Buchprüferstimmbänder noch nie von sich gegeben hatten – und tastete nach dem Türrahmen. Er bekam ihn mit der rechten Hand zu fassen und zerrte heftig und voller Panik. Sein Hemd rutschte aus dem Hosenbund, die Naht unter dem rechten Arm riß mit einem leisen Schnurrlaut, aber es gelang ihm, sich zu befreien, und er verlor nur das zerfetzte untere Ende einer Socke.

Er erhob sich stolpernd, drehte sich um und sah, daß der Finger wieder nach ihm tastete. Der Nagel am Ende wies jetzt einen tiefen Riß auf und blutete.

Du brauchst eine Maniküre, alter Freund, dachte Howard und stieß ein mißtöniges Lachen aus. Dann rannte er in die Küche.

Jemand klopfte an die Tür. Kräftig.

»Mitla! He, Mitla! Was geht da drinnen vor?«

Feeney, der weiter unten am Flur wohnte, ein großer, wichtigtuerischer irischer Trunkenbold. Korrektur: ein großer, wichtigtuerischer, *lärmender* irischer Trunkenbold.

»Nichts, womit ich nicht selbst fertig werde, Sie irischer Moortreter!« rief Howard, und stürmte in die Küche. Er lachte wieder und schüttelte das Haar aus der Stirn. Es verschwand, aber einen Augenblick später fiel die verklebte Strähne wieder nach vorn. »Nichts, womit ich nicht fertig werde, glauben Sie mir! Das können Sie getrost auf die Bank bringen und auf Ihr Konto einzahlen!«

»*Wie* haben Sie mich genannt?« antwortete Feeney. Seine Stimme, die bislang nur erbost gewesen war, klang nun entschieden feindselig.

»Halten Sie die Klappe!« rief Howard. »Ich bin beschäftigt!«

»Hören Sie auf mit dem Geschrei, sonst rufe ich die Polizei!«

»Hauen Sie ab!« schrie Howard. Auch ein erstes Mal. Er schüttelte das Haar aus der Stirn, und *klatsch!* fiel es wieder nach vorn.

»Ich muß mir diese Scheiße nicht von Ihnen anhören, Sie elende Brillenschlange!«

Howard fuhr sich mit den Händen durch das verklebte Haar und schüttelte sie dann mit einer seltsam gallischen Geste aus – *et voilà!* schien diese Geste zu sagen. Warmer Saft und formlose Klumpen klatschten auf Vis weiße Küchenschränke. Howard bemerkte es nicht einmal. Der teuflische Finger hatte jeden seiner Knöchel einmal umklammert, und nun brannten sie, als wären sie von Feuerringen umgeben. Auch das war Howard egal. Er griff nach dem Karton mit der elektrischen Heckenschere. Auf der Vorderseite war ein lächelnder Dad mit einer Pfeife im Bad zu sehen, der vor einem villenähnlichen Wohnhaus die Hecke schnitt.

»Feiern Sie eine kleine Drogenparty da drinnen?« wollte Feeney auf dem Flur wissen.

»Sie sollten zusehen, daß Sie verschwinden, Feeney, sonst mache ich Sie mit einem meiner Freunde bekannt!« rief Howard zurück. Das kam ihm ungeheuer schlagfertig vor. Er warf den Kopf zurück und jodelte zur Küchendecke, wobei sein Haar, mit glitzernden Magensäften überzogen, in seltsamen Locken und Strähnen vom Kopf abstand. Er sah aus wie ein Mann, der gerade ein wildes sexuelles Erlebnis mit einer Pomadentube hinter sich hat.

»Okay, das war's«, sagte Feeney, »Das *war's*. Ich ruf die Polizei.«

Howard hörte ihn kaum. Dennis Feeney mußte sich gedulden; auf ihn, Howard, warteten größere Aufgaben. Er hatte die elektrische Heckenschere aus der Verpackung gerissen, untersuchte sie fieberhaft, sah das Batteriegehäuse und zwängte es auf.

»C-Zellen«, murmelte er lachend. »Gut! Das ist gut! Kein Problem!«

Er riß eine der Schubladen links von Spüle auf, zog aber mit solcher Wucht daran, daß der Stopper abbrach und die ganze Schublade durch die Küche flog, gegen den Herd prallte und endlich scheppernd auf dem Linoleumboden landete. In dem allgemeinen Durcheinander – Zangen, Gemüseschäler, Reibeisen, Fleischermesser und Müllbeutelklammern – fand sich eine kleine Schatztruhe voll von Batterien, überwiegend C-Zellen und rechteckige Neun-Volt-Batterien. Immer noch lachend – es schien, als könnte er gar nicht mehr *aufhören* zu lachen –, ließ Howard sich auf die Knie fallen und durchwühlte das Chaos. Es gelang ihm, sich die rechte Handfläche ziemlich schlimm an einem Tranchiermesser aufzuschneiden, bis er zwei C-Zellen gefunden hatte, aber das spürte er ebensowenig wie die Spritzer der Säure. Und weil Feeney nun endlich sein plärrendes irisches Eselsmaul hielt, konnte Howard das Kratzen wieder hören. Es kam aber nicht mehr aus dem Waschbecken, ganz und gar nicht. Der eingerissene Nagel klopfte an die Badezimmertür – oder möglicherweise auf den Boden des Flurs. Erst jetzt fiel Howard ein, daß er vergessen hatte, die Tür zu schließen.

»Wen interessiert das?« fragte Howard, dann schrie er: »WEN INTERESSIERT DAS, HABE ICH GESAGT! ICH BIN BEREIT FÜR DICH; MEIN FREUND! ICH BIN GEKOMMEN UND WÜRDE DIR IN DEN ARSCH TRETEN UND KAUGUMMI DABEI KAUEN, WENN MIR NICHT DER KAUGUMMI AUSGEGANGEN WÄRE! DU WIRST DIR NOCH WÜNSCHEN, DU WÄRST IM ABFLUSS GEBLIEBEN!«

Er rammte die Batterien in das Fach am Handgriff der Heckenschere und drückte auf den Startknopf. Nichts.

»Leck mich am Arsch!« murmelte Howard. Er holte eine der Batterien heraus, drehte sie um und steckte sie wieder hinein. Diesmal erwachte die Klinge summend zum Leben, als er den Knopf drückte. Die Schneiden fuhren so schnell hin und her, daß sie nur als Schliere zu sehen waren.

Er ging auf die Küchentür zu, dann schaltete er das Gerät aus und lief zum Tresen zurück. Er wollte keine Zeit damit vergeuden, die Abdeckung des Batteriefachs wieder anzubringen – immerhin war er für die Schlacht gerüstet. Aber das letzte Fünkchen Vernunft in seinem Denken versicherte ihm, daß er keine andere Wahl hatte. Wenn seine Hand abrutschte, während er mit dem Ding beschäftigt war, fielen die Batterien vielleicht aus dem Fach, und was bedeutete das dann? Na klar, daß er der James-Gang mit einem ungeladenen Gewehr gegenüberstand.

Deshalb fummelte er die Abdeckung wieder drauf, fluchte, weil sie nicht paßte, und drehte sie in die andere Richtung.

»Warte ruhig auf mich!« rief er über die Schulter. »Ich komme! Wir sind noch nicht fertig miteinander!«

Endlich rastete die Abdeckung ein. Howard, die Heckenschere im Anschlag, eilte rasch durch das Wohnzimmer zurück. Das Haar stand ihm immer noch in Punk-Rock-Stacheln und Locken vom Kopf ab. Sein Hemd, mittlerweile unter einem Arm zerrissen und an mehreren Stellen verbrannt, flatterte über seinem runden Bauch. Seine bloßen Füße patschten auf dem Linoleum. Die zerfetzten Überreste seiner Nylonsocken umtanzten seine Knöchel.

Feeney brüllte durch die Tür: »Ich hab sie angerufen, Spatzenhirn! Haben Sie verstanden? Ich habe die Polizei gerufen, und ich hoffe, die Polizisten, die sie herschicken, werden auch irische Moortreter sein, so wie ich!«

»Deine Polizisten kannst du dir in deine alte braune Darmflöte schieben!« antwortete Howard, aber im Grunde war Feeney ihm völlig egal. Dennis Feeney lebte in einem anderen Universum; er war nur eine keifende, unwichtige Stimme, die über den Äther hereinkam.

Howard stand neben der Badezimmertür wie ein Polizist in einer Fernsehserie – nur hatte ihm jemand ein falsches Requisit gegeben, und deshalb hielt er statt einer 38er eine Heckenschere in der Hand. Er drückte den Daumen fest auf den hoch am Griff der Heckenschere angebrachten Startknopf. Er holte tief Luft – und die Stimme der Vernunft, zu bloßer Schlacke verbrannt, meldete sich ein letztes Mal zu Wort, bevor sie endgültig einpackte.

Bist du sicher, daß du dein Leben einer elektrischen Heckenschere anvertrauen willst, die du im Ausverkauf erstanden hast?

»Ich habe keine andere Wahl«, murmelte Howard, lächelte verkniffen und sprang hinein.

Der Finger war immer noch da, er ragte immer noch in dieser starren Kurve aus dem Waschbecken, die Howard an einen Silversterscherzartikel erinnerte, einen von der Art, der ein furzendes, hupendes Geräusch von sich gibt und auf den ahnungslosen Gast zurollt, wenn man hineinbläst. Er hatte einen von Howards Schuhen erwischt und hämmerte damit wütend auf den Fliesenboden. So, wie die auf dem Boden verstreuten Handtücher aussahen, vermutete Howard, daß der Finger versucht haben mußte, mehrere davon zu erwürgen, bevor er den Schuh gefunden hatte.

Plötzlich fühlte sich Howard von einer unheimlichen Freude ergriffen – es war, als wäre das Innere seines schmerzenden, pochenden Kopfes plötzlich von grünem Licht erfüllt.

»Hier bin ich, du Miststück!« schrie er. *»Komm doch und hol mich!«*

Der Finger schnellte aus dem Schuh heraus, erhob sich mit einem monströsen Wogen der Gelenke (Howard konnte einige der zahlreichen Knöchel tatsächlich knacken hören) und fuhr blitzschnell durch die Luft auf ihn zu. Howard schaltete die Heckenschere ein, die zu summendem, gierigem Leben erwachte. So weit, so gut.

Die verätzte, blasenübersäte Fingerspitze schwankte vor Howards Gesicht, der eingerissene Nagel bewegte sich drohend hin und her. Howard sprang darauf zu. Der Finger machte eine Finte nach links und glitt um Howards linkes Ohr. Die Schmerzen waren erstaunlich. Howard spürte und hörte das gräßlich fetzende Geräusch, als der Finger versuchte, ihm das Ohr vom Kopf zu reißen. Er sprang nach vorne, packte den Finger mit der linken Faust und schnitt ihn durch. Die Schneiden flirrten langsamer, als die Klinge auf den Knochen stieß, das hohe Summen des Motors wurde zu einem düsteren Knurren, aber die Schere war so konstruiert, daß sie auch kleine Zweige durchtrennen konnte, daher gab es keine Probleme. Überhaupt keine Probleme. Dies war *Risiko*, dies war die zweite Runde, wo die Einsätze *richtig* in die Höhe gingen, und Howard Mitla hatte seine Einsätze gemacht. Blut spritzte wie ein feiner Dunst durch den Raum, dann zog sich der Stumpf zurück. Howard setze ihm nach, und die letzten fünfundzwanzig Zentimeter des Fingers hingen einen Augenblick an seinem Ohr wie ein Kleiderbügel, bevor sie herunterfielen.

Der Finger zuckte ihm entgegen. Howard duckte sich, so daß er über seinen Kopf schoß. Der Finger war natürlich blind, und das war Howards Vorteil. Er machte einen Sprung mit der Schere, eine Geste, die fast wie ein Fechtstoß aussah, und schnitt noch einmal siebzig Zentimeter von dem Finger ab. Sie fielen auf die Fliesen und blieben zuckend dort liegen.

Jetzt versuchte der Rest, sich zurückzuziehen.

»O nein, das wirst du nicht«, keuchte Howard. »Das wirst du *ganz und gar* nicht.«

Er rannte zum Waschbecken, rutschte in einer Blutlache aus, wäre um ein Haar gestürzt und konnte gerade noch das Gleichgewicht behalten. Der Finger wich in den Abfluß zurück, Knöchel für Knöchel, wie ein Güterzug, der in einen Tunnel einfährt. Howard packte ihn, versuchte ihn festzuhalten und schaffte es nicht – der Finger rutschte ihm durch die Hand wie ein geöltes, brennendes Stück Wäscheleine. Er stieß dennoch wieder mit der Schere zu, und es gelang ihm, den letzten Meter des Dinges dicht oberhalb der Stelle durchzutrennen, wo es durch seine Faust glitt.

Er beugte sich über das Waschbecken (dieses Mal hielt er den Atem an) und sah in den schwarzen Abfluß hinunter. Wieder konnte er nur eine Andeutung des fliehenden Weiß erkennen.

»Schau mal wieder rein!« schrie Howard Mitla. *»Schau nur mal wieder rein! Ich werde hier sein und auf dich warten!«*

Er drehte sich um und atmete keuchend aus. Es roch immer noch nach Abflußreiniger. Das konnte er jetzt nicht gebrauchen, schließlich hatte er noch einiges zu erledigen. Hinter dem Heißwasserhahn lag ein verpacktes Stück Dial-Seife. Howard hob es auf und warf es gegen das Badfenster. Es zerbrach das Glas und prallte von dem Drahtgitter dahinter ab. Er dachte daran, wie er das Drahtgitter angebracht hatte und wie stolz er darauf gewesen war. Er, Howard, Mitla, der sanftmütige Buchhalter, hatte SICH UM DIE ALTE HEIMSTATT GEKÜMMERT. Jetzt wußte er, was wirklich hieß, SICH UM DIE ALTE HEIMSTATT ZU KÜMMERN. Hatte er wirklich einmal Angst davor gehabt, das Bad zu betreten, weil er dachte, es könnte eine Maus in der Wanne sitzen, die er mit dem Besenstiel erschlagen mußte? Er glaubte es, aber diese Zeit – und die frühere Version von Howard Mitla – gehörte der Vergangenheit an.

Es sah sich langsam im Bad um. Ein einziges Durcheinander. Blutlachen und zwei Fingerstücke auf dem Boden. Ein drittes hing schief im Waschbecken. Ein feiner Blutfilm überzog die Wände und verunstaltete den Spiegel. Auch das Becken war mit Blut verschmiert.

»Na gut«, seufzte Howard. »Zeit zum Saubermachen, Jungen und Mädels.« Er schaltete die Heckenschere wieder ein und zerlegte die verschieden langen Teile des Fingers in Stücke, die er bequem die Toilette hinunterspülen konnte.

Der Polizist war jung und *tatsächlich* ein Ire – O'Bannion war sein Name. Als er schließlich vor der verschlossenen Wohnungstür der Mitlas eingetroffen war, stand schon eine kleine Schar von Mietern hinter ihm. Mit Ausnahme von Dennis Feeney, der eine erboste Miene zur Schau stellte, sahen sie alle besorgt drein.

O'Bannion klopfte an die Tür, dann schlug er dagegen, und zuletzt hämmerte er.

»Sie sollten die Tür lieber einschlagen«, sagte Mrs. Janvier. »Ich konnte ihn bis in den sechsten Stock hinauf hören.«

»Der Mann ist wahnsinnig«, sagte Feeney. »Hat wahrscheinlich seine Frau umgebracht.«

»Nein«, sagte Mrs. Dattlebaum. »Ich habe sie heute morgen aus dem Haus gehen sehen, wie immer.«

»Heißt das etwa, daß sie nicht wieder zurückgekommen sein könnte, oder?« fragte Mr. Feeney verstockt, und Mrs. Dattlebaum gab auf.

»Mr. Mitter?« rief O'Bannion.

»Er heißt Mitla«, sagte Mrs. Dattlebaum. »Mit einem l.«

»O Scheiße«, sagte O'Bannion und warf sich mit der

Schulter gegen die Tür. Die Tür flog auf, und er trat ein, dicht gefolgt von Mr. Feeney. »Sie bleiben hier, Sir«, wies ihn O'Bannion an.

»Von wegen«, sagte Feeney. Er sah in die Küche mit den verstreuten Utensilien auf dem Boden und den Kotzflecken auf den Schränken. Seine Augen waren klein und glänzend und interessiert. »Der Mann ist mein Nachbar. Und schließlich war ich es, der angerufen hat.«

»Es ist mir gleich, ob Sie den Anruf über Ihren privaten heißen Draht zum Commissioner durchgegeben haben«, sagte O'Bannion. »Machen Sie, daß Sie hier rauskommen, sonst können Sie mich zusammen mit diesem Mittle aufs Revier begleiten.«

»Mit*la*«, sagte Feeney und schlurfte widerstrebend zum Flur zurück, wobei er noch einmal hastig in die Küche blickte.

O'Bannion hatte Feeney hauptsächlich deshalb weggeschickt, damit Feeney nicht bemerkte, wie nervös er war. Das Durcheinander in der Küche war eines. Aber der Geruch in der Wohnung war etwas ganz anderes – ein Gestank wie in einem Chemielabor über allem, aber drunter noch etwas anderes. Er hatte Angst, der Geruch darunter könnte der von Blut sein.

Er drehte sich um und vergewisserte sich, daß Feeney wirklich hinausgegangen war – daß er sich nicht in der Diele herumdrückte, wo die Mäntel hingen. Dann durchquerte er langsam das Wohnzimmer. Als er außer Sichtweite der Schaulustigen war, schnallte er den Gurt über dem Pistolengriff auf und zog die Waffe. Er ging in die Küche und sah sich um. Leer. Ein Chaos, aber leer. Und … was klebte da an den Schränken? Er war nicht sicher, aber der Geruch …

Ein Geräusch hinter ihm, ein leises Schlurfen, riß ihn aus seinen Gedanken; er fuhr hastig herum und hob die Waffe.

»Mr. Mitla?«

Er bekam keine Antwort, aber das leise Schlurfen ertönte wieder. Aus dem Flur. Das hieß, aus dem Bad oder dem Schlafzimmer. Officer O'Bannion schritt in diese Richtung, hob die Pistole und richtete die Mündung zur Decke. Er hielt sie jetzt fast so, wie Howard die Heckenschere gehalten hatte.

Die Badezimmertür stand einen Spaltbreit offen. O'Bannion war ganz sicher, daß das Geräusch von dort gekommen war, und er wußte auch, daß der schlimmste Geruch von dort herüberwehte. Er duckte sich und stieß die Tür mit der Mündung der Waffe auf.

»O mein Gott«, sagte er leise.

Das Bad sah aus wie ein Schlachthaus nach einem betriebsamen Tag. Überall war Blut in scharlachroten Klecksen verspritzt. Blutlachen standen auf dem Boden, ganze Ströme waren innen und außen am Waschbecken hinuntergelaufen; da schien es am schlimmsten zu sein. Er bemerkte ein zerbrochenes Fenster, eine weggeworfene Flasche, bei der es sich um Abflußreiniger zu handeln schien (was den schrecklichen Geruch hier drinnen erklären würde) und ein Paar Herrenslipper, die ein ganzes Stück auseinanderlagen. Einer war übel zerfetzt.

Und als die Tür weiter aufschwang, sah er den Mann.

Howard Mitla hatte sich, so weit er konnte, in den engen Zwischenraum zwischen Badewanne und Wand gezwängt, als er mit seiner Aufräumarbeit fertig war. Er hielt die elektrische Heckenschere in einer Hand, aber die Batterien waren verbraucht; Knochen waren doch härter als Zweige, so schien es. Sein Haar sträubte sich immer noch in wilden Strähnen. Wangen und Stirn waren blutverschmiert. Seine Augen waren weit aufgerissen, aber fast völlig leer – eine Ausdruckslosigkeit, die Officer O'Bannion an Speedfreaks und Crackheads denken ließ.

Heiliger Gott, dachte er. *Der Mann hatte recht – er HAT seine Frau ermordet. Irgendjemanden hat er jedenfalls ermordet. Aber wo ist die Leiche?*

Er schaute zur Badewanne, konnte aber nicht hineinsehen. Sie war der wahrscheinlichste Platz, aber auch der einzige Gegenstand, der nicht mit Glibber verschmiert und vollgespritzt war.

»Mr. Mitla?« fragte er. Er hatte die Waffe nicht direkt auf Howard gerichtet, aber die Mündung zeigte auf jeden Fall in seine unmittelbare Nachbarschaft.

»Ja, das ist mein Name«, antwortete Howard mit hohler, liebenswürdiger Stimme. »Howard Mitla, Buchprüfer, stehe zu Ihren Diensten. Sind Sie gekommen, um auf die Toilette zu gehen? Nur zu! Jetzt kann Sie nichts mehr stören. Ich glaube, dieses Problem habe ich aus der Welt geschafft. Vorerst jedenfalls.«

»Äh, würde es Ihnen etwas ausmachen, die Waffe wegzulegen Sir?«

»Waffe?« Howard sah ihn einen Augenblick verständnislos an, dann schien er zu begreifen. »Die hier?« Er hob die Heckenschere, woraufhin sich die Mündung von Officer O'Bannions Waffe zum ersten Mal direkt auf ihn richtete.

»Ja, Sir.«

»Kein Problem«, sagte Howard. Er warf die Heckenschere gleichgültig in die Wanne. Die Batterieabdeckung fiel scheppernd ab. »Die Batterien sind sowieso leer. Aber ... was habe ich über die Benutzung der Toilette gesagt? Bei genauerem Nachdenken würde ich doch davon abraten.«

»Tatsächlich?« Obwohl der Mann nun entwaffnet war, wußte O'Bannion nicht, wie er weiter vorgehen sollte. Alles wäre viel einfacher gewesen, wenn das Opfer zu sehen gewesen wäre. Er überlegte sich, daß er dem Mann besser Handschellen anlegen und Verstärkung rufen sollte. Mit Sicherheit wußte er nur, er wollte aus diesem stinkenden, unheimlich Bad heraus.

»Ja«, sagte Howard. »Bedenken Sie schließlich folgendes, Officer: eine Hand hat fünf Finger ... nur *eine* Hand, vergessen Sie das bitte nicht. Und haben Sie sich schon jemals überlegt, wieviel Löcher zur Unterwelt es in einem gewöhnlichen Bad gibt? Das heißt, wenn man die Löcher in den Wasserhähnen mitzählt? Ich bin auf sieben gekommen.« Nach einer Pause fügte Howard hinzu: »Sieben ist eine Primzahl – das heißt eine Zahl, die man nur durch eins und sich selbst teilen kann.«

»Würden Sie bitte die Hände ausstrecken, Sir?« sagte Officer O'Bannion und nahm die Handschellen vom Gürtel.

»Vi sagt, ich wüßte alle Antworten«, sagte Howard, »aber sie irrt sich.« Er streckte langsam die Hände aus.

O'Bannion kniete vor ihm nieder und legte rasch eine Handschelle um Howards rechtes Handgelenk. »Wer ist Vi?«

»Meine Frau«, sagte Howard. Seine leeren, glänzenden Augen sahen direkt in die von Officer O'Bannion. »Sie hatte nie Probleme, aufs Klo zu gehen, wenn jemand im Badezimmer war, wissen Sie. Sie hätte es wahrscheinlich auch tun können, wen *Sie* dabei sind.«

Da dämmerte Officer O'Bannion eine groteske, aber dennoch schrecklich plausible Möglichkeit: daß dieser seltsame kleine Mann seine Frau mit einer Heckenschere getötet und ihren Leichnam dann irgendwie mit Abflußreiniger aufgelöst hatte – und das alles nur, weil sie ums Verrecken das Badezimmer nicht verlassen wollte, während er versuchte, seine Blase zu entleeren.

Er ließ die andere Handschelle einrasten.

»Haben Sie Ihre Frau umgebracht, Mr. Mitla?«

Einen Augenblick sah Howard ihn fast überrascht an. Dann verfiel er wieder in diesen unheimlichen Zustand der Apathie. »Nein«, sagte er. »Vi ist bei Dr. Stone. Er muß einen kompletten Satz Oberkieferzähne ziehen. Vi sagte, es ist eine schmutzige Arbeit, aber jemand muß sie machen. Weshalb sollte ich Vi umbringen?«

Nachdem er dem Mann die Handschellen angelegt hatte, fühlte sich O'Bannion ein wenig besser, ein wenig mehr Herr der Lage. »Nun, es sieht so aus, als hätten sie *irgend jemanden* abgemurkst.«

»Nur einen Finger«, sagte Howard. Er hielt die Hände immer noch vor sich ausgestreckt. Im Licht funkelte die Kette zwischen den Handschellen wie flüssiges Silber. »Aber eine Hand hat mehr als einem Finger. Und was ist mit dem *Besitzer* der Hand?« Howard sah sich in dem Badezimmer um, in dem es inzwischen nahezu dunkel war; Schatten machten sich darin breit. »Ich habe ihm gesagt, daß er getrost wiederkommen soll«, flüsterte Howard, »aber ich war hysterisch. Ich bin zu dem Ergebnis gekommen, daß ich ... nicht dazu fähig bin. Wissen sie, er ist gewachsen. Er wuchs, als er an die Luft kam.«

Plötzlich plätscherte es in der geschlossenen Toilette. Howard sah hin. Ebenso Officer O'Bannion. Das Plätschern ertönte wieder. Es hörte sich an, als wäre eine Forelle darin gesprungen.

»Nein, ich würde die Toilette *ganz entschieden* nicht benutzen«, sagte Howard. »Ich an Ihrer Stelle würde es mir verkneifen. Ich würde es mir verkneifen, so lange es geht, und dann in die Gasse neben dem Haus pinkeln.«

O'Bannion erschauerte.

Reiß dich zusammen, Mann, sagte er streng zu sich. *Entweder du reißt dich zusammen, oder du drehst genauso durch wie der Typ da.*

Er stand auf, um in die Toilette zu sehen.

»Dumme Idee«, sagte Howard. »Eine *echt* dumme Idee.«

»Was genau hat sich hier drinnen abgespielt, Mr. Mitla?« fragte O'Bannion. »Und was haben Sie in der Toilette versteckt?«

»Was sich abgespielt hat? Es war wie – wie ...« Howard verstummte, dann fing er an zu lächeln. Es war ein erleichtertes Lächeln, aber sein Blick wanderte immer wieder zum zugeklappten Deckel der Toilette. »Es war wie *Risiko*«, sagte er. »Tatsächlich war es sogar wie die zweite Runde von *Risiko.* Der Themenbereich ist ›Das Unerklärliche‹. Die letzte Antwort lautet: ›Weil sie es können.‹ Wissen Sie die *Risiko-Frage,* Officer?«

Officer O'Bannion, der fasziniert war und Howard nicht aus den Augen lassen konnte, schüttelte den Kopf.

»Die letzte Frage von *Risiko*«, sagte Howard mit einer Stimme, die vom vielen Schreien brüchig und rauh klang, »die letzte Frage lautet: ›Warum passieren den nettesten Menschen manchmal die schrecklichsten Dinge?‹ *Das* ist die Frage bei *Risiko.* Wird eine Menge Nachdenken erfordern. Aber ich habe viel Zeit. Solange ich von den – von den Löchern fernbleibe.«

Das Plätschern ertönte wieder. Dieses Mal war es lauter. Der mit Erbrochenem verklebte Toilettensitz klapperte auf und ab. Officer O'Bannion stand auf, ging hinüber und beugte sich darüber. Howard sah ihm interessiert zu.

»Letzte Runde von *Risiko,* Officer«, sagte Howard Mitla. »Wieviel riskieren Sie?«

O'Bannion dachte einen Moment darüber nach. Dann ergriff er den Deckel und riskierte alles.

Quellenverzeichnis

Doris Lessing: *Rufus. Eine Katzengeschichte/The Survivor.* Übers. Manfred Ohl und Hans Sartorius. © Doris Lessing Productions Ltd. 1989. Mit freundlicher Genehmigung des Klett-Cotta Verlags, Stuttgart.

Annette Kast-Riedlinger: *Wunderbare Illusion* aus *Adieu. Ich rette meine Haut.* Mit freundlicher Genehmigung der Autorin. Vorabdruck der im Juni 1994 im Wilhelm Heyne Verlag erscheinenden Hardcover-Ausgabe.

Dean Koontz: *Auf Leben und Tod* aus *Die zweite Haut*/Mr. Murder. Übers. Joachim Körber. © 1993 by Nkui, Inc. Alle deutschen Rechte beim Wilhelm Heyne Verlag, München. Vorabdruck der im Juni 1994 im Wilhelm Heyne Verlag erscheinenden Hardcover-Ausgabe.

Mary Higgins Clark: *Absturz ins Leben* aus: *Das fremde Gesicht*/I'll be seeing you. Übers. Regina Hilbertz. © 1993 by Mary Higgins Clark. Alle deutschen Rechte beim Wilhelm Heyne Verlag, München. Vorabdruck der im Juni 1994 im Wilhelm Heyne Verlag erscheinenden Hardcover-Ausgabe.

John Grisham: *Das Pelikan Dossier* aus *Die Akte*/The Pelican Paper. Übers. Christel Wiemken. © 1992 by John Grisham. Alle deutschen Rechte beim Wilhelm Heyne Verlag, München.

Sina-Aline Geißler: *Piccadilly Circus* aus *Im Namen der Liebe.* Erstveröffentlichung. Mit freundlicher Genehmigung der Autorin.

Joanna Trollope: *Alice. Die Hochzeit* aus *Affäre im Sommer*/A Village Affair. Übers. Alexandra v. Reinhardt. © 1989 by Joanna Trollope. Alle deutschen Rechte beim Wilhelm Heyne Verlag, München.

Dan Simmons: *Alptraumaugen, die ich fürchte* aus *Prayers To Broken Stones*. Erstveröffentlichung. Übers. Joachim Körber. © 1982 by Dan Simmons. Alle deutschen Rechte beim Wilhelm Heyne Verlag, München.

Doris Jannausch: *Herz im Tresor*. Erstveröffentlichung. Mit freundlicher Genehmigung der Autorin.

Thomas Harris: *Die Glasscherbe* aus *Der rote Drache*/Red Dragon. Übers. Sepp Leeb. © 1989 by Thomas Harris. Alle deutschen Rechte beim Wilhelm Heyne Verlag, München.

Anne Perry: *Die Seidenblume* aus *Schwarze Spitzen*/Highgate Rise. Übers. Regina Hilbertz. © 1991 by Anne Perry. Alle deutschen Rechte beim Wilhelm Heyne Verlag, München. Vorabdruck der im Juni 1994 im Wilhelm Heyne Verlag erscheinenden Hardcover-Ausgabe.

Stephen King: *Risiko* aus *Alpträume*/Nightmares and Dreamscapes. Übers. Joachim Körber. © 1993 by Stephen King. Alle deutschen Rechte beim Wilhelm Heyne Verlag, München. Vorabdruck der im Juni 1994 im Wilhelm Heyne Verlag erscheinenden Hardcover-Ausgabe.